ullstein

Das Buch

Ein ganzes Jahr lang suchen Andrej und Abu Dun nun schon nach der Sinti-Sippe und ihrer weisen Frau, der *Puuri Dan*, von der Alessa kurz vor ihrem Tod erzählt hatte. Da stoßen sie an einem Flussufer plötzlich auf ein Mädchen, in dem Andrej versehentlich Alessa zu erkennen glaubt. Das Mädchen erweist sich als gefährlicher, als die beiden Gefährten zunächst angenommen haben. Mit Hilfe seiner Brüder lockt es Andrej und Abu Dun in einen Hinterhalt, in dem sie von Kindern lebensgefährlich verletzt werden. Als sie in einem Zigeunerlager wieder zu sich kommen, hat sich jede Spur der Kinder verloren. Dort trifft Andrej endlich auf die *Puuri Dan*. Doch das lang ersehnte Gespräch mit ihr lässt ihn noch ratloser zurück. Andrejs übermenschliche Sinne wittern Gefahr, aber noch weiß er nicht, wo sie auf ihn lauert . . .

Der Autor

Wolfgang Hohlbein, 1953 in Weimar geboren, zählt zu Deutschlands erfolgreichsten Autoren phantastischer Unterhaltung. Seine Bücher haben inzwischen eine Gesamtauflage von über acht Millionen erreicht.

Von Wolfgang Hohlbein sind in unserem Hause
bereits erschienen:

Die Chronik der Unsterblichen 1. Am Abgrund
Die Chronik der Unsterblichen 2. Der Vampyr
Die Chronik der Unsterblichen 3. Der Todesstoß
Die Chronik der Unsterblichen 4. Der Untergang
Die Chronik der Unsterblichen 5. Die Wiederkehr
Die Chronik der Unsterblichen 6. Die Blutgräfin
Die Chronik der Unsterblichen 7. Der Gejagte
Die Chronik der Unsterblichen 8. Die Verfluchten
Die Chronik der Unsterblichen – Blutkrieg
Nemesis – Band 1: Die Zeit vor Mitternacht
Nemesis – Band 2: Geisterstunde
Nemesis – Band 3: Alptraumzeit
Nemesis – Band 4: In dunkelster Nacht
Nemesis – Band 5: Die Stunde des Wolfs
Nemesis – Band 6: Morgengrauen
Das Blut der Templer
Das Blut der Templer II

Wolfgang Hohlbein

Der Untergang

Die Chronik der Unsterblichen 4

Roman

Ullstein

Besuchen Sie uns im Internet:
www.ullstein-taschenbuch.de

Umwelthinweis:
Dieses Buch wurde auf chlor- und säurefreiem Papier gedruckt.

Ungekürzte Ausgabe im Ullstein Taschenbuch
1. Auflage April 2003
5. Auflage 2008

Umschlaggestaltung: HildenDesign, München
(nach einer Vorlage von Thomas Jarzina, Köln)
Titelabbildung: zefa, Düsseldorf
Druck und Bindearbeiten: CPI – Ebner & Spiegel, Ulm
Printed in Germany
ISBN 978-3-548-25554-5

Alessa stand im Wasser des Flusses, das an dieser Stelle tief genug war, um ihr bis an die Kniekehlen zu reichen, und reißend genug, um kleine, schaumige Wirbel hinter ihren Beinen zu bilden. Sie hatte sich weit nach vorne gebeugt, damit sie sich mit beiden Händen Wasser ins Gesicht schöpfen konnte.

Ihre Haltung erfüllte Andrej mit leiser Sorge. Vermutlich war der Flussgrund mit glatt polierten Steinen bedeckt. Steine, auf denen ein einziger Fehltritt oder eine unbedachte Bewegung fast unweigerlich zu einem Sturz führen mussten. Das Wasser war nicht tief, weder dort, wo das Mädchen stand, noch weiter zur Mitte hin. Andrej konnte deutlich Steinformationen ausmachen, die in regelmäßigen Abständen aus dem Wasser ragten – offenbar eine von Menschenhand angelegte Furt, auf der man das Gewässer mit ein wenig Geschick trockenen Fußes überqueren konnte. Aber der Fluss besaß an dieser Stelle auch eine gefährliche Strömung, und Alessa war keine besonders gute Schwimmerin. Ich sollte hinunter gehen und sie warnen, dachte er, oder besser gleich …

»Andrej?« Abu Duns Stimme riss ihn aus seinen Gedanken.

Das Mädchen dort unten war nicht Alessa. Alessa war seit mehr als einem Jahr tot, und er sollte endlich aufhören, in jeder jungen Frau, die ihr auch nur entfernt ähnelte, die junge Unsterbliche zu sehen. Das Mädchen dort unten hatte nicht einmal Ähnlichkeit mit ihr. Es war deutlich jünger; ein Kind, das bald zur Frau werden würde. Es hatte glattes, bis auf die Schultern fallendes, rabenschwarzes Haar, während Alessa …

Andrej runzelte die Stirn. Er versuchte, sich an die Farbe von Alessas Teint zu erinnern, aber es gelang ihm nicht. Ebenso wenig, wie er sich an ihr Gesicht erinnern konnte.

»Andrej, was treibst du da? Seit wann findest du Gefallen daran, dich im Gebüsch zu verstecken, um nackten Bauernmädchen beim Baden zuzusehen?«

»Sie ist nicht nackt!«, antwortete Andrej. Nach einem Moment fügte er seufzend hinzu: »Und nenn mich nicht Andrej!«

Abu Duns ebenholzfarbenes Gesicht verzog sich zu einem spöttischen Grinsen. »Ganz wie Ihr befehlt, Herr. Oder wäre Euch *Sahib* lieber?« Für einen Moment wurde sein Grinsen noch breiter, dann trat er an Andrejs Seite und sah mit gespielter Konzentration zum Fluss hin. »Ihr habt Recht, oh allergnädigster Herr und Meister. Sie ist nicht nackt.«

»Andreas«, sagte Andrej, ohne auf Abu Duns Worte einzugehen. »Wir hatten uns doch geeinigt, dass ich ab sofort *Andreas* heiße.«

»Ganz wie Ihr befehlt, oh Bewunderungswürdiger.« Abu Dun neigte demutsvoll das Haupt und tat so, als griffe er nach Andrejs Hand, um sie zu küssen. »Und wie habt Ihr in Eurer unermesslichen Weisheit beschlossen, *mich* in Zukunft zu nennen, oh Herr? Marianne vielleicht? Oder Theresa?«

»Auf jeden Fall werde ich nur respektvoll von dir sprechen«, erwiderte Andrej. »Du weißt doch: Man spricht nicht schlecht über Tote.«

Abu Dun feixte unbeeindruckt weiter, und Andrej ermahnte sich, das sinnlose Spiel nicht fortzuführen. Er konnte dabei nur verlieren.

Es war mehr als einen Monat her, dass er sich entschieden hatte, nicht mehr seinen ursprünglichen Namen zu benutzen, sondern die hier zu Lande gebräuchliche Form. Fremde erweckten in diesen Zeiten, die denkbar schlecht waren, deutlich mehr Misstrauen als Neugier. Und fremden Kämpfern, die aus dem Osten kamen – der Richtung, aus der sich der Krieg in das Land hineinfraß – wurde erst recht mit Argwohn begegnet. So war Andrej aus der Rolle des Kriegers, der durch das Land zog, in die des fahrenden Händlers und Kaufmanns geschlüpft; eine Verkleidung, die ebenso einfach wie unerwartet erfolgreich gewesen war. Was Abu Dun aber nicht daran hinderte, ihn deswegen zu verspotten.

»Wir sollten das Mädchen fragen«, sagte Andrej. »Vielleicht hat es was von den Zigeunern gehört. Sie *müssen* hier irgendwo sein!«

Ein ganzes Jahr suchten sie jetzt schon nach der Sinti-Sippe, von der Alessa erzählt hatte, ohne ihr bisher auch nur nahe gekommen zu sein. Sie hatten fast ein Dutzend Zigeunerfamilien gefunden, aber in keiner von ihnen lebte die Puuri Dan, die Alessa erwähnt hatte. Vielleicht jagten sie einem Phantom hinterher. Und manchmal fragte sich Andrej gar, ob es *Alessa* je gegeben hatte.

»Und warum?«, unterbrach Abu Dun seine Gedanken. »Wieso *müssen* sie in der Nähe sein, Andreas?« Er sprach den Namen wie *Andreasch* aus, zweifellos um ihn zu ärgern. »Allein, weil Ihr es so wünscht, oh Allererleuchtetster?«

Andrej schwieg dazu. Er hätte die Frage ohnehin nicht beantworten können. Jedenfalls nicht, ohne eingestehen zu müssen, dass Abu Dun Recht hatte. Stattdessen warf er dem riesenhaften Nubier einen verärgerten Blick zu und begann, den steinigen Hang hinabzugehen, der den Waldrand vom eigentlichen Flussufer trennte. Als er aus dem Schatten der Bäume hervortrat, spürte er die Berührung des Sonnenlichtes wie das Streicheln einer zarten Hand auf dem Gesicht. Obwohl es bald dunkel werden würde, hatte die Sonne noch Kraft, und es würde wahrscheinlich lange dauern, bis die Temperaturen auch nur auf ein halbwegs erträgliches Maß sinken würden. Der Sommer war noch entfernt, doch die Tage wurden jetzt schon fast unerträglich heiß. Das Mädchen stand gewiss nicht nur dort unten im Wasser, um im Spiel herumzuplantschen.

Andrej hatte sich dem Fluss bis auf weniger als fünf Schritte genähert, als das Mädchen seine Anwesenheit bemerkte. Dessen Reaktion fiel jedoch anders aus, als Andrej erwartet hätte. Die meisten Menschen, auf die er und Abu Dun trafen, reagierten misstrauisch, wenn nicht erschrocken oder gar mit offener Feindseligkeit auf ein unbekanntes Gesicht. Gastfreundschaft wurde auch in diesem Land hochgehalten, aber, das hatten Abu Dun und er schmerzlich erfahren müssen, einem Fremden Obdach zu gewähren und ihm zu vertrauen, das war nicht dasselbe. So hatten sie es schon mehr als einmal vorgezogen, unter freiem Himmel zu nächtigen, statt in einem Haus, dessen Bewohner keinen Hehl daraus machten, dass sie die Gäste lieber gehen als kommen sahen.

Das schwarzhaarige Mädchen jedoch zeigte keine Furcht. Als es auf das Geräusch seiner Schritte aufmerksam wurde, fuhr es hoch und sah für einen kurzen Moment gleichermaßen verlegen wie ertappt aus. Dann jedoch erschien ein neugieriges Funkeln in seinen Augen, und ein Lächeln auf seinem Gesicht, in dem Andrej vergeblich nach einer Spur von Scheu suchte.

»Oh!«, sagte es schließlich. »Ich habe Euch gar nicht kommen hören.«

Mehr noch als sein Aussehen, machte die Stimme des Mädchens Andrej klar, dass er tatsächlich noch ein Kind vor sich hatte. Elf, allerhöchstens aber zwölf Jahre alt, vermutlich sogar jünger. Sein Körper, der unter dem vollkommen durchnässten Kleid deutlich zu erkennen war, zeigte schon die ersten weiblichen Rundungen, aber sein Gesicht, und vor allem seine Stimme, gehörten eindeutig einem Kind.

Andrej wurde sich der Tatsache bewusst, dass er das Mädchen seit einer geraumen Weile anstarrte. Rasch räusperte er sich und knüpfte – wenn auch mit einiger Verspätung – an ihre Worte an. »Das habe ich bemerkt. Du solltest vorsichtiger sein.«

»Vorsichtiger?«

»Nicht alle Fremden, denen man begegnet, sind unbedingt vertrauenswürdig«, erklärte Andrej und zweifelte gleich darauf an seinem Geisteszustand. Gerade noch hatte er selbst bedauert, wie wenig Vertrauen unter den Menschen herrschte, und jetzt bediente er sich der Argumente derer, denen diese bitteren Gedanken galten.

Das Mädchen schüttelte aber auch jetzt nur den Kopf, und sein Lächeln wurde noch herzlicher. »Ihr seht nicht aus wie jemand, vor dem ich mich fürchten müsste. Und Euer großer Freund dort hinten auch nicht.«

Andrej wandte kurz den Blick und sah, dass Abu Dun mit einigem Abstand und sehr langsam herankam. Eigentlich, dachte er, sieht Abu Dun durchaus aus wie jemand, vor dem man sich fürchten sollte. Er trug zwar ebenso wenig wie Andrej eine Waffe – zumindest nicht sichtbar –, aber dank seiner riesigen, massigen Gestalt, seiner ganz in Schwarz gehaltenen Kleidung – und noch dazu mit einem riesigen Turban ausgestattet, der ihn noch gewaltiger erscheinen ließ – sah er alles andere als Vertrauen erweckend aus.

»Du hast natürlich Recht«, beeilte er sich zu sagen. »Wir sind einfach nur zwei müde Reisende, die auf der Suche nach einem Gasthof oder einem anderen Schlafplatz sind. Kannst du uns sagen, wo das nächste Dorf liegt?«

Das Mädchen machte eine vage Kopfbewegung zum anderen Flussufer. »Dort. Ist nicht sehr weit. Eine halbe Stunde zu Fuß. Viel weniger zu Pferde.«

Andrej blinzelte. »Woher weißt du, dass wir Pferde dabeihaben?«

»Ihr tragt Reithosen«, antwortete das Mädchen. »Und ich kann Eure Tiere riechen. Ihr Geruch haftet Euch noch an.«

Nun war Andrej wirklich überrascht. Er hatte sich in den zurückliegenden Jahren so sehr daran gewöhnt, über die scharfen Sinne eines Raubtiers zu verfügen, dass es ihm selbstverständlich erschien, riechen zu können, ob und wann jemand im Sattel gesessen hatte, was seine letzte Mahlzeit gewesen war, oder ob er in der vergangenen Nacht keusch gewesen war. Einem normalen Menschen war das allerdings nicht möglich.

»Das stimmt«, gab er überrascht zu. »Unsere Pferde sind oben im Wald. Du hast ... sehr scharfe Sinne.«

»Das sagt meine Mutter auch immer«, antwortete das Mädchen lachend, gleichzeitig schüttelte es so heftig den Kopf, dass seine nassen Haare gegen seine Schultern klatschten.

Und für einen unendlich kurzen Moment *veränderte* es sich. Für jene, weniger als einen Atemzug währende Spanne, in der Andrej sein Gesicht eingerahmt von wehendem nassem Haar und unzähligen, stiebenden Wassertröpfchen sah, die im Gegenlicht der untergehenden Sonne wie Rubinstaub leuchteten, war es nicht mehr das Gesicht eines Kindes. Auch nicht das einer Frau oder überhaupt eines Menschen. Die Züge des Mädchens hatten sich nicht wirklich verändert, und doch wirkten sie plötzlich ... schärfer, härter, bösartiger ... Wen hatte er da vor sich? Ein *Ding*, das vorgab, ein Mensch zu sein?

Andrej blinzelte, und die Illusion verschwand so rasch wie sie gekommen war. Vor ihm stand ein elf- oder zwölfjähriges Mädchen, das sein Erschrecken bemerkt zu haben schien, denn es sah ihn mit verwirrtem Blick an, fuhr aber trotzdem fort: »Aber es stimmt nicht. Ich liebe Pferde und verbringe fast mehr Zeit im Stall als sonst wo. Deshalb kenne ich ihren Geruch so gut.«

»Das ist ... sehr interessant«, murmelte Andrej. Es fiel ihm schwer, überhaupt zu sprechen, und er war auch nicht sicher, ob er die Worte des Mädchens richtig verstanden hatte. Sein Herz raste. Alles in ihm befand sich in Aufruhr. Er spürte, wie seine Finger zu zittern begannen, ohne dass er etwas dagegen tun konnte. Aus aufgerissenen Augen starrte er das Mädchen an. Er suchte nach etwas in ihrem Blick.

Nichts. Er hatte sich getäuscht. Seine Nerven hatten ihm einen bösen Streich gespielt, wie so oft in letzter Zeit. Dieses Kind war ein Kind, nichts anderes.

Dennoch schloss er für einen Moment die Augen und lauschte in sich hinein. Er tastete mit seinen geheimen Sinnen nach der Seele seines Gegenübers, jenen unsichtbaren und unheimlichen Kräften, die er selbst kaum besser verstand als Abu Dun oder die wenigen anderen Menschen, denen er sein Geheimnis jemals offenbart hatte; jenes Geheimnis, das für ihn Segen und Fluch zugleich war. Aber er fühlte nichts.

»Herr?«

Andrej öffnete die Augen, blinzelte ein paar Mal und zwang schließlich ein verunglücktes Lächeln auf seine Züge. »Es ist nichts«, beteuerte er. »Entschuldige, wenn ich dich erschreckt habe. Ich war in Gedanken. Du brauchst dich nicht zu fürchten.«

»Aber das tue ich nicht«, versicherte das Mädchen. Es schüttelte wieder den Kopf, diesmal aber, ohne dass sich seine Züge veränderten. »Mein Vater hat mir gezeigt, wie man sich verteidigt, wenn es sein muss.«

»Dann scheint mir dein Vater kein sehr kluger Mann zu sein«, sagte Abu Dun, der mittlerweile ganz herangekommen war und den letzten Teil des Gesprächs mitangehört hatte. Andrejs sonderbares Benehmen schien ihm ebenfalls nicht entgangen zu sein, denn er sah ihn mit einer Mischung aus Neugier und leiser Besorgnis an, fuhr aber dann, sich an das Mädchen wendend, fort: »Er hätte dir lieber beibringen sollen, wie man rechtzeitig wegläuft.«

»Weglaufen? Aber wozu? Wenn ich der Meinung gewesen wäre, dass Ihr mir Übles wollt, dann hätte ich Euch längst getötet.« Die Hand des Mädchens verschwand hinter seinem Rücken und kam mit einem kurzen, zweischneidig geschliffenen Dolch wieder zum Vorschein. »Ich habe eine Waffe. Hier, seht Ihr?«

Abu Duns Gesicht verdüsterte sich. »Ich muss mich korrigieren«, sagte er. »Dein Vater ist ein Dummkopf.«

»Das sagt meine Mutter auch manchmal«, kicherte das Mädchen. »Aber nur, wenn er es nicht hört.«

»Interessant«, murmelte Andrej. »Aber jetzt müssen wir weiter. Ich danke dir, dass du uns den Weg gewiesen hast.« Ruckartig drehte er sich um und machte dabei eine fast herrische Handbewegung in Abu Duns Richtung. »Komm!«

Der Nubier sah ihn verblüfft an, zuckte dann aber nur die Achseln und folgte ihm. Als sie einige Schritte gegangen waren fragte er: »Was ist los?«

»Nichts«, antwortete Andrej ausweichend. »Es ist nur ...«

»Ihr Haar?«

»Dieses Mädchen«, gestand Andrej, »ist mir unheimlich. Irgendetwas stimmt nicht mit ihr.«

Abu Dun sog hörbar die Luft zwischen den Zähnen ein. »Ist sie ...?«

»Nein, das nicht«, unterbrach ihn Andrej so scharf und erschrocken, als fürchte er, dass etwas Schreckliches geschehen müsste, wenn Abu Dun den Gedanken ausspräche, den er nicht einmal zu denken wagte. »Sie ist nur ein Mädchen. Und ich mag sie nicht, das ist alles.«

Darauf antwortete Abu Dun nicht. Aber sein Schweigen war beredt genug. Andrej beschleunigte seine Schritte. Er hatte Abu Dun nicht ganz die Wahrheit gesagt. Das Mädchen war ihm nicht unheimlich.

Das Mädchen machte ihm Angst.

Sie hatten gerade einmal den halben Weg den Hang hinauf zurückgelegt, als sie erneut seine Stimme vernahmen: »Ihr Herren?«

Am liebsten wäre Andrej einfach weitergegangen. In Anwesenheit des Nubiers jedoch wäre ihm dieses Eingeständnis seiner eigenen Schwäche unangenehm gewesen, und so blieb er widerwillig stehen und drehte sich zu dem Mädchen um. »Was ist denn noch?«

Das Mädchen war aus dem Fluss herausgetreten und stand

am Ufer. Seltsam: Im roten Gegenlicht der Sonne sah es so aus, als wären seine Kleider bereits wieder getrocknet, und auch sein Haar klebte nicht mehr nass am Kopf.

»Ich habe es mir überlegt«, sagte es. »Ich glaube, ich werde Euch doch töten.«

Andrej presste die Lippen aufeinander, und Abu Dun zog die Stirn in Falten. »Du solltest vorsichtig mit solchen Scherzen sein«, grollte er. »Nicht jeder ist so geduldig wie wir. So etwas könnte dir eine gehörige Tracht Prügel einbringen.«

»Ich scherze nie«, antwortete das Mädchen. »Und meine Geschwister auch nicht.«

Die Hand, die eben noch den Dolch gehalten hatte, deutete an Andrej vorbei zum Waldrand hinauf. Alarmiert fuhr er herum.

Und hätte um ein Haar laut aufgeschrien.

Über ihnen waren drei weitere schmächtige Gestalten aus dem Unterholz getreten. Drei Knaben, von denen zwei kaum älter sein konnten als das Mädchen. Der Dritte aber war annähernd so groß wie Andrej, und vielleicht fünfzehn oder sechzehn Jahre alt. Alle drei waren ähnlich gekleidet wie das Mädchen – ihre Schwester, wenn sie die Wahrheit gesagt hatte. Sie trugen dünne Sandalen und einfache, sackleinene Hemden, die anstelle eines Gürtels nur von groben Stricken zusammengehalten wurden. Alle drei hatten dasselbe pechschwarze Haar. Andrej schauderte, als er der Kälte in ihren Augen gewahr wurde.

»Was zum Teufel bedeutet das?«, murmelte Abu Dun.

Andrej schüttelte langsam den Kopf. »Nichts Gutes.«

Der hünenhafte Nubier schlug seinen Mantel zurück und legte vorsorglich die Hand auf den Griff des Krummsäbels, den er darunter trug. Langsamer, deutlich langsamer als zuvor, setzten sie sich wieder in Bewegung. Andrejs Herz begann wieder zu rasen. Es waren nur Kinder, aber irgendetwas stimmte hier nicht.

Der älteste der drei Jungen, von dem Andrej annahm, dass er zugleich auch den Anführer darstellte, löste sich von seinem Standort und kam ihnen entgegen, während sich die beiden anderen nach rechts und links entfernten. Andrej musste sich nicht umsehen, um zu wissen, dass sich auch das Mädchen von seinem Platz fortbewegt hatte und ihnen folgte. Kein Zweifel: Diese vier Kinder waren dabei, sie einzukreisen.

Doch waren es wirklich Kinder?

Plötzlich blieb der ältere der Jungen stehen und zog etwas hinter seinem Rücken hervor. Andrej riss ungläubig die Augen auf, als er erkannte, dass es sich um ein schlankes, mehr als einen Meter langes Schwert handelte, das in einer reich verzierten Scheide aus schwarzem Leder steckte. Auch die Klinge war mit kunstvollen Gravuren verziert, und die Blutrinne hatte die Form einer gewundenen Schlange. Andrej wusste das.

Schließlich war es sein Schwert.

»Guten Tag, die Herren«, sagte der Junge. Seine Stimme war so weich und kindlich wie die seiner Schwester, aber es lag etwas darin, das Andrej schaudern ließ. Ebenso wie der Ausdruck in seinem Gesicht. Es war nichts Sichtbares. Der Junge hatte ein fein geschnittenes, fast hübsches Antlitz, aber unter dieser schönen Maske war noch etwas. Etwas Grässliches, Lauerndes.

»Wie kommst du an dieses Schwert?«, fragte Andrej scharf.

Der Junge lächelte. »Es gehört Euch, vermute ich? Eine wirklich prachtvolle Waffe. Schade nur, dass Ihr sie nicht mehr brauchen werdet.«

Er warf das Schwert mit einer achtlosen Bewegung ins Gras. Seine Augen wurden schmal. »Ein toter Mann benötigt keine Waffe mehr, oder?«

»Das reicht jetzt!«, zischte Abu Dun. »Treibt es lieber nicht zu weit, oder ich verpasse euch die schlimmste Tracht Prügel eures Lebens!«

»Ach?«, antwortete der Junge. »Tust du das, schwarzer Mann?« Er kicherte.

Abu Dun starrte ihn einen Moment lang drohend an, dann löste sich sein Blick vom Gesicht des Jungen und suchte misstrauisch den Waldrand über ihm ab. Andrej wusste, wonach er Ausschau hielt: Eine verräterische Bewegung, Schatten, die sich im Dickicht verbargen ... irgendeinen Hinweis auf den Hinterhalt, den er zweifellos vermutete. Was sonst sollte das irrsinnige Benehmen dieser Kinder zu bedeuten haben, wenn nicht die Ablenkung von etwas anderem, sehr viel Gefährlicherem?

Andrej konnte das Gefühl nicht begründen, aber er wusste plötzlich, dass dies kein Hinterhalt war. Keineswegs hatten sie es mit einer Räuberbande zu tun, die sich auf die Lauer gelegt hatte und ihre eigenen Kinder als Köder benutzte. Die Gefahr ging einzig von diesen vier Kindern aus.

»Ich bitte dich, hör mit dem Unsinn auf, Junge«, sagte er. »Ihr habt euren Spaß gehabt, aber nun muss es gut sein.« Als der Junge nicht antwortete, ging Andrej weiter und bückte sich nach dem Schwert. Er rechnete damit, dass er und die drei anderen versuchen würden, ihn daran zu hindern, doch er kehrte unbehelligt an Abu Duns Seite zurück und befestigte die Waffe an seinem Gürtel.

»Jetzt fühlt Ihr Euch gewiss stärker, wie?«, fragte der Junge spöttisch.

Andrej antwortete nicht, sondern legte die Hand auf den Schwertgriff und drehte sich langsam um die eigene Achse. Die Kinder hatten sie mittlerweile umringt und waren in drei oder vier Schritten Abstand stehen geblieben. Sie sahen aufmerksam zu ihnen auf, und auf ihren Gesichtern war nicht die mindeste Spur von Furcht zu erkennen.

Dafür machte sich umso mehr davon in Andrejs Herzen breit, als ihm lieb war. Fast verzweifelt lauschte und witterte er in den Wald hinein, aber dort war niemand. Er hätte es gespürt, hätte sich dort oben jemand versteckt. Die Angst, die immer heftiger in seinen Eingeweiden wühlte, wurde eindeutig von diesen vier Kindern verursacht. Von *Kindern?*

»Jetzt ist es aber endgültig genug!«, rief Abu Dun wütend. Mit einer einzigen Bewegung schlug er seinen Mantel vollends zurück und riss das Schwert aus der Scheide. Gleichzeitig trat er auf den Jungen zu. »Nimm die Beine in die Hand und lauf, so schnell du kannst, du ungehobelter Bengel, oder ...«

»Oder?«, unterbrach ihn der Junge. »Wirst du dein großes Messer nehmen und mich damit schneiden?« Grinsend legte er den Kopf in den Nacken und bot Abu Dun seine Kehle dar. »Nur zu, schwarzer Mann. Versuch es ruhig.«

Abu Dun war verblüfft stehen geblieben, und sein Blick wanderte von dem Jungen zu der Klinge in seiner Hand. Der Kleine spielte ein gefährliches Spiel. Natürlich würde Abu Dun ihm nicht die Kehle durchschneiden, ganz gleich, wie sehr ihn der Knabe reizte, aber der Nubier war auch nicht zimperlich und würde nicht zögern, ihm eine Lektion zu erteilen, die er lange Zeit nicht vergessen würde.

Abu Dun zögerte. Ein gequälter Ausdruck erschien auf seinem Gesicht. Abwechselnd starrte er das Schwert und den Jungen an, dann wieder das Schwert und noch einmal den Jungen – und schließlich ließ er die Waffe mit einem Laut sinken, der wie ein erstickter Schrei klang.

»Siehst du, schwarzer Mann?«, sagte der Junge lächelnd. »Du kannst es nicht. Eine Waffe allein nutzt gar nichts. Man muss auch bereit sein, sie zu benutzen. Wie ich zum Beispiel.«

Damit trat er ganz dicht an Abu Dun heran, riss den Dolch des Nubiers aus dessen Gürtel und zog ihm die Klinge in aller Seelenruhe über die rechte Hand. Der Nubier schrie gellend auf und starrte fassungslos auf den klaffenden, heftig blutenden Schnitt, der auf seinem Handrücken prangte.

Andrej riss sein Schwert aus der Scheide und spürte gleichzeitig, wie nutzlos diese Maßnahme war. Der Junge zeigte sich auch nicht im Geringsten beeindruckt, sondern bedachte ihn nur mit einem verächtlichen Blick, wandte sich um und ließ den Dolch fallen.

»Ihr seid langweilig«, beschwerte er sich. »Fällt Euch nichts Besseres ein?«

»Du wirst gleich sehen, was mir alles einfällt, du kleine Kröte!«, brüllte Abu Dun. Mit einem einzigen Satz war er bei dem Jungen, riss ihn in die Höhe und schüttelte ihn so wild, dass die Zähne aufeinander schlugen. Der Junge keuchte vor Schmerz und Schreck, und Abu Dun ließ ihn wieder los, wich zurück und starrte bestürzt auf seine eigenen Hände. Seine Rechte blutete noch immer, aber nicht sehr heftig. Der Schnitt, den ihm der Junge zugefügt hatte, war nicht besonders tief.

Allmählich wurde Andrejs Furcht von nackter Panik abgelöst. Er war unendlich weit davon entfernt zu verstehen, was hier vor sich ging, aber die Bedrohung, die von diesen vermeintlichen Kindern ausging, hing in der Luft wie übler Gestank. Es war keine Gefahr irgendeiner *natürlichen* Art.

Andrej ließ das Schwert sinken. Einen Moment lang blickte er die Waffe noch unschlüssig an, dann schob er sie in die Scheide zurück und versuchte, den Blick des Jungen einzufangen.

»Ich weiß nicht, wer ihr seid, oder was ihr seid«, begann er ruhig. »Aber wir sollten damit aufhören. Wir sind nicht wie die anderen, mit denen ihr es bisher vielleicht zu tun gehabt habt, glaubt mir.«

»Das stimmt«, sagte der Junge gehässig. »Ihr wimmert, statt euch zu wehren.«

»Das könnten wir«, antwortete Andrej ernst. »Glaub mir, wir haben Möglichkeiten, uns zu wehren, die du dir nicht einmal vorstellen kannst. Aber ich will dich nicht verletzen und deine Geschwister auch nicht.«

»Verletzen?« Der Junge lachte schrill. »Du kannst mich nicht verletzen, alter Mann. Niemand kann das. Niemand kann uns wehtun, weißt du?« Wieder lachte er böse. Dann fuhr er sich mit dem Handrücken über den Mund. Abu Dun hatte ihn so derb hin und her geschüttelt, dass seine Nase zu bluten begonnen hatte. Offensichtlich hatte er es bisher noch gar nicht bemerkt, denn nun blickte er den schmierigen Fleck auf seinem Handrücken überrascht an.

»Ich blute«, murmelte er. Dann begann er zu schreien: »Du hast mir die Nase blutig geschlagen! Schlagt sie tot! *Schlagt die Schweine tot!*«

Andrej spannte sich, als die vier Kinder gleichzeitig auf sie losstürmten. So wenig wie Abu Dun hatte er bisher wirklich begriffen, wer sie waren, und vor allem, *was* sie waren. Und so wenig wie der Freund wusste er, was er tun sollte. Das mit Abstand stärkste Gefühl, das er neben seiner Furcht empfand, war Verwirrung.

Es waren das Mädchen und einer der beiden jüngeren Knaben, die sich auf ihn stürzten, während ihre beiden Brüder Abu Dun attackierten. Der Araber allein war schwerer als diese vier Kinder zusammen. Unbewaffnet konnten sie also nicht einmal den Hauch einer Bedrohung darstellen. Unglückseligerweise war zumindest das Mädchen nicht unbewaffnet. Es hatte noch seinen Dolch, und im Gegensatz zu seinem Bruder dachte es auch nicht daran, die Waffe fortzuwerfen.

Andrej blickte den Jungen, der sich mit beiden Armen an seine Knie geklammert hatte, um ihn zu Fall zu bringen, noch verstört an, da hörte er auch schon das Reißen von Stoff. Im gleichen Moment spürte er den grässlichen Schmerz, als sein Rücken vom Nacken bis hinunter zu den Nieren aufgeschlitzt wurde. Andrej brüllte vor Qual, kippte nach vorn und versuchte noch im Fall sich zu drehen, um nicht aufs Gesicht zu stürzen und einem weiteren heimtückischen Angriff hilflos ausgeliefert zu sein.

Es gelang ihm nicht. Er fiel auf die Seite. Aber es war dennoch ein glücklicher Sturz, denn der Junge, der sich an sein Bein geklammert hatte, wurde davongeschleudert und landete in einem Gebüsch. Und auch das Mädchen setzte nicht sofort nach, um die Sache zu Ende zu bringen, sondern ließ ihren Arm sinken und blickte ihn nachdenklich an. Andrej konnte nicht sehen, was sie ihm an Verletzungen zugefügt hatte, aber dem Schmerz nach zu urteilen, musste die Wunde schlimm genug sein, um jeden normalen Menschen kampfunfähig zu machen, wenn nicht zu töten. Vermutlich hatte sie ihn gar nicht kurzerhand ausschalten wollen, sondern wünschte zuzusehen, wie er sich quälte und dabei allmählich verblutete.

Andrej schloss für einen Moment die Augen und konzentrierte sich darauf, den Schmerz in seinem Rücken abzuschalten. Dann rollte er mit einem übertrieben qualvollen Stöhnen herum. Erst jetzt brachte er die Blutung zum Stillstand und befahl dem zerrissenen Fleisch in seinem Rücken, sich wieder zusammenzufügen. Die Heilung setzte augenblicklich ein. Doch obwohl keine lebenswichtigen Organe verletzt worden waren, war die Wunde groß, und es würde mehrere Minuten dauern, bis er wieder gänzlich genesen war.

Doch genau in diesem Moment schien das Mädchen den Entschluss gefasst zu haben, dass es an der Zeit war, das grausame Spiel zu beenden. Es sprang vor.

Andrej hatte genügend Messerattacken erlebt, um zu erkennen, dass der Stich genau auf sein Herz zielte, und es wäre ihm trotz seiner Verletzung ein Leichtes gewesen, den Arm schützend vor die Brust zu legen und den Angriff abzuwehren.

Doch er tat es nicht.

Nicht, dass er es nicht konnte. Da waren keine unsichtbaren Fesseln, die ihn hielten, kein übermächtiger Wille, der den seinen blockierte.

Er tat es nicht, und das schwarzhaarige Mädchen stieß ihm die Messerklinge direkt ins Herz.

Andrej entfuhr ein entsetztes Röcheln. Kurz starrte er das Messer, das aus seiner Brust ragte, mit der gleichen Fassungslosigkeit an, mit der Abu Dun zuvor seine eigenen Hände betrachtet hatte, dann wurde es schwarz um ihn.

Er starb. Allerdings nur in dem Maß, in dem es einem Geschöpf wie ihm möglich war. Und so dauerte es nicht lange, bis das Leben in seinen Körper zurückkehrte. Und wie immer war das Erwachen eine Qual. Der Schmerz war nicht das Schlimmste. Er war im Laufe seines Lebens so oft verletzt worden, dass es ihm kaum noch etwas ausmachte. Aber die seelische Folter, die damit einherging, schien von Mal zu Mal unerträglicher zu werden. Er hatte die Schwelle berührt – wie oft nun schon? –, und er hatte gespürt, was dahinter lag: Das Versprechen eines allumfassenden Friedens und immerwährender Ruhe, nach der er sich mehr sehnte als nach allem anderen. Diesmal war er der Schwelle so nahe gekommen wie nie zuvor. Nahe genug, um das verlockende Flüstern dahinter zu hören und das Licht zu spüren, das auf ihn wartete.

Und wieder war er zurückgerissen worden. Vielleicht war das seine Strafe: Diesen ewigen Frieden stets nur erahnen, ihn aber niemals erlangen zu dürfen.

Andrej öffnete die Augen und drehte vorsichtig den Kopf. Er konnte nicht allzu lange bewusstlos gewesen sein, denn der Kampf, den sich Abu Dun mit den vier Kindern lieferte, war noch immer in vollem Gange. Abu Dun keuchte vor Anstrengung und blutete aus mehr als einem halben Dutzend – allerdings ausnahmslos harmloser – Wunden.

Andrej begriff, dass sich Abu Dun in höchster Gefahr befand. Die vier Kinder attackierten den riesigen Nubier ohne

Unterlass, schlugen nach ihm, versuchten, ihn zu treten und zerkratzten ihm mit den Fingernägeln Gesicht und Hände. Und Abu Dun tat nicht das Geringste, um sich zu wehren! Es wäre ihm ein Leichtes gewesen, die vier der Reihe nach niederzuschlagen, auch ohne sie dabei schwer zu verletzen. Aber er unternahm nicht einmal den Versuch, sich zu verteidigen. Stattdessen beschränkte er sich so gut es eben ging darauf, den Hieben, Tritten und Faustştößen auszuweichen. Und obwohl er dabei eine schier unglaubliche Behändigkeit an den Tag legte, wurde er oft genug getroffen. Nicht nur von Fäusten, Füßen und Ellbogen, sondern auch von dem Messer, das das Mädchen immer noch schwang. Früher oder später würde sie es nicht bei einem harmlosen Schnitt oder einem kleinen Stich bewenden lassen.

Andrej sah dem grausamen Spiel noch einen Augenblick lang zu, dann fasste er einen Entschluss. Wäre er allein gewesen, dann hätte er einfach die Augen geschlossen und sich tot gestellt, bis diese mörderische Kinderbande verschwunden war. Aber es ging nicht nur um ihn. Jetzt, da sie ihn für tot hielten, konzentrierten sich die vier Angreifer ganz auf Abu Dun, und anders als Andrej würde der Nubier tot *bleiben*, wenn er es einmal war. Er musste ihm helfen, auch wenn das, was er dazu tun musste, so schlimm war, dass ihm allein bei dem Gedanken daran übel wurde.

Wie um Andrejs letzte Zweifel zu vertreiben, sprang das Mädchen in diesem Moment vor und stieß mit dem Messer zu. Mit einer hastigen Bewegung wollte Abu Dun dem Angriff ausweichen, aber er war nicht schnell genug. Tief grub sich die Klinge in seine Wade, und der Nubier sank keuchend auf die Knie. Sofort trat einer der beiden kleineren Jungen von hinten an ihn heran und schmetterte ihm einen Stein auf den Schädel. Abu Duns überdimensionaler Turban nahm dem Hieb zwar die größte Wucht, sodass er ihm vermutlich nicht den Schädel zertrümmert hatte, aber er reichte aus, um ihm auf der Stelle das Bewusstsein zu rauben. Haltlos kippte er nach vorn. Das war der Augenblick, in dem Andrej aufsprang und das Schwert aus dem Gürtel riss.

»Aufhören!«, schrie er.

Die Faust mit dem zweischneidigen Dolch und mehrere mit Steinen bewaffnete Hände, die bereits zum entscheidenden Schlag erhoben waren, erstarrten mitten in der Bewegung. Die Kinder wandten sich in seine Richtung.

»Ich dachte, du bist tot«, entfuhr es dem älteren Jungen.

»Das dachte ich auch«, pflichtete ihm seine Schwester bei. »Ich war sogar sicher, dass er tot ist ... Er ist zäh, das muss man ihm lassen.«

»Ihr solltet jetzt wirklich damit aufhören«, sagte Andrej ernst. »Ihr könnt mich nicht töten, aber ich euch schon. Zwingt mich nicht, es zu tun.«

»Uns töten?« Der Junge deutete auf Andrejs Schwert. »Damit?«

Während er sprach, kamen er und seine Schwester langsam näher, und plötzlich blitzte auch in seiner Hand ein kurzer, gefährlich scharfer Dolch. Die beiden jüngeren Brüder, noch immer mit faustgroßen Steinen bewaffnet, rührten sich nicht von der Stelle.

»Nein, nicht damit«, erwiderte Andrej und zielte weiter mit dem Schwert auf den Jungen. Das vertraute Gewicht der Klinge aus hundertfach gefaltetem Damaszener-Stahl gab ihm Sicherheit. Er wollte es nicht tun. Großer Gott, er konnte doch keine *Kinder* töten, ganz egal, wie bösartig und gefährlich sie auch waren. Aber er hatte keine Wahl. Wenn er es nicht tat, starb Abu Dun.

Andrej presste die Kiefer so fest aufeinander, dass seine Zähne knirschten, schloss die Augen und griff mit seinen Vampyrkräften nach der Seele des Jungen, um dessen Lebensenergie auszusaugen und sie seiner eigenen hinzuzufügen.

Nichts geschah.

Ungläubig riss Andrej die Augen wieder auf. Die beiden Angreifer kamen immer näher, die Dolche zum Zustoßen bereit erhoben, aber sie bewegten sich mit äußerster Vorsicht. Zumindest das Mädchen schien zu spüren, dass Andrej tatsächlich nicht war wie all die anderen, die sie möglicherweise schon getötet hatten.

Er konzentrierte sich und versuchte es noch einmal. Doch wo seine tastenden Fühler nach der Seele des Jungen suchten war nichts. Nur Leere. Und eine unvorstellbar grausame Kälte.

Andrej wich einen halben Schritt zurück, löste den Blick vom Gesicht des Jungen und konzentrierte sich auf dessen Schwester.

Auch diesmal geschah nichts. Seine Gedanken griffen ins Leere, landeten im Nichts, weil es in diesen Kindern nichts gab. Es war, als hätten sie keine Seele, sondern ...

Der Stein, den der Junge schleuderte, traf ihn zielsicher und mit solch verheerender Wucht am Schädel, dass er spürte, wie der dünne Schläfenknochen über seinem rechten Auge brach. Andrej ließ das Schwert fallen, brach mit einem erstickten Keuchen in die Knie und hob die Hände an den Kopf. Die beiden Älteren sprangen gleichzeitig vor und stießen zu. Der Dolch des Mädchens bohrte sich in seine Kehle, der des Jungen tief in sein Herz.

Andrej kippte zur Seite. Der Schmerz war nicht so schlimm, wie er erwartet hätte, aber sein Herz schlug nicht mehr, und sein Rachen füllte sich rasch mit seinem eigenen Blut.

Während Andrej das letzte bisschen Kraft, das er noch in seinem Körper fand, darauf verwandte, sich zusammenzukrümmen und schützend die Arme über den Kopf zu heben, sausten die Messerklingen wieder auf ihn herab, dann Steine und wieder beißender, glatter Stahl und dann nichts mehr.

Es dauerte lange, bis er wieder zu sich kam.

Kälte und Dunkelheit hüllten ihn ein, und die rechte Seite seines Gesichts glühte vor Hitze. Er hörte das Knistern von Holz und aus der Entfernung das Schnauben und Hufscharren von Pferden, die unruhig zu sein schienen, Stimmen, ab und an Gelächter ... Selbst seine normalen menschlichen Sinne hätten ihm verraten, dass er sich in einer Art Lager befand und dicht bei einem Feuer lag. Als er versuchte, sich zu bewegen, stellte er fest, dass er an Händen und Füßen gefesselt war. Er öffnete die Augen und starrte direkt auf die Spitze eines Dolches, die auf sein Gesicht zielte. Darüber blickte ihn ein dunkles, sehr misstrauisches Augenpaar an.

»Das ist nicht notwendig«, sagte Andrej. »Ich bin nicht dein Feind.«

»Das wird sich zeigen.« Die Messerklinge hob sich lediglich ein Stück, aber das misstrauische Flackern in den Augen blieb. Andrej dachte daran, sich aufzusetzen – er lag so nahe beim Feuer, dass sich eine unangenehme Hitze auf seinen Wangen ausbreitete, zudem in sehr unbequemer Haltung –, blieb aber dann doch liegen. Das Gesicht, das auf ihn herabsah, wirkte trotz aller Vorsicht durchaus freundlich, aber er wollte keine unbedachte Reaktion hervorrufen.

»Wer bist du?«, fragte er.

Die Messerklinge entfernte sich noch ein bisschen weiter von seinem Gesicht. »Niemand, den du zum Feind haben willst, glaube mir.«

Andrej unterdrückte ein Lächeln. Er erkannte jetzt, dass der Bursche, der neben ihm kniete, sehr jung, ja, fast noch ein Kind war. Der grimmige Ausdruck, den er auf sein Gesicht gezwungen hatte, ließ ihn sonderbarerweise noch jünger erscheinen, und alles Misstrauen in seinen Augen konnte nicht über den freundlichen Ausdruck hinwegtäuschen, der normalerweise darin wohnte. Wer oder was auch immer dieser Bursche war – er war Andrej auf Anhieb sympathisch.

»Nein, das will ich wirklich nicht«, antwortete er. »Ich möchte eigentlich *niemanden* zum Feind haben, wenn ich es mir recht überlege, weißt du?« Er bewegte sich ein wenig. »Hast du etwas dagegen, wenn ich mich aufsetze? Es ist nicht sehr bequem so.«

Zögernd ließ der Junge die Hand mit dem Messer sinken, dann nickte er. »Meinetwegen, aber mach keine Dummheiten. Und frag erst gar nicht – ich werde dich ganz bestimmt nicht losbinden.«

Das war auch nicht nötig. Andrej hatte längst mit den Fingerspitzen über seine Fesseln getastet und festgestellt, dass die Stricke zwar fest, aber mit einem herkömmlichen Knoten zusammengebunden waren. Abu Dun hatte ihm schon vor Jahren gezeigt, wie man eine solche Fessel mit ein paar geschickten Bewegungen und einem entschlossenen Ruck abstreifen konnte. Andrej spielte den Enttäuschten, während er sich – umständlicher als nötig – aufsetzte und ein kleines Stück vom Feuer wegrutschte. Zugleich sah er sich verstohlen um.

Wie erwartet befand er sich in einem Lager, in dem gleich mehrere Feuer brannten. Die flackernden roten Inseln aus Licht vertieften die Dunkelheit noch, sodass selbst er nur Schatten und vage Umrisse wahrnehmen konnte. Immerhin erkannte er, dass das Lager deutlich größer war, als er im ersten Moment angenommen hatte. Er sah eine Anzahl von Zelten und einige schwere, hohe Wagen mit fast mannsgroßen Rädern. In einigen wenigen brannte Licht, die meisten aber waren dunkel. Der Himmel war bewölkt, sodass der Mond nicht zu erkennen war, aber Andrej spürte, dass Mitternacht längst vorüber sein musste. Weit entfernt gewahrte er eine improvisierte Pferdekoppel, auf der mindestens zwei Dutzend Tiere untergebracht waren.

»Wo bin ich hier?«, fragte er. »Abgesehen davon, dass ich bei Leuten bin, die ich nicht zu Feinden haben möchte?«

Er konnte sehen, wie schwer es seinem Gegenüber fiel, ihn weiter grimmig anzustarren. »In unserem Lager.«

»Und wer seid *Ihr*?«, präzisierte Andrej seine Frage. »Bin ich unter Freunden oder Feinden?«

»Das kommt ganz auf dich an«, erwiderte sein Gegenüber. Anscheinend liebte er es, sich kryptisch auszudrücken.

»Also, wenn ich die Wahl habe, fällt mir die Entscheidung nicht schwer.« Andrej zog eine Grimasse und rückte ein kleines Stückchen weiter vom Feuer weg. Die Hitze begann allmählich wirklich unangenehm zu werden. »Verrätst du mir wenigstens deinen Namen?«, fragte er.

»Ich bin Rason«, antwortete der Bursche. »Und jetzt hör auf, so viele Fragen zu stellen. Ich bringe dich gleich zu jemandem, der dir alles sagen wird, was du wissen musst.« Er beugte sich so überraschend vor, dass Andrej die Bewegung um ein Haar als Angriff missverstanden und entsprechend reagiert hätte. Ein Dolch blitzte auf, und Andrejs Füße waren frei. »Komm.«

Andrej erhob sich und stampfte ein paar Mal mit den Füßen auf, um die Blutzirkulation wieder in Gang zu bringen.

»Rason, soso. Und was ist mit meinem Freund?«

»Der Muselmann?« Rason grinste, und Andrej war klar, dass er dieses Wort bewusst gewählt hatte. In der Dunkelheit schimmerten seine Zähne fast unnatürlich weiß. »Der ist ein bisschen zerrupft, aber es geht ihm gut, glaube ich. Er wartet auf dich.«

Irgendwo in der Dunkelheit nahe der Pferdekoppel wurden plötzlich Stimmen laut. Andrej verstand die Worte nicht, aber es klang wie ein Streit. Er sah einen Moment lang mit gerunzelter Stirn in die Richtung, aus der der Lärm kam, dann wandte er sich wieder zu Rason um.

»Mach mich los«, verlangte er. »Das ist albern. Und ziemlich unbequem.«

»Warum sollte ich das tun?«

»Du hast doch selbst gesagt, dass es meine Entscheidung ist, ob wir Freunde oder Feinde sind«, antwortete Andrej. »Nun, ich habe gerade entschieden, dass wir keine Feinde sind.«

Diesmal grinste Rason nicht. Er sah eher erschrocken aus. Einige Herzschläge lang schien er über die Worte nachzudenken, dann trat er zu Andrejs Überraschung hinter ihn und durchtrennte auch die Stricke um seine Handgelenke. Verblüfft starrte Andrej den schwarzhaarigen Burschen an, während er damit begann, seine Unterarme zu massieren.

»Wie du gesagt hast«, bemerkte Rason. »Es ist deine Entscheidung.«

»Ich werd nicht schlau aus dir«, murmelte Andrej. »Und ich kann mich des Eindrucks nicht erwehren, dass das deine Absicht ist.«

Ein Grinsen schlich sich in Rasons Gesicht. Er schob den Dolch unter die breite Schärpe, die er anstelle eines Gürtels trug, und machte eine einladende Geste. »Wollen wir hier herumstehen bis es hell wird, oder willst du stattdessen deinen Freund sehen?«

Andrej kapitulierte. Ob Rason nun einfach dumm war oder ihn auf den Arm nahm, das Ergebnis blieb dasselbe: Sie verschwendeten ihre Zeit. Wortlos setzte er sich in Bewegung und warf Rason dabei einen fragenden Blick zu.

Das Lager wurde gebildet aus zwei ineinander liegenden Kreisen, von denen der äußere aus Zelten, der Pferdekoppel und einer Anzahl hölzerner Gestelle bestand, auf denen Felle und Decken zum Trocknen aufgespannt worden waren, und der innere aus gut einem Dutzend der schweren vierrädrigen Karren, die Andrej schon gesehen hatte. Die Nacht hatte fast alle Farben ausgelöscht, doch Andrejs überscharfe Augen verrieten ihm, dass die meisten Fuhrwerke kunterbunt sein mussten.

Und plötzlich wusste er, wo er war. Verblüfft blieb er stehen. »Ihr seid Zigeuner!«

Auch Rason hielt mitten im Schritt inne und sah ihn stirnrunzelnd an.

»Entschuldige«, sagte Andrej rasch. »Ich weiß, ihr hört dieses Wort nicht gern, aber ...«

Rason unterbrach ihn mit einer Geste. »Jedermann nennt uns so, also warum nicht auch du? Ich wundere mich nur über dein Erstaunen. Wo ihr doch so lange nach uns gesucht habt.«

»Woher weißt du das?«

Der ernste Ausdruck verschwand schlagartig von Rasons Gesicht und machte wieder dem gewohnten Grinsen Platz. »Weißt du denn nicht, dass wir Zigeuner über das Zweite Gesicht verfügen?«, fragte er. »Natürlich nur die von uns, die nicht den Bösen Blick haben.«

»Oh ja«, antwortete Andrej. »Das hatte ich fast vergessen.«

Sie gingen weiter. Rason führte ihn an den Wagen vorbei, fast bis ans andere Ende des Lagers, wo es einen besonders großen, allerdings sehr schlicht gehaltenen Karren gab, der anstelle der üblichen vier über sechs Räder verfügte. Hinter einem schmalen, vergitterten Fenster in der Tür, zu der eine dreistufige Trittleiter hinaufführte, flackerte dunkelgelbes Licht. Im Schatten auf der anderen Seite des Wagens verbargen sich mindestens zwei Personen. Andrej konnte ihre Atemzüge hören und auch das Geräusch von Metall, das an Stoff oder Leder scheuert. Anscheinend waren Rasons Leute doch nicht so vertrauensselig, wie er selbst den Anschein zu erwecken versuchte.

»Dein Freund ist im Wagen.« Rason deutete zur Tür. »Ich warte hier draußen.«

»Zusammen mit deinen Kameraden, nehme ich an.« Die Worte taten Andrej bereits Leid, bevor er sie ausgesprochen hatte. Mittlerweile war er überzeugt davon, dass diese Leute ihm nichts Böses anhaben wollten. Er lächelte, um dem Gesagten wenigstens etwas von seiner Schärfe zu nehmen, dann ging er rasch die drei Stufen hinauf und betrat den Wagen.

Der warme Schein zweier fast heruntergebrannter Kerzen und ein verwirrendes Gemisch aus unterschiedlichsten Gerüchen empfingen ihn. Es duftete nach Kräutern und Öl, aber auch nach gebratenem Fleisch und frischem Obst. Ganz schwach mischte sich etwas Säuerliches, nicht sehr Angenehmes, darunter. Wer immer diesen Wagen bewohnte, legte entweder keinen besonderen Wert auf Reinlichkeit, oder er war sehr alt.

Die beiden einzigen Personen jedoch, die Andrej erblickte, waren Abu Dun und ein weiterer Sinti, der kaum älter sein konnte als Rason. Die beiden unterhielten sich, als Andrej eintrat, unterbrachen ihr Gespräch aber sofort und wandten sich zu ihm um. Andrej nickte dem jungen Mann flüchtig zu, dann konzentrierte er sich ganz auf Abu Dun.

Der Nubier bot einen Anblick, von dem Andrej nicht sagen konnte, ob er nun Mitleid erregend oder lächerlich war. Er hatte seinen schwarzen Kaftan und auch das Hemd ausgezogen und saß, nur mit seinen schwarzen Pluderhosen und Halbstiefeln bekleidet, auf der einen Seite eines niedrigen Tischchens, auf dem außer den beiden Kerzen ein bauchiger Weinkrug und zwei Becher standen. Seine gewaltigen Muskelpakete glänzten im Licht der beiden Kerzen wie frisch geöltes Leder, aber Andrej sah auch die zahllosen Kratzer, Schrammen und Schnitte, die Abu Dun davongetragen hatte. Die meisten waren bereits verschorft, was ihm sagte, dass er selbst tatsächlich ungewöhnlich lange ohne Bewusstsein gewesen sein musste. Sowohl um Abu Duns Unterarme als auch um seinen Bauch spannten sich saubere, straff angelegte Verbände. Ein weiterer Wickel nahm die Stelle des obligatorischen schwarzen Turbans ein. Den ungewöhnlichsten Anblick aber bot seine Nase. Ohnehin alles andere als klein, war sie nun unförmig und fast auf das Doppelte ihrer ursprünglichen Größe angeschwollen.

»Oh Allah, ein Wunder ist geschehen!«, rief Abu Dun.

»Und ich dachte schon, du wolltest bis zum Frühjahr durchschlafen.« Er sprach mit hörbar schwerer Zunge. Der Becher Wein, den er in der verbundenen Rechten hielt, schien nicht der erste zu sein.

»Wie geht es dir?«, fragte Andrej ernst.

Der junge Sinti, der zusammen mit Abu Dun am Tisch saß, leerte seinen Weinbecher in einem einzigen Zug und stand auf, um zu gehen.

»Bleib doch!«, bat Andrej. »Ich würde gern mit jemandem reden.«

»Das kannst du doch mit mir«, meinte Abu Dun.

»Mit jemandem, der nüchtern ist«, erklärte Andrej. »Und bei dem ich mich bedanken kann.«

»Es ... es ist besser, wenn ich draußen warte«, antwortete der Zigeuner. Er hatte ein ebenso offenes Gesicht wie Rason, aber anders als bei diesem, spürte Andrej eine gewisse Zurückhaltung – und auch einen Hauch von Furcht. So ließ er die Hand, die er bereits ausgestreckt hatte, um ihn zurückzuhalten, wieder sinken und trat einen Schritt zur Seite, um dem Sinti Platz zu machen. Stirnrunzelnd blickte er ihm nach, dann ging er zum Tisch und ließ sich Abu Dun gegenüber auf einen Stuhl sinken.

»Wie geht es dir?«, fragte er noch einmal.

Abu Dun trank einen gewaltigen Schluck Wein und griff nach dem Krug, um seinen Becher neu zu füllen, bevor er antwortete. »Gut! Es braucht schon etwas mehr als ein paar vorlaute Bälger, um Abu Dun umzubringen. Jedenfalls geht's mir nicht so schlimm, wie ich aussehe.«

Er nahm einen weiteren Schluck, und Andrej runzelte missbilligend die Stirn. Abu Dun war den Freuden des Weines nie abgeneigt gewesen, und auch Andrej wusste einen guten Schluck dann und wann zu schätzen. Aber jetzt war nicht der Moment dazu.

»Was übrigens nicht dein Verdienst ist«, fügte Abu Dun

hinzu, nachdem er einen weiteren Becher mehr als zur Hälfte geleert hatte. »Vielen Dank auch für deine Hilfe.«

Die Bemerkung ärgerte Andrej. »Ich bitte untertänigst um Vergebung«, antwortete er spitz. »Ich war abgelenkt. Das ist unverzeihlich, ich weiß, aber ich war gerade mit dem Sterben beschäftigt.«

Abu Dun stürzte den Rest seines Weins hinunter, griff nach dem Krug und sah Andrej aus verschleierten Augen an. »Wo wir gerade beim Sterben sind ... wieso lebst du eigentlich noch?«

»Wie?«

Abu Dun deutete auf Andrejs Brust. »Du hattest einen Dolch im Herzen, wenn ich mich nicht irre. Hast du mir nicht immer erzählt, ein Stich ins Herz würde selbst dich umbringen?«

»Vielleicht hab ich ja nicht die Wahrheit gesagt«, knurrte Andrej. Gleichzeitig ermahnte er sich zur Mäßigung. Abu Dun hatte völlig Recht. Neben offenem Feuer war ein gezielter Stich ins Herz eine von wenigen Möglichkeiten, einen Vampyr wirklich zu töten. Und er hatte *gespürt*, wie der Dolch in sein Herz eindrang und es zerschnitt. Ja, wieso lebte er eigentlich noch?

In etwas versöhnlicherem Ton sagte er: »Ich weiß es nicht.«

»Aber ich«, verkündete Abu Dun triumphierend.

»Du?«

Abu Dun genoss Andrejs Überraschung. »Man muss die Waffe stecken lassen, weißt du? Nicht herumdrehen oder besonders tief hineinstoßen oder sonst irgendwas, einfach nur stecken lassen. Der Stahl verhindert, dass sich die Wunde schließt, und das Blut fließt aus deinem Herzen heraus. Schneller, als deine Zauberkräfte es ersetzen können. Es dauert eine Weile, aber am Ende verblutest du. Wie ein ganz normaler Mensch.«

»Woher weißt du das?«, fragte Andrej.

Abu Dun grinste breit, schenkte sich nach und nahm einen tiefen Zug. Er schwieg. Andrej starrte ihn zornig und verwirrt zugleich an. Er kannte Abu Dun gut genug, um zu wissen, dass der Nubier seine Rolle viel zu sehr genoss, um mit etwas anderem als rätselhaften Andeutungen rauszurücken.

Nachdenklich griff er nach dem Becher, den der junge Sinti stehen gelassen hatte, roch daran und schenkte sich schließlich ebenfalls aus dem Krug ein, den er Abu Dun fast mit Gewalt entreißen musste. Der Wein hatte einen vollen, exotischen Geschmack, und er war so schwer, dass Andrej Abu Duns schleppende Sprechweise sofort verstand. Ihm selbst hätte wahrscheinlich ein einziger Becher gereicht, um seine Sinne zu betäuben. So nippte er nur kurz an dem Getränk und nutzte die Zeit, um sich aufmerksam umzusehen.

Die beiden Kerzen erfüllten das Wageninnere mit mehr Schatten als Licht, sodass er nur vage Umrisse erkennen konnte. Es gab einen niedrigen Diwan, der mit zahllosen, bunt bestickten Decken und Kissen belegt war, und an den Wänden hingen Bilder, Stickereien und geschnitzte Heiligenfiguren. Der Raum war deutlich kleiner, als Andrej beim Anblick des Wagens vermutet hätte, und es dauerte eine ganze Weile, bis er die Umrisse einer Tür in der rückwärtigen Wand entdeckte. Offensichtlich führte sie zu einem zweiten Raum.

Andrej lauschte. Nicht nur mit seinen menschlichen Sinnen. Er hätte gespürt, wenn außer ihnen noch jemand im Wagen gewesen wäre. Und für einen Moment schien es, als nehme er etwas in dieser Richtung wahr. Doch dann kam er zu dem Schluss, dass er sich geirrt haben musste. Sie waren allein.

»Abu Dun, ich bin nicht zum Scherzen aufgelegt«, sagte er schließlich ruhig. »Wo sind wir hier? Was sind das für Leute? Und wieso haben sie uns geholfen?«

»Das fragst du sie am besten selbst«, kicherte Abu Dun.

»Was zum Teufel …?«

In diesem Moment wurde die Tür des zweiten Raums geöffnet und eine schmale, gebeugte Gestalt trat ein. Andrej fuhr so erschrocken zusammen, dass er etwas von seinem Wein verschüttete. Blutrot glitzerten die Tropfen auf der fleckigen Tischplatte, und sein Herz begann zu hämmern.

Was er sah, konnte unmöglich sein. Bei der Person, die hereingekommen war, handelte es sich offensichtlich um eine Frau, obwohl sie so gebückt ging, dass er ihr Gesicht nicht erkennen konnte. Aber sie hätte nicht da sein dürfen! Er hätte es spüren *müssen,* dass außer ihnen noch jemand im Wagen war. Und doch nahm er die Anwesenheit der Alten noch nicht einmal jetzt wahr, da er sie mit eigenen Augen sah!

Er wollte aufstehen, aber die alte Frau schüttelte den Kopf und kam mit schlurfenden Schritten näher. Erst, als sie den Tisch erreicht hatte, wurde ihr Antlitz vom flackernden Lichtschein der Kerzen erhellt, und Andrej erblickte die Züge des ältesten Menschen, dem er jemals begegnet war.

Obwohl ihr Haar, das ihr in langen, dünnen Strähnen ins Gesicht und bis weit auf die Brust fiel, noch immer von satter, schwarzer Farbe war, schätzte Andrej ihr Alter auf mindestens hundert Jahre. Ihr Gesicht war eine Landschaft aus Runzeln und so tiefen Falten, dass sie wie Messerschnitte wirkten. Die Lippen waren nicht mehr als solche auszumachen, und in dem eingefallenen Mund waren wahrscheinlich schon seit Jahrzehnten keine Zähne mehr. Ihr Gesicht musste in jungen Jahren voll gewesen sein, doch jetzt stachen die Jochbeine durch die trockene Pergamenthaut über ihren hohlen Wangen hervor, und die scharfe Hakennase musste im Laufe ihres Lebens gleich mehrmals gebrochen gewesen sein.

Das Schlimmste aber waren die Augen. So wenig, wie Andrej einen Lebensfunken in der alten Frau spürte, so wenig konnte er irgendetwas in den trüben, grauen Spiegeln ihrer Seele sehen. Die alte Zigeunerin war blind.

»Hast du mich jetzt lange genug angestarrt, Andrej Delany?«, fragte die Greisin. Ihre Stimme war so dünn und trocken wie die Haut auf ihren Händen.

»Du ... kennst meinen Namen?«, fragte Andrej stockend. Er hatte Mühe, überhaupt zu sprechen. Irgendetwas ging von dieser blinden Zigeunerin aus, das ihn frösteln ließ.

»Dein Freund da hat ihn mir verraten.« Eine dürre Klaue deutete auf Abu Dun. »Er hat mir auch verraten, dass du mir eine Menge Fragen stellen willst. Also hör auf, mich anzustarren. Ich weiß selbst, wie hässlich ich bin. Mit einhundertundacht Jahren muss man nicht mehr schön sein. Jetzt gieß mir einen Becher Wein ein, und dann frage, was du zu fragen hast.«

»Fragen?« Andrej warf Abu Dun einen verwirrten Blick zu, erntete aber nur ein weiteres, schadenfrohes Grinsen.

»Ich nehme doch an, dass du etwas von mir wissen willst«, bestätigte die Alte. »Warum sonst habt ihr so lange nach mir gesucht?«

»Nach dir?« Andrej sog scharf die Luft zwischen den Zähnen ein. »Du bist ...«

»Ich bin Anka«, sagte die Zigeunerin.

Die Puuri Dan hatte sich gesetzt – nicht auf den mit Kissen und Decken überladenen Diwan, wie Andrej erwartet hatte, sondern auf einen Stuhl, den Abu Dun auf ihr Geheiß hin herbeigeholt hatte – und ihre Bitte um Wein wiederholt. Erst, nachdem sie einen gewaltigen Schluck von dem starken Getränk zu sich genommen hatte, wandte sie sich wieder in Andrejs Richtung, und ein Lächeln erschien auf ihrem vom Alter gezeichneten Gesicht.

»Manchmal bedaure ich es, nicht sehen zu können«, sagte sie.

Andrej war froh, dass sie es nicht konnte. Er war nicht nur

vollkommen überrascht, sondern noch immer auf eine Art beunruhigt und alarmiert, die sich nur schwer in Worte fassen ließ. Tief im Innern spürte er eine Furcht, die ebenso unerklärlich wie quälend war.

»Bitte entschuldige, Anka. Vermutlich waren wir einfach schon so lange auf der Suche, dass ich gar nicht mehr damit gerechnet habe, euch noch irgendwann zu finden«, sagte er schließlich.

»Beeindruckend«, spottete Anka.

»Was?«

»Dieser wohlfeile Satz«, antwortete Anka. »Kannst du auch mit mir sprechen wie mit einem normalen Menschen?«

»Er meint, dass wir ziemlich lange nach euch gesucht haben«, sprang Abu Dun ein. »Und bisher vergeblich.«

»Nun habt ihr mich ja gefunden.« Anka trank einen weiteren Schluck Wein. Ihre blinden Augen fixierten Andrej auf eine Art, die ihn schaudern ließ. Ein einzelner Tropfen Wein glitzerte auf ihren eingefallenen Lippen. Er sah aus wie Blut. »Ihr kommt aus dem Osten, nicht wahr?«

»Siebenbürgen«, bestätigte Andrej. Seine Gedanken überschlugen sich. Er hatte die Wahrheit gesagt, als er behauptet hatte, die Hoffnung schon fast aufgegeben zu haben, die Puuri Dan und ihre Sippe jemals zu finden. Tausendmal hatte er sich ausgemalt, wie es sein würde, wenn er ihr endlich gegenüberstand, dem vielleicht einzigen Menschen auf der Welt, der ihm sagen konnte, wer er wirklich war. Zumindest sollte dieser Moment etwas Erhabenes haben, dachte er.

»Siebenbürgen?«, wiederholte Anka. Sie nickte. »Seid ihr dort auf Alessa getroffen?«

»Alessa?« Andrej sah überrascht zu Abu Dun. Der ehemalige Sklavenhändler neigte zur Redseligkeit, wenn er trank, und in dieser Nacht hatte er eindeutig zu viel getrunken.

»Ich weiß, dass sie tot ist«, sagte Anka. »Dein Freund hat's mir erzählt. Nicht freiwillig. Zürne ihm nicht oder denke, er wäre so redselig. Ich hab's an der Art gespürt, wie er ihren Namen ausgesprochen hat.«

»Es tut mir Leid«, sagte Andrej aufrichtig. »Ich wollte nicht, dass du es auf diese Weise erfahrst.«

»Wie sonst?«, fragte Anka. »Schonender?« Sie schüttelte den Kopf. »Das ist nicht notwendig. Wenn man so alt geworden ist wie ich, dann gewöhnt man sich daran, dass Menschen sterben. Fast alle, deren Geburt ich miterlebt habe, sind schon lange tot.«

»Aber Alessa war ...«

»Alessa«, unterbrach ihn die alte Frau hart »war nicht meine Tochter. Nur ein Mädchen, das ich gekannt habe. Und mehr war sie auch nicht für dich, Unsterblicher.«

Andrej versteifte sich. »Das stimmt nicht«, sagte er mit Nachdruck. »Sie war etwas Besonderes.«

»Weil sie der erste Mensch war, der so war wie du«, sagte Anka. »Und deshalb glaubst du, sie wäre etwas Besonderes gewesen? Wahrscheinlich glaubst du auch, du wärest in sie verliebt gewesen!«

»Das war ich.«

»In ein Mädchen, das du nur ein paar Stunden lang gekannt hast?« Anka machte eine abwehrende Geste. »Eure Bekanntschaft hat darin bestanden, dass sie in deinen Armen gestorben ist, du Narr.«

»Abu Dun, du redest zu viel«, zischte Andrej. Er hatte nur geflüstert, aber Anka verfügte über das scharfe Gehör der Blinden und mischte sich ein.

»Ich höre auch Dinge, die nicht ausgesprochen werden«, sagte sie. »Meistens sind das die Interessanteren. Red dir nur weiter ein, dass du dieses dumme Ding geliebt hast. Und? Sie ist tot, oder etwa nicht? Hat der Tod für euch Unsterbliche mehr Gewicht, als für andere Menschen?«

Andrej horchte auf. »*Euch* Unsterbliche?«, wiederholte er ungläubig.

»Du hast richtig gehört.« Anka nickte zufrieden. »Ich gehöre nicht zu euch.«

»Aber du bist doch ...«

»Sehr alt«, unterbrach ihn Anka. »Gott hat mir ein langes Leben geschenkt, das ist wahr. Ich bin einhundertundacht Jahre alt, und wenn ich die nächste Wintersonnenwende noch erlebe, sogar einhundertundneun. Aber viel mehr Jahre werden es wohl nicht mehr werden. Und das ist gut so.«

»Gut?«, wiederholte Abu Dun. »Was soll gut daran sein, sterben zu müssen?«

»Es gibt nur eine endliche Anzahl von Dingen, die du tun kannst, Sarazene«, antwortete die Zigeunerin. »Und nur eine endliche Anzahl von Dingen, die du erleben kannst. Irgendwann fängt alles an, sich zu wiederholen, und aus Aufregung wird am Schluss Gewohnheit. Wenn Gott gewollt hätte, dass wir unendlich lange leben, dann hätte er's auch so eingerichtet.«

»Bei manchen hat er es getan«, sagte Andrej leise.

Ankas blinde Augen wandten sich wieder in seine Richtung. »Wer sagt dir, dass es Gottes Wille war, Unsterblicher?«

»Ich hatte gehofft, dass du mir diese Frage beantworten könntest«, erwiderte Andrej.

»Dann muss ich dich enttäuschen«, sagte Anka. »Wenn ihr nur deshalb den langen Weg auf euch genommen habt, dann habt ihr ihn umsonst gemacht. Dein Freund aus dem Morgenland hat mir alles erzählt, was in jener Nacht geschehen ist. Und was Alessa dir erzählt hat, das war auch schon fast alles, was ich dir darüber erzählen könnte.«

»Aber Alessa hat ...«

»... im Fieber gesprochen. Demselben Fieber, das ihre Familie dahingerafft hat. Du hast dieses Fieber auch gehabt, nicht wahr?«

»Ich? Nein. Ich war nie krank«, antwortete Andrej.

»Niemals? Auch nicht als Kind?« Anka wiegte nachdenklich den Kopf. »Du wirst es vergessen haben. Es beginnt immer mit einem Fieber. Fast alle sterben daran. So wie Alessa.«

»Und meine ganze Familie«, murmelte Andrej nachdenklich.

»So, so«, machte Anka.

»Ich habe sie nie kennen gelernt«, erklärte Andrej. »Man hat es mir nur erzählt. Sie sind alle am Fieber gestorben, als ich noch ein Säugling war.«

»Und du hast als Einziger überlebt«, fuhr Anka fort. »So fängt es immer an. Eine Linie endet, damit einer von ihnen länger leben kann. Aber länger leben bedeutet nicht ewig.«

»Du weißt also doch etwas darüber«, stellte Andrej fest.

»Wenn man so lange lebt wie ich, dann erfährt man viel«, antwortete Anka. »Und die Puuri Dan sind die Bewahrerinnen des alten Wissens.«

»Wissen über Menschen, die so sind wie ich?«

»Vampyre, meinst du?« Anka lachte, als hätte sie sein Erschrecken gesehen. »Sprich das Wort ruhig aus. Oder fürchtest du dich davor?«

»Vielleicht«, gestand Andrej.

»Wenn ja, dann tust du gut daran«, sagte Anka. Ihre Stimme wurde spröde. »Ich weiß, was ihr seid. Wozu ihr am Ende werdet. Die wenigen von euch, die den Weg so weit gehen wie du. Ich weiß, womit ihr euch eure Unsterblichkeit erkauft. Es ist gestohlenes Leben. Wie viele Menschen mussten schon sterben, damit dein Leben andauert, Andrej? Du hast die Stimme und den Geruch eines jungen Mannes, aber wie alt bist du wirklich? So alt wie ich, oder doppelt so alt?«

»Ich bin nicht viel älter, als ich aussehe«, antwortete Andrej.

»Eine wahrlich erhellende Antwort«, sagte die blinde Frau spöttisch.

Abu Dun lachte. »Dreißig, würde ich sagen, kaum älter.«

»Und wie viele Leben hast du genommen, um so alt zu

werden?«, fragte Anka. Sie kicherte, trank einen weiteren Schluck Wein und lachte dann schrill. »Oh, wusstest du das nicht? Habt ihr einmal damit angefangen, euch von gestohlenem Leben zu nähren, dann könnt ihr nie wieder damit aufhören.«

Ein weiterer Schluck Wein hinterließ eine Spur aus winzigen roten Tröpfchen auf ihren Lippen und ein feines Rinnsal auf ihrem Kinn. Für einen Moment sah es so aus, als wäre *sie* der Vampyr in diesem Raum. »Also sag mir: Wie viele Leben hast du schon genommen, um deines zu behalten?«

»Ich habe getötet, das ist richtig«, gestand Andrej. »Aber nur, um mich zu verteidigen. Ich habe nie jemanden getötet, der es nicht verdient hätte.«

»Und wer hat dich zum Richter über jene gemacht, die den Tod *verdient* haben?«, fragte Anka böse.

»Sie selbst«, antwortete Abu Dun an Andrejs Stelle. Er hatte Mühe, seine Zunge unter Kontrolle zu halten, aber sonderbarerweise schien das seinen Worten mehr Gewicht zu verleihen. »Jeder Einzelne von ihnen, altes Weib, indem sie das Schwert gegen ihn erhoben haben.«

»Das mag sein«, erwiderte Anka ungerührt. »Doch wie lange wird das so bleiben? Weitere dreißig oder vierzig Jahre? Hundert? Sag mir, Andrej, wird denn immer im richtigen Moment ein Mensch zur Stelle sein, der den Tod verdient hat, weil er dir nach dem Leben trachtet? Wann wirst du die erste Ausnahme machen?«

»Niemals!«, antwortete Andrej. »Ich würde eher sterben, bevor ich einen Unschuldigen töte.«

»Und im Moment glaubst du das sogar selbst«, sagte Anka grimmig. Sie schüttelte den Kopf. »Aber was wird in hundert Jahren sein? Nein, das alles kann nicht Gottes Wille sein. Ich will damit nichts zu tun haben, und ich will nichts davon wissen. Ich hab euch gesagt, was ich euch sagen kann, und das ist schon mehr, als ich wollte. Ich werde bald vor unseren

Schöpfer treten, und vielleicht werden mir dann Fragen gestellt, die ich reinen Gewissens beantworten möchte.«

»Dann ist es vielleicht besser, wenn wir gehen!« Andrejs Stimme klang bitter. Die Enttäuschung saß so tief, dass sie fast körperlich schmerzte.

»Unsinn! Dein Freund ist verwundet. Er ist zu stolz, um es zuzugeben, aber er kann nicht gehen, und schon gar nicht reiten.«

»Das ist ... ist nicht wahr«, lallte Abu Dun. »Ich brauche nur noch ... einen Schluck von diesem ... köstlichen Beerensaft, um ...«

»... vom Stuhl zu fallen und dir auch noch das letzte bisschen Verstand aus dem Schädel zu schlagen, ich weiß.« Andrej beugte sich über den Tisch und nahm Abu Dun den Weinkrug weg. Der Nubier sah enttäuscht aus, sagte aber nichts.

»Ihr habt so lange nach mir gesucht, da ist es nur recht und billig, wenn ihr so lange hier bleibt, bis der Araber sich erholt hat«, fuhr Anka ungerührt fort. »Zwei oder drei Tage werden genügen. Danach mögt ihr eurer Wege gehen.«

»Danke«, sagte Andrej.

»Bedanke dich, nachdem Rason dir gesagt hat, was du dafür tun musst«, kicherte Anka. »Bei uns findet jeder Obdach, aber es ist nicht umsonst. Und jetzt bring deinen betrunkenen Freund nach draußen. Rason wird euch zeigen, wo ihr schlafen könnt.«

Die Enttäuschung hatte ihn bis in seine Träume hinein verfolgt, und ihm für den Rest der Nacht einen unruhigen Schlaf beschert. Abu Dun, der mehr getrunken zu haben schien als nur einen Krug Wein, war zwar auf der Stelle eingeschlafen, warf sich jedoch stöhnend von einer Seite auf die andere und schnarchte, dass es Andrej das letzte bisschen Schlaf raubte.

Gegen Sonnenaufgang, als das Lager langsam zum Leben erwachte, kroch er ans Tageslicht.

Rason hatte ihnen ein Zelt weit am Rande des Lagers zugewiesen, ob zufällig oder mit Bedacht, konnte Andrej nicht sagen. Das Vertrauen der Sinti in ihre unbekannten Gäste schien jedoch nicht so vorbehaltlos zu sein, wie Rason sich den Anschein gegeben hatte. Zwar konnte Andrej keinen Wachposten ausmachen, als er das Zelt verließ und sich aufrichtete, aber er spürte, dass vor wenigen Momenten noch jemand hier gewesen war. Er musste nicht lange suchen, bis er die Spuren von zwei Männern im Gras entdeckte. Vermutlich die beiden, die auch hinter Ankas Wagen Wache gestanden hatten. Andrej registrierte die Entdeckung mit Genugtuung. So verhasst ihm überzogenes Misstrauen war, so wenig schätzte er Menschen, die zu vertrauensselig waren. Sie brachten damit oft genug nicht nur sich selbst, sondern auch andere in Gefahr.

Bald würde es hell werden. Andrej schlug fröstelnd die Arme um den Oberkörper, drehte sich halb um seine eigene Achse und ging dann auf die nächstgelegene Feuerstelle zu. Die Flammen waren im Laufe der Nacht erloschen, aber in der Asche gab es noch genügend Glut. Er brauchte nur ein paar trockene Zweige und zwei oder drei Lungen voll Luft, um das Feuer wieder anzufachen.

»Du machst dich nützlich«, hörte er eine Stimme hinter sich. »Das ist gut.«

Andrej drehte sich um und erkannte Rason, der lautlos wie ein Schatten herangekommen war.

»Ich bin hungrig«, antwortete er lächelnd. »Und eure Anführerin hat mir klargemacht, dass ich arbeiten muss, wenn ich essen will.«

»Damit hat sie zwar Recht, aber Anka ist nicht unsere Anführerin«, erwiderte Rason kopfschüttelnd. »Du darfst sie nicht zu ernst nehmen. Sie ist alt und manchmal seltsam. Wir haben für jeden ein Stück Brot und einen Becher Wasser, der darum bittet.«

»Wir stehen schon viel zu tief in eurer Schuld«, beharrte Andrej. »Wenn ihr nicht gekommen wärt, dann wären wir jetzt wahrscheinlich tot. Abu Dun zumindest.«

Rasons Gesicht spiegelte völlige Verständnislosigkeit. »Tot?«

»Wegen dieser Kinder«, erklärte Andrej. *Wenn es denn Kinder waren.*

»Kinder?« Rason runzelte die Stirn. »Ich habe keine Kinder gesehen.«

»Aber ...«

»Mein Bruder und ich haben euch unten am Bach gefunden«, fuhr Rason fort. »Bewusstlos. Aber da waren keine Kinder. Was soll mit ihnen gewesen sein? Haben sie euch bestohlen?«

Andrej starrte den jungen Zigeuner durchdringend an. Es war nicht so, dass er Gedanken lesen konnte, aber seine scharfen Sinne machten es ihm leicht zu erkennen, ob ihn jemand belog. Bei Rason spürte er nichts dergleichen.

»Sprich weiter.«

»Da gibt's nicht mehr viel zu sagen«, antwortete Rason. »Ihr wart bewusstlos. Beide. Wir haben uns ein wenig umgesehen und eure Pferde und euer Gepäck gefunden. Es sah aus, als hätte man versucht, euch zu bestehlen.« Erneut zuckte er die Achseln. »Wir waren der Meinung, ihr hättet die Diebe überrascht und verfolgt, und dabei wäre es zum Kampf gekommen.« Er blinzelte. Die Andeutung eines spöttischen Lächelns erschien in seinen Augen. »Ihr seid von *Kindern* überfallen worden?«

»Ganz so war es nicht«, antwortete Andrej ausweichend und rettete sich schließlich in ein verlegenes Grinsen. »Ich habe einen Schlag auf den Kopf bekommen. An alles andere erinnere ich mich nicht mehr so genau.«

»So was kommt vor«, bestätigte Rason. Er schmunzelte. »Aber immerhin haben wir eure Pferde. Und euer Gepäck auch. Ich glaube nicht, dass etwas von Wert fehlt.«

»Ihr habt unsere Sachen durchsucht?«

»Selbstverständlich«, erwiderte Rason ungerührt. »Man muss doch wissen, mit wem man es zu tun hat. Ihr habt eine Menge Geld bei euch. Mit so was sollte man vorsichtig sein. Sonst muss man sich nicht wundern, wenn man überfallen wird.«

Irgendetwas an diesen Worten störte Andrej. Sie enthielten eine versteckte Kritik. Irritiert fragte er: »Habt ihr zufällig auch ein Schwert gefunden?«

»Es liegt in meinem Wagen«, antwortete Rason. »Eine prachtvolle Waffe – vor allem für einen einfachen Händler und Kaufmann. Ich gebe zu, ich war in Versuchung, sie zu behalten. Aber nur kurz.«

Andrej beschloss, die beiden letzten Sätze nicht gehört zu haben. »Es ist ein prachtvolles Schwert«, bestätigte er. »Ich habe es von einem Söldner gekauft, der seine Zeche nicht bezahlen konnte.«

»Ein gutes Geschäft.«

»Ich konnte mich bisher nicht davon trennen, obwohl es gute Angebote gab. Außerdem wird man respektiert, wenn man eine solche Waffe trägt.«

»Ja«, sagte Rason trocken. »Oder überfallen.« Er lachte. »Jetzt geh und weck deinen Freund. Gleich gibt's was zu essen, und danach beraten wir, was weiter mit euch geschieht.«

Abu Dun zu wecken, erwies sich als schwieriger, als Andrej ohnehin schon befürchtet hatte. Endlich erwacht konnte oder wollte sich der Nubier nicht mehr genau an das Gespräch mit Anka erinnern, und das, was Andrej ihm über seine Unterhaltung mit Rason erzählte, bedachte er nur mit einem Achselzucken. Schließlich gab Andrej auf und verließ das Zelt.

Obwohl nicht viel Zeit vergangen war, hatte sich das Lager vollkommen verändert. Überall, auch in den meisten Wagen, brannten Feuer. Andrej schätzte die Zahl der Männer und Frauen, die er sah, auf mehrere Dutzend. Die Sippe war größer, als er angenommen hatte.

Rason saß zusammen mit drei weiteren Zigeunern um das Feuer herum, an dem Andrej ihn zurückgelassen hatte, und winkte ihn zu sich heran. »Und?«, fragte er. »Wie geht's deinem Freund?«

»Frag ihn das besser nicht!«, empfahl Andrej. »Wahrscheinlich kann man ihn erst nach der Mittagsstunde wieder ansprechen.« Er folgte Rasons Geste, ließ sich mit untergeschlagenen Beinen am Feuer nieder und warf einen raschen Blick in die Runde. Gleich neben Rason saß der junge Zigeuner, den er gestern Nacht in Ankas Wagen getroffen hatte. Jetzt, da er die beiden nebeneinander sah, war er sicher, dass es sich bei ihm und Rason um Brüder handeln musste, möglicherweise sogar um Zwillinge. Neben den beiden Jungen saß eine dunkelhaarige Schönheit, die seinen Blick ohne Scheu, aber auch ohne die Spur eines Lächelns, erwiderte. An ihrer Seite hatte sich ein grauhaariger älterer Mann niedergelassen, den eine Aura von Autorität umgab.

»Das ist Bason.« Rason deutete auf den jungen Mann neben sich. »Mein Bruder.«

»Rason und Bason?«

»Unsere Eltern fanden das lustig«, sagte Rason. »Aber mach dir keine Sorgen: Es gibt keine weiteren Brüder. Sonst hätte es wirklich kompliziert werden können.« Er grinste knapp und wurde sofort wieder ernst. »Wir beide haben euch gefunden.«

»Und gefesselt«, ergänzte Andrej.

»Was hast du erwartet?«, fragte der Grauhaarige, bevor

Rason etwas erwidern konnte. Er hatte eine volltönende, dunkle Stimme. »Die beiden finden zwei Fremde, die offensichtlich in einen Kampf verwickelt waren, und in der Nähe Waffen und weitere Spuren. Sie mussten euch fesseln – oder liegen lassen.«

»So sind unsere Regeln«, bestätigte Bason. Er machte eine Geste in Richtung des Grauhaarigen. »Das ist Laurus. Das Oberhaupt unserer Sippe.«

Andrej war nicht überrascht. Er nickte Laurus höflich zu. Der Sinti erwiderte seinen Blick, ohne eine Miene zu verziehen.

»Wir müssen beraten, was weiter mit euch geschieht«, sagte Laurus nach einer geraumen Weile.

»Beraten?« Andrej wiegte den Kopf. »Verzeiht, aber ich kann mich des Eindrucks nicht erwehren, dass ihr das bereits getan habt.«

»Ihr seid unsere Gäste«, antwortete Laurus ungerührt. »Ihr könnt bleiben, bis sich dein Freund vollständig erholt hat.«

»Das ist nicht notwendig«, antwortete Andrej. Er war nicht überrascht, aber enttäuscht. Etwas an der scheinbar gleichgültigen Art des Zigeuners machte ihm klar, wie sinnlos jedes weitere Wort war. Die Entscheidung war längst gefallen. »Abu Dun ist zäh. So schnell wirft ihn nichts um.«

»Abgesehen von einem Krug Wein«, grinste Rason. »Oder zwei.«

»Wir ziehen noch heute weiter«, fuhr Laurus fort. »Am Mittag werden wir Honsen erreichen, unser nächstes Ziel. Wenn ihr bei uns bleibt, könnt ihr euch dort nützlich machen. Rason hat mir erzählt, dass du Kaufmann bist?«

Andrej sah Rason überrascht an. Er nickte.

»Womit handelst du?«

»Mit nichts Bestimmtem«, antwortete Andrej ausweichend. »Was sich gerade so anbietet.«

»Schwerter zum Beispiel?«

»Zum Beispiel.« Andrej war auf der Hut. Das Gespräch war nicht so unverfänglich, wie es für einen Außenstehenden vielleicht den Anschein hatte. Es war besser, er überlegte sich jedes Wort genau.

»Jemanden wie dich können wir brauchen«, sagte Laurus nach kurzem Überlegen.

»Wozu?«

»Wir sind Zigeuner«, antwortete Laurus, als wäre das Erklärung genug. »Die Leute verhandeln lieber mit jemandem wie dir. Wir brauchen Unterkunft, müssen Waren tauschen – du könntest die Verhandlungen für uns führen.« Er hob die Schultern. »Und dein großer Freund kann bei unserem Schauspiel mitmachen.«

»Schauspiel?«

»Wir treten auf. Man muss schließlich von etwas leben.«

Abu Dun in einem Schauspiel? Andrej glaubte nicht, dass sie lange genug bei diesen Leuten bleiben würden, um das wirklich zu erleben, aber die Vorstellung gefiel ihm. Er lächelte matt, sagte aber nichts.

»Und wie es der Zufall will«, fügte Rason feixend hinzu, »brauchen wir gerade einen schwarzen Mann.«

»Abu Dun, der Kinderschreck.« Andrej nickte. »Das kann ich mir gut vorstellen.«

Niemand lachte. Nur in den Augen der Schwarzhaarigen blitzte es kurz und amüsiert auf. Andrej musterte sie aufmerksamer und korrigierte seine Schätzung, was ihr Alter anging, um ein gutes Stück nach oben. Sie konnte durchaus Laurus' Frau sein, aber er zog es vor, sich nicht danach zu erkundigen. So, wie er die Sinti einschätzte, mochten sie keine Fremden, die zu viele neugierige Fragen stellten.

»Ich würde gerne noch einmal mit Anka sprechen.«

»Anka?« Laurus' Gesicht verdüsterte sich. Ganz offensichtlich war das der falsche Wunsch gewesen. »Später vielleicht. Heute ist kein guter Tag dazu.«

»Ich wollte nicht ...«

»Anka«, unterbrach ihn Laurus nicht unfreundlich, aber doch eine Spur schärfer als bisher, »ist unsere ehrwürdige Frau. Aber sie ist auch eine sehr alte Frau und manchmal etwas sonderbar. Du solltest nicht alles glauben, was du über sie hörst, und schon gar nicht alles, was du *von* ihr hörst.« Er stand auf und ging mit schnellen Schritten davon. Andrej sah ihm verwirrt nach.

»Was habe ich falsch gemacht?«, fragte er.

Rason lachte. »Laurus und Anka sind ... nicht gerade Busenfreunde«, erklärte er.

»Aber ich dachte, sie wäre ...«

»Anka ist unsere Puuri Dan«, fiel ihm Bason ins Wort, deutlich ernster als sein Bruder. »Sie ist die Bewahrerin des Wissens. Wir brauchen sie. Aber mein Vater und Anka waren noch nie gute Freunde, schon, als sie noch nicht so alt und sonderbar gewesen ist. Wir hatten schon eine Menge Schwierigkeiten ihretwegen, weißt du? Besser, du sprichst ihn nicht wieder auf sie an.«

Laurus sein *Vater?* Das war eine neue Information – und eine ziemlich überraschende dazu. Wenn Andrej jemals Söhne gesehen hatte, die ihrem Vater *nicht* ähnelten, dann waren es Rason und Bason. Er antwortete nur mit einem angedeuteten Lächeln.

»Auf dem Feuer liegt Speck, und hier steht Wasser.« Rason machte eine einladende Geste. »Du solltest dich stärken. Wir brechen bald auf, und wir müssen uns sputen, wenn wir unser Ziel bis zum Mittag erreichen wollen. Eure Pferde stehen drüben an der Koppel, und euer Gepäck ist in meinem Wagen. Ich bringe es dir gleich.« Er lachte leise. »Nicht, dass am Ende noch was wegkommt.«

Honsen war ein Straßendorf, wie es typisch war für diese Gegend.

Der Ort lag an der Kreuzung zweier unterschiedlich gut ausgebauter Wegstrecken und bestand aus wenig mehr als einem Dutzend einfacher Gebäude, von denen das größte die aus grobem Bruchstein errichtete Kirche war. Eine Hand voll Höfe, allesamt in Sichtweite des Kirchturms gelegen, waren der Ansiedlung vor- und nachgelagert.

Die letzten Meilen hatte sich die Straße durch ein ausgedehntes Moor geschlängelt, sodass die Sinti ihr ganzes Geschick darauf verwandten, die schweren Wagen genau in der Mitte der Fahrspur zu halten. Nicht nur Andrej atmete erleichtert auf, als von den eisenbeschlagenen Rädern und den Pferdehufen Kies und von der Sonne steinhart zusammengebackenes Erdreich widerhallte.

Auf Laurus' Bitte hin bildeten Abu Dun und er die Nachhut und ritten ein gutes Stück hinter dem Zug her. Abu Dun war immer noch sehr einsilbig. Er litt nach wie vor unter den Folgen des Alkoholgenusses, und seine Verletzungen waren anscheinend schlimmer, als er zugeben wollte. Andrej hatte ein paar Mal versucht, ein Gespräch mit ihm zu beginnen, aber nachdem er nur ein paar spitze Bemerkungen geerntet hatte, gab er es schließlich auf.

Der Tag war wieder so heiß geworden wie die vorangegangenen. Nicht der leiseste Windhauch regte sich, und auch der Himmel war stahlblau und wolkenlos. Die Sonne, eine glühende, fast weiße Münze, schickte ihre Strahlen unbarmherzig auf die verbrannte Erde hinab und dörrte sie noch weiter aus. Andrej fragte sich, wie lange die Hitzewelle noch anhalten mochte, und vor allem, wie lange das Land und seine Bewohner sie noch ertragen konnten, ohne ernsthaften Schaden zu nehmen. Noch führten die Flüsse Wasser und noch waren die Felder nicht vollends verbrannt. Doch in wenigen Wochen konnte das schon anders aussehen …

»Du müsstest dich doch wie zu Hause fühlen«, sagte Andrej an Abu Dun gewandt, der abwechselnd neben und hinter ihm ritt, um doch noch ein Gespräch in Gang zu bringen. »Heißer kann es in der Wüste auch nicht sein.«

»Was weißt du schon von der Wüste, Ungläubiger?«, antwortete Abu Dun sauertöpfisch. »Die Wüste ist erhaben und schön. Es gibt dort wirkliche Größe, und die Menschen, die dort leben ...«

»... sind edel und gut und ein Ausbund an Freundlichkeit, ich weiß«, unterbrach ihn Andrej. Er hielt sein Pferd an, bis Abu Dun neben ihm ritt und ließ das Tier dann im gleichen Tempo wie das des Nubiers weitertrotten. »Was ist eigentlich los mit dir? Wenn du den Wein nicht verträgst, dann sauf nicht so viel!«

Abu Dun sah ganz so aus, als wollte er wütend werden, aber dann beließ er es bei einem verärgerten Blick und sank in sich zusammen. »Es ist nicht der Wein«, sagte er.

»Allahs Strafe dafür, dass du gegen die Gebote des Propheten verstoßen und Alkohol zu dir genommen hast, ich verstehe«, sagte Andrej spöttisch. »Irgendwann musste es der alte Herr da oben ja mal merken.«

»Es ist nicht der Wein«, beharrte Abu Dun.

»Was dann?«

»Nun ...« Der riesige Nubier druckste herum. »Gestern«, sagte er schließlich.

»Gestern?« Selbstverständlich wusste Andrej, was Abu Dun meinte, aber er wollte es von ihm hören.

»Diese verdammten Kinder.«

»Ich verstehe.« Andrej nickte. »Geht gegen deine Ehre, dass dich ein paar Halbwüchsige verprügelt haben, was? Wenn es dich tröstet: Mir geht's ganz genauso. Aber was hätten wir tun sollen? Sie umbringen? Es waren trotz allem nur Kinder.«

»Ganz genau das ist es ja«, grollte Abu Dun. »Vor ein paar Jahren *hätte* ich es getan, ohne zu zögern.«

»Oh, das meinst du«, antwortete Andrej. »Du bist wütend, weil du es nicht mehr über dich bringst, Kinder umzubringen.«

»Das waren keine Kinder«, zischte Abu Dun leise. »Und sie haben mich nicht *verprügelt*, sondern um ein Haar umgebracht. Sie *wollten* mich umbringen. Und dich *haben* sie getötet, wenn ich mich recht erinnere. Sogar zweimal.«

Andrej schwieg.

»Ich wollte sie nicht umbringen«, fuhr Abu Dun nach kurzem Schweigen fort. »Aber ich wollte mich auch nicht umbringen lassen, verstehst du? Ich ...« Er rang sichtlich um Worte und rettete sich schließlich in ein Achselzucken. »Ich verstehe das nicht. Ich wollte mich wehren, aber es ging nicht. Ich konnte ...«

»... ihnen einfach nichts zu Leide tun«, ergänzte Andrej. »Wolltest du das sagen?«

»Dann ist es dir genauso ergangen.« Abu Dun schnaubte. »Und du glaubst immer noch, das wären ganz normale Kinder gewesen?«

Kinder? Andrej musste plötzlich wieder an diese unheimliche Leere denken, die er gespürt hatte, als er versuchte nach der Seele des Jungen zu greifen, und ein eisiger Schauer lief ihm über den Rücken. *Kinder? Ganz gewiss nicht!*

»Aber das ist nicht alles, habe ich Recht?«, fragte er.

»Nein«, antwortete Abu Dun. Er sprach nicht weiter. Aus irgendeinem Grund wollte er, dass Andrej weiter in ihn drang. Vielleicht, weil es leichter war, auf Fragen zu antworten, als von sich aus zu reden.

»Also, was ist es?«

Wieder verging eine geraume Weile, bevor Abu Dun antwortete. »Du bist am Ziel, nicht wahr?«

»Am Ziel?« Andrej war erschrocken, aber er unterdrückte den Wunsch, Abu Dun anzublicken.

»Wir haben länger als ein Jahr nach diesen Leuten gesucht«, sagte Abu Dun. »Wir sind um die halbe Welt geritten, um sie zu finden. Und jetzt haben wir sie gefunden.«

»Und?«

Andrej wartete vergeblich darauf, dass Abu Dun weitersprach. Der Nubier ließ sein Pferd neben ihm her traben, und sein Blick war starr geradeaus ins Nichts gerichtet. Schließlich sagte Andrej: »Du hast Angst, dass ich bei ihnen bleibe.« Er versuchte zu lachen, aber es klang nicht überzeugend.

»Wirst du es etwa nicht tun?«

Andrej seufzte. »Unsinn, ich kenne diese Leute doch gar nicht.«

»Aber es sind *deine* Leute.«

»Nein!«, antwortete Andrej, lauter und heftiger als beabsichtigt. »Ich möchte Anka ein paar Fragen stellen und diesem Laurus vielleicht auch. Das ist alles.«

»Du *wirst* bei ihnen bleiben«, beharrte Abu Dun.

Andrej riss mit einem so harten Ruck am Zügel, dass sein Pferd protestierend schnaubte. »Was redest du da?«, schnappte er.

»Anscheinend bist du genauso blind wie diese Anka«, antwortete der Nubier. »Du kannst nicht glauben, dass es Zufall war, oder?«

»Was?«

Abu Dun ballte verärgert die Hand zur Faust. »Nach so langer Zeit finden wir diese Hexe, und kaum sind wir auch nur in ihrer Nähe, da tauchen diese …« Wieder schien er nach Worten zu suchen, »… diese *Was-auch-Immer* auf und versuchen, uns umzubringen.«

»Wieso nennst du sie eine Hexe?«, wollte Andrej wissen.

»Was ist sie dann?«

»Um das herauszufinden, bin ich hier«, sagte Andrej. Es fiel ihm schwer, Ruhe zu bewahren. Abu Duns Worte empörten ihn mehr, als er zugeben wollte. In einem versöhnlicheren Ton fügte er hinzu: »Anka ist vielleicht ein wenig sonderbar. Aber als Hexe würde ich sie nun wirklich nicht bezeichnen.«

»So wenig, wie ich dich als Hexenmeister bezeichne«, erwiderte Abu Dun.

»Übertreib es nicht, Sklavenhändler«, mahnte Andrej scharf.

»Womit? Mit dem Versuch, dir die Augen zu öffnen? Wahrscheinlich ist es schon zu lange her, dass ich dir den Hals gebrochen habe. Aber vielleicht kommst du doch noch zur Besinnung!« Und damit rammte er seinem Pferd die Absätze in die Flanken und sprengte los.

Andrej sah ihm betroffen nach. Er hatte gespürt, dass mit Abu Dun etwas nicht stimmte, aber diese heftige Reaktion überraschte ihn. Sein erster Impuls war, dem Nubier nachzueilen und ihn zur Rede zu stellen, aber das wäre ein Fehler gewesen. Abu Dun zählte nicht zu den Männern, denen man mit Vernunft beikommen konnte, wenn sie sich einmal in etwas verrannt hatten.

Andrej verscheuchte den Gedanken und ließ sein Pferd wieder antraben, um zu den anderen aufzuschließen. Der Kirchturm von Honsen war bereits in Sichtweite gekommen, und die ersten Wagen an der Spitze der Kolonne wurden langsamer. Andrej vermutete, dass sie vor dem Ort lagern würden. In Anbetracht des Umstands, dass der Sinti-Clan vermutlich mehr Köpfe zählte als Honsen Einwohner hatte, wäre alles andere einer Invasion gleichgekommen. Er …

… spürte plötzlich die Nähe eines *anderen.*

Andrej riss zum zweiten Mal so heftig an den Zügeln, dass das Pferd mit einem erschrockenen Wiehern den Kopf in den Nacken warf und auszubrechen versuchte. Er nutzte den Schwung der Bewegung, um das Tier fast auf der Stelle zu drehen und griff gleichzeitig nach dem Schwert, das wieder an seiner Seite hing. Aber er zog die Waffe nicht.

Hinter ihm, nur wenige Schritte entfernt, stand Rason.

Kein anderer Unsterblicher.

Kein Vampyr.

Es war nur Rason.

Andrej horchte aufmerksam in sich hinein, aber da war nichts – und gerade das verstörte umso mehr. Er spürte es, wenn sich ein anderer Vampyr auch nur in seiner Nähe aufhielt. Und er hatte es ganz genau gefühlt: Etwas hatte die Kälte in seiner Seele berührt, etwas gleichermaßen Vertrautes wie Beunruhigendes, das unzweifelhaft *vorhanden* war.

Aber hinter ihm war nichts bis auf den jungen Sinti.

Mit seinen nicht-menschlichen Sinnen versuchte er, nach Rasons Seele zu tasten, aber auch da fand er nichts, was nicht dorthin gehörte. Es war verwirrend.

»Bitte entschuldige, Andrej.« Rason lächelte unsicher. »Ich wollte dich nicht erschrecken.«

»Das ... hast du nicht«, sagte Andrej.

Eine Lüge.

Rason *hatte* ihn erschreckt. Andrejs Blickte suchten den Weg rechts und links des Zigeuners ab, aber dort gab es nur ein paar Büsche; nichts, wohinter sich auch nur ein Hund hätte verstecken können. Und überhaupt: Wo um alles in der Welt war Rason eigentlich hergekommen?

»Mein Vater schickt mich«, sagte Rason. »Wir schlagen bald unser Lager auf, und Laurus möchte, dass ihr, du und dein Freund, in die nächste Stadt reitet, um Vorräte zu besorgen.« Er zuckte verlegen die Achseln. »Obwohl, was deinen Freund angeht ... Hattet ihr Streit?«

»Nein«, antwortete Andrej. »Aber euer Wein hat es in sich. Morgen früh ist er wieder ganz der Alte.«

Rason nickte. »Dann wird Elena dich begleiten. Sie wollte sowieso mit dir sprechen.«

»Elena?«

»Meine Schwester.« Rason deutete an die Spitze des Zugs. »Du hast sie heute Morgen kennen gelernt. Bisher hat sie sich um unsere Vorräte und den Verkauf unserer Waren gekümmert. Laurus meint, sie könnte dir zeigen, wie wir handeln.«

Andrej war nicht ganz sicher, was ihn mehr überraschte: Die Tatsache, dass die Frau, die er für Rasons Mutter gehalten hatte, dessen Schwester war, oder Laurus' überraschendes Ansinnen.

»Du musst wissen, was wir brauchen, und wie viele ...«

»Das ist mir klar«, unterbrach ihn Andrej. »Aber dieser Vorschlag überrascht mich. Bisher habe ich doch noch gar nicht entschieden, wie lange ich bei euch bleibe, oder ob überhaupt. Immerhin kennen wir uns erst seit gestern. Und heute Morgen hatte ich den Eindruck, dass dein Vater uns lieber gehen als kommen sieht.«

»Laurus ist misstrauisch«, gestand Rason. »Wir haben viel Schlechtes mit Fremden erlebt, das musst du verstehen.«

»Und du nicht?«

»Ob ich es verstehe oder ob ich misstrauisch bin?« Rason lachte. »Du solltest dich beeilen. Elena ist keine sehr geduldige Frau. Sie wartet nicht gerne. Schon gar nicht auf einen Mann.«

Andrejs Rolle, die Laurus ihm bei den Verhandlungen zugedacht hatte, beschränkte sich zumindest für diesen Tag aufs Zuhören.

Sie waren eine gute Weile in scharfem Tempo geritten, um die nächste Stadt zu erreichen, die anders als Honsen, diese Bezeichnung auch verdiente. Andrej hatte nach dem Namen des Orts gefragt, aber Elena hatte nur mit einem Lächeln geantwortet; so, wie sie den meisten seiner Fragen nur mit einem Lächeln oder mit einem Achselzucken begegnete. Auf dem gesamten Weg hatte sie keine zehn Sätze mit ihm gewechselt, ein Verhalten, das eigentlich dazu angetan gewesen wäre, Andrej zu verärgern. Aber sonderbarerweise war es mit Elena wie mit ihren Brüdern: Obwohl Andrej so gut wie nichts über sie wusste, mochte er sie auf Anhieb.

So nutzte er die langen Pausen zwischen den immer wieder begonnenen Gesprächen, um die Zigeunerin aufmerksamer als am Morgen zu mustern. Hätte Rason ihm nicht gesagt, wer sie war – und warum sollte dieser ihn diesbezüglich belügen? –, hätte er auch jetzt, da er sie im hellen Tageslicht sah, nicht gewusst, ob er sie für Rasons Schwester oder Mutter halten sollte. Manchmal wirkte sie wie ein Mädchen, das kaum älter als achtzehn Jahre alt zu sein schien, dann wieder strahlte sie eine sonderbare Reife aus, etwas, das deutlich mehr Lebenszeit voraussetzte, auch wenn man sie ihr nicht ansah. Natürlich blieben seine Blicke Elena nicht verborgen. Auch das war etwas, das Andrej in zunehmendem Maße verwirrte: Er konnte nicht sagen, ob ihr die Musterung, der er sie immer unverhohlener unterzog, angenehm, unangenehm oder gar gleichgültig war.

Elenas Schweigsamkeit jedenfalls endete schlagartig, als sie die Stadt erreichten. Mit knappen Worten hatte sie Andrej angewiesen, stets in ihrer Nähe zu bleiben und zuzuhören –, und es sollte einiges folgen, was zu sehen und vor allem zu hören sich lohnte. Elena fand zielsicher genau die Händler und Kaufleute, die sie suchten, und Andrej kam aus dem Staunen nicht mehr heraus, als er die unglaubliche Wandlung beobachtete, die mit der zierlichen Sinti-Frau vor sich ging. Elena feilschte und handelte, dass es eine Freude war, ihr dabei zuzusehen. Und Andrej fragte sich zweifelnd, ob er die Rolle des fahrenden Händlers, in die er seit einiger Zeit geschlüpft war, tatsächlich weiterspielen sollte. Schon bald stapelten sich auf der Ladefläche ihres Wagens Kisten, Säcke, Beutel und Fässer mit nahezu allem, was drei Dutzend Menschen und ihre Pferde für eine Woche brauchten.

Jetzt saßen sie in einem kleinen Gasthaus unmittelbar am Marktplatz, und Andrej musterte den grauhaarigen Burschen, der ihm gegenübersaß und mit dem sie verhandelten. In den letzten Minuten hatte sich die Farbe seines Gesichts zunehmend der des struppigen Haars angepasst, von dem es eingerahmt wurde. Der Ausdruck in den von Falten belagerten Augen grenzte an blankes Entsetzen.

»Eine Wagenladung Mehl«, sagte Elena zum wiederholten Mal mit unschuldigem Lächeln. »Dreißig Säcke, beste Qualität. Und Ihr liefert sie bis spätestens morgen Abend in unser Lager. Das ist mein Angebot.« Sie machte eine Kopfbewegung auf die perfekt ausgerichtete Reihe blitzender Kupfermünzen, die sie vor sich auf der Tischplatte ausgelegt hatte.

Der graugesichtige Bäcker fuhr sich mit dem Handrücken übers Kinn. Er hatte sich gut genug in der Gewalt, um die Geldstücke nicht gierig anzustarren. »Dabei komme nicht einmal ich auf meine Kosten!«, jammerte er. »Ich muss einen Wagen zur Mühle hinausschicken und einen Mann abstellen, vielleicht sogar zwei, und das für einen ganzen Tag.«

»Wir können auch selbst zum Müller fahren und mit ihm verhandeln«, unterbrach ihn Elena, während sie bereits die Hand nach den Geldstücken ausstreckte. »Dann verdient Ihr allerdings nichts dabei.«

»Warte!«, sagte der Bäcker hastig. Elenas Hand schwebte reglos über den Münzen. Sie lächelte ihr Gegenüber fragend an. »Also gut«, murrte der Bäcker schließlich. »Aber die Anlieferung kostet extra, sonst zahle ich drauf.«

Was er Andrejs Meinung nach ohnehin schon tat. Die Summe, die Elena vor sich auf dem Tisch abgezählt hatte, erschien ihm viel zu niedrig – wie Elena an diesem Vormittag überhaupt alles erstaunlich günstig erstanden hatte. Hätte er auf der anderen Seite des Tisches gesessen, so wäre er längst aufgestanden und gegangen.

»Nein«, antwortete Elena. »Meine Kasse gibt leider nicht mehr her.«

Der Bäcker blinzelte.

»Und Ihr wollt doch nicht, dass mein Mann mich schlägt, weil ich zu viel Geld ausgegeben habe, oder?«, fuhr sie fort. »Aber ich mache Euch einen anderen Vorschlag: Warum liefert Ihr die Ware nicht selbst aus? Auf diese Weise spart Ihr die Kosten für den Fahrer, und Ihr könntet Eure Frau mitbringen und Eure Kinder, falls Ihr welche habt, um den Abend bei uns zu verbringen. Wir führen ein Schauspiel auf, und wir haben einen Schwertschlucker und Jongleure ... Es wird Euch gefallen.«

Etliche Sekunden starrte der Bäcker Elena durchdringend an, und er machte dabei ein Gesicht, als würden ihm glühende Nadeln unter die Fingernägel getrieben. Dann konnte Andrej fühlen, wie sein Widerstand brach.

»Also gut«, seufzte er. »Ich weiß zwar selbst nicht, warum ich das tue, aber wir sind uns einig.« Er stand auf und wollte sich gerade über den Tisch beugen, um das Geld einzustreichen, als Elena den Kopf schüttelte und die Münzen so schnell in ihrem Geldbeutel verschwinden ließ, als hätte sie sie weggezaubert.

»Zahlung bei Lieferung«, sagte sie. »Geld gegen Ware, so ist es doch bei Euch üblich, oder?«

In den Augen des Bäckermeisters blitzte für einen Moment die Wut auf, und Andrej spannte sich instinktiv. Aber der Zorn verrauchte so schnell, wie er gekommen war.

»Verdammtes Zigeunerpack!«, stieß er zwischen den Zähnen hervor. Aber es war eher ein Ausdruck von Hilflosigkeit als eine Beleidigung. Wieder starrte er Elena einen Moment lang an, dann fuhr er auf dem Absatz herum und stürmte aus dem Gasthaus, als wären sämtliche Dämonen des Fegefeuers hinter ihm her. Andrej blickte ihm kopfschüttelnd nach.

»Beinahe könnte er einem ja Leid tun«, sagte er.

Elena lachte. »Er ist ein Dummkopf. Dummköpfe tun mir nicht Leid.« Sie hob die Hand und winkte den Wirt heran. »Noch zwei Becher Bier!«

»Haben wir etwas zu feiern?«, erkundigte sich Andrej.

»Ein gutes Geschäft«, erwiderte Elena. »Ich hab kaum die Hälfte von dem ausgegeben, was mit Laurus abgesprochen war. Das könnte man einen Grund zum Feiern nennen, oder?«

Andrej nickte, sagte aber trotzdem: »Wieso kann ich mich des Eindruckes nicht erwehren, dass du immer so gute Geschäfte abschließt?«

»Vielleicht, weil ich eine gute Händlerin bin?«, schlug Elena vor. Ein Lächeln huschte über ihr Gesicht.

»Das bist du zweifellos.« Andrej setzte eine nachdenkliche Miene auf. »Ich frage mich nur, was ich hier soll. Ich werde niemals so gut sein wie du. Ich glaube, niemand kann das.«

»Unsinn!«, widersprach Elena lachend. »Sieh zu und lerne. Und bis es so weit ist, kann ich mich wenigstens sicher fühlen. Es sind schlimme Zeiten. Eine Frau sollte nicht ohne Begleitung in eine fremde Stadt gehen.«

Wiewohl *diese* Stadt ganz gewiss keine Gefahren birgt, dachte Andrej. Die wenigen Menschen, denen sie begegnet waren, hatten kaum Notiz von ihnen genommen.

Der Wirt brachte das bestellte Bier, und Elena bezahlte die Zeche sofort; einschließlich des Bechers, den der Bäckermeister getrunken hatte. Andrej ertappte sich dabei, wie er nicht nur jede ihrer Bewegungen verfolgte, sondern sie regelrecht zu genießen begann. Die schwarzhaarige Zigeunerin hatte etwas an sich, das jede Geste, jede Alltäglichkeit zu etwas wie einem kleinen Tanz machte. Während der Fahrt in die Stadt und auch danach, hatte er hinlänglich Gelegenheit gehabt, sie zu betrachten und seinen Eindruck vom Morgen zu bestätigen: Sie war eine wirkliche Schönheit. Ihr Gesicht schien auf sonderbare Weise zeitlos zu sein. Sie besaß das Antlitz eines Mädchens und das einer reifen Frau zugleich und war von zarter, anmutiger Gestalt. Dennoch konnte er sich nicht vorstellen, sie zu berühren oder ihr näher zu kommen als für einen freundschaftlichen Wangenkuss. Er mochte sie. Er mochte sie sogar sehr. Es war sonderbar. Verwirrend, aber auch beängstigend.

»Hast du mich jetzt lange genug angestarrt?«

Das hatte er in der Tat getan, aber aus anderen Gründen, als Elena vermutlich annahm. Doch ihre Frage schien nicht den Zweck gehabt zu haben, ihn in Verlegenheit zu bringen. »Ich werde nicht schlau aus dir, Elena«, sagte er offen.

»Sieh einfach weiter zu, und irgendwann wirst du es lernen.«

»Das meine ich nicht«, antwortete Andrej, »heute Morgen, als ich dich das erste Mal gesehen habe, da habe ich dich für Laurus' Weib gehalten.«

Elena nickte.

»Später hat mir Rason dann erzählt, du wärst seine Schwester.«

»Und?« In Elenas Augen blitzte es amüsiert auf.

»Und gerade hast du behauptet, Laurus wäre dein Mann, und er würde dich schlagen, wenn du zu viel Geld ausgibst«, fuhr Andrej fort. »Was ist denn nun die Wahrheit?«

»Nun, was glaubst du denn?«, fragte Elena amüsiert. »Ist dir noch nie der Gedanke gekommen, dass beides stimmen könnte?«

»Beides?« Andrej riss die Augen auf.

»Jetzt sieh mich nicht so entrüstet an«, sagte Elena lachend. »Ich habe nie behauptet, dass Laurus der Vater der Jungen ist und ich ihre Mutter, oder?«

»Nein«, gestand Andrej betroffen. »Entschuldige.«

»Und jetzt hör endlich auf, dich andauernd zu entschuldigen«, fiel ihm Elena ins Wort. »Geh nach draußen, und sieh nach, ob die Ladung gut verstaut ist. Ich komme gleich nach.«

Hastig erhob sich Andrej. Das Gespräch hatte einen für ihn peinlichen Verlauf genommen, und er hatte das Gefühl, rote Ohren bekommen zu haben. Fast floh er aus dem Gasthaus und ging zum Wagen, den sie direkt davor abgestellt hatten. Er hatte das für ziemlich leichtsinnig gehalten und Elena gegenüber auch keinen Hehl aus seiner Einstellung gemacht.

Diebe waren zwar nicht gekommen, aber der Wagen stand auch nicht mehr ganz so einsam, wie sie ihn zurückgelassen hatten: Zwei hoch gewachsene junge Burschen mit dunklem Haar machten sich am hinteren Teil der Ladefläche zu schaffen. Neben ihnen stand ein dritter, älterer Mann. Er kam Andrej irgendwie bekannt vor.

»Kann ich den Herren helfen?«, fragte er laut.

Erschrocken fuhren das Trio herum. Andrej maß sie mit einem kurzen, prüfenden Blick, während er langsam auf sie zu schlenderte. Er glaubte nicht, dass die drei Diebe waren – und wenn, dann entweder ziemlich ungeschickte oder Anfänger. Dennoch legte er vorsichtshalber die linke Hand auf den Schwertgriff, als er sich ihnen näherte.

»Wer ...« Der Ältere neigte den Kopf und sah Andrej stirnrunzelnd an. Dann nickte er. »Ach ja, du bist der Kerl, der das Zigeunerweib begleitet.«

»Und Ihr seid der Krämer.« Andrej sprach die Worte im gleichen Moment aus, in dem er sich erinnerte. Dieser Mann war der erste Händler gewesen, den sie an diesem Morgen aufgesucht hatten. Die beiden anderen kannte er nicht, aber ihrem Aussehen nach mochten sie seine Söhne sein.

»Ich begleite Elena, das ist richtig.« Andrej nahm die Hand vom Schwert und entspannte sich. Die drei waren harmlos. »Was kann ich für Euch tun?«

Erneut sah der Mann ihn an. Offenbar wusste er nicht, was er von Andrej zu halten hatte. Als er antwortete, war er offensichtlich darum bemüht, bestimmt zu klingen, aber Andrej hörte den Trotz aus seiner Stimme heraus.

»Ich muss mit deiner Begleitung sprechen«, sagte der Krämer. »Ich will meine Ware zurück. Oder mehr Geld.«

»Geld.« Andrej ging langsam um den Wagen herum. Die beiden Jungen hatten die Sachen, die sie am Morgen bei ihrem Vater erstanden hatten, bereits herausgesucht, aber noch nicht abgeladen. Der ältere der beiden wich einen halben Schritt zurück, während der andere stehen blieb und die Arme vor der Brust verschränkte. Aber Andrej sah ihm an, wie schwer es ihm fiel, bedrohlich auszusehen. »Wieso Geld? Ihr habt den vereinbarten Preis erhalten, soviel ich weiß.«

»Den vereinbarten Preis?«, ereiferte sich der Krämer. »Gewiss! Aber viel zu wenig! Bei dem Handel zahle ich drauf!«

Das hatte sich Andrej schon gedacht. Dennoch zuckte er gleichmütig mit den Schultern. »Niemand hat Euch gezwungen, den Preis zu akzeptieren«, sagte er. »Ich war dabei. Es war ein ehrlicher Handel.«

»Ehrlich? Papperlapapp!« Der Krämer machte eine zornige Geste. »Verzaubert hat sie mich, diese Hexe. Ich wusste nicht, was ich tat!«

»Diesen Eindruck hatte ich nicht«, erwiderte Andrej. Er ging noch zwei Schritte weiter und blieb erneut stehen, als er die Furcht der beiden jungen Männer spürte. Sie waren keine Gegner für ihn, aber Menschen, die Angst hatten, neigten zu unüberlegten Handlungen, und er hatte wenig Lust, hier einen Kampf heraufzubeschwören.

»Kein Kaufmann gibt seine Ware noch unter dem Einstandspreis her«, lamentierte der Krämer. »Und ich hab das auch noch nie zuvor getan! Sie hat mich verhext!«

»Vielleicht seid Ihr ja einfach ihren schönen Augen erlegen«, bemerkte Andrej. »Das soll schon so manchem passiert sein.«

»Es war Hexerei!«, beharrte der Krämer. Er griff in die Tasche und zog eine Hand voll Kupfermünzen heraus. »Hier. Ich gebe Euch Euer Geld zurück und nehme dafür meine Waren wieder mit. Oder Ihr zahlt, was sie wirklich wert sind!«

»Bedaure, ich fahre nur den Wagen«, sagte Andrej. »Ich kann das nicht entscheiden. Aber ich kann gerne hineingehen und Elena holen, wenn Ihr mit ihr sprechen wollt.«

»Ich will diese Hexe nicht mehr sehen!«, rief der Krämer aufgebracht. War das Angst in seiner Stimme? »Ich will mehr Geld oder meine Waren zurück, und das sofort!«

Andrej spürte die Veränderung, die mit dem Mann vor sich ging. Der Kaufmann war keineswegs mutiger geworden, aber sein herausfordernder Ton und sein entschlossenes Auftreten hatten ihn zu einem Punkt geführt, an dem es für ihn kein Zurück mehr gab. Wenn er, Andrej, ihm nicht die Möglichkeit gab, in Gegenwart seiner Söhne das Gesicht zu wahren, konnte die Sache übler ausgehen, als es den Beteiligten lieb war. »Ich bitte Euch«, sagte Andrej ruhig und lächelte milde. »Es ist für einen Mann keine Schande, zuzugeben, dass er einer schönen Frau erlegen ist. Lasst uns hineingehen und in Ruhe über alles reden.«

»Ich will die Hexe nicht mehr sehen!«, beharrte der Krämer.

»Dann wird es schwierig«, antwortete Andrej.

»Vielleicht kann ich den Herren behilflich sein?«

Andrej drehte sich nicht sofort um, sondern verwandte einen Augenblick darauf, die Reaktionen auf den Gesichtern seiner Gegenüber auf die Stimme zu beobachten, die plötzlich hinter ihnen laut geworden war. Was er sah, sprach Bände: Die Mienen der beiden Jungen wirkten gleichermaßen erschrocken wie erleichtert, während ihr Vater irgendwie bestürzt aussah. Andrej wandte sich um und maß den Neuankömmling mit einem aufmerksamen Blick.

Er war nicht einmal überrascht, einen hoch aufgeschossenen, hageren Mann in einer schlichten braunen Mönchskutte zu erblicken. Nichts an dem Geistlichen war auffällig, abgesehen vielleicht von seinen Augen, die sich bemühten, freundlich in die Welt zu blicken, an deren Grund jedoch

Misstrauen und Bitterkeit lauerten. Andrej spürte, dass von diesem Mann keine unmittelbare Gefahr ausging, er aber dennoch gut beraten war, sich jedes weitere Wort genau zu überlegen.

»Bruder Flock!« Der Krämer begann, unbehaglich von einem Fuß auf den anderen zu treten und wusste plötzlich nicht mehr, wohin mit seinem Blick. »Wir haben ... nur eine kleine Meinungsverschiedenheit.«

Der Mann in der Mönchskutte runzelte die Stirn, was sein Gesicht ernsthafter und älter erscheinen ließ. Kurz maß er den Krämer mit einem durchdringenden Blick, dann beugte er den Körper und sah Andrej an. Schließlich räusperte er sich und sagte: »Das sah mir aber gar nicht danach aus. Wer seid Ihr?«

»Mein Name ist Andreas«, antwortete Andrej. »Andreas Delany. Und der gute Mann hat Recht: Es ist nur ein kleines Missverständnis, das eigentlich schon fast geklärt ist.«

»Seid Ihr ein gläubiger Christenmensch und lest Ihr die Bibel, Freund Andreas?«, fragte Flock.

Andrej blinzelte. »Warum fragt Ihr?«

Auf dem glatten Gesicht seines Gegenübers erschien ein schwaches Lächeln. »Weil Ihr dann wissen solltet, dass es eine Sünde ist, zu lügen«, antwortete Flock. »Auch wenn ich nicht glaube, dass Ihr für eine solche Kleinigkeit schon im Höllenfeuer schmoren werdet. Aber man kann nie wissen. Eins kommt zum anderen.«

Es fiel Andrej schwer, zu entscheiden, ob das nur das Geplapper eines beflissenen Pfaffen oder eine versteckte Drohung war. Besser, er ging von Letzterem aus. So wenig er die Männer der Kirche mochte, so sehr hatte er gelernt, vor ihnen auf der Hut zu sein, auch wenn sie sich die Maske der Freundlichkeit vorhielten. »Ihr habt Recht«, räumte er mit einem Lächeln ein. »Ich entschuldige mich. Wir hatten in der Tat einen kleinen Disput. Aber wie gesagt – er ist schon beinahe beigelegt.«

»Dann wird es Euch nichts ausmachen, mir zu sagen, worum es dabei ging?«

Das machte Andrej allerdings etwas aus, aber noch bevor er antworten konnte, kam ihm einer der Krämersöhne zuvor.

»Er gehört zu der Hexe, die unseren Vater verzaubert hat«, sagte der Junge. »Wahrscheinlich ist er ein Mörder, der nur auf einen Vorwand wartet, um uns die Kehle durchzuschneiden.«

Es kostete Andrej einiges an Überwindung, sich nicht zu dem Jungen umzudrehen und ihn mit einem einzigen Blick in seine Schranken zu weisen. Stattdessen behielt er weiter Flock im Auge, und was er sah, bestätigte ihn in seiner ersten Einschätzung: Der Geistliche hatte sich hervorragend in der Gewalt. In seinem Gesicht rührte sich kein Muskel, aber die Düsternis in seinem Blick schien zuzunehmen, und Andrej spürte die grimmige Befriedigung des Mannes, seinen tief sitzenden Glauben an das Schlechte im Menschen bestätigt zu sehen.

Doch überraschenderweise lächelte Flock plötzlich und wandte sich mit sanfter Stimme an den Jungen. »Eine Hexe, die deinen Vater verzaubert hat?«, fragte er. »Mit solchen Worten sollte man vorsichtig sein, mein Kind. Sie sind rasch ausgesprochen, aber nur schwer wieder zurückzunehmen. Und sie können viel Unheil anrichten.«

»Hört nicht auf meinen Sohn«, lenkte der Krämer ein. Seine Stimme zitterte. »Er ist ein dummer Bengel, der nicht weiß, was er sagt.«

»Dann sagt Ihr es mir«, verlangte Flock.

Der Krämer wand sich einen Moment, doch bevor er antworten konnte, flog die Tür der Gaststube auf, und Elena trat hinaus. Sie musste wohl einen Teil des Gespräches mitangehört haben, denn sie bedachte sowohl den Krämer und seine Söhne als auch den Geistlichen mit Blicken, die nicht die

Spur von Überraschung zeigten. »Vielleicht kann ich Eure Frage beantworten, Hochwürden.«

»Bruder reicht«, erwiderte Flock. »Ich bin nur ein geringer Diener des Herrn.«

»Sind wir das nicht alle, gleich, welchen Titel und Rang wir auf Erden auch bekleiden?«, gab Elena zurück. »Wie dem auch sei, Andreas und ich haben heute Morgen Waren bei diesem guten Mann erstanden, und anscheinend ist er mit dem ausgemachten Preis nicht einverstanden.«

»Ist das wahr?«, fragte Flock.

»Preis?«, schnaubte der Krämer. Er hatte nicht den Mut, Elena oder dem Geistlichen in die Augen zu sehen, stattdessen funkelte er Andrej böse an. »Was dieses Weib einen Preis nennt, ist ein Witz! Sie hat die Hälfte von dem bezahlt, was ich selbst für die Waren gegeben habe!«

»Nun, das dürfte ein wenig übertrieben sein«, sagte Elena mit einem angedeuteten Lächeln, »aber ich muss gestehen, dass ich selbst ein wenig erstaunt war. Ich habe ein Angebot gemacht, und er ist sofort darauf eingegangen, ohne auch nur zu handeln.«

»Unsinn!«, stieß der Krämer hervor. »Sie hat mich … verhext!«

Andrej bemerkte, wie schwer es dem Mann fiel, dieses Wort auszusprechen, und für einen Moment schwebte es über ihnen wie ein Beil, das jeden Moment auf sie herabzusausen drohte. Es war – ganz wie Flock gesagt hatte –, etwas, das einmal heraufbeschworen, Unheil anzurichten vermochte. Andrej spannte sich. Er glaubte – er hoffte – immer noch nicht, dass es wirklich zu einer tätlichen Auseinandersetzung kommen würde, aber die Situation begann eindeutig aus dem Ruder zu laufen.

Der Geistliche reagierte jedoch anders als erwartet. Sein Blick ruhte einen Moment auf Elena, und ein dünnes, aber durchaus ehrliches Lächeln umspielte seinen Mund. »Nun, wenn ich mir dieses prachtvolle Weib so ansehe«, sagte er, »dann kann ich mir durchaus vorstellen, wie seine *Hexerei* ausgesehen haben mag. Ich bin ein Diener des Herrn und habe das Gelübde abgelegt, doch auch ich wurde als Mann geboren. Seid Ihr ganz sicher, Krämer, dass Ihr nicht nur ihren schönen Augen und ihrer Anmut erlegen seid?«

Der Mann antwortete nicht, sondern starrte Flock mit sichtlich wachsender Verzweiflung an. »Ich ... war meinem Weib immer treu«, stammelte er. »Und ich habe nie ...«

»Das habe ich auch nicht bezweifelt«, unterbrach ihn Flock. »Glaubt mir, Gott im Himmel hat uns nicht so erschaffen wie wir sind, um uns dann für das zu bestrafen, was wir sind. Es ist nur natürlich, dass ein Mann den Reizen einer schönen Frau erliegt und dann vielleicht das eine oder andere tut, was er sonst nicht tun würde.« Seine Stimme wurde eine Spur schärfer. »Aber er hat uns nicht erschaffen, auf dass wir lügen und hinterher andere für unsere eigenen Schwächen verantwortlich machen.«

Andrej verschlug es die Sprache. Nach allem, was er mit den Vertretern des Klerus erlebt hatte, war sein Vertrauen in die Kirche zutiefst erschüttert. Doch Bruder Flocks Auftreten schien dazu angetan, dass er sein vernichtendes Urteil noch einmal überdachte.

Auch der Krämer war offensichtlich verstört. Sekundenlang fixierte er den Geistlichen aus ungläubig aufgerissen Augen. Dann begann er zu stammeln. »Aber das ... Ihr könnt doch nicht ... ich meine ...«

»Ich meine, dass es an der Zeit für eine Entschuldigung ist«, unterbrach Flock ihn sanft, aber doch nachdrücklich. Er wandte sich an Andrej. »Bitte urteilt nicht vorschnell, Andreas. Dies ist eine freundliche Stadt, und ihre Menschen bringen Fremden gegenüber gewöhnlich Gastfreundschaft und Offenheit entgegen, kein Misstrauen.«

»Das habe ich auch nicht angenommen«, antwortete Andrej noch immer verwirrt. Er rettete sich in ein Lächeln. »Und in gewissem Sinne hat der arme Mann ja Recht. Er ist nicht der Erste, der Elenas Zauber erliegt.«

»Dann ist es ja gut«, sagte Flock.

Es sollte verbindlich klingen, doch etwas an diesen Worten – an der Art, wie er sie aussprach – alarmierte Andrej. »Vielleicht dürfte ich einen Vorschlag machen?«, sagte er.

Elena sah ihn fragend an, und auch der Geistliche wirkte überrascht, als hätte es für ihn außer Frage gestanden, dass die Angelegenheit nun erledigt sei. Dennoch nickte er.

Andrej wandte sich zu dem Krämer und seinen beiden Söhnen um. »Ihr habt gesagt, Ihr hättet weniger für die Waren bekommen, als Euer Einstandspreis gewesen ist?«

Der Krämer nickte.

»Und wie hoch wäre dieser Preis?«

Der Mann nannte ihm nach kurzem Zögern eine Summe, die Andrej auch glaubhaft erschien. Kurz suchte er den Blick des Geistlichen, und Flock deutete ein Nicken an. So fuhr Andrej fort: »Dann schlage ich vor, wir zahlen Euch die Differenz, damit Ihr wenigstens ohne Schaden aus diesem Handel hervorgeht. Wir selbst haben einen überaus günstigen Preis erzielt, und auch wir legen keinen Wert darauf, einen schlechten Eindruck zu hinterlassen.«

Er sah zwar nicht in Elenas Richtung, aber er konnte deutlich *spüren*, dass *er* in diesem Moment einen ziemlich schlechten Eindruck bei *ihr* hinterließ. Aber so wie die Dinge standen, hätte sie wohl kaum etwas anderes tun können, als seinem Vorschlag mit einem Lächeln zuzustimmen.

»Fürwahr ein weiser Entschluss«, sagte Flock. »Wenn ich ehrlich sein soll, hätte ich Euch so viel Besonnenheit gar nicht zugetraut.«

»Weil ich mit dem fahrenden Volk unterwegs bin, oder weil ich ein Schwert trage?«, fragte Andrej. Am liebsten hätte er sich auf die Zunge gebissen. Was sollte das jetzt?

»Jetzt habt Ihr mich ertappt«, erklärte Flock schmunzelnd. »Wie ich bereits sagte: Auch ich bin nur ein Mensch und nicht frei von vorgefassten Urteilen – auch wenn ich gerade erleben muss, wie schädlich sie manchmal sind.«

Es erschien Andrej angebracht, das Thema nicht weiter auszuwalzen. Er erwiderte Flocks Worte nur mit einem Lächeln, wandte sich zu Elena um und machte eine auffordernde Geste. Sie hatte sich fast ebenso gut in der Gewalt wie der Geistliche. Andrej war nicht einmal sicher, ob der kurze, zornige Blick, den sie ihm zuwarf, ihrer Unbeherrschtheit zuzuschreiben war. Gleich darauf lächelte sie, zog ihren Geldbeutel hervor und zählte die in Frage stehende Summe ab. Nicht ohne Verblüffung nahm der Krämer sodann die Münzen entgegen und ging ohne ein weiteres Wort davon. Seine beiden Söhne folgten ihm.

»Wirklich ein weiser Entschluss, Andreas«, beteuerte Flock, während er den dreien nachsah. »Ihr seid ein interessanter Mann. Befindet sich Euer Lager vor der Stadt?«

»Zehn Meilen entfernt«, antwortete Elena, bevor Andrej etwas sagen konnte. »Wir bleiben dort für zwei oder drei Tage. Vielleicht kommen wir auch hierher, aber das steht noch nicht fest.«

»Zehn Meilen?« Flock wiegte nachdenklich den Kopf. »Ein ordentlicher Fußmarsch, aber so weit nun auch wieder nicht. Ich denke, ich werde Euch besuchen, Andreas. Ich freue mich darauf, mich mit Euch zu unterhalten.«

Elena hatte während der gesamten Heimreise kein Wort mit ihm gesprochen, aber ihre Schweigsamkeit war von anderer Art als die auf dem Hinweg.

Nur ein einziges Mal hatte Andrej versucht, ein Gespräch mit ihr zu beginnen, und es nach dem zornigen Blick, den sie ihm zugeworfen hatte, aufgegeben. Elena war wütend auf ihn, und er war ziemlich sicher, dass der Grund dafür ganz bestimmt nicht die wenigen Kupfermünzen waren, die sie dem Krämer hatte geben müssen. Sie hatten trotz allem einen wirklich guten Handel abgeschlossen, und Laurus würde zufrieden sein. Doch er mochte nicht weiter in sie dringen. Elena war und blieb ihm rätselhaft, aber sie hatten zwei Stunden Fahrt vor sich, und er hoffte, dass diese Zeit reichen würde, um ihren schlimmsten Zorn verrauchen zu lassen.

Das Lager war komplett aufgebaut, als sie es am frühen Nachmittag erreichten, aber es ähnelte kaum mehr dem, das Andrej in der vergangenen Nacht gesehen hatte. Statt in willkürlicher Anordnung, standen die Wagen nun in einem zum Dorf hin offenen Dreiviertelkreis, und die meisten Aufbauten waren mit bunten Wimpeln und Fähnchen geschmückt. Im Zentrum erhob sich ein hölzernes Podest von sicherlich zehn mal zwanzig Schritten, hinter dem eine bunt bemalte Leinwand aufgespannt worden war, die grüne Wiesen, einen strahlenden Sommerhimmel und ein kunstvoll ausgeschmücktes Märchenschloss auf einem steilen Hügel zeigte. Dies war zweifellos die Bühne, auf der das Schauspiel aufgeführt werden sollte, von dem Rason am Morgen gesprochen hatte.

Nur ein einziges, großes Feuer brannte, über dem ein blank polierter, kupferner Kessel hing. Von den zahlreichen Zelten, die er in der vergangenen Nacht gesehen hatte, waren nur zwei übrig geblieben. Die Pferde waren auf einer kleinen Koppel untergebracht, die Elena und er auf ihrem Weg passierten. Andrej hielt vergebens nach seinem und Abu Duns Tier Ausschau.

Elena lenkte den Wagen in den hinteren Teil des Lagers. Drei oder vier Männer – unter ihnen auch Rason – kamen ihnen entgegen, um die mitgebrachten Waren auszuladen. Elena sprang vom Kutschbock und eilte hoch erhobenen Hauptes davon. Andrej stieg ebenfalls ab und wollte mit zupacken, doch bevor er den Wagen auch nur halb umkreist hatte, sprach ihn Rason an.

»Hattet ihr Streit?«

Andrej war überrascht. »Woher weißt du das?«

»Sie ist meine Schwester«, antwortete Rason, während er der Davoneilenden einen sonderbaren Blick nachwarf. »Ich kann spüren, wenn sie wütend ist. Was hast du ihr getan?«

Andrej zuckte mit den Schultern. »Eigentlich nichts«, sagte er. »Ich war im Gegenteil der Meinung, ihr einen Gefallen getan zu haben.«

»Und wie sah dieser *Gefallen* aus?«

Andrej berichtete wahrheitsgemäß, was sich in der Stadt zugetragen hatte, wobei er lediglich die Rolle des Geistlichen ein wenig herunterspielte.

Rason hörte wortlos zu, nickte ein paar Mal, und als Andrej fertig war, maß er ihn mit einem fast mitleidigen Blick. »Damit hast du dich bei Elena nicht sehr beliebt gemacht.«

»Aber wieso?«, wunderte sich Andrej. »Ich wollte nur nicht ...«

»... dass sie Ärger bekommt, verstehe«, unterbrach ihn Rason, schüttelte aber dennoch den Kopf. »Vielleicht ist es meine Schuld. Ich hätte dich warnen sollen. Tut mir Leid. Aber wenn Elena eines auf der Welt hasst, dann ist es, wenn sich jemand in ihre Geschäfte einmischt.«

»Das war kein Geschäft«, protestierte Andrej. »Das grenzte an Diebstahl.« Er lächelte, um seinen Worten etwas von ihrer Schärfe zu nehmen, aber Rason schüttelte noch einmal den Kopf.

»Elena ist ungemein stolz darauf, immer die besten Preise für uns herauszuhandeln. Niemand ist so gut im Feilschen wie sie, und es ist ihr Ehrgeiz, stets ein noch besseres Geschäft zu machen als beim letzten Mal.«

»Das hättest du mir wirklich sagen können«, erwiderte Andrej.

»Ja, vermutlich.« Rason sah noch einmal in die Richtung, in der seine Schwester verschwunden war, dann lachte er leise. »Mach dir nichts draus. Sie ist eine temperamentvolle Frau, aber sie verzeiht genauso schnell, wie sie wütend wird. Du wirst sehen, spätestens heute Abend hat sie die Sache wieder vergessen. Aber nimm noch einen guten Rat von mir an: Misch dich nie wieder ein, wenn sie versucht, ein Geschäft zu machen.«

»Werde ich mir merken«, versprach Andrej. »Hast du übrigens Abu Dun gesehen?«

»Deinen einsilbigen Freund? Schon, aber das ist eine Weile her. Er ist weggeritten.«

»Weggeritten?«

Andrejs Frage musste erschrockener geklungen haben, als ihm selbst klar war, denn Rason hob besänftigend die Hände. »Ohne sein Gepäck natürlich. Ich glaube nicht, dass er vorhatte, hier seine Zelte abzubrechen.«

»Hat er gesagt, wohin er wollte?«

»Nein, ich hab aber gesehen, dass er wieder dahin zurückgeritten ist, von wo wir gekommen sind«, antwortete Rason. »Vielleicht wollte er einfach nur einen klaren Kopf bekommen.«

Andrej deutete nach Osten. »In diese Richtung?«

»Dein Pferd ist schon gesattelt«, sagte Rason. Andrej sah ihn erstaunt an, und der junge Zigeuner fuhr mit einem Lächeln fort: »Ich hab mir gedacht, dass du so reagieren würdest.«

»Du hast ganz vergessen, mir zu erzählen, dass du Gedanken lesen kannst«, sagte Andrej.

»Das kann ich nicht«, widersprach Rason ernst. »Aber bei den meisten Leuten ist es nicht schwer, sie zu erraten. Man muss nur genau beobachten.«

»Über diesen Trick müssen wir noch reden«, sagte Andrej, »aber erst, wenn ich zurück bin. Wo genau hast du mein Pferd gesattelt?«

»Auf dem Rücken«, witzelte Rason. »Ich hab's hinter unserem Wagen angebunden. Ach ja, bei Einbruch der Dunkelheit essen wir. Wenn ihr was abhaben wollt, solltet ihr bis dahin zurück sein.«

Er musste fast eine Stunde reiten, bevor er Abu Dun fand. Er war den Weg zurückgeritten, den der Tross am Morgen genommen hatte, und dann ein gutes Stück in den Sumpf hinein, durch den sich die schmale Straße schlängelte.

Andrej hatte sehr mit sich gerungen, ob er das Lager überhaupt verlassen sollte, um nach dem Nubier zu suchen. Tatsache war, dass er sich über ihn geärgert hatte. Obwohl Abu Dun der vielleicht einzige Mensch war, den er mit Fug und Recht als seinen Freund bezeichnen konnte, war er zugleich auch derjenige, der Andrej am leichtesten mit nur wenigen Worten zur Raserei treiben konnte. Er dachte an das Gespräch, das sie am Morgen geführt hatten. Er hatte die Trauer in Abu Duns Stimme gehört und den Schmerz in seinen Augen gelesen.

Als er den hünenhaften Schwarzen schließlich entdeckt hatte, beeilte er sich nicht, zu ihm zu gelangen. Es war noch nie Andrejs Sache gewesen, sich zu entschuldigen. Heute aber hatte er regelrecht Angst davor, dem Freund gegenüberzutreten.

Abu Dun war von seinem Pferd gestiegen und ein gutes Stück von der Straße abgewichen – ein Umstand, der Andrej mit Sorge erfüllte. Der ehemalige Sklavenhändler war zwar durchaus in der Lage, auf sich selbst aufzupassen, doch trotz all der Zeit, die sie jetzt gemeinsam unterwegs waren, war Andrej nicht sicher, ob der Araber wusste, wie gefährlich das Moor sein konnte. So unterdrückte er den Impuls, ihm eine Warnung zuzurufen – die Reaktion darauf konnte er sich lebhaft vorstellen –, lenkte sein Pferd neben das des hünenhaften Schwarzen, das am Wegesrand stand, und stieg ab. Er hatte sich nicht bemüht, leise zu sein, und Abu Dun hätte ihn längst bemerkt haben müssen, doch der Nubier tat so, als wäre dies nicht der Fall. Vielmehr war sein Blick unverwandt zu Boden gerichtet. Offensichtlich suchte er etwas.

Andrejs Blick fiel auf das Pferd des Freundes. Es war gesattelt und aufgezäumt, trug jedoch kein Gepäck, wie er erleichtert feststellte. Offensichtlich hatte Abu Dun nicht vorgehabt, für immer fortzugehen.

Vorsichtig, stets genau den Fuß in die flachen Spuren setzend, die Abu Dun hinterlassen hatte und die sich hie und da bereits mit ölig schimmerndem Wasser füllten, folgte er dem Nubier. Als er ihn fast eingeholt hatte, blieb er stehen und wartete darauf, dass Abu Dun endlich Notiz von ihm nahm. Doch der tat ihm den Gefallen nicht, sondern spielte weiter den Beschäftigten, der aufmerksam den Boden vor sich absuchte.

»Das ist kindisch«, sagte Andrej schließlich.

»Was?« Abu Dun hob weder den Blick, noch drehte er sich um.

»Das, was wir tun«, antwortete Andrej. »Wir beide.«

»Wenn du versucht hast, dich unbemerkt an mich heranzupirschen, Hexenmeister, dann bist du wirklich kindisch«, erwiderte Abu Dun.

»Das habe ich nicht gemeint!«, erwiderte Andrej verärgert. »Und ich glaube, das weißt du auch.«

Endlich wandte sich Abu Dun zu ihm um – in einer derart blitzartigen Bewegung, dass Andrej sich zusammenreißen musste, um nicht erschrocken zurückzuweichen. Die Augen des Schwarzen funkelten. »Bist du gekommen, um mir Vorwürfe zu machen?«

»Nein«, antwortete Andrej so ruhig er konnte. »Ich bin gekommen, um mit dir zu reden.«

Abu Dun schürzte die Lippen. Er sah zugleich wütend und verlegen aus. »Also?«, sagte er schließlich. »Ich höre.«

Andrej schüttelte den Kopf. »So geht das nicht.« Er machte eine Geste zur Straße hin. »Lass uns zum Weg zurückgehen. Aber vorsichtig.«

»Warum?«

Andrej seufzte. »Was du hier tust, ist nicht sehr klug. Ich dachte, du wüsstest das.«

»Vielleicht gefällt es mir ja, nicht klug zu sein«, gab Abu Dun trotzig zurück.

»Gefällt es dir auch, zu ertrinken?«, fragte Andrej ruhig.

»Ertrinken?«

»Du kennst offenbar die Tücken des Moores nicht«, erklärte Andrej. »Aber du weißt doch sicher, was Treibsand ist?«

Abu Dun erbleichte unter seiner nachtschwarzen Haut. »Treibsand gibt es nur in der Wüste«, flüsterte er unsicher.

»Und hier gibt es das Moor. Es sieht zwar anders aus, aber die Wirkung kann die gleiche sein. Glaube mir.«

Diesmal widersprach Abu Dun nicht, sondern er folgte Andrej schweigend, als dieser sich umdrehte und – sorgsam die Füße wiederum in seine eigenen Spuren setzend – zum Weg zurückging. Andrej glaubte zwar nicht, dass sie tatsächlich in Gefahr waren. Der Boden war zwar leicht sumpfig und federte sacht unter ihrem Gewicht, doch er war fest genug, um sie zu tragen. Dennoch atmete er erleichtert auf, als sie wieder neben den Pferden angelangt waren.

»Du hättest mich warnen können«, meinte Abu Dun vorwurfsvoll.

»Das hätte ich sicher auch getan, hättest du mir gesagt, dass du fortgehst und wohin«, erwiderte Andrej. Den Rest dessen, was er eigentlich hatte sagen wollen, schluckte er im letzten Moment herunter. Er war nicht gekommen, um mit Abu Dun zu streiten, sondern um sich mit ihm auszusprechen. Daher fuhr er in scherzhaftem Ton fort: »Was hattest du überhaupt vor? Wolltest du einen kleinen Spaziergang unternehmen, weil die Gegend so hübsch ist?«

Abu Dun lachte nicht. »Ich habe nach Spuren gesucht«, erklärte er. »Und sie gefunden.«

»Spuren?«

»Sehr kleine Spuren.«

Es dauerte einen Moment, bis Andrej begriff, worauf der Nubier hinaus wollte. »Du glaubst, dass sie uns verfolgen?«, fragte er zweifelnd. »Diese Kinder?«

»Das glaube ich nicht. Ich *weiß* es.«

»Woher?«

»Ich kann sie spüren«, sagte Abu Dun. »Ich dachte, dass es dir genauso geht. Wie dem auch sei: Ich habe Spuren gefunden. Hier, und ein Stück weiter den Weg hinauf.« Er machte eine entsprechende Kopfbewegung und schien darauf zu warten, dass Andrej irgendetwas dazu sagte, aber der sah den Freund nur weiter zweifelnd an. Es war nicht so, dass er Abu Dun nicht glaubte. Wenn der Nubier sagte, er hätte Spuren gesehen, dann *waren* dort auch Spuren. Aber dies alles schien irgendwie keinen Sinn zu ergeben.

»Selbst wenn du Recht hättest ...«, begann er schließlich, wurde aber sogleich unterbrochen.

»Vielleicht sollten wir deine neuen Freunde fragen«, grollte der Nubier. »Ich bin sicher, sie wissen mehr darüber, als sie zugeben.«

Andrej seufzte. Also waren sie wieder beim alten Thema. »Sie sind nicht meine Freunde«, sagte er leise. »Und ich bin nicht sicher, ob sie das irgendwann sein werden.«

»Du wirst es schon herausfinden. Hat sie dir gefallen?«

»Wer?«

»Die Zigeunerin, mit der du weggeritten bist«, antwortete Abu Dun. »Sie ist eine hübsche Frau, das muss ich zugeben.«

»Und sie ist Laurus' Frau«, ergänzte Andrej. »Selbst wenn ich mehr für sie empfinden würde als nur Sympathie, hätte ich gewiss Besseres zu tun, als mir den Zorn eines ganzen Sinti-Clans zuzuziehen.«

»Seit wann hat dich das je abgehalten?« Abu Dun lachte abfällig. »Wenn ich mich recht erinnere, hattest du auch kein Problem damit, dir den Zorn eines ganzen türkischen Heeres zuzuziehen.«

»Und den des mächtigen und gefürchteten Abu Dun, König der Piraten und Sklavenhändler, nicht zu vergessen«, spottete Andrej.

»Nicht zu vergessen«, wiederholte Abu Dun ernst.

Andrej setzte zu einer wütenden Antwort an, beließ es dann aber dabei, einige Sekunden lang die Kiefer so fest aufeinander zu pressen, dass Abu Dun wahrscheinlich das Knirschen seiner Zähne hören konnte, und drehte sich abrupt um. Mit geschlossenen Augen zählte er im Geiste bis zehn, dann atmete er hörbar aus und wandte sich langsam wieder um. Abu Dun stand in unveränderter Haltung vor ihm und blickte ihn an. In seinem Gesicht hatte sich kein Muskel gerührt.

»Also gut«, sagte Andrej, schärfer, als er beabsichtigt hatte, aber auch außer Stande, weiter Geduld zu heucheln, wo keine war. Er hatte bis zu einem gewissen Maß Verständnis für Abu Duns Gefühle und dessen Misstrauen. Aber dieses Maß war nun voll, und er kannte den Freund gut genug, um zu wissen, dass er nichts gewann, wenn er ihm gegenüber immer wieder nachgab. »Ich dachte, wir könnten vernünftig miteinander reden, aber es geht auch anders. Was du heute Morgen gesagt hast –«

»Wenn du darauf wartest, dass ich mich entschuldige, verschwendest du deine Zeit, Hexenmeister«, sagte Abu Dun kalt.

»Das habe ich nicht erwartet«, sagte Andrej wahrheitsgemäß. »Ich habe über deine Worte nachgedacht, und ich muss dir sagen, du irrst dich. Ich habe nicht vor, bei diesen Leuten zu bleiben.«

»Es wäre deine Entscheidung«, sagte Abu Dun. Seine Miene war noch immer völlig unbewegt, und seine Stimme so bar jeder Emotion, dass allein ihr Ton die Worte Lügen strafte.

»Das ist richtig«, sagte Andrej. »Es ist meine Entscheidung. Und ich habe mich entschieden, nicht bei ihnen zu bleiben.«

»So schnell?« Abu Dun klang zweifelnd und auch irgendwie amüsiert. »Nach nur wenigen Stunden?«

»Ich hatte nie vor, den Rest meines Lebens als Zigeuner zu verbringen«, gab Andrej zurück. »Aber ich werde für eine Weile bei ihnen bleiben, ja. Einige Tage, vielleicht auch Wochen oder Monate.« Er hob die Schultern. »So lange, bis ich weiß, was ich wissen muss.«

Abu Dun nickte nachdenklich, wenngleich immer noch mit völlig ausdruckslosem Gesicht. »Anka hat dir nicht gesagt, was du hören wolltest«, sagte er. Zum ersten Mal in diesem Dialog stahl sich die Andeutung eines Gefühls auf seine Züge: ein flüchtiges, leicht gequält wirkendes Lächeln. »Ich gebe zu, ich erinnere mich nicht mehr ganz genau an unser Gespräch, aber es war –«

»Nicht das, was ich hören wollte«, sagte Andrej, »du hast Recht. Aber ich bin sicher, sie weiß mehr, als sie mir verraten hat. Ich muss noch einmal mit ihr reden. Vielleicht heute, vielleicht auch zu einem späteren Zeitpunkt.«

»Und dazu brauchst du meine Erlaubnis?«

Andrej begriff, dass Abu Dun ihn bewusst reizte. Nicht, um ihn freundschaftlich zu necken, wie er es so oft tat, sondern wahrscheinlich mit der erklärten Absicht, einen Streit vom Zaun zu brechen. Doch warum? »Nein«, sagte er. »Aber ich möchte nicht, dass du etwas tust, was du später vielleicht bedauerst. Ich werde eine Weile bei diesen Leuten bleiben, und ich bitte dich, dasselbe zu tun. Du bist ihnen ebenso willkommen wie ich.«

Plötzlich lachte Abu Dun; ein rauer, fast böse klingender Laut, der Andrej ärgerte. »Du *bittest* mich?«, fragte er spöttisch. »Der große Andrej Delany, der unbesiegbare Schwertkämpfer und Unsterbliche, bittet mich um etwas?« Der Nubier schüttelte den Kopf. »Das ich das noch erleben darf!«

»Ich werde nicht vor dir auf die Knie fallen und deine schmutzigen Füße küssen«, sagte Andrej. »Aber ja, ich meine es Ernst. Ich bitte dich darum, dich einfach für eine Weile zu gedulden. Nur so lange, bis ich herausgefunden habe, was ich wissen will.«

»Du bist wirklich entschlossen, wie? Aber was, wenn dir das, was du am Ende herausfindest, nicht gefällt?«

»Das Risiko muss ich eingehen«, sagte Andrej. »Genau wie du auch.«

»Ja, das scheint mir auch so«, seufzte Abu Dun. »Allein, weil du wahrscheinlich schon den nächsten Tag nicht mehr erleben würdest, wenn ich nicht auf dich aufpasse.«

Gegen seinen Willen musste Andrej nun doch lachen. Kopfschüttelnd ging er zu seinem Pferd, schwang sich in den Sattel und wartete, bis Abu Dun ebenfalls aufgesessen hatte. Sie sprachen nicht mehr, sondern wendeten umständlich ihre Tiere auf dem schmalen Weg, und insbesondere Abu Dun achtete sorgsam darauf, dass die Pferdehufe stets auf dem befestigten Untergrund blieben. Der Blick seiner dunklen Augen wanderte missmutig über das flach daliegende Moor, über dem hier und da blasser Dunst lag, Nebel, der zu dieser Tageszeit weder eine Existenzberechtigung hatte, noch wie Nebel aussah. Eher ließ er die Sonnenstrahlen wie auf Staub flirren.

»Ein solches Land kann auch nur euch Ungläubigen einfallen«, sagte er. »Es sieht aus wie das Paradies. Hier ist mehr Wasser, als tausend Familien meines Volkes in einem Jahrhundert verbrauchen könnten, und doch ist die Gegend so tödlich wie Treibsand.« Er schüttelte heftig den Kopf, um seiner Empörung Ausdruck zu verleihen.

»Wir haben dieses Land nicht gemacht, weißt du?«, bemerkte Andrej.

»Nein, aber es wurde euch geschenkt. Und was macht ihr daraus?«

Andrej war nicht sicher, ob Abu Dun einfach nur daherplapperte, oder ob er auf etwas Bestimmtes hinaus wollte, aber ihm war nicht danach, sich in eine Debatte über Gott und die Welt verstricken zu lassen. So antwortete er, halb im Scherz: »Hätten wir dieses Land nicht *unter Wasser gesetzt*, dann hättest du auch nicht die Spuren deiner mörderischen Kinder finden können, die uns ja angeblich verfolgen.«

»Es waren zwei oder drei«, antwortete Abu Dun in sehr ernstem Ton, »wenn nicht sogar vier. Und ich habe nicht gesagt, dass sie uns verfolgen.«

»Sondern?«

»Dass sie noch in der Nähe sind«, erwiderte Abu Dun. »Ich kenne dieses Gelände nicht. Ich weiß nicht, wie lange Spuren hier brauchen, um zu verschwinden. Sie können wenige Stunden, oder auch einen Tag alt sein.«

Es verging ein Moment, bis Andrej wirklich klar wurde, was Abu Dun damit ausdrücken wollte. Er verhielt mit einem Ruck sein Pferd und sah den schwarzen Hünen durchdringend an. »Du willst damit sagen –«

»– dass sie hinter uns sein können, oder vor uns ...« Abu Dun hob die Schultern. »Oder auch ... unter uns.«

Impulsiv wollte Andrej widersprechen, verkniff sich aber im letzten Moment die scharfe Antwort, die ihm auf der Zunge lag. Wenn es jemanden gab, auf den er zornig sein sollte, dann auf sich selbst. Hatte er wirklich geglaubt, der Nubier würde so schnell aufgeben?

»Was genau meinst du damit?«, fragte er.

»Das, was ich gesagt habe«, erwiderte Abu Dun. »Ich werde die Augen offen halten.« Sprach's, gab seinem Pferd die Sporen und preschte so schnell davon, dass Andrej keine Gelegenheit mehr erhielt, weitere Fragen zu stellen.

Es war ihm zwar gelungen, den Nubier einzuholen, lange, bevor sie das Lager der Zigeuner erreichten, doch Abu Dun war nun endgültig nicht mehr in der Stimmung gewesen, zu reden. Andrej ging es ebenso, und so hatten sie zwar den Rest der Strecke nebeneinander und in nicht mehr ganz so scharfem Tempo zurückgelegt, sich dann aber getrennt.

Abu Dun war seiner Wege gegangen, ohne dass er es für nötig befunden hätte, Andrej darüber aufzuklären, wohin diese Wege führten, und er selbst hatte sich zu dem sechsrädrigen Karren begeben, in dem Anka lebte. Doch noch bevor er an die Tür der Alten klopfen konnte, hatte ihn Rason abgefangen, der ihm augenzwinkernd, wenngleich mit einem gewissen Nachdruck erklärte, dass es allmählich an der Zeit sei, dass Andrej für seinen und den Lebensunterhalt seines Freundes arbeite.

Und wie sich zeigte, schien es ihm damit Ernst zu sein. So verstrich der Tag, noch bevor Andrej bemerkte, dass er überhaupt begonnen hatte. Rason – der sich offensichtlich als eine Art Lehrmeister verstand – wies ihm die unterschiedlichsten Arbeiten zu, die Andrej auch allesamt klaglos verrichtete. Gleichzeitig lernte er dabei das Leben in einem Sinti-Lager gründlicher kennen, als er es sich je erträumt hätte. All dies hatte wenig mit Romantik zu tun, dafür mit sehr viel und sehr harter Arbeit, von der niemand ausgenommen war – weder Kinder, noch Alte – und Gäste schon gar nicht. Und so fand sich Andrej bald Eimer schleppend, Holz hackend, Pferde fütternd und Körbe voller Lebensmittel hin und her tragend wieder. Den größten Teil des Nachmittags half er dann dabei, die rechteckige Bühne aufzubauen, die das Zentrum des in einem Halbkreis errichteten Wagenlagers bildete. Zwar bekam er auf seine Fragen nach ihrem Zweck keine Antwort, erinnerte sich dann aber an ihr Gespräch vom frühen Morgen; und auch an das, was Rason über Abu Dun gesagt hatte.

Auch lernte Andrej im Laufe des Tages fast sämtliche Mitglieder der Sippe kennen, die, wie sich herausstellte, eine einzige, große Familie zu sein schien. Vielleicht war Ankas scherzhafte Bemerkung, dass hier irgendwie jeder mit jedem verwandt sei, gar nicht so scherzhaft gemeint?

Zu seiner Enttäuschung sah er Elena jedoch erst wieder, als es bereits dämmerte. Es war kaum eine Minute an diesem Tag vergangen, in der er nicht auf die eine oder andere Weise an sie gedacht hatte, und die meisten dieser Gedanken waren von einer Art gewesen, die ihm beinahe unangenehm war. Und die ihn ziemlich verwirrte. Andrej hatte keineswegs gelogen, als er Abu Dun – und auch sich selbst – gegenüber behauptet hatte, Elena interessiere ihn nicht als Frau. Schon der Umstand, dass sie einem anderen gehörte – und dass dieser andere zudem das Oberhaupt der Sinti-Familie war – verbot es von selbst, in ihr irgendetwas anderes zu sehen, als eben genau das: Die Frau eines anderen. Und was er am Morgen mit ihr erlebt hatte, war auch nicht unbedingt das, was er sich normalerweise von einem Weibsbild hätte gefallen lassen. Und dennoch: Die dunkelhaarige Zigeunerin ging ihm nicht mehr aus dem Kopf.

Als er später am Nachmittag ihre Stimme vernahm und sich zu ihr umdrehte, da versetzte es ihm einen kurzen, aber tief gehenden Stich, sie an Laurus' Seite zu sehen; ein Gefühl, für das er sich einen Moment lang so schämte, als stände es ihm ins Gesicht geschrieben.

Und möglicherweise war dem auch so, denn Laurus sagte zwar kein Wort, und auch seine Miene änderte sich nicht, aber irgendetwas in seinem Blick tat es. Andrej rief sich in Gedanken zur Ordnung, sah sich zugleich aber auch in seiner Meinung bestätigt, vor diesem Mann besser auf der Hut zu sein.

»Andreas!« Elena lächelte ihn so freundlich an, als wäre am Morgen nichts geschehen. Rason hatte behauptet, sie hätte sich über seine Einmischung geärgert, aber wenn das so war, dann hatte sie diesen Ärger offenbar wieder vergessen. »Wie ich sehe, hast du dich ja bereits gut eingearbeitet. Dein Talent als Handwerker scheint größer zu sein als das als Kaufmann.«

Da er nichts zu sagen wusste, reagierte Andrej nur mit einem Schulterzucken und einem verlegenen Lächeln. In Elenas Augen erschien ein spöttisches Glitzern, und er begriff, dass sie ihn herausfordern wollte, nur nicht, wozu. Doch noch bevor er möglicherweise einen Fehler begehen und eine unangemessene Frage stellen konnte, mischte sich Laurus ein.

»Ich habe gehört, dass du heute mit Anka reden wolltest?«

Andrej nickte. »Ja.«

»Worüber?«

Diesmal antwortete Andrej nicht gleich. Er sah Laurus prüfend an, hütete sich jedoch, in diesen Blick irgendetwas zu legen, dass einer Herausforderung auch nur nahe kam, und überlegte sich jedes Wort seiner Antwort sehr gründlich. »Sie ist eine sehr interessante alte Frau, wie ich finde. Sie weiß eine Menge.«

»Und du willst eine Menge wissen.«

»Es gibt da etwas, das nur sie mir beantworten kann«, erwiderte Andrej.

»Was?«

»Es hat nichts mit Euch zu tun«, sagte Andrej. »Nur mit einem Mädchen, das ich einmal kannte. Ich bin ein bisschen überrascht. Hat Euer Sohn Euch nichts erzählt?«

»Alessa, ja.« Laurus deutete ein Nicken an. Sein Gesicht war noch immer ausdruckslos, aber in seinem Blick schien nun etwas Lauerndes zu liegen. Andrej wusste nicht zu sagen, ob es sich dabei um reine Neugier handelte, oder aber um etwas, vor dem er sich besser in Acht nahm. »Was Anka dir erzählt hat, ist die Wahrheit«, fuhr Laurus fort. »Wir kannten sie kaum. Und dasselbe gilt für ihre Familie. Du hast dieses Mädchen geliebt?«

»Ich kannte sie ebenfalls kaum, aber ich –«

»Das eine schließt das andere nicht aus«, fiel ihm Elena ins Wort, noch immer lächelnd, aber jetzt mit einem Funkeln im Blick, das ihn irritierte. »Du hättest mich fragen sollen.«

»Dich?«, fragte Andrej überrascht.

»Ich habe mich damals um das Mädchen gekümmert«, erwiderte Elena. »Und auch um seine Familie. Wenn du jemandem die Schuld für ihren Tod geben willst, dann mir.«

»Schuld?« Andrej war völlig verwirrt. »Das ist nicht das, was ich wissen wollte.«

»Nun, was immer es ist, du wirst dich gedulden müssen«, sagte Laurus. »Anka wird deine Fragen beantworten, und Elena ebenfalls. Aber nicht jetzt. Wir haben Wichtigeres zu tun. Und Anka ist sehr alt und schwach. Ihre Tage sind gezählt. Wenn du mit ihr reden willst, komm zu mir, und ich werde sehen, was ich für dich tun kann.«

Vielleicht war es ein Glück, dass Andrej keine Gelegenheit erhielt, über diese sonderbare Antwort nachzudenken, oder gar auf sie zu reagieren. Denn aus dem rückwärtigen Teil des Lagers näherte sich Bason, heftig mit den Armen wedelnd und in so scharfem Tempo, dass es schon fast einem Rennen gleichkam. Einige der Männer unterbrachen ihre Arbeiten, und auch Laurus' Kopf flog herum. Eine tiefe Falte erschien zwischen seinen weißen Augenbrauen.

»Besuch«, sagte Bason kurzatmig, nachdem er endlich bei ihnen angelangt war. Andrej spannte sich instinktiv. Etwas an Basons Haltung und in seinem gehetzten Blick alarmierte den Krieger in ihm. Unauffällig trat er ein kleines Stück näher, als Bason sich an seine Schwester wandte: »Ich glaube, es ist dieser Bäcker, mit dem du heute Morgen verhandelt hast.«

Elena nickte. »Er hat versprochen, das Mehl selbst zu bringen«, sagte sie. »Dafür dürfen er und seine Familie unserer Vorstellung zusehen.«

»Aber er ist allein«, erklärte Bason. »Und wenn er Mehl dabei hat, dann ist es nicht besonders viel, denn es musste in seine Satteltaschen passen.«

Elena und Laurus wechselten einen überraschten Blick und setzten sich ohne ein weiteres Wort in die Richtung in Bewegung, aus der Bason gekommen war. Nach einem winzigen Moment des Zögerns schlossen sich Bason und Andrej ihnen an.

Sie mussten das Lager halb durchqueren, bevor sie den Besucher sahen, den Bason angekündigt hatte. Er war tatsächlich zu Pferde gekommen; auf einem klapperigen alten Gaul, der nicht so aussah, als könne er das Gewicht eines ausgewachsenen Mannes noch ohne Schmerzen tragen. Und es war *nicht* der Mann, mit dem Elena und Andrej am Morgen verhandelt hatten. Dennoch erkannte Andrej ihn wieder: Es handelte sich um den jungen Burschen, den er am Morgen in Begleitung des Bäckers gesehen hatte; vielleicht einer der Gesellen, möglicherweise auch sein Sohn. Wenn das Pferd schon erschöpft wirkte, so schien sein Reiter am Ende seiner Kräfte zu sein. Er zitterte, und sein Gesicht war leichenblass. Doch je näher sie ihm kamen, desto sicherer war Andrej, dass es nicht Erschöpfung war, was er in den Augen des jungen Burschen las. Es hätte seiner Vampyrsinne nicht bedurft, um zu begreifen, dass der Junge Angst hatte. Doch wovor?

»Du kommst früh«, eröffnete Elena das Gespräch. Ihre Stimme klang kühl, hart an der Grenze zur Unfreundlichkeit, und gerade herausfordernd genug, den armen Jungen noch mehr einzuschüchtern.

Ihre Worte verfehlten ihre Wirkung nicht. Der Bursche hielt ihrem Blick nur einen halben Herzschlag lang Stand, dann sah er nervös zu Boden und begann tatsächlich mit den

Füßen zu scharren, als er antwortete: »Ich ... mein Vater schickt mich. Es ... gibt ein Problem.«

Elena nickte. »Die Satteltaschen deines Pferdes sind nicht groß genug.«

Obwohl der Junge Elena nicht einmal ansah, fuhr er unter dem beißenden Spott in ihren Worten zusammen wie unter einem Hieb, und sein Blick wurde noch unsteter. »Ich ...« Er rang nach Worten. Schließlich nahm er all seinen Mut zusammen, hob den Kopf und sah Elena direkt ins Gesicht; wenn auch nur für eine Sekunde. »Wir können nicht liefern.«

Womit immer er und auch Andrej gerechnet hatten, es kam nicht. Elena sah ihn nur fragend und mit einem angedeuteten Lächeln an, und an ihrer Stelle ergriff Laurus das Wort: »Wo ist das Problem? Wir hatten einen Handel, soweit ich weiß.«

»Das stimmt«, beeilte sich der junge Bursche zu versichern. »Es ist auch nicht so, dass wir unseren Teil der Vereinbarung nicht einhalten *wollen*. Aber es geht nicht.«

»Ihr wollt den Preis in die Höhe treiben«, vermutete Elena.

»Nein«, versicherte der Bäckergeselle schnell. »Aber wir haben selbst keine Ware bekommen. Handmann, der Müller, weigert sich, uns Mehl zu verkaufen.«

»Weil *er* den Preis in die Höhe treiben will?«, fragte Laurus, aber auch diesmal bestand die Antwort nur aus einem Kopfschütteln und einem noch unbehaglicheren Fußscharren.

»Er will ... Er hat ... Er sagte ...«

»So beruhige dich doch, Junge«, mischte sich nun Andrej ein. Elena warf ihm einen zornigen Blick zu, und auch Laurus runzelte verärgert die Stirn, aber keiner der beiden sagte etwas. Und so trat Andrej mit einem entschlossenen Schritt auf den bemitleidenswerten Burschen zu, schon, um den Blickkontakt zwischen den beiden Parteien zu unterbrechen – hob besänftigend die Hände und fuhr mit leiser Stimme fort: »Du brauchst keine Angst zu haben. Niemand hier macht dir einen Vorwurf. Und nun erzähle uns in aller Ruhe, was passiert ist.«

Sein Gegenüber atmete erleichtert auf, und zum ersten Mal entspannten sich die Züge in seinem Gesicht ein wenig, wenngleich die Furcht in seinem Blick noch immer groß war. Nervös fuhr er sich mit der Zungenspitze über die Lippen. »Ich war heute Mittag selbst bei ihm, um das bestellte Mehl abzuholen. Er hat mir nichts gegeben.«

»Warum?«, fragte Andrej.

»Euretwegen.«

»Unseretwegen?«

Wieder vergingen endlose Sekunden, bevor der Junge antwortete. Er wandte seinen Blick nicht von Andrej ab, als er auf Elena deutete. »Ihretwegen.«

»Erkläre das!«

»Handmann hat gehört, was heute Morgen in der Stadt passiert ist. Er sagt, er ... er verkauft seine Waren nicht an Hexen und Zauberer. Das waren seine Worte, nicht meine! Ich bin ... Es ist ... Wir können ...«

»Jetzt beruhige dich doch«, sagte Andrej. »Ich glaube dir. Niemand hier nimmt dir etwas übel.« Er warf Elena einen mahnenden Blick zu. »Im Gegenteil, es war richtig, dass du hergekommen bist. Wir werden uns selbst um die Angelegenheit kümmern.«

Zu seiner Verwunderung streifte ihn Elenas feindseliger Blick nur kurz, dann nickte sie knapp und sagte: »Erklär' uns den Weg zu diesem Müller. Ich werde selbst mit ihm reden.«

Der Junge tat, wie ihm geheißen, und kaum hatte er zu Ende gesprochen, da machte er auf dem Absatz kehrt und kletterte so hastig in den Sattel seines Pferdes, dass er fast auf der anderen Seite wieder heruntergefallen wäre. Andrej sah ihm stirnrunzelnd nach, bis er eiligst davon geritten war, dann wandte er sich zu Elena um. »Glaubst du wirklich, dass es eine gute Idee ist, zu diesem Mann zu gehen?«

Sie maß ihn mit einem fast verächtlichen Blick. »Ich habe keine Angst vor einem *Müller*«, sagte sie – auf eine Art, als wäre allein die Tatsache, dass sie über einen Müller sprach, schon ein Garant dafür, dass der Mann ihr nicht gefährlich werden konnte.

Andrej schüttelte besorgt den Kopf. »Anscheinend hast du nicht richtig zugehört«, sagte er. *Weder jetzt noch heute Morgen*, fügte er in Gedanken hinzu, doch er war sich ziemlich sicher, dass Elena es trotzdem hörte. »Sie haben von einer *Hexe* gesprochen.«

»Bin ich das denn?«

»Das weiß ich nicht«, antwortete Andrej achselzuckend. »Aber es spielt keine Rolle, was *ich* weiß oder nicht. Die Menschen sind abergläubisch, und sie fürchten alle Fremden. Aus Furcht wird leicht Hass.«

»Du überschätzt dieses einfältige Pack«, gab Elena verächtlich zurück. »Und du unterschätzt mich. Ich bin schon mit anderen Gefahren fertig geworden.«

Daran zweifelte Andrej keine Sekunde. Dennoch schüttelte er nur noch nachdrücklicher den Kopf. »Du solltest trotzdem nicht –«

»Und außerdem werde ich nicht allein dorthin gehen«, fiel sie ihm ins Wort. Ihre Augen glitzerten spöttisch. »Wozu haben wir einen so tapferen Krieger wie dich in unserer Mitte?«

Andrej hatte irrigerweise angenommen, dass sie, wie schon am Morgen, mit dem Wagen aufbrechen würden; zumal Elena der sicheren Überzeugung zu sein schien, auf dem Rückweg mehrere Zentner Hafer- und Weizenmehl mitzubringen.

Die zweite – und deutlich größere – Überraschung war, dass Elena und er das Lager allein verließen, und zwar hoch zu Ross. Die Blicke, die Laurus ihm zugeworfen hatte, hatten ihm klar gemacht, dass der Sinti sehr wohl wusste, mit welchen Augen Andrej seine Frau ansah; und dass es ihm missfiel. Andrej hatte damit gerechnet, dass sich zumindest einer seiner beiden Söhne ihnen anschließen würde, aber Bason hatte ihm nur eine spöttische Bemerkung mit auf den Weg gegeben, und sein Bruder war gar nicht erst zu sehen gewesen.

Elena erwies sich als ausgezeichnete Reiterin, deren Geschick dem seinen in nichts nachstand, und auch das struppige Pony, auf dem sie ritt, erwies sich Andrejs Rassehengst als durchaus ebenbürtig. Auf dem ersten Stück des Weges hatte er beinahe Mühe, überhaupt an ihrer Seite zu bleiben, und auch danach legte Elena ein so scharfes Tempo vor, dass eine Unterhaltung praktisch unmöglich wurde – was Andrej allerdings Recht war. Er war noch immer mit sich und seinen Gefühlen im Unreinen und ertappte sich mehr als einmal bei dem Gedanken, ob Abu Dun vielleicht mit vielem von dem, was er gesagt hatte, im Recht war, wenn nicht gar mit allem.

Die Sonne war längst untergegangen, als sie das Haus des Müllers erreichten – das sich als nichts anderes als eine herunter gekommene, wenngleich riesige Windmühle erwies. In der Dunkelheit ragte das Gebäude fast wie ein Berg vor ihnen auf, und obwohl die großen Flügel still standen und nur die Stoffbespannung manchmal in der leichten Brise flatterte und klatschte, wie das schlaff herunterhängende Segel eines Schiffes, vernahm Andrej doch das Ächzen und Knarren des uralten Holzes, das wie das Räuspern eines schlafenden Riesen, der Kraft für den nächsten Morgen sammelte, klang. Und er hörte noch mehr: Ein Rascheln und Flüstern, das Wispern des Windes in den Baumwipfeln, die Geräusche winziger Tiere, die Unterschlupf für die Nacht suchten oder gerade erst erwacht waren und sich auf die Jagd begaben …

Aber da war noch etwas anderes, und es war verwirrend: Er spürte, dass *etwas* da war, etwas, das nicht hierher gehörte, und ihn über die Maßen beunruhigte, aber er konnte nicht sagen was. Und er hatte sich allem Anschein nach nicht annähernd so gut in der Gewalt, wie er glaubte, denn als sie sich der dunkel daliegenden Mühle näherten und dabei unweigerlich langsamer wurden, drehte sich Elena plötzlich im Sattel herum und brach zum ersten Mal, seit sie das Sinti-Lager verlassen hatten, ihr Schweigen.

»Was hast du, Andreas?«

Andrej wusste im ersten Moment nicht, was ihn mehr überraschte – dass Elena mit ihm sprach, oder dass sie offensichtlich seine innere Unruhe spürte. Wie um Zeit zu gewinnen, hob er die Schultern und ließ den Blick seiner misstrauisch zusammengepressten Augen noch einmal aufmerksam über den dunkel daliegenden Waldrand rechts und links schweifen. Er spürte das Leben, das sich in den Schatten der Nacht verbarg, aber ihm war zugleich auch, als wehe ein unheimlicher, körperlos eisiger Hauch aus diesen Mauern aus Dunkelheit und ineinander verflochtenem Grün und Braun. »Nichts«, sagte er schließlich. »Ich dachte, ich hätte etwas gehört. Aber vielleicht hab ich mich getäuscht.«

»Soll ich jetzt beeindruckt sein, dass du das zugibst, oder beunruhigt?«, stichelte Elena.

Andrej bedachte sie mit einem verärgerten Blick, zog es darüber hinaus aber vor, zu schweigen. Auch ohne das, was Bason gesagt hatte, war ihm klar, dass er Elena am Vormittag mehr als nur ein wenig verstimmt hatte. Aber er glaubte, unter ihrer typisch weiblichen Stichelei noch etwas anderes zu spüren, etwas, das ihn verwirrte. War es Feindseligkeit? Wenn ja, so verstand er nicht warum. Gut, er hatte einen Fehler gemacht, aber *so* schlimm war das alles nun auch wieder nicht.

»Heb' dir dein Misstrauen auf, bis wir mit diesem Klotzkopf von Müller gesprochen haben ... wie war noch sein Name?«

»Handmann.«

»Handmann«, nickte Elena. »Und bevor wir sein gastliches Haus betreten, Andreas: Überlass' mir das Reden. Tu dir selbst und mir einen Gefallen und sag nichts.«

»Es sei denn, du stellst mir eine Frage, oder gibst mir einen Befehl?«, erkundigte sich Andrej.

»Genau.«

Er wusste nicht, ob Elena die Ironie seiner Worte tatsächlich nicht verstanden hatte, oder ob sie es einfach vorzog, sie zu ignorieren. Er konnte auch nicht sagen, was ihn mehr geärgert hätte.

Hinter einem der Fenster erschien das flackernde Licht einer Kerze, gerade als sie Halt machten und abstiegen. Wer immer dort drinnen war, musste über ein fast ebenso scharfes Gehör verfügen wie Andrej – oder sie erwartet haben.

Er warf Elena einen mahnenden Blick zu und bedeutete ihr, zurück zu bleiben, und er war nicht überrascht, als sie darauf nur mit einem spöttischen Blick reagierte und ihren Schritt sogar beschleunigte, um die Mühle vor ihm zu erreichen.

Die Tür wurde geöffnet, und eine hochgewachsene Gestalt erschien im Rahmen. Andrej blieb unwillkürlich stehen und musste sich beherrschen, um nicht zu grinsen, als er den Müller sah. Handmann war fast einen Kopf größer als er selbst, dabei aber so dürr, dass man Angst haben musste, er könne bei der ersten unvorsichtigen Bewegung einfach in der Mitte durchbrechen wie ein trockener Zweig. Der Mann trug ein bis auf die Köchel reichendes Nachthemd, das schon bessere Tage gesehen hatte, und dazu eine Schlafmütze, deren Zipfel ihm bis auf die Schulter hing. Den rechten Arm, der einen Kerzenständer aus Zinn hielt, hatte er in Kopfhöhe vor sich ausgestreckt. Alles in allem bot er einen absolut lächerlichen Anblick – oder *hätte* ihn geboten, wäre da nicht der Blick aus seinen dunklen, von schweren Tränensäcken verunzierten Augen gewesen. Er sah Andrej nur kurz an, dann fixierte er Elena, und aus dem Misstrauen in seiner Miene wurde offene Feindseligkeit.

»Ihr kommt eher, als ich dachte«, sagte er.

Wenn es etwas gibt, das noch grotesker ist als sein Aussehen, dachte Andrej, dann ist es seine Stimme. Tatsächlich war sie so dunkel und voll tönend wie die eines Mannes, der mindestens das Dreifache seiner Körpermasse auf die Waage brachte.

»Ihr habt uns erwartet?«, fragte Andrej, was ihm unverzüglich einen verärgerten Blick Elenas einbrachte. Allem Anschein nach hatte sie das, was sie vorhin gesagt hatte, durchaus Ernst gemeint.

»Ihr müsst Handmann sein, der Müller«, sagte sie. »Ich bin Elena.«

»Die Hexe.« Handmann nickte. Seine dünnen, fast blutleeren Lippen verzogen sich zu einem geringschätzigen Lächeln. »Ich weiß.«

»Wieso nennt Ihr mich so?«, fragte Elena. »So weit ich weiß, sind wir uns noch nie begegnet.«

»Das ist auch nicht nötig«, erwiderte Handmann schroff. Wieder verirrte sich sein Blick für einen ganz kurzen Moment in Andrejs Gesicht und kehrte dann zu Elena zurück. »Ich hab genug von dir gehört.«

»Ich hoffe, doch nur Gutes«, erwiderte Elena mit einem Lächeln, das selbst einen Stein zum Schmelzen gebracht hätte – nur, dass Handmann leider nicht aus Stein war.

»Wenn du gekommen bist, um deine Zauberkräfte auch an mir auszuprobieren, dann hast du den Weg umsonst gemacht«, sagte er. Seine Stimme klang herausfordernd und fest, und auch sein Blick hielt dem aus Elenas nachtschwarzen Augen Stand – aber Andrej konnte seine Nervosität und die Angst riechen, zumal die Kerze in Handmanns Hand leicht zu zittern begonnen hatte, als er unbewusst einen halben Schritt ins Haus zurückgewichen war.

»Es schmerzt mich, dass Ihr so feindselig seid, guter Mann«, sagte Elena. »Ich weiß nicht, was man Euch über uns erzählt hat, aber glaubt mir, ich bin weder eine Hexe, noch bin ich hier, um Euch zu verzaubern. Wir wollen Handel mit Euch treiben, das ist alles.«

»Ich habe von Eurer Art, Handel zu treiben, gehört«, antwortete Handmann. »Ihr benutzt Eure Zauberkräfte, um ehrliche Männer um ihren verdienten Lohn zu bringen. Das ist Teufelswerk. Und nichts, womit ich etwas zu tun haben will.«

»Ich bitte Euch«, seufzte Elena. Sie machte einen Schritt auf Handmann zu und blieb stehen, als dieser sich mit einem vernehmlichen Japser versteifte. »Wollt Ihr uns nicht hereinbitten, sodass wir in Ruhe über alles reden können?«

Handmann lachte humorlos auf. »Ich weiß, was Ihr bezweckt, Hexe«, sagte er. »Gewiss werde ich Euch nicht hereinbitten. Ich bin nicht so dumm, wie du glaubst.«

»Dumm?«, fragte Andrej. »Was hat Höflichkeit mit Dummheit zu tun?«

Handmann antwortete zu Elena gewandt und ohne Andrej auch nur eines Blickes zu würdigen: »Ich kenne dein Geheimnis. Ich weiß, dass du keine Macht über mich hast, so lange ich dich nicht freiwillig in mein Haus bitte. Und das werde ich ganz bestimmt nicht tun. Geh! Geh zurück zu deinem gottlosen Pack, und lass mich in Frieden.«

Elena gab einen enttäuschten Laut von sich. Sie blickte einen Moment lang zu Boden und schüttelte dann den Kopf. »Ich bin Euch nicht böse«, sagte sie. »Was Ihr redet, ist Unsinn, aber Ihr scheint mir trotzdem ein ganz vernünftiger Mann zu sein. Wäre ich wirklich eine Hexe, glaubt Ihr, ich würde hier stehen und bitten?«

»Woher soll ich wissen, was in Eurem gottlosen Schädel vor sich geht?«

Andrej war erstaunt, wie gelassen Elena die immer absurder werdenden Anschuldigungen und Beleidigungen hinnahm, aber er spürte auch, dass ihre Geduld fast erschöpft war. »Ihr verderbt Euren Freunden in der Stadt das Geschäft, das ist Euch doch klar?«, sagte er.

»Sie werden mir dafür dankbar sein«, behauptete Handmann. »Sobald Ihr die Stadt verlassen habt und Euer verfluchter Zauber nicht mehr auf sie wirkt.«

»Bitte, guter Mann«, sagte Elena. »Lasst uns doch vernünftig miteinander reden. Ich will nichts Übles von Euch, und ich bin ganz bestimmt keine Hexe. Wir sind nur Menschen, die essen müssen, wir Ihr – und die bereit sind, dafür zu bezahlen.« Sie wirkte irritiert, ein klein wenig auch verärgert, aber viel mehr überrascht; so als wäre sie mit einer Situation konfrontiert worden, auf die sie ganz und gar nicht vorbereitet gewesen war. »Wollt Ihr mehr Geld? Wollt Ihr den Preis in die Höhe treiben?«

Handmann machte ein Geräusch, als wollte er ausspucken. »Für alles Gold der Welt würde ich Euch und Euresgleichen nicht ein Pfund Mehl verkaufen!«

Andrej hörte, wie Elena scharf die Luft einsog, und er wusste auch ohne sie anzusehen, dass sich der Ausdruck auf ihrem Gesicht schlagartig verändert hatte. Bisher hatte sie sich um Beherrschung bemüht; vermutlich hielt sie es wie Andrej selbst, der sich in Situationen wie diesen nicht gestattete, seinem eigenen Zorn zu erliegen. Nun aber war ihre Geduld definitiv erschöpft. Rasch, noch bevor Elena etwas sagen konnte, was die Situation nur verschlimmern würde, trat er daher einen Schritt vor. »Verratet uns, womit wir uns Euren Zorn zugezogen haben«, sagte er. »Wir sind doch vernünftige Menschen. Man kann doch über alles reden.«

Die dunklen Augen des Müllers blitzten auf, und Andrej spürte, dass er einen Fehler gemacht hatte, wenngleich er auch nicht wusste, welchen. »Vernünftige Menschen?«, stieß Handmann hervor. Er hatte den Arm gesenkt, sodass das rote Licht der Kerze nun sein Gesicht von unten beschien, was ihm einen völlig veränderten, fast dämonischen Ausdruck, verlieh. »Ich weiß nicht, wer du bist, Mann. Du redest anders als diese Hexe, und du siehst auch nicht aus wie einer von ihrem Volk. Aber was sie und ihresgleichen angeht, so sind sie für mich keine Menschen. Sie haben mir nichts getan. Aber das müssen sie auch nicht, damit ich weiß, womit ich es zu tun habe.«

Er hätte vermutlich noch mehr und noch sehr viel Unangenehmeres gesagt, doch in diesem Moment ertönte hinter ihnen ein leises Knacken, und eine dunkel gekleidete Gestalt kam auf dem Weg auf sie zu. Im ersten Moment hätte Andrej sie für Abu Dun halten können, doch als sie einen Schritt näher kam, sah er, dass der Neuankömmling ein gutes Stück kleiner als der Nubier war. Auch trug er keinen schwarzen Kaftan samt dazugehöriger Kopfbedeckung, sondern eine einfache braune Kutte, und sein einziger Schmuck war ein kleines Holzkreuz, das an einer geflochtenen Kordel um seinen Hals hing.

Es war Bruder Flock, der Geistliche, den er am Morgen in der Stadt getroffen hatte. Allerdings wirkte er jetzt nicht mehr annähernd so freundlich wie noch vor Stunden. Seine Miene hatte sich verfinstert, und in seinen Augen funkelte mühsam unterdrückter Zorn. Ohne Andrej oder Elena auch nur eines Blickes zu würdigen, marschierte der Geistliche geradewegs zwischen ihnen hindurch und auf den Müller zu, der instinktiv ein Stück in den Schutz seines Hauses zurückwich. »Ist es das, was ich Euch gelehrt habe, Handmann?«, fragte Flock, ohne sich mit einer Begrüßung aufzuhalten. »Hast du die Worte des Herrn tatsächlich schon vergessen? Du sollst nicht falsches Zeugnis reden, wider deinen Nächsten.«

Der Müller wirkte für einen Moment verunsichert, fast eingeschüchtert, dann aber straffte er die Schultern und reckte trotzig das Kinn vor. »Es heißt auch, du sollst keine anderen Götter haben neben mir«, stieß er hervor. »Ich werde diesen Heiden nichts verkaufen.«

Der Ausdruck auf dem Gesicht des Geistlichen änderte sich. Er wirkte jetzt eher traurig denn wütend. Drei, vier

Atemzüge lang sah er sein Gegenüber unverwandt an, doch als die erhoffte Reaktion ausblieb, wandte er sich mit einem enttäuschten Seufzer an Andrej. »Es tut mir Leid, Andreas«, sagte er. »Ich bitte Euch, schließt nicht von diesem aufbrausenden Narren auf alle anderen Menschen hier.«

»Ganz bestimmt nicht«, sagte Elena, noch bevor Andrej antworten konnte, in einem Ton, der ihre Worte Lügen strafte. Darüber hinaus hatte sie sich zumindest äußerlich hervorragend im Griff, aber Andrej spürte den Zorn, der hinter der fast maskenhaften Starre ihres Gesichts brodelte. »Viele Eurer Brüder haben wir ja bereits kennen gelernt. Und bei den meisten hatte ich das Gefühl, dass sie die Bedeutung des Wortes ›Gastfreundschaft‹ noch kennen.«

»Gastfreundschaft!« Handmann stieß das Wort hervor wie etwas Obszönes. »Du hast sie mit deinen Hexenkräften verzaubert! Nimm deinen Bann von ihnen, und wir werden sehen, was sie unter Gastfreundschaft verstehen!«

»Handmann!«, schnappte Flock. »Das ist jetzt aber wirklich genug!«

Tatsächlich verstummte der Müller, aber sein Blick wanderte unstet zwischen Elena und dem Geistlichen hin und her, und Andrej hätte seiner besonderen Fähigkeiten nicht bedurft, um zu begreifen, dass der Respekt, welcher der Grund seines plötzlichen Schweigens war, einzig Flocks Gewand galt, nicht ihm, und schon gar nicht dem, was er sagte.

»Ich ... mache Euch einen Vorschlag«, sagte Andrej, zögernd und mit einem warnenden Seitenblick in Elenas Richtung. Der Müller antwortete nicht, sah ihn aber fragend an, und Andrej fuhr mit einem bemühten Lächeln fort: »Wir zahlen Euch den üblichen Preis, und wir werden auch Euren Freunden in der Stadt noch einen angemessenen Nachschlag zahlen.«

Er konnte hören, wie Elena scharf die Luft einsog, und auch Flock sah ihn stirnrunzelnd an. Aber Handmann reagierte nicht so, wie er gehofft hatte. Für den Bruchteil einer Sekunde wirkte auch er überrascht, ja beinahe fassungslos, dann aber – nach einem trotzigen Blick in Flocks Richtung – verzog er nur abfällig die Lippen und zischte:

»Eher verfüttere ich mein Korn an die Ratten, als dass ich Euch auch nur ein Gramm davon gebe!«

»Ganz, wie du willst«, sagte Elena. »Ganz, wie du willst, du Narr.« Damit drehte sie sich um, warf wütend den Kopf in den Nacken und verschwand, hoch aufgerichtet und mit schnellen Schritten, in der Dunkelheit.

Andrej wollte ihr schon nacheilen, aber Bruder Flock vertrat ihm den Weg und sagte in besänftigendem Tonfall: »Lass gut sein, Andreas. Im Moment ist vermutlich jedes weitere Wort zu viel.«

Andrej schwieg und blieb unschlüssig stehen.

»Das war nicht das, was ich Euch in der Sonntagsmesse gelehrt habe, Bruder Handmann«, wandte sich Flock nun an den Müller. Er klang enttäuscht, nicht wirklich wütend, eher ein wenig verbittert.

Doch seine Worte erzielten auch diesmal nicht die Reaktion, auf die er gewartet hatte. Handmann warf dem Geistlichen einen fast verächtlichen Blick zu und machte Anstalten, wieder in seine Behausung zu verschwinden. Im letzten Moment jedoch schien er es sich anders überlegt zu haben. »Es ist spät, Bruder Flock. Wollt Ihr nicht noch hereinkommen und eine Stärkung für den Rückweg zu Euch nehmen?«, fragte er.

Für eine Sekunde spannten sich die Muskeln an Flocks Hals, und er sah ganz so aus, als wolle er explodieren. Dann aber beließ er es bei einem knappen Kopfschütteln, auf das der Müller mit einem ebenso knappen Achselzucken reagierte, bevor er die Tür hinter sich schloss.

»Es tut mir wirklich Leid, Andreas«, sagte Flock, nachdem sie eine Weile in unbehaglichem Schweigen nebeneinander dagestanden hatten. Er seufzte leise. »Ich verstehe das nicht. Normalerweise sind die Leute hier nicht so. Es sind gute Menschen, das musst du mir glauben.«

Andrej hob nur die Schultern. Er kannte weder die Menschen in dieser Gegend noch Flock gut genug, um sich ein Urteil zu bilden, und er kannte sich selbst gut genug um zu wissen, dass er dem Geistlichen gegenüber gewiss nicht unvoreingenommen war. Flock kam ihm wie ein aufrechter Mann vor, aber er trug das Gewand und sprach die Sprache derjenigen, die ihm alles genommen hatten, was sein Leben ausgemacht hatte, und denen er weder verzeihen konnte noch wollte. Statt einer Antwort, drehte er sich um und sah in die Richtung, in der Elena verschwunden war. Es war erst wenige Momente her, aber er konnte sie trotz seiner scharfen Augen schon nicht mehr sehen. Er vermutete, dass sie in ihrem Zorn einfach in den Wald hineinmarschiert war. Vielleicht, dachte er spöttisch, um ein paar Bäume zu treten.

Flock deutete sein Schweigen offensichtlich falsch, denn als er weiter sprach, klang seine Stimme fast flehend. »Es ist wirklich nicht so, wie es vielleicht aussieht, Andreas.«

Andrej sah ihn ruhig an. »Wie sieht es denn aus?«

»Wie ich schon sagte, die Leute hier sind gute Menschen«, antwortete Flock. »Aber ich kann sie auch ein wenig verstehen. Nicht, dass ich gutheiße, was Handmann getan hat, aber man muss versuchen, sie zu verstehen.«

»Warum?«

»Nun, es sind ...« Flock rang sichtbar um Worte und wich seinem Blick aus. »...*Dinge* vorgekommen, als das Fahrende Volk das letzte Mal hier war.«

»Dinge?«

Der Geistliche druckste einen Moment herum. »Es wurde gestohlen, und es gab einen Kampf, bei dem einer der Männer aus der Stadt schwer verletzt wurde.«

Andrej schnaubte abfällig. »Ich verstehe. Die Zigeuner sind in der Stadt: Holt die Kinder ins Haus, und nehmt die Wäsche von der Leine! Das ist es doch, was Ihr sagen wollt, nicht wahr?«

»Nein!«, sagte Flock eine Spur zu hastig und zu laut. »Oder vielleicht doch. Aber nicht so, wie Ihr glaubt.«

»Was glaube ich denn?« Andrej war selbst überrascht über den aggressiven Ton in seiner Stimme. Etwas hier machte ihn nervös, und es war nicht allein Handmanns Reaktion oder das, was Flock ihm erzählt hatte.

»Nun, ich ... ich bemühe mich stets, Menschen nach dem zu beurteilen, was sie sind und tun, nicht nach dem, was sie zu sein scheinen und was man über sie sagt«, antwortete der Geistliche, ohne ihn anzusehen, und es klang wie eine Verteidigung. »Ich weiß, dass manche meiner Schäfchen vielleicht ein wenig zu rasch mit einem Urteil bei der Hand sind. Aber das letzte Mal war es tatsächlich so, dass Dinge gestohlen wurden, Vieh verschwand ... wie übrigens auch die Frau eines Bauern.« Plötzlich grinste er. »Aber er war kein guter Mann. Er hat sie oft geschlagen.«

Andrej blieb Ernst. »War es die gleiche Familie?«

»Nein, und es ist lange her.« Nun sah Flock Andrej wieder an. »Ihr seid noch nicht lange bei diesen Leuten?«

»Das stimmt«, sagte Andrej. »Ich gehöre nicht zu ihnen, wenn es das ist, was Ihr wissen wollt. Mein Freund und ich haben uns nur für eine Weile zu ihnen gesellt.«

»Aber Ihr setzt Euch für sie ein?«

Andrej hob die Schultern. »In dieser Hinsicht geht es mir wie Euch«, sagte er. »Ich beurteile Menschen nach dem, was sie tun und sind, nicht nach dem, was sie zu sein scheinen.«

»Dann wird Euer Urteil über Bruder Handmann nicht sonderlich gut ausfallen, fürchte ich.« Flock zwang sich zu einem Lächeln und straffte die Schultern. »Im Moment würde jedes weitere Wort die Situation nur noch verschärfen.

Aber ich verspreche Euch, dass ich gleich morgen noch einmal mit ihm rede. Und wenn das nichts nützt, so gibt es noch eine andere Mühle, einen halben Tagesritt von hier. Ich werde jemanden dorthin schicken, der Euch alles besorgt, was Ihr braucht. Doch jetzt solltet Ihr Euch um Eure Begleiterin kümmern. Es ist nicht gut, wenn eine Frau nachts allein unterwegs ist.«

»Elena kann bestens auf sich selbst aufpassen«, sagte Andrej, aber Flock schüttelte den Kopf.

»Die Wälder hier sind sehr dicht und nicht ungefährlich. So mancher hat sich schon verirrt, und das Moor ist nicht weit. Ein Fremder, der dort hineingerät, ist verloren.«

Flock wollte ihn loswerden, das war klar. Vermutlich, dachte Andrej, um noch einmal allein mit dem störrischen Müller zu reden. Und ihm war es im Grunde Recht. Er fühlte sich in der Nähe des jungen Geistlichen unwohl, vielleicht, weil dieser so ganz anders war, als er erwartet hatte. Und natürlich waren Flocks Bedenken nicht völlig aus der Luft gegriffen. Aber so, wie Andrej Elena einschätzte, konnte sie tatsächlich gut auf sich selbst aufpassen. Ganz im Gegenteil sollte sich eher derjenige, der dachte, er habe des Nachts leichtes Spiel mit dieser wehrlosen Frau, Sorgen um seine eigene Gesundheit machen. Dennoch war es besser, seinem Rat zu folgen.

»Habt Dank für Eure Mühe«, sagte er.

»Viel hat es ja nicht genutzt, fürchte ich«, erwiderte Flock. »Aber ich werde sehen, was ich für Euch tun kann. So oder so – ich werde morgen oder spätestens übermorgen ins Lager kommen, um mit Euren Leuten zu reden. Und nun geht und sucht Eure Freundin, bevor am Ende noch wirklich ein Unglück geschieht.«

Er hatte fest geglaubt, Elena binnen weniger Augenblicke einzuholen, oder ihre Gestalt zumindest zu sichten, doch er hatte sich geirrt.

Innerlich aufgewühlt und verwirrt wie schon lange nicht mehr, war Andrej eine Weile ziellos in die Richtung gelaufen, in die auch Elena verschwunden war, bevor er einsah, dass er vermutlich auf dem besten Weg war, genau das zu tun, wovor Flock ihn gewarnt hatte: nämlich, sich zu verirren. Einmal zu dieser Erkenntnis gelangt – insbesondere angesichts der Peinlichkeit, sollte Abu Dun von einem solchen Missgeschick erfahren –, war es nur noch ein kurzer Schritt dahin, stehen zu bleiben und nachzudenken.

Nicht, dass es besonders viel zu sehen gegeben hätte. Er hatte sich vielleicht hundert oder hundertzwanzig Schritte von der Mühle entfernt, und auch, wenn die Nacht viel zu dunkel war, um das Gebäude noch als Schatten erkennen zu können, konnte er dessen Nähe nach wie vor spüren, wie er noch immer das leise Knarren der uralten Holzkonstruktion und das Geräusch der Segeltuchbespannung hörte; dazu das Wispern und Raunen des Waldes, das Geräusch der Blätter, Flügelschlagen und die hastigen Schritte winziger, krallenbewehrter Füßchen. Der Wald, der ihn umgab, war wie ein großes, atmendes Wesen voller Leben und unsichtbarer Augen, die ihn aufmerksam aus der Dunkelheit heraus anstarrten.

Was er indes nicht spürte, war Elena.

Und das war seltsam. Er war stets in der Lage gewesen, die Nähe eines Wesens seiner Art auch auf große Entfernung hin zu spüren. Über diese Fähigkeit verfügte er auch, wenn es um ganz normale Menschen ging, allerdings funktionierte diese Wahrnehmung dann nicht auf ganz so große Distanz, und auch nur, wenn er sich konzentrierte. Es war nicht die Art des Lebens, die er fühlte, sondern das Leben selbst.

Doch jetzt und hier war er allein.

Er ging weiter, und allmählich begann nun doch eine leise,

aber nagende Sorge von ihm Besitz zu ergreifen. Noch weigerte er sich zu glauben, dass Elena tatsächlich irgendetwas zugestoßen sein könnte, aber allein die Vorstellung, sie tatsächlich verloren zu haben und allein ins Lager der Sinti zurückzukehren, war ihm überaus zuwider. Stattdessen blieb er erneut stehen, schloss die Augen und lauschte erneut angestrengt in die Nacht hinaus.

Und nach einer Weile hörte er tatsächlich etwas, das sich von den normalen Geräuschen des Waldes unterschied. Es waren Schritte, sehr weit entfernt und so leise, dass es ihm im ersten Augenblick nicht möglich war, die Richtung zu lokalisieren, aus der sie kamen, und er im zweiten erschrak, als ihm klar wurde, wie weit sich Elena bereits von ihm entfernt hatte. Sicher, sie war schnell und zornig davongegangen, aber er hatte auch nur noch wenige Augenblicke mit Flock gesprochen, bevor er ihr gefolgt war. Doch auch, wenn er die bisweilen irreführende Akustik des Waldes in Rechnung stellte, musste sie mindestens eine Viertelmeile von ihm entfernt sein, und um das zu schaffen, hätte sie schon rennen müssen …

Der Gedanke lieferte seiner Beunruhigung neue Nahrung, und diesmal gab er dem Gefühl nach. Schon eilte er so schnell durch den nächtlichen Wald, wie er es gerade noch vermochte, ohne sich trotz seiner scharfen Augen in der Dunkelheit zu verletzen und mit dem Lärm, den er beim Rennen verursachen würde, das Geräusch von Elenas Schritten zu übertönen und sie womöglich endgültig zu verlieren.

Tatsächlich musste er sich ab und an beherrschen, nicht einfach wieder loszustürmen. Stattdessen zwang er sich nach einer Weile sogar dazu, noch langsamer zu gehen und aufmerksamer zu lauschen, und da fiel ihm etwas auf. Das Geräusch der Schritte war noch immer nicht wirklich näher gekommen, aber er war sich keineswegs mehr sicher, ob er tatsächlich nur eine einzelne Person verfolgte … Und wer immer es war, er oder sie schienen tatsächlich zu rennen. Andrej war jetzt nicht mehr nur beunruhigt, er war alarmiert. Kurz hielt er noch einmal inne, um sich zu orientieren, dann warf er alle Bedenken über Bord und lief los.

Als er das nächste Mal stehen blieb, war das Geräusch der Schritte vor ihm plötzlich verschwunden. Er lauschte und hielt den Atem an. Stimmen. Irgendwo vor ihm, nicht mehr sehr weit entfernt, waren Stimmen. Er konnte nicht verstehen, was gesprochen wurde, aber der Tonfall war scharf. Ein gehetztes Flüstern, das die Anspannung der Sprechenden verriet. Nicht unbedingt ein Streit, aber etwas, in dem ein Unterton von Drohung und bebendem Zorn mitschwang.

Vielleicht, dachte er beunruhigt, ist der Müller ja nicht der einzige hier, der Elenas Zauber widerstanden hat, und vielleicht war Flocks Warnung ernster gemeint, als ich wahrhaben wollte ... Andrej setzte sich wieder in Bewegung, langsamer diesmal und so leise, wie es ihm möglich war, und legte vorsichtshalber die Hand auf den Schwertgriff. Er konnte jetzt ganz klar die Anwesenheit mehrerer Menschen spüren. Und nach einer kurzen Weile wurden nicht nur die Stimmen deutlicher – er konnte sie immer noch nicht verstehen, was daran lag, dass man in einer Sprache miteinander redete, die ihm nicht geläufig war –, sondern er sah auch blasses Mondlicht vor sich durchs Unterholz schimmern. Etwas reflektierte den Glanz hell und seidig, und in einem Rhythmus, der nicht ins natürliche Licht-und-Schattenspiel des Nachtwaldes passte: Elenas Kleid.

Doch mit wem sprach sie da?

Angestrengt starrte Andrej in ihre Richtung, konnte aber nicht mehr als zwei oder drei verschwommene Schemen erkennen.

Vorsichtig ging er weiter, aber er hatte den zweiten Schritt noch nicht getan, da kam hektische Bewegung in die Silhouetten auf der anderen Seite der Büsche, ja, sie schienen für einen Moment miteinander zu verschmelzen und gleichzeitig auch in alle Richtungen auseinander zu treiben – wie Mondlicht, das sich auf Wasser spiegelt, in das man einen Stein geworfen hatte – und waren dann verschwunden. Nur Elena blieb zurück und drehte sich plötzlich ruckartig zu ihm um.

Im Geiste verfluchte sich Andrej für seine Ungeschicklichkeit; er musste wohl mit einem verräterischen Geräusch oder einer zu hastigen Bewegung auf sich aufmerksam gemacht haben. Und so trat er aus seiner Deckung heraus.

»Mit wem hast du geredet?«, fragte er, noch bevor Elena Gelegenheit hatte, auch nur ein Wort zu sagen.

»Geredet?« Der Ausdruck auf ihrem Gesicht strafte ihren übertrieben erstaunten Tonfall Lügen. Sie sah nicht verwirrt aus, sondern ertappt.

Andrej überwand die restliche Entfernung zu ihr mit schnellen Schritten und blieb gerade nahe genug vor ihr stehen, um sie leicht nervös zu machen. »Du hast mit jemandem gesprochen«, sagte er. »Und ich habe jemanden gesehen.«

Wenn Elena schauspielerte, dann perfekt. Wäre er nicht vollkommen sicher gewesen, Stimmen gehört und die Umrisse von mindestens zwei weiteren Personen gesehen zu haben, hätte ihn der verständnislose Ausdruck in ihrem Gesicht vielleicht überzeugt. So hingegen machte er ihn nur wütend.

»Aber hier ist niemand«, erwiderte sie nervös lächelnd und machte eine ausholende Geste. »Oder siehst du jemanden?«

»Jetzt nicht mehr.« Andrejs Stimme zitterte leicht. Er spürte, dass *irgendetwas* ... da war. Aber er vermochte nicht zu sagen, was.

Elena sah ihn immer noch verwirrt an, dann machte sich ein Ausdruck plötzlichen Begreifens auf ihrem Gesicht breit. »Oh, das!«, rief sie.

»Ja, *das*«, sagte Andrej. »Hör auf, mich für dumm zu verkaufen. Ich habe ganz deutlich Stimmen gehört.«

»*Eine* Stimme«, verbesserte ihn Elena. »Meine.«

»Und mit wem hast du geredet?«

Für einen kurzen Moment gefror Elenas Lächeln, dann hatte sie sich wieder in der Gewalt. »Mit niemandem.« Sie schüttelte den Kopf. »Verzeih, Andreas, ich ... es ist meine Schuld.«

»Du hast also mit niemandem geredet«, sagte Andrej spöttisch. »Oder vielleicht mit dem Wald und den Bäumen?«

»Auch«, sagte Elena.

»Wie bitte?«

»Du hast den Nagel auf den Kopf getroffen, Andreas«, antwortete Elena. Sie wich einen Schritt vor ihm zurück und schien nach Worten zu suchen. »Du kannst es nicht wissen, aber manchmal ... tue ich das wirklich.«

»Was? Dich mit Bäumen unterhalten?«

Elena hob die Schultern. Plötzlich sah sie ein bisschen aus wie ein kleines Kind, das bei etwas Verbotenem erwischt worden war. »Mit der Nacht, mit der Natur ... mit mir selbst.« Sie neigte ein wenig den Kopf. »Manchmal tut es gut, auszusprechen, was einem auf der Seele liegt. Es gibt nicht viele, mit denen ich reden kann, weißt du?«

»Lüg mich nicht an«, sagte Andrej ärgerlich, aber der Zorn in seiner Stimme klang nicht halb so überzeugend wie er sollte. Elenas Erklärung, so unglaubwürdig sie klang, verwirrte ihn. Kurz maß er sie mit durchdringenden Blicken, dann starrte er angestrengt in die Richtung, in der die beiden Schemen verschwunden waren – wenn es sie denn je gegeben hatte. Ganz sicher war er plötzlich nicht mehr.

Schließlich ging er in die Hocke und befühlte die Stelle, an der Elena gerade noch gestanden hatte. Die wochenlange Hitze hatte auch hier, tief im Innern des Waldes, den Boden steinhart gemacht, aber seine scharfen Augen und eine Erfahrung ermöglichten es ihm, Elenas Fußspuren auszumachen. Unmittelbar daneben befanden sich weitere, kleinere Abdrücke im Boden. Vielleicht tatsächlich die Spuren eines Menschen, wenngleich es sich dann um einen sehr kleinen, sehr leichten Menschen handeln musste. Ein Kind womöglich? Er streckte die Hand aus, um danach zu tasten, tat es dann aber doch nicht. Er richtete sich wieder auf.

»Da sind Spuren«, sagte er.

Elena lächelte und schüttelte den Kopf. »Hier war niemand«, sagte sie. »Du musst dich getäuscht haben.«

Was, wenn sie Recht hatte? Andrej setzte zu einer Antwort an, beließ es dann aber bei einem zweifelnden Blick und sah noch einmal auf die Spuren hinunter. Plötzlich war er sich nicht mehr sicher. Vielleicht log sie ihn an, vielleicht hatte er sich wirklich getäuscht. Die Sorge um Elena, der Zorn, den er immer noch empfand, wenn er an das Gespräch mit dem Müller zurückdachte, dieser unheimliche, viel zu stille Wald – all das mochte ihm etwas vorgegaukelt haben, das er nur deshalb gesehen hatte, weil er erwartete, es zu sehen. Vielleicht tat er Elena tatsächlich Unrecht. Und vielleicht tat er es, weil da irgendetwas in ihm war, das ihr Unrecht tun *wollte*.

Diese Möglichkeit bereitete ihm ein derart schlechtes Gewissen, dass er für einen Moment befürchtete, Elena könne ihm seine Gedanken vom Gesicht ablesen. Fast hätte er wie ein verlegener Junge den Blick gesenkt.

»Entschuldige«, sagte er.

»Entschuldige?« Elena runzelte die Stirn. »Wofür?« Er wollte antworten, aber sie fuhr rasch und mit fast trauriger Stimme fort: »Ich bin es, die sich bei dir entschuldigen muss, Andreas. Ich habe dich in eine unangenehme Situation gebracht. Zum zweiten Mal an diesem Tag.«

Andrej sah sie fragend an.

»Vorhin, bei der Mühle«, erklärte sie. »Ich habe mich dumm benommen.«

»Ich könnte dir jetzt widersprechen«, sagte Andrej. »Aber das wäre nur eine höfliche Lüge.«

»Ich weiß«, sagte Elena. Sie lächelte wieder, aber es wirkte nur noch bekümmerter als zuvor. »Was ich gesagt habe, war nicht sehr klug, ich weiß.«

»Seit wann sind Frauen dafür bekannt, klug zu sein?«, fragte Andrej. Es sollte ein Scherz sein, um sie aufzumuntern, aber Elenas Lächeln wurde nur noch trauriger. Ihre Mundwinkel zuckten leicht.

»Ich sollte es dennoch sein«, sagte sie. »Gerade ich.«

Er fragte nicht, wie sie das gemeint hatte. Sie hätte ihn vermutlich ohnehin nicht gehört. Ihr Blick wirkte plötzlich leer, in sich gekehrt und von einem Gefühl der Trauer und Bitterkeit erfüllt, das er nicht wirklich verstand, das er aber spürte, und das ihn selbst schmerzte.

»Ich habe alles nur noch schlimmer gemacht«, sagte sie. »Aber ich ... ich war so zornig. Dieser Müller ist ein solcher –« Sie unterbrach sich.

»Einfaltspinsel?«, schlug Andrej vor.

Sie schüttelte den Kopf. »Wäre es nur das«, seufzte sie. »Du kennst uns nicht, Andreas. Du weißt nur, was du über uns gehört hast, noch dazu von Menschen, die uns kaum vertrauter waren, als du es bist.«

»Das ist auch nicht nötig«, sagte er. »Ich beurteile Menschen im Allgemeinen nach dem, was sie sind und tun, nicht nach dem, was man über sie sagt.«

»Würden mehr so denken, wäre das Leben einfacher«, sagte Elena traurig. »Es ist immer dasselbe, Andreas. Ganz egal, in welche Stadt wir kommen. die Leute begegnen uns mit Misstrauen und Hass. Sie kaufen unsere Waren, sie lassen sich von uns unterhalten, und sie dulden uns für ein paar Tage, manchmal eine Woche oder auch zwei. Aber nicht länger.«

»Du nimmst diese Narren zu Ernst«, sagte Andrej. »Handmann ist ein Dummkopf. Ein Schwätzer.«

Elena schüttelte erneut den Kopf und diesmal heftiger.

»Nein«, sagte sie. »Oder doch, ja, du hast natürlich Recht. Er ist ein Dummkopf und ein Schwätzer und noch vieles andere mehr. Aber das, was er denkt und sagt, bleibt nicht ohne Folgen. Es ist immer dasselbe. Irgendwann fängt ein Dummkopf an zu reden. Er bezichtigt uns des Diebstahls, der Trunksucht oder auch der Hexerei. Du hast Recht, wenn du sagst, dass Handmann ein Narr ist. Aber oft sind es gerade die Narren, auf die die Menschen hören, weil sie das aussprechen, was die anderen nur nicht laut zu sagen wagen. Heute ist es der Müller, morgen wird es vielleicht der Bäcker sein, und am Tag darauf der Pfaffe, und es wird nicht lange dauern, bis sie uns davonjagen.« Sie gab ein Geräusch von sich, das ein resignierendes Seufzen, ebenso gut aber auch ein Ausdruck tiefster Verbitterung sein konnte. »Wie oft habe ich geglaubt, dass es diesmal anders ist. Wie oft sind wir mit offenen Armen empfangen worden, und ich habe mir eingeredet, dass nicht alle Menschen so sind. Aber es kam immer anders. Und es wird auch diesmal anders kommen. Manchmal wünsche ich mir nichts mehr, als ein ganz einfaches Leben zu führen. Das einer Magd oder einer Wäschefrau.«

»Das ist nicht dein Ernst«, sagte Andrej.

Elena sah ihn einen Moment lang aus ihren schwarzen, unergründlichen Augen an, und dann lachte sie, nicht lang und nicht sehr laut, aber es klang echt. »Nein, natürlich nicht«, sagte sie. »Aber wünscht man sich nicht immer das, was man nicht hat?«

»Ich weiß es nicht«, antwortete Andrej.

Elena seufzte. »Vielleicht wäre es gar nicht gut, alles zu bekommen, was man sich wünscht«, sagte sie. »Tatsächlich bleiben Träume ja nur so lange Träume, so lange sie nicht in Erfüllung gehen.«

Andrej hatte das unbestimmte Gefühl, dass diese Worte viel mehr eine Frage, denn eine Feststellung waren, und dass sie auf eine ganz bestimmte Antwort wartete. Doch er schwieg und sah sie nur abwartend an, und nach einer kleinen Ewigkeit, wie es ihm vorkam, seufzte Elena erneut, straffte sich und zwang sich zu einem fast überzeugenden Lächeln.

»Lass uns zurückgehen«, sagte Andrej. Obwohl er nicht sagen konnte, warum, fühlte er sich mit jedem Moment unwohler. Elena hatte ihm einen Einblick in ihre Gedanken und Gefühle gewährt, den er nicht haben wollte. Die schwarzhaarige Zigeunerin verwirrte ihn von Stunde zu Stunde mehr, und er spürte auch, dass sie auf dem besten Wege war, Gefühle und Gedanken in ihm zu wecken, die er nicht wünschte. Nicht jetzt und nicht hier.

»Du hast Recht«, sagte Elena. »Wir –«

Sie brach ab, neigte den Kopf zur Seite und lauschte einen Moment konzentriert und mit geschlossenen Augen.

»Was ist?«, fragte Andrej alarmiert. Auch er horchte für einen Augenblick ins Dickicht hinein und tastete gleichzeitig mit seinen anderen, nichtmenschlichen Sinnen die Umgebung ab. Doch alles, was er hörte, waren die natürlichen Geräusche des Waldes und ganz weit entfernt das Plätschern von Wasser, und alles, was er spürte, war Elenas Gegenwart. Sie waren allein.

»Hörst du nichts?«, fragte Elena.

Er schüttelte den Kopf. »Nein.«

»Dann komm mit.«

Bevor er sich versah, lief sie so schnell in die Dunkelheit hinein, dass er sie schon fast aus den Augen verloren hatte, bevor er endlich auf die Idee kam, ihr nachzueilen.

»Elena!«, rief er. »Was soll das? Bleib stehen!«

»Hol mich doch ein, wenn du kannst«, rief sie spöttisch und rannte nun wirklich los.

Andrej unterdrückte einen Fluch und legte Tempo zu, um zu ihr aufzuholen, aber es bereitete ihm unerwartete Mühe. Der Wald war so dicht, dass selbst er kaum mehr als Schatten sah, mehr als einmal über eine Baumwurzel stolperte oder sich den Kopf an einem tief hängenden Ast stieß. Wie Elena, deren normale menschliche Sinne nicht annähernd so scharf sein konnten wie seine, es schaffte, nicht gegen ein Hindernis zu prallen, war ihm ein Rätsel. Möglicherweise hätte er sie gar nicht eingeholt, wäre sie nicht plötzlich langsamer geworden, um schließlich ganz stehen zu bleiben.

Andrej erreichte sie schwer atmend und konnte sich gerade noch beherrschen, sie nicht grob am Arm zu packen und herum zu reißen. »Was soll das?«, herrschte er sie an.

»Wenn du schon bei mir bist, um mich zu beschützen, dann muss ich mich doch wenigstens davon überzeugen, dass du das auch kannst«, antwortete Elena lachend. »Komm mit!« Sie ergriff seinen Ärmel, um ihn mit sich zu ziehen, aber Andrej machte sich ungehalten los.

»Wohin?«

»Hörst du nichts?«, fragte Elena verwundert.

Obwohl er das Ergebnis kannte, tat er ihr den Gefallen, noch einmal konzentriert zu lauschen, aber da war absolut nichts Außergewöhnliches. Nichts, was nicht hierher gehörte. »Was?«

Statt zu antworten, ging Elena weiter, bückte sich unter einem tief hängenden, halb verdorrten Ast hindurch und trat dicht vor Andrej auf eine halbrunde, vielleicht dreißig oder vierzig Schritte messende Lichtung hinaus, die sich plötzlich vor ihnen auftat. Die Blätterkrone des Waldes, die an dieser Stelle unterbrochen war, hatte die unbarmherzige Sonnenglut der letzten Tage und Wochen nicht zurückgehalten, so dass Gras und Moos längst verdorrt und verbrannt waren, aber auf der anderen Seite der Lichtung befand sich etwas, das irgendwo auf halbem Wege zwischen einem Tümpel und einem kleinen See aufgehört hatte, zu wachsen. Vor nicht allzu langer Zeit musste es ein richtiger kleiner See gewesen sein, wie die verbrannten Reste des Uferbewuchses zeigten, nun aber war es zu einer besseren Pfütze zusammengeschmolzen, die vermutlich in wenigen Tagen oder spätestens einer Woche ganz verschwunden sein würde, wenn die unbarmherzige Hitze weiter anhielt und es nicht regnete.

Elena ließ so etwas wie einen leisen Freudenschrei hören und eilte rasch auf den Tümpel zu, während sie bereits ihre Bluse zu öffnen begann.

»Was hast du vor?«, fragte Andrej alarmiert.

»Na, was werde ich wohl vorhaben nach einem Tag wie diesem und an einem so wundervollen Fleckchen Erde?«, fragte Elena spöttisch. Sie hatte den Tümpel erreicht und stürmte so ungestüm hinein, dass ihr das Wasser bis zur Brust spritzte. »Ich werde schwimmen. Komm auch hinein!«

»Schwimmen?«, fragte Andrej verwirrt. »Hier? Jetzt?«

Elena drehte sich lachend zu ihm um. Sie hatte die Schnüre ihres Kleides bereits gelöst. Jetzt zog sie es mit einer raschen Bewegung über den Kopf und warf es achtlos zur Seite. Zum Vorschein kam ein dünnes Unterkleid aus Seide, das deutlich mehr von ihrem Körper enthüllte, als verbarg; vor allem dort, wo es klatschnass war.

»Du bist verrückt«, sagte Andrej. »Mach keinen Blödsinn!«

»Wieso Blödsinn?«, fragte Elena lachend. »Was ist schlecht an einem Bad? Vor allem nach einem so heißen Tag wie heute? Ich stinke.« Sie machte eine auffordernde Geste. »Komm mit herein. Ein Bad würde dir ebenfalls gut tun.«

»Das mag sein«, antwortete Andrej, ohne sich von der Stelle zu rühren. »Trotzdem ist es keine gute Idee! Es ist Nacht. Wir wissen nicht, wer sich hier sonst noch herumtreibt.« Und es geziemt sich nicht, fügte er in Gedanken hinzu.

»Was soll mir schon passieren?«, fragte Elena. »Mit einem Beschützer wie dir an meiner Seite?«

»Wie meinst du das?«, fragte Andrej. Seine Worte klangen schärfer als beabsichtigt, und Elena fuhr leicht zusammen. Dann lachte sie.

»Deshalb bist du doch mitgekommen, oder nicht? Um auf

mich aufzupassen.« Sie machte eine Handbewegung, um jeden Widerspruch schon im Ansatz beiseite zu fegen. »Jetzt zier' dich doch nicht und komm ins Wasser. Es ist herrlich.« Sie schnüffelte hörbar und verzog ein wenig das Gesicht. »Nebenbei bemerkt, würdest du nicht nur dir mit einem Bad einen Gefallen damit tun.«

Andrej blieb Ernst. »Das mag sein«, sagte er wieder. »Aber es ist trotzdem leichtsinnig. Außerdem wird dein Mann nicht begeistert sein, wenn er davon erfährt.«

»Ich werde es ihm nicht erzählen«, antwortete Elena leichthin. »Und wenn du es nicht tust, wird er es nie erfahren. Also – was ist jetzt? Sei kein Frosch!«

Andrej schüttelte den Kopf. Dabei hatte Elena durchaus Recht. Die Hitze der zurückliegenden Tage war auch an ihm nicht spurlos vorüber gegangen. Er stank nach Schweiß und Kleidern, in denen er zu oft geschlafen hatte, und er wusste schon gar nicht mehr, wie es war, sich nicht schmutzig und klebrig zu fühlen. Trotzdem sträubten sich ihm allein bei der Vorstellung, an diesem unheimlichen Ort ins Wasser zu steigen, die Nackenhaare. Etwas an dieser Lichtung stimmte nicht. Elena hatte ihn fast dazu gebracht, die Schatten und das unheimliche Huschen und Sich-Regen in der Dunkelheit zu vergessen, doch plötzlich war die Erinnerung wieder da, und er hatte mehr denn je das Gefühl, angestarrt und belauert zu werden. Erneut lauschte er mit seinen Vampyrsinnen hinaus in die Dunkelheit, und erneut fühlte er nichts, aber dieser Umstand beruhigte ihn keineswegs. Tatsache war, irgendetwas war hier nicht so, wie es schien. Entschieden schüttelte er den Kopf. »Nein.«

»Ganz, wie du willst.« Elena machte ein enttäuschtes Gesicht. Dennoch sah es so aus, als wollte sie sich nun auch noch ihr Unterkleid über den Kopf zu streifen, um es vermutlich ebenfalls achtlos ans Ufer zu werfen. Hastig drehte sich Andrej um.

»Was tust du da?«, fragte Elena.

Obwohl er genau wusste, dass sie ihn mit diesen Worten nur reizen wollte, antwortete Andrej: »Verzeih. Ich wollte dich nicht in Verlegenheit bringen. Ich warte, bis du im Wasser bist.«

»Und wie willst du auf mich aufpassen, wenn du nicht einmal in meine Richtung siehst?«, fragte Elena spöttisch.

»Das werde ich tun, sobald du im Wasser bist«, sagte Andrej knapp. Er musste sich beherrschen, um nicht unhöflich zu werden. Elena wollte ihn provozieren, das war klar, aber er wusste weder genau warum, noch, wie weit sie gehen würde.

Hinter ihm erscholl wieder dieses leise, spöttische Lachen, das es ihm immer schwerer machte, seine Wut im Zaum zu halten. Dann konnte er hören, wie sie tiefer in den Tümpel hinein ging, und nach einigen Augenblicken rief sie: »Also gut. Ich *bin* im Wasser.«

Andrej war nicht einmal überrascht, als er sich umdrehte und feststellte, dass sie zwar bis zur Mitte des kleinen Sees gewatet war, ihr das Wasser aber trotzdem nur bis zu den Oberschenkeln reichte. Und sie hatte sich nicht etwa herum gedreht oder ins Wasser gesetzt, sondern stand ihm zugewandt da und legte gerade den Kopf in den Nacken, um das Haar nach hinten zu schütteln.

Andrej atmete hörbar ein. Dass nichts von dem, was Elena tat, Zufall oder unbeabsichtigt war, änderte nichts daran, dass es seine Wirkung nicht verfehlte. Er war ein Mann, und er war weder aus Holz, noch dem eigenen Geschlecht zugetan, und es war lange her, dass er eine so schöne Frau wie die Zigeunerin gesehen hatte. Sein Herz begann schneller zu schlagen. Er ballte die Hände zu Fäusten, damit Elena nicht sah, dass sie leicht zu zittern begonnen hatten, und er spürte, dass auch sein Körper auf den Anblick reagierte, was ihm unendlich peinlich war – obwohl Elena zweifellos genau diese Reaktion hatte hervorrufen wollen. Und doch war es war ihm nicht möglich, seinen Blick von ihr abzuwenden.

Nackt, wie Gott sie schuf, blieb Elena einige Momente länger als nötig reglos stehen, dann öffnete sie die Augen und sah ihn mit dem strahlendsten Lächeln an, das er sich nur vorstellen konnte und einem Blick, der nicht mehr den geringsten Zweifel zuließ. »Nun?«, fragte sie. »Willst du es dir nicht doch noch einmal überlegen? Du weißt ja nicht, was dir entgeht.«

Er hätte blind und schwachsinnig sein müssen, um das nicht zu wissen.

Mühsam, und mit belegter Stimme antwortete er: »Ich bin ein Ehrenmann, Elena.« Das war albern, und es klang genau nach dem, was es war: Das Erstbeste, was ihm eingefallen war.

Elena lachte, ließ sich in die Hocke sinken und spritzte sich mit beiden Händen Wasser über Brust und Schultern, ehe sie sich wieder aufrichtete. »Ein Ehrenmann?«, wiederholte sie spöttisch. »Nun ja, ich hatte gehofft, dass du zumindest ein *Mann* bist.«

Andrej hätte nicht einmal mehr antworten können, selbst wenn er gewollt hätte. Es fiel ihm immer schwerer, auch nur einen klaren Gedanken zu fassen. Irgendwo, ganz tief in ihm, war noch ein kleiner Rest von Vernunft, der mit leiser werdender Stimme fragte, wieso er eigentlich derartig heftig auf ihren Anblick reagierte.

Elena war weiß Gott nicht die erste Frau, die er nackt sah, nicht einmal die erste, die sich ihm so offen anbot, und auch nicht die schönste – selbst wenn er sich eingestehen musste, dass er sie bisher falsch eingeschätzt hatte. Plötzlich war es ihm nicht mehr möglich, ihr Alter zu schätzen. War es zuvor schon schwierig gewesen zu sagen, ob sie fünfundzwanzig war, die Dreißig schon hinter sich hatte oder sich bereits auf die Vierzig zubewegte, so schien sie jetzt vollkommen alterslos zu sein – plötzlich war sie Kind, Mädchen und reife Frau zugleich.

Ihre Haut, die vom Mondlicht in ein silbernes Kleid aus fließendem Licht gehüllt zu sein schien, war makellos und schimmerte wie Seide, das schwarze Haar fiel wie ein Wasserfall aus Gestalt gewordener Nacht über ihre Schultern, und ihre Augen glichen grundlosen Seen, erfüllt von einem Versprechen, das er niemals einzufordern wagen würde.

Nein – sie war nicht die schönste Frau, die er je gesehen hatte: Ihre Züge waren ebenmäßig, hatten aber einen leicht slawischen Einschlag, der sie exotisch aussehen ließ, zugleich aber auch den Unterschied zu einer klassischen Schönheit ausmachte. Ihre Lippen waren ein wenig zu voll und sinnlich für ihr ansonsten schmales Gesicht, ihre Brüste ein wenig zu schwer und ihre Hüften eine Kleinigkeit zu ausgeprägt, um seinem persönlichen Schönheitsideal zu entsprechen.

Dennoch hatte er nie zuvor eine Frau gesehen, die ihn so erregte ...

Und dann begriff er.

Er hatte nie zuvor eine Frau gesehen, die so *weiblich* war wie Elena. Wenn es einen Menschen gab, der die Bezeichnung *Frau* zu Recht trug, dann sie.

»Warum tust du das?«, fragte er leise.

Elena sah mit unschuldigem Blick zu ihm auf und fragte: »Was?«

»Du weißt genau, was ich meine«, antwortete Andrej. Warum tat sie ihm das an? Und vor allem: Was würde geschehen, wenn er sie nahm?

»Das weißt du doch genau, Andreas«, antwortete Elena, immer noch lächelnd, aber in verändertem, sonderbar ernstem Tonfall. »Was ist los mit dir? Hast du ein Keuschheitsgelübde abgelegt oder gefalle ich dir nicht?«

»Du gehörst mir nicht«, sagte er. Und doch war dies ganz und gar nicht der Grund dafür, dass er hier am Ufer stehen blieb und all seine Willenskraft aufbot, um auch weiter hier stehen zu bleiben. Trotzdem fuhr er fort: »Laurus hat mich in eurer Familie aufgenommen, und –«

»Laurus!« Elena machte eine wegwerfende Handbewegung. »Laurus ist ein braver, pflichtbewusster Mann, der gut für mich und meine Brüder sorgt. Aber er ist auch ein *alter* Mann. Ich könnte seine Tochter sein. Zerbrich dir über ihn nicht den Kopf, Andreas. Laurus hat immer gewusst, dass er mich zwar zum Weib nehmen kann, ich ihm aber niemals *gehöre*.«

»Du meinst, es würde ... ihm nichts ausmachen?«

Elena schüttelte den Kopf. »Das hab ich nicht gesagt«, antwortete sie. »Aber du bist nicht der erste andere Mann in meinem Leben, Andreas. Wir reden zwar nicht darüber, aber Laurus ist nicht dumm.«

Andrej starrte sie immer noch mit klopfendem Herzen und mittlerweile nicht mehr nur zitternden Händen, sondern auch Knien an. Und dann änderte sich etwas ... Ihr Anblick erregte ihn noch immer so sehr, dass es fast körperlich schmerzte, und es war ihm noch immer unmöglich, den Blick von ihr loszureißen. Und doch hatte das, was Elena gerade gesagt hatte, alles geändert. Es hatte seine Skrupel besänftigen sollen, ihm den willkommenen Anlass liefern, alle Hemmungen abzustreifen und das zu tun, was sie wollte und er noch so viel mehr. Und dennoch hatten ihre Worte das genaue Gegenteil bewirkt. Die bloße Vorstellung, dass Laurus wusste, oder zumindest ahnte, dass er Elena nicht nur begleitet hatte, um sie zu beschützen, machte es ihm vollkommen unmöglich, seinem Verlangen nachzugeben.

»Nimm dein Bad«, sagte er.

Etwas in Elenas Blick erlosch. Aus der verlockenden Aufforderung in ihren Augen wurde Überraschung, dann Zorn und schließlich Verachtung. Ihr Lächeln gefror. »Ganz, wie du willst, Andreas«, sagte sie. Dann drehte sie sich mit einem

Ruck herum, ließ sich wieder auf die Knie sinken und überkreuzte zugleich die Arme vor der Brust, als wäre es ihr plötzlich peinlich, von ihm angestarrt zu werden. »Dann tu das, weshalb du mitgekommen bist, und gib Acht, dass mir kein Leid geschieht.«

Ihre Worte brachen den Bann endgültig. Von einem Moment zum anderen sah Andrej sie wieder so, wie sie war: Eine Frau, die deutlich älter war als er selbst, immer noch eine Schönheit, der die Jahre kaum etwas hatten anhaben können, aber dennoch eine ganz normale Frau und nicht mehr die Gestalt gewordene Weiblichkeit, deren Verlockung kein Mann widerstehen konnte.

Er betrachtete sie noch eine Weile schweigend, dann drehte er sich herum und tat so, als suche er den Waldrand ab.

Und für einen Moment glaubte er tatsächlich, etwas zu hören. Waren da nicht Schritte? Schnelle, hastige, kleine und leichte Schritte, die sich schnell entfernten und im nächsten Augenblick verschwunden waren ...

Er erwachte am nächsten Morgen ungewöhnlich spät, geweckt von misstönender, lauter Musik, hämmernden Kopfschmerzen und dem Gefühl, nicht richtig atmen zu können.

Im ersten Moment war er einfach nur verwirrt. Statt auf Schlag zu erwachen und sich und seiner Umgebung völlig bewusst zu sein, wie er es gewohnt war, erinnerte er sich nur an ein Gemisch aus wirren Albträumen und zusammenhanglosen, düsteren Bildern, von denen er lediglich wusste, dass sie allesamt unangenehm gewesen waren.

Es war warm, fast schon heiß, und das Licht, das durch seine noch geschlossenen Lider drang, hatte eine unangenehme, bräunliche Färbung, die irgendetwas mit den Träumen zu tun zu haben schien, die er eben noch durchlitten hatte. Außerdem hatte er entsetzlichen Durst.

Schließlich öffnete er die Augen, blinzelte verschlafen umher und stellte fest, dass das Lager aus Decken und einem als Kopfkissen dienenden Strohsack neben ihm, auf dem Abu Dun schlief, verlassen war. Das unangenehme rot-braune Licht, das ihn einhüllte, war das der Sonne, das mit erbarmungsloser Kraft durch den dicken Stoff der Zeltplane drang. Ihrem Stand nach zu schließen – er konnte die Sonne als verwaschenen, hellgelben Fleck durch die Zeltplane hindurch erkennen –, mussten mindestens zwei Stunden vergangen sein, seit sie aufgegangen war, und wenn es hier drinnen schon so warm war, dass er kaum atmen konnte, dann musste es draußen schier unerträglich heiß sein.

Vor allem hatte er viel zu lange geschlafen, und das war etwas, was normalerweise nie vorkam.

Andrej setzte sich auf und fuhr mit dem Handrücken über das schweißnasse Gesicht. Er hatte nicht nur Kopfschmerzen, ihm war auch leicht schwindelig, und er hatte einen widerwärtigen Geschmack im Mund. Vergeblich versuchte er sich zu erinnern, wie er ins Zelt gekommen war, und ob und worüber er vor dem Zubettgehen noch mit Abu Dun gesprochen hatte.

Elena und er hatten den Rückweg in grimmigem Schweigen zurückgelegt, und sie war auf der letzten halben Meile vorausgeritten, ohne dass er versucht hätte, sie daran zu hindern. Im Lager war es bereits dunkel gewesen, und er hatte weder sie noch ihre Brüder oder Laurus gesehen, so dass er sofort in sein Zelt gegangen sein musste, um sich schlafen zu legen. Und dann …

Nein, er konnte sich nicht mehr daran erinnern.

Die Erkenntnis beunruhigte ihn. Er hatte das *Gefühl*, dass noch irgendetwas passiert war, aber er konnte nicht sagen, was, und zusammen mit der Tatsache, dass er offensichtlich bis weit in den Vormittag hinein geschlafen hatte, war das eine völlig neue, unangenehme Erfahrung für ihn. Irgendetwas stimmt nicht mit mir, dachte er. Ist es möglich, dass ich krank bin?

Normalerweise hätte Andrej diesen Gedanken weit von sich geschoben. Krankheit war ihm genauso wenig vergönnt wie der Tod, und er konnte nur mutmaßen, dass das, was er fühlte, wenn er sich nach einer Verletzung wieder regenerierte, dem ähnelte, was Sterbliche durchmachten, wenn sie auf dem Krankenbett danieder lagen. Aber wenn er nicht krank war, was war dann mit ihm los? Abermals betastete er seine Stirn. Sie war heiß, was allerdings angesichts der stickigen Luft im Zelt kein Wunder war, und der schlechte Geschmack in seinem Mund war bestimmt einfach die Folge eines leeren Magens, denn er hatte seit gestern Mittag nichts mehr gegessen. Und selbst, dass er so lange geschlafen hatte, war vielleicht nur natürlich. Die letzten Monate waren überaus anstrengend gewesen, die unerträgliche Hitze der zurückliegenden Wochen forderte auch von ihm ihren Tribut, und gewiss brauchte auch ein Unsterblicher dann und wann eine Zeit der Erholung ...

Er stand ganz auf und griff nach dem Hemd, das er am vergangenen Abend achtlos zu Boden geworfen hatte. Das erinnerte ihn an ein anderes Kleidungsstück, welches gestern ebenso achtlos fallen gelassen worden war, sodass er für einen winzigen Moment stockte, ehe er sich hastig ankleidete und aus dem Zelt trat.

Es war nicht so heiß, wie er erwartet hatte. Es war heißer. Die Luft über dem Zigeunerlager flimmerte, und jede Zeltbahn, jedes Kleidungsstück, jedes Fitzelchen Metall schien das Sonnenlicht zu reflektieren wie ein Spiegel, sodass er im ersten Moment fast blind war, bis sich seine Augen an die erbarmungslose Helligkeit gewöhnt hatten. Draußen war es fast so stickig wie im Zelt, und die misstönende Musik, die ihn geweckt hatte, war hier natürlich noch lauter.

Er war nicht einmal ganz sicher, ob es wirklich Musik war.

Im Verlauf des vergangenen Jahres hatten sie mehr als ein Dutzend Zigeuner-Familien besucht, und er hatte genug Erfahrung mit den aufpeitschenden, schnellen Rhythmen ihrer Musik, um sagen zu können, dass er so etwas noch nie gehört hatte; schrille, atonale Rhythmen, deren Takt und Lautstärke unentwegt wechselten, und die manchmal gegeneinander zu spielen schienen. Klänge, die misstönend hätten sein müssen, es sonderbarer Weise aber nicht waren und sogar etwas in ihm anrührten.

Verwirrt sah er sich nach der Ursache des Lärms um und entdeckte sie schließlich in der Mitte des Lagers, dort, wo Laurus' Sippe am vergangenen Tag das hölzerne Podest aufgebaut hatte. Ein Großteil des Clans – wenn nicht alle – hatten sich dort versammelt, und als er genauer hinsah, entdeckte er zwischen ihnen auch Abu Dun. Wenngleich nicht unbedingt *zwischen* ihnen …

Der schwarze Hüne stand zusammen mit zwei jungen Sinti auf der Bühne, und im ersten Moment erschrak Andrej, denn er glaubte, einen Kampf auf Leben und Tod zu beobachten. Doch auf den zweiten Blick entpuppte sich das, was nach einem erbitterten Gefecht aussah, als ebenso albernes wie unwürdiges Schauspiel.

Abu Dun, der sowohl die Menschenmenge als auch seine beiden Gegner überragte wie ein Dschinn aus den alten Legenden seiner Heimat, verteidigte sich mit wuchtigen Schwerthieben gegen zwei junge Männer, die mit Schilden, Schwertern und Brustharnischen bewaffnet waren und ihn mal abwechselnd, mal gleichzeitig attackierten. Nur, dass diese Kampfausrüstung aus bunt bemaltem Holz bestand. Zudem trugen die Akteure lächerliche Helme aus Pappmaschee, die von bunten Federbüschen gekrönt wurden. Und um das Maß voll zu machen, führten sie nicht nur ihre Attacken im Takt der bizarren Musik aus, sondern Abu Dun tat mit seinen Paraden und Gegenangriffen das gleiche. Im Gegensatz zu den beiden jungen Männern war er mit seinem eigenen Krummsäbel bewaffnet, den er mit großer Kraft und Geschicklichkeit schwang, sodass es ihm ein Leichtes war, die Angriffe nicht nur abzuwehren, sondern immer wieder die Deckung der beiden zu durchbrechen und halbherzige Hiebe und Stiche auszuführen.

Die Zuschauermenge quittierte jeden dieser Angriffe mit johlendem Beifallrufen und Klatschen. Während Andrej langsam auf das Podest zuschlenderte, versuchte er sich darüber klar zu werden, ob er das groteske Theater nun lächerlich, dumm oder möglicherweise gar peinlich finden sollte.

Als er näher kam, wurden einige der Sinti auf ihn aufmerksam. Köpfe wurden zusammengesteckt, es wurde getuschelt und auch der eine oder andere verstohlene Blick ausgetauscht. Auf einigen Gesichtern glaubte Andrej gar einen betroffenen Ausdruck zu erkennen. Die meisten Zigeuner jedoch winkten ihm freundlich zu, und einige bedeuteten ihm sogar, näher zu kommen. Unbewusst suchte sein Blick nach Elena, aber er konnte weder sie noch ihren Mann in der Menge erkennen.

Dafür eilte Bason ihm entgegen, aufgeregt mit beiden Händen gestikulierend und einen Ausdruck echter Freude auf dem Gesicht. »Andreas! Endlich bist du wach! Ich hatte schon Angst, ich müsste einen Eimer Wasser verschwenden, um dich zu wecken.«

»Warum hast du's nicht getan?«, fragte Andrej. Er sah wieder zur Bühne hoch. Der stampfende Takt der Musik war schneller geworden, und auch der alberne Schaukampf hatte an Tempo gewonnen. Die beiden vermeintlichen Angreifer starben gerade zum ungefähr fünfundvierzigsten Mal unter Abu Duns kraftvollen Hieben, was sie aber nicht daran hinderte, sich sogleich wieder zu erheben und nun sogar die Taktik zu ändern: Während der eine der beiden wie wild mit seinem Schwert auf ihn eindrosch, um ihn zu beschäftigen, versuchte der andere, hinter Abu Dun zu gelangen. Natürlich blieb es bei dem Versuch. Der Nubier wartete, bis der Junge fast an ihm vorbei war, dann fegte er ihm mit einem blitzschnellen Tritt die Füße unter dem Körper weg und stieß seinen Krummsäbel so kraftvoll neben den Hals des Angreifers in den Bretterboden, dass die Klinge zitternd stecken blieb. Die Zuschauer honorierten diese Aktion mit tosendem Beifall, und auch Bason nickte anerkennend.

»Dein Freund kann gut mit dem Schwert umgehen«, bemerkte er. »Ich bin froh, dass er nicht unser Fcind ist.«

»Wenn Abu Dun euer Feind wäre«, antwortete Andrej ernst, dann wären die beiden Possenreißer da oben längst tot.

Für einen Moment sah Bason ihn mit einem Ausdruck an, der Andrej einen kalten Schauer über den Rücken jagte. Dann aber lächelte er wieder so strahlend und ehrlich, wie er es von ihm gewohnt war. »Gottlob seid ihr ja nicht unsere Feinde.«

Andrej erwiderte sein Lächeln, aber er spürte auch, dass es kühler ausfiel als beabsichtigt. »Was soll dieser Mumpitz?«, fragte er und nickte Richtung Bühne.

»Gefällt's dir nicht?«, fragte Bason mit gespielter Enttäuschung.

»Du willst keine ehrliche Antwort, oder?«

»Welcher Künstler will schon eine ehrliche Antwort auf die Frage, ob sein Stück gefällt?«

»*Dein* Stück?«

Bason machte ein verlegenes Gesicht. »Ich gestehe, ich habe es geschrieben. Das war auch der Grund, warum ich deinen Freund gebeten habe, eine Rolle darin zu übernehmen.«

Andrej blickte kopfschüttelnd zu Abu Dun hinauf. Der Nubier war mittlerweile in die Defensive gegangen und tat so, als koste es ihn immer größere Mühe, die Angriffe der beiden Jungen abzuwehren – Andrej mutmaßte allerdings, dass es ihn immer größere Mühe kostete, sie aus Versehen nicht doch noch zu verletzen. Theaterwaffen hin oder her, er hatte selten jemanden gesehen, der sich im Kampf so ungeschickt bewegte wie die beiden »Angreifer«. »Welche Rolle spielt er?«, fragte er. »Die des Hofnarren?«

»Er stellt das türkische Heer dar«, antwortete Bason ernst. »Bei der Schlacht um Prag.«

»Die muss ich wohl verpasst haben«, erwiderte Andrej.

Die gespielte Enttäuschung auf Basons Gesicht nahm noch zu. »Es hat nie eine Schlacht um Prag gegeben?« Er zuckte mit den Schultern. »Macht nichts, klingt auf jeden Fall gut. Die Türken verwüsten das Land, töten die Männer, plündern die Städte, und reiben das christliche Herr auf, bis sich die tapferen Bauern und Handwerker zusammentun und selbst eine Armee aufstellen.«

»Und das türkische Heer natürlich in die Flucht schlagen?«, vermutete Andrej.

»Nach einem langen und harten Kampf, ja«, bestätigte Bason. Und wie aufs Stichwort brachte in diesem Moment einer der beiden Burschen seinen ersten Treffer mit dem Spielzeugschwert an. Andrej zuckte leicht zusammen, als er das dumpfe Geräusch hörte, mit dem die hölzerne Klinge gegen Abu Duns Arm prallte, und auch der Nubier stieß einen grunzenden Schmerzenslaut aus. Für den Bruchteil einer Sekunde war Andrej alarmiert, als er sah, wie sich Abu Duns Gesicht vor Wut verzerrte – aber der junge Dummkopf dort oben hatte Glück. Der Nubier fasste sich, ehe sein Jähzorn die Oberhand gewinnen konnte, und der Kopf des Narren blieb auf seinen Schultern.

»Ich weiß, das ist keine besonders originelle Handlung«, gestand Bason, der Andrejs Schweigen vermutlich falsch gedeutet hatte. »Aber die Leute mögen so etwas. Und sie werden deinen Freund dort oben lieben. Bisher haben wir uns selbst als Türken verkleidet, aber mit einem echten Sarazenen-Krieger gewinnt das Stück doch sehr an Glaubhaftigkeit.«

»Willst du einen Rat von mir?«, fragte Andrej.

Bason nickte heftig. »Ich hätte dich sowieso gefragt. Dein Freund hat erzählt, dass ihr gegen die Türken gekämpft habt?«

Andrej ignorierte die Bemerkung und machte eine Kopfbewegung Richtung Bühne, auf der Abu Dun gerade unter einem heftiger als notwendig angedeuteten Stich in die Knie ging und mit nicht nur gespieltem Schmerz die Hände gegen den Leib schlug. »Wenn du die Rolle der Helden nicht dauernd neu besetzen willst, dann solltest du deinen Schauspielern raten, nicht ganz so hart zuzuschlagen. Abu Dun ist vielleicht der erste richtige Sarazene, den ihr seht, aber glaub' mir, er ist auch der jähzornigste Araber, den du jemals treffen wirst.«

Für einen Moment blickte Bason stirnrunzelnd zum Podest, auf dem Abu Dun mittlerweile zu Boden gefallen war. Einer der beiden Sinti stand über ihm und hatte anscheinend Gefallen an der Idee gefunden, dem Schwarzen die stumpfe Spitze seines Holzschwertes an die Kehle zu setzen, ohne zu ahnen, wie nahe er daran war, die gleiche Erfahrung mit einem echten Säbel zu machen. »Ja«, sagte Bason zögernd und mit einem schiefen Lächeln. »Ich … werde es ihnen sagen. Künstlerschicksal«, seufzte er.

Andrej erwiderte sein Lächeln nicht, sondern sah wieder fassungslos zu Abu Dun, sich fragend, warum der Nubier dieses Possenspiel mitmachte. Er hoffte zwar inständig, dass die gestrige hässliche Szene zwischen ihnen die letzte ihrer Art gewesen war, war aber zugleich auch Realist genug, um zu wissen, dass diese Hoffnung kaum mehr als ein frommer Wunsch sein konnte. Er kannte Abu Dun nun wahrlich lange genug, um sagen zu können, dass der Nubier im Grunde seines Herzens ein sehr vernünftiger und kluger Mann war, zugleich aber auch so störrisch und uneinsichtig sein konnte wie ein Kind. Selbst wenn er wusste, dass er im Unrecht war, hieß das noch lange nicht, dass er das zugeben würde.

»Du siehst nicht begeistert aus«, bemerkte Bason. »Gefällt dir das Stück wirklich nicht?«

»Willst du die Wahrheit hören?«, fragte Andrej.

Basons Grinsen wurde noch eine Spur breiter. »Untersteh' dich!«

»Es ist entwürdigend«, sagte Andrej. »Und es ist nicht besonders gut.«

Bason blinzelte. Für einen Moment wirkte er ehrlich verletzt, dann drehte er sich um und sah wieder zur Bühne hoch, wo das Stück offensichtlich seinem Höhepunkt entgegenstrebte: Irgendwie war Abu Dun wieder auf die Beine gekommen, wich aber nun vor den ungeschickten Hieben der Holzschwerter in gespielter Panik zurück, wobei er sich größte Mühe gab, ebenso tölpelhaft zu wirken wie seine Gegner.

Bason seufzte. »Der Künstler in mir hätte vielleicht eine etwas weniger drastische Ausdrucksweise bevorzugt«, gestand er. »Möglicherweise hast du Recht.« Er schwieg einen Moment, in dem er Andrej auf eine nachdenkliche Weise ansah, die diesem gar nicht gefiel, dann fragte er mit veränderter, hoffnungsvoller Stimme: »Vielleicht sollte ich dir auch eine Rolle in das Stück schreiben?«

»Mir?« Andrejs Stimme klang eindeutig entsetzt.

Bason nickte heftig. »Dein Freund hat mir von euren Abenteuern und Heldentaten erzählt«, sagte er. »Selbst, wenn nur ein Teil davon wahr ist und der Rest hoffnungslos übertrieben, sehe ich doch, wie vorzüglich der Mohr mit dem Schwert umzugehen versteht. Und ich nehme an, du bist genau so gut?«

»Wir haben es nie ausprobiert«, antwortete Andrej – was in gewisser Weise sogar der Wahrheit entsprach. Sie hatten sich in einem Kampf auf Leben und Tod kennen gelernt, aber der war ohne Waffen ausgefochten worden; und auch, wenn sie seither zahllose Male mit dem Schwert gegeneinander gefochten hatten, so doch nur zu Übungszwecken oder um ihre Kräfte zu messen. Sie hatten nie herauszufinden beabsichtigt, wer der bessere Schwertkämpfer war, und Andrej wollte es auch gar nicht. Es wäre kein fairer Kampf gewesen. »Worauf willst du hinaus?«, fragte er.

»Die Leute kommen hierher, um sich zu amüsieren«, antwortete Bason und deutete Richtung Bühne. Andrej widerstand dem Impuls, der Geste mit Blicken zu folgen. Er hatte genug gesehen. »Ein *echter* Schwertkampf«, fuhr der Junge fort, »würde sie zweifellos begeistern – und vielleicht ein wenig mehr Geld in unsere Kassen bringen.«

»Denk nicht mal daran.«

»Warum?«, wollte Bason wissen. »Ich bin sicher, ihr würdet die Zuschauer von den Plätzen reißen.«

»Nein«, sagte Andrej bestimmt. »Ich kämpfe nicht für Geld oder zum Vergnügen anderer. Eine Waffe ist kein Spielzeug, Bason.«

Der junge Sinti wirkte enttäuscht, versuchte aber nicht, Andrej umzustimmen. Der wiederum drehte sich fast brüsk ein Stück zur Seite, um Basons Blick auszuweichen, und sah nachdenklich in die Runde. Für einen Moment gelang es ihm sogar, sich selbst einzureden, dass er nicht wusste, warum, doch da sagte Bason: »Elena ist nicht da.«

»Wie kommst du darauf, dass ich nach Elena –?«

»– suche?« Bason grinste fast schon unverschämt breit. »Nun, du hast diesen Elena-Blick, weißt du? Früher oder später bekommt ihn jeder Mann, der unsere Schwester kennen gelernt hat.«

»Unsinn!«, protestierte Andrej.

»Ach?« Jetzt wurde Basons Grinsen geradezu anzüglich. »Ihr wart gestern ziemlich lange fort.«

»Es ist ein weiter Weg zur Mühle hinaus.«

»Und ein noch weiterer zurück, ich weiß«, erwiderte Bason.

Andrej erschrak, hatte sich aber gut genug in der Gewalt, um weiter völlig gelassen und sogar ein wenig verständnislos auszusehen. Hinter dieser Maske jedoch wuchs sein Schrecken von Sekunde zu Sekunde. Was hatte Elena erzählt? Wie viel, und vor allem, wie viel hatte sie dazu erfunden?

»Mein Bruder und ich hatten gestern Abend gewettet, was unsere Schwester wohl tun wird: Dir die Kehle durchschneiden, oder dich ins Gebüsch zerren.«

»Und?«, fragte Andrej kühl, »worauf hast du gesetzt?«

»Ich konnte mich nicht entscheiden«, antwortete Bason. »Auf beides, um ehrlich zu sein. Aber ich war mir nicht ganz über die Reihenfolge im Klaren.«

»Du scheinst keine sehr hohe Meinung von deiner Schwester zu haben«, bemerkte Andrej. »Aber ich kann dich beruhigen: Sie hat weder das eine noch das andere versucht. Selbst, wenn sie es vorgehabt hätte, wäre ihr vermutlich nicht mehr danach zumute gewesen, nachdem wir mit diesem Dummkopf von Müller gesprochen hatten.«

Jetzt nahm Basons Gesicht einen betrübten Ausdruck an. »Sie hat mir davon erzählt. Es ist schlimm. Ich meine: Es ist nichts, was wir nicht kennen würden, aber meistens dauert es eine Weile, bis es dazu kommt.«

»Und wo ist Elena jetzt?«, fragte Andrej.

»Laurus und sie sind noch einmal in die Stadt gefahren, ganz früh heute Morgen«, antwortete Bason. »Ich kann dich also wirklich nicht überreden, eine Rolle in meinem Stück zu übernehmen?«

»Nein!«, sagte Andrej. »Was wollen die beiden in der Stadt?«

»Versuchen, die schlimmsten Wogen zu glätten, nehme ich an«, antwortete Bason. »Mach dir keine Vorwürfe, Andreas.

Es ist nicht das erste Mal, dass so etwas passiert, und es wird auch nicht das letzte Mal sein. Elena ist vielleicht die begabteste Händlerin unter der Sonne, und ich glaube, sie könnte selbst einem Beduinen in der Wüste einen Sack voll Sand verkaufen. Aber manchmal kann ein Segen auch zum Fluch werden, weißt du?«

Wenn es etwas gab, was Andrej wusste, dann das. Wenn auch in einem völlig anderen Zusammenhang, als Bason ahnen konnte. Er nickte. »Laurus ist also nicht hier?«

»Wir erwarten ihn jeden Moment zurück«, erwiderte Bason. »Es hätte ohnehin keinen Sinn, jetzt mit Anka reden zu wollen. Ich war vor einer Stunde bei ihr, und da war sie betrunken. Jetzt wird sie wohl schlafen.«

»Wie kommst du auf die Idee, dass ich –?« Er brach ab, als er das spöttische Glitzern in Basons Augen bemerkte.

»So schwer war das nun wieder nicht zu erraten«, erwiderte der Junge. »Davon abgesehen, dass du dich mindestens fünfzig Mal nach Anka erkundigt hast, vergeht keine Minute, in der du nicht mindestens einmal zu ihrem Wagen hinsiehst.«

Wie jetzt ... Andrej ertappte sich dabei, wie er, fast ohne sein Zutun, den Kopf hob und den wuchtigen, sechsrädrigen Karren anstarrte, in dem die Puuri Dan lebte. Wie üblich stand er ein Stück abseits der anderen, und wie üblich waren die hölzernen Fensterläden geschlossen. Trotz des Sonnenlichtes glaubte er, dahinter den gelben Schein einer brennenden Kerze auszumachen.

»Du solltest es nicht tun, ohne Laurus um Erlaubnis gefragt zu haben.«

»Dein Stiefvater scheint Anka nicht besonders zu mögen«, sagte Andrej nachdenklich. »Warum?«

»Er hat seine Gründe«, antwortete Bason. »Du hast Recht. Die beiden kommen nicht gut miteinander aus. Doch jetzt versuch' bloß nicht, zwischen ihnen zu vermitteln. Du würdest es nur schlimmer machen, glaub mir. Warte einfach ein paar Tage ab. Laurus liebt es, den Unnahbaren zu spielen, aber er ist nicht so hart, wie er sich gibt. Wenn du erst mal sein Vertrauen gewonnen hast, wird er dich mit Anka reden lassen.«

Sein Vertrauen gewonnen?, dachte Andrej. Noch eine weitere Nacht wie die zurückliegende, und er würde es nicht mehr über sich bringen, Laurus auch nur in die Augen zu sehen. Obwohl er spürte, wie unangenehm seinem Gegenüber das Thema war, fragte er: »Was ist denn zwischen Laurus und Anka vorgefallen?«

Basons Lächeln erlosch endgültig. Einen Moment lang war Andrej fest davon überzeugt, dass der Junge sich nun abwenden und gehen würde, dann aber seufzte er leise. »Er gibt ihr die Schuld am Tod seiner Mutter, glaube ich.«

»Und?«, fragte Andrej. »Ist es wahr?«

»Das kommt ganz darauf an, von welchem Standpunkt aus man es betrachtet«, antwortete Bason. »Von seinem aus, ja. Aber wenn du mehr wissen willst, dann frag ihn lieber selbst. Ich meine, am besten fragst du ihn natürlich nicht, aber du kommst mir nicht vor wie jemand, der auf gut gemeinte Ratschläge hört, stimmt's?«

Andrej lachte nur leise und überließ es Bason, die rechte Antwort herauszuhören. Ganz bestimmt würde er nicht noch Tage oder gar Wochen warten, bis es ihm vielleicht gelungen war, Laurus' Vertrauen zu erringen. Und spätestens die Ereignisse des vergangenen Abends hatten ihm klar gemacht, dass Abu Dun zumindest in einem Punkt Recht hatte: Sie konnten nicht mehr lange hier bleiben. Und möglicherweise hätten sie niemals hierher kommen sollen.

»Kann ich dich um einen Gefallen bitten?«, fragte er.

»Du kannst um alles bitten«, antwortete Bason.

»Aber ob du diese Bitte erfüllst, steht auf einem anderen Blatt, ja, ich weiß«, erwiderte Andrej in leicht ungeduldigem

Ton, der aber nichts an Basons neuerlichem, ebenso unerschütterlichem wie unverschämtem Grinsen änderte. »Du scheinst weniger Probleme mit Anka zu haben als Laurus. Geh' und frage sie, ob ich noch einmal mit ihr reden kann. Heute oder morgen.«

»Davon wird Laurus aber nicht begeistert sein.«

»Er muss es nicht erfahren.«

»Davon wird er noch viel weniger begeistert sein«, meinte Bason. Er sah Andrej einen Moment lang prüfend an, blickte dann zur Bühne hoch und schließlich wieder in Andrejs Gesicht. Und Andrej ahnte, was nun kam, noch ehe Bason es aussprach. »Ich könnte dir ein Geschäft vorschlagen, Andreas. Du spielst eine Rolle in meinem Stück, und dafür arrangiere ich ein Treffen zwischen dir und Anka.«

»Selbst, wenn ich es wollte, hätte es wenig Sinn«, antwortete Andrej. »Abu Dun und ich werden nicht mehr lange bei euch sein.«

»Du meinst, ihr werdet gehen, sobald du noch einmal mit der Puuri Dan gesprochen hast? Wenn das so ist, warum sollte ich dir dann zu diesem Gespräch verhelfen?«

»Vielleicht, weil ich dich darum bitte?«

Bason tat so, als müsse er einen Moment angestrengt über diese Worte nachdenken. Dann nickte er. »Ja. Das ist ein Grund. Ich werde darüber nachdenken. Und du über meinen Vorschlag?«

Ob Andrej wollte oder nicht – plötzlich musste er über die Hartnäckigkeit des jungen Sinti lachen. »Darüber nachdenken, ja«, sagte er. »Aber das bedeutet nicht zwangsläufig, dass ich es tue.«

»Wir werden sehen«, sagte Bason. »Und um dich vielleicht etwas milder zu stimmen, Andreas, habe ich jetzt noch eine Überraschung für dich.«

Andrej war nie besonders erpicht auf Überraschungen gewesen, aber Basons Worte weckten seine Neugier. Er sagte nichts, und der Junge ließ ihn natürlich eine kleine Ewigkeit zappeln, ehe er sich in Bewegung setzte. »Komm mit!«

Sie erkämpften sich mit einiger Mühe einen Weg durch die Menge, die noch immer lachend und johlend zusah, wie der riesige Nubier unter den angedeuteten Hieben der Holzschwerter zurückwich und wankte, sich aber schlichtweg weigerte, umzufallen. Dann beschleunigte Bason seinen Schritt. Nicht sehr, aber gerade rasch genug, dass Andrej sich sputen musste, um nicht zurückzufallen, und damit keine Gelegenheit zu bekommen, weitere Fragen stellen zu können.

Sie steuerten einen Wagen an, der ganz an dem Honsen zugewandten Ende des Lagers stand. Schon aus der Entfernung fiel Andrej auf, wie alt und heruntergekommen das Gefährt war. Die Farbe war abgeblättert und so verblichen, dass das Ganze zu einem unansehnlichen Schmutzgrau geworden war, und sowohl die Deichsel als auch die Räder hatten dringend eine Überholung, besser gleich eine Erneuerung, nötig. Die dreisprossige Treppe, die zur Tür hinauf führte, war zerbrochen, sodass Bason eine kurze Kletterpartie einlegen musste, um den Wagen zu öffnen, und als er das tat, schlug ihnen ein Schwall trockener, muffig riechender Luft entgegen, die Andrej im ersten Moment den Atem verschlug.

Bason verschwand im Wagen, und einen Moment später wurden die beiden hölzernen Läden von innen aufgestoßen; einer davon vielleicht ein bisschen zu heftig, denn er riss aus den Angeln und zerbrach, noch bevor er zu Boden fiel.

»Komm rein«, rief der Junge aufgeregt. »Nur keine Scheu.«

Scheu war nicht unbedingt das Gefühl, das sich bei Andrej eingestellt hatte, aber er folgte Bason zögernd, wobei er darauf achtete, die morsche Treppe nicht über Gebühr zu belasten. Was ihn im Innern erwartete, übertraf seine schlimmsten Befürchtungen. Die Fenster waren heillos verdreckt, und was von der Einrichtung noch übrig war, schien allein von

Staub und Schmutz zusammengehalten zu werden. Immerhin war der Wagen einigermaßen geräumig.

»Und?«, fragte Andrej misstrauisch. »Was soll ich hier?«

»Wenn du willst, ist dies dein neues Zuhause«, antwortete Bason. In seiner Stimme schwang deutlich Besitzerstolz mit. »Wenigstens so lange dein Freund und du unsere Gäste seid.«

»Hier?«

Er musste wohl entsetzter geklungen haben, als er beabsichtigt hatte, denn der Ausdruck auf Basons Gesicht war nun eindeutig eher Verlegenheit als Stolz. »Ich weiß, es sieht nicht besonders einladend aus«, sagte er. »Aber mit ein bisschen gutem Willen und ein paar Stunden Arbeit kann man es gemütlich herrichten. Und es schläft sich hier drinnen bedeutend besser als auf dem nackten Boden.«

»Ich habe nicht auf dem Boden geschlafen«, antwortete Andrej verwirrt.

»Du nicht, aber dein Freund«, antwortete Bason. Er nickte heftig, als Andrej ihn überrascht ansah. »Das wusstest du nicht? Er hat das Zelt verlassen, als du gestern gekommen bist, und bei den Pferden genächtigt.«

»Das ist nichts Ungewöhnliches«, antwortete Andrej leichthin. »Das tut er öfter.«

Das war nicht einmal gelogen, aber Basons Worte erinnerten ihn wieder an seine Verwirrung vom Morgen, als er das Lager neben sich leer gefunden hatte. Abu Dun hatte also das Zelt verlassen, als er ihn heimkommen gehört hatte. Ein solch kindisches Verhalten passte zwar zu dem Nubier, verwirrte Andrej aber trotzdem.

Bason lachte. »Wenn ich es nicht besser wüsste, würde ich sagen, ihr benehmt euch wie ein altes Ehepaar.« Er machte eine wegwerfende Geste, bevor Andrej antworten konnte. »Aber das geht mich natürlich nichts an. Wenn du also willst, gehört der Wagen euch. Er steht sowieso leer, deswegen brauchst du kein schlechtes Gewissen zu haben.«

»War das deine Idee?«, erkundigte sich Andrej argwöhnisch.

Bason zögerte einen Moment, dann schüttelte er den Kopf. »Nein«, sagte er nur. »Und jetzt komm mit. Du siehst aus, als könntest du ein kräftiges Frühstück gebrauchen – auch wenn es schon fast Zeit fürs Mittagsmahl ist. Ich werde sehen, was ich für dich tun kann, und danach denke ich über deine Frage nach, was Anka angeht. Und du über meinen Vorschlag.«

Aus purer Langeweile hatte Andrej damit begonnen, den alten Wagen zu säubern und die dringendsten Reparaturen vorzunehmen.

Er hatte gehofft, dass sich Abu Dun im Laufe des Vormittags zu ihm gesellen würde, aber er hatte ihn weder dann, noch während des Mittagsmahls gesehen, das die Sippe und er zusammen eingenommen hatten.

Und als er endlich seinen Stolz überwand und zu dem Zelt ging, in dem sie die letzten beiden Nächte zugebracht hatten, fand er Abu Duns Lager unangetastet, die beiden Satteltaschen mit seiner Habe aber waren noch da. Da er sich daran erinnerte, was Bason ihm erzählt hatte, ging er zur Pferdekoppel, und tatsächlich traf er den Freund dort an. Der ehemalige Sklavenhändler stand mit dem Rücken zum Eingang der improvisierten Koppel und schien ganz darin versunken zu sein, sein Pferd zu striegeln. Andrej gab sich keine Mühe, leise zu sein, doch der Nubier reagierte nicht auf sein Näherkommen, sondern striegelte weiterhin so inbrünstig den Hals seines Tieres, als erwarte er den Besuch eines Kalifen aus seiner Heimat.

»Wenn du weiter so machst, wird der arme Gaul morgen einen Verband tragen müssen«, sagte Andrej schließlich.

Abu Dun reagierte nicht. Weder wandte er sich um, noch unterbrach er seine Tätigkeit.

»Andererseits, für einen toten Mann machst du es ganz gut«, fuhr Andrej fort. »Die beiden tapferen Ritter haben dich doch gerade erschlagen, wenn ich mich recht erinnere, oder? Sogar gleich mehrmals.«

Abu Dun bürstete noch einen Moment weiter, dann drehte er sich ruckartig um und funkelte Andrej aus seinen dunklen Augen an. »Was willst du?«

»Eigentlich nur mit dir reden«, antwortete Andrej. »Auch wenn ich allmählich glaube, dass das keinen Sinn mehr hat.«

»Warum verschwendest du dann deine Zeit?«, fragte Abu Dun. Tatsächlich machte er Anstalten, sich wieder herumzudrehen und mit seiner sinnlosen Tätigkeit fortzufahren.

»Bitte!«, seufzte Andrej.

Der Nubier verharrte mitten in der Bewegung, schien einen Moment unentschlossen, und warf dann aufgebracht die Bürste zu Boden. »Also?«

»Ich habe vorhin mit Bason gesprochen«, sagte Andrej. »Er wird ein Treffen zwischen Anka und mir arrangieren. Wenn ich von ihr erfahre, was ich wissen will, ziehen wir weiter.«

»Und wenn nicht?«

»Sie wird mir antworten«, sagte Andrej. »Und wenn nicht, so ändert das auch nichts an meinem Entschluss. Wenn sie mir beim zweiten Mal nicht antwortet, dann tut sie es auch beim dritten Mal nicht und vermutlich auch nicht beim hundertsten Mal. Aber gib mir doch bitte noch diese eine Chance, Abu Dun.«

Der Nubier wirkte überrascht, aber auf andere Art, als Andrej erwartet hatte. Sein Blick wurde bohrend. »Und diesmal meinst du es wirklich ernst?«

»Warum sollte ich nicht?«

Abu Dun hob die Schultern. Sein Blick tastete über das Lager hinter Andrejs Rücken, als er antwortete: »Du warst gestern Abend mit der Hexe zusammen, habe ich Recht?«

»Warum nennst du sie so?« Andrej wusste genau, dass der Nubier dieses Wort gewählt hatte, um ihn zu ärgern, und im Grunde war es nicht seine Art, sich provozieren zu lassen. Jetzt aber fiel es ihm schwer, auch nur halbwegs die Fassung zu wahren.

»Weil sie dich verhext hat«, antwortete Abu Dun. »Und du merkst es nicht einmal.«

»Was für ein Unfug!«, rief Andrej. »Elena interessiert mich nicht. Sie gehört einem anderen, und selbst, wenn es nicht so wäre – du kennst meinen Geschmack, was Frauen angeht.«

»Wie ich es sage«, beharrte Abu Dun. »Du merkst es nicht einmal.« Andrej öffnete den Mund zu einer Antwort, aber Abu Dun fuhr in schärferem, bewusst verletzend gemeintem Ton fort: »Was ist los mit dir, Andrej? Bist *du* es sonst nicht immer, der mir bei jeder Gelegenheit vorhält, ich würde zu wenig nachdenken und zu sehr meinen Instinkten folgen? Vielleicht ist es an der Zeit, dass *du* mehr nachdenkst und weniger deinen Instinkten folgst! Verdammt, wenn du es so nötig hast, dann nimm dir ein Goldstück, reite in die nächste Stadt und kauf' dir eine Hure oder auch zwei. Aber mach endlich die Augen auf! Diese Frau ist Gift für dich!«

Plötzlich war Andrej viel mehr verwirrt denn wütend. Wovon *sprach* der Nubier? Zwischen Elena und ihm war rein gar nichts gewesen, und er sprach diesen Gedanken auch laut aus: »Ich weiß nicht, was du meinst«, sagte er so beherrscht, wie er konnte. Sehr beherrscht war es nicht. »Ich habe sie zu diesem Müller begleitet und zurück, und das ist alles. Zwischen uns war rein gar nichts. Wenn sie irgendetwas anderes erzählt hat, dann hat sie gelogen.«

»Sie hat nichts erzählt«, antwortete Abu Dun. »Aber manchmal sind gerade die Dinge, die die Leute nicht sagen, die Aufschlussreicheren. Allah, ich hab doch Augen im Kopf!«

»Aber anscheinend sind sie nicht mehr sehr gut«, antwortete Andrej.

Abu Dun lachte böse. »Hab ich dir eigentlich je erzählt, dass es in meiner Heimat Stämme gibt, bei denen Liebe tatsächlich als Krankheit angesehen wird? Wenn das stimmt, dann stehst du offensichtlich kurz davor, an dieser Krankheit zu sterben. Und das meine ich ernst.«

Nun war Andrej regelrecht schockiert. Es war nicht einmal so sehr die Absurdität dieses völlig aus der Luft gegriffenen Vorwurfes, sondern vielmehr die Überzeugung, mit der Abu Dun ihn vorbrachte. Weder an seinem Verhalten, noch an dem, was Elena oder er gesagt oder getan hatten, war irgendetwas, das Anlass zu der Vermutung gab, zwischen ihnen wäre mehr gewesen als tatsächlich gewesen war. »Was hat sie erzählt?«, fragte er noch einmal.

Abu Dun sah ihn lauernd an. »Nichts«, sagte er. »Aber das war auch nicht nötig.«

Andrej setzte zu einer scharfen Antwort an, beließ es aber dann bei einem Seufzen. Sie waren wieder an dem gleichen Punkt angelangt wie gestern. Es war völlig sinnlos, noch irgendetwas zu sagen. Und er verstand weniger denn je, warum Abu Dun so reagierte, wie er reagierte.

»Du brauchst heute Nacht nicht wieder bei den Pferden zu schlafen«, sagte er. »Du kannst das Zelt haben. Bason hat mir einen Wagen zugewiesen.«

»Ja, das passt.« Abu Dun lachte.

»Wie zum Teufel meinst du das jetzt schon wieder?«

»Wenn du deinen Verstand noch beieinander hättest, dann wüsstest du die Antwort auf diese Frage«, erwiderte der Schwarze und wandte sich zum Gehen. »Und jetzt entschuldige mich bitte. Ich muss zur Probe. Unser erster Auftritt ist schon heute Abend.«

Verwirrt und zornig sah ihm Andrej nach. Abu Duns Worte – vor allem das, was er über Elena gesagt hatte – hatten ihn wütend gemacht, zugleich aber auch vollkommen verunsichert. Der Nubier war niemand, der offen zugab, wenn er sich geirrt hatte, aber wenn er so hartnäckig auf etwas beharrte, dann war er zumeist auch davon überzeugt, im Recht zu sein – und nur zu oft erwies sich diese Überzeugung als richtig.

Er wartete, bis der Freund ein gutes Stück vorausgeeilt war, dann verließ auch er die Koppel und machte sich wieder auf den Weg zu dem alten Wagen, um mit seiner Arbeit fortzufahren. Er war gut vorangekommen, aber bis aus diesem Trümmerhaufen wieder ein auch nur halbwegs behagliches Zuhause werden konnte, würde vermutlich noch eine Woche vergehen.

Kurz bevor er sein Ziel erreichte hörte er Hufschläge. Er blieb stehen und sah sich um. Zwei Reiter preschten in scharfem Tempo die Straße herab. Da sie die Sonne im Rücken hatten, konnte Andrej sie zunächst nur als schwarze Schatten erkennen, denen irgendetwas Unheimliches, Körperloses vorauszueilen schien, aber dann sah er, dass die beiden Schemen niemand anderes als Laurus und Elena waren. Sie ritten nicht nur schnell, sondern auch in großem Abstand zueinander auf das Lager zu, und irgendwie hatte er das Gefühl, dass sie keine guten Neuigkeiten brachten. Kurz entschlossen ging er ihnen entgegen.

Laurus fiel weiter zurück, denn er zügelte sein Pferd, als er näher kam, während Elena dem ihren die Sporen gab und das letzte Stück bis zur Koppel im Galopp zurücklegte. Mit einem unnötig harten Ruck brachte sie das Tier kurz vor dem Tor zum Stehen, sprang aus dem Sattel, noch bevor das Pferd zur Ruhe gekommen war, und stapfte mit gerafften Röcken und so eilig auf den Wagen zu, den Laurus und sie bewohnten, dass jeder, der ihren Weg kreuzte, hastig zur Seite sprang.

Andrejs erster Impuls war, ihr nachzueilen und sie zu fragen, was passiert war, aber dann rief er sich ins Bewusstsein, dass ihm ein solches Verhalten nicht zustand; schon gar nicht nach der vergangenen Nacht. Also wandte er sich in Richtung Laurus.

Das Oberhaupt des Sinti-Clans war unweit der Bühne aus dem Sattel gestiegen, auf der Abu Dun und seine beiden ausstaffierten Schauspieler-Kollegen schon wieder mit ihrer Probe begonnen hatten, und unterhielt sich aufgeregt gestikulierend mit Bason, Rason und einem dritten, älteren Sinti. Da er Andrej den Rücken zugewandt hatte, konnte dieser den Ausdruck auf Laurus' Gesicht nicht erkennen, aber sein Gebärdenspiel, der Klang seiner Stimme und seine angespannte Haltung verrieten ihm, dass er in der Tat keine guten Nachrichten gebracht hatte. Besorgt beschleunigte Andrej seinen Schritt.

Bason entdeckte ihn als erstes, und Laurus musste den Ausdruck auf dem Gesicht seines Stiefsohnes wohl richtig gedeutet haben, denn er unterbrach seine Rede und fuhr abrupt herum. Seine Stirn umwölkte sich, als er Andrejs gewahr wurde.

»Andreas!«, sagte er. »Dich habe ich gesucht.«

Aus dem unguten Gefühl in Andrej wurde Gewissheit. »Was ist passiert?«, fragte er. Aus den Augenwinkeln nahm er wahr, wie Abu Dun und die beiden anderen ihren Schaukampf unterbrachen und gespannt in ihre Richtung blickten, und auch die Aufmerksamkeit aller anderen Umstehenden konzentrierte sich plötzlich ganz auf ihn und Laurus.

»Genau das wollte ich dich fragen«, erwiderte Laurus. »Was ist gestern Abend passiert?«

Andrej antwortete nicht sofort, sondern sah Laurus forschend ins Gesicht, versuchte in seinem Blick zu lesen, das Beben in seiner Stimme richtig zu deuten. »Ich verstehe nicht ganz …«

»Gestern Abend, als ihr, Elena und du, zur Mühle geritten seid«, erklärte Laurus. »Was ist da passiert?«

»Nichts«, antwortete Andrej wahrheitsgemäß. »Abgesehen davon, dass wir keinen Erfolg hatten – aber das wird dir dein Weib sicher schon erzählt haben.«

»Ihr habt mit dem Müller gesprochen. Was genau hat er gesagt?«, verlangte Laurus zu wissen.

»Der Mann ist ein Dummkopf, der nur Unsinn von sich gegeben hat«, antwortete Andrej. »Wir wollten mit ihm reden, aber das war gar nicht möglich. Er hat Elena als Hexe beschimpft, und mich ...« Er hob die Schultern. »Kurz, wir hatten keinen Erfolg. Es tut mir Leid. Aber mehr war nicht.«

»Er hat Elena beschimpft?«, hakte Laurus nach. »Und weiter? Was geschah dann?«

»Nichts«, sagte Andrej zum wiederholten Mal. »Aber was ist denn eigentlich los?«

Laurus' Stirnrunzeln wurde noch tiefer. Einen Moment lang starrte er zu Boden, dann schnaufte er hörbar und nickte knapp. »Nichts«, sagte er. »Du hast Recht, Andreas. Der Mann ist ein Narr.« Zwei, drei Sekunden lang schwieg er, und dann konnte Andrej förmlich sehen, wie er sich einen inneren Ruck gab, um das Thema zu wechseln. »Bason hat mir erzählt, dass du angefangen hast, den Wagen herzurichten?«

Andrej nickte. Ihm war wirklich nicht danach zumute, über den Wagen zu sprechen, und auch Bason und sein Bruder wirkten wegen des krassen Themenwechsels leicht irritiert.

»Das ist gut«, sagte Laurus. »Ich nehme an, das bedeutet, dass Ihr bei uns bleibt? Wenigstens für eine Weile?«

»Vielleicht«, antwortete Andrej ausweichend.

»Wenn es so ist, dann ist es an der Zeit, dass wir eine Aufgabe für dich finden, Andreas«, sagte Laurus. »Ich hatte gehofft, dass du Elena begleiten könntest, um ihr bei ihren Geschäften zu helfen, aber vielleicht ist es besser, wenn ich das auch weiterhin selbst tue.«

Bei ihren Geschäften helfen, oder sie *begleiten?*, dachte Andrej, hütete sich aber, die Frage laut auszusprechen.

»Bason sagte mir, dass du vielleicht in unserem Stück mitwirken könntest«, fuhr Laurus fort. »Ich halte das für eine gute Idee. Wir erwarten heute Abend die ersten Gäste. Es werden viele Menschen kommen, aus dem Dorf, aber auch aus der Stadt, und eine neue Attraktion ist immer gut. Bist du auch so ein Meister mit dem Schwert wie dein schwarzer Freund?«

Andrej tauschte einen überraschten Blick mit Bason, der ein Stück hinter Laurus stand und ihn mit unverhohlener Schadenfreude musterte. Und gerade, als Andrej zu einer abschlägigen Antwort ansetzen wollte, deutete Bason ein Nicken an und machte zugleich eine winzige Geste in die Richtung, in der Andrej Ankas Wagen wusste. Und zu seiner eigenen Überraschung hörte er sich sagen: »Ich bin kein Schauspieler, Laurus. Aber ich kann recht ordentlich mit dem Schwert umgehen, das ist richtig.«

»Mehr ist auch nicht nötig«, sagte Laurus. »Ich will Bason nicht zu nahe treten, aber seine Stücke werden wohl nie an den großen Theatern der Welt aufgeführt werden.«

»Weil die Welt ungerecht ist«, warf Bason ein. »Außerdem ist es das Schicksal großer Künstler, zu Lebzeiten niemals die Anerkennung zu finden, die ihnen gebührt.«

Laurus ignorierte ihn. »Wenn Ihr bleiben wollt, müsst ihr für Unterkunft und Essen arbeiten«, sagte er. »Vielleicht sollten wir es versuchen. Sagen wir, solange wir hier lagern ... also für eine Woche, vielleicht weniger, vielleicht mehr. Danach könnt ihr entscheiden, ob ihr bleiben wollt. Und wir, ob ihr es dürft.«

Erstaunt hob Andrej eine Augenbraue. Laurus hatte ihm und Abu Dun nie so etwas wie übertriebene Zuvorkommenheit oder gar Freundschaft entgegengebracht, aber bei seinen letzten Worten hatte eindeutig so etwas wie eine Drohung mitgeschwungen, die er sich nicht erklären konnte. Der Sinti gab ihm jedoch keine Gelegenheit zur Nachfrage, sondern erklärte das Thema mit knapper Geste für beendet und ging davon.

Andrej sah ihm nach, bis er in dem Wagen verschwunden

war, den Elena und er bewohnten, dann drehte er sich verärgert zu Bason herum.

»Du hast mich reingelegt.«

Bason grinste. »Nur ein bisschen.«

»Ich meine es ernst, Bason«, sagte Andrej. »Ich schätze es nicht, wenn man versucht, mich zu übertölpeln.«

»Wieso? Es hat doch geklappt«, feixte Bason.

Andrej setzte zu einer zornigen Antwort an, aber dann beließ er es bei einem fast resignierten Seufzen. Vermutlich hatte es keinen Zweck, mit dem Jungen zu diskutieren. Und wie schon zuvor, so musste er sich auch jetzt eingestehen, dass er Bason nicht wirklich böse war. Er – wie auch sein Bruder – hatte irgendetwas an sich, das es ihm unmöglich machte, ernsthaft wütend auf ihn zu werden. Und so sagte er nur: »Du weißt nicht, worauf du dich einlässt.«

»Das wird sich zeigen«, meinte Bason. »Jetzt geh zu meinem Bruder und lass dir ein Kostüm geben. Es sind nur noch ein paar Stunden bis zur ersten Vorstellung, und du hast noch eine Menge Text zu lernen.«

Was Bason als »Kostüm« bezeichnet hatte, erwies sich als fast zur Farblosigkeit verblasster, löchriger Fetzen, der so übel roch, dass Andrej ihn nur mit spitzen Fingern anhob und dann angewidert wieder fallen ließ. Tatsächlich hatte das Ding so wenig Ähnlichkeit mit einer Uniform wie die aus Pappmaschee und Holz zusammengestümperte Spielzeugstaffage mit echten Rüstungen. Darüber hinaus bestand sein so genannter »Text« aus gerade einmal vier Sätzen, von denen drei keinen Sinn ergaben.

Stirnrunzelnd studierte Andrej den schmutzigen Zettel mit den hingekritzelten Zeilen. Da trat Rason zu ihm und ließ sich zu einer Bemerkung hinreißen, die Andrej klar machte, dass dieser von den künstlerischen Fähigkeiten seines Bruders auch nicht sonderlich angetan war. Mehr noch, er stellte Andrej anheim, sich doch einfach selbst einen Text auszudenken. Andrej schwieg dazu – was Rason nicht weiter zu überraschen schien – und verließ den Wagen, um sich auf die Suche nach Bason zu machen. Ihr Abkommen mochte ein wenig einseitig zustande gekommen sein, aber es bestand dennoch aus zwei Teilen. Und er würde darauf pochen, dass Bason auch den seinen einhielt.

Er durchquerte das Lager, fand Bason jedoch weder in seinem Wagen noch bei den anderen, die emsig mit den Vorbereitungen für den Abend beschäftigt waren, und er wollte sich gerade – wenn auch widerwillig – auf den Weg zu Laurus' Wagen machen, um sich dort nach dessen Stiefsohn zu erkundigen, als er plötzlich das intensive Gefühl hatte, beobachtet zu werden.

Es war nicht das erste Mal, seit Abu Dun und er hierher gekommen waren. Auch, wenn sich die Sinti alle Mühe gaben, freundlich zu sein, so waren und blieben sie doch Fremde, die immer wieder mit teils neugierigen, teils skeptischen Blicken verfolgt wurden. Dieses Gefühl jedoch war anders. Er wurde nicht nur einfach beobachtet, er wurde angestarrt, belauert und mit durch und durch bösartigem Blick verfolgt. Tatsächlich war es das gleiche Gefühl, das ihn gestern Abend im Wald beschlichen hatte, als er neben dem kleinen See stand, nur ungleich intensiver und *zorniger* …

So gelassen wie möglich kam Andrej zum Stehen und drehte sich einmal langsam um die eigene Achse, wobei er seinen Blick aufmerksam über das Lager und jeden einzelnen seiner Bewohner schweifen ließ. Nichts war anders als sonst, und tatsächlich hatte dieses unheimliche Gefühl seinen Ursprung auch nicht hier. Er betrachtete einen Moment lang die Straße und die dahinter gelegenen ersten Häuser des Ortes, dann den nahen Waldrand auf der anderen Seite. Er konnte nicht sagen, aus welcher Richtung das ungute Gefühl, beobachtet zu werden, kam, doch dann glaubte er für einen ganz kurzen Moment eine Bewegung wahrzunehmen: Ein Schatten, der nicht da sein sollte, ein kaum sichtbares Huschen, das Wippen eines Zweiges, der sich in der windstillen Luft eigentlich nicht bewegen durfte ...

Er hatte genug gesehen. Betont gemächlich ging er zu dem Zelt zurück, in dem außer seinen Satteltaschen und Kleidern auch das Schwert lag und schnallte sich den Gurt nebst Waffe um. Sodann schlenderte er scheinbar ziellos in Richtung Pferdekoppel; nicht direkt auf den Wald zu, aber doch in einem Winkel, der ihn nahe genug heranbringen würde, um seine Beobachtung zu verifizieren.

Das Gefühl, angestarrt zu werden, war noch immer da, wenngleich nicht mehr ganz so intensiv wie noch vor einem Augenblick. Und neben dem Eindruck des Belauertwerdens spürte Andrej noch etwas: Gefahr, die herauf zog – wie die drückende Luft vor einem Sommergewitter, noch bevor sich die erste Wolke am Horizont zeigt. Er sah halb zu Boden, halb in Richtung der Pferdekoppel, behielt aber den Waldrand aus den Augenwinkeln im Blick. Er war sicher: Irgendetwas war dort. Und vielleicht hatte Abu Dun ja Recht. Vielleicht waren diese Leute keineswegs so harmlos, wie es den Anschein hatte.

Worauf er den ganzen Tag vergebens gewartet hatte, das geschah nun, im ungünstigsten aller denkbaren Augenblicke: Er hatte die Strecke zur Koppel fast zur Hälfte zurückgelegt, als ihm eine riesenhafte, ganz in Schwarz gekleidete Gestalt den Weg vertrat. »Wir müssen miteinander reden, Hexenmeister«, sagte Abu Dun.

»Nicht jetzt«, antwortete Andrej. Er versuchte um Abu Dun herum zu gehen, aber der Nubier machte einen raschen Ausfallschritt, sodass er stehen bleiben musste.

»Ganz genau jetzt«, erwiderte Abu Dun gereizt. »Es sei denn, du willst –«

»Nicht jetzt!«, zischte Andrej. Wohl wissend, dass er noch immer beobachtet wurde, bemühte er sich, auch weiterhin möglichst gelassen zu erscheinen und brachte sogar das Kunststück fertig, ein Lächeln auf sein Gesicht zu zwingen. Doch der scharfe Ton in seiner Stimme und der gehetzte Blick Richtung Wald hatten Abu Dun alarmiert. Aus der grimmigen Miene des Nubiers wurde ein erstauntes Gesicht, dann schürzte er die Lippen und deutete ein Kopfnicken an. Er hatte verstanden.

»Ich nehme an, du willst dein Pferd holen, um ins Dorf zu reiten«, bemerkte der Freund leutselig und überaus vernehmlich. »Ich bin auch gerade auf dem Weg dorthin. Reiten wir doch zusammen.«

»Warum nicht?« Andrej machte eine einladende Geste in Richtung Koppel, und sie legten den Rest des Weges gemeinsam zurück. Abu Dun öffnete das Tor, stieß einen schrillen Pfiff aus, und nur einen Moment später kamen sowohl sein als auch Andrejs Pferd auf sie zu getrabt. Die beiden Tiere hatten die Ruhe der letzten Tage sichtlich genossen, ebenso wie die Gesellschaft anderer Pferde, die sie auf ihre Art ebenso vermissen mochten wie Andrej die anderer Menschen, gehorchten aber trotzdem noch immer aufs Wort.

Andrej wollte sich gerade zum Sattelgestell wenden, als Abu Dun seinem Pferd entgegenlief und sich mit einer kraftvollen Bewegung – und einem spöttischen Blick in Andrejs Richtung – auf den Rücken des Tieres schwang. Und obwohl Andrej sich darüber im Klaren war, dass seine Reaktion um keinen Deut besser war als Abu Duns angeberisches Gehabe, tat er es ihm gleich.

Was vielleicht ein Fehler war, denn Abu Dun schien Andrejs Reaktion als Herausforderung zu deuten und sprengte sogleich in halsbrecherischem Tempo los. Einige der anderen Pferde wieherten erschrocken und begannen nervös auf der Stelle zu tänzeln, und obwohl Andrej nicht hinsah, wusste er, dass sich im Lager nun viele Köpfe in ihre Richtung wandten und ihr *rein zufälliger* Aufbruch auch im Wald nicht unbemerkt geblieben sein konnte. Und so – wider alle Vernunft – galoppierte er hinter dem Nubier her, so schnell er konnte.

Binnen weniger Augenblicke hatten sie das Lager durchquert – wobei ihnen nicht nur verständnislose Blicke, sondern auch der eine oder andere zornige Ruf folgten. Sodann preschte Abu Dun durchs offene Gelände davon, nicht etwa auf den Wald zu, sondern in die entgegengesetzte Richtung, auf die Handvoll Häuser zu, aus denen Honsen bestand. Erst, als sie schon die halbe Strecke zurückgelegt hatten, gelang es Andrej, den Nubier einzuholen. »Was soll das?«, rief er aufgebracht. »Willst du mit Gewalt Aufsehen erregen?«

Abu Dun lachte. »Aufsehen erregst höchstens du, weil du jeden Moment von deinem Gaul fällst. Weißt du eigentlich, was für eine komische Figur du abgibst?«

Andrej warf ihm einen wütenden Blick zu, aber insgeheim musste er Abu Dun Recht geben. Das Reiten ohne Sattel, Zaumzeug und Zügel war alles andere als leicht, und bei dem halsbrecherischen Tempo, das der Nubier vorlegte, auch alles andere als ungefährlich. Wäre er zufällig Zeuge einer solchen Szene geworden, wäre es ihm schwer gefallen zu glauben, dass es sich bei dem Rennen nur um ein freundschaftliches Kräftemessen handelte. Aber jede Bemerkung in diese Richtung würde es im Moment nur verschlimmern. Also beschränkte er sich darauf, sich in einer halbwegs würdevollen Haltung an der Pferdemähne festzuklammern.

Zu seiner Erleichterung nahm Abu Dun das Tempo deutlich zurück, als sie auf die ungepflasterte Hauptstraße des Ortes gelangten. Sie ritten noch immer recht schnell, was ihnen auch hier den einen oder anderen verwunderten oder empörten Blick einbrachte, doch Abu Dun wurde immer langsamer, und als sie den Ort durchquerte hatten – was nach wenigen Minuten der Fall war – befanden sich die Pferde nur noch in einem raschen, aber nicht mehr rasenden Trab. Schließlich wandten sie sich nach rechts, um Honsen – und damit auch das auf der anderen Seite gelegene Sinti-Lager – in weitem Bogen zu umgehen und sich dem dahinter liegenden Hain und jedem, der darin auf der Lauer liegen mochte, von der Rückseite her zu nähern.

Zumindest jetzt bewies Abu Dun einen kühlen Kopf, denn er trieb das alberne Spiel nicht noch weiter auf die Spitze, sondern hielt im Schutz eines weit ausladenden Busches an, der die Hitzewelle der zurückliegenden Wochen wie durch ein Wunder fast unbeschadet überstanden hatte. Dann glitt er vom Rücken seines Pferdes und ließ sich mit auf den Oberschenkeln abgestützten Händen in die Hocke sinken, während er darauf wartete, dass Andrej es ihm gleich tat. »Was hast du gesehen?«, fragte er.

»Nichts«, antwortete Andrej. »Aber irgendjemand ist hier, das spüre ich.«

Das genügte Abu Dun. Sie kannten sich lange genug, und der Nubier wusste, dass eine Ahnung Andrejs hundertmal mehr wert sein konnte als die vermeintlich sichere Beobachtung eines anderen. Der Schwarze nickte, schlug den Mantel zurück und legte die Hand auf den Griff des Krummsäbels, den er darunter trug. Auch Andrej tastete nach seiner Waffe, zog die Hand dann aber wieder zurück. Das Gefühl des Angestarrtwerdens hatte sich irgendwo auf halbem Wege zwischen der Pferdekoppel und Honsen verloren, aber er spürte nach wie vor, dass irgendetwas hier war. Etwas, das nicht hier sein sollte. Und er spürte auch, dass es sich hierbei nicht um eine Gefahr handelte, der er mit der Waffe begegnen konnte. Es war sehr verwirrend.

Abu Dun machte eine Kopfbewegung nach rechts, zog den Säbel und huschte einen Augenblick später in die angegebene Richtung davon. Praktisch im gleichen Moment trat Andrej in der entgegengesetzten Richtung hinter dem Gebüsch hervor. Nahezu lautlos erreichten sie den eigentlichen Waldrand und drangen ins dichte Unterholz vor. Nichts war zu hören, nirgends rührte sich etwas. Andrejs Sinne waren zum Zerreißen gespannt, aber er hörte absolut nichts, außer seinen eigenen Schritten und denen Abu Duns, die sich allmählich von ihm entfernten. Und doch spürte er immer deutlicher diese fremde, böse Präsenz, die die Atmosphäre verpestete wie ein übler Gestank.

Aber das war unmöglich. Der Wald war nicht groß genug, um diesen Namen wirklich zu verdienen. Selbst einem normalen Menschen mit einigermaßen wachen Sinnen wäre es möglich gewesen, jedermann aufzuspüren, der sich hier zu verstecken suchte – und *er* hätte jeden Fremden wortwörtlich *gerochen*. Aber hier war nichts. Absolut nichts.

Andrej war drauf und dran, sich einzugestehen, dass ihm vielleicht doch nur seine Nerven einen bösen Streich gespielt hatten, als rechts von ihm ein helles, unterdrücktes Pfeifen ertönte, das jeder andere für den Ruf eines Vogels gehalten hätte, der sich über die Störung durch die Eindringlinge beschwerte – jeder, der nicht seit Jahren mit Abu Dun ritt und wusste, dass der Nubier nahezu jede Tierstimme perfekt zu imitieren verstand. Rasch schob er das Schwert in den Gürtel zurück, wandte sich in die fragliche Richtung und langte nach wenigen Schritten neben dem Freund an.

Er wollte eine Frage stellen, aber der Nubier gebot ihm zu schweigen und deutete zugleich mit einer Kopfbewegung auf den Boden vor sich. Andrej ging langsam weiter, wobei er darauf achtete, möglichst leise aufzutreten, ließ sich dann neben dem Freund in die Hocke sinken und erschrak, als er sah, was Abu Dun entdeckt hatte.

In dem weichen Moos, das den Waldboden vor ihm bedeckte, waren die Spuren nackter kleiner Füße zu sehen. Sehr kleiner Füße und nicht nur die eines, sondern die von mindestens zwei oder mehr Menschen.

»Also doch«, murmelte Abu Dun. Dann stand er mit einem Ruck auf und sah sich aus zusammengekniffenen Augen um. »Diesmal bringe ich es zu Ende.« Schon stürmte er in die Richtung los, in die die Fußspuren wiesen, noch bevor Andrej etwas sagen oder versuchen konnte, ihn zurückzuhalten, und er nahm jetzt keinerlei Rücksicht mehr darauf, ob er Lärm machte oder nicht. Vermutlich spielte es auch keine Rolle. Die Fußspuren waren erst wenige Minuten alt, und Andrej spürte die feindselige Präsenz jetzt mit solcher Intensität, dass sie ihm fast den Atem raubte.

Noch während er hinter Abu Dun hereilte, versuchte er, die Richtung zu spüren, aus der das unheimliche Gefühl kam, aber es wollte ihm nicht gelingen. Was immer dieses unheimliche Geschöpf war, dessen Nähe er spürte, es schien nirgends und überall zugleich zu sein.

Er beschleunigte seinen Schritt, um zu dem Nubier aufzuholen, doch dann blieb Abu Dun so plötzlich stehen, dass Andrej einen hastigen Ausfallschritt machen musste, um nicht gegen ihn zu prallen. Im nächsten Augenblick erstarrte auch er mitten in der Bewegung, als er sah, weshalb Abu Dun so plötzlich stehen geblieben war.

Sie hatten den jenseitigen Waldrand fast erreicht. Vor ihnen erhob sich nur noch eine einzige Baumreihe, zwischen der das Unterholz aber so dicht war, dass es eine nahezu undurchdringliche Mauer bildete.

Dort lag Pater Flock wimmernd vor Angst und Schmerz und hoffnungslos im dornigen Gestrüpp des Unterholzes verfangen, die seine Kutte zerrissen und Gesicht und Arme blutig gekratzt hatten. Verzweifelt versuchte er, sein Gesicht mit den Händen vor den Hieben eines höchstens acht- oder neunjährigen Jungen zu schützen, der auf seiner Brust hockte und versuchte, dem Geistlichen mit einem kinderkopfgroßen Stein den Schädel zu zertrümmern. Ein zweiter, kaum älterer Junge hatte dem Mann beide Knie in den Unterleib gerammt und stach mit einem winzigen Messer immer wieder auf seinen Oberschenkel ein, während zwei weitere Kinder das Ganze johlend und händeklatschend beobachteten. In den Augen des schwarzhaarigen Mädchens blitzte es spöttisch auf, als es Andrej und Abu Dun bemerkte, während der ältere Junge den beiden nur einen verächtlichen Blick zuwarf und sich dann wieder auf das grausame Geschehen am Boden konzentrierte.

Außer sich vor Wut brüllte Abu Dun auf, riss mit beiden Händen den Säbel in die Höhe und war mit einem einzigen Schritt am Ort des Geschehens. Zweifellos hätte er den Jungen enthauptet, hätte er nicht aus irgendeinem Grund im letzten Moment versucht, seinen Hieb in eine andere Richtung zu lenken. Es gelang ihm nicht ganz. Die gebogene Klinge des Krummsäbels zischte mit einem hässlichen Geräusch durch die Luft. Doch dieses winzige Zögern hatte dem Knaben gereicht. Blitzschnell duckte er sich und entging dem tödlichen Hieb buchstäblich um Haaresbreite. Durch die eigene Wucht nach vorne gerissen, musste Abu Dun einige hastige Schritte machen, um nicht das Gleichgewicht zu verlieren und zu stürzen.

Trotz seiner enormen Größe und Körperfülle, die schon so manchen Gegner getäuscht hatte, war Abu Dun wieselschnell; er brauchte nur eine Sekunde, um seine Balance wiederzufinden und herumzufahren, doch diese Spanne reichte den Kindern. Noch immer lachend und johlend, ließen sie endlich von ihrem Opfer ab und verschwanden so schnell im Unterholz wie Schatten, die vor dem Licht der Sonne flohen. Abu Dun stieß einen Fluch in seiner Muttersprache aus, brach rücksichtslos durch das Gebüsch und setzte zur Verfolgung an, während Andrej zu dem hilflosen, wimmernden Geistlichen lief und sich neben ihm auf den Boden kniete.

Der Anblick war so entsetzlich, dass er hart schlucken musste. Pater Flocks Gesicht war blutüberströmt und verzerrt vor Schmerz und Todesangst. Er blutete aus zahlreichen kleinen und zwei größeren Wunden an Stirn und Schläfe, und der Knabe mit dem Messer hatte sich sogar die Zeit genommen, ihm ein gut fingerlanges Kreuz in beide Wangen zu ritzen, ehe er Flocks Gesicht seinem Bruder und dessen Stein überließ. Die Augen des jungen Geistlichen waren schwarz vor Angst, und hinter der Furcht und dem unerträglichen Schmerz flackerte der beginnende Wahnsinn. Als Andrej sich über ihn beugte, riss der Mann die Arme in die Höhe und versuchte, nach ihm zu schlagen. Andrej nahm zwei, drei seiner kraftlosen Hiebe hin, dann umfasste er die Handgelenke des Geistlichen und drückte ihn mit sanfter Gewalt zu Boden.

»Ganz ruhig!«, rief er. »Ich bin es, Andreas! Es ist vorbei!«

Doch Flock reagierte nicht darauf. Stattdessen wurde sein Wimmern nun von hohen, spitzen Schreien abgelöst. Dabei strampelte er so heftig mit den Beinen, dass Andrej rasch ein Stück von ihm abrückte, um nicht auch noch getreten zu werden.

»Es ist vorbei! Pater Flock! Kommt zu Euch! Sie sind fort! Ihr seid in Sicherheit!«

Im ersten Moment schien es, als ob Flock ihn auch jetzt nicht verstand, dann erschlaffte sein Körper in Andrejs Griff, und das Flackern beginnenden Irrsinns in seinen Augen ließ nach. Fassungslos starrte er Andrej an, riss dann den Kopf herum und blickte in die Richtung, in der die Kinder und Abu Dun verschwunden waren. »Teufel!«, schrie er. »Sie sind des Teufels. Dämonen aus der Hölle, geschickt, uns für unsere Sünden zu bestrafen.«

»Es ist vorbei«, sagte Andrej noch einmal, aber mit, wie er hoffte, beruhigender Stimme. »Sie können Euch nichts mehr tun. Ihr seid in Sicherheit.«

Flock begann zu wimmern; ein leises, klagendes Weinen, in dem mehr zum Ausdruck kam als die pure Todesangst, die er gerade durchgestanden hatte. Andrej wagte es nicht, seine

Hände loszulassen, lockerte aber seinen Griff und unterzog Flock sodann einer zweiten, etwas gründlicheren Begutachtung.

Ihr Ergebnis war nicht besser als das seiner ersten Inaugenscheinnahme. Im Gegenteil: Der junge Geistliche bot einen schrecklichen Anblick. Sein Gesicht war eine Maske aus hellem, glänzendem Blut, sodass gar nicht genau zu erkennen war, wie schlimm die Verletzungen wirklich waren; und auch seine Hände, mit denen er den Stein abgewehrt hatte, waren übel verletzt. In Höhe seiner Oberschenkel war das braune Mönchsgewand schwarz und nass von Blut. Flocks Unterlippe war gespalten, und er hatte mindestens zwei Zähne verloren.

»Beruhigt Euch«, sagte Andrej. »Nicht bewegen. Ihr seid schwer verletzt. Ich bringe Euch zu einem Arzt.«

»Nein«, sagte Flock. »Bringt Euch in Sicherheit. Sie werden wiederkommen. Sie werden Euch umbringen. Sie sind Dämonen. Der Teufel hat sie geschickt!«

»Es ist alles in Ordnung«, sagte Andrej zum wiederholten Mal. Natürlich entsprach das nicht der Wahrheit. Nichts war in Ordnung. Nicht der Zustand, in dem sich der junge Geistliche befand, und schon gar nicht die Umstände, unter denen er diese Verletzungen erlitten hatte. Er schloss für einen Moment die Augen, lauschte in sich hinein und versuchte nach dem bösartigen fremden Geist zu tasten, dessen Gegenwart er eben noch so deutlich gefühlt hatte. Aber da war nichts mehr. Das einzige Leben, das er spürte, war das Flocks und Abu Duns.

Wie aufs Stichwort hörte er neben sich das Geräusch brechender Zweige, dann trat der Nubier aus dem Unterholz auf die Lichtung. Auf seinem Gesicht lag ein Ausdruck maßloser Enttäuschung. Noch immer hielt er den Krummsäbel in beiden Händen, doch die Klinge war blank. Mit einem zornigen Schritt trat er heran und rammte den Säbel nur eine Handbreit neben der Schulter des Geistlichen in den Boden. Er sagte nichts, sondern warf Andrej nur einen wütenden Blick zu. *Sie sind entkommen!*

Sei froh!, signalisierte ihm Andrej auf die gleiche Weise und wandte sich erneut an Flock.

»Es ist alles gut«, sagte er noch einmal. »Abu Dun und ich werden Euch zu einem Arzt bringen. Versucht nicht, zu reden.«

»Was ist hier passiert?«, wollte der Freund wissen. Er maß Flock mit einem argwöhnischen Blick und hockte sich dann neben ihn, die linke Hand auf den Griff des Krummsäbels gestützt. »Was hattet Ihr hier zu suchen?«

»Ich ... ich war hier, und ... und plötzlich ... plötzlich waren sie da«, stammelte Flock. Sein Blick begann wieder zu flackern, und sein Atem ging schneller. Andrej, der immer noch die Handgelenke des Geistlichen umfasst hielt, spürte, wie der Puls zu rasen begann, und er warf Abu Dun einen mahnenden Blick zu. Jetzt war nicht der Moment, Fragen zu stellen. Der Zustand des jungen Paters schien ernster, als er bisher angenommen hatte.

Ungeachtet dessen herrschte ihn Abu Dun in einem Ton an, der alles andere als freundlich oder gar mitfühlend war: »Ihr wart hier? Einfach so? Mitten im Wald?«

»Ich ... ich hatte mich verirrt«, nuschelte Flock.

»Verirrt?« Abu Dun lachte. »Haltet mich nicht zum Narren, Pfaffe! Niemand kann sich in diesem Wäldchen verirren, es sei denn, er wäre blind.«

»Abu Dun!«, ermahnte Andrej ihn scharf. »Nicht jetzt!«

»Ja, ja, nicht jetzt und auch nicht später, und am besten gar nicht!«, schnappte Abu Dun. Seine Augen verengten sich zu Schlitzen, und für einen Moment war Andrej sicher, dass sich sein Zorn nun gegen ihn richten würde – ein Zorn, der keinen anderen Grund hatte als den, dass ihm diese mörderischen Kinder auch diesmal wieder entkommen waren. Begriff der

Freund denn nicht, dass ihm dieser Umstand mit einiger Wahrscheinlichkeit das Leben gerettet hatte?

»Das reicht jetzt!«, sagte Andrej, der allmählich wirklich zornig wurde. »Lauf voraus ins Lager und gib Bescheid, dass wir kommen. Man soll heißes Wasser und Verbandszeug vorbereiten. Er verblutet.«

»Welch ein Verlust für die Menschheit«, bemerkte Abu Dun böse. Doch er erhob sich, verstaute seinen Säbel und machte sich auf, das zu tun, worum er gebeten worden war – nicht ohne Andrej einen letzten, verächtlichen Blick zuzuwerfen. Verwirrt sah er dem Freund nach. Für den Moslem war der Geistliche so etwas wie sein natürlicher Feind, und auch er selbst hatte der Kirche und allem, was damit zu tun hatte, schon vor langer Zeit abgeschworen. Dennoch erschien ihm Abu Duns unverhohlene Feindseligkeit gegenüber Pater Flock unangemessen.

Er wandte sich wieder dem Verletzten zu. Flock war wieder nach hinten gesunken, hatte die Augen geschlossen und versuchte mit zusammengebissenen Zähnen, ein Stöhnen zu unterdrücken. Wenn man bedenkt, dachte Andrej, was er gerade durchgemacht hat und wie schwer er verletzt ist, dann hält er sich sehr tapfer. Aber er vermochte nicht vorauszusagen, wie lange diese Kraft noch vorhalten würde.

»Ich bringe Euch jetzt ins Lager«, sagte er. »Ich werde versuchen, Euch nicht weh zu tun, aber ich kann es nicht versprechen.«

Er wollte gerade seine Arme unter Flocks Körper schieben, als der junge Priester fast erschrocken den Kopf schüttelte. »Ich kann gehen«, behauptete er. »Helft mir nur, aufzustehen.«

»Das ist keine gute Idee«, sagte Andrej ernst. »Ihr habt eine Menge Blut verloren, und ich weiß nicht, welche Verletzungen Ihr darüber hinaus erlitten habt. Lasst mich Euch tragen. Es macht mir nichts aus.«

Doch Flock blieb bei seiner Weigerung und setzte sich umständlich auf, wie um seine Behauptung unter Beweis zu stellen. »Es geht schon«, murmelte er. »Helft mir auf, das ist alles.«

»Aber –«

»Ich bitte Euch, Andreas, erspart mir diese neuerliche Demütigung«, murmelte Flock. »Es sind doch nur wenige Schritte.«

Andrej zögerte, entschied dann aber zu tun, was Flock verlangte. So stand er auf, ergriff die Hand des Paters und zog ihn unsanfter in die Höhe als nötig. Flock keuchte vor Schmerz und wäre sofort wieder gestürzt, hätte Andrej nicht rasch mit der anderen Hand zugegriffen. Erneut schüttelte Flock unwillig den Kopf und blieb schwer atmend stehen, bis er wieder halbwegs zu Kräften gekommen war.

Andrej verschränkte die Arme vor der Brust, und sowohl das, was er sah, als auch sein Verstand sagten ihm, dass er sich diesen jungen Narren wie einen Sack Kartoffeln über die Schulter werfen und ins Lager tragen sollte, egal, wie laut Flock auch protestierte. Stattdessen legte er sich lediglich den Arm des Geistlichen um die Schultern und setzte sich langsam in Bewegung. Flock humpelte neben ihm her und stöhnte bei jedem Schritt, fand aber dennoch die Kraft, einen Fuß vor den anderen zu setzen und sich nicht einmal übermäßig schwer auf Andrej zu stützen.

Sie verließen den Wald und bewegten sich in gerader Linie auf das Zigeunerlager zu, das keine hundert Schritte entfernt war. Zweifellos musste man sie im selben Moment entdeckt haben, in dem sie aus dem Schutz der Bäume getreten waren, doch niemand kam ihnen entgegen, und auch sonst änderte sich nichts am gewohnten Anblick des aus Wagen und Zelten zusammengestellten Lagers.

Andrej fragte sich, ob Abu Dun bereits dort eingetroffen war, vermutete aber das Gegenteil. Wie er den Nubier einschätzte, war der mitnichten auf kürzestem Wege zurückgegangen, sondern hatte sich erst in die entgegengesetzte Richtung gewandt, um die Pferde zu holen, und vermutlich würde es ihm sogar gefallen, möglichst lange für den Weg zu brauchen, ja, vielleicht sogar erst nach ihnen dort einzutreffen.

Sie hatten gut die Hälfte der Strecke zurückgelegt, als Flock heftig die Luft zwischen den Zähnen einsog und ihn bat, einen Moment stehen zu bleiben. Andrej tat schweigend wie ihm geheißen. Er war das Theater gründlich leid. Sicher, angesichts seines Zustandes hielt sich Flock besser als er erwartet hätte, aber der Moment, in dem Tapferkeit in Unvernunft umschlug, war fast erreicht. Und auch wenn er Flock nicht besonders ins Herz geschlossen hatte, würde er doch nicht tatenlos zusehen, wie dieser junge Narr ein Opfer seines Stolzes wurde.

»Ich brauche nur ... eine Minute«, stammelte Flock. »Ich habe Schmerzen.«

»Ihr haltet Euch gut«, antwortete Andrej fast gegen seinen Willen.

»Ihr seid ein Schmeichler, Andreas, aber ich weiß es zu schätzen«. Flock versuchte ein Lächeln, das gründlich misslang.

Andrej schüttelte heftig den Kopf. »Ich meine das ernst«, sagte er. Und in diesem Moment war es auch die Wahrheit. »Ich habe härtere Männer als Euch unter weniger zusammenbrechen sehen. Ruht Euch nur einen Moment aus.«

»Das werde ich«, versprach Flock. »Aber ich ... ich habe aus einem anderen Grund um diese Pause gebeten.«

»Ja?«

Flock wich seinem Blick aus als er weitersprach, und er rang sichtlich um die rechten Worte. »Euer muselmanischer Freund, Andreas.«

»Abu Dun.«

»Abu Dun, ja.« Flock nickte. »Er hatte Recht.«

»Womit?«

»Ich war nicht zufällig dort im Wald. Und ich habe mich natürlich auch nicht verirrt.«

»Sondern?«

»Ich bin ... ich habe absichtlich einen Umweg gemacht«, gestand Flock. »Ich wollte euer Lager beobachten, bevor ich es betrete. Ich ... ich dachte, dass ich vielleicht irgendetwas sehe.«

»Irgendetwas?«

Flock schien sich unter seinem Blick regelrecht zu winden, und Andrej spürte, dass ihm das, was er zu sagen hatte, mindestens ebenso große Qual bereitete wie seine körperlichen Schmerzen. »Es ist ... etwas geschehen. Heute Nacht.«

»Und was?«

Flock atmete schwer ein, brachte irgendwie die Kraft auf, Andrej einen Moment lang in die Augen zu blicken, und starrte dann unbehaglich abwechselnd vom Boden zum Waldesrand. Andrej vermutete, dass es ihm gleich war, wohin er seinen Blick lenkte, Hauptsache, nur nicht auf das Lager der Sinti.

»Diese Leute, Andreas«, begann der Geistliche schließlich. »Wie gut kennt Ihr sie?«

Andrej trat einen halben Schritt zurück, sodass Flocks Hand von seiner Schulter rutschte, hielt den Arm jedoch ausgestreckt, falls der Geistliche zu stürzen drohte. Seine Augen wurden schmal. »Warum fragt Ihr mich das?«, wollte er wissen und schnitt Flock mit einer Handbewegung das Wort ab, bevor dieser antworten konnte. »Ihr erzählt mir, dass Ihr Euch an das Lager angeschlichen habt, um diese Menschen zu belauschen, und wollt nun von *mir* etwas über sie erfahren?«

»Wie gut kennt Ihr sie?«, wiederholte Flock.

»Immerhin besser als Euch«, antwortete Andrej. »Nicht besonders gut. Aber gut genug, um zu wissen, dass sie Abu

Dun und mich aufgenommen haben, ohne Fragen zu stellen, dass sie freundlich zu uns sind, und dass sie niemandem ein Leid zugefügt haben, jedenfalls nicht, solange ich bei ihnen bin.« Es fiel ihm schwer, Ruhe zu bewahren. Flocks Worte machten ihn wütend. Er schuldete diesem Mann nichts. Die Kirche, in deren Diensten er stand, hatte seine Familie ausgelöscht, jeden getötet, den er gekannt, alles vernichtet, was er besessen und geliebt hatte. Und niemand an seiner Stelle wäre wohl in der Lage gewesen, einem Mann, der das Büßergewand trug, unvoreingenommen gegenüberzutreten. Aber Flocks Worte weckten nicht nur Zorn in ihm, sondern ein Gefühl, das an Hass grenzte. Er verstand selbst nicht, warum.

»Ihr und Euer Freund seid anders als diese Leute«, sagte Flock. Er schwankte leicht, und Andrej war mit einem raschen Schritt wieder bei ihm, als ihm klar wurde, dass Flock die Kräfte jetzt immer schneller verließen.

Vielleicht war es ein Fehler. Mit einem Mal war er dem Geistlichen so nahe, dass er nicht nur seinen sauren Schweiß und die Angst riechen konnte, sondern auch das Blut, das noch immer aus den beiden Platzwunden an seinem Kopf sickerte und auch den groben Stoff seiner Kutte über dem rechten Oberschenkel tränkte. Ein bitterer, metallischer Geruch, der ihn an unzählige überstandene Kämpfe und Schlachten erinnerte, der aber auch etwas anderes in ihm wach rief; eine uralte, unstillbare Gier, der düstere Teil seines Erbes, den zu ergründen er hierher gekommen war, und den er so tief in den finstersten Abgründen seiner Seele eingesperrt zu haben geglaubt hatte, dass er ihn manchmal schon zu vergessen begann. Aber er war da, nicht sehr stark, nicht einmal verlockend, aber er *war* da, und er würde immer da sein.

Andrej vertrieb den Gedanken hastig und fragte lauter und – wie er hoffte – in sachlicherem Ton: »Was wollt Ihr von mir, Pfaffe?«

Wenn Flock die Beleidigung überhaupt gehört hatte, so ignorierte er sie. »Vielleicht will ich nur wissen, mit wem ich es zu tun habe«, antwortete er. »Ihr seid nicht der Mann, der zu sein Ihr vorgebt, Andreas. Euch umgibt ein Geheimnis. Ein großes und düsteres Geheimnis.«

»Ach?«, fragte Andrej spöttisch. »Ist das so? Nun, vielleicht habt Ihr Recht, vielleicht redet ihr aber auch Unsinn. Und selbst, wenn Ihr Recht haben solltet – wer sagt Euch, dass es ein Geheimnis ist, das Ihr kennen wollt? Vielleicht sind Abu Dun und ich ja Späher der Türken, die ausgeschickt wurden, um einen Überfall der Muselmanen vorzubereiten. Oder wir sind gemeine Mörder und Diebe, die auf der Suche nach neuen Opfern sind. Oder auch Dämonen, die Euch und allen braven Bürgern in dieser Gegend nach der Seele trachten?«

Flock blieb ernst. Er sah Andrej einen Moment lang durchdringend, aber auf so sonderbare Weise an, dass ihm ein kalter Schauer über den Rücken lief. »Ihr seid kein schlechter Mensch, Andreas«, sagte er. »Ich weiß nicht, was Ihr seid, geschweige denn, wer, aber Ihr seid nicht böse.«

»Woher wollt Ihr das wissen?«

»Weil ich in die Seelen der Menschen blicken kann«, erwiderte Flock. »Ich weiß, ob mich ein Mensch belügt oder ob er die Wahrheit sagt, ob er gut oder schlecht ist. Und Ihr seid nicht schlecht.«

»Oh, das wisst Ihr?«, fragte Andrej spöttisch. »Sagt, lernt man das bei der Priesterweihe, oder erhält man diese Fähigkeit zwangsläufig, sobald man erstmals die Kutte überstreift?«

Flock schüttelte matt den Kopf. Er wirkte nicht verletzt, sondern nur ein wenig traurig. »Das war nicht nur so dahergesagt, Andreas«, sagte er. »Ich *kann* in die Seelen der Menschen blicken. Ich konnte es schon immer, bereits als Kind. Früher hat mich diese Fähigkeit verwirrt, später habe ich sie als Segen angesehen und noch später als Fluch. Sie ist der Grund, aus dem ich in den Orden eingetreten bin.«

Andrej verfügte zwar nicht über diese besondere Gabe, aber er hatte eine Menge anderer Fähigkeiten, die die Sinne eines normalen Menschen weit in den Schatten stellten, und die es ihm im Allgemeinen ebenso sicher wie Flock ermöglichten zu sagen, ob sein Gegenüber ihn belog oder nicht. Und zumindest in diesem Moment hatte er das sichere Gefühl, dass Flock die Wahrheit sprach; wenn er log, dann tat er es entweder meisterhaft, oder er wusste nicht, dass er log. Behutsam tastete er mit seinen Vampyrsinnen nach dem Geist des jungen Ordensbruders, aber da war nichts, was nicht da sein sollte. In einem Anflug von schlechtem Gewissen verscheuchte er den Gedanken: ein Wesen wie er selbst im Büßergewand? Das war absurd.

»Und als was nehmt Ihr diese Gabe heute?«, fragte er.

»Ich weiß es nicht«, gestand Flock. »Manchmal erleichtert sie die Dinge, aber zumeist macht sie alles schwieriger. Menschen sind nicht für die Wahrheit geboren, Andreas. Wir sind keine wahrhaftigen Wesen, wir wollen nicht immer die Wahrheit sagen, und wir wollen sie auch nicht immer hören.«

»Und wie kommt Ihr dann auf die Idee, dass ich Euch wahrheitsgemäß antworten würde – selbst wenn Ihr Recht hättet?«, fragte Andrej.

»Weil ich es wüsste, wenn Ihr lügt«, antwortete Flock einfach. »Auch wenn Ihr selbst es nicht genau wüsstet. Aber ich merke schon, Ihr wollt meine Frage nicht beantworten. Bitte verzeiht, dass ich sie überhaupt gestellt habe.« Er ächzte leise und schwankte. »Und nun, auch wenn es mir sehr peinlich ist … könnten wir vielleicht noch einmal über Euer Angebot reden, mich den Rest des Weges zu tragen?«

Es verging fast eine Stunde bis Andrej – zusammen mit zwei jüngeren Frauen aus dem Lager – Flocks Wunden gesäubert und so weit versorgt hatte, dass er sich nicht mehr die bange Frage stellen musste, ob der junge Geistliche den Abend noch erleben würde.

Dennoch waren Flocks Verletzungen schlimmer als erwartet. Abgesehen von den zwei schweren Kopfwunden und den grässlichen Schnitten im Gesicht hatte der Priester mindestens zwei gebrochene Finger und ein schlimm verstauchtes Handgelenk. Zudem befanden sich in seinem rechten Oberschenkel mehr als ein Dutzend schmale, aber sehr tiefe Stichwunden, die heftig bluteten. Wie durch ein Wunder hatte die Klinge des Jungen die Hauptschlagader nicht durchtrennt, sodass Flock nicht in Gefahr war zu verbluten. Auch die übrigen Wunden erwiesen sich als schmerzhaft und schwer – einige würden Wochen brauchen, um zu verheilen –, aber keine von ihnen war für sich gesehen wirklich lebensgefährlich. Allerdings wagte Andrej nicht, sich auch nur vorzustellen, was passiert wäre, wären Abu Dun und er auch nur einen Augenblick später am Ort des Geschehens eingetroffen.

Obwohl er sehr vorsichtig gewesen war und ihm die beiden jungen Frauen geschickt zur Hand gegangen waren, hatte er Flock zusätzliche Schmerzen zugefügt; zwei oder drei Mal so arg, dass der Pater gellend aufgeschrien hatte und man ihn vermutlich noch im Dorf hatte hören können. Doch als Andrej sich schließlich von Flocks Lager erhob und ihm riet, nun ein paar Stunden zu schlafen, um wieder zu Kräften zu kommen, schüttelte der Mann nur heftig den Kopf und versuchte sogar sich aufzurichten.

»Dazu ist keine Zeit«, sagte er. »Ich muss mit dem Oberhaupt dieser Familie sprechen.«

»Mit Laurus?«

»Ich weiß seinen Namen nicht. Wenn er es ist, ja.«

»Ich glaube nicht, dass das eine so gute Idee ist«, sagte Andrej. »Ihr habt eine Menge Blut verloren und seid schwach.«

»Das mag sein, aber es ist wichtig. Ich werde schon nicht in Ohnmacht fallen.«

»Das meine ich nicht«, sagte Andrej. »Glaubt mir, ich habe Erfahrung in solchen Dingen. Manchmal ist es besser, in einem Zustand wie Eurem nicht zu reden.«

»Es ist aber wirklich wichtig«, beharrte Flock. »Nicht für mich. Für diese Leute hier. Und vielleicht auch für Euch, Andreas.«

Andrej resignierte. Flock würde nicht nachgeben, und vielleicht war das, was er zu sagen hatte, ja wirklich wichtig. So erhob er sich und sagte: »Ich werde mit ihm reden. Aber ich kann nicht versprechen, dass *er* überhaupt mit Euch sprechen will.«

»Richtet ihm aus, es geht um heute Nacht«, sagte Flock. »Um den Müller und das, was nach Eurem Besuch geschehen ist.«

»Nach unserem Besuch?«, fragte Andrej alarmiert. »Was soll denn da passiert sein?«

»Das würde mich auch interessieren«, sagte eine Stimme hinter ihm.

Andrej fuhr erschrocken herum und fand sich Aug' in Aug' mit Laurus. Das Oberhaupt der Sinti-Familie hatte das Zelt betreten ohne dass er es mitbekommen hatte, und Andrej fragte sich erschrocken, wie lange er wohl schon dagestanden und ihnen zugehört hatte. Und dann wurde ihm klar, dass Laurus' Frage viel weniger Flock als ihm gegolten hatte.

»Nichts ist passiert«, sagte Andrej. »Elena und ich sind wieder zurückgeritten, das ist alles.«

Laurus maß ihn mit einem durchdringenden, auf unangenehme Weise wissenden Blick, dem Stand zu halten Andrej ausgesprochen schwer fiel. Wenngleich er in gewissem Sinne die Wahrheit gesagt hatte – zumindest, was den Müller anging …

»Ihr habt Andreas gehört, Vater«, sagte Laurus kühl. Er maß den jungen Geistlichen mit einem langen, doch mitleidlosen Blick, der vor allem seinen diversen Verbänden zu gelten schien. Flock war nackt bis auf einen Lendenschurz und eine dünne Halskette mit einem silbernen Kreuz, zugleich aber mit so vielen Bandagen umwickelt, dass er fast schon wieder angezogen wirkte.

»Ihr wisst es nicht?«, fragte Flock.

»Dann würde ich nicht fragen«, antwortete Laurus. Sein Gesicht umwölkte sich. »Vater, wenn Ihr etwas zu sagen habt, dann sagt es. Wenn nicht, dann verzeiht, aber wir haben noch viel zu tun. Ich habe einen Wagen vorbereiten lassen, der Euch in die Stadt bringt. Dort kann man Euch besser versorgen als hier.«

Selbst für einen Mann wie Laurus waren das Worte von ausgesuchter Unhöflichkeit. Und sie waren zudem nicht besonders klug. Flock war zwar kein Kardinal, vielleicht nicht einmal ein richtiger Priester, und er war jung genug, um Laurus' Enkel sein zu können – aber sie lebten in einer Zeit und in einem Land, in dem das Gewand eines Mannes oft mehr zählte als der Mann selbst. Andrej konnte nicht verstehen, warum Laurus den Geistlichen so brüskierte.

»Handmann war heute Morgen bei mir, noch vor Sonnenaufgang«, begann Flock. »Ihm ist ein großes Unglück widerfahren. Fast seine gesamten Mehlvorräte und alles Korn wurden vernichtet.«

»Was ist passiert?«, fragte Laurus. »Ein Brand?«

»Ratten«, antwortete Flock. »Ratten sind über seine Mühle hergefallen.«

Andrej starrte ihn überrascht und erschrocken zugleich an, und er erschrak ein weiteres Mal, als er sah, dass Flock bei diesen Worten nicht Laurus sondern ihn angesehen hatte. Ratten?

»Das ist bedauerlich«, sagte Laurus. »Aber nach allem, was

mir mein Weib über diesen Müller erzählt hat, war er wohl ein ziemlich unbeherrschter Mann und nicht sehr klug. Vielleicht war er zudem auch nicht sehr reinlich. Wenn man sein Haus nicht in Ordnung hält, dann kommen die Ratten gern.«

»So etwas ist aber noch nie passiert«, sagte Flock.

»Irgendwann ist immer das erste Mal«, erwiderte Laurus kühl. »Worauf wollt Ihr hinaus? Dass wir diesen Dummkopf von Müller verhext haben? Sagt es ruhig.«

Andrej sog scharf die Luft ein. Hatte Laurus den Verstand verloren?

»Nun, ich war dabei«, sagte Flock. »Gestern Nacht, als Andreas dem Handmann mehr Geld geboten hat, damit er ihm Mehl verkauft. Der Müller hat gesagt, eher würde er seine Vorräte an die Ratten verfüttern, bevor er Euch auch nur einen Scheffel davon überlässt.«

»Nun, dann ist sein Wunsch ja wohl in Erfüllung gegangen«, meinte Laurus. »Manchmal sollte man seine Wünsche eben mit Bedacht äußern.«

»Aber ich bitte Euch, Bruder Flock«, mischte sich Andrej hastig ein und eigentlich nur, um zu verhindern, dass Laurus sich um Kopf und Kragen redete. »Ihr seid doch ein vernünftiger Mann. Ihr wart dabei, genau wie ich. Ihr könnt doch nicht allen Ernstes an diesen Unsinn von Hexen und Flüchen glauben, den Handmann von sich gegeben hat.«

»Natürlich nicht«, sagte Flock. »Ich denke nicht so wie dieser Müller und die vielen anderen. Wäre es so, dann wäre ich nicht hier.«

»Und warum seid Ihr dann hier?«, fragte Laurus.

»Weil etwas vorgeht«, antwortete Flock. »Weil etwas Schlimmes passiert ist, und weil ich nicht will, dass noch Schlimmeres passiert, weder den Menschen in der Stadt noch Euch.«

»Wir können ganz gut auf uns selbst aufpassen«, sagte Laurus eisig. »Und für das Wohl Eurer Schäfchen seid ja wohl Ihr verantwortlich.« Er wies auf Andrej. »Andreas wird Euch zurück in die Stadt bringen. Doch zuerst muss ich mit ihm sprechen. Ihr entschuldigt uns.«

Er fuhr auf dem Absatz herum und bedeutete Andrej, ihm nach draußen zu folgen. Kaum hatten sie das Zelt verlassen und sich ein paar Schritte außer Hörweite begeben, da riss Andrej Laurus derb an der Schulter herum.

»Seid Ihr von Sinnen?«, herrschte er den Sinti an. »Habt Ihr nicht gehört, was der Priester erzählt hat?«

»Mich würde viel mehr interessieren, was du zu erzählen hast, Andreas«, antwortete Laurus. »Was ist gestern Abend wirklich passiert?«

»Nichts, was ich Euch nicht schon berichtet hätte«, erwiderte Andrej. »Es war alles genau so, wie ich gesagt habe. Und Euer Weib Elena vermutlich auch.«

»Von der Geschichte mit den Ratten, an die der Müller sein Mehl lieber verfüttern wollte, habt Ihr nichts gesagt.«

»Weil das alles Unsinn ist«, antwortete Andrej. »Dieser Handmann ist ein Dummkopf. Er hat einfach irgendwas gesagt, um Elena und mich zu verletzen.«

»Und danach?«, fragte Laurus. »Seid ihr wirklich sofort und auf dem kürzesten Weg nach Hause geritten?«

Es wäre ein Einfaches gewesen, zu lügen. Andrej war davon überzeugt, dass Elena ihrem Mann die bekannte Version der Geschichte erzählt hatte, und auch, dass es genau das war, was Laurus in diesem Moment von ihm hören wollte. Aber es wäre falsch gewesen, jetzt die Unwahrheit zu sagen. »Vielleicht nicht auf dem kürzesten Weg und auch nicht sofort«, sagte er daher.

Laurus' Gesicht zeigte keinerlei Regung. »Sondern?«

»Elena ist in den Wald gelaufen. Sie war wütend über das, was Handmann gesagt hatte. Ich habe eine Weile gebraucht, um sie zu finden und zu beruhigen.«

»Und?«

»Nichts, und«, erwiderte Andrej gereizt. »Wir haben geredet und am Schluss hat sie sich beruhigt, und wir sind zurückgeritten.«

»Und sie hat mit niemandem sonst gesprochen?«

»Nur mit den Bäumen.« Andrej lachte auf. »Nein. Außer uns war niemand da.«

»Dann gibt es ja auch nichts, worüber wir uns den Kopf zerbrechen müssten«, meinte Laurus. »Und jetzt geh und bring diesen Pfaffen zurück in die Stadt. Nicht, dass er uns am Ende noch hier verblutet und man uns die Schuld dafür gibt. Und beeil dich. Wir haben heute Abend viel Arbeit.«

Während der guten Stunde, die er im Lager gewesen war, hatte sich Abu Dun nicht ein einziges Mal blicken lassen. Dafür kam er Andrej nun entgegen, kaum, da dieser sein Gespräch mit Laurus beendet und sich auf die Suche nach irgendeinem Wagen machen wollte, mit dem er Flock zurück in die Stadt bringen konnte. Doch mehr noch; der Nubier präsentierte ihm just den dafür vorgesehenen Wagen, auf dessen Ladefläche bereits ein behelfsmäßiges Bett aus Decken und mit Stroh gefüllten Säcken hergerichtet worden war.

Laurus' Entschluss, Flock möglichst rasch loszuwerden, war offensichtlich doch nicht so plötzlich gefasst worden wie er angenommen hatte. Vielleicht war es nicht einmal *sein* Entschluss gewesen. Andrej bedachte Abu Dun mit einem erstaunten Blick, aber es war ihm ebenso wenig möglich, in seinem Gesicht zu lesen wie in dem des Sinti-Oberhauptes.

Dafür fiel ihm etwas anderes auf. Abu Dun hatte nicht nur den Wagen für den Transport des Verletzten vorbereitet, sondern auch sein und Andrejs Pferd am Ende des Gefährts festgebunden. Auf seine entsprechende Frage hin lachte der Schwarze nur und sah ihn fast mitleidig an. »Willst du etwa den Leuten in der Stadt erklären, was hier passiert ist?«, fragte er spöttisch. »Nur zu! Aber dann nimm auch gleich das Reisig für den Scheiterhaufen mit. Das verkürzt die Sache.«

Vermutlich übertrieb Abu Dun, aber wohl nicht so sehr, wie Andrej sich in diesem Moment einredete. Er war auch aus anderen Gründen nicht sicher, ob es eine gute Idee war, wenn sie beide zusammen aufbrachen, um Flock in die Stadt zu bringen – Abu Dun schien nicht in Stimmung für einen freundlichen Plausch, und Andrej seinerseits hatte gehofft, auf dem Rückweg noch einmal allein mit Flock reden und möglicherweise mehr über dic Ereignisse der vergangenen Nacht erfahren zu können. Aber er sprach nichts von alledem aus, sondern kletterte zu Abu Dun auf den Kutschbock.

»Wenn du schon so sehr um mein Wohl besorgt bist«, sagte er, »dann wird es dir sicherlich nichts ausmachen, unseren Gast aus dem Zelt zu tragen. Immerhin hatte ich ihn das ganze Stück vom Wald bis ins Lager am Hals. Jetzt bist du an der Reihe. Das ist nur gerecht.«

Abu Dun starrte ihn einen Moment lang verblüfft an, dann zog er eine Grimasse, sprang wortlos vom Wagen und verschwand mit weit ausgreifenden Schritten in dem Zelt, in dem der junge Geistliche lag. In der gleichen Sekunde wurde Andrej klar, dass er abermals einen Fehler begangen hatte. Der Nubier war nicht unbedingt für seine Rücksicht bekannt, und in der Stimmung, in der er sich augenblicklich befand, war es gut möglich, dass er seinen Zorn an Flock ausließ und ihn unsanfter auf den Wagen beförderte als nötig.

Seine Befürchtungen erwiesen sich als unbegründet. Vielleicht hatte Abu Dun seinen kühlen Verstand zurückerlangt, den Andrej in den letzten Tagen zu oft bei ihm vermisst hatte; vielleicht verbot es ihm aber auch der Stolz, seine Wut an einem Hilflosen auszulassen: Überaus vorsichtig trug der Araber den Geistlichen aus dem Zelt, bettete ihn auf die Ladefläche des Wagens und deckte ihn sogar zu, damit die erbarmungslose Sonne seine geschundene Haut nicht auch noch verbrannte.

Andrej ergriff die Zügel und ließ den Wagen anrollen, sodass Abu Dun gezwungen war, einen kurzen Spurt einzulegen, um dann mit einer alles andere als eleganten Bewegung zu ihm auf den Bock zu springen – was Andrej einen wütenden Blick des Nubiers einbrachte. Und damit war es dann auch gut mit den kleinen Schikanen. In eisigem Schweigen legten sie den Weg in die Stadt zurück. Und auch Andrejs Enttäuschung, nun doch nicht mehr mit Flock reden zu können, erwies sich im Nachhinein als grundlos. Der junge Prediger verlor zwar nicht das Bewusstsein, versank aber in einen Dämmerzustand, in dem er bisweilen den Kopf hin und her warf und unverständliche Worte stammelte. Als die ersten Häuser der Stadt in Sichtweite kamen, brachte Andrej den Wagen zum Stehen, reichte die Zügel wortlos an Abu Dun weiter und stieg nach hinten auf die Ladefläche, um Flock sanft wachzurütteln

Er brauchte eine Weile, um den Geistlichen aus seinem Fieberwahn zu reißen. »Wir sind fast da«, sagte er. »Wie geht es Euch?«

Flock blinzelte. Seine Augen waren trüb, und jetzt, wo das Blut von seinem Gesicht gewaschen und die schlimmsten Wunden versorgt waren, sah er fast noch schrecklicher aus. Und dieser Anblick ist nichts gegen den, den er morgen oder gar in zwei oder drei Tagen bieten wird, dachte Andrej schaudernd. Die kreuzförmigen Schnitte auf Flocks Wangen waren dick angeschwollen und begannen sich offensichtlich zu entzünden. Er fieberte stark, und als Andrej nach seinem Handgelenk griff, registrierte er erschrocken, wie schnell sein Puls ging.

Trotzdem schüttelte Flock auf seine Frage hin den Kopf und setzte sich mühsam auf. »Es geht«, sagte er. »Ihr und Euer Freund habt gut für mich gesorgt.«

»Glaubt Ihr, Ihr schafft den Rest des Weges allein?«, fragte Andrej.

Bevor Flock antwortete, drehte er mühsam den Kopf und fuhr sich mit seiner dick bandagierten Linken über die Augen, als könne er nicht klar sehen. Schließlich nickte er, aber es wirkte nicht besonders überzeugend. Vielleicht war Abu Duns Idee, so einleuchtend sie im ersten Moment geklungen hatte, doch nicht so gut gewesen. Wenn sie den schwer verwundeten Geistlichen persönlich in die Stadt brachten, würden sie eine Menge unangenehmer Fragen beantworten müssen – bestenfalls. Aber es war auch keinen Deut besser, ihn allein auf den Kutschbock zu setzen, wenn die Pferde hernach erst am Ende der Stadt zum Stehen kamen, weil die Zügel in den Händen eines Toten lagen.

»Vielleicht sollten wir Euch doch bis in die Stadt begleiten«, sagte er.

Diesmal wirkte Flocks Kopfschütteln fast panisch, und es kam auch deutlich schneller. »Nein!«, sagte er. »Macht Euch keine Sorgen. Ich werde allen erklären, was passiert ist. Aber im Augenblick ist es besser, wenn Ihr nicht in meiner Nähe seid.«

So unwohl sich Andrej dabei fühlte, er musste zugeben, dass Flock Recht hatte. Während Abu Dun bereits vom Wagen sprang und nach hinten eilte, um ihre Pferde loszubinden, half er Flock, sich umständlich aufzurichten und noch umständlicher auf den Kutschbock zu klettern. Die Hände des Geistlichen waren so dick bandagiert und angeschwollen, dass er Mühe hatte, die Zügel zu halten, und Andrej kamen erneut Zweifel an ihrem Vorhaben. Aber Flock ließ die Pferde antraben, noch bevor Andrej eine entsprechende Bemerkung machen konnte. Langsam setzte sich der Wagen in Bewegung. Obwohl die Straße hier bereits gut gepflastert war, schwankte der Priester auf dem ungepolsterten Kutschbock heftig hin und her. Andrej trat einen Schritt zurück und blieb dann reglos am Straßenrand stehen, bis sich das Fuhrwerk den ersten Häusern näherte. Erst, als er ganz sicher war, dass

Flock die Stadt aus eigener Kraft erreichen würde, ging er zu Abu Dun zurück und schwang sich in den Sattel. Der Nubier wollte sein Pferd auf der Stelle wenden und losreiten, aber Andrej verharrte abermals auf der Stelle.

»Worauf wartest du?«, fragte Abu Dun. »Mach dir keine Sorgen um deinen neuen Freund. Seine Schäfchen werden sich schon um ihn kümmern.«

Andrej dachte nicht daran, auf Abu Duns spöttische Worte einzugehen. Er wartete erneut einige Minuten bis das Fuhrwerk mit seinem in sich zusammengesunkenen Lenker zwischen den ersten Gebäuden verschwunden war, dann griff auch er nach den Zügeln, dirigierte sein Pferd aber nicht in die Gegenrichtung, sondern herunter von der Straße, nach Osten.

»Was hast du vor?«, wollte Abu Dun wissen.

Andrej hatte wenig Lust zu antworten, aber das wäre nur Öl aufs Feuer gewesen, und schließlich hatte er sich fest vorgenommen, dieses kindische Hickhack zu beenden – oder die Sache zumindest nicht noch weiter anzufachen. »Ich reite noch mal zur Mühle«, sagte er. »Ich will wissen, was da passiert ist.«

»Welche Mühle?«

»Lass den Unsinn, Sklavenhändler«, sagte Andrej entnervt. »Und erzähl mir nicht, du hättest nicht gelauscht. Das wäre das erste Mal seit wir zusammen reiten.«

»Nicht das allererste Mal«, widersprach Abu Dun. Aber plötzlich lachte er. »Außerdem war es nicht nötig zu lauschen. Dein Christenfreund hat laut genug gesprochen. Ich hätte mir schon die Ohren verstopfen müssen, um ihn nicht zu verstehen.«

»Dann wirst du auch verstehen, warum ich dorthin will.«

»Vielleicht fiele es mir leichter, wenn ich wüsste, was gestern Abend wirklich passiert ist«, antwortete Abu Dun.

»Nichts«, sagte Andrej zum tausendsten Male. »Elena und ich haben geredet, das ist alles.«

»Ihre Brüder schienen da anderer Meinung zu sein.«

Andrej zuckte mit den Schultern und ließ sein Pferd weitertraben. »Dann haben sich ihre Brüder eben getäuscht«, sagte er. »Und jetzt komm. Beeilen wir uns lieber. Es ist ein ziemlicher Umweg, wenn wir an der Mühle vorbei reiten, und wie ich unseren Gastgeber kenne, fällt unser Abendessen aus, wenn wir nicht pünktlich zur Vorstellung kommen und unseren Auftritt verpassen ... Ganz davon abgesehen, dass Basons empfindliche Künstlerseele nicht wieder gut zu machenden Schaden erleiden könnte.«

Er hatte den Weg unterschätzt.

Obwohl sie schnell ritten, brauchten sie fast eine halbe Stunde, ehe sie den Wald erreichten, in dem Handmanns Mühle lag, und dann verging noch einmal eine schier endlose Zeit, in der sie auf dem schmalen, unebenen Waldweg entlang ritten und Andrej darauf wartete, dass endlich die Flügel der uralten Mühle über den Baumwipfeln auftauchten.

Ihm kam erst jetzt zu Bewusstsein, was für ein sonderbarer Ort ein Wald für eine Windmühle war – obwohl sie auf einer Lichtung und auf der Kuppe eines Hügels lag, hätte er sich auf Anhieb ein Dutzend Flecken in der Umgebung vorstellen können, an denen eine Mühle besser platziert gewesen wäre. Aber dieser ganze Wald war ohnehin ... seltsam. Gestern Abend, nach dem Streit mit Handmann und vor allem nach seiner unheimlichen Begegnung im Hain, hatte er diesen Eindruck auf seine überspannten Nerven geschoben, aber der Wald wirkte auch jetzt, im hellen Tageslicht, düster und abweisend, eine dunkle, scheinbar undurchdringliche Mauer, die sich zu beiden Seiten des Weges erhob und der etwas Abweisendes anhaftete, ohne dass er das Gefühl in Worte fassen konnte.

Er lauschte aufmerksam in sich hinein, tastete mit seinen

scharfen Raubtiersinnen in die Dunkelheit, die hinter dem Dickicht lag, doch diesmal spürte er keine Bedrohung, nichts, was Abu Dun und ihn belauerte, nichts, was nicht hier sein sollte. Aber auch das, was hier sein sollte, war nicht da.

Gestern Abend hatte Elena gesagt, dass sie manchmal mit den Bäumen sprach, aber wenn dem so war, hatte sie mit toten Bäumen gesprochen. Dieser Wald wirkte grün und saftig, aber jener Teil Andrejs, der stets wach war und nach Beute suchte, spürte genau, wie falsch dieser Eindruck war. Ja, Abu Dun, er selbst und die beiden Pferde waren die einzigen lebenden Kreaturen in weitem Umkreis.

Endlich tauchten die Windmühlenflügel über den Baumwipfeln auf, doch auch ihr Anblick brachte keine wirkliche Erleichterung. Gestern Abend, in der Dunkelheit, hatte er sie nur als Schatten wahrgenommen, nun aber sah er, dass sie, auch bei Tageslicht betrachtet, nicht mehr als ein Skelett waren. Etliche der großen Streben waren gebrochen, und die Stoffbespannung bestand nur noch aus Fetzen, die schon vor Jahren so vermodert gewesen sein mussten, dass sie unter ihrem eigenen Gewicht zerrissen waren.

»Und das ist deine Mühle?«, fragte Abu Dun zweifelnd. »Wie wird sie denn betrieben? Durch fromme Wünsche und Gebete?«

Andrej lächelte gequält und sah von einer Antwort ab. Vielmehr konzentrierte er sich weiter auf die Umgebung. Doch es blieb dabei: Soweit seine unsichtbaren Fühler auch tasteten, er fand keine Spur von Leben. Er sah und hörte den Wald, er konnte ihn riechen und schmecken und fühlen, aber gleichzeitig hätte er sich ebenso gut in einer der großen Wüsten aufhalten können, von denen Abu Dun ihm erzählt hatte. Es war unheimlich, und es machte ihm auf eine Art Angst, die er nicht in Worte fassen konnte.

Abu Dun verfügte zwar nicht annähernd über so scharfe Sinne wie er, doch auch er schien zu spüren, dass diesem

Fleckchen Erde etwas Unheimliches anhaftete, denn er sah sich immer öfter nervös um, und seine Hand ruhte die ganze Zeit in Nähe des Schwertgriffes.

Die Beklommenheit wich auch nicht von ihnen, als sie die Mühle erreichten. Andrej hatte nicht angenommen, Handmann oder ein Mitglied seiner Familie hier anzutreffen – nicht nach dem, was Flock erzählt hatte. Aber immerhin hatte der Geistliche von Ratten gesprochen, von vielen Ratten, genug, um die gesamten Vorräte aufzufressen und den Müller und die Seinen in Lebensgefahr zu bringen. Doch in dem großen, düsteren Gebäude, das aus der Nähe betrachtet mehr denn je wie eine Ruine wirkte, regte sich nichts.

Wäre Andrej allein gewesen, wäre er jetzt vermutlich einfach weiter geritten. Aber hätte er es getan, dann hätte er Abu Dun erklären müssen, warum sie diesen Umweg gemacht und dann nicht einmal einen Blick in das Gebäude geworfen hatten – aber aus irgendeinem Grund scheute er davor zurück. Er wusste nicht, was hier vor sich ging. Er spürte nur, dass es etwas Düsteres und Gefährliches war und etwas ihm vollkommen Unbekanntes.

»Das also ist Handmanns Mühle?«, fragte Abu Dun, als sie abstiegen. Er legte den Kopf in den Nacken und musterte die verrotteten Flügel über ihnen. »Wer immer hier lebt, muss ja verrückt werden.«

Andrej schwieg dazu und schritt in Richtung Eingang. Die Tür, die gestern Abend so massiv und abweisend auf ihn gewirkt hatte, entpuppte sich bei Licht betrachtet als ebenso windschief und marode wie das ganze Gebäude, und sie war nicht einmal verschlossen, sondern stand einen Spalt breit offen. Andrej drückte sie auf, trat jedoch nicht ein, sondern blieb unter dem Türsturz stehen und ließ seine Sinne zum Einsatz kommen. Nur eine Sekunde später war er sicher, dass die Mühle völlig verlassen war. Dann und wann hörte er ein Knacken im Gebälk, das Rieseln von Staub; die üblichen Geräusche, die dieses alte schlafende Gebäude von sich gab. Aber Leben gab es hier nicht – keinen Menschen und auch keine Ratten.

Als er schließlich über die Schwelle trat und sich im Innern umsah, kam er nicht umhin, Abu Duns Einschätzung zu teilen. Hatte die Mühle schon von außen heruntergekommen gewirkt, war ihr Inneres nur mehr als bessere Ruine zu bezeichnen.

Die Behausung bestand aus einem einzigen großen Raum, dessen Decke von einer Reihe schon halb vermoderter Balken gestützt wurde und der Handmann und seiner Familie offenbar als Wohn-, Schlaf- und Arbeitsraum gedient hatte. Es gab drei Betten, die an der gegenüberliegenden Wand standen, einen wuchtigen Schrank mit geschnitzten Türen, der vor einem Menschenalter oder mehr einmal prachtvoll gewesen sein musste, einen Tisch und drei Stühle sowie einen aus Bruchstein gemauerten Herd. Der Rest des großen Raumes wurde von Gerümpel sowie Kisten und aufgestapelten Säcken eingenommen, die ausnahmslos leer und zum Großteil zerrissen waren. Obwohl der Raum unerwartet sauber war, roch die trockene Luft so durchdringend nach Mehlstaub, dass Andrej nur mit Mühe ein Husten unterdrücken konnte. An der rechten Wand, die als einzige fensterlos war, führte eine geländerlose Treppe in steilem Winkel nach oben.

»Ratten?«, fragte Abu Dun und strich nervös über seinen Schwertgriff. »Wenn du mich fragst, dann hat dein neuer Freund im Fieberwahn geredet. Hier sind keine Ratten.«

Andrej kratzte sich unschlüssig am Kopf. Dass hier keine Ratten waren, sah er selbst, aber was den zweiten Teil von Abu Duns Behauptung anging, war er nicht so sicher. Im Moment war kein Tier zu sehen, das stimmte, aber der scharfe, unverwechselbare Gestank dieser Nager hing noch immer deutlich in der Luft, selbst für Abu Duns nicht annähernd so scharfe Sinne deutlich genug, und je länger er sich umsah, desto mehr Spuren des Dramas, dass sich hier abgespielt haben musste, gewahrte er.

»Vielleicht oben.«

Sie gingen zur Treppe. Andrej blieb noch einmal stehen, drehte sich im Kreis und sah sich ein letztes Mal aufmerksam um – doch es blieb dabei: Hier unten war nichts. Wenn die Tiere tatsächlich da gewesen waren, dann hatten sie ihr Zerstörungswerk beendet und waren wieder verschwunden.

Aber irgendetwas sagte ihm, dass es nicht so einfach war ...

Mit klopfendem Herzen sah er zu der schweren hölzernen Klappe hoch, zu der die Stiege emporführte. Dicht gefolgt von Abu Dun und unwillkürlich mit jeder Stufe langsamer werdend stieg er nach oben und drückte die Klappe mit den Schultern auf.

Auf der Galerie war der trockene, zum Husten reizende Mehlgeruch noch stärker, dafür waren die Lichtverhältnisse besser; der obere Teil der Mühle besaß zwar keine Fenster, aber die Wände und das Dach waren so löchrig, dass reichlich Sonnenlicht hereinfiel. Sie sahen sich um. Dicht hinter Abu Dun war ein Teil der Wand eingebrochen, sodass man einen guten Ausblick auf den Hügel und den gegenüberliegenden Waldrand hatte.

Darüber hinaus bot der Dachraum genau den Anblick, den er erwartet hatte: Ein Großteil der Fläche wurde von einem riesigen Mühlrad und dem nicht minder gewaltigen Gestänge, das es antrieb, samt der dazugehörigen Zahnräder eingenommen. Auf dem Boden lag eine gut fingerdicke Schicht aus festgetretenem Mehl und Korn. Andrej konnte Spuren darin erkennen, aber es waren nur die Abdrücke menschlicher Füße.

»So viel zu deiner Ansicht, Bruder Flock sei ein ehrlicher Mann«, konstatierte Abu Dun. »Wenn du mich fragst, so trägt die einzige Ratte, die seit Jahren hier war, ein braunes Büßergewand und ein Kreuz um den Hals.«

»Aber warum sollte er lügen?«, murmelte Andrej.

»Warum lügen Menschen?«, fragte Abu Dun mit einem Achselzucken zurück. »Um einen Vorteil zu erlangen? Um andere in ein schlechtes Licht zu rücken? Es gibt tausend Gründe.«

»Aber das wäre dumm«, sagte Andrej. Er weigerte sich immer noch zu glauben, dass Abu Dun womöglich Recht hatte. »Jeder, der hierher kommt, würde doch sehen, dass die Geschichte nicht stimmt.«

»Vielleicht hat er ja gar nicht bewusst die Unwahrheit gesagt«, überlegte Abu Dun. »Vielleicht wurde er ja seinerseits belogen.«

Andrej dachte einen Moment darüber nach, schüttelte dann bestimmt den Kopf. Er traute Handmann eine so ungeheuerliche Lüge durchaus zu, aber selbst der Müller besaß genug Verstand, um zu wissen, dass dieser Vorfall, sofern er ihn denn erfunden hatte, nicht einmal einer flüchtigen Überprüfung standhalten würde. Wenn es ihm allein darum ging, Elena und die Sinti der Hexerei zu beschuldigen, dann hätte er sich ein Dutzend überzeugendere Geschichten ausdenken können.

»Lass uns gehen«, sagte er. »Ich –«. Ihm stockte der Atem. Vor ihnen, kaum eine Armlänge entfernt, saß eine Ratte. Eine Ratte, die sich nicht vom Fleck rührte und die sie aufmerksam ansah.

»Was?«, fragte Abu Dun verständnislos. Dann folgte er Andrejs Blick und zog die Augenbrauen zusammen, als er den grauen Nager gewahrte, der noch immer reglos dahockte und die beiden Eindringlinge ohne die geringste Spur von Furcht zu mustern schien.

»Was ist los?«, fragte der Nubier. »Das ist nur eine Ratte. *Eine* einzige Ratte.«

»Ja«, murmelte Andrej, *aber sie sollte nicht hier sein.* Er hätte sein Augenlicht darauf verwettet, dass dieses Tier vor einer Sekunde noch nicht da gewesen war.

»Irgendwas stimmt hier nicht«, sagte er. »Verschwinden wir!«

Abu Dun rührte sich nicht und sah eher überrascht als alarmiert aus. »Sag nicht, du hast Angst vor einer Ratte.«

Die ehrliche Antwort auf diese Frage wäre ein unverhohlenes »Ja« gewesen. Aber es war nicht wirklich die Ratte, die Andrej mit wachsender Furcht erfüllte. Es war das, was dieses Tier *war*: Eine Herausforderung. Sie hockte da wie ein höhnisches, Fell und Fleisch gewordenes Grinsen.

Als der Nubier keine Antwort erhielt, wandte er sich zur Treppe, um den Rückweg anzutreten. Mitten in der Bewegung jedoch erstarrte er und sog scharf die Luft ein. Andrej war sicher, dass nun auch hinter ihnen Ratten aufgetaucht waren, die ihnen den Rückzug versperrten. Langsam drehte er sich um.

Hoch aufgerichtet und der sprichwörtlichen Salzsäule gleich stand Abu Dun da und starrte durch das Loch im Dach nach draußen. Andrej war mit zwei schnellen Schritten bei ihm, und was er sah, ließ ihn gleichermaßen überrascht und erschrocken zurückweichen.

Der Platz vor der Mühle war nicht mehr leer. Auf der anderen Seite, jenseits des schmalen Waldweges, und auf den ersten Blick kaum sichtbar – wie Nebelgespenster, die in der Morgendämmerung aus dem Boden stiegen –, standen vier schlanke Gestalten. Sie waren zu weit entfernt, als dass Andrej ihre Gesichter hätte erkennen können, aber das war auch nicht nötig. Vollkommen reglos standen sie da, mit in den Nacken gelegten Köpfen, und Andrej konnte ihre Blicke spüren wie die Berührung unsichtbarer, heißer Hände; eine körperlose Berührung zwar, die aber trotzdem mit unbarmherziger Kraft nach ihm griff.

»So ist das also«, murmelte Abu Dun. »Aber diesmal entkommen sie mir nicht – und wenn es das Letzte ist, was ich tue.« Er zog den Säbel, fuhr herum – und konnte einen überraschten Aufschrei nicht unterdrücken.

Als Andrej ebenfalls herumwirbelte, erging es ihm nicht anders.

Zwischen ihnen und der Treppe waren weitere Ratten aufgetaucht. Es war gut ein Dutzend großer, struppiger Tiere, die sie auf ebenso unheimliche Weise und mit ebenso unnatürlicher Ruhe anstarrten wie die erste Ratte.

Und noch während Andrej begriff, dass nichts von alledem, was sie hier erlebten, Zufall sein konnte, hörte er ein Rascheln hinter sich, das Scharren krallenbewehrter Pfoten auf dem Boden, ein rasendes, hartes Trippeln, das die Wände herunterkam, und er war nicht überrascht, dass plötzlich hinter ihnen weitere Ratten aufgetaucht waren. Keines der Tiere machte Anstalten, sich ihnen auf weniger als Armeslänge zu nähern, aber sie zeigten auch keine Scheu, wie es die Nager für gewöhnlich in der Nähe der Menschen tun.

Und es wurden immer mehr. Der Raum füllte sich stetig – lautlos und rasend schnell.

»Vielleicht ist es wirklich eine gute Idee, von hier zu verschwinden«, sagte Abu Dun. Seine Stimme zitterte, und seine rechte Hand hatte sich fester um den Schwertgriff geschlossen. Dann warf er mit einem Ruck den Kopf in den Nacken und stieß ein entsetztes Keuchen aus. »Bei Allah!«

Die zerbrochene Decke, aber auch die Wände, die Trägerbalken, Zahnräder und das uralte Gestänge der Windmühle schienen plötzlich zum Leben erwacht zu sein, wogendes, pelziges, huschendes Leben, das nur Gier und sinnlose Raserei kannte.

Auf einmal waren sie überall: kleine, graue, struppige Körper – scharrende Krallen, schnuppernde Schnauzen, schwarz glänzende Äuglein und dünne, nackte Schwänze –, die jede Handbreit des Raumes zu bedecken schienen und immer noch mehr wurden.

Es war Andrej unmöglich, auch nur zu schätzen, wie viele

Tiere es waren, die buchstäblich aus dem Nichts auftauchten. Auch der Boden war nun von Hunderten, wenn nicht Tausenden von Ratten bedeckt, die durcheinander huschten und über- und untereinander herkrochen.

Schon bildeten die Tiere einen undurchdringlichen, weniger als drei Schritte messenden Kreis, in dessen Zentrum Abu Dun und er standen, und der immer kleiner zu werden schien; nicht etwa, weil sich die Nager entschlossen hatten, sie anzugreifen, sondern weil ihre Zahl stetig zunahm und der Raum einfach nicht genug Platz bot.

Wie Abu Dun griff auch er nach seiner Waffe, obwohl er wusste, wie wenig sie gegen *diesen* Feind auszurichten vermochte.

»Nicht bewegen«, flüsterte Abu Dun. »Ganz vorsichtig! Eine hastige Bewegung, und sie fallen über uns her.«

Nervös fuhr sich Andrej mit der Zungenspitze über die Lippen. Die Luft schien noch trockener geworden zu sein, und der Rattengestank war unerträglich und brannte bei jedem Atemzug wie Sand in seiner Kehle. Sein Herz klopfte unter dem Ansturm einer Furcht, gegen die er hilflos war. Diese Tiere waren ein ernst zu nehmender Gegner – er war weder vollkommen unverwundbar noch unsterblich, wie er erst vor wenigen Tagen schmerzhaft am eigenen Leib erlebt hatte. Wenn sie Abu Dun und ihn tatsächlich angriffen, dann standen ihre Chancen, lebend hier herauszukommen, mehr als schlecht.

Aber Ratten tun so etwas nicht. Geschichten von Ratten, die über Menschen herfielen und diese töteten oder gar auffraßen, gehörten ins Reich der Legenden. Wenn sie die Nerven behielten und keine unvorsichtige Bewegung machten, die die Tiere vielleicht dazu brachte, sie aus nackter Angst anzugreifen, dann kamen sie vielleicht unversehrt hier heraus.

Andrej widerstand der Versuchung, sich noch einmal umzudrehen und zu den vier Kindern hinabzusehen. Wozu auch? Er wusste, dass sie noch dastanden und mit vor Hass brennenden Augen zu ihnen heraufstarrten.

Er bedeutete Abu Dun, vorsichtig loszugehen, und der Nubier machte einen ersten, zögernden Schritt in Richtung der offen stehenden Klappe, hinter der die Treppe nach unten führte.

Wider Erwarten versuchten die Tiere immer noch nicht, näher zu kommen, sondern sie schienen sogar instinktiv vor Abu Dun zurückweichen zu wollen, nur konnten sie dies nicht, weil es dafür einfach keinen Platz mehr gab.

Abu Dun machte einen zweiten Schritt und blieb wieder stehen. Er war jetzt nur noch ein winziges Stück von der Treppe entfernt, aber zwischen ihm und der ersten Stufe wuselten gut zwei Dutzend Ratten umeinander. Der Nubier zögerte, nahm dann aber allen Mut zusammen und machte einen weiteren Schritt. Dabei hob er den Fuß nicht an, sondern schleifte ihn über den Boden und versuchte so, die Ratten behutsam mit der Stiefelspitze zur Seite zu schieben. Einige der Tiere protestierten quiekend, andere versuchten gar, nach seinem Fuß zu schnappen, aber es war kein Angriff, sondern lediglich ein Reflex auf die Berührung.

Und dann, langsam, widerwillig, aber doch stetig, teilte sich die quirlige, braun-graue Masse, und Abu Dun atmete erleichtert auf. Mit dem nächsten Schritt stand er auf der obersten Treppenstufe, dann auf der nächsten, und die Ratten griffen noch immer nicht an.

»Komm!«, raunte der Nubier.

Die Aufforderung wäre nicht nötig gewesen. Andrej folgte ihm in zwei Schritten Abstand und ebenso vorsichtig. Er konnte kaum noch atmen. Der Rattengestank war übermächtig, und er spürte die Mischung aus Verwirrung, Angst und uralter unstillbarer Gier, die die Armee der geistlosen kleinen Räuber ausstrahlte wie ein schleichendes Gift, das sich in seine Seele fraß und seine Gedanken verpestete. Und da war noch etwas. Etwas, das ebenso böse und ebenso unstillbar war, aber das nicht hierher gehörte.

Trotzdem erreichte er die Treppe so unbehelligt wie Abu Dun vor ihm. Der Nubier hatte mittlerweile gut die Hälfte der Stufen hinter sich gebracht, blieb dann jedoch plötzlich stehen und richtete sich erschrocken auf, soweit die niedrige Decke über ihm dies zuließ.

Auch der Raum im Erdgeschoss war voller Ratten. Die schmutzig-graue Schicht aus festgetretenem Mehl war unter einem zweiten, lebenden Boden verschwunden. Doch sie bedeckten nicht nur den Boden, sondern wuselten über die Möbel, Fenstersimse und Deckenbalken und krochen hier und da in ihrer Not sogar an den nackten Wänden empor, bevor sie den Halt verloren und wieder in die brodelnde Masse aus grau-braunen Körpern zurückstürzten. Kurzum: Der Weg zur Tür war ihnen versperrt.

Abu Dun warf Andrej einen fragenden Blick zu, den dieser ebenso stumm beantwortete. Sie hatten keine Wahl – sie mussten da durch. Vielleicht wiederholt sich das Wunder ja, dachte Andrej, und die Tiere lassen uns auch jetzt unbehelligt passieren …

Das Wunder wiederholte sich nicht.

Zwar wichen auch hier die Tiere zunächst vor ihnen zurück und versuchten, eine Gasse zu bilden, aber ihre Zahl war einfach zu groß.

Andrej, der Abu Dun in vier oder fünf Stufen Abstand folgte, bot sich ein schauderhafter Anblick, als der Nubier fast bis in Wadenhöhe in der wirbelnden, braun-grauen Masse verschwand, in der er sich quälend langsam auf die Tür zu bewegte. Mehrere Ratten versuchten, an seinem Gewand emporzuklettern. Etliche gaben es wieder auf oder verloren den Halt und fielen herunter, doch eines der Tiere schaffte es bis auf seine Schulter und blieb dort hocken – aufgeregt schnüffelnd und aus kleinen, tückischen Augen gierig in Abu Duns

Antlitz starrend. Erstaunlicherweise widerstand Abu Dun dem nur zu menschlichen Impuls, das Tier abzuschütteln, aber Andrej konnte sehen, wie sich seine Haltung noch mehr verspannte. Der Nubier litt Todesangst.

Und auch ihm selbst erging es nicht anders, als er das Ende der Treppe erreichte. Wie Abu Dun versuchte er – unendlich langsam, um die Tiere nicht durch eine überhastete Bewegung zum Angriff zu provozieren – in Richtung Tür zu schlurfen, und wie dem Nubier vor ihm gelang es ihm, einen Teil des Weges zurückzulegen. Auch an seinen Beinen kletterten Ratten empor, gruben sich Krallen in seine Hosenbeine und sein Hemd, berührten bebende Barthaare seine Haut ...

Ein Gefühl unbeschreiblichen Ekels ergriff von ihm Besitz, und es fiel ihm immer schwerer, den Impuls zu unterdrücken, sich einfach mit dem Schwert den Weg zur Tür freizuhacken. Abu Dun vor ihm zitterte mittlerweile am ganzen Leib und hatte den Krummsäbel so fest mit beiden Händen ergriffen, dass Andrej hören konnte, wie das Leder, mit dem der Griff der Waffe umwickelt war, knirschte.

Aber es war nicht der Muselman, der die Katastrophe auslöste.

Die meisten Ratten, die an Andrej hochgeklettert waren, hatten längst das Interesse an ihm verloren und waren wieder zu Boden gefallen oder gesprungen. Nur eines der Tiere blieb auf seinem Unterarm sitzen und schnüffelte neugierig an seiner Hand. Dann biss es zu.

Es tat nicht einmal besonders weh. Die winzigen scharfen Zähnchen ritzten seine Haut kaum, und aus der nicht einmal Fingernagel breiten Wunde quoll nur ein einziger, glitzernder Blutstropfen.

Doch dann versagten seine Nerven. Andrej schrie markerschütternd auf, warf sich zurück und schlug mit der linken Hand nach dem Nager. Plötzlich war er erfüllt von Angst, die stärker war als jede Vernunft oder Beherrschung. Seine Faust traf die Ratte und zerschmetterte ihr Rückgrat, sodass sie mit einem jämmerlichen Quieken davon flog und irgendwo in der wirbelnden Masse ihrer Artgenossen verschwand. Bestürzt sah Andrej mit an, wie die Tiere sogleich über den verletzten Bruder herfielen und ihn bei lebendigem Leibe zu zerreißen begannen.

Und dann, als ihm klar wurde, was er getan hatte, wich seine Bestürzung dem blanken Entsetzen.

Die Zeit schien stehen zu bleiben. Andrej taumelte zurück, während Abu Dun mit einem entsetzten Keuchen herumfuhr und dann noch einmal aufstöhnte, als er sah, was geschehen war, aber ihre Bewegungen schienen hundertfach langsamer abzulaufen als sie sollten. Es war, als hätte ein böser Zauber die Zeit gedehnt – vielleicht war es aber auch nur, weil Andrejs Gedanken rasten. Er wusste weder, warum er das getan hatte, noch, was sie jetzt tun sollten. Und für einen unendlich kurzen und doch zugleich scheinbar endlosen Moment klammerte er sich noch an die widersinnige Hoffnung, dass nichts geschehen würde, dass der Blutdurst der Ratten vielleicht bereits gestillt war.

Aber diese Hoffnung wurde nicht erfüllt.

Ein dünner, aber tief gehender Schmerz schoss durch seinen linken Fußknöchel, und dann spürte er zahllose, harte Krallen, die sich durch den Stoff seiner Hose in seine Haut bohrten, an seinen Waden und Schienbeinen hochzuklettern begannen und an seinen Kleidern zerrten, spürte rasiermesserscharfe Zähne, die sich in seine Haut und das Fleisch darunter vergruben ... Und dann nahm er aus den Augenwinkeln eine Bewegung, so etwas wie eine träge Welle wahr, die sich in der schier ungeheuerlichen Masse auf sie zubewegte.

In einer Mischung aus Panik und blinder Wut schüttelte Andrej die Tiere, die an ihm hochzuklettern versuchten, ab, trat um sich und verschaffte sich auf diese Weise tatsächlich eine Sekunde Luft; eine zweite, indem er sein Schwert schwang und die Klinge wie eine Sense durch die brodelnde, braun-graue Masse vor sich pfeifen ließ und dabei Glieder abtrennte, Rückgrate zerschlug, ganze Körper zerteilte und Dutzende grausamer Wunden hinterließ.

Durchdringender Blutgestank erfüllte den Raum, und plötzlich begannen die Ratten zu quieken – schrill, zornig, ängstlich, wie aus einem einzigen, gewaltigen Maul.

Andrej sah, dass auch Abu Dun seinen Säbel schwang und wie besessen um sich schlug, und er hörte, dass der Freund ihm irgendetwas zuschrie, konnte die Worte aber nicht verstehen, denn das Pfeifen und Quieken wurde immer lauter. Zugleich nahm die wellenförmige Bewegung in der Masse aus pelzigen Körpern zu, als türme sich hinter ihnen eine Flutwelle auf – eine Flutwelle aus Fell, Zähnen und Krallen, die sie zu überrollen und verschlingen drohte.

Längst blutete er aus einem Dutzend tiefer Wunden, und seine Hosenbeine hingen in Fetzen. Das Blut, das er roch, war schon längst nicht mehr nur das der Ratten, und immer mehr Tiere versuchten, an ihm hochzuklettern oder sprangen ihm auf Brust, Schultern und Rücken. Wie durch ein Wunder gelang es Andrej noch einmal, sich der tobenden Nager zu entledigen und sich mit einem gewaltigen Hieb ein wenig Raum zu verschaffen – wobei es weniger die Verheerung war, die sein Schwert anrichtete, als vielmehr die Tatsache, dass die Ratten wie besessen über ihre eigenen verwundeten Brüder und Schwestern herfielen, um sie bei lebendigem Leib aufzufressen.

Aber all das würde sie nicht retten. So deutlich, wie Andrej spürte, dass der Vampyr in ihm zu erwachen begann und die uralte Gier aus ihrem Gefängnis am Grunde seiner Seele ausbrach, so deutlich spürte er den animalischen Blutdurst, den er geweckt hatte, und der nun von all diesen ungezählten Ratten Besitz zu ergreifen begann. Nein, sie würden sich nicht damit zufrieden geben, ihre verwundeten Artgenossen aufzufressen, solange reichere Beute in der Nähe war ...

Keuchend fuhr er herum, schlug eine Ratte beiseite, die sich in seinem Hals verbissen hatte und deren Zähne nach dem warmen Blut gruben, das sie unter seiner Haut witterte, schwang seine Klinge erneut und taumelte auf Abu Dun zu. Der Nubier stand wie durch ein Wunder noch immer aufrecht neben ihm, hackte, schlug und stieß mit dem Krummsäbel um sich und versuchte mit der anderen Hand, die Ratten abzuwehren, die in immer größerer Zahl und immer wütender an ihm emporzuklettern trachteten. Hände und Gesicht waren blutüberströmt, und auch der schwarze Mantel hing in Fetzen. Aus den Augenwinkeln sah Andrej, wie sich plötzlich auch die Treppe mit hastenden, struppigen kleinen Körpern füllte, als sich eine braun-graue Welle durch die Klappe in der Zimmerdecke zu ergießen begann.

»Abu Dun!«, schrie er. »Zu mir!«

Er war nicht sicher, dass der Nubier ihn verstand, ja, er war nicht einmal sicher, ob er die Worte überhaupt gerufen hatte. Dann aber trat der Nubier mit einem taumelnden Schritt hinter ihn, stellte sich Rücken an Rücken zu ihm, eine Position, in der sie unzählige Male gekämpft und überlebt hatten, und schwang mit wütenden Schreien den Krummsäbel nach der heranwogenden pelzigen Flut, doch selbst auf diese Weise würden sie diesen Wahnsinn nur noch wenige Augenblicke überleben.

Es gab nur noch eines, was er tun konnte.

Andrej ließ das Schwert sinken, schloss die Augen und entfesselte die Bestie in sich.

Nie zuvor war es ihm so leicht gefallen, der tobenden Gier seiner dunklen Seite nachzugeben. Und nie zuvor war er so wenig sicher gewesen, ob er sie noch einmal bezwingen konnte, wenn es vorbei war.

Mit einem lautlosen Kreischen vor Wut und unstillbarer

Gier brach sich das *Ding* in ihm schließlich Bahn, griff nach der Lebenskraft einer Ratte, die sich in Andrejs Gesicht verbissen hatte, und verschlang sie. Das Tier erstarrte mitten in der Bewegung und fiel von seiner Schulter wie von einem unsichtbaren Blitz getroffen. Es war nun nicht mehr als ein weicher, blutloser Klumpen, der den gierig schnappenden Klauen und Zähnen seiner Artgenossen entgegenstürzte, einen Sekundenbruchteil später gefolgt von einer zweiten, dann dritten, vierten, fünften – nur einen Moment, nachdem Andrej die Augen geschlossen und sofort wieder geöffnet hatte, waren sämtliche Ratten, die sich an ihm festgeklammert und -gebissen hatten, tot. Und nur einen halben Atemzug später auch jene, die an Abu Dun hingen, auf seinen Schultern hockten und an seinem Turban oder seinem Gesicht zerrten.

Und das war erst der Anfang.

Andrej war nicht immer ganz sicher gewesen, ob es ihm gelingen würde, die Seelen von Geschöpfen auszusaugen, die möglicherweise keine hatten. Er *hatte* bereits die Lebenskraft von Tieren genommen, eines Wolfes, der halb wahnsinnig vor Hunger über Abu Dun und ihn hergefallen war, eines Bären, in dessen Höhle sie leichtsinniger Weise zu übernachten versucht hatten – aber noch niemals die Essenz so niedriger Wesen, Geschöpfe, die nicht zu bewusstem Denken und Handeln, sondern nur zu instinktivem Töten und Vernichten im Stande waren. Doch er konnte es. Noch bevor die letzte Ratte zu Boden fiel, begannen die ersten Tiere zu seinen und Abu Duns Füßen zusammenzubrechen, dann immer mehr und mehr und mehr. Wie Kreise eines ins Wasser geworfenen Steins brach sich der Tod durch die grauen Nager, lautlos und rasend schnell. Nur einen Moment später standen sie bereits im Zentrum eines perfekten Kreises aus Rattenkadavern, der bereits das halbe Zimmer einnahm, und sich mit unheimlicher Lautlosigkeit weiter ausdehnte. Noch während Abu Dun mit einem unendlich erleichterten Seufzer sein Schwert fallen ließ und im nächsten Moment auf die Knie sank, erreichte er die Tür und auch die gegenüberliegende Seite des Zimmers, begann nach oben zu suchen und dort die Ratten auszulöschen, die auf die Möbel und Fenstersimse hinaufgesprungen waren, dann die Treppe, raste die Stufen hinauf, und obwohl sie weder etwas sahen noch hörten, spürte Andrej, dass das Töten auch dort oben seinen Fortgang nahm.

Alles in allem verging nicht einmal eine Minute, bis es in der gesamten Mühle kein Leben mehr gab.

Andrej ließ sein Schwert fallen, brach in die Knie, und begann mit einem gequälten Stöhnen zur Seite zu kippen. Er wäre mit dem Gesicht voran in der Masse der toten Ratten gelandet, hätte Abu Dun sich nicht hastig herumgedreht und ihn aufgefangen. Der Nubier sagte irgendetwas. Seine Stimme zitterte und war voller Panik, aber Andrej verstand ihn nicht. Alles drehte sich um ihn. In seinen Ohren war ein dumpfes, an- und abschwellendes Dröhnen, nichts anderes als das Geräusch seines eigenen, rasenden Herzschlages, und er spürte noch immer das Nagen dieser grässlichen, roten Gier. Einen Hunger, der durch all das Blut und all das unreine Leben, das er gerade in sich aufgenommen hatte, nicht gestillt, sondern nur noch weiter angefacht worden zu sein schien. Etwas griff nach seinen Gedanken und begann sie zu verwirren. Plötzlich war es ihm unmöglich, den Worten, die Abu Dun von sich gab, irgendeinen Sinn abzugewinnen, wirklich zu *begreifen,* wer es war, der da hinter ihm stand und ihn festhielt und zugleich mit immer schriller werdender Stimme auf ihn einschrie und ihn an den Schultern rüttelte. Er hatte nicht nur das Leben der Ratten genommen, nicht nur ihre Lebenskraft der seinen hinzu gefügt, sondern auch etwas von dem, was das Wesen dieser Geschöpfe ausmachte. Plötzlich war sein Bewusstsein erfüllt von dunklen Instinkten, der Gier nach warmem Fleisch und salzigem Blut, nach Fortpflanzung und einem dunklen Ort, an dem er sich verbergen konnte, nach sinnloser Zerstörung und rasender Gewalt.

Mehr. Die Bestie in ihm hatte getrunken, aber ihr Durst war nicht gestillt. Sie verlangte nach mehr, unendlich viel mehr. Aber da war nichts. In einem einzigen Akt der Raserei hatte er jedes Leben in dieser Mühle ausgelöscht, eine brodelnde weiße Sonne, die die ruhig flackernde Kerze seiner eigenen Lebenskraft um ein Hundertfaches überstrahlte und zu verzehren drohte, aber die Gier war nicht gelöscht. Er brauchte mehr. Mehr Lebenskraft. Mehr Blut. Aber da war nichts mehr. Das einzige Leben, das es noch in dieser Mühle gab, war sein eigenes.

Und das Abu Duns.

Mit einem Ruck richtete er sich auf, fuhr in der gleichen Bewegung herum und schlug Abu Duns Arm zur Seite. Er sah, wie sich das Gesicht des Nubiers vor Überraschung und Schrecken verzerrte, aber auch das war nur ein Bild, ein Anblick ohne Bedeutung. Beute.

»Andrej! Was tust du?«

Auch Abu Duns Worte ergaben keinen Sinn mehr. Geräusche, Laute, die etwas Lebendes von sich gaben. Leben bedeutete Beute. Fressen bedeutete Überleben.

Andrej stöhnte hörbar. Irgendwo tief in ihm, unendlich schwach und hilflos, war noch ein winziger Rest seiner Menschlichkeit geblieben, ein Funke, der gegen den lodernden Weltenbrand der fremden Lebenskraft anzukämpfen versuchte, und dieser Funke klammerte sich verzweifelt fest, kämpfte mit übermenschlicher Gewalt und Willenskraft darum, der Gier nicht nachzugeben, dieses warme, pulsierende Leben da vor ihm nicht zu nehmen. Aber er war zu schwach. Der Vampyr triumphierte, erlebte den Moment, auf den er all die Jahre unendlich geduldig gewartet und hingearbeitet hatte. Erfüllt von einem unendlichen Entsetzen und einem Grauen, das die Grenze körperlichen Schmerzes erreichte und überschritt, spürte Andrej, wie das *Ding* in ihm abermals hinausgriff und mit eisigen Spinnenfingern nach Abu Duns Seele tastete, einer Mahlzeit, die so unendlich viel köstlicher und zufriedenstellender war als die Ratten zuvor.

Abu Duns Augen weiteten sich. Er öffnete den Mund, wie um zu schreien, aber kein Laut kam über seine Lippen. Er stand wie erstarrt da, dann füllten sich seine Augen mit einer unvorstellbaren Angst – und mit einem Gefühl der Verwirrung und Enttäuschung, das vielleicht noch größer war.

Und das ihm vielleicht das Leben rettete. So wie Andrej.

Er wäre der Bestie nicht mehr Herr geworden. Wenn er jemals stärker als sein uraltes Erbe gewesen war, dann hatte er diesen Vorteil aufgegeben, als er zuließ, dass sich das Ding in ihm an einer Beute weidete, die ebenso düster und grausam war wie er selbst. Es war nicht mehr sein Wille, nicht mehr sein Gewissen, nicht mehr sein logisches, menschliches Denken, das ihm die Kraft gab, den Vampyr zu besiegen. Es war das, was er in Abu Duns Augen las.

Andrej schrie wie unter unerträglicher körperlicher Pein auf, warf sich zurück und schlug beide Hände vor das Gesicht. Die unsichtbare Kralle, die nach Abu Duns Seele gegriffen und sich ihrer schon fast bemächtigt hatte, erstarrte, und dann ertönte in seinem Kopf ein zweiter, noch viel lauterer *zorniger* Schrei, das Brüllen der Bestie, die sich um ihr Opfer betrogen sah und sich in ihrer Wut gegen ihn wandte.

Aber es war zu spät. Andrej stürzte hilflos nach hinten, krümmte sich am Boden und schlug immer wieder mit beiden geballten Fäusten auf sein Gesicht und seine Stirn ein, wie um das *Ding*, das sich darin eingenistet hatte, auf diese Weise aus sich heraus zu prügeln, raffte das letzte bisschen Kraft, das er in sich fand, zusammen und drängte die Gier zurück.

Es gelang ihm. Abu Dun erzählte ihm später irgendwann

einmal, dass es nur wenige Augenblicke gedauert hatte, aber für Andrej verging eine Ewigkeit, in der er durch die Hölle ging. Es war ein Ringen, das mit Worten nicht zu beschreiben war, der schlimmste und härteste Kampf seines Lebens; und vermutlich der letzte dieser Art, den er gewinnen konnte. Noch einmal, vielleicht zum allerletzten Mal, gelang es ihm, die Bestie zu bezwingen, den Vampyr Schritt für Schritt zurückzudrängen und schließlich wieder in sein Gefängnis, in den tiefsten Kerkern seiner Seele, einzusperren.

Als es vorbei war, verlor er das Bewusstsein.

Allerdings nicht für lange. Anders als sonst, wenn er aus einer Ohnmacht erwachte, hatte er eine genaue Erinnerung an die verstrichene Zeit, wenn auch nur an die Zeit, nicht an das, was währenddessen geschehen war. Er lag nicht mehr auf der Seite, sondern auf dem Rücken, unter seinen Schultern und dem Kopf eine widerlich weiche Decke aus Fell und leblosen Körpern, und Abu Dun hockte ein kleines Stück neben ihm auf den Knien und sah auf ihn herab. Sein Gesicht war blutüberströmt und von zahllosen winzigen Rissen und Bisswunden übersät, aber die Angst, die Andrej in seinen Augen las, hatte nichts mit diesen Verletzungen zu tun oder der Todesfurcht, die er gerade ausgestanden hatte. Als Andrej die Augen öffnete, fuhr Abu Dun fast unmerklich zusammen und bewegte sich beinahe noch unmerklicher ein winziges Stück zurück. Seine Hand schloss sich um den Schwertgriff, und seine ganze Haltung versteifte sich.

»Andrej?«, fragte er.

Andrej war zu schwach um zu antworten. Er deutete nur ein Nicken mit den Augen an.

»Bist du ... ich meine ...?«

»Ich bin wieder ... ich selbst«, murmelte Andrej.

Die Erleichterung in Abu Duns Augen war nicht echt. Sie war da, aber das Misstrauen dahinter blieb und schien eher noch zuzunehmen.

»Bei Allah! Was ist passiert?«, murmelte Abu Dun verstört.

Andrej schüttelte nur den Kopf. Er hatte nicht die Kraft, Abu Dun zu erklären, was geschehen war, und hätte er sie gehabt, hätte er es vermutlich nicht gewollt. Er wollte nicht darüber reden, nicht einmal daran denken, denn er war plötzlich von der absurden Vorstellung erfüllt, dass schon die Tatsache allein, über das *Ding* in sich zu sprechen, ausreichte, um es wieder erwachen zu lassen.

»Und du bist sicher, dass mit dir alles in Ordnung ist?«, fragte Abu Dun.

»Ja«, flüsterte Andrej; in einer Tonlage, die das Wort zu einer Farce werden ließ. »Ich brauche nur ... einen Moment Ruhe. Ich muss zu Kräften kommen.«

Abu Dun riss die Augen auf. »Zu Kräften?« Fassungslos sah er sich um. Er sagte nichts, aber Andrej wusste nur zu gut, was er gesagt *hätte*.

»Frag' nicht«, flüsterte er. »Es gibt Dinge, die sollte man besser nicht anrühren, weißt du?«

Abu Dun nickte ernst. Er schwieg noch eine ganze Weile, in der er ihn nachdenklich anblickte, und auf eine Art, die Andrej erschaudern ließ.

»Also gut«, sagte er schließlich. Er fuhr sich mit dem Unterarm über das Gesicht, betrachtete anschließend seinen Ärmel und runzelte die Stirn, als verstünde er nicht genau, was das Blut auf dem schwarzen Stoff seines Mantels zu bedeuten hatte. Dann machte sich ein grimmiger Ausdruck auf seinen Zügen breit. Er drehte den Kopf nach links und sah zur Tür.

»Ruh' dich noch einen Moment aus. Ich habe noch eine Verabredung. Draußen.«

»Nein!«, murmelte Andrej erschrocken. Er wollte sich aufrichten, den Arm ausstrecken, um Abu Dun zurückzuhalten, aber die Kraft reichte nicht. Mit einem wimmernden Laut sank er wieder zurück. Nie zuvor hatte er sich nach einer *Erneuerung* so hilflos, ausgebrannt und schwach gefühlt wie jetzt. Die Lebenskraft, die er den Ratten gestohlen hatte, hatte ihn nicht gestärkt, sondern vergiftet.

Abu Dun zögerte tatsächlich, allerdings nur für einen ganz kurzen Moment, dann verzog er die Lippen zu einem kalten, bösen Lächeln, stand vollends auf und hob sein Schwert.

»Abu Dun, bitte!«, flehte Andrej. »Sie werden dich töten.«

»Wäre nicht das erste Mal, dass das jemand versucht«, sagte Abu Dun abfällig.

»Aber sie *können* es«, sagte Andrej. »Sei vernünftig. Und wenn nicht das, dann tu es um meinetwillen. Geh' nicht hinaus. Es wäre dein Tod. Vielleicht Schlimmeres.«

Er hatte selbst nicht damit gerechnet – aber der Nubier zögerte tatsächlich. In die grimmige Entschlossenheit in seinem Blick mischte sich eine Spur von Unsicherheit – Andrej hätte es als Furcht bezeichnet, hätte er nicht gewusst, dass Abu Dun dieses Gefühl gar nicht kannte –, und er drehte sich wieder halb in seine Richtung und ließ die Waffe sinken.

Von draußen war ein halblauter, krächzender Ruf und dann das unwillige Wiehern eines Pferdes zu hören; eine halbe Sekunde später ein zweiter, lauterer Ruf. Andrej konnte die Worte nicht verstehen, aber es war eindeutig nicht die Stimme eines Kindes, sondern eines Mannes.

Abu Dun runzelte die Stirn, sah noch einmal und nachdenklicher zur Tür und machte dann mit der linken Hand eine Geste in Andrejs Richtung, zurückzubleiben. Als ob er überhaupt in der Lage gewesen wäre, ihm zu folgen!

Der Nubier verließ die Mühle. Andrej versuchte in dem kurzen Moment, in dem er die Tür öffnete, einen Blick nach draußen zu erhaschen, sah aber nur flirrendes Licht und die braun und grün gemusterten Schatten des Waldes auf der anderen Seite. Einen Moment später hörte er wieder die Männerstimme, auch diesmal, ohne dass er sie verstehen konnte, dann den Hufschlag von mindestens zwei, wenn nicht drei Pferden und den überraschten Ausruf einer anderen Stimme.

Er schloss die Augen, konzentrierte sich und suchte nach den verborgenen Kräften, die ihm schon so oft das Leben gerettet hatten. Sie waren da, all die Lebenskraft und Energie der anderen Seelen, die er im Laufe seines Lebens seiner eigenen hinzu gefügt hatte, aber es fiel ihm seltsam schwer, sie zu erwecken. Mit einem Mal erinnerte er sich an das Unwohlsein, mit dem er aufgewacht war, den Kopfschmerz und das Gefühl von überstandenem Fieber und Albträumen, dieser völlig neuen und erschreckenden Erfahrungen, die dieser Morgen gebracht hatte. Er war niemals zuvor krank gewesen – er *konnte* nicht krank werden! –, aber er hatte diesen Dingen vielleicht nicht die Bedeutung zugemessen, die ihnen zustand. Was, wenn mit ihm wirklich etwas geschah? Was, wenn nicht nur die Bestie in ihm stärker wurde, sondern die andere, hellere Seite seiner Seele begann, ihre Kräfte einzubüßen? Andrej verscheuchte diesen Gedanken, versuchte trotzig, sich noch einmal aufzurichten und stellte überrascht fest, dass es ihm tatsächlich gelang – wenn auch erst beim dritten Versuch und mit zittrigen Bewegungen, die von Schmerzen und gelegentlichen Muskelkrämpfen begleitet wurden. Nach etwa einer Minute hatte er es geschafft, sich auf die Füße zu kämpfen, machte einen taumelnden Schritt und hob dann sein Schwert auf. Die Klinge war blutig. Er wischte sie an seiner zerfetzten Hose ab, versuchte sie in seinen Gürtel zu schieben und musste die zweite Hand zu Hilfe nehmen, um diese einfache Aufgabe zu bewältigen. Dabei zitterte er so heftig, dass er sich an der rasiermesserscharfen Schneide des Damaszenerschwertes verletzte. Er blutete stark.

Andrej hob die linke Hand, betrachtete seine Finger und wartete darauf, dass sich die feinen, aber bis zu den Knochen reichenden Schnitte schlossen. Sie taten es, aber sehr viel langsamer als sie sollten, und erst, als er sich bewusst auf diese Aufgabe konzentrierte und einen Gutteil seiner ohnehin kaum vorhandenen Kräfte darauf verwandte, Gefäße, Nerven und das verletzte Fleisch sich wieder zusammenfügen zu lassen. Ein eisiger Schauer lief ihm über den Rücken. Irgendetwas ging vor. Mit ihm.

Fast erschrocken verdrängte er den Gedanken, drehte sich mühsam herum und schlurfte durch die leblosen Rattenkörper zur Tür. Ihr Öffnen bereitete ihm ungeahnte Mühe, und das Sonnenlicht traf seine an das in der Mühle herrschende Halbdunkel gewöhnten Augen mit solcher Wucht, dass er im ersten Moment fast blind war.

Immerhin konnte er hören. Da waren Abu Duns Stimme und die von zwei anderen Männern, die er nicht kannte, und auch, wenn er die Worte nicht sofort verstand, so sprach ihr Ton doch Bände: Er lauschte keiner freundschaftlichen Unterhaltung.

Andrej blinzelte, fuhr sich mit der Hand über das Gesicht – es war blutüberströmt wie das Abu Duns, aber es war nur das Blut der Ratten, die er erschlagen hatte, nicht mehr sein eigenes –, und als er die Augen wieder öffnete, fügten sich die flackernden Schemen langsam zu Bildern zusammen.

Er hatte sich nicht getäuscht. Es waren nicht die unheimlichen Kinder, die er gehört hatte, sondern drei Männer zu Pferde, die sich der Mühle aus der gleichen Richtung genähert hatten wie Abu Dun und er. Zwei von ihnen waren abgestiegen, während der Dritte hoch oben im Sattel saß und sowohl Abu Dun als auch ihn misstrauisch beäugte. Andrej kannte weder ihn noch den zweiten Mann, mit dem der Nubier sprach, den dritten dafür kannte er umso besser. Es war Handmann.

Im gleichen Moment, in dem Andrej den Müller erkannte, erkannte Handmann ihn. Er unterbrach sein Gespräch mit Abu Dun, fuhr zornig herum und machte einige Schritte in Andrejs Richtung, blieb aber dann ebenso abrupt wieder stehen, als Abu Dun den Arm ausstreckte.

»Da ist ja einer von diesen verdammten Hexenmeistern!«,

sagte er. Seine Augen flammten vor Hass. »Seid Ihr zurückgekommen, um Euch davon zu überzeugen, dass Eure Zauberei zum Erfolg geführt hat?«

Andrej konnte sehen, dass Abu Dun zu einer wütenden Antwort ansetzte, aber der Mann auf dem Pferd kam ihm zuvor. »Gib Acht, was du sagst, Handmann«, sagte er, in einem Tonfall, der Andrej sofort klar machte, dass dieser kein Freund des Müllers war. Wenn er allerdings den Blick, mit dem der Reiter ihn und Abu Dun maß, richtig deutete, war der Fremde aber *ihr* Freund auch nicht. »Voreilige Anschuldigungen haben schon großes Unheil angerichtet.«

Andrej atmete tief und langsam ein, bevor er weiterging. Seine Kräfte kehrten jetzt rasch zurück; zumindest seine *körperlichen* Kräfte, dennoch ging er langsamer, als notwendig gewesen wäre. Seine Knie schlotterten noch immer, und er hatte die rechte Hand hauptsächlich deshalb auf dem Schwertgriff liegen, damit niemand sah, wie stark sie zitterte. Die Genugtuung, wortwörtlich vor Handmann auf die Knie zu fallen, wollte er diesem Fanatiker ganz bestimmt nicht verschaffen.

»Was sucht Ihr hier?«, fragte Handmann zornig, als Andrej bei ihm angelangt war.

»Wenn wir einen verrückten Verleumder suchen würden, hätten wir ihn jetzt gefunden«, sagte Abu Dun lächelnd.

Handmann funkelte ihn an, aber er sagte nichts, was möglicherweise daran liegen mochte, dass Abu Dun gerade einen Schritt vor ihm stand und ihn um gut zwei Köpfe überragte; und dass sein ohnehin nicht besonders Vertrauen erweckendes Gesicht im Moment eine Maske aus Verletzungen, Schorf und Blut – vor allem Blut – war.

Bevor Handmann antworten konnte, sagte der Reiter: »Du sprichst unsere Sprache gut, Muselmann. Verstehst du sie auch ebenso gut? Wenn ja, dann solltest du die Frage besser beantworten.«

»Wir wollten nachsehen, was hier geschehen ist«, sagte Andrej rasch.

»Nachsehen?«

Andrej machte eine Kopfbewegung zur Mühle, dann in die Richtung, aus der die Reiter gekommen waren. »Pater Flock ist heute Morgen in unser Lager gekommen. Er hat uns erzählt, was hier angeblich vorgefallen ist. Wir wollten uns mit eigenen Augen davon überzeugen.«

»Wovon?«, fragte Handmann aufgebracht. »Dass Eure Hexerei gewirkt hat? Wie Ihr seht, ist Euer Plan nicht ganz aufgegangen. Eure Ratten haben vielleicht all mein Korn aufgefressen, aber ich und meine Familie sind noch immer am Leben.«

Andrej maß ihn nur mit einem fast mitleidigen, zugleich aber auch verächtlichen Blick und wandte sich dann wieder an den Reiter. Er wusste nicht, wer der Mann war, aber er strahlte eine so spürbare Aura von Autorität und Ruhe aus, dass es sich mit Sicherheit um einen der Amtsträger der Stadt handelte. »Euer Pfarrer ist ein sehr vernünftiger Mann«, sagte er. »Er hat uns erzählt, was Handmann gesagt hat.« Er deutete in Richtung Mühle. »Offenbar scheint es wirklich die Wahrheit zu sein. Aber ich kann Euch versichern, dass weder Elena noch ich noch einer der anderen etwas damit zu tun haben.«

»Handmann behauptet, das Zigeunerweib hätte ihm gedroht, dass er und seine Familie von Ratten aufgefressen würden, wenn er Euch keine Ware verkauft.«

»Ganz so war es nicht«, erwiderte Andrej und gab dann wahrheitsgemäß und wörtlich den kurzen Disput zwischen Elena und Handmann wieder. »Ein Wort ergab das andere«, schloss er seinen Bericht. »Elena mag sich vielleicht nicht besonders klug verhalten haben, das will ich gern eingestehen, aber ich gebe Euch mein Wort, dass sie weder eine Hexe ist, noch irgendetwas mit Zauberei zu tun hat.«

»Das Wort eines Zigeuners!«, sagte Handmann verächtlich.

»Seid Ihr das?«, fragte der Berittene. »Ein Zigeuner?«

Andrej schüttelte den Kopf. »Wir gehören nicht zu Elenas Familie«, sagte er. »Wir sind erst vor einigen Tagen zu ihnen gestoßen und werden bald wieder unserer Wege gehen.«

»Warum sollte ich Euch glauben, Andreas?«, fragte der Reiter.

Andrej konnte sich nicht erinnern, ihm seinen Namen genannt zu haben, weder seinen wirklichen, noch den angenommenen, unter dem er in diesem Teil der Welt reiste. Also hatte der Mann schon mit jemandem über ihn und vermutlich auch Abu Dun und die anderen gesprochen. »Vielleicht gerade, weil ich nicht zu ihnen gehöre«, sagte er. »Warum sollte ich für Leute lügen, die ich kaum kenne?«

»Glaub' ihm kein Wort!«, rief Handmann. »Gestern Nacht hat er ganz anders geredet! Er gehört zu ihnen! Er ist ein Hexer wie sie! Vielleicht der schlimmste überhaupt!«

Der grauhaarige Mann im Sattel wiegte nachdenklich den Kopf. »Vater Flock sagt etwas anderes über ihn«, sagte er. »Er hält ihn für vertrauenswürdig.«

»Ja, und jetzt ist er mehr tot als lebendig«, knurrte Handmann. Er deutete anklagend auf die Mühle. »Was haben sie dort gesucht, wenn nicht den Beweis dafür, dass ihr Plan aufgegangen ist?«

»Wie gesagt«, sagte Andrej. »Wir wollten uns mit eigenen Augen überzeugen, was geschehen ist. Zumindest, was die Ratten angeht, scheinst du ja die Wahrheit gesagt zu haben.«

Handmann runzelte die Stirn, und auch auf dem Gesicht des Grauhaarigen erschien ein fragender Ausdruck. Der dritte Mann, der bisher schweigend neben Handmann gestanden und abwechselnd Abu Dun und Andrej angeblickt hatte, machte sich plötzlich mit schnellen Schritten in Richtung Mühle auf. Fast instinktiv wollte Andrej ihn zurückhalten, erkannte aber im letzten Moment, dass das keine kluge Idee gewesen wäre. Ganz egal, was sie sagten oder nicht, die Männer waren misstrauisch. Und von ihrem Standpunkt aus betrachtet, vermutlich sogar zu Recht.

»Ratten tun so etwas aber normalerweise nicht«, sagte der Berittene.

»Das stimmt«, sagte Andrej. Er machte eine unschlüssige Handbewegung. »Deswegen sind wir ja auch hier. Um ehrlich zu sein, haben wir die Geschichte nicht geglaubt. Aber wir konnten uns mit eigenen Augen davon überzeugen, dass der Müller die Wahrheit gesagt hat. Aber das hat nichts mit Zauberei zu tun. Ich vermute, die Tiere waren krank.«

»Krank?«, fragte Handmann. »Gestern Abend kamen sie mir höchstlebendig vor!«

»Ja, und jetzt sind sie höchsttot«, antwortete Andrej.

Handmann riss die Augen auf, und auch der Mann auf dem Pferd sah überrascht und ein wenig ungläubig drein.

»Sie sind alle tot«, sagte Andrej noch einmal. »Sie sind da drinnen im Haus. Wir haben sie gefunden.«

Der Grauhaarige musterte erst ihn, dann und deutlich länger Abu Dun, sein misshandeltes Gesicht, seine zerrissenen Kleider und all das Blut auf seinem Mantel und an seinen Händen. Dann sagte er: »Eurem Aussehen nach zu schließen, vielleicht nicht alle.«

»Das stimmt«, sagte Andrej. »Einige waren noch am leben. Wir haben sie erschlagen.« Er lachte leise. »Ich bin froh, dass es nicht mehr sehr viele waren. Sie haben mehr wie Wölfe gekämpft, als wie Ratten.«

Hinter ihm fiel die Tür der Mühle ins Schloss, und der dritte Mann kam zurück. »Er sagt die Wahrheit«, sagte er, an den Mann im Sattel gewandt. »Der ganze Raum ist voller toter Ratten. Es müssen Tausende sein.«

»Und woran sind sie gestorben?«

Der Mann hob die Schultern. »Etliche sind erschlagen

worden, so wie es aussieht. Aber die meisten sind ... einfach tot.« Er wirkte ein bisschen hilflos, und auf seinem Gesicht war deutlich Furcht zu erkennen. »Vielleicht waren sie ja ... krank.«

»Krank?«, fragte Handmann.

»Das nehme ich auch an«, sagte Andrej, ohne dem gehässigen Ton in Handmanns Stimme auch nur die geringste Beachtung zu schenken. »Ich habe niemals gehört, dass sich Ratten so benehmen. Sie fressen normalerweise alles auf, was sie finden, das ist richtig, aber sie überfallen keine Mühlen, und sie vertreiben schon gar nicht deren Bewohner.

Handmann sog scharf die Luft zwischen den Zähnen ein. »Was willst du damit andeuten?«

»Nicht, wenn sie gesund und nicht gerade halb wahnsinnig vor Hunger sind«, fuhr Andrej unbeirrt und noch immer an den Mann im Sattel gewandt, fort. »Die Tiere dort drinnen sehen gut genährt aus, und zumindest die, die Abu Dun und mich angegriffen haben, waren auch ziemlich kräftig.«

»Das ist doch Unsinn!«, sagte Handmann. »Du wirst diesem dahergelaufenen ... Zigeuner doch nicht etwa glauben, Schulz?!«

Der grauhaarige Mann im Sattel warf Handmann einen Blick zu, mit dem man vielleicht einen kläffenden Köter mustern mochte und dem man nur aus dem Grund keinen Tritt versetzte, weil man es sich mit seinem Besitzer nicht verderben wollte. Er deutete ein Achselzucken an und wandte sich wieder an Andrej. »Dennoch ist es eine sehr ... seltsame Geschichte. Dergleichen ist noch nie vorgekommen.«

»Ich habe so etwas auch noch nie erlebt«, antwortete Andrej. »Ich verstehe nicht viel davon, aber ich bin sicher, dass die Ratten krank waren. Vielleicht hatten sie die Tollwut oder irgendetwas Ähnliches. Aber was immer es war, es scheint seine Wirkung ziemlich schnell zu tun. Die allermeisten Tiere waren schon tot, als Abu Dun und ich eintrafen.«

»Vielleicht hatten sie ja zuviel von deinem guten Korn gefressen«, sagte Abu Dun mit einem höhnischen Grinsen in Handmanns Richtung. Der Müller wollte auffahren, aber Schulz brachte ihn mit einer herrischen Geste zum Verstummen.

»Wäre es anders gewesen, hättet Ihr diese Begegnung vermutlich auch nicht überlebt«, sagte er. »Ihr seht schlimm aus. Wir haben einen Arzt in der Stadt – Ihr solltet uns begleiten und Eure Wunden von ihm versorgen lassen. Mit Rattenbissen ist nicht zu spaßen.«

Andrej musste sich zwingen, um nicht einen Schritt zurückzutreten und hastig den Blick zu senken. Falls Schulz oder einer der anderen zu genau hinsah, dann würde ihnen auffallen, dass seine Kleider zwar ebenso zerrissen und Gesicht und Arme ebenso mit Blut besudelt waren wie die Abu Duns, die Haut darunter jedoch nicht einen einzigen Kratzer aufwies. Doch offensichtlich hatte der Anblick des Nubiers Schulz und die beiden anderen vom Wahrheitsgehalt ihrer Behauptung überzeugt. »Wir haben jemandem im Lager, der sich um unsere Verletzungen kümmern kann«, sagte Andrej hastig. »Aber ich danke Euch für Euer Angebot. Wo wir schon einmal dabei sind: Wie geht es Vater Flock?«

»Das solltet Ihr doch am besten wissen«, sagte Handmann gehässig, noch bevor Schulz darauf antworten konnte.

»Seine Verletzungen sind nicht so schlimm, wie es im ersten Moment den Anschein hatte«, sagte Schulz. »Immerhin war er noch genug bei Kräften, um mich davon zu überzeugen, dass Ihr und Eure Zigeunerfreunde nichts mit dem heimtückischen Überfall auf ihn zu tun habt.«

»Wahrscheinlich haben sie ihn genau so verhext wie die Ratten, damit er das sagt«, geiferte Handmann.

»Das reicht!«, sagte Schulz in einem Ton, der keinen Zweifel daran ließ, dass seine Geduld nun endgültig erschöpft war. Andrej sah sich in seiner Einschätzung bestätigt, dass der

Grauhaarige wohl nicht nur irgendein Bekannter des Müllers war, der ihn begleitet hatte, sondern ein einflussreicher und mächtiger Mann. An Andrej gewandt und in sachlicherem, aber keineswegs versöhnlichem Tonfall fuhr Schulz fort: »Dennoch werden wir den Vorfall natürlich untersuchen müssen. Bisher war dies eine Gegend, in der sich ein Mann auch unbewaffnet und allein sicher fühlen konnte und keine Angst haben musste, grundlos überfallen oder gar umgebracht zu werden. Ich nehme an, ihr bleibt noch ein paar Tage in der Nähe von Honsen?«

»Vielleicht eine Woche«, sagte Andrej. »Aber das habe ich nicht zu entscheiden. Das müsstet Ihr schon Laurus fragen.«

»Laurus ist Euer Anführer?«

»Der Anführer der Sinti, ja«, bestätigte Andrej.

Schulz lächelte flüchtig, aber kalt. »Dann werde ich das tun«, sagte er. »Ich nehme an, Ihr reitet jetzt in Euer Lager zurück. Dann richtet diesem Laurus aus, dass ich morgen Abend zu ihm kommen werde, um mit ihm zu reden.«

Andrej nickte nur.

»Und was diese Ratten angeht«, fuhr Schulz fort, »so glaubt Ihr also, sie wären krank gewesen?«

»Krank oder von Tobsucht und Raserei befallen, ja«, sagte Abu Dun.

Schulz wandte sich im Sattel um und sah mit besorgtem Gesicht zur Mühle hoch. »Wenn das wirklich stimmt, dann müssen wir den ganzen Wald durchsuchen, um sicher zu sein, dass keines der Tiere mehr am Leben ist. Wenn es wirklich eine Krankheit ist, so könnten sie andere damit anstecken. Vielleicht nicht nur Ratten.«

»Vielleicht wäre es das Beste, die Mühle niederzubrennen«, sagte Abu Dun.

Handmann schnappte keuchend nach Luft, und Andrej musste sich beherrschen, um ein Grinsen zu unterdrücken.

»Ich werde darüber nachdenken«, sagte Schulz. »Nun geht. Und vergesst nicht, diesem Laurus auszurichten, dass ich ihm morgen einen Besuch abstatten werde.«

Sie waren auf dem schnellsten Weg zurück ins Lager geritten, und zu Andrejs Erleichterung – aber auch Überraschung – hatte Abu Dun während der gesamten Strecke kaum ein Wort mit ihm gewechselt und vor allem das, was in der Mühle passiert war, mit keiner Silbe erwähnt. Nach allem, was sie bisher miteinander erlebt hatten, kam das Andrej so ungewöhnlich vor, dass er Abu Dun beinahe von sich aus darauf angesprochen hätte, aber dann kam er zu dem Schluss, dass der Nubier vermutlich all seine Kraft brauchte, um sich überhaupt noch im Sattel, und dies einigermaßen würdevoll, halten zu können. Auch wenn Abu Dun nicht den geringsten Schmerzenslaut hatte hören lassen und kein Wort der Klage über seine Lippen kam, so war Andrej doch klar, dass der Freund erhebliche Schmerzen leiden musste. Obwohl der grässliche Angriff nur wenige Augenblicke gedauert hatte, musste er Dutzende von Bissen und Kratzwunden davongetragen haben, und vermutlich hatten sich etliche bereits entzündet. Mit großer Sicherheit würde Abu Dun fiebern, noch bevor der Tag zu Ende war, und Andrej beneidete ihn nicht um die Nacht, die vor ihm lag. Basons neuer Hauptdarsteller würde gleich am Abend der Premiere ausfallen. Erst kurz bevor sie das Lager erreichten, sprach Andrej Abu Dun von sich aus auf den Zwischenfall in der Mühle an, und sie einigten sich im Großen und Ganzen auf die gleiche Version, die sie auch schon Schulz und den beiden anderen erzählt hatten.

Trotz Abu Duns Zustand machten sie einen kleinen Umweg, um einen Bogen um Honsen zu schlagen und sich dem Sinti-Lager aus der entgegen gesetzten Richtung zu nähern. Es begann bereits zu dunkeln, und im Schein der zahlreichen

Feuer, die das Lager erhellten, konnte Andrej sehen, dass eine Menge Fremde gekommen waren – Männer, Frauen und Kinder aus Honsen, aber sicher auch etliche aus der nahe gelegenen Stadt, und niemand musste ihn und den Nubier sehen, wie sie blutüberströmt und vor Erschöpfung im Sattel wankend zurückkamen. Musik schlug ihnen entgegen, der Duft von gebratenem Fleisch und Gelächter, und auf der hell erleuchteten Bühne im Zentrum des Lagers war einer der Sinti dabei, mit einem halben Dutzend blitzender Messer gleichzeitig zu jonglieren. Zweifellos wartete der Großteil der Zuschauer, die er damit angezogen hatte, nur darauf, dass er daneben griff und sich eines der Messer in seinen Fuß, seine Hand oder besser gleich in seinen Hals bohrte, aber Andrej war diese Ablenkung nur Recht. Sorgsam den Schein der größten Feuer vermeidend, lenkte er ihre beiden Pferde zur Koppel, stieg ab und streckte die Hand aus, um auch Abu Dun beim Absteigen behilflich zu sein. Er hatte nicht wirklich damit gerechnet, dass der Nubier seine Hilfe annahm, aber Abu Dun griff nicht nur dankbar nach seinem Arm, sondern stützte sich auch so schwer auf seine Schulter, dass Andrej unter seinem Gewicht ächzte und halbwegs in die Knie brach. Er erschrak, als er spürte, wie heiß und trocken sich Abu Duns Haut anfühlte, und wie schlecht sein Atem roch. Was, dachte er schaudernd, wenn die Geschichte, die sie sich ausgedacht hatten, gar keine Geschichte war, sondern vielleicht die Wahrheit? Möglicherweise waren diese Ratten ja doch krank gewesen, von der Tollwut oder einer ähnlich gefährlichen Pestilenz befallen, die sich nun auch in Abu Duns Körper grub und ihn von innen heraus verzehrte?

»Andreas! Abu Dun! Wo seid Ihr –« Der Rest des Satzes ging in einem erschrockenen Keuchen unter, dann trat Bason mit einem hastigen Schritt an Andrejs Seite und griff wortlos nach Abu Duns anderem Arm, um ihn sich um die Schulter zu legen. Der Nubier sackte endgültig in sich zusammen, und nicht nur Andrej, sondern auch Bason wankten, als plötzlich sein ganzes gewaltiges Gewicht auf ihren Schultern lastete.

»Was ist passiert?«, fragte Bason erschrocken.

»Später«, antwortete Andrej. »Jetzt müssen wir uns um Abu Dun kümmern.«

Er wollte sich nach links wenden, in Richtung des Zeltes, in dem sie schon am Mittag die Wunden des jungen Geistlichen versorgt hatten, aber Bason schüttelte rasch den Kopf und deutete in die entgegengesetzte Richtung. »Das sieht schlimm aus«, sagte er. »Elena wird sich um ihn kümmern.«

Elena? Andrej sah den jungen Sinti überrascht an. Er konnte sich Elena bei einer Menge verschiedener und unerwarteter Tätigkeiten vorstellen, aber kaum dabei, einen Verwundeten zu pflegen. Dennoch widersprach er natürlich nicht, sondern legte sich Abu Duns Arm unauffällig so um die Schulter, dass er den Großteil seines Gewichtes trug, und ging dann gehorsam neben Bason her in Richtung des großen Wagens, in dem Elena und Laurus wohnten. Unterwegs begegneten ihnen zwei weitere Sinti, denen Bason knapp und in einer Andrej unbekannten Sprache Befehle erteilte, woraufhin sie hastig wieder davon eilten. Er fragte nicht danach, und die Bedeutung von Basons Worten wurde ihm auch klar, als sie den Wagen erreichten. Sie waren noch nicht einmal ganz angelangt, da tauchten auch Elena und einen Herzschlag später Laurus aus verschiedenen Richtungen aus der Dunkelheit auf und kamen ihnen entgegen.

»Was ist passiert?«, fragte Laurus.

Elena verschwendete weniger Zeit. Sie maß Abu Duns Gesicht nur mit einem einzigen, knappen Blick, machte dann eine Kopfbewegung zum Wagen und sagte: »Bringt ihn hinein. Und ich brauche heißes Wasser und Verbandszeug.«

Sie gehorchten. Laurus stellte seine Frage ein zweites Mal, und auch jetzt, ohne eine Antwort zu bekommen, und die nächste halbe Stunde verbrachten Elena und er gemeinsam damit, Abu Duns Wunden zu reinigen und zu verbinden, nachdem sie ihn die kurze Leiter in den Wagen hinauf bugsiert und aus seinen zerrissenen Gewändern gewickelt hatten. Andrej musste seine Meinung über Elena revidieren; sie ging vielleicht nicht so besonders sanft mit ihrem Patienten um, aber was sie tat, zeugte von großer Sachkunde. Es war ganz eindeutig nicht das erste Mal, dass sie sich um einen Verwundeten kümmerte.

Als sie endlich fertig waren, wollte sich Andrej erschöpft zurücklehnen, aber Elena drehte sich mit einem befehlenden Kopfschütteln in seine Richtung und sagte: »Jetzt du!«

»Mir fehlt nichts«, sagte Andrej. »Vielleicht ein paar Stunden Schlaf, aber das ist auch alles.«

»Mach' dich nicht lächerlich«, antwortete Elena. »Oder gehörst du auch zu denjenigen, die Dummheit mit Tapferkeit verwechseln?«

»Mir ist wirklich nichts passiert«, versicherte Andrej. Da er in Elenas Augen las, dass sie ihm kein Wort glaubte, tauchte er die Hände in die Schale mit warmem Wasser, die neben Abu Duns Bett stand, wusch sich die Finger und benutzte anschließend einen der überzähligen Verbände, um sich auch das Gesicht sauber zu wischen.

Elena riss überrascht die Augen auf. »Du hast nicht einen Kratzer!«

»Ich hatte Glück«, antwortete Andrej. Leiser und mit einem stirnrunzelnden Blick in Abu Duns Richtung fügte er hinzu: »Jedenfalls mehr als er. Wird er es überleben?«

»Rattenbisse sind nicht ungefährlich«, erwiderte Elena. »Ich fürchte, er wird ein paar Tage Fieber haben, vielleicht sogar länger. Aber er ist stark.«

»Und du bist wirklich unverletzt?«, fragte Laurus. Er hatte die ganze Zeit schweigend dabeigestanden und ohne ein Wort oder irgendeine Frage zu stellen zugesehen, aber sein Gesichtsausdruck hatte sich mehr und mehr verfinstert. Vermutlich war es auch nicht besonders schwer gewesen, zu raten, was geschehen war; sie hatten zahlreiche abgebrochene Krallen und Fellbüschel aus Abu Duns Wunden entfernt, aus einer sogar einen abgebrochenen Rattenzahn, und als sie ihn ausgezogen hatten, war der abgerissene Hinterlauf eines der kleinen Ungeheuer aus den Fetzen seiner Kleidung gefallen.

»Ich hätte weniger Glück gehabt, wenn Abu Dun mich nicht beschützt hätte«, antwortete Andrej – eine erbärmliche Lüge, aber das Erste, was ihm einfiel, und darüber hinaus vermutlich das, was einer glaubhaften Ausrede noch am nächsten kam.

»Was ist passiert?«, wollte Laurus wissen. »Wenn du nicht verletzt bist, dann wirst du ja wenigstens die Kraft haben, mir jetzt auf diese Frage zu antworten.«

Andrej schluckte die scharfe Antwort herunter, die ihm auf der Zunge lag. Stattdessen erzählte er Laurus die Geschichte, auf die Abu Dun und er sich geeinigt hatten. Laurus musste dazu nichts sagen, damit Andrej erkannte, dass er ihm kein Wort glaubte. Als er von ihrer Begegnung mit Handmann und den beiden anderen berichtete, umwölkte sich die Stirn des Sinti noch mehr.

»Wer war dieser … Schulz?«

»Mehr als seinen Namen weiß ich auch nicht«, antwortete Andrej wahrheitsgemäß. »Aber ich hatte das Gefühl, dass er ein Mann von großem Einfluss ist.«

»Ja, das fürchte ich auch«, murmelte Laurus. »Das hätte nicht passieren dürfen. Ihr hättet nicht dorthin gehen sollen.«

»Wäre es dir lieber gewesen, dieser Narr hätte seine Geschichte überall in der Stadt herum erzählt?«, fragte Elena.

»Du weißt es selbst«, antwortete Laurus kühl. »Er ist ein Narr. Und nach dem, was Andreas erzählt, scheinen das auch alle zu wissen.« Er wandte sich wieder an Andrej. »Du meinst also, diese Ratten waren irgendwie krank?«

»Eine andere Erklärung für ein so sonderbares Verhalten fällt mir nicht ein«, antwortete Andrej. Für einen kurzen Moment tauchte der Anblick vierer, schlanker, kleinwüchsiger Gestalten vor seinem geistigen Auge auf, die reglos vor dem schwarz-grünen Hintergrund des Waldes standen und zu ihnen heraufblickten. Ein kalter Schauer lief ihm über den Rücken. »Wenn die meisten nicht schon tot gewesen wären, dann hätten wir keine Chance gehabt. Sie haben sich wie toll gebärdet und uns völlig grundlos angegriffen.«

»Dann hat dieser Narr von Müller also sogar die Wahrheit gesagt«, murmelte Laurus besorgt. »Das ist nicht gut. Ich hoffe, dieser Schulz ist wirklich ein so vernünftiger Mann, wie du behauptest.«

»Du kannst dich selbst davon überzeugen«, sagte Andrej. »Ich soll dir ausrichten, dass er morgen Abend hierher kommt, um mit dir zu reden.«

»Was für eine Überraschung«, sagte Laurus halblaut. Er atmete hörbar ein. »Gut. Der Schaden ist einmal angerichtet, und nicht rückgängig zu machen. Versuchen wir, ihn so gering wie möglich zu halten. Dein Freund kann heute Nacht hier bleiben. Es ist besser, wenn Elena in seiner Nähe ist, um sich um ihn zu kümmern, falls sein Fieber steigen sollte. Und was dich angeht, Andreas, ich sage es dir nur einmal: Wenn ihr bei uns bleiben wollt, dann tust du in Zukunft das, was ich dir sage, nicht weniger, aber auch nicht mehr.« Er drehte sich auf dem Absatz herum und stürmte aus dem Wagen, noch bevor Andrej etwas darauf erwidern konnte.

Er war noch eine Weile geblieben, vorgeblich, um sich davon zu überzeugen, dass es Abu Dun den Umständen entsprechend gut ging und dass es nichts mehr gab, was er im Moment für ihn tun konnte. In Wahrheit aber blieb er wohl eher, weil ein Teil von ihm gehofft hatte, mit Elena zu sprechen und von ihr vielleicht zu erfahren, was an diesem Tag *wirklich* geschehen war. Elena bemühte sich jedoch nach Kräften, seine Anwesenheit zu ignorieren, und bevor die Situation noch peinlicher werden konnte, ging auch Andrej und kehrte in den heruntergekommenen Wagen zurück, den Laurus ihm zur Verfügung gestellt hatte.

Da die Sonne schon vor Stunden untergegangen war und seine Unterkunft nicht über einen Luxus wie eine Lampe verfügte, hatte sich barmherzige Dunkelheit über das schäbige Innere des Wagens gelegt. Selbst Andrejs scharfe Augen nahmen nur Umrisse und vage, verschwommene Schatten wahr, die aber ausreichten, dass er sich zum Bett vortasten und darauf ausstrecken konnte, ohne dass er sich die Mühe gemacht hätte, seine zerrissenen Kleider auszuziehen.

Natürlich fand er keinen Schlaf. Er war nach wie vor in Sorge um Abu Dun. Elena hatte Recht: Der Nubier war stark, aber er war letzten Endes nur ein Mensch aus Fleisch und Blut, dessen Kräfte begrenzt waren, und der verwundet und getötet werden konnte wie jeder andere auch. Und es war erst zwei Tage her, dass er schon einmal schwer verletzt worden war.

Und dazu kam das, was er, Andrej, ihm angetan hatte.

Andrej schauderte, als ihm wieder und diesmal mit voller Wucht zu Bewusstsein kam, was er um ein Haar getan hätte. Er lauschte in sich hinein, tastete vorsichtig nach der Bestie, die irgendwo tief in ihm verborgen lauerte. Er fand keine Spur von ihr, aber er wusste, dass sie noch da war, geduldig wie eine Spinne in ihrem unsichtbaren Netz auf den Moment lauernd, in dem sie über ihn herfallen und vielleicht endgültig die Macht über sein Denken und Handeln erringen konnte. Noch vor wenigen Stunden war Andrej sicher gewesen, dass dies niemals geschehen würde, aber die Geschehnisse in der Mühle hatten ihn eines Besseren belehrt. Der Vampyr war da, ein dunkler Schatten, der ihn Zeit seines Lebens begleitet hatte, und der immer in ihm sein würde, lautlos, geduldig und gefährlich, bis zu dem Moment, in dem er endgültig obsiegen würde.

Und dieser Moment würde kommen. Der zurückliegende Tag hatte Andrej endgültig gezeigt, dass das Leben mit seinem dunklen Bruder ein Kampf war, den er nur verlieren konnte. Nicht heute, nicht morgen, vielleicht nicht einmal in hundert oder tausend Jahren, aber irgendwann *würde* er ihn verlieren, und dann würde er so werden wie all die anderen seiner Art, die er auf seiner langen Wanderung durch ein Leben voller Kampf und Enttäuschungen getroffen hatte: ein Raubtier, das in der Gestalt eines Menschen daherkam und das doch nur den einen Lebensinhalt kannte – zu töten und zu vernichten. Vielleicht war es ein Fluch, der auf ihm lastete. Es hatte nur wenige Menschen in seinem Leben gegeben, die ihm *wirklich* etwas bedeutet hatten, und wenn er Abu Dun und das, was er ihm heute um ein Haar angetan hätte, hinzuzählte, dann hatte er jedem einzelnen dieser Menschen Unglück und am Ende den Tod gebracht; mindestens einem etwas Schlimmeres als den Tod. Vielleicht würde es ewig so weiter gehen. Vielleicht war er dazu verurteilt, ein einsamer Wanderer durch die Zeiten zu werden, der niemals Freundschaft oder gar Liebe kennen lernen würde, und der jeden, der seine Wege kreuzte und den Fehler beging, ihm zu nahe zu kommen, den Untergang brachte. Und vielleicht gab es nur einen einzigen Weg, diesen Teufelskreis zu durchbrechen.

Andrej erschrak, als ihm klar wurde, auf welchen verbotenen Wegen seine Gedanken zu wandeln begannen. Er war weit davon entfernt, seinem Leben ein Ende zu setzen, und doch war es nicht das erste Mal, dass ihn eine leise, flüsternde Stimme in seinen Gedanken fragte, ob er diese Entscheidung nicht einfach nur hinausschob, weil er tief in sich längst begriffen hatte, dass es die einzig mögliche Alternative war.

Er verscheuchte auch diesen Gedanken – der im Grunde nichts anderes war als die Fortsetzung des ersten, nur, dass er sich jetzt durch die Hintertür hatte einzuschleichen versucht – richtete sich wieder auf und blieb eine Weile nach vorne gebeugt und mit hängenden Schultern auf der Bettkante sitzen. Er war müde und erschöpft, aber ihm war auch klar, dass er keinen Schlaf finden würde – und, dass er im Grunde Angst davor hatte, einzuschlafen. Zugleich aber war ihm auch der Gedanke, jetzt wieder hinauszugehen und sich wieder unter all diese lachenden, fröhlichen Menschen zu mischen und so zu tun, als wäre nichts geschehen, zutiefst zuwider. Irgendwie wäre es ihm wie Verrat an Abu Dun vorgekommen.

Nun, ganz plötzlich, wusste er, was er zu tun hatte. Es gab nur einen Menschen hier, der ihm sagen konnte, ob es einen Ausweg für ihn gab und ob das, was er Abu Dun um ein Haar angetan hätte, die Antworten wert war, derentwegen er hergekommen war.

Er stand auf, tastete im Halbdunkel nach den Satteltaschen, die er am Morgen aus dem Zelt geholt und achtlos in eine Ecke geworfen hatte, und suchte mit einiger Mühe sein zweites Paar Kleider heraus, das genau genommen jetzt sein einziges war, denn das, was die Ratten übrig gelassen hatten, waren im Grunde nicht mehr als Fetzen. Aus einem unerfindlichen Grund zögernd, schnallte er sein Schwert ab, lehnte es neben dem Bett an die Wand und verließ dann den Wagen.

Wie vorhin, als Abu Dun und er gekommen waren, nahm er einen Umweg in Kauf, um nicht mitten durch das Lager hindurchmarschieren zu müssen. Unweit der Pferdekoppel gab es einen schmalen, aber kristallklaren Bach, in dem er sich ausgiebig wusch, um das eingetrocknete Blut zu entfernen, aber auch, weil er sich noch immer auf eine schwer greifbare Art besudelt und beschmutzt fühlte, von etwas berührt, von dem kein lebendes Geschöpf auf dieser Welt berührt werden sollte.

Der Bach war nicht nur klar und reißend, sein Wasser war auch eiskalt, trotz der seit Wochen anhaltenden Hitzewelle. Als Andrej endlich das Gefühl hatte, *sich* zumindest den *körperlichen* Schmutz vom Leib gewaschen zu haben und nackt und frierend wieder aus dem Wasser trat, da zitterten seine Hände vor Kälte und sein Atem dampfte. Er blieb lange genug reglos in der Dunkelheit stehen, bis der warme Nachtwind seine Haut getrocknet hatte. Dann zog er seine sauberen Kleider an und durchsuchte noch einmal die Fetzen seiner alten Hose und des Hemdes, um sich davon zu überzeugen, dass nichts in den Taschen zurückgeblieben war. Er fand nichts, abgesehen von etwas, das er im ersten Moment für ein Fellbüschel hielt, das sich jedoch als abgerissenes Rattenohr entpuppte. Angewidert schleuderte er es in die Dunkelheit.

Die Fetzen seiner Kleidung schienen des Mitnehmens nicht mehr wert, aber Andrej wollte auch nicht, dass sie irgendjemand fand und überflüssige Fragen stellte und sich vielleicht noch ein paar Gedanken machte. Seine Behauptung, wie durch ein Wunder ohne einen einzigen Kratzer davongekommen zu sein, während Abu Dun dem Tod näher war als dem Leben, war ohnehin dünn genug. Also nahm er die Kleider auf, rollte sie zu einem Ball zusammen und ging mit gesenktem Blick und möglichst beiläufig wieder zum Lager zurück, um das Bündel in eines der zahlreichen Feuer zu werfen, die weniger brannten, um die Dunkelheit zu vertreiben, als mehr, um die Stimmung unter den Gästen anzuheizen und dafür zu sorgen, dass sie Wein und Bier ausreichend zusprachen und ihre Geldbörsen entsprechend locker saßen. Zu seiner Erleichterung sprach ihn niemand an. Elena war vermutlich noch im Wagen und bei Abu Dun, von Laurus war keine Spur zu sehen, und Bason und Rason entdeckte er oben auf der Bühne, wo sie ihr Bestes taten, um sich zum Narren zu machen. Natürlich kannte ihn jeder hier im Lager, auch wenn er, abgesehen von den vier Vorgenannten, mit keinem der Sinti bisher mehr als ein paar belanglose Worte gewechselt hatte, aber die Zigeuner schienen ausnahmslos beschäftigt, und er baute darauf, dass er, noch dazu mit veränderter Kleidung, einfach in der Menge der Besucher untergehen würde, sodass ihm niemand einen zweiten Blick schenkte. Rasch, aber ohne sichtbare und verräterische Hast, zog er sich wieder aus dem Lichtkreis des Feuers zurück und ging zum anderen Ende des Lagers.

Diesmal näherte er sich Ankas Wagen nicht direkt, sondern blieb im Schutze eines der anderen Karren stehen und tastete die nähere Umgebung sowohl mit seinen Blicken als auch mit seinen anderen Sinnen ab. Er hatte die schattenhafte Gestalt nicht vergessen, die am ersten Abend, als Abu Dun und er hier gewesen waren, in einer Ecke gestanden hatte und den Wagen beobachtete. Heute aber gab es eindeutig niemanden, der Ankas Wagen bewachte.

Hinter den unter der Last der Jahre schon halb auseinander gebrochenen Fensterläden brannte kein Licht, und auch als Andrej vorsichtig näher ging, hörte er nicht das mindeste Geräusch. Aber wozu brauchte eine blinde Frau Licht? Vermutlich schlief die Puuri Dan längst, und Andrej erinnerte sich jetzt auch an mehr als nur eine Bemerkung Basons, wonach die Hundertjährige dem Wein offensichtlich mehr zugetan war, als man bei einer Frau ihres Alters erwarten mochte. Er zögerte, als er die drei Stufen zur Treppe hinaufstieg, schob dann aber die letzten Bedenken beiseite und öffnete die Tür.

Dahinter war es vollkommen dunkel. Andrej blieb einen Moment reglos stehen und lauschte auf Ankas Atemzüge oder irgendein anderes Lebenszeichen, aber die Stille war ebenso vollkommen wie die Dunkelheit, die ihn umgab. Vorsichtig, mit tastend vorgestreckten Händen, um nicht in der Dunkelheit gegen ein Hindernis zu stoßen oder ein verräterisches Geräusch zu verursachen, suchte er sich seinen Weg zur jenseitigen Wand des Raumes und der Tür, die er darin gesehen hatte, öffnete auch sie und blieb noch einmal stehen, um erneut und noch konzentrierter zu lauschen. Aber auch hier war niemand. Selbst wenn er die Anwesenheit der alten Frau nicht gespürt hätte, so hätte er doch wenigstens ihre Atemzüge hören müssen, in der vollkommenen Stille, die hier drinnen herrschte. Aber er hörte nichts, er fühlte nichts. Anka war nicht da.

Irritiert blieb Andrej noch eine Weile genau da stehen, wo er sich befand, und versuchte, diese Entdeckung richtig zu bewerten. Dass die alte Frau ihren Wagen verlassen hatte, war an sich nichts Ungewöhnliches, wohl aber, dass sie es zu dieser Zeit tat. Und noch dazu an einem Abend wie heute, an dem es im Lager von Fremden nur so wimmelte. Auch jemand, der nicht über Andrejs besondere Sinne verfügte, konnte unmöglich übersehen, dass es sich bei der Puuri Dan vermutlich um den ältesten Menschen handelte, der jemals gelebt hatte – und wenn Laurus im Moment an einem gelegen sein musste, dann daran, kein Aufsehen zu erregen und vor allem keinen Anlass zu neugierigen Fragen zu geben.

Ein weiterer Mosaikstein in dem Bild, das Andrej allmählich sah, ohne dass es indes bisher irgendeinen Sinn zu ergeben schien.

Andrej blieb eine geraume Weile unter der geöffneten Tür stehen und versuchte, seine Gedanken zu ordnen. Schließlich aber verließ er den Wagen wieder und sah sich draußen unschlüssig um. Gegen Laurus' ausgesprochenen Willen hierher zu kommen, um mit der Puuri Dan zu reden, war eine riskante Idee gewesen, denn spätestens Laurus' Auftritt von vorhin hatte ihm klar gemacht, dass der Sinti nur noch nach einem Vorwand suchte, um Abu Dun und ihn davonzujagen. Aber es widerstrebte ihm, so einfach aufzugeben, gerade weil er so viel riskiert hatte. Er überlegte einen Moment, sich an Bason oder seinen Bruder zu wenden, entschied sich aber dann dagegen und machte sich wieder auf den Weg zu Laurus' Wagen. Wenn Elena und Abu Dun allein waren, dann würde er diesmal darauf bestehen, von Elena gewisse Antworten zu bekommen, und sollte Laurus wieder zurückgekehrt sein, würde er einfach behaupten, er wäre noch einmal gekommen, um nach Abu Dun zu sehen.

Er musste diesmal keinen Umweg machen, um das Lager zu umgehen, denn der Wagen, den Laurus und Elena bewohnten, befand sich nur ein knappes Dutzend Schritte entfernt. Trotzdem ging Andrej nicht auf direktem Wege dorthin, sondern huschte lautlos von Schatten zu Schatten und nutzte die Deckung der anderen Wagen aus, um sich ungesehen zu nähern. Ihm war klar, welches Misstrauen dieses Benehmen wecken musste, sollte ihn jemand zufällig beobachten, aber er hatte dennoch das sichere Gefühl, dass es besser war, nicht gesehen zu werden.

Und dieses Gefühl sollte ihn nicht täuschen. Wie zuvor blieb er auch diesmal im Schlagschatten seines Wagens stehen, um den bunt bemalten, vierrädrigen Karren zu beobachten, bevor er sich ihm endgültig näherte. Auch vor seinen Fenstern waren die Läden vorgelegt, aber durch die dünnen Ritzen schimmerte gelbes Licht, und nachdem er einen kurzen Moment gelauscht hatte, vernahm er Stimmen. Sie waren zu leise, um sie eindeutig zu identifizieren, aber er glaubte, zumindest die Elenas zu erkennen, und dazu noch zwei, vielleicht sogar drei andere, die aufgeregt miteinander diskutierten, sich möglicherweise sogar stritten.

Andrej war unschlüssig, was er nun tun sollte. Sein Gespräch mit Laurus heute Mittag und die Blicke, die der Sinti vorhin Elena zugeworfen hatte, erzählten eine eigene und eindeutige Geschichte, und je länger er lauschte, desto sicherer war er, Zeuge eines heftiges Streites zu werden, auch wenn er die Worte immer noch nicht verstand. Die Vorstellung, dass Elena und Laurus miteinander stritten, machte ihn nervöser als sie sollte. Was immer zwischen diesen beiden vorging, ging ihn nichts an. Trotzdem hatte er das absurde Gefühl, Elena gegenüber in der Pflicht zu sein, sie immer und unter allen Umständen zu verteidigen, ganz egal, ob sie im Recht war oder nicht.

Er war gerade zu dem Entschluss gekommen, näher an den Wagen heranzugehen, um vielleicht besser verstehen zu können, was hinter der geschlossenen Tür gesprochen wurde, als er einen wütenden Schrei hörte und gleich darauf das typische Klatschen eines Schlages. Nur einen Augenblick später wurde die Tür aufgerissen, und Laurus stürmte heraus. Mit einem einzigen Satz überwand er die paar Stufen bis zum Boden und entfernte sich mit weit ausgreifenden, zornigen Schritten. Andrej sah ihm verwirrt und alarmiert zugleich nach, wandte sich dann aber wieder dem Wagen zu. Die Tür hatte sich hinter Laurus nicht geschlossen, und er sah flackerndes, gelbes Licht und Schatten, die sich hektisch zu bewegen schienen. Die Stimmen waren nun deutlicher, aber er konnte sie immer noch nicht verstehen, denn sie sprachen wieder in jenem fremden und zugleich doch so sonderbar vertraut erscheinenden Dialekt, den er schon ein paar Mal in diesem Lager gehört hatte und der vermutlich die Muttersprache dieser Sinti-Familie war. Dann erschien Elena unter der Tür. Obwohl er sie nur als schwarzen Umriss vor dem hell erleuchteten Hintergrund erkennen konnte, war nicht zu übersehen, wie aufgelöst und zornig sie war. Sie sprang nicht die Stufen hinab wie Laurus vor ihr, überwand sie aber genauso schnell, sodass es kaum einen Unterschied machte, und obwohl sie nach zwei Schritten bereits wieder stehen blieb und sich zum Wagen herumdrehte, machte es im ersten

Moment trotzdem den Anschein, als ob sie hinter ihrem Mann herstürmen und ihn aufgebracht zur Rede stellen wollte. Er hatte sich nicht getäuscht. Er *war* Zeuge eines Streites geworden. Eines sehr heftigen Streites offensichtlich.

Alles in Andrej schrie danach, aus seinem Versteck herauszutreten und Elena zu fragen, was passiert war und ob sie Hilfe benötigte. Stattdessen zog er sich jedoch ein winziges Stückchen tiefer in die Schatten zurück und beobachtete aufmerksam, was weiter geschah. Elena rief etwas zu jemandem, der sich noch im Wagen aufhalten musste, bekam eine Antwort in der gleichen, unverständlichen Sprache, und nur einen Herzschlag später erschien einer ihrer Brüder unter der Tür – ob Rason oder Bason, konnte Andrej bei dem schlechten Licht nicht sagen; die beiden waren ja schon im hellen Sonnenschein so gut wie nicht auseinander zu halten. Zusammen mit einer zweiten, deutlich kleineren und gebückt gehenden Gestalt, die sich so unsicher bewegte, dass er sie auf jeder Stufe stützen musste, verließ auch Elenas Bruder den Wagen, und dicht hinter ihm und seiner Begleitung tauchte ein dritter, fast identischer Umriss unter der Tür auf; der andere Zwilling.

Bei der Gestalt, die er und sein Bruder zwischen sich führten, handelte es sich um niemand anderes als Anka. Das Licht, das aus dem Wagen nach draußen fiel, war zu schwach, um ihr Gesicht zu erkennen, aber Andrej identifizierte eindeutig ihre schmale, gebückte Gestalt, das strähnige Haar, und er konnte sogar schwach ihre Ausdünstung wahrnehmen; jener typische Geruch, der nur wirklich *alten* Menschen anhaftet und die Lebenden daran erinnert, wie kurz die Spanne ist, die ihnen noch bleibt. Nun, wenigstens wusste er jetzt, warum die Puuri Dan nicht in ihrem Wagen gewesen war.

Elena und Anka wechselten noch einige Worte in jener Andrej unverständlichen Sprache: Elena sprach laut, erregt, fast aggressiv, Anka in einem vollkommen anderen, zugleich besänftigenden wie gebieterischen Tonfall. Schließlich machte Elena eine zornige Kopfbewegung, und ihre beiden Brüder nahmen die alte Zigeunerin in die Mitte und führten sie langsam in Richtung ihres Wagens davon. Elena blieb reglos und hoch aufgerichtet stehen und sah ihnen nach. Sie machte keine Anstalten, in den Wagen zurückzugehen oder sich vielleicht in die entgegengesetzte Richtung zu wenden, um Laurus zu folgen.

Andrej wartete, bis die Schritte in der Dunkelheit verklungen waren, dann trat er lautlos aus seinem Versteck hervor und ging auf Elena zu. Die Sinti blickte immer noch in die Richtung, in der ihre Brüder und die Puuri Dan verschwunden waren, und obwohl sich Andrej keine Mühe gab, leise zu sein, bemerkte sie ihn erst, als er gerade noch zwei Schritte von ihr entfernt war. Sie fuhr deutlich zusammen und prallte einen Schritt zurück, und für die winzige Zeitspanne, die sie für diese Bewegung brauchte, breitete sich ein Ausdruck von Erschrecken auf ihrem Gesicht aus, den Andrej nicht mehr verstand, und der fast an Entsetzen grenzte. Dann hatte sie sich wieder in der Gewalt.

»Andreas?«, murmelte sie mit gespielter Überraschung. »Was ... wie lange bist du schon hier?«

Andrej machte noch einen weiteren Schritt auf sie zu und blieb dann abrupt wieder stehen. Er war jetzt nahe genug, um Elenas Gesicht deutlich erkennen zu können – zumindest nahe genug, um zu sehen, dass dessen linke Hälfte gerötet war und ihr Auge und der Wangenknochen darunter bereits anzuschwellen begannen.

»Lange genug«, sagte er. »Das war Laurus, habe ich Recht?«

Elena machte eine erschrockene Bewegung, wie, um die Hand vor das Gesicht zu heben, führte sie aber nicht zu Ende, sondern ließ den Arm auf eine sonderbar schuldbewusste Art wieder sinken. »Wieso ... was?«

»Hör mit dem Theater auf«, sagte Andrej grob. »Ich bin

weder blind noch taub. Hat er dich geschlagen, oder war es einer deiner Brüder?«

Die Art, in der er das Wort *Brüder* betonte, erschreckte ihn beinahe selbst.

»Und wenn?« Elena hatte ihre Selbstbeherrschung jetzt endgültig zurückgewonnen. Sie sah nicht mehr erschrocken oder verlegen aus. Ganz im Gegenteil blitzten ihre Augen zornig, und der einzige Ausdruck, den er jetzt noch auf ihren Zügen las, war eine Mischung aus Trotz und gespielter Herablassung. »Und wenn es so wäre? Würdest du ihm nacheilen und ihm die Kehle durchschneiden?«

»Nein«, antwortete Andrej ehrlich. »Aber vielleicht würde ich dafür sorgen, dass sie morgen früh wissen, wie du dich jetzt fühlst.«

Elena blinzelte. Im ersten Moment schien sie mit dieser Antwort nichts anfangen zu können, dann aber lachte sie ganz leise. »Das ist eine interessante Formulierung. Ich werde sie mir merken und bei Gelegenheit selbst benutzen – wenn du gestattest.«

»Das ist keine Antwort auf meine Frage«, sagte Andrej. »Wer war das?«

»Ich wüsste nicht, was dich das angeht, Andreas«, sagte Elena. Ihre Stimme klang spröde, aber das Flackern in ihren Augen strafte diesen Ausdruck Lügen. Ihre Sicherheit war nur aufgesetzt, und das nicht einmal besonders überzeugend. Andrej spürte, welches Chaos hinter ihrer Stirn tobte.

»Laurus«, sagte er.

Elena antwortete nicht, aber ihr Schweigen war auch schon Antwort genug.

»War es meine Schuld?«, fragte er.

Elena zögerte gerade lange genug, um ihrem Kopfschütteln endgültig die Glaubwürdigkeit zu nehmen. »Nein«, sagte sie.

»Du brauchst keine Rücksicht auf mich zu nehmen«, sagte

er. »Und du musst auch keine Angst haben. Ich werde ihn nicht zur Rede stellen, oder sonst irgendetwas Dummes tun. Nicht, wenn du es nicht willst.«

»Warum sollte ich wollen, dass du etwas Dummes tust?«

»Erwarten Frauen das nicht immer von Männern?«

»Nein«, antwortete Elena. »Wir erwarten es keineswegs. Aber wir sind es gewohnt.«

Andrej starrte sie eine Sekunde lang verwirrt an, dann musste er gegen seinen Willen lachen, und nach einem weiteren Augenblick stimmte auch Elena in dieses Lachen ein, auch wenn es nicht sehr laut war und nicht besonders lange anhielt. Aber der peinliche Moment war vorüber; der Punkt, an dem einer von ihnen eine Grenze überschreiten würde, die er im Grunde nicht überschreiten wollte, vermieden.

»Du hast Recht«, gestand sie, während sie nun doch die Hand hob und mit spitzen Fingern ihr Gesicht betastete, wenn auch auf eine Art, die die Bewegung eher aussehen ließ, als würde sie ihre geschwollene Wange verbergen. »Es war Laurus. Aber es ist nicht schlimm.«

»Und es war meine Schuld«, vermutete Andrej.

Erst, als er die Worte ausgesprochen hatte, wurde ihm klar, dass er die Frage aus dem einzigen Grund stellte, ein eindeutiges Nein als Antwort hören zu wollen. Elena tat ihm diesen Gefallen jedoch nicht, sondern schwieg eine quälende, kurze Ewigkeit lang und zuckte schließlich nur mit den Schultern.

»Nein«, sagte sie. »Ja … es ist eben passiert.«

»Was?«

»Er war wütend, weil dein Freund und du zur Mühle geritten seid. Er sagt, ihr wäret schlecht für uns, würdet nur Ärger bringen …« Sie zuckte mit den Schultern. »Und ich habe den Fehler gemacht, ihm zu widersprechen.«

»Und das gibt ihm das Recht, dich zu schlagen?«

Die Frage schien Elena zu verwirren. Sie sah ihn verständnislos an. »Laurus ist nicht schlecht«, sagte sie schließlich. »Das darfst du nicht glauben.«

»Natürlich nicht«, sagte Andrej sarkastisch. »Ich nehme an, er schlägt dich nicht oft. Und wenn, dann hast du es wahrscheinlich auch verdient.«

Das kurze Aufblitzen in Elenas Augen sagte ihm nicht nur, dass sie seinen Sarkasmus nicht verstanden hatte, sondern auch, dass sie seine Bemerkung wohl genau anders herum aufnahm, als sie gemeint war. »Ihr habe ihn gereizt«, sagte sie, eine Spur, aber doch eine hörbare Spur, kühler.

»Das ist kein Grund, dich zu schlagen.«

»Wenn ein Mann dich reizt, schlägst du ihn dann nicht, Andreas?«

»Das ist ein Unterschied«, erwiderte Andrej verärgert. »Ich würde niemals eine Frau schlagen. Ein Mann kann sich wehren.«

»Und wer sagt dir, dass eine Frau das nicht kann?« In Elenas Augen blitzte es spöttisch auf, und Andrej schluckte die Antwort, die ihm auf der Zunge lag, herunter. Das Gespräch begann sich in eine Richtung zu entwickeln, die ihm nicht behagte. Nicht jetzt, und nicht hier.

»Du hast meine Frage nicht beantwortet«, sagte er. »Schlägt er dich oft?«

»Nein«, antwortete Elena. Sie schürzte die Lippen. »Vermutlich nicht öfter, als andere Männer ihre Frauen schlagen.« Sie hob die Stimme, als sie sah, dass er antworten wollte. »Wie gesagt: Es war meine eigene Schuld. Ich habe ihn gereizt. Und ich wusste, was passiert, wenn ich es übertreibe.«

»Es ging um mich, habe ich Recht?«, fragte Andrej. »Gestern Nacht im Wald, da wollte ich nicht –«

»Um dich?« Die Überraschung in Elenas Stimme war so echt, dass Andrej mitten im Satz abbrach und sie nur verständnislos ansah. Plötzlich hatte er das Gefühl, etwas ziemlich Dummes gesagt zu haben. »Ich glaube, du nimmst dich zu wichtig, Andreas. Laurus weiß nichts von gestern Nacht, aber selbst wenn er es wüsste wäre das kein Grund für ihn, wütend zu werden, weder auf dich noch auf mich. Und schon gar nicht, mich zu schlagen.«

»Warum war Anka dann in eurem Wagen?«

Elena hob die Schultern. »Ich muss gestehen, es fällt mir ein wenig schwer, deinem Gedankengang zu folgen, Andreas – aber in diesem Fall kommst du der Wahrheit wenigstens nahe. Ich hatte Rason geschickt, um Anka zu holen, damit sie nach deinem Freund sieht.«

»Abu Dun?«, fragte Andrej erschrocken. »Was ist mit ihm?«

»Sein Fieber ist gestiegen.« Elena hob rasch und beruhigend die Hand. »Keine Sorge – es ist nicht so schlimm, wie ich im ersten Moment befürchtet habe. Aber ich hielt es für besser, Anka zu rufen. Sie hat ihm einen Trank gegeben, der ihm helfen wird. Spätestens morgen Abend wird er das Fieber überwunden haben; vielleicht sogar schon früher.«

»Und das ist Grund genug für Laurus, dich zu schlagen?« Andrej warf einen unsicheren Blick zum Wagen hin. Am liebsten wäre er hineingegangen, um nach Abu Dun zu sehen, aber aus irgendeinem Grund wagte er es nicht, den Wagen zu betreten, ohne von Elena dazu aufgefordert zu werden.

»Laurus sieht es nicht gern, wenn Anka ihren Wagen verlässt«, antwortete Elena. »Schon gar nicht, wenn Fremde im Lager sind. Er hat mir Vorhaltungen gemacht, ein Wort ergab das andere …« Sie zuckte mit den Schultern. »Laurus ist nervös, wie wir alle. Das, was dein Freund und du von der Mühle erzählt habt, hat ihn nicht unbedingt beruhigt. Vor allem, weil es nicht die Wahrheit war.«

»Wie kommst du darauf?«, fragte Andrej.

»Das war wirklich nicht schwer zu erraten.« Elenas Lippen verzogen sich zu einem angedeuteten, spöttischen Lächeln.

»Ich weiß nicht, was du wirklich bist, Andreas, aber eines bist du ganz gewiss nicht: Ein guter Lügner. Außerdem spricht dein Freund im Fieber. Was ist wirklich dort passiert?«

»Nichts, was ich nicht schon erzählt hätte«, beharrte Andrej stur. Elenas Blick wurde bohrender, und er rettete sich in ein Achselzucken und ein leicht verunglücktes Grinsen. »Jedenfalls nichts, was ich verstehen würde. Ich muss darüber nachdenken.«

Er hatte fest damit gerechnet, dass Elena sich nicht mit dieser Antwort zufrieden geben würde, aber sie sah ihn nur noch einen Moment lang durchdringend an, dann zuckte sie erneut die Schultern und drehte sich mit einem Seufzen weg, mit dem sie das Thema wohl für beendet erklärte. Vermutlich ohne es selbst zu merken, hob sie wieder die linke Hand und strich mit den Fingerspitzen über ihre Wangenknochen und das weiche Fleisch unter den Augen. In den wenigen Augenblicken, die sie miteinander geredet hatten, war die Schwellung deutlich größer geworden, und ihr äußerer Augenwinkel und das Lid begannen sich bereits dunkel zu verfärben. Der Anblick weckte wieder den gleichen Zorn wie vorhin in Andrej, aber er biss sich auf die Lippe und sagte nichts. Er war ganz und gar nicht Elenas Meinung, was das Schlagen von Frauen anging, aber letzten Endes war sie Laurus' Frau, nicht seine, und es war ihre Entscheidung, wie sie leben wollte oder nicht. Auch, wenn Andrej Elena kaum kannte, so war er doch sicher, dass sie zumindest über eine längere Zeit, nichts hinnehmen würde, was sie nicht wirklich wollte.

»Vielleicht solltest du in deinen Wagen zurückgehen«, sagte Elena nach einer Weile, leise, und ohne ihn anzusehen. »Wenn Laurus zurückkommt und dich hier findet, dann wird das seine Laune nicht unbedingt verbessern. Was tust du überhaupt hier?«

»Ich wollte nach Abu Dun sehen«, antwortete Andrej, was ihm im Moment die glaubhafteste Ausrede erschien.

»Er schläft«, antwortete Elena. Sie drehte sich wieder zu ihm um und sah ihm ins Gesicht, und plötzlich, von einem Lidschlag auf den nächsten, fiel es Andrej schwer, ihrem Blick Stand zu halten. Wie schon mehrmals, seit er Elena kennen gelernt hatte, schien eine sonderbare Veränderung mit ihr vonstatten zu gehen. Vielleicht lag es am Licht, an ihrer beider Erregung, oder an der außergewöhnlichen Situation, in der sie zusammen waren, aber mit einem Male kam sie ihm vor wie eine ganz andere, äußerlich unverändert, und doch so verschieden von der Elena, die gerade noch vor ihm gestanden hatte, wie es nur möglich war. Sein Herz klopfte ein wenig schneller. »Ich kann es dir nicht verbieten, aber es wäre besser, wenn du nicht zu ihm gehst. Ich möchte nicht –«

»– dass Laurus mich in deinem Wagen findet«, führte Andrej den Satz zu Ende.

Elena schwieg, aber sie tat es auf eine ganz besondere Art, die ihn begreifen ließ, wie nahe er mit dieser Vermutung der Wahrheit gekommen war und wie unangenehm ihr dieses Wissen sein musste. Plötzlich fehlten ihm die Worte, weiter zu sprechen.

»Geh jetzt zurück«, sagte Elena. »Ich werde nach Laurus sehen. Es hat keinen Sinn, ihn noch wütender zu machen. Und mach' dir keine Sorgen. Er ist manchmal etwas jähzornig, aber er beruhigt sich meistens auch genauso schnell wieder. Morgen früh reden wir in Ruhe über alles.«

Sie wartete einen Moment lang vergeblich darauf, dass er ihrer Aufforderung nachkam und ging, dann hob sie die Achseln, drehte sich rasch herum und stieg die dreistufige Treppe zum Wagen hinauf. Andrej blieb weiter reglos stehen, wo er war, von der völlig unsinnigen Hoffnung erfüllt, dass sie sich doch noch einmal herumdrehen oder wieder zu ihm herauskommen würde, und er ließ selbst dann noch etliche Sekunden verstreichen, als sie die Tür schon längst hinter sich geschlossen hatte.

Was war nur mit ihm los? Nicht zum ersten Mal – aber zum ersten Mal ganz bewusst – fragte er sich, ob er sich möglicherweise in diese verwirrende Frau verliebt hatte. Aber die Antwort war und blieb ein eindeutiges Nein. Elena hatte zweifellos etwas, das jeden Mann um den Verstand bringen konnte, vor allem in Momenten wie dem, den er gerade erlebt hatte, aber dieses Gefühl hatte nichts mit Liebe zu tun. Er hatte viele Frauen getroffen, die ihn anzogen, etliche, die er gemocht und mit denen er eine Weile zusammengeblieben war, und die eine oder andere, von der er sich hätte vorstellen können, auch den Rest seines Lebens mit ihr zu teilen. Aber Liebe, wirkliche Liebe, hatte er nur ein einziges Mal in seinem Leben gefunden, und sie war ihm auf eine so grausame und endgültige Art genommen worden, dass er nicht sicher war, ob er jemals wieder einen anderen Menschen wirklich lieben konnte. Er war nicht einmal sicher, ob er es noch einmal wollte. Vielleicht war er zu tief verletzt worden, als dass er sich der Gefahr noch einmal aussetzen konnte, diesen grässlichen Schmerz erneut zu spüren.

Endlich drehte er sich herum und ging, aber er kehrte nicht zu seinem Wagen zurück, wie Elena ihm geraten hatte, sondern ging noch einmal dorthin, wo er gerade hergekommen war. Diesmal machte er einen noch größeren Umweg und bewegte sich noch vorsichtiger, und er ließ etliche Minuten verstreichen, in denen er reglos im Schatten stand und Ankas Wagen beobachtete, bis er ganz sicher war, dass die beiden Brüder nicht mehr hier waren und sich auch sonst niemand in seiner unmittelbaren Nähe aufhielt. Der Lärm hinter ihm im Lager hatte eher noch zugenommen, obwohl es mittlerweile schon spät war, aber das war Andrej im Moment nur Recht. Solange die Sinti damit beschäftigt waren, ihre Gäste zu unterhalten und ihnen das Geld aus den Taschen zu ziehen, bestand wohl kaum die Gefahr, dass jemand hierher kam und ihn überraschte.

Er löste sich aus seinem Versteck, betrat den Wagen, zog die Tür hinter sich zu und wollte einen Moment stehen bleiben, damit sich seine Augen an das praktisch nicht vorhandene Licht hier drinnen gewöhnten. Noch ehe das Geräusch der Tür hinter ihm ganz verklungen war, sagte eine Stimme in der Dunkelheit irgendwo links von ihm:

»Du brauchst nicht zu schleichen, Unsterblicher. Wir sind allein. Und so leise, dass eine blinde Frau dich nicht hört, kannst nicht einmal du auftreten.«

Ein wenig verlegen drehte sich Andrej in die Richtung, aus der die Stimme gekommen war. Trotz seiner scharfen Augen konnte er nur verschwommene Umrisse erkennen.

»Warum hast du so lange draußen gestanden und gewartet?«, fragte Anka. »Du musst keine Angst haben, dass uns jemand stört. Meine beiden Urenkel sind längst fort, und außer ihnen und Elena kommt selten jemand hierher.«

»Urenkel?«, wiederholte Andrej – hauptsächlich, um überhaupt irgendetwas zu sagen.

»Vielleicht sind es auch schon meine Ur-ur-ur-Enkel.« Anka lachte leise und meckernd. »Wenn man einmal so alt geworden ist wie ich, dann verliert man leicht den Überblick. Und eigentlich spielt es auch keine Rolle, oder? Aber du bist sicherlich nicht gekommen, um dich über meine Familie zu unterhalten.«

»Nein«, antwortete Andrej. »Ich bin –«

»Du warst vorhin bei Laurus' Wagen«, unterbrach ihn Anka.

»Woher weißt du das?«

»Ich bin vielleicht blind, aber nicht taub«, erwiderte Anka. »Laurus und die anderen scheinen es gottlob aber zu sein, sonst hätten sie dich zweifellos gehört. Ich sollte enttäuscht sein. Ich dachte immer, dass sich Menschen deiner Art lautloser zu bewegen imstande sind.«

»Menschen meiner Art?«

»Ich bin auch nicht dumm«, sagte Anka, eine Spur schärfer. »Aber du scheinst es zu sein. Oder du hast ein kurzes Gedächtnis – oder hast du schon vergessen, was wir bei deinem letzten Besuch besprochen haben?«

»Nein«, antwortete Andrej. »Ich habe vor allem nicht vergessen, dass du mir mehr Fragen gestellt als du Antworten gegeben hast.«

»Und deshalb bist du jetzt hier«, vermutete Anka. Wieder lachte sie, aber diesmal klang es eher wie ein Meckern. Sonderbarerweise war Andrej immer noch nicht in der Lage, sie genau zu erkennen. Seine Augen hatten sich längst an das schwache Dämmerlicht gewöhnt, aber er sah in der Richtung, aus der ihre Stimme kam, trotzdem nur verschwommene Schatten. Einer davon schien sich dann und wann zu bewegen, aber er war nicht sicher, welcher. »Und was willst du jetzt tun? Die Antworten, die du hören willst, aus mir herausprügeln?«

»Bestimmt nicht«, antwortete Andrej. »Ich glaube auch nicht, dass das nötig ist.«

»Dann stell' deine Fragen«, sagte Anka. »Aber tu' es schnell. Ich bin alt. Und alte Menschen brauchen viel Schlaf.«

»Ich dachte immer, alte Menschen brauchen besonders wenig Schlaf.«

»Nicht, wenn sie so alt sind wie ich«, erwiderte Anka, nun vollends in ungeduldigem, fast mürrischem Tonfall. »Wenn du wissen willst, ob dein trinkfester Freund die Nacht überleben wird, kann ich dich beruhigen. Er ist stark wie ein Ochse. Es gehört schon etwas mehr dazu als ein paar Rattenbisse, ihn umzubringen.«

»Du weißt, was passiert ist?«

»Laurus hat es mir erzählt«, antwortete Anka. »Und dein Freund auch. Redet er nur im Fieber, oder manchmal auch im Schlaf?«

Andrej überging die Frage. Er fühlte sich immer verwirrter, und aus dieser Verwirrung erwuchsen allmählich Ungeduld und Zorn. Er war mit dem festen Vorsatz hierher gekommen, sich diesmal nicht wieder abspeisen zu lassen, sondern nicht eher zu gehen, bis er Antworten auf wenigstens einige seiner Fragen erhalten hatte, aber er spürte bereits jetzt, dass ihm das Gespräch auch diesmal wieder zu entgleiten drohte. Die Puuri Dan hatte etwas an sich, dem er einfach nicht gewachsen war. »Ich will wissen, was heute in der Mühle passiert ist«, sagte er. »Und komm' mir nicht damit, dass du es nicht weißt. Diese Ratten waren keine normalen Ratten.«

»Sie waren krank«, antwortete Anka. »Das hast du doch selbst erzählt.«

»Und du weißt genau, dass es nicht stimmt!«, rief Andrej. Ein Teil von ihm war entsetzt über den Ton, in dem er mit der alten Frau redete, aber als er weiter sprach, da klang seine Stimme sogar noch schärfer, fordernder und fast ein wenig drohend. Er war sicher, dass Anka sich davon nicht beeindrucken ließ, aber sein aufgesetzter Zorn half ihm, das Gespräch wieder in die gewünschte Richtung zu bringen. »Was immer mit diesen Ratten war, sie waren nicht krank.«

»Und jetzt willst du wissen, ob es wirklich Elena war, die sie geschickt hat.«

»Unsinn!«, behauptete Andrej.

»Natürlich willst du das wissen!«, behauptete Anka. »Du belügst dich selbst, Unsterblicher. Du *sagst*, dass es Unsinn ist, und du versuchst dir selbst einzureden, dass du nicht an das glaubst, was dieser närrische Müller erzählt. Aber du bist nicht ganz sicher, so ist es doch? Vielleicht willst du ja sogar, dass sie eine Hexe ist.«

»Warum sollte ich so etwas wollen?«, fragte Andrej unsicher.

»Weil es dir dann leichter fiele, ihrem Zauber zu widerstehen. Was denkst du? Warum verbrennen Männer Frauen, die sie als Hexen bezeichnen? Nicht, weil sie wirklich glauben, dass sie mit dem Teufel im Bunde sind. Niemand glaubt das. Sie verbrennen sie, weil sie genau wissen, dass sie ihrem Zauber sonst erliegen würden. Weil es der einzige Weg ist, sie vor sich selbst zu schützen. So wie auch du weißt, dass du Elena nicht widerstehen wirst.«

»Ich bin nicht wegen Elena hierher gekommen«, erwiderte Andrej lahm. Doch er wusste längst: Die alte Frau, die da in der fast vollkommenen Dunkelheit vor ihm saß, mochte zwar blind sein, aber auf ihre Art konnte sie besser sehen als die meisten anderen Menschen.

Anka ließ ein schmatzendes Geräusch hören. »Vielleicht nicht. Aber sie ist nun einmal hier. Glaubst du denn, du wärest der Erste, dem es so erginge, du junger Narr? Ich kann sie nicht sehen, aber ich habe Ohren, um zu hören, was die anderen sagen – und manchmal auch, um das zu hören, was sie nicht sagen. Willst du einen Rat von mir, Unsterblicher? Warte meinetwegen, bis dein Freund wieder zu Kräften gekommen ist, aber dann geh. Du wirst die Antworten, nach denen du suchst, hier nicht bekommen, aber du könntest etwas finden, an dem du zerbrichst.«

»Warum sollte ich dir glauben?«, fragte Andrej. »Bisher hast du keine meiner Fragen beantwortet, und wenn, so nur in Rätseln.«

»Dann finde ihre Lösung«, riet ihm Anka. »Ich *habe* dir geantwortet, aber du hörst ja nicht zu. Wie die meisten. Und nun geh. Lass mich allein. Ich bin müde und möchte schlafen.«

»Aber du –«

»Geh!«, wiederholte Anka. »Bason hat dir versprochen, dass du mit mir reden kannst, und du hast mit mir geredet. Ich kann dir nicht antworten, wenn du mir nicht einmal die richtigen Fragen stellst. Du kannst ja zurückkommen, wenn sie dir eingefallen sind.«

Mehr verwirrt denn enttäuscht oder zornig war Andrej in seinen Wagen zurückgekehrt, und zu seiner eigenen Überraschung war er nach einer Weile in einen unruhigen Schlaf gesunken. Ein Schlaf, aus dem er erst lange nach Sonnenaufgang wieder erwachte; so wie am Vortag mit einem schlechten Geschmack im Mund, mit Kopfschmerzen, schweißgebadet und mit der Erinnerung an sinnlose Bilder und Albträume, die ihn gequält hatten. Obwohl er nicht unter einer dünnen Zeltbahn sondern unter dem hölzernen Dach eines Wagens erwacht war, erschien ihm die Luft noch stickiger und heißer als gestern, und es fiel ihm deutlich schwerer, die Nachwirkungen des Schlafs abzuschütteln und aufzustehen.

Als er den Wagen verließ, war das Sinti-Lager schon seit mehr als einer Stunde zum Leben erwacht, und er war so betäubt, dass er fast wie ein Betrunkener taumelte, während er sich auf den Weg zum Bach machte, um sich zu waschen.

Das eiskalte Wasser half, die Benommenheit und auch die Kopfschmerzen zu vertreiben, aber der üble Geschmack in seinem Mund blieb, und auch die Erinnerung an die Albträume, die ihn geplagt hatten, verschwand nicht völlig. Irgendetwas stimmte tatsächlich nicht mit ihm.

Er ließ sich deutlich mehr Zeit als nötig, ehe er die Richtung zu Laurus' Wagen einschlug. Er wollte nach Abu Dun sehen. Vielleicht war es besser, dass er zugegen war, wenn der Nubier aus seiner Bewusstlosigkeit erwachte.

Die Tür des Wagens stand offen. Andrej klopfte an den Rahmen, wartete einen Moment vergeblich auf eine Antwort und trat schließlich ein. Nach der schon jetzt fast unerträglichen Hitze, die draußen herrschte, und hinter den vorgelegten Läden, war es hier drinnen angenehm kühl und schattig, aber nicht so dunkel, dass er nicht sah, dass das Bett, auf dem er Abu Dun am vergangenen Abend zurückgelassen hatte, jetzt leer war. Im ersten Moment erschrak Andrej bis ins Mark, aber dann rief er sich in Gedanken selbst zur Ordnung. Für ein Gefährt seiner Art war dieser Wagen recht groß, aber auch ein großer Wagen war letztendlich *klein*, und immerhin diente er schon als Unterkunft für zwei Menschen. Wahrscheinlich hatte Laurus dem Nubier einfach ein anderes Krankenlager zugewiesen.

»Was tust du hier?«

Andrej fuhr erschrocken herum und sah in Laurus' Gesicht. Der grauhaarige Sinti stand draußen vor dem Wagen, hatte den Kopf in den Nacken gelegt und blickte aus misstrauisch zusammengekniffenen Augen zu ihm hoch, und für den Bruchteil einer Sekunde erinnerte der Anblick Andrej an ein anderes Bild, das er gestern gesehen hatte, andere, kleinere Gestalten, die fast in der gleichen Haltung dagestanden und Abu Dun und ihn angestarrt hatten. Dann verging die absurde Furcht, und Andrej sagte sich selbst, wie lächerlich dieser Vergleich war. »Ich wollte nach Abu Dun sehen«, sagte er. »Entschuldige. Aber die Tür stand offen.«

Er sprang mit einem einzigen Satz zu Laurus hinunter und machte eine entschuldigende Handbewegung. »Ich wollte dir nicht zu nahe treten. Wo ist Abu Dun?«

»Ich habe ihn in einen anderen Wagen bringen lassen«, antwortete Laurus unfreundlich. »Schließlich ist das kein Krankenlager.«

»Dann werde ich nach ihm sehen«, sagte Andrej. Er wollte sich umdrehen, aber Laurus hielt ihn mit einer entsprechenden Geste zurück.

»Warte! Ich wollte sowieso mit dir sprechen.«

»Ja? Worüber?«

»Du warst gestern Abend bei Anka«, sagte Laurus. Er hob befehlend die Hand. »Streite es nicht ab. Man hat dich gesehen.«

Das hatte Andrej gar nicht vorgehabt. Aber er war überrascht. Er war sehr sicher gewesen, dass niemand ihn gesehen hatte. Wer auch immer ihm nahe genug gekommen wäre, um ihn beim Betreten oder Verlassen von Ankas Wagen zu beobachten, hätte ihm eigentlich nicht verborgen bleiben können. Er machte eine Bewegung, die irgendwo zwischen einem Achselzucken und einem Nicken lag. »Ich habe mich lediglich bei ihr bedankt, dass sich sie um Abu Dun gekümmert hat.«

»Ich will nicht, dass du mit ihr sprichst, ohne mich vorher gefragt zu haben«, sagte Laurus. »Anka ist eine närrische alte Frau, die nur Unsinn redet. Aber sie ist vor allem eine *alte* Frau. Sie darf nicht unnötig aufgeregt werden. Schon ein falsches Wort könnte sie umbringen.«

»Seltsam, aber ich hatte bisher nicht das Gefühl, dass dir Ankas Tod das Herz brechen würde«, antwortete Andrej kühl. Er wunderte sich selbst ein wenig, dass er das sagte, aber er war es Leid, ständig vor Laurus zu katzbuckeln. Vielleicht war dieser Vorstoß ein Fehler, aber vielleicht lockte er ihn auch endlich aus der Reserve.

Laurus reagierte jedenfalls anders, als er erwartet hatte. Er wurde weder wütend, noch stritt er Andrejs Unterstellung empört ab; er hob nur flüchtig die linke Augenbraue, als hätten ihn diese Worte überrascht, aber nicht wirklich verärgert. Er wechselte mit einem Achselzucken das Thema. »Bason hat bereits nach dir gefragt. Du hast lange geschlafen, und nach dem, was euch gestern zugestoßen ist, hast du dir das wohl auch verdient. Aber ich denke, jetzt bist du gut genug erholt, um ihm zur Hand zu gehen.«

»Wobei?«

»Das wird er dir erklären. Er ist hinten bei der Bühne. Später erwarten wir diesen Schulz. Jemand aus dem Dorf hat mir erzählt, er wäre der einflussreichste und wohlhabendste Mann der Stadt. Nicht der Bürgermeister oder Richter, aber letztendlich der, der das Sagen hat. Ich möchte nicht, dass du dich einmischst, wenn ich mit ihm rede.«

»Aber das –«, begann Andrej, wurde aber sofort wieder von Laurus unterbrochen.

»Du und dein Freund, ihr habt genug Schaden angerichtet.«

»Was soll das heißen?«, fragte Andrej.

»Ich habe dir gesagt, dass ich darüber nachdenke, ob ihr bei uns bleiben dürft oder nicht«, antwortete Laurus. »Das habe ich getan. Elena sagt, dass dein Freund noch zwei oder drei Tage braucht, um sich zu erholen. Solange könnt ihr hier bleiben. Aber danach verlasst ihr uns.«

»Aber warum?«, fragte Andrej.

»Es gibt keinen Grund für euch, länger zu bleiben«, antwortete Laurus. »Du bist hierher gekommen, um mit unserer Puuri Dan zu sprechen und ihr gewisse Fragen zu stellen. Du hast mit ihr gesprochen, und ich nehme an, du hast deine Fragen gestellt. Also gibt es keinen Grund mehr, länger zu bleiben.«

»Vielleicht habe ich noch nicht alle Antworten bekommen«, sagte Andrej.

»Du wirst von Anka nicht mehr hören, als du bereits gehört hast«, erwiderte Laurus. »Denn du wirst nicht mehr mit ihr reden. Und jetzt geh und arbeite für dein Essen und deine Unterkunft.«

Natürlich war Andrej nicht sofort zu Bason gegangen, sondern hatte zuerst nach Abu Dun gesucht und ihn in dem kleinen Zelt am Rande des Lagers gefunden, in dem sie gemeinsam die beiden ersten Nächte verbracht hatten. Zu seiner Überraschung war der Nubier bereits erwacht, und, zwar noch müde und schwach vom Fieber, das ihm die ganze Nacht über zugesetzt hatte, zugleich aber doch in deutlich besserer Verfassung, als er erwartet hätte. Sie waren nicht allein. Eine der beiden Sinti-Frauen, die sich bereits am Vortag um Pater Flock gekümmert hatten, saß jetzt an Abu Duns Lager, und sie machte auch keine Anstalten, zu gehen, als

Andrej ins Zelt kam. Andrej war das im Moment sogar Recht. Abu Dun war noch schwach, zugleich aber auch schon wieder wach genug, um reden und ihn mit finsteren Blicken geradezu aufspießen zu können, und er konnte sich lebhaft vorstellen, was der Nubier ihm zu sagen hatte. Und auch, wenn er mit dem Meisten davon zweifellos Recht haben würde, so fühlte sich Andrej im Moment einer weiteren, sinnlosen Auseinandersetzung mit dem Nubier nicht gewachsen. Er erkundigte sich nach seinem Befinden, und sie tauschten noch einige Belanglosigkeiten aus, dann verließ er das Zelt wieder und machte sich auf die Suche nach Bason.

Der junge Sinti kam ihm auf halbem Wege entgegen, während er sich der Mitte des Lagers näherte. Schon von weitem winkte er Andrej aufgeregt zu. »Andreas!«, rief er. »Ich sehe, es geht dir wieder besser. Das ist gut. Laurus hat mir gesagt, dass ich dich suchen soll.«

»Er sagt, du hättest Arbeit für mich«, antwortete Andrej bewusst unfreundlich.

»Das bist du mir schuldig, oder? Immerhin habe ich meinen Teil der Abmachung eingehalten. Du hast doch mit Anka gesprochen?«

»Jemand hat Laurus verraten, dass ich bei ihr war«, sagte Andrej.

»Ich war es jedenfalls nicht«, versicherte Bason, hörte aber nicht auf, ihn dabei anzustrahlen. »Das wäre auch ziemlich dumm von mir, findet du nicht? Immerhin könnte er fragen, wer dieses Treffen arrangiert hat.«

»Arrangiert kam es mir eigentlich nicht vor«, erwiderte Andrej, aber Bason schüttelte nur heftig den Kopf.

»Glaub' mir, Andreas, Anka mag ein bisschen wunderlich sein, aber sie spricht mit niemandem, mit dem sie nicht sprechen will. Und es gibt nicht mehr viele Menschen, mit denen sie sprechen will. Es war nicht einmal einfach, sie zu überreden.«

Andrej sah sein schlankes Gegenüber nachdenklich an. Er war ziemlich sicher, dass Bason die Wahrheit sagte, was Laurus anging – so unfreundlich, wie er mit ihm, einem Fremden, gesprochen hatte, würde er seinem Adoptivsohn wahrscheinlich den Kopf abreißen, wenn er erführe, dass er das Treffen zwischen der Puuri Dan und Andrej arrangiert hatte. Trotzdem hatte er das vage Gefühl, dass irgendetwas an Basons Worten nicht stimmte. Allerdings nur für einen Moment. Dann gewann Basons strahlendes Lächeln die Oberhand, und Andrej schalt sich in Gedanken selbst einen Narren. Er war einfach zu misstrauisch. Bason mochte ein wenig naiv sein, aber er war einfach niemand, der einen anderen hintergehen würde.

»Also, was soll ich tun?«, fragte er. »Fünfzig Klafter Holz hacken, hundert Fässer Wasser vom Bach heraufholen, oder zwanzig Wildpferde zureiten?«

Basons Grinsen wurde breiter. »Mir das Schwertfechten beibringen«, sagte er.

»Wie?« Andrej blinzelte.

Bason nickte heftig. »Du hast vorgestern nicht viel gesagt, als du unserer Probe zugesehen hast, aber du hast auf eine ganz bestimmte Art nichts gesagt, weiß du? Ich hätte schon blind sein müssen, um nicht zu sehen, was du von unserer Aufführung hältst.«

Andrej war höflich genug, nicht darauf zu antworten.

»Du hast Recht«, gestand Bason. »Am Anfang wollte ich es nicht wahrhaben, aber ich habe den ganzen Tag darüber nachgedacht. Vor allem, nachdem ich deinem Freund, dem Muselmanen, zugesehen habe. Meine beiden sogenannten Schwertkämpfer sind erbärmlich.« Er machte eine Kopfbewegung auf die Stelle, an der Andrejs Schwert gehangen hätte, hätte er den Waffengurt umgebunden. »Bring' mir bei, wie man mit einem Schwert umgeht.«

»Wie kommst du darauf, dass ich das könnte?«

»Habe ich schon gesagt, dass ich ein guter Beobachter bin?«, grinste Bason. Er schüttelte den Kopf. »Außerdem hast du es mir selbst verraten, gestern.«

»Das mag sein«, antwortete Andrej. »Ich verstehe tatsächlich ein wenig von der Kunst des Fechtens. Aber es dauert Jahre, sie zu erlernen. Und ein Schwert ist auch kein Spielzeug.«

»Ich habe auch nicht gesagt, dass ich von dir erwarte, mich in drei Tagen zu einem Schwertmeister auszubilden«, antwortete Bason. »Ich will nicht wirklich das Kämpfen lernen. Um ehrlich zu sein: Ich liebe Waffen nicht besonders. Ich will nicht wissen, wie man tötet, und ich will es auch nicht lernen.«

»Was soll ich dir dann beibringen?«

»Zeig' mir nur genug, damit ich auch den anderen beibringen kann, wie man nicht ganz so unbeholfen herumstolpert und sich zum Narren macht. Mehr wollen die Leute ja auch nicht sehen.«

Andrej zögerte. Basons Bitte klang nur logisch, und natürlich sprach aus ihr auch die Begeisterung eines jungen Mannes für Waffen und Kämpfe, ganz egal, was Bason auch behauptete. Aber auch seine Antwort war nicht nur so dahin gesagt gewesen. Ein Schwert war kein Spielzeug. Nicht einmal, wenn es aus Holz war und der, der es führte, von sich behauptete, das Kämpfen eigentlich nicht zu mögen. Er suchte nach einer möglichst unverfänglichen Antwort, mit der er Basons Bitte abschlagen konnte, aber dann sah er wieder in die Augen des jungen Sinti, und darin standen ein so strahlendes Lächeln und ein so unerschütterliches Vertrauen geschrieben, dass er es einfach nicht übers Herz brachte. So war das nun einmal mit Bason: Er war ihm einfach zu sympathisch, um ihm irgendeine Bitte abzuschlagen.

»Also gut«, sagte er. »Aber erwarte keine Wunder. Wir werden nicht mehr lange bei euch bleiben. Wenige Tage reichen nicht, um dir wirklich etwas beizubringen.«

Bason strahlte noch breiter. »Zeig' mir einfach, an welchem Ende man ein Schwert anfasst«, sagte er. »Das wäre vielleicht schon ein Fortschritt.«

Gegen seinen Willen musste Andrej lachen. Er machte eine auffordernde Geste zur Bühne hin.

»Willst du nicht erst in deinen Wagen, um dein Schwert zu holen?«, fragte Bason.

»Eure Holzschwerter werden reichen, für den Anfang«, sagte Andrej. »Aber nur, damit es klar ist: Damit ist mein Teil der Abmachung erledigt. Ich werde nicht heute Abend dort oben stehen und mich zum Narren machen.«

»Das werden wir sehen«, antwortete Bason. Er lachte, drehte sich herum und lief mit schnellen, weit ausgreifenden Schritten voraus, jetzt wirklich ein Kind, das sich auf eine Überraschung freute und es vor Ungeduld kaum noch aushalten konnte.

Während Andrej ihm etwas langsamer folgte, sah er sich unauffällig nach rechts und links um. Das Lager bot den gleichen Anblick wie am vergangenen Morgen, und es dauerte eine Weile, bis Andrej selbst klar wurde, dass er nach Elena suchte.

Warum eigentlich? Wenn schon nicht Anka, so hatten ihm doch spätestens Laurus' Worte vorhin klar gemacht, dass es besser war, sie nicht wieder zu sehen. Und auch er selbst hatte sich noch am vergangenen Abend vorgenommen, auf den Rat der Puuri Dan zu hören, die sicherlich nicht in ihrer haarsträubenden Begründung, in der Sache aber Recht hatte. Irgendetwas in ihm spürte ganz genau, wie gefährlich Elena ihm werden konnte, und Andrej hatte schon vor sehr langer Zeit gelernt, dass es besser war, auf seine innere Stimme zu hören. Und trotzdem musste er immer wieder an Elena denken.

Es kostete ihn spürbare Mühe, den Gedanken zu verscheuchen. Er schritt schneller aus, erreichte die Bühne fast gleichzeitig mit Bason und sprang mit einem federnden Satz hinauf, während der junge Sinti einen Umweg über die Treppe nahm. Bason schenkte ihm ein anerkennendes Nicken, verschwand für einen Moment hinter den bunt bemalten Tüchern, die die Rückwand der Bühne bildeten, und kam mit zwei gut meterlangen Holzschwertern in der Hand zurück. Er nahm eine der Waffen in die rechte Hand und wollte die anderen an Andrej weiterreichen, aber Andrej schüttelte den Kopf.

»Aber ich dachte, du wolltest mich unterrichten«, sagte Bason enttäuscht.

»Das werde ich«, antwortete Andrej. »Greif mich an!«

Bason sah einen Moment lang verständnislos auf die beiden Holzschwerter in seinen Händen herab, dann zuckte er mit den Schultern – und machte einen blitzschnellen Ausfallschritt, indem er mit beiden Klingen zugleich nach Andrejs Leib und Gesicht stieß. Für jemanden, der angeblich nicht wusste, an welchem Ende man ein Schwert anfasste, war er erstaunlich schnell, fand Andrej.

Trotzdem nutzte es natürlich nichts. Andrej trat fast gemächlich zur Seite, ließ Bason an sich vorüberstolpern und versetzte ihm einen Fußtritt in die Kniekehle. Bason keuchte, taumelte noch einen hilflosen halben Schritt weiter und fiel dann der Länge nach hin.

»Das war schon die erste Lektion«, sagte Andrej. »Unterschätze niemals einen Gegner, nur weil er keine Waffe in der Hand hat.«

Der junge Sinti rappelte sich mühsam auf. Er hatte beide Schwerter fallen gelassen. Eine der Waffen ließ er liegen, die andere ergriff er mit grimmigem Gesichtsausdruck mit beiden Händen, baute sich breitbeinig vor Andrej auf und meinte: »Noch einmal wird mir das auch nicht passieren.«

Sein zweiter, beidhändig geführter Hieb war womöglich noch schneller als der erste Angriff, und hätte er ein richtiges

Schwert in der Hand gehabt und wäre einem normalen Gegner gegenüber gestanden, dann hätte er diesem möglicherweise glatt den Kopf von den Schultern getrennt. Andrej fiel es jedoch nicht besonders schwer, sich unter dem Schwerthieb zu ducken und Bason zugleich einen Schlag mit der flachen Hand vor die Brust zu versetzen, der ihn keuchend nach Luft schnappen und diesmal der Länge nach rücklings zu Boden stürzen ließ.

»Hätte ich mit der Faust zugeschlagen, hätte ich dir eine Rippe gebrochen, vielleicht sogar das Brustbein«, sagte Andrej kopfschüttelnd. »Lektion Nummer zwei.«

Bason brauchte deutlich länger als beim ersten Mal, um sich wieder aufzurappeln und das Schwert aufzuheben. Seine Mundwinkel zuckten, sein Atem ging stoßweise und unregelmäßig. »Ich dachte, wir hätten uns geeinigt, dass du mir das Schwertkämpfen beibringst, nicht, mich verprügelst«, maulte er. Er hob sein Schwert, und Andrej trat mit einer fast gemächlichen Bewegung neben ihn, entrang ihm die Waffe fast schneller, als Basons Blicke seiner Hand folgen konnten, und setzte ihm die stumpfe Holzklinge an die Kehle.

»Lektion Nummer drei«, sagte er ruhig. »Du solltest dich entscheiden, ob du mit einem Mann reden oder kämpfen willst.«

Bason ächzte. Andrej hatte seinen Kopf so weit zurückgebogen, dass er Mühe hatte, zu sprechen, und auch wenn die hölzerne Klinge keine wirkliche Schneide besaß, so drückte sie ihm doch nahezu die Luft ab. Andrej hielt den jungen Sinti eine gute Sekunde länger in dieser entwürdigenden Stellung, als nötig gewesen wäre, dann trat er rasch zwei Schritte zurück, wartete, bis Bason sich aufgerichtet hatte und wieder halbwegs zu Atem gekommen war und machte schließlich eine Kopfbewegung auf das zweite Holzschwert. »Heb's auf!«

Bason gehorchte, und Andrej wartete gerade lange genug

ab, dass er sich wieder aufrichten und mit gespreizten Beinen in Verteidigungsstellung gehen konnte, ehe er mit seinem eigenen Schwert eine blitzschnelle, kreiselnde Bewegung machte, die Bason die Waffe aus der Hand riss und sie in hohem Bogen davonfliegen ließ.

Und so ging es weiter. Sie alberten eine gute Stunde herum – die Bason allerdings mehr auf Bauch und Rücken liegend auf dem Boden zubrachte, als stehend oder gar kämpfend – und Andrej legte nach und nach immer mehr Kraft in seine Angriffe, aber auch in die Hiebe, mit denen er immer wieder Basons praktisch nicht vorhandene Deckung durchbrach und ihn traf. Er wollte ihm wehtun, nicht aus Grausamkeit, sondern, um ihm vielleicht auf diese Weise beizubringen, dass ein Schwert kein Spielzeug und das Kämpfen kein Spaß war, ein wenig aber auch aus dem ganz egoistischen Grund, dass er hoffte, diesen unwürdigen Auftritt auf diese Weise abkürzen zu können. Bason erwies sich jedoch als weitaus zäher, als er erwartet hatte – und auch als weitaus gelehrigerer Schüler. Es gelang ihm nicht ein einziges Mal, Andrej zu treffen, aber er brachte ihn doch zwei oder drei Mal in Bedrängnis, und das war schon mehr, als den meisten anderen gelungen wäre, vor allem nach kaum einer Stunde. Schließlich aber erfüllte Andrejs Zermürbungstaktik ihren Zweck. Basons Atem begann im gleichen Maße schwerer zu werden wie seine Bewegungen langsamer wurden. Er griff Andrej jetzt nicht mehr an, sondern hatte alle Mühe, Attacken zu widerstehen, die er vor zehn Minuten noch ohne Probleme pariert hätte, und Andrej musste sich ganz im Gegenteil immer mehr darauf konzentrieren, den Sinti nicht aus Versehen zu treffen und möglicherweise zu verletzen.

»Ich glaube, für heute ist es genug«, sagte er. Er ließ das Schwert sinken und trat zwei Schritte zurück, doch Bason schüttelte nur den Kopf und hob mit gespielt drohendem Gesichtsausdruck seine Waffe.

»So leicht kommst du mir nicht davon, Schurke«, grollte er.

»Lass es gut sein«, sagte Andrej lächelnd. Er nickte anerkennend. »Du hast dich wirklich gut geschlagen, und das meine ich Ernst. Aber es nutzt nichts, es zu übertreiben. Schon gar nicht am ersten Tag.«

»Das sagst du doch nur, weil du Angst vor mir hast«, behauptete Bason lachend, riss das Schwert mit beiden Händen über den Kopf und sprang mit einem spitzen Kampfschrei los.

Andrej seufzte. Bason *war* ein Kind. Vielleicht war es Zeit, dass er anfing, ihn wie ein solches zu behandeln.

Er wich zur Seite aus, ließ Bason an sich vorüberstürmen und wollte ihm mit der flachen Seite der Klinge einen herzhaften Schlag auf das Hinterteil versetzen, aber Bason überraschte ihn. Er schien genau damit gerechnet zu haben, denn er stürmte keineswegs an ihm vorbei, sondern warf sich mitten in der Bewegung herum. Natürlich verlor er dadurch das Gleichgewicht und fiel, aber er beendete seine Drehung noch im Sturz, und das Holzschwert hackte schräg aufwärts nach Andrejs Knien.

Er reagierte ganz instinktiv, indem er ansatzlos in die Höhe sprang und die Knie anzog und gleichzeitig selbst zurückschlug. Sein Schwert traf das Basons dicht über dem Griff und zerschmetterte es. Bason schrie vor Überraschung, aber auch Schmerz auf, warf sich herum und presste die rechte Hand gegen den Körper.

»Bason! Ach verdammt, das wollte ich nicht!« Andrej schleuderte das Holzschwert fort, fiel neben Bason auf die Knie und drehte ihn mit einem Ruck herum.

Und erstarrte.

Bason lag auf der Seite, hatte die Knie an den Leib gezogen, und presste wimmernd die rechte Hand gegen den Körper. Ein mehr als fingerlanger Holzsplitter hatte sich durch das empfindliche Fleisch zwischen Zeigefinger und Daumen gebohrt und auch die Hälfte des Handballens darunter aufgerissen, bevor er die Haut auf der anderen Seite wieder durchstoßen hatte. Keine gefährliche Wunde. Aber mit Sicherheit eine Verletzung, die sehr schmerzhaft war.

Und die heftig blutete.

Die Attacke kam zu schnell, als dass Andrej noch irgendetwas dagegen tun konnte. Er hatte ganz automatisch die Hand ausgestreckt, um nach Basons Arm zu greifen und den Splitter herauszuziehen, aber das *Ding* in ihm war schneller. Auf Basons Hand war Blut. Warmes, süßes, unendlich verlockendes Blut, eine Essenz, nach der es gierte wie nach nichts anderem in seiner unheiligen Existenz. Und wie am Tag zuvor bei Abu Dun, war es Andrej auch jetzt unmöglich, die unsichtbare Kralle zurückzuhalten, mit der es nun die Lebensflamme des jungen Sinti umklammerte, um sie herauszureißen, seine Seele zu verzehren und seine Lebenskraft der ihren hinzuzufügen.

Basons Augen weiteten sich in ungläubigem Entsetzen, während Andrej innerlich gellend aufschrie und mit verzweifelter Kraft versuchte, das Ungeheuer in sein finsteres Gefängnis auf dem Grund seiner Seele zurückzudrängen. Sein Gesicht verzerrte sich. Krämpfe schüttelten seinen Körper, und für einen winzigen Moment wurde aus dem verwirrten Entsetzen in Basons Augen etwas anderes, schlimmeres, als Andrej sich vorbeugte, zitternd, stöhnend, den Mund halb geöffnet, wie um die Lippen auf die Wunde in seiner Hand zu pressen und den pulsierenden roten Lebenssaft aus ihm herauszusaugen.

Dann war es vorbei. Plötzlich, von einem Lidschlag auf den anderen, hatte er gewonnen. Das Toben des Vampyrs erlosch, und die Bestie zog sich zurück in ihr Versteck in den lichtlosen Tiefen seines Unterbewusstseins. Andrej richtete sich auf, schloss die Augen und ballte die Hände so heftig zu

Fäusten, dass es weh tat. Alles drehte sich um ihn. Der leise Kopfschmerz, der ihn seit dem Erwachen begleitet hatte, steigerte sich fast zur Agonie, und mit einem Mal fühlte er sich so schwach und ausgelaugt, dass er Mühe hatte, sich aufrecht zu halten und nicht auf der Stelle zusammenzubrechen.

Auch dieser Anfall verging so schnell, wie er gekommen war, und zurück blieb ein Gefühl sonderbarer Leere und Enttäuschung; Gefühle, die nicht seine eigenen waren, sondern die des Vampyrs, der sich um seine Beute betrogen sah, und die doch plötzlich zu ihm gehörten wie ein Stück glühender Kohle, das er angefasst und das sich unverrückbar in seine Haut eingebrannt hatte.

»Andreas?«, fragte Bason. »Ist alles in Ordnung mit dir?«

Langsam nickte Andrej. Er konnte nicht sofort antworten, ihm war plötzlich klar, wie absurd Basons Frage war. *Er* sollte sich nach *seinem* Befinden erkundigen, nicht umgekehrt. Trotzdem nickte er noch einmal, zwang sich zu einem Lächeln und schüttelte dann so heftig den Kopf, dass ihm schon wieder leicht schwindelig wurde. »Ich war nur erschrocken. Entschuldige. Das wollte ich nicht.«

In Basons Augen stand ganz deutlich die Frage geschrieben, *was* er nicht wollte, aber der Sinti sprach sie nicht laut aus, sondern setzte sich stöhnend auf und betastete seine rechte Hand mit der unverletzten linken. Seine Mundwinkel zuckten, und auf seiner Stirn perlte plötzlich Schweiß.

»Lass das«, sagte Andrej. »Halt einfach still.«

Bason sah nicht so aus, als ob ihn diese Aufforderung in irgendeiner Art beruhigen könnte, streckte aber gehorsam den rechten Arm aus und umklammerte das Handgelenk mit der Linken. Jetzt, als Andrej die Wunde nicht mit den Augen eines ausgehungerten Raubtieres sah, erkannte er, dass sie weniger schlimm war als es im ersten Moment den Anschein gehabt hatte. Mit einem Ruck zog er den Holzsplitter heraus.

Bason zog scharf die Luft ein; Tränen traten ihm in die Augen.

»Schon vorbei«, sagte Andrej in bewusst beiläufigem Ton. »Es tut mir wirklich Leid. Ich wollte dich nicht verletzen.«

»Meine Schuld«, sagte Bason gepresst. Nach einem Moment und mit einem schiefen Grinsen fügte er hinzu: »Aber deshalb tut es nicht weniger weh.«

»Du solltest die Wunde verbinden lassen«, sagte Andrej. Er stand auf und streckte die Hand aus, um Bason hochzuhelfen, aber der Sinti schüttelte nur den Kopf und rappelte sich ungeschickt, aber aus eigener Kraft auf. Die verletzte Hand hatte er gegen die Brust gepresst und mit der anderen abgedeckt, aber sein weißes Hemd war jetzt mit hässlichen roten Flecken übersät.

Andrej betrachtete sie, und der Anblick machte ihm jetzt nichts mehr aus. Aber er war trotzdem verunsichert und verwirrt wie selten zuvor in seinem Leben. Es war das zweite Mal innerhalb weniger Stunden, dass er die finstere Macht, die er so viele Jahre lang sorgsam unter Kontrolle gehalten hatte, nicht mehr beherrscht und um ein Haar zu *ihrem* Gefangenen geworden wäre. Vielleicht hat Abu Dun Recht, dachte er. Vielleicht sollten wir von hier verschwinden, solange wir noch können.

»Was war das, Andreas?«, fragte Bason mit leiser, zitternder Stimme. »Du bist –«

»– ein unvorsichtiger Narr, ich weiß«, fiel Andrej ihm ins Wort. »Ich hätte nicht so fest zuschlagen sollen. Es tut mir Leid.«

Bason sah einen Moment lang auf seine verletzte Hand hinunter, schüttelte den Kopf und blickte ihn dann auf noch sonderbarere Weise an; auf eine Art, die Andrej einen kalten Schauer über den Rücken jagte. »Das habe ich nicht gemeint«, sagte er. »Ich meine das, was du getan hast.«

»Ich weiß nicht, wovon du redest«, erwiderte Andrej.

»Ich glaube schon«, beharrte Bason. Der Ausdruck in seinen Augen änderte sich, aber er wurde sonderbarerweise nicht härter, zorniger oder gar vorwurfsvoll. »Du bist –«

»Was ist denn hier passiert?«

Andrej hätte um ein Haar erleichtert aufgeatmet als er die Stimme hinter sich hörte und somit einen Anlass hatte, Bason nicht zu antworten, sondern sich rasch herumzudrehen. Er war nicht sicher, ob er die Kraft gehabt hätte, dem jungen Sinti *nicht* die Wahrheit zu sagen.

Als er sich umdrehte, wandelte sich das Gefühl der Erleichterung jedoch schlagartig. Hinter ihm stand nicht Laurus oder einer der anderen Sinti, wie er angenommen hatte. Während er mit Bason gesprochen hatte, waren drei Berittene näher gekommen, die jetzt unmittelbar neben der Bühne angehalten hatten. Da sie auf den Pferderücken saßen, befanden sie sich praktisch auf gleicher Höhe mit ihm. Einen der drei Männer kannte er von gestern – Schulz –, die beiden anderen waren ihm fremd, aber ihr Anblick mahnte ihn zur Vorsicht. Sie trugen Kettenhemden und Schwerter, und beide waren ausgesucht große, kräftige Kerle mit harten Gesichtern und gnadenlosen Augen.

»Schulz«, sagte er. »Ihr kommt früh.«

Der Grauhaarige deutete auf Bason. »Hat es einen Unfall gegeben, oder kommen wir im falschen Moment?«

»Ein Unfall«, bestätigte Andrej. »Ich war ungeschickt.«

Schulz lächelte kühl. Sein Blick klebte einen Moment an Basons Hand, dann sah er Andrejs ins Gesicht. »Das scheint mir auch so. Aber wie ich zu meiner Erleichterung sehe, scheint Ihr selbst ja unverletzt zu sein. Offensichtlich kommen immer nur die zu Schaden, die den Fehler begehen, Euch zu nahe zu kommen, Andreas.«

Andrej beschloss, nicht darauf einzugehen. »Ich nehme an, Ihr seid gekommen, um mit Laurus zu sprechen?«

»Unter anderem«, bestätigte Schulz.

»Dann führe ich Euch zu ihm.« Andrej wandte sich noch einmal an Bason. »Geh und lass deine Hand verbinden.«

Er wartete bis Bason gegangen war, um seiner Aufforderung Folge zu leisten, dann sprang er geschmeidig von der Bühne und sah auffordernd zu Schulz und seinen beiden Begleitern hoch. Weder der Grauhaarige noch die beiden anderen Männer machten Anstalten, aus den Sätteln zu steigen, und so drehte sich Andrej achselzuckend um und ging – schon fast provozierend – langsam vor ihnen her. Die Männer und Frauen, an denen sie vorüberkamen, blieben überrascht stehen oder hielten in ihrem Tun inne, und Andrej war sich bewusst, dass er wie ein Gefangener aussah, der vor seinen Häschern einherschritt. Und er fragte sich, ob es tatsächlich so war. Die Anwesenheit der beiden Bewaffneten irritierte ihn. Vielleicht hatte ihn die grimmige Sachlichkeit, die Schulz gestern an den Tag gelegt hatte, dazu verleitet, diesen Mann vorschnell und möglicherweise falsch einzuschätzen.

Auch als sie Laurus' Wagen erreichten, stiegen Schulz und seine beiden Begleiter nicht ab. Der Grauhaarige machte eine auffordernde Kopfbewegung, und Andrej klopfte an die Tür. Sie wurde so schnell geöffnet, als hätte der Sinti bereits dahinter gewartet, und Laurus trat heraus. Schweigend blieb er auf der obersten Treppenstufe stehen und sah Andrej unfreundlich an.

»Wir haben Gäste«, sagte Andrej und deutete auf die drei Männer hinter sich. »Das ist Schulz. Ich habe Euch von ihm erzählt.«

Laurus musterte auch Schulz und seine beiden Begleiter missbilligend, dann deutete er ein Achselzucken an. »Ihr kommt früh.«

»Wir haben eine Menge zu besprechen«, antwortete Schulz. »Meinen Namen kennt Ihr ja schon. Ich nehme an, Ihr seid Laurus, der Anführer dieser … Familie?«

Laurus' Miene verfinsterte sich ein wenig, als er hörte, wie

Schulz das letzte Wort aussprach, und auch Andrej fühlte sich noch ein wenig mehr alarmiert als bisher. Schulz hatte das Wort *Anführer* ganz gewiss nicht ohne Bedacht gewählt, so wenig wie die winzige Pause vor dem Wort *Familie* Zufall gewesen war. Konnte es sein, dass er sich so sehr in diesem Mann getäuscht hatte?

»Wir haben keinen Anführer«, antwortete Laurus. »Aber wenn Ihr mit jemandem reden wollt, dann könnt Ihr es genauso gut mit mir wie mit jedem anderen tun.« Er wandte sich an Andrej. »Danke, dass du die Herren hierher gebracht hast. Jetzt geh' wieder an deine Arbeit.«

»Nein«, widersprach Schulz. »Ich möchte, dass er bleibt.«

In Laurus' Augen blitzte es auf, aber er zuckte nur mit den Schultern und ging wieder in seinen Wagen zurück. Andrej folgte ihm, und endlich stiegen auch Schulz und seine beiden Begleiter aus ihren Sätteln. Der Grauhaarige und einer der Bewaffneten gesellten sich zu ihnen, während der andere draußen bei den Pferden zurückblieb. Allein die Art, auf die er sich bewegte, machte Andrej endgültig klar, womit sie es hier zu tun hatten. Auch wenn die beiden Männer bisher kein einziges Wort gesprochen hatten und das wahrscheinlich auch nicht tun würden, so redete ihre Körpersprache doch genug. Er fragte sich, wie viele es noch von ihnen gab. Und wo sie waren.

»Nehmt Platz, die Herren.« Laurus machte eine einladende Handbewegung auf den Tisch, der zusammen mit der an der Wand verschraubten Eckbank und den beiden Stühlen ein Großteil des vorhandenen Platzes einnahm. »Möchtet Ihr etwas trinken?«

Schulz zögerte sichtlich, der Einladung Folge zu leisten, setzte sich aber dann doch, während sein Begleiter mit verschränkten Armen vor der jetzt wieder geschlossenen Tür stehen blieb. Der Blick des Grauhaarigen glitt rasch durch das Innere des Wagens, aber es war nicht festzustellen, ob ihm das, was er sah, gefiel oder nicht. »Nein«, sagte er. »Ich bin nicht hierher gekommen, um mit Euch zu trinken, Laurus.«

Laurus hob die Schultern. »Ich sehe, Ihr seid ein Mann, der das offene Wort schätzt«, sagte er. »Also, warum seid Ihr dann hier?« Er nahm Schulz gegenüber Platz, und Andrej fiel plötzlich auf, wie ähnlich sich die beiden Männer doch waren. Beide hatten ungefähr das gleiche Alter, beide waren grauhaarig und mit denselben offenen, zugleich aber auch energischen Zügen ausgestattet. Und ganz offensichtlich hielten beide nicht allzu viel davon, ein Blatt vor den Mund zu nehmen. Das Gespräch versprach interessant zu werden.

Bevor Schulz antwortete, warf er Andrej einen fragenden Blick zu. Er schien zu wünschen, dass auch Andrej sich setzte, doch stattdessen trat dieser ein Stück zurück und lehnte sich mit verschränkten Armen gegen die Wand. Erst jetzt wurde ihm klar, warum er das getan hatte, und dass er einen ziemlich albernen Anblick bieten musste, wie er nun die unverhohlen drohende Haltung des Bewaffneten vor der Tür nachahmte. Sich jetzt hinzusetzen, hätte die Situation jedoch nur noch peinlicher gemacht, und so blieb er, wo er war.

»Also gut«, begann Schulz, nun wieder an Laurus gewandt. »Ihr könnt Euch vermutlich denken, warum ich hier bin.«

»Kann ich das?«, fragte Laurus.

Schulz runzelte die Stirn. »Was gestern bei Handmanns Mühle passiert ist, war eine schlimme Sache«, sagte er. »Pater Flock hat mir davon erzählt. Ich muss mich in unser aller Namen für Handmanns Benehmen entschuldigen. Er ist ein sehr dummer Mann.« Der Blick, mit dem er Laurus maß, wurde ein bisschen lauernd, fand Andrej. »Aber Pater Flock hat mir auch erzählt, was Euer Weib hinterher gesagt hat.«

»So?«, fragte Laurus. »Und was soll das gewesen sein?«

»Sie soll gedroht haben, dass Handmanns Korn von den Ratten aufgefressen wird.«

Laurus wollte auffahren, aber Andrej kam ihm zuvor. »*So* hat sie das aber nicht gesagt.«

Laurus bedachte ihn mit einem ärgerlichen Blick, während sich Schulz stirnrunzelnd nun ein anderes Ziel suchte. »Und was genau hat sie dann gesagt?«

Andrej war klar, dass es sich als schlimmer Fehler erweisen konnte, diesen Mann noch weiter zu reizen, aber er hatte auch genug Erfahrung im Umgang mit Menschen wie Schulz, um zu wissen, dass sie übertriebene Rücksichtnahme nur zu gerne als Schwäche auslegten. »Ich nehme an, Ihr habt mit Pater Flock gesprochen«, antwortete er. »Dann wird er Euch auch gesagt haben, wie es wirklich war. Es war Handmann, der sagte, er würde sein Korn lieber an die Ratten verfüttern, statt es uns zu verkaufen.«

»Und das Zigeunerweib hat gesagt, das könne er haben, richtig?«

Andrej hob die Schultern. »Wie hättet Ihr reagiert?«, fragte er leichthin.

»Vielleicht nicht anders«, gestand Schulz. »Aber vielleicht wären dann am nächsten Morgen nicht wirklich Ratten gekommen, um sein ganzes Korn aufzufressen.«

»Manchmal sollte man eben vorsichtig mit dem sein, was man sich wünscht«, warf Laurus böse ein. Andrej fuhr sichtbar zusammen. Was dachte sich der Sinti nur dabei?

»Ich weiß nicht genau, wer Ihr seid, Schulz, und was Ihr von uns wollt«, fuhr Laurus fort. »Aber Ihr scheint mir ein vernünftiger Mann zu sein. Ihr glaubt doch diesen Unsinn von Hexerei und Flüchen nicht wirklich, den dieser Narr erzählt?«

Wider Erwarten blieb Schulz ruhig: »Wenn ich das glauben würde, dann lägt Ihr alle schon längst in Ketten«, sagte er. »Dennoch müsst Ihr zugeben, dass dies alles ein sonderbarer

Zufall ist.« Er machte eine Kopfbewegung in Andrejs Richtung. »Wir haben uns die Tiere angesehen, die Andreas und seinen Sarazenenfreund um ein Haar getötet hätten. Ich habe zwei der toten Ratten mit in die Stadt genommen und sie dem Apotheker gezeigt. Er konnte weder Anzeichen von Tollwut, noch irgendeine andere Krankheit bei ihnen entdecken.«

»Und das ist natürlich der Beweis dafür, dass Elena sie verhext hat«, meinte Laurus höhnisch.

»Nein«, sagte Schulz. »Nur der Beweis dafür, dass hier irgendetwas ... Seltsames vorgeht.«

Laurus schnaubte abfällig. »Ich verstehe. Die Zigeuner sind in der Stadt, und alles, was passiert, ist fortan ihre Schuld, nicht wahr? Sagt, Schulz, haben die Frauen schon die Wäsche von der Leine genommen und die Kinder im Haus eingesperrt?«

Es fiel Andrej immer schwerer, sich zu beherrschen. Er verstand einfach nicht, was in Laurus gefahren war. Der Sinti schien es regelrecht darauf anzulegen, Schulz zu provozieren.

»Ihr schätzt mich falsch ein«, sagte Schulz ruhig, aber mit einer Kälte in der Stimme, die Laurus zu denken geben sollte, wie Andrej inständig hoffte. »Ich habe nichts gegen Fremde, ganz egal, wer sie sind, woher sie kommen, und was für Sitten und Gebräuche sie auch haben mögen. Nicht, solange sie uns in Ruhe lassen und den Frieden unserer Stadt nicht stören. Wären es nur diese Ratten, dann wäre ich nicht hier. Um ehrlich zu sein, gibt es nicht Wenige in der Stadt, die Handmann von Herzen gönnen, was ihm zugestoßen ist. Aber dieser Vorfall ist nicht der einzige. Bevor Ihr gekommen seid, Laurus, war dies eine friedliche Stadt. Aber gestern wurde Pater Flock um ein Haar getötet.«

»Damit haben wir nichts zu tun«, sagte Laurus. Er klang ein bisschen erschrocken, fand Andrej, und der Ausdruck auf Schulz' Gesicht machte ihm klar, dass es auch ihm nicht entgangen war. »Er hat sich im Wald verirrt und wurde überfallen. Ich weiß nicht, von wem. Vielleicht waren es Räuber.«

»Räuber«, wiederholte Schulz nachdenklich. Sonderbarerweise umspielte ein angedeutetes Lächeln seine Lippen, während er dieses Wort aussprach. »Nie hat es bisher Räuber in dieser Gegend gegeben.«

»Ja, vermutlich haben wir sie mitgebracht!«, rief Laurus aufgebracht. »Haltet Ihr uns für so dumm, Schulz? Selbst wenn wir hinter diesem Überfall stecken sollten – aus welchem Grund auch immer –, glaubt Ihr wirklich, wir hätten es so plump angestellt, dass aller Verdacht sofort auf uns fiele?«

Schulz überlegte einen Moment, dann schüttelte er den Kopf. »Nein«, sagte er. »Und wenn, dann hätte ich gleich Soldaten geschickt, statt selbst zu kommen.« Er machte eine kleine Pause, um seinen nachfolgenden Worten mehr Gewicht zu verleihen und stand auf. »Dennoch müssen diese Vorfälle untersucht werden, und sei es nur, um Euch und Eure Familie von jedem Verdacht reinzuwaschen, Laurus. Ihr habt vor, noch länger hier zu bleiben?«

»Zwei oder drei Tage«, knurrte Laurus.

»Vielleicht werdet Ihr länger hier verweilen müssen«, antwortete Schulz. »Um es klar zu sagen: Ich muss darauf bestehen, dass Ihr hier bleibt, bis die Angelegenheit vollkommen aufgeklärt ist.«

»Dann sind wir Eure Gefangenen?«

»Ich habe nicht das Recht, jemanden gefangen zu nehmen«, antwortete Schulz ruhig. »Ihr könnt Euch frei in Eurem Lager bewegen und Euren Geschäften nachgehen. Ihr könnt auch in die Stadt kommen, das kann und will ich Euch nicht verbieten. Ich kann Euch nur raten, es nicht zu tun. Die Stimmung dort ist im Moment nicht besonders gut. Die Menschen sind nervös und haben Angst, und ob nun zu Recht oder nicht – sie geben Euch die Schuld an allem. Es wäre deshalb in Eurem eigenen Interesse, hier zu bleiben und abzuwarten, was die Untersuchungen ergeben.«

»Und wenn ich das nicht will?«

Schulz hob die Schultern. »Es ist Eure Entscheidung. Wenn es Euch lieber ist, dass ich die Behörden einschalte und es eine offizielle Untersuchung gibt ...«

Laurus starrte ihn an, aber er war zu Andrejs Erleichterung diesmal klug genug, nichts mehr zu sagen.

Schulz wandte sich zum Gehen, während Laurus sitzen blieb und ihm nur finster nachstarrte. Sein Begleiter trat respektvoll zur Seite und öffnete gleichzeitig die Tür, aber Schulz wandte sich noch einmal zu Laurus um. »Und was das Mehl angeht, das Handmann Euch nicht verkaufen wollte: Ich habe einen Wagen losgeschickt, der Euch einen ausreichenden Vorrat bringen wird. Ich habe gehört, Ihr gebt abends eine Vorstellung mit Gauklern, Feuerschluckern und –«, er warf einen raschen Blick in Andrejs Richtung, »– Schwertkämpfern?«

»Wenn Ihr nichts dagegen habt«, knurrte Laurus böse.

»Ganz im Gegenteil«, sagte Schulz. »Die Zeiten sind hart und die Menschen sind dankbar für jede Zerstreuung. Ich habe gehört, dass Eure Vorstellung sehr gut sein soll. Vielleicht komme ich heute oder morgen Abend und schaue sie mir an.« Er hob die Schultern, als wäre ihm in diesem Moment eine Idee gekommen. »Bei der Gelegenheit kann ich vielleicht auch ein paar Worte mit Eurem Weib wechseln. Sie soll ja eine sehr schöne Frau sein.«

Laurus schenkte ihm nur einen finsteren Blick, und nachdem er einen Moment lang vergeblich auf eine Antwort gewartet hatte, verließ Schulz endgültig den Wagen. Andrej folgte ihm zur Tür und sah, wie er und seine beiden Begleiter aufsaßen und davonritten.

Ohne die Tür zu schließen, drehte er sich zu Laurus herum. »Das war nicht besonders klug von Euch.«

»Was? Mir die Unverschämtheiten dieses Kerls nicht gefallen zu lassen?«

»Ihn zu reizen«, antwortete Andrej. »Ich weiß, es geht mich nichts an, aber er hat Recht: Die Menschen sind schnell damit bei der Hand, Fremde für alles Übel verantwortlich zu machen, das ihnen widerfährt.«

Laurus schnaubte. »Vielen Dank für diesen guten Rat, Andreas! Aber stell' dir vor, das habe ich auch schon gemerkt. Zum ersten Mal vor ungefähr vierzig Jahren.« Er stand mit einem so zornigen Ruck auf, dass sein Stuhl zurückflog und umgestürzt wäre, wäre er nicht gegen die Wand geprallt. »Und wo wir schon einmal dabei sind, was habt Ihr und Euer schwarzgesichtiger Freund bei der Mühle getan?«

»Nur das, was ich Euch gestern erzählt habe«, sagte Andrej.

»So?«, schnaubte Laurus. »Und deshalb kommt dieser Narr hierher und bezichtigt meine Frau der Hexerei und uns der Wegelagerei?«

»Laurus, begeht jetzt nicht den gleichen Fehler wie Schulz«, sagte Andrej. »Oder sind Abu Dun und ich nun unweigerlich Schuld an dem, was passiert ist, nur, weil wir für Euch Fremde sind? Und jetzt entschuldigt mich bitte. Ich habe zu tun.«

Auch die Vorstellung an diesem Abend fand ohne Abu Dun und Andrej statt. Er war noch zwei Mal im Zelt des Nubiers gewesen und hatte sich nach seinem Befinden erkundigt, war aber nie nicht lange geblieben, obwohl er gespürt hatte, wie sehr es Abu Dun danach drängte, mit ihm zu reden. Er würde um dieses Gespräch nicht herumkommen, vielleicht noch heute, spätestens aber morgen, aber solange es ihm möglich war, ging er ihm aus dem Weg. Vielleicht, weil er im Grunde schon wusste, wie ihre Unterhaltung enden würde. Es kam selten vor, aber Andrej hatte dem Freund insgeheim schon längst Recht gegeben. Sie konnten nicht hier bleiben. Ja, sie hätten gar nicht erst hierher kommen sollen.

Er beschäftigte sich den ganzen Tag über mit allen möglichen Aufgaben – einige wurden ihm zugewiesen, andere suchte er sich selbst –, und als es dämmerte, die ersten Feuer angezündet wurden und die ersten Gäste ins Lager zu strömen begannen, zog er sich wieder in seinen Wagen zurück. Er war nicht dazu gekommen, weiter Ordnung zu machen, und wollte den letzten Rest vom Tageslicht ausnutzen, um dies nachzuholen.

Natürlich schaffte er es nicht. Er war unkonzentriert, nervös und mit den Gedanken nicht bei der Sache, und als das Licht verblasste und er in dem heruntergekommenen Wagen nur noch Schatten wahrnahm, war er beinahe dankbar dafür. Immerhin hatte er sein Bett hergerichtet und den gröbsten Schmutz und die zerbrochenen Möbel entfernt, und für die ein oder zwei Tage, die sie wahrscheinlich nur noch bleiben würden, reichte diese Unterkunft vollkommen aus.

Jemand klopfte an seine Tür. Andrej war im ersten Moment irritiert, fast erschrocken. Die Auswahl derjenigen, die in besuchen würden, war nicht besonders groß, und keinen davon wollte er im Moment wirklich sehen. Dennoch öffnete er und blinzelte einen Moment lang verständnislos in das Gesicht Elenas, die draußen stand und eine brennende Sturmlaterne in der Hand hielt.

»Elena?«

»Ja. Jedenfalls war das bis eben mein Name«, antwortete sie lächelnd. »Komme ich ungelegen?«

Sie wartete seine Antwort nicht ab, sondern raffte mit der freien Hand ihr Kleid, um die Treppe hinaufzusteigen und drängte sich einfach an ihm vorbei in den Wagen. Das Licht der Sturmlaterne vertrieb die barmherzige Dämmerung, die die Unordnung gnädig eingehüllt hatte, und erfüllte das

Wageninnere mit bleicher Helligkeit und harten Schatten. Elena ging bis zur Mitte des Wagens, drehte sich, die Lampe immer noch haltend, einmal um sich selbst und sagte dann: »Oh.«

»Ich bin ... nicht sonderlich gut in solchen Dingen«, sagte Andrej mit einem verlegenen Lächeln.

»Ja, mir scheint auch, hier fehlt die Hand einer Frau«, meinte Elena. Sie sah sich nach einem Platz um, an dem sie die Lampe abstellen konnte, setzte sie schließlich einfach auf den Boden und sah sich noch einmal um. »Ich habe mich immer gefragt, warum Laurus den Wagen nicht schon längst ausrangiert hat, aber ich glaube, jetzt weiß ich es.«

»Er ist besser als ein Zelt«, antwortete Andrej, »und für die kurze Zeit wird es schon reichen. Warum bist du hier?«

Unbemerkt war er so weit von Elena zurückgewichen, wie es in dem kleinen Wagen überhaupt möglich war. Sie neigte den Kopf und schien über seine Frage nachzudenken. »Eigentlich wollte ich dir nur eine Lampe bringen – und dich fragen, wo du bleibst. Wir sind alle draußen am Feuer und feiern.«

»Mir ist nicht nach Feiern zumute«, antwortete Andrej.

»Und nicht danach, Laurus zu begegnen«, sagte Elena mit einem Nicken, das aus der Frage eine Feststellung machte. »Ich kann dich beruhigen. Er ist nicht im Lager.«

»Ist das klug?«, fragte Andrej. »Nach dem, was Schulz heute Morgen gesagt hat?«

»Nur aus diesem Grund ist Laurus in die Stadt geritten«, erwiderte Elena. »Er will sich bei ihm entschuldigen und noch einmal in Ruhe mit ihm reden.«

»Entschuldigen? Laurus?« Die Worte waren ihm in einem fast ungläubigen Ton herausgerutscht, aber Elena lachte nur laut auf.

»Auch wenn man es nicht für möglich hält, aber Laurus weiß tatsächlich, was dieses Wort bedeutet«, sagte sie. »Er ist kein schlechter Mensch. Ganz im Gegenteil. Nur ist er manchmal ein wenig aufbrausend.«

Andrej schwieg dazu und betrachtete ein paar Sekunden lang aufmerksam ihr Gesicht. Wie allen anderen war er auch ihr den ganzen Tag über aus dem Weg gegangen und hatte sie seit gestern nicht mehr gesehen. Er hatte befürchtet, dass ihr Auge angeschwollen oder zumindest verfärbt war, aber er entdeckte nicht mehr die mindeste Spur des Schlages, den Laurus ihr gestern Abend versetzt hatte. Offensichtlich war er doch nicht so heftig gewesen, wie es im ersten Moment schien.

Schließlich schüttelte er den Kopf. »Ich bleibe heute lieber hier. Ich muss über eine Menge nachdenken.«

»Du warst gestern Abend noch einmal bei Anka«, sagte Elena plötzlich.

Andrej seufzte. »Und ich dachte, ich wäre leise gewesen.«

»Das warst du«, beruhigte ihn Elena. »Aber dieses Lager ist zu klein für jedes noch so gut gehütete Geheimnis. Es sei denn«, fügte sie leise hinzu, »ich will es anders.«

Andrej wollte diese Bemerkung lieber nicht verstehen. Er hielt ihrem Blick noch einen Moment lang Stand, dann räusperte er sich unbehaglich und verschränkte die Arme vor der Brust. Elena sagte nichts, aber er hatte das Gefühl, dass das amüsierte Funkeln in ihren Augen heller glomm.

»Ich ... danke dir, dass du mir die Lampe gebracht hast«, sagte er. »Aber jetzt ...«

»Ja?«

»Man ... wird dich sicher schon vermissen«, sagte er nervös und ohne Elena direkt ins Gesicht zu sehen. »Wenn so viele Gäste kommen, wird doch sicher jede Hand gebraucht.«

»Ich habe gesagt, dass ich nach Anka sehe«, antwortete Elena. Sie kam näher. Ganz plötzlich fiel Andrej auf, dass ihr Duft den engen Wagen erfüllte wie ein schweres, fast schon betäubendes Duftwasser, und wie enervierend das leise Knistern war, mit dem ihr Haar über den Stoff ihres Kleides strich.

»Elena«, sagte er, »wir sollten –«

»Was?«

Ihre Lippen berührten sacht sein Gesicht. Es war nur ein Hauch, aber selbst der war schon zu viel. Da war noch immer ein winziger Rest von Verstand in Andrej, der ihm zuschrie, dass er dabei war, einen gewaltigen, vielleicht nicht wieder gutzumachenden Fehler zu begehen, aber die schiere Explosion von sinnlicher Energie, die die flüchtige Berührung ihrer Lippen in ihm auslöste, fegte die Stimme der Vernunft davon. Statt sich zu wehren oder sie von sich zu stoßen, schloss er die Frau in seine Arme und presste seine Lippen so fest auf die ihren, dass es schon fast wehtat.

Zum ersten Mal im Leben war er nach dem Liebesakt sofort eingeschlafen.

Bisher hatte er nur davon gehört, meist von Frauen, ein paar Mal aber auch von Männern, und er hatte es nie wirklich verstanden – er selbst hatte sich nach dem Beischlaf niemals müde oder gar ausgelaugt gefühlt, sondern frisch und mit neuer, manchmal fast unbändiger Energie erfüllt, während er es gewohnt war, dass die Frauen in seinen Armen einnickten; manchmal für lange Zeit, und manchmal so tief, dass er sich erschrocken gefragt hatte, ob sie überhaupt noch am Leben waren.

Als er noch sehr jung gewesen war, hatte er sich ernsthaft eingebildet, es läge daran, dass er ein so viel besserer Liebhaber sei als die anderen Männer, doch das war nicht der wirkliche Grund. Die eine oder andere Frau hatte ihn von dieser Illusion befreit, und er hatte sich auch schon mit eigenen Augen davon überzeugen können, dass es durchaus Männer gab, die sich in Bezug auf Ausdauer und Fantasie mit ihm messen konnten. Vielleicht hatte es etwas mit seiner besonderen Gabe zu tun. Vielleicht nahm er den Frauen, mit denen er schlief, mehr als sie ahnten. Er hatte nie versucht, eine Antwort auf diese Frage zu finden, und wozu auch? Keine hatte sich je beschwert, keine hatte je Schaden genommen, und er hatte stets das sichere Gefühl gehabt, dass er den Frauen nicht nur mehr nahm als sie ahnten, sondern zugleich auch etwas gab, was sie von einem sterblichen Mann niemals erwarten konnten.

Jetzt erwachte er vollkommen verwirrt, tief in der Nacht, und mit einem Gefühl so absoluter Erschöpfung, dass es ihm schon schwer fiel, die Augen zu öffnen. Seine Glieder fühlten sich an wie Blei, und sein Herz schlug schwerfällig, wie gegen einen zähen Widerstand ankämpfend.

Andrej drehte den Kopf auf dem strohgefüllten Kissen und stellte fest, dass er allein war. Elena war gegangen während er schlief, aber es konnte noch nicht lange her sein – er spürte noch ihren Geruch, hatte noch ihren Geschmack auf den Lippen und konnte selbst noch einen Hauch ihrer Körperwärme auf dem zerschlissenen Laken neben sich wahrnehmen.

Andrej verspürte ein tiefes Gefühl der Enttäuschung, obwohl ihm sein Verstand sagte, dass sie auf die einzig vernünftige Art gehandelt hatte. Egal, wie vorsichtig sie sich hierher geschlichen hatte, und egal, ob Laurus nun da war oder nicht, in einem hatte Elena zweifellos Recht: Dieses Lager war einfach zu klein, um auf Dauer ein Geheimnis zu wahren.

Er versuchte, sich aufzusetzen, und es gelang ihm nur unter Mühen. Seine Glieder fühlten sich immer noch bleischwer an, sein Herz pumpte immer noch schwer und unregelmäßig in seiner Brust, und sein ganzer Körper war klebrig von eingetrocknetem, erkaltetem Schweiß. Andrej schloss die Augen und konzentrierte sich für einen Moment darauf, sein

Herz wieder in einem regelmäßigen Rhythmus schlagen zu lassen – es gelang ihm, aber selbst diese kleine Anstrengung kostete ihn unerwartete Mühe – und versuchte zugleich, sich an die zurückliegende Stunde zu erinnern. Aber diese Erinnerung war ungewohnt, so wie das Gefühl – zwar wohltuender – aber doch vollkommener Erschöpfung und Mattigkeit. Sie hatten sich zweimal geliebt, das erste Mal wild und schnell, sodass es schon nach wenigen Augenblicken vorbei gewesen war, das zweite Mal dafür umso ausdauernder und zärtlicher. Und doch war es anders gewesen als mit jeder Frau zuvor. Ja, sie war fantasievoll und durchaus nicht prüde gewesen – und doch hatte er schon aufregendere Nächte erlebt, mit Frauen, die hundertmal schöner waren und die ihn ungleich mehr erregt hatten. Und doch war die Zeit mit ihr mit nichts anderem zu vergleichen. Niemals zuvor hatte er die Umarmung einer Frau als so *weiblich* empfunden, ihre Berührungen so wohltuend und beschützend – auf eine Art, an der nichts Schmutziges oder Verwerfliches war. Und zugleich hatte er nie zuvor einen Körper als so begehrenswert empfunden, und vielleicht zum ersten Mal begriff Andrej, warum Männer für eine Frau töten konnten, oder mehr riskierten und auch opferten als nur ihr Leben.

Was er allerdings nicht begriff, war, warum er so erschöpft und müde war.

Vielleicht wurde er tatsächlich krank. Die Tatsache, dass er es noch nie gewesen war, bedeutete noch lange nicht, dass er es nicht werden konnte. Bisher hatte er ganz selbstverständlich angenommen, dass sein unheimlicher Metabolismus gar nicht in der Lage war, krank zu werden, so wenig wie er unter normalen Umständen sterben konnte – aber es gab keinen Beweis dafür. Vielleicht hatte er bisher einfach Glück gehabt, so, wie es ja auch viele Sterbliche gab, die Zeit ihres Lebens niemals krank wurden. Wenigstens waren die Kopfschmerzen, mit denen er aufgewacht war und die ihn fast den ganzen

Tag über begleitet hatten, nicht mehr da. Dafür fühlte er sich jetzt so müde, dass er auf der Bettkante langsam nach vorne sank und um ein Haar im Sitzen wieder eingeschlafen wäre.

Und vermutlich hätte er dem Verlangen auch nachgegeben, wäre nicht in diesem Moment die Tür aufgegangen und Elena hereingekommen. Sie hatte sich in eine der schäbigen Decken gewickelt, die ihm als Bettstatt dienten, und das Haar hing ihr noch immer zerzaust ins Gesicht. Als sie sah, dass er sich aufgesetzt hatte, wirkte sie für einen Moment irritiert, als erblicke sie etwas, womit sie nicht gerechnet hatte. Dann aber zog sie die Tür hinter sich zu und kam lächelnd näher.

»Wo warst du?«, fragte Andrej.

»Es gibt Fragen, die man einem Weib nicht stellt«, antwortete Elena. Sie lachte leise. »Aber keine Angst. Niemand hat mich gesehen. Dein guter Ruf ist nicht in Gefahr.«

Andrej blinzelte. »Sollte nicht ich derjenige sein, der das sagt?«

Elena drehte sich herum und ließ dabei die Decke von den Schultern gleiten. Sie fiel mit einem Geräusch zu Boden, als wäre sie aus edelster Seide gewoben und nicht aus Stoff, der selbst für eine Zeltplane zu grob war, und das Mondlicht, das durch die offen stehenden Fenster herein strömte, schien ihre Haut mit flüssigem Silber zu überziehen. Für einen Moment wurde der Geruch ihres Haares so übermächtig, dass er ihm fast die Sinne raubte, und er spürte, wie ihn ihr bloßer Anblick schon wieder zu erregen begann, obwohl er sich noch immer so schwach fühlte, dass er nicht wusste, ob er überhaupt die Kraft gehabt hätte, aufzustehen.

Als hätte sie seine Gedanken gelesen, sagte Elena: »Ich glaube, es ist besser, wenn ich jetzt gehe. Es ist spät geworden.« Sie zwinkerte ihm zu. »Du hast mich länger aufgehalten, als ich erwartet habe.«

Andrej lauschte einen Moment lang nach draußen. Aus dem Lager drangen noch immer Musik und Gelächter herein, aber längst nicht mehr so laut wie zuvor. Auch das war neu: Bisher hatte er nach dem Aufwachen immer ganz genau sagen können, wie viel Zeit im Schlaf verstrichen war. Jetzt konnte er es nicht einmal erraten.

»Ich werde noch einmal nach deinem Freund sehen«, sagte Elena, während sie sich nach ihrem Kleid bückte. »Anka hat einen Trank für ihn gebraut, der das Fieber senkt und ihm hilft, schneller wieder zu Kräften zu kommen. Aber ich bin nicht sicher, ob er ihn auch zu sich nimmt.«

»Ja, Abu Dun ist manchmal ziemlich stur«, murmelte Andrej zerstreut, denn er war vielmehr darauf konzentriert, Elena dabei zuzusehen, wie sie sich ihr Kleid über den Kopf streifte. Selbst derart alltägliche Handlungen waren bei ihr von einer solchen Eleganz und Anmut, dass ihn schauderte. Als sie sich zu ihm herumdrehte und dabei einige Falten im Stoff glattstrich, streckte er den Arm aus und versuchte, sie an sich zu ziehen.

Elena befreite sich aus seinem Griff und schlug ihm scherzhaft auf die Finger. »Ich habe gesagt, es wird Zeit für mich, zu gehen.« Ihre Augen funkelten spöttisch. »Bist du immer so unersättlich, oder warst du nur zu lange allein?«

»Vielleicht habe ich nur noch nie eine Frau wie dich getroffen«, antwortete er und versuchte diesmal, sie mit beiden Armen sie zu sich hinabzuziehen.

Diesmal ließ sie es geschehen. Lachend warf sie sich auf ihn und küsste ihn flüchtig auf die Lippen, stemmte aber dann die Hände gegen seine Brust und zog den Kopf zurück, als er aus diesem Kuss mehr machen wollte als ein neckisches Spiel.

»Du bist ein miserabler Lügner, Andreas«, sagte sie. »Aber charmant.«

»Ich habe noch ganz andere Qualitäten«, antwortete er. Mit einem entschlossenen Ruck zog er sie wieder zu sich, um sie gegen ihren Willen nun *wirklich* zu küssen.

Diesmal wehrte sich Elena nicht. Dafür biss sie ihn so kräftig in die Unterlippe, dass er sie mit einem Schmerzensschrei losließ und sich überrascht aufrichtete. Elena glitt von ihm herunter und stand auf.

»He!«, protestierte er. »Das hat weh getan!«

»Das sollte es auch«, antwortete Elena lachend. »Stell dich nicht so an, großer Krieger. Wenn Laurus von dem erfährt, was wir hier getan haben, dann wird er dir noch sehr viel mehr wehtun.«

Verwirrt fuhr sich Andrej mit dem Handrücken über den Mund. Die Unterlippe war aufgeplatzt und hatte kurz geblutet, aber die Wunde begann sich schon wieder zu schließen, und er wollte nicht, dass Elena das sah. Vermutlich reichte ihr menschliches Sehvermögen ohnehin nicht aus, um alle Details seines Gesichts in dem hier herrschenden Zwielicht auszumachen, aber Andrej hatte gelernt, auch mit dem Unwahrscheinlichen zu rechnen. So wischte er das Blut auf seinen Lippen nicht wirklich ab, sondern verteilte es lediglich ein bisschen.

»Das wird dich lehren, nicht noch einmal die Tugend einer ehrenhaften Frau zu missachten«, sagte Elena lachend. Sie trat einen weiteren Schritt von seinem Bett zurück, wie, um sich außer Reichweite zu bringen, sah aber mit spöttischem Blick auf ihn hinab und betastete dann ihren Mund. Ein einzelner Tropfen von Andrejs Blut glitzerte auf ihren Lippen wie eine rote Träne. Doch sie wischte ihn nicht fort.

Sie leckte ihn mit der Zungenspitze auf.

Andrej erstarrte. Ein Schlag ins Gesicht hätte ihn kaum härter und unerwarteter treffen können. »Was ... warum hast du das getan?«, murmelte er fassungslos.

Elena schwieg einen Moment, dann neigte sie den Kopf und sah ihn mit einem Ausdruck vollkommener Verständnislosigkeit an. »Was?«

»Das Blut«, murmelte Andrej. »Du hast ... das Blut ...«

Verständnislos hob Elena erneut die Fingerspitzen an ihre

Lippen. Dann ließ sie den Arm mit einem Achselzucken wieder sinken. »Und? Glaubst du, nach den letzten beiden Stunden wäre mir noch irgendetwas an dir fremd?«

»Nein«, sagte Andrej betreten. Gleichzeitig schalt er sich einen Narren. Wieso reagierte er so hysterisch auf etwas, das unter normalen Liebenden allerhöchstens ungewöhnlich, wenn nicht anrührend war, und bei dem sich Elena mit Sicherheit nichts gedacht hatte? »Entschuldige. Ich war nur ... überrascht.«

Die Zigeunerin lachte. »Dann warte ab, bis wir uns besser kennen gelernt haben, Andreas. Ich bin vielleicht noch für eine Menge Überraschungen gut. Und jetzt sollte ich wirklich gehen. Ich muss deinem Freund seine Medizin bringen. Und darauf achten, dass er sie auch nimmt.«

Andrej nickte stumm und sah zu, wie sie den Wagen verließ. Die Lampe, die sie mitgebracht hatte, war längst erloschen, und nachdem Elena gegangen war, schien auch das Mondlicht, das durch die Fenster fiel, plötzlich blasser zu werden, sodass er in Schatten und fast vollkommene Stille gehüllt zurückblieb. Und plötzlich hatte er Angst.

Und er wusste nicht einmal, wovor.

Ein unsanftes Rütteln an seiner Schulter weckte ihn am nächsten Morgen.

Noch bevor Andrej die Augen aufschlug, ließ er ein gequältes Stöhnen hören, denn das erste, was er nach dem Aufwachen spürte, war ein rasender Kopfschmerz, der seinen Schädel von innen heraus zu zertrümmern schien.

Flatternd öffneten sich seine Lider, die er jedoch sofort wieder zusammenpresste, denn das Sonnenlicht stach ihm wie glühende Messer in die Augen. Dazu kam das unwillige Gerüttel an seiner Schulter, das noch immer nicht aufhörte und ihm weitere Qual bereitete. Er versuchte, die Hand zur

Seite zu schieben, aber es gelang ihm nicht. Sein Arm schien einen Zentner zu wiegen; er hatte kaum die Kraft, ihn zu heben.

»Machst du jetzt endlich die Augen auf, oder muss ich einen Eimer Wasser holen?«, fragte eine wohlbekannte und sehr gereizt klingende Stimme.

Andrej versuchte es noch einmal, wobei er vorsichtshalber den Kopf zur Seite drehte, um nicht direkt in Richtung Fenster zu blicken. Über ihm schwebte ein riesiger schwarzer Schatten, der ihn ärgerlich anblickte.

»Abu Dun?«, fragte er.

»Es sei denn, du kennst noch einen schwarzen, sieben Fuß großen, ehemaligen Sklavenhändler, der ein gut gehendes Geschäft und ein erfülltes Leben gegen die undankbare Aufgabe eingetauscht hat, dich auf deinen haarsträubenden Abenteuern zu begleiten und ständig den Kopf für dich hinzuhalten«, knurrte Abu Dun. »Was ist los mit dir? Hattest du eine harte Nacht, oder hast du leichtsinnigerweise in den Spiegel gesehen und bist endlich zu dem Schluss gekommen, dass du dringend mehr Schönheitsschlaf brauchst?«

Andrej drehte sich ächzend herum und richtete sich unsicher auf. Seine Augen hatten sich an das Licht gewöhnt, und auch der Schmerz hinter seiner Stirn war jetzt nicht mehr ganz so schlimm wie noch vor Augenblicken. Dennoch gelang es ihm nicht, den Schlaf so rasch und mühelos abzuschütteln, wie er es gewohnt war. »Wie ich sehe, geht es dir besser«, murmelte er, während er sich auf die Knie aufstützte und das Gesicht in den Händen verbarg. »Ich bin im Moment allerdings nicht sicher, ob das ein Grund zur Freude ist.«

Abu Dun lachte rau. »Der Zaubertrank, den mir die Hexe gegeben hat, hat seine Wirkung getan, ja«, bestätigte er. »Wenn du willst, frage ich sie, ob sie auch etwas für dich hat. Du siehst aus, als könntest du ein wenig Medizin gebrauchen.«

»Bitte, Abu Dun«, murmelte Andrej. »Ich habe Kopfschmerzen. Und ich fühle mich miserabel.«

Abu Dun riss ungläubig die Augen auf. »Kopfschmerzen? Du?« Plötzlich grinste er. »Sag nicht, du hast einen Kater.«

»Dazu müsste ich gestern getrunken haben.« Andrej nahm die Hände vom Gesicht, sah Abu Dun einen Moment lang müde an und versuchte dann, aufzustehen. Es gelang ihm erst im zweiten Ansatz, und er war so unsicher, dass er torkelte. Zu allem Überfluss streckte Abu Dun die Hand aus, um ihn zu stützen.

»Schon gut«, sagte Andrej hastig. »So schlimm ist's nun auch wieder nicht.«

Abu Dun grinste noch immer, aber es war ein Grinsen ohne Beteiligung der Augen. Solange sie zusammen waren, hatte er seinen Freund in einem solchen Zustand höchstens nach einer schweren oder tödlichen Verwundung erlebt. Niemals jedoch nach einem ganz normalen Schlaf.

Andrej rieb sich mit Daumen und Zeigefinger über die Augen und atmete tief ein und aus, um seine Lungen mit Sauerstoff zu füllen. Es half nur wenig; die Benommenheit fiel zwar langsam von ihm ab, aber die Müdigkeit blieb, und er fühlte sich noch immer sehr schwach. Als er sich das nächste Mal zu Abu Dun herum drehte und ihn ansah, war das Grinsen des Nubiers endgültig erloschen, und aus der Verwirrung in seinem Blick war echte Sorge geworden.

Andrej sah an sich herab und stellte fest, dass er nackt war. Peinlich berührt drehte er sich um, suchte in den zerwühlten Laken nach seiner Hose und entdeckte sie schließlich am Ende des Raums auf dem Boden. Während er sich anzog, beobachtete er Abu Dun unauffällig aus den Augenwinkeln.

Der Nubier starrte ihn an, dann blickte er stirnrunzelnd auf das zerwühlte Bett, auf Andrejs Kleider, die überall im Raum verteilt waren – und plötzlich breitete sich ein mokantes Grinsen auf seinem Gesicht aus.

»Oh«, sagte er. »Ich verstehe. Du *hattest* eine harte Nacht. Es gibt ja auch ein paar wirklich hübsche Mädchen hier im Lager. Hätte allerdings nicht gedacht, dass du so schnell –«

Er brach ab. Seine Augen wurden groß und rund, und das anzügliche Grinsen machte einem Ausdruck tiefster Bestürzung Platz. »Elena!«, rief er. »Du verdammter Esel hast mit Elena –«

»Was ich getan habe und mit wem, geht dich einen feuchten Kehricht an«, unterbrach ihn Andrej scharf. »Oder schreibe ich dir vor, was du mit wem tust?«

»Aber Elena!«, ereiferte sich Abu Dun. »Bei Allah, bist du denn von allen guten Geistern verlassen? Weißt du nicht, was uns blüht, wenn Laurus dahinter kommt?«

»Er wird uns davonjagen«, antwortete Andrej. »Und? Das ist doch genau das, was du willst, oder etwa nicht?«

»Ich glaube nicht, dass das so einfach laufen würde«, antwortete Abu Dun grimmig. »Und das weißt du auch. Ganz davon abgesehen, dass er Elena vielleicht umbringen wird.«

»Jetzt sag nicht, du sorgst dich um sie.«

Abu Dun schüttelte heftig den Kopf. »Nein. Aber um dich. Und um mich.« Er ächzte vernehmlich. »Egal, ich will nicht mit dir streiten. Du hast Recht. Es geht mich nichts an. Sag mir lieber, was zum Teufel mit dir los ist.«

Andrej sah überrascht hoch. Dass Abu Dun so rasch aufgab – noch dazu, wenn er sich so unzweifelhaft im Recht wusste – war mehr als ungewöhnlich. Und er verstand auch dessen Frage nicht. »Was meinst du damit?«

Der riesenhafte Nubier machte eine Kopfbewegung zum Fenster. Die Helligkeit dahinter war noch immer so gleißend, dass Andrej die Augen zusammenkneifen musste. Und er konnte spüren, dass dieser Tag noch heißer war als die vorhergehenden. »Es ist fast Mittag.«

»Was?!«

»Bason hat schon zwei Mal nach dir gefragt, und sein Bruder auch. Er hat mich gebeten, dich zu wecken, bevor Laurus es tut. Also, was ist mit dir? Seit wann schaffst du es morgens nicht mehr aus den Federn?«

»Ich weiß nicht«, gestand Andrej. »Ich ... fühle mich nicht gut.«

»Ich dachte immer, du kannst nicht krank werden.«

»Ja, das dachte ich bis heute auch«, antwortete Andrej. Er hob die Schultern. »Vielleicht waren es diese verdammten Ratten.«

Die Worte taten ihm schon Leid, bevor er sie ausgesprochen hatte. Abu Duns Gesicht verdüsterte sich, als er an den Zwischenfall in der Mühle zurückdachte. Aber Andrej war ziemlich sicher, dass es nicht die Erinnerung an die *Ratten* war, die ihm zu schaffen machte. Zu seiner Erleichterung sprach ihn der Nubier jedoch nicht darauf an, sondern zuckte nur mit versteinerter Miene die Achseln.

Andrej hatte sich mittlerweile vollständig angekleidet und ließ sich noch einmal auf die Bettkante sinken, um sich die Stiefel anzuziehen. »Wie ich sehe, geht's dir dafür umso besser«, sagte er. »Der Trank von Anka scheint gewirkt zu haben.«

»Vielleicht war es auch die gute Pflege«, sagte Abu Dun augenzwinkernd. »Die beiden jungen Täubchen, die sich um mich gekümmert haben, verstanden ihr Handwerk. Die eine hat die ganze Nacht neben meinem Lager gewacht.«

Ächzend schlüpfte Andrej in den zweiten Stiefel. Dann erhob er sich und griff nach seinem Schwertgurt, um ihn langsam und umständlich anzulegen. Allein der Gedanke, in das grelle Tageslicht und die unbarmherzige Hitze hinauszutreten, bereitete ihm Übelkeit, und er fühlte sich noch immer so unendlich schwach und müde, dass er Angst hatte, im Stehen einzuschlafen. *Was ist nur los mit mir?*

Abu Dun machte eine ausholende Handbewegung. »Einen richtigen kleinen Palast hast du ja hier«, sagte er spöttisch.

»Was hast du getan, dass Laurus dir diese noble Unterkunft zugewiesen hat?«

»Sie reicht auch für zwei«, bemerkte Andrej. »Aber glaube bloß nicht, dass ich dir helfe, dein Gepäck hereinzutragen.«

»Mir gefällt mein Zelt«, erwiderte Abu Dun, und mit einem vielsagenden Blick auf das Bett fügte er hinzu: »Außerdem möchte ich nicht stören.«

Andrej zog verärgert die Stirn kraus und verließ den Wagen. Der Freund folgte ihm.

Abu Dun hatte die Wahrheit gesagt. Die Sonne stand im Zenit und tat ihr Möglichstes, um das Lager in einen Backofen zu verwandeln. Die Luft zwischen den Zelten flirrte vor Hitze, und das Licht war so grell, dass es ihm die Tränen in die Augen trieb. Immerhin half ihm die Bewegung, die Benommenheit abzuschütteln. Er wandte sich zu Abu Dun um. »Rason hat also nach mir gefragt?«

Der Nubier hob die Schultern. »Vielleicht war es auch Bason«, meinte er. »Ich kann die beiden kaum auseinander halten. Er sagt, ihr hättet eine Vereinbarung, und du wärst ihm noch was schuldig.«

»Stimmt«, knurrte Andrej. »Ich muss ihm noch die andere Hand brechen.«

Abu Dun blickte ihn fragend an, aber Andrej ignorierte ihn und ging los. Er wusste nicht, wo er nach Bason suchen sollte, war aber ziemlich zuversichtlich, dass der Junge sich irgendwo in der Nähe der Bühne herumtrieb. Abu Dun holte mit raschen Schritten zu ihm auf, und wieder stellte Andrej erstaunt fest, wie gut sich der Nubier erholt zu haben schien. Seinen Bewegungen war nicht die mindeste Spur von Schwäche anzusehen, die Wangen waren voll, die Augen strahlend – kurz, der ganze Kerl strotzte nur so vor Kraft und Gesundheit.

Er war genau der Abu Dun, den er seit drei Jahren kannte, nicht der Mann, der binnen einer Woche zwei Mal schwer verletzt worden war und soeben eine Nacht im Fieberwahn durchgestanden hatte. Und dann fiel Andrej auf, dass selbst die kleinen Schrammen und größeren Wunden, die der Nubier davongetragen hatte, fast vollkommen verheilt waren. Er wusste, Abu Dun hatte die Konstitution eines Ochsen und tat Dinge mit einem Schulterzucken ab, die einen anderen Mann umgebracht hätten, aber er hatte noch nie erlebt, dass der Schwarze sich so schnell erholte.

Der Gedanke entglitt ihm, bevor er ihn weiter verfolgen konnte, aber er nahm sich vor, Elena bei nächster Gelegenheit nach der Zusammensetzung des Trankes zu fragen, den Anka gebraut hatte.

Sie fanden Bason nicht bei der Bühne, doch ein anderer Sinti sagte ihnen, dass er und sein Bruder in den kleinen Forst gegangen wären, um Holz zu schlagen. Bei der Erwähnung des Waldstückchens jenseits des Lagers fuhr Abu Dun fast unmerklich zusammen, und auch Andrej sah besorgt zu den Bäumen hin. Nahezu gleichzeitig machten sie auf dem Absatz kehrt und stapften Richtung Wald davon. Andrej war plötzlich froh, seine Waffe mitgenommen zu haben.

Das ungute Gefühl, das die Worte des Sinti in ihm geweckt hatten, wurde stärker, je mehr sie sich den Bäumen näherten. Andrej lauschte in das von Schatten erfüllte Dunkel hinein, und er nahm nichts wahr, was nicht da sein sollte, aber das beruhigte ihn keineswegs. Auch bei Handmanns Mühle hatte er die Anwesenheit der Dämonen erst gespürt, als es zu spät war. Andrej schauderte, als ihm auffiel, dass er insgeheim das gleiche Wort für diese unheimlichen Kinder benutzt hatte wie Pater Flock. Noch vor zwei Tagen hätte er diesen Gedanken als völlig lächerlich abgetan, doch mittlerweile fragte er sich immer häufiger, ob es so etwas wie Dämonen und Teufel tatsächlich gab. Immerhin war er seinem eigenen Dämon schon begegnet; ein Dämon, der vielleicht nicht aus der Hölle stammte, aber womöglich von einem Ort, der noch schlimmer war ...

Seine Befürchtungen erwiesen sich jedoch als unbegründet. Schon während sie sich dem Waldrand näherten, hörten sie Stimmen und das Splittern und Brechen von Holz, dann ein helles Lachen, das Andrej als das Basons identifizierte.

Laut die Namen der beiden Sinti rufend, drangen sie ins Unterholz vor. Sie trafen die Brüder nur wenige Schritte vom Waldrand entfernt an, wo Rason dabei war, mit einer Handaxt Äste von den Bäumen zu schlagen, die sein Bruder sorgfältig aufschichtete. Der Stapel war allerdings schon jetzt so hoch, dass selbst zwei Mann ihn unmöglich wegtragen konnten.

»Andrej, Abu Dun!« Rason wedelte aufgeregt mit der Axt umher. »Seid ihr gekommen, um uns zu helfen?«

»Ihr seht nicht so aus, als ob ihr Hilfe bräuchtet«, antwortete Andrej. Er nickte Rason zu und warf dann einen etwas längeren Blick auf dessen Bruder. Basons rechte Hand war so dick verbunden, dass sie fast unförmig wirkte, aber er schien trotzdem keine Mühe zu haben, sie zu benutzen, wie Andrej erleichtert feststellte.

»Ein paar zusätzliche Hände können nie schaden«, antwortete Bason fröhlich.

»Oder zwei«, fügte sein Bruder hinzu.

»Haltet ihr das für klug, ausgerechnet hier Feuerholz zu sammeln?«, wandte Abu Dun ein.

Rason blinzelte und sah den Schwarzen fragend an, und auch sein Bruder ließ die Axt sinken und blickte verständnislos drein.

»Nicht weit von hier ist der Pfaffe überfallen worden«, erklärte der Nubier, »und bisher weiß niemand, wer es war.«

Die Brüder tauschten einen beredten Blick. »Wir wissen uns unserer Haut schon zu wehren«, sagte Bason schließlich. »Außerdem glaube ich kaum, dass der, der das getan hat, noch einmal zurückkommt. Jedenfalls nicht an den gleichen Ort.«

»Und wenn doch, dann bist du der erste, der es erfährt, ich weiß«, sagte Abu Dun. »Habt ihr irgendwelche Spuren gefunden?«

»Nein«, sagte Bason.

»Wir haben aber auch nicht danach gesucht«, fügte Rason hinzu. Er holte aus und schlug seine Axt so kraftvoll in den erstbesten Baumstamm, dass die Klinge fast zur Hälfte darin stecken blieb.

Für einen Mann seiner Statur und seines Alters ist er erstaunlich stark, dachte Andrej. Er wandte sich an Bason. »Was macht deine Hand?«

»Tut kaum noch weh«, antwortete der junge Sinti. »Der Verband wäre gar nicht mehr nötig, aber Elena besteht darauf, damit sich die Wunde nicht entzündet. Manchmal weiß ich nicht, wer ängstlicher ist – sie oder Anka. In einigen Tagen kann ich sie bestimmt wieder ganz normal benutzen.« Plötzlich schmunzelte er. »So lange falle ich natürlich bei meiner eigentlichen Arbeit aus. Du weißt, was das bedeutet?«

»Dass ich Holz sammeln muss?«, fragte Andrej.

Basons Grinsen wurde breiter. »Immerhin war ich bisher die größte Attraktion auf der Bühne«, behauptete er. »Die Leute sind nur gekommen, um einen wahren Meister der Schwertkunst zu sehen. Sie werden enttäuscht sein, wenn ich nicht auftreten kann.«

»Und da meinst du –«, begann Andrej.

»– dass es nur recht und billig ist, wenn du mich vertrittst, bis ich wieder vollkommen genesen bin«, beendete Bason den Satz. »Oder willst du den Rest deines Lebens von einem schlechten Gewissen geplagt werden, weil du nicht vergessen kannst, dass du in meiner Schuld stehst?«

Gegen seinen Willen musste Andrej lachen. Basons Argumentation war so haarsträubend und dabei so dreist, dass sie ihm schon wieder fast gefiel. Es war wie verhext: Selbst wenn er es sich fest vornahm, es gelang ihm einfach nicht, Bason irgendetwas abzuschlagen.

»Wir werden sehen«, sagte er.

»Vielleicht sollten wir uns ein wenig umsehen«, ließ sich Abu Dun vernehmen. Auf Andrejs fragenden Blick fuhr er fort: »Es war fast an dieser Stelle, wo der Pfaffe überfallen wurde. Es ist zwar unwahrscheinlich, aber vielleicht finden wir noch Spuren.«

»Tut das«, sagte Rason. »Wir sind hier gleich fertig, und wenn wir ins Lager zurückkommen, wartet eine köstliche Mahlzeit auf uns. Elena hat gekocht, und sie hat mir gesagt, dass sie mir den Kopf abreißt, wenn ich dich und deinen Freund nicht zum Essen mitbringe.«

»Laurus wird nicht begeistert davon sein«, sagte Abu Dun, aber Rason zuckte nur mit den Schultern und trennte mit einem kraftvollen Hieb einen weiteren, handgelenkdicken Ast von einem Baum. »Die Wahrheit ist, dass es Elena noch nie sonderlich interessiert hat, was Laurus recht ist und was nicht«, sagte er. »Sucht nur nach euren Spuren. Aber kommt nicht zu spät. Sonst reißt Elena *euch* den Kopf ab.«

Andrej war nicht wohl dabei, weiter in diesen unheimlichen Wald einzudringen. Nach zwei Tagen und bei der herrschenden Hitze war es vollkommen unmöglich, dass sie noch Spuren fanden, und das wusste Abu Dun ebenso gut wie er. Dennoch gab er dem Nubier mit einem Nicken zu verstehen, dass er mit dem Plan einverstanden war, und sie bewegten sich tiefer in das schattige Halbdunkel hinein. Erst als sie außer Hörweite der Brüder waren, blieb er stehen und drehte sich ruckartig zu Abu Dun herum.

»Was soll das?«, fragte er scharf. »Hier gibt es keine Spuren mehr, und das weißt du ganz genau.«

»Natürlich«, antwortete Abu Dun. In seiner Stimme und viel mehr noch in seinem Blick lag ein sonderbarer Ernst, der

Andrej nicht nur alarmierte, sondern ihn auch schlagartig alles vergessen ließ, was er hatte sagen wollen.

»Ich wollte nur weg von den beiden.«

»Rason und Bason?«, fragte Andrej. »Warum?«

»Weil mit ihnen was nicht stimmt«, antwortete Abu Dun.

»Unsinn!«, widersprach Andrej. »Wenn es hier jemanden gibt, der wirklich harmlos ist, dann sind es diese beiden Jungen.«

Abu Dun sah ihn eine Weile grüblerisch an, dann nickte er. Aber es wirkte nicht wie eine Bestätigung von Andrejs Worten, sondern eher wie eine Bestätigung dessen, was er selbst gedacht hatte. »Ja«, sagte er. »Mir geht's genau so. Man denkt, das sind zwei nette junge Burschen, denen man einfach nichts abschlagen kann. Wenn sie dich bitten würden, dir selbst die Kehle durchzuschneiden, würdest du es vermutlich auch tun, habe ich Recht?«

»Was soll der Unsinn?«, fragte Andrej mehr verwirrt denn verärgert.

»Was ist das für ein Abkommen, das du mit Bason getroffen hast?«, fragte Abu Dun.

»Er hat mich gebeten, in seinem Stück mitzuspielen«, antwortete Andrej fast widerwillig. »Und ihm das Schwertkämpfen beizubringen.«

»Hast du ihn dabei verletzt?«

»Es war ein Unfall«, verteidigte sich Andrej. »Wir haben mit Holzschwertern geübt. Eines ist zersplittert, weil ich ungeschickt war und zu fest zugeschlagen habe. Tut mir sehr Leid.«

»Es tut dir nicht nur Leid, es macht dir zu schaffen«, stellte Abu Dun fest. »Merkst du es nicht, Andrej?«

»Was?«

»Seit wann bist du so zart besaitet?«, fragte Abu Dun. Er machte eine abwehrende Handbewegung, als Andrej protestieren wollte. »Erinnerst du dich noch an vergangenes Jahr, das kleine Fischerdorf? Du hast einem Kerl beide Arme gebrochen, nur weil er in deiner Gegenwart ein Kind geschlagen hat. Und als sie Alessa umgebracht haben, da hast du ein ganzes Dorf niedergebrannt, und wenn ich mich recht erinnere, ohne auch nur eine Träne zu vergießen. Seit wann also plagt dich das schlechte Gewissen wegen eines verstauchten Handgelenkes?«

»Ich hätte wissen müssen, was passiert«, antwortete Andrej. Abu Duns Worte verunsicherten ihn, und er konnte nicht sagen, warum. Irgendetwas in ihm schien zu spüren, dass der Freund die Wahrheit sagte, aber das Gefühl war zu vage, um es zu greifen. »Es war meine Schuld. Punktum.«

»Das bestreite ich auch nicht«, sagte Abu Dun. »Es macht dir nur so sehr zu schaffen, weil du diesen Jungen so magst, habe ich Recht? Leugne es nicht. Mir geht es ganz genauso. Und wenn ich noch ein paar Tage länger bleibe, dann frage ich die beiden, ob ich sie an Kindes statt annehmen darf.«

»Worauf willst du hinaus?«

»Dass das alles nicht mehr normal ist«, antwortete der Nubier. Er schürzte die Lippen. »Selbst jetzt fällt es mir schwer, so über sie zu sprechen, obwohl sie nicht einmal in der Nähe sind. In ihrer Gegenwart –«, er hob die Schultern und ließ den Satz unbeendet.

»Was ist in ihrer Gegenwart?«

Abu Dun schwieg einen Moment, dann sagte er in einem Tonfall, der zugleich nachdenklich als auch fast grollend klang: »Ich kann mir nicht helfen, aber ich muss immer wieder an gewisse andere Kinder denken, denen ich auch nichts zuleide tun konnte, obwohl sie drauf und dran waren, mich umzubringen.«

Andrej starrte ihn fassungslos an. »Das ist jetzt nicht dein Ernst!«

»Und wenn doch? Schneidest du mir dann das Herz heraus, weil ich es gewagt habe, schlecht über die beiden zu reden? Oder begnügst du dich damit, meine Seele zu fressen?«

Andrej fuhr wie unter einem Hieb zusammen, und auch Abu Dun machte ein betroffenes Gesicht und biss sich auf die Unterlippe. Er musste nicht sagen, dass ihm seine Worte Leid taten.

Eine Zeit lang schwiegen sie, standen einfach nur da und starrten aneinander vorbei. Schließlich sagte Andrej in die immer quälender werdende Stille hinein: »Worauf willst du hinaus, Abu Dun?«

»Wenn ich das wüsste«, antwortete der Nubier bekümmert. »Alles, was ich sagen kann, ist, dass hier etwas nicht stimmt. Mit diesem Ort, mit diesen unheimlichen Kindern, und auch nicht mit diesen angeblichen Zigeunern. Ich weiß, du willst es nicht mehr hören, und ich weiß auch deine Antwort schon, aber trotzdem: Lass uns von hier verschwinden, Andrej. Diese Leute ... machen mir Angst.«

»Seit wann gibt es irgendetwas, das dir Angst macht?«

»Seit heute«, antwortete Abu Dun ernst.

Tatsächlich dachte Andrej einige Augenblicke lang ernsthaft über die Worte des Nubiers nach. So haarsträubend das alles auch klingen mochte, tief in sich spürte er, dass sie der Wahrheit näher kamen, als ihm recht war. Und darauf, dass hier etwas ganz und gar nicht so war, wie es aussah, war er selbst schon vor Tagen gekommen. Dennoch schüttelte er schließlich den Kopf. »Nein. Noch nicht, Abu Dun.«

»Warum?«, fragte Abu Dun. »Glaubst du wirklich, du würdest hier noch irgendetwas in Erfahrung bringen?« Er schüttelte heftig den Kopf, und seine Augen blitzten. »Anka wird dir nicht mehr sagen, als sie dir schon gesagt hat. Wir werden hier nichts finden, Andrej. Außer vielleicht unseren Untergang.«

»Du verstehst nicht«, sagte Andrej. »Selbst, wenn ich wollte, wir können nicht gehen. Als du gestern Abend im Fieber dagelegen hast, sind Männer aus der Stadt gekommen. Sie haben es nicht direkt ausgesprochen, aber ich denke, sie glauben, dass Laurus oder einer aus der Sippe für den Überfall auf Pater Flock und die Mühle verantwortlich ist. Die Sinti *dürfen* diesen Ort nicht verlassen.«

»Mach' dich nicht lächerlich, Andrej«, antwortete Abu Dun. »Seit wann hat es dich je interessiert, was du darfst oder nicht? Wer will uns daran hindern, auf unsere Pferde zu steigen und davonzureiten?«

»Niemand«, sagte Andrej. »Aber Laurus und seine Familie würden dafür bezahlen.«

»Und vor allem sein Weib, nicht wahr?«

Andrej nickte. »Auch sie. Du hast Recht, Abu Dun. Es hat mich nie geschert, wenn jemand für das bezahlen muss, was er selbst getan hat, auch wenn der Preis hoch war. Aber es kümmert mich sehr wohl, wenn ein Unschuldiger diesen Preis bezahlen muss.«

»Wenn er unschuldig ist«, sagte Abu Dun.

Andrej verzog das Gesicht. »Ja, sicher. Jetzt wirst du gleich sagen, dass es Elena war, die das Rattenpack geschickt hat.«

»Und wenn?«, fragte Abu Dun.

Andrej musste sich beherrschen, um halbwegs ruhig zu antworten. »Du weißt ganz genau, wer es war. Du hast sie gesehen. Genau wie ich.«

»Ich weiß nicht, was ich gesehen habe«, sagte der Nubier. »Sie sahen aus wie Kinder, aber wer sie wirklich waren ...« Fast verzweifelt hob er die Hände. »Es ist, glaube ich, das erste Mal, dass ich einem eurer Kirchenvertreter zustimme, aber vielleicht hatte dieser Flock ja Recht. Vielleicht sind es Dämonen.«

»Ich werde jedenfalls nicht davonlaufen«, beharrte Andrej.

»Und wenn ich dich darum bitte?«

Andrej war fassungslos. »Du bittest mich, vor einer Gefahr zu fliehen? Das ist das erste Mal, dass ich das erlebe.«

»Es ist auch das erste Mal, dass ich dich so erlebe«, antwortete Abu Dun ernst. »Glaub mir, Andrej, was immer wir hier finden werden, du bist ihm nicht gewachsen. Ich weiß, dass du nicht viel von meinen Ahnungen hältst, aber ich bitte dich inständig, diesmal auf mich zu hören. Etwas Schreckliches wird passieren, wenn wir hier bleiben.«

Das Schlimmste war, dass Andrej wusste, dass der Freund Recht hatte. Seit sie auf diese Sippe scheinbar harmloser Zigeuner getroffen waren, hatte er mehr und mehr das Gefühl, auf einen Abgrund zuzustraucheln. Ein Abgrund, der zwar noch zu weit entfernt war, um sein wahres Wesen schon zu erkennen, dessen Sog er sich aber schon jetzt nicht mehr entziehen konnte. Und doch konnte er nicht zurück. Nicht jetzt, wo er vielleicht so dicht davor stand, die Antworten auf all die Fragen zu finden, die ihn Zeit seines Lebens gequält hatten.

Und nicht jetzt, wo Elena vielleicht in großer Gefahr war.

»Nein«, sagte er ruhig, aber so bestimmt, dass Abu Dun verstehen musste, wie sinnlos es war, das Gespräch fortzusetzen. »Vielleicht hast du sogar Recht. Ich verlange nicht, dass du hier bleibst. Nimm dein Pferd und reite davon. Laurus wird nicht versuchen, dich aufzuhalten. Und ich werde schon eine Erklärung für dein Verschwinden finden.«

»Du weißt, dass ich das nicht kann«, sagte Abu Dun.

»Aber du solltest es«, antwortete Andrej. »Ich meine es Ernst. Das hier geht allein mich etwas an. Ich kann nicht verlangen, dass du dein Leben riskierst, nur weil ich ein paar Antworten suche.«

Der Nubier sah ihn lange traurig an, dann schüttelte er den Kopf und sagte: »Dann lässt du mir keine andere Wahl.« Mit diesen Worten drehte er sich um und ging davon.

Gegen seine innere Überzeugung und die immer lauter werdende Stimme ignorierend, die ihn warnte, es nicht zu tun, hatte Andrej Basons Einladung schließlich doch angenommen und war ihm zum Wagen seiner Stiefeltern gefolgt, um mit Elena, Laurus und den anderen zu essen. Bason hatte nicht übertrieben – seine Schwester und Stiefmutter war tatsächlich eine ausgezeichnete Köchin – aber die Mahlzeit verlief trotzdem in einer angespannten Atmosphäre. Laurus sprach nur wenig, und wenn, dann über unverfänglich allgemeine Themen, während Bason und Rason herumalberten, und das auf einem Niveau, das nicht nur Andrej schnell auf die Nerven ging. Elena indes sagte während der ganzen Mahlzeit nichts, abgesehen von der einen Gelegenheit, bei der sie sich erkundigte, ob es schmeckte – doch sie nutzte jeden Vorwand, um Andrej anzusehen, und zwei oder drei Mal lächelte sie ihn offen an und schenkte ihm dabei einen so unübersehbaren zweideutigen Blick, dass Laurus schon hätte blind sein müssen, um das nicht zu sehen. Andrej war froh, als er sich endlich unter einem Vorwand zurückziehen konnte.

Der Rest des Tages war kaum besser. Andrej stürzte sich wie besessen auf jede Arbeit, die er fand, aber weder die Bewegung noch die kräftige Mahlzeit vom Mittag halfen ihm wirklich, Müdigkeit und Schwäche zu überwinden. Als am Abend die Feuer angezündet wurden und die ersten, noch vereinzelten Gäste ins Lager zu strömen begannen, war er so müde, dass er sich am liebsten sofort wieder in seinen Wagen zurückgezogen und schlafen gelegt hätte.

Statt dessen machte er sich auf den Weg zu Abu Duns Zelt. Er hatte den Nubier den ganzen Tag über nicht wiedergesehen und auch nicht nach ihm gesucht, und er fand ihn auch jetzt nicht. Als er aber das Zelt wieder verließ und sich umwandte, da stand Bason vor ihm.

»Ich habe dich gesucht«, sagte der Sinti. »Wohin gehst du?«

»Ich wollte mit Abu Dun sprechen«, antwortete Andrej.

Bason schüttelte den Kopf. »Er ist nicht im Lager.«

»Nicht im Lager?«, fragte Andrej überrascht. Er warf noch einmal einen Blick ins Zelt: Abu Duns Satteltaschen lagen am Boden, und ein Teil seiner Habseligkeiten war überall im Zelt verstreut. Hätte irgendein anderer hier gewohnt, hätte man annehmen können, jemand hätte dessen Sachen durchwühlt. Abu Dun aber war der vielleicht unordentlichste Mensch, den Andrej kannte. Er hätte eher Misstrauen geschöpft, wenn sein Lager aufgeräumt gewesen wäre. So wie es schien, hatte Abu Dun sein Angebot nicht angenommen und sich in aller Heimlichkeit davongemacht.

»Wo ist er?«, fragte Andrej.

Bason hob die Schultern. »Er ist vor einer Stunde oder so weggeritten. Ziemlich schnell. Ich weiß nicht, wohin.« Er machte ein besorgtes Gesicht. »Ich hoffe, Laurus merkt es nicht. Er hat strengste Anweisung gegeben, dass niemand das Lager verlässt.«

»Ich nehme an, das war gestern, nachdem er aus der Stadt zurückgekommen ist«, vermutete Andrej. Er hatte es bisher vermieden, Laurus oder irgendeinen der anderen nach dem Ausgang des Gesprächs mit Schulz zu fragen, aber er konnte sich dessen Inhalt auch so vorstellen.

Bason nickte. »Wir wollen keinen Ärger mit der Obrigkeit.«

»Den werdet ihr auch nicht bekommen«, sagte Andrej. »Ich weiß nicht, wohin Abu Dun geritten ist und warum. Aber all seine Sachen sind noch hier. Er wird zurückkommen. Und ich kann dich beruhigen. Ich kenne ihn lange genug. Wenn er nicht will, dass ihn jemand sieht, dann sieht ihn auch niemand.«

»Hauptsache, Laurus sieht ihn nicht«, sagte Bason mit einem schiefen Grinsen. »Wir haben noch ein wenig Zeit bis zur ersten Vorstellung.« Er wedelte mit der verbundenen rechten Hand. »Bringst du mir noch ein paar Tricks bei?«

»Soll ich dir die andere Hand auch noch zerschlagen?«, fragte Andrej finster. »Vergiss es. Es war ein Fehler, überhaupt damit anzufangen.«

»Es war allein mein Fehler«, sagte Bason. »Niemand wirft dir etwas vor.«

Andrej öffnete den Mund zu einem Widerspruch, doch dann zögerte er, Bason eine endgültige Abfuhr zu erteilen. Warum eigentlich nicht? Die Worte seines Gegenübers klangen ehrlich. Obwohl er Bason ziemlich übel verletzt und ihm zweifellos eine Menge Schmerzen bereitet hatte, schien er ihm den kleinen Unfall tatsächlich nicht nachzutragen, und schließlich konnte er selbst ja nichts dafür, dass die Theaterwaffen aus minderwertigem Material gefertigt waren. Was vergab er sich schon, wenn er diesem Jungen noch ein paar kleine Tricks beibrachte, mit denen er bei den anderen angeben konnte?

Und dann musste er an das denken, was Abu Dun gesagt hatte. Die Worte erschienen ihm nach wie vor so absurd wie vorhin, als er sie aus dem Mund des Nubiers gehört hatte, und dennoch konnte er sich ihrer Wahrhaftigkeit nicht entziehen. Was war das mit Bason und seinem Bruder, dass es ihm völlig unmöglich schien, ihm nur die geringste Bitte abzuschlagen?

»Vielleicht später«, sagte er – wobei ihm der enttäuschte Ausdruck in Basons Gesicht ein so schlechtes Gewissen bereitete, dass er seine Worte um ein Haar wieder zurückgenommen hätte. »Morgen. Oder übermorgen. Glaub mir, Bason, es ist besser. Ich kenne mich mit Verletzungen aus. Auch wenn du jetzt vielleicht schon keine Schmerzen mehr hast, wäre es ein Fehler, die Hand schon jetzt zu sehr zu belasten. Wenn du es übertreibst, dann wird es nur umso länger dauern, bis du sie wieder richtig gebrauchen kannst.«

Bason machte keinen Hehl aus seiner Enttäuschung, aber er versuchte auch nicht, Andrej zu überreden, sondern drehte sich einfach um und ging davon. Und plötzlich fühlte sich Andrej so schlecht, als hätte er einem verhungernden Kind das letzte Stück Brot weggenommen.

Andrej hatte sich tatsächlich in seinen Wagen zurückgezogen, die Läden geschlossen und versucht, zu schlafen. Aber er hatte keine Ruhe gefunden. Trotz des Zustandes totaler körperlicher Erschöpfung, in dem er sich befand, lag er mehr als eine Stunde auf seinem unbequemen Lager wach und starrte in die allmählich verblassende Dämmerung. Und natürlich war es wie immer, wenn man darauf wartete, einzuschlafen: Er hatte das Gefühl, immer wacher zu werden.

Je dunkler es wurde, desto schärfer schienen seine Sinne zu werden. Die Musik, die von draußen hereindrang, klang jetzt lauter und aufpeitschender, das Lachen der Zuschauer schriller, selbst das prasselnde Feuer schien die Lautstärke eines gewaltigen Waldbrandes angenommen zu haben. Er roch den Duft von Gebratenem und das Aroma des schweren, süßen Weines, den die Sinti großzügig ausschenkten, und er konnte hören, wie weitere Besucher zu Pferde oder auch mit Fahrwerken oder zu Fuß ins Lager kamen. Einmal glaubte er, einem kurzen, heftigen Streit zu lauschen, der aber ebenso rasch wieder geschlichtet wurde, wie er entstand, und dann drang das helle Lachen einer Frau an sein Ohr, und es war dieses Geräusch, das ihn endgültig dazu bewog, sich auf der Bettkante aufzusetzen.

Es war Elenas Lachen gewesen.

Müde fuhr sich Andrej mit beiden Händen durch das Gesicht, stützte die Ellbogen auf die Knie und ließ den Blick durch das Innere des winzigen, noch immer unaufgeräumten Wagens wandern. Elenas Lachen hatte ihm klargemacht, warum er keinen Schlaf fand, so, wie ihm das, was er sah, klarmachte, dass er auch keinen Schlaf finden würde. Alles hier drinnen, jeder Fußbreit Boden, die leer gebrannte Sturmlaterne, die in einem Winkel neben der Tür stand, die verwischten Fußabdrücke im Staub, das fast silberne Mondlicht, das in schrägen Bahnen durch die Ritzen der vorgelegten Läden fiel, erinnerte ihn an Elena. So, wie er den ganzen Tag über eigentlich nur an sie gedacht hatte.

Er hatte es sich nicht eingestehen wollen, aber es war die Wahrheit: Auch wenn er sich krampfhaft mit allen möglichen Dingen beschäftigt hatte, so war doch keine Sekunde vergangen, in der er nicht auf einer tieferen Ebene seines Bewusstseins an sie gedacht hatte. Und als hätte dieses Eingeständnis die Gespenster der vergangenen Nacht geweckt, glaubte er plötzlich wieder ihre Nähe zu spüren, den verlockenden Duft ihres Haares und ihres Körpers, das seidige Gefühl ihrer Haut auf der seinen und den süßen Geschmack ihrer Lippen. Für einen Moment mischte sich ein hässliches Bild in diese Erinnerungen: Elenas Zunge, die mit einer kleinen, gierigen Bewegung über ihre Lippen fuhr und eine glitzernde rote Träne aufsog, aber das Bild erlosch, bevor es wirklich Substanz gewinnen konnte, und Andrej stand mit einem Ruck auf. Fast hatte er Angst davor, Elena zu begegnen, und zugleich wusste er auch, dass er keine Ruhe finden würde, bevor er ihr nicht wenigstens noch einmal in die Augen geblickt hatte.

Als er den Wagen verließ, drangen Gelächter und Beifallklatschen so laut an sein Ohr, dass er überrascht aufsah. Er konnte nur flackernde, rote Lichtsplitter und tanzende Schatten erkennen, aber dann hörte er ein dröhnendes, überhebliches Lachen, das er auf Anhieb erkannte. Abu Dun war zurück. Und offensichtlich war er nicht mehr ganz so gereizter Stimmung wie am Vormittag. Und obwohl er dem Freund geraten hatte, zu verschwinden, war er zugleich auch sehr erleichtert, dass er es nicht getan hatte.

Als er sich dem Festplatz in der Mitte des Lagers näherte,

rief eine Stimme hinter ihm seinen Namen und Andrej blieb überrascht stehen und drehte sich um. Ein Schatten tauchte aus der Dunkelheit hinter ihm auf und zerfiel in vier unterschiedlich große Schatten, die nur einen Moment später Umrisse und Gesichter bekamen. Es war der Krämer, den sie vor ein paar Tagen in der Stadt getroffen hatten, begleitet von seinen beiden Söhnen und einer unscheinbaren Frau, die ihn mit gesenktem Blick und fast furchtsam musterte. Andrej erinnerte sich an sein letztes Zusammentreffen mit diesem Mann und spannte sich innerlich ein wenig. Er hatte keine Angst vor ihm und seinen beiden Begleitern, aber er hoffte inständig, dass sie nicht gekommen waren, um Ärger zu machen.

»Ihr erinnert Euch doch an mich?«, fragte der Krämer, während er einige Schritte vor Andrej stehen blieb und ihn unsicher ansah.

Andrej nickte. »Selbstverständlich.«

»Dann bin ich erleichtert«, sagte der Krämer. »Ihr hattet mir versprochen, dass meine Familie und ich uns Eure Vorstellung ansehen dürfen«, fuhr der Mann fort. Er wirkte verkrampft und sprach in einem Tonfall, als wäre er fest davon überzeugt, dass Andrej seine Bitte einfach abschlagen musste. »Gilt Euer Wort noch?«

»Unser Wort gilt immer«, sagte Andrej, bemühte sich aber, dieser Aussage mit einem Lächeln die Schärfe zu nehmen, die man leicht darin vermuten konnte.

»Kommt mit«, sagte er. »Ich bringe Euch zu den anderen und sage Bescheid, dass ihr nichts bezahlen müsst.«

Der Krämer wirkte erleichtert und erschreckt zugleich, als bekäme er allmählich Angst vor der eigenen Courage, und Andrej fragte sich, warum er überhaupt hierher gekommen war. Sicher nicht, um den Gauklern und Feuerschluckern zuzusehen. Er wartete vergeblich darauf, dass der Mann noch irgendetwas sagte und ging schließlich mit einer einladenden Geste voraus.

Es war das erste Mal, dass er das Lager am Abend und Laurus' Sippe in einer solch ausgelassenen Stimmung erlebte, und gleich, ob aufgesetzt oder nicht, sie wirkte ansteckend. Als sie die Bühne erreichten, auf der gerade ein Feuerschlucker seine Fertigkeiten zum Besten gab und dabei sein Möglichstes zu tun schien, um die Dekoration und am besten gleich das ganze Lager in Brand zu setzen, da fühlte er sich zwar alles andere als fröhlich, aber seine niedergeschlagene Stimmung war trotzdem einer heiteren Gelassenheit gewichen. Als er nach jemandem Ausschau hielt, in dessen Obhut er seine vier Gäste geben konnte, entdeckte er Abu Dun. Der Nubier stand ein Stück entfernt inmitten einer kleinen Menschenansammlung und prahlte mit lauter Stimme von zurückliegenden Abenteuern und überstandenen Gefahren. Zu Andrejs Verwunderung entdeckte er auch Laurus unter den Zuhörern, die den Worten des Nubiers gebannt folgten, und vielleicht zum ersten Mal, seit sie hierher gekommen waren, sah der Sinti nicht übellaunig oder besorgt aus, sondern schien ganz in Abu Duns Erzählung versunken zu sein. Die fast kindliche Begeisterung, die Andrej auf seinen Zügen entdeckte, unterschied sich in nichts von der auf den Gesichtern der anderen.

Natürlich entdeckte ihn Abu Dun, als er näher kam, doch der Freund ignorierte ihn und fuhr nicht nur fort, seine haarsträubenden Geschichten zu erzählen, sondern trumpfte sogar noch mehr auf. Andrej machte sich nicht die Mühe, wirklich hinzuhören, aber auf seinem Gesicht begann sich ein amüsiertes Lächeln auszubreiten, während er langsam näher schlenderte. Abu Dun sah zwar aus wie ein Dschinn aus einem arabischen Märchen, der gekommen war, um die gesamten christlichen Kreuzfahrerheere auf einmal zu verspeisen. Aber er war auch ein ausgezeichneter Geschichtenerzähler, und er tat dies auf seine typisch orientalische, blumige Art so perfekt, dass er seine Zuhörer fast immer in seinen Bann zog und es keine Rolle spielte, ob sie ihm seine Geschichten glaubten oder nicht. Wären die Zeiten anders gewesen, dachte Andrej mit einem Anflug von Trauer, dann wäre Abu Dun jetzt vielleicht ein reicher Mann. Mit einem solchen Talent wäre es ihm gewiss nicht schwer gefallen, als Märchenerzähler von Stadt zu Stadt zu ziehen und die Zuhörer in Scharen anzulocken.

Abu Dun war am Ende seiner Geschichte angelangt. Die Zuhörer applaudierten – Laurus eingeschlossen –, und der Beifall war noch nicht ganz verebbt, da erschien Bason auf der Bühne und nahm den Platz des Feuerschluckers ein.

»Geehrte Gäste!«, rief er mit tragender Stimme. »Und nun kommen wir zum Höhepunkt des Abends. Das Talent als Geschichtenerzähler unseres verehrten Gastes aus dem fernen Morgenland habt Ihr ja nun schon kennen gelernt, und doch ist das nichts gegen das, was Euch jetzt erwartet! Unser hoch geschätzter Gast, der in seiner Heimat vom gefürchteten Piraten fast bis zum Kalifen von Bagdad aufgestiegen ist, übernimmt nun die Hauptrolle in einem Drama, das eigens für Sie, verehrte Gäste, geschrieben wurde, und in dem Sie den verzweifelten Kampf christlicher Kreuzfahrer gegen die heidnischen Horden der Muselmanen miterleben können, wie er sich in längst vergangener Zeit wirklich abgespielt hat.«

Zaghafter Applaus wurde laut, als Bason sich verbeugte, und brandete auf, als Abu Dun auf die Bühne stieg und seinen schwarzen Mantel zurückschlug, unter dem ein kupferfarbener Brustharnisch und der Griff seines Krummsäbels zum Vorschein kamen.

Andrej beobachtete die Szene mit gemischten Gefühlen. Abu Dun als Geschichtenerzähler, das ging noch an, aber es fiel ihm einfach schwer, zu glauben, dass der Nubier sich tatsächlich freiwillig vor einem halben Hundert wildfremder Menschen zum Narren machen sollte; schon gar nicht nach dem, was am Vormittag zwischen ihnen vorgefallen war.

Und doch schien Abu Dun genau dies vorzuhaben, denn er stolzierte nicht nur gemessenen Schrittes über die Bühne, sondern nahm schließlich breitbeinig und mit verschränkten Armen hinter Bason Aufstellung. Und er überragte den Jungen wie ein Fleisch gewordener Berg, der sich alle Mühe gab, das Publikum mit möglichst finsterem Gesicht zu mustern. Das Johlen und Klatschen hielt an, und es mischte sich auch der eine oder andere anerkennende Pfiff hinein. Andrej musste zugeben, dass Abu Dun selbst in der Rolle des Hanswurst immer noch Respekt gebietend und Furcht einflößend wirkte, wie er so dastand mit seinem riesigen Turban, sicherlich sieben Fuß groß, ein Koloss, dem man ansah, dass sich unter den enormen Fleischmassen stahlharte Muskelpakete verbargen.

»Abu Dun, der gewaltigste Schwertkämpfer des Orients«, sagte Bason mit dramatisch erhobener Stimme. »In der Sprache seiner Heimat bedeutet sein Name *Vater des Todes*, und wie Sie gleich sehen werden, geschätztes Publikum, trägt er seinen Namen zu Recht.«

Der Applaus wurde für einen Moment geradezu frenetisch. Bason verbeugte sich noch einmal und verschwand dann mit schnellen Schritten hinter der Bühne, während Abu Dun weiter reglos stehen blieb und das Publikum musterte, als wäre er auf der Suche nach jemandem, den er mit Haut und Haaren verschlingen konnte.

»Dein Freund ist ein beeindruckender Mann, das muss man ihm lassen«, sagte eine Stimme neben ihm. Andrej wandte den Kopf und erkannte Laurus, der sich seinen Weg durch die Menschenmenge gebahnt hatte, um an seine Seite zu gelangen. Hinter ihm kam eine zweite, etwas kleinere Gestalt näher, und Andrej wäre um ein Haar zusammen gefahren, als er sah, dass es Elena war. Er gab sich Mühe, sie nicht direkt anzusehen, ohne ihrem Blick dabei allzu offen auszuweichen.

»Ist er wirklich so gefährlich, wie er aussieht, und wie Bason behauptet?«, wollte Laurus wissen.

»Nicht, wenn man sein Freund ist«, erwiderte Andrej.

»Und was sagen seine Feinde über ihn?«, wollte Elena wissen.

Andrej hob die Schultern. »Ich weiß es nicht«, sagte er. »Bisher hat noch keiner von ihnen lange genug überlebt, als dass ich ihn hätte fragen können.«

Laurus lachte leise. Elena drängte sich mit sanfter Gewalt zwischen sie und hakte sich zuerst bei ihrem Mann, und dann ganz unverblümt bei Andrej unter. Andrej erstarrte für einen Moment, aber Laurus schien daran nichts Ungewöhnliches zu finden, und genau genommen war es ja nichts weiter als eine freundschaftliche Geste unter Menschen, die nach einem langen, arbeitsreichen Tag ein wenig ausgelassen feierten.

Wenigstens wäre es das gewesen, hätte das Gefühl von Elenas bloßer Nähe und ihre Berührung ihn nicht beinahe in den Wahnsinn getrieben. Für einen Moment musste er mit aller Kraft gegen den Impuls ankämpfen, sie einfach an sich zu reißen und zu küssen, und zugleich wäre er am liebsten schreiend davongelaufen.

»Ungläubige!«, schrie Abu Dun von der Bühne herab. »Fürchtet euch, denn Abu Dun ist gekommen, der Vater des Todes, um in Allahs Namen die Gottlosen zu zerschmettern und die zu bestrafen, die es wagen, an den Worten des Propheten zu zweifeln!«

Elena lachte leise, und auch Laurus verzog kurz das Gesicht, aber Andrej war überhaupt nicht zum Lachen zumute. Er starrte Abu Dun fast entsetzt an. Die meisten Zuschauer – die Sinti eingeschlossen – lachten herzhaft, aber einige wirkten auch irritiert, und vielleicht diente das eine oder andere Lachen auch nur dazu, den eigenen Schreck zu überspielen. Wenn Abu Dun auf Wirkung gezielt hatte, so hatte er Erfolg. Aber er spielte mit dem Feuer, und eigentlich sollte er das auch wissen. »Ja, lacht nur, ihr Ungläubigen! Lacht, solange ihr noch könnt! Denn ich, Abu Dun, der Vater des Todes, bin gekommen, um euch herauszufordern und die zu bestrafen, die es wagen, an Allahs Allmacht zu zweifeln!«

Elena lachte noch ein wenig lauter, aber Laurus' Lächeln begann allmählich zu erstarren, und auch Andrej fühlte sich immer unbehaglicher.

Der Vorhang hinter Abu Dun teilte sich, und dann traten Bason und sein Bruder vor. Bason trug einen gewaltigen Hackklotz, den er vor dem Nubier abstellte, während Rason einen kaum weniger großen Holzscheit herbeischleppte; so lang wie ein Arm und zwei gute Handspannen dick. Um einen Scheit wie diesen zu spalten, hätte es einer jener gewaltigen Kriegsäxte bedurft, die man nur mit zwei Händen führen konnte, und selbst dann nur, wenn man stark war wie ein Ochse. Abu Dun jedoch benutzte keine Axt. Nachdem die beiden Brüder zurückgetreten waren, zog er seinen Krummsäbel, schwang ihn mit beiden Händen hoch über den Kopf und spaltete das Holz mit einem einzigen, gewaltigen Hieb. Ein erstauntes Raunen ging durch die Menge, hier und da auch ein erschreckter Aufschrei.

»Beeindruckend«, sagte Laurus, und Elena murmelte: »Was für ein Mann!«

Nicht nur Andrej sah sie erstaunt an, auch Laurus wandte kurz den Kopf und bedachte sie mit einem missbilligenden Stirnrunzeln.

Aber Elena lachte nur noch herzhafter. »Was schaust du mich an?«, neckte sie ihn. »Wäre es dir lieber, ich würde mich für Schwächlinge begeistern?«

Laurus war klug genug, nicht darauf zu antworten, sondern es bei einem noch tieferen Stirnrunzeln und einem angedeuteten und alles andere als überzeugenden Lächeln zu belassen und sich dann wieder auf Abu Dun und das Geschehen auf der Bühne zu konzentrieren. Aber während er den

Kopf drehte, streifte sein Blick flüchtig Elenas rechten Arm, mit dem sie sich bei Andrej untergehakt hatte, und Andrej spürte, wie Laurus innerlich zusammenfuhr. Vielleicht ist es an der Zeit, dass ich gehe, dachte er.

»Nun, ihr ungläubigen, Schweinefleisch fressenden Hunde?«, brüllte Abu Dun, während er drohend den Säbel schüttelte. »Zittert vor der Macht Abu Duns. Und messt euch mit ihm, wenn ihr es wagt!« Er versetzte dem Hackklotz einen Tritt, der ihn mitten ins Publikum stürzen ließ. Zwei oder drei Männer sprangen hastig zur Seite, irgendjemand fluchte, was von den Umstehenden jedoch mit einem Chor aus schadenfrohem Gelächter kommentiert wurde. Rason verschwand unterdessen hinter der Bühne. Nach einem kurzen Moment kehrte er wieder zurück; in der linken Hand trug er ein Holzschwert, in der rechten einen runden, aus Weidenzweigen geflochtenen Schild. Er reichte beides an Abu Dun.

»Kommt her, ihr Feiglinge!«, rief Abu Dun herausfordernd. »Wer von euch den Mut hat, sich mit mir zu messen, der soll vortreten! Wer es schafft, mich niederzuschlagen, oder mir so lange Stand zu halten, wie der Sand in dieser Uhr braucht, um hindurchzurieseln, der bekommt fünf Taler auf die Hand!«

Rason zauberte eine kleine Sanduhr unter seinem Wams hervor, die er für alle gut sichtbar über den Kopf hielt. Andrej kam zu dem Schluss, dass es kaum länger als eine Minute dauern konnte, bis die Zeit in diesem Standglas abgelaufen war. Eine trügerisch kurze Spanne für jeden, der annahm, gegen Abu Dun schon irgendwie bestehen zu können. Aber eine Ewigkeit für jeden, der sodann dem säbelschwingenden Nubier gegenüber stand.

Andrej hatte längst nicht mehr vor, zu gehen. Er war über die Maßen alarmiert. Was hatte der Freund vor? Er war immer noch nicht bereit zu glauben, dass der Nubier etwas wirklich *Dummes* tun könnte, aber plötzlich erinnerte er sich wieder an ihren Streit vom Vormittag, an den fast unheimlichen Ausdruck in Abu Duns Augen und an seine Worte: *Dann lässt du mir keine andere Wahl!*

»Wagt es keiner?«, rief Abu Dun. »Fünf Taler für jeden!«

Das Publikum wurde leiser. Einige Männer lachten noch, irgendwo hatte ein Kind zu weinen begonnen, erschreckt durch Abu Duns herrische Stimme und sein finsteres Gesicht, doch allmählich machte sich betretenes Schweigen unter den Zuschauern breit.

»Was soll das?«, murmelte Laurus. »Das war nicht abgesprochen. Dieser Narr, wenn er die Herausforderung verliert, dann zahlt er den Betrag aus eigener Tasche.«

»Keine Sorge«, murmelte Andrej. »Er wird nicht verlieren.«

»Bist du da so sicher?«, fragte Laurus.

Andrej nickte. »Niemand wird sich ihm stellen«, sagte er. »Oder würdet Ihr es tun?«

Laurus hob nur die Schultern, doch gerade, als Andrej dachte, dass tatsächlich niemand das Angebot des Nubiers annehmen würde und er erleichtert aufatmen wollte, löste sich ein Mann aus der Zuschauermenge und ging unter beifälligem Johlen zum Seitenaufgang der Bühne. Ein Blick genügte, und Andrej wusste, dass dies kein Gegner für Abu Dun war. Der Herausforderer war fast so groß wie der Nubier und entsprechend breitschultrig, aber er bewegte sich auf die plumpe Art eines Menschen, der vielleicht sehr stark war, mit dieser Stärke aber nicht wirklich umzugehen wusste. Außerdem war sein Gang nicht mehr sicher, und seine Wangen hatten sich gerötet. Es war offensichtlich, dass er schon zuviel vom süßen Wein getrunken hatte.

»Also ist wenigstens einer unter euch, der es wagt«, sagte Abu Dun. »Nun gut, bereite dich darauf vor, deinem Christengott gegenüberzutreten, Wurm!«

Wieder brandete Gelächter auf, doch es klang nicht mehr ganz so laut und überzeugt wie bisher. Der Mann hielt einen Moment lang inne, dann schürzte er trotzig die Lippen, straffte die Schultern und trat kampflustig auf Abu Dun zu. Der Nubier reichte ihm den Schild, den der Mann geschickt anlegte. Andrej schlussfolgerte, dass dieser so etwas nicht zum ersten Mal tat. Dann funkelte er Abu Dun herausfordernd an und streckte die Hand nach dem Holzschwert aus.

Doch Abu Dun schüttelte den Kopf und reichte ihm statt dessen seinen Krummsäbel. Der Mann wirkte irritiert, fast erschrocken, und schien es nicht zu wagen, die Ehrfurcht gebietende Waffe zu ergreifen.

»Nimm nur«, sagte Abu Dun, »und hab keine Furcht. Er beißt nicht.«

Schadenfrohes Gelächter kommentierte seine Bemerkung, und in den Augen des schwarzhaarigen Burschen blitzte es auf. Wütend riss er Abu Dun den Säbel aus der Hand und trat einen Schritt zurück. Abu Dun wechselte das Holzschwert von der linken in die rechte Hand und baute sich breitbeinig und mit ausgestreckten Armen, ohne die geringste Deckung, vor seinem Kontrahenten auf.

»Dein Freund hat Mut, das muss man ihm lassen«, sagte Elena.

»Oder er ist ganz besonders dumm«, fügte Laurus hinzu.

»Worauf wartest du?«, fragte Abu Dun höhnisch. »Greif an! Oder traust du dich nicht?«

Das ließ sich sein Gegenüber sich nicht zweimal sagen. Wild schwang der Mann den Säbel und trat ungestüm auf Abu Dun zu. Der Nubier ließ ihn herankommen, trat dann im allerletzten Moment zur Seite und versetzte seinem Gegner einen derben Tritt ins Hinterteil, dass dieser an ihm vorbeistolperte. Der Mann schrie vor Wut und Überraschung auf, fand strauchelnd sein Gleichgewicht wieder und fuhr zornbebend zu Abu Dun herum. Der nächste Angriff wurde langsamer, aber in den Bewegungen auch koordinierter ausgeführt. Es war klar, dass sich der Mann nicht mehr von seinem eigenen Ungestüm zu einer zu leichtsinnigen Aktion hinreißen lassen wollte.

Natürlich nützte ihm das nichts. Abu Dun machte sich nicht einmal die Mühe, den Hieb des Krummsäbels mit seinem eigenen hölzernen Schwert zu parieren, sondern wich dem Schlag mit einer schnellen Bewegung aus, packte den Burschen blitzschnell mit der freien Hand und kniff ihm so derb in die Nase, dass der Mann vor Schmerz aufschrie und in komischen kleinen Hüpfern über die Bühne sprang. Diesmal war das schadenfrohe Gelächter lauter und es hielt deutlich länger an.

Auch Abu Dun warf den Kopf in den Nacken und lachte schallend – was seinen Gegner zu einem blitzartigen und, wie Andrej zugeben musste, überraschend geschickten Angriff provozierte. Abu Dun wich der Attacke dennoch mühelos aus, drehte sich lachend herum und deutete mit dem freien Arm auf die Sanduhr, die Rason immer noch hoch über dem Kopf hielt. Fast die halbe Zeit war bereits abgelaufen.

»Du schlägst dich nicht schlecht, Ungläubiger«, spöttelte er. »Nur weiter so. Du bist deinem Gold schon nahe!«

Offensichtlich wollte er seinen Gegner damit provozieren, und das gelang ihm auch. Der nächste Angriff war so ungestüm, dass Abu Dun sich kaum bewegen musste, um ihm auszuweichen, und allmählich schien er des Spiels überdrüssig zu werden. Als der Bursche an ihm vorbeistolperte, ließ Abu Dun sein Holzschwert klatschend auf dessen Hinterteil niedersausen. Die Sanduhr war mittlerweile fast zu zwei Dritteln abgelaufen.

»Der arme Kerl könnte einem fast Leid tun«, sagte Elena. War es wirklich Zufall, dass sie den Kopf an seine Schulter lehnte, sodass ihr Haar an seinem Hals und seiner Wange kitzelte? Andrej versuchte unauffällig, ein kleines Stück zur Seite zu treten, aber es gelang ihm nicht.

»Das ist entwürdigend«, sagte er. »Ich weiß nicht, was in Abu Dun gefahren ist.«

Immerhin näherte sich das grausame Spiel seinem Ende. Die Sanduhr war fast abgelaufen, und Abu Dun brachte es jetzt rasch zu Ende. Das Holzschwert wurde so schnell geschwungen, dass das Auge kaum zu folgen vermochte, und der Krummsäbel flog davon, überschlug sich zweimal in der Luft und blieb zitternd und nur eine Handbreit neben Abu Duns Fuß im Boden stecken. Pfeilschnell sprang der Nubier vor, packte den völlig überraschten Burschen bei der Kehle und riss ihn in die Höhe, sodass er noch atmen konnte. Die andere Hand des Nubiers ließ das Holzschwert fallen, ballte sich zur Faust und holte zum Hieb aus. Andrej konnte hören, wie das Publikum entsetzt den Atem anhielt, und auch Elena fuhr überrascht zusammen. Für einen Moment, einen winzigen schreckerfüllten Moment, war jedermann im Publikum sicher, dass Abu Dun zuschlagen würde.

Er tat es nicht. Die Faust verharrte im letzten Moment, nur noch einen Fingerbreit vom Gesicht seines Gegners entfernt. Dann lachte Abu Dun, ließ den armen Kerl endlich los und versetzte ihm einen Stoß, der ihn rückwärts taumeln und schließlich zu Boden gehen ließ. Grinsend drehte sich der Nubier zum Publikum um und verbeugte sich tief.

Für zwei, drei Herzschläge wurde es vollkommen still, nur das Kind weinte immer noch, und man konnte das leise Stöhnen von Abu Duns Gegner hören, der benommen versuchte, wieder auf die Beine zu kommen.

Endlich ließ Elena Andrejs Arm los und begann zu klatschen, und das Geräusch brach den Bann. Tosender Applaus brandete auf, während Abu Dun sich ein zweites Mal verbeugte und schließlich seinen Säbel aus dem Boden zog, um ihn wieder in den Gürtel zu stecken.

»Das reicht!«, sagte Andrej. »Das sehe ich mir nicht länger an.« Mit einem Ruck drehte er sich um und wollte gehen, aber Elena hielt ihn rasch am Arm zurück.

»Warte!«, sagte sie. »Ich glaube, er ist noch nicht fertig.«

»Ja, das befürchte ich auch«, sagte Andrej und machte sich mit sanfter Gewalt los.

»Nun?«, rief Abu Dun von der Bühne herab. »War das etwa alles? Ist denn keiner mehr unter euch, der bereit ist, sich mit mir zu messen?«

Niemand meldete sich. Das Schauspiel hatte die Zuschauer amüsiert, schien aber auch dem Letzten die Lust daran genommen zu haben, sich mit dem schwarzen Hünen zu messen. Andrej setzte sich zum Gehen in Bewegung.

»Seid ihr alle Feiglinge?«, rief Abu Dun. »He! Du da! Ungläubiger!«

Andrej musste nicht einmal zur Bühne hinsehen, um zu spüren, dass sich plötzlich alle Zuschauer zu ihm herum drehten und ihn anstarrten.

»Ja, dich meine ich!«, rief Abu Dun. »Bleib stehen!«

Die Vernunft sagte Andrej, dass er einfach weiter gehen sollte, ganz egal, was Abu Dun sagte oder tat, aber der Zorn über das kindische Verhalten des Nubiers war einfach stärker. Er drehte sich herum und funkelte den Freund schweigend an.

»Du siehst aus wie ein Mann, der sich zu wehren weiß«, rief Abu Dun. »Immerhin trägst du ein Schwert am Gürtel. Führst du es nur spazieren, um die holde Weiblichkeit zu beeindrucken, oder weißt du auch damit umzugehen?«

»Ich werde nicht mit dir kämpfen«, sagte Andrej ruhig. »Also spar' dir die Mühe.«

»Du bist feige«, höhnte Abu Dun.

»Wenn du meinst«, sagte Andrej ruhig. Warum ging er nicht einfach davon? Es konnte ihm doch vollkommen gleichgültig sein, ob die Zuschauer ihn für einen Jämmerling hielten oder nicht ...

»Ich verdopple mein Angebot«, sagte Abu Dun. »Zehn Taler, wenn du gegen mich bestehst, Ungläubiger. Und du magst dein eigenes Schwert benutzen, wenn du willst.«

»Übertreib' es nicht, Abu Dun«, zischte Andrej. Die Worte des Nubiers machten ihn immer wütender. Sein Verstand sagte ihm, dass er sich benahm wie ein kompletter Narr und ganz genau das tat, was Abu Dun von ihm erwartete …

»Kann es sein, du trägst das Schwert nur zum Kartoffeln Schälen?«, höhnte Abu Dun. »Mir scheint, du bist nicht Manns genug, Ungläubiger. Ein Feigling und ein herausgeputzter Geck, das bist du. Sag, wartet dein Weib auf dich, oder musst du heim zur Mutter?«

Es war nicht das spöttische Gelächter der Männer und Frauen ringsum. Es war nicht einmal so sehr die Wut, die Abu Duns Worte immer heißer in ihm brennen ließ. Was Andrej schließlich dazu brachte, zur Bühne zurückzugehen, war Elenas Blick, den er aus den Augenwinkeln auffing. Er wusste, dass es kindisch war und durch und durch leichtsinnig, aber er hätte in diesem Moment den Gedanken einfach nicht ertragen, in Elenas Augen als Feigling dazustehen. Mit einem schnellen Satz war er auf dem Podest, zog das Schwert und trat Abu Dun entgegen. Der Nubier grinste triumphierend. Rason drehte die Sanduhr um und wollte sie wieder in die Höhe halten, aber Andrej schüttelte den Kopf.

»Nicht nötig«, sagte er. »Ich brauche dein Geld nicht. Und so lange wird es auch nicht dauern.«

»Hört, hört!«, rief einer der Zuschauer, andere begannen zu lachen oder stießen schrille Pfiffe aus.

Andrej griff ohne Vorwarnung an. Im letzten Moment riss Abu Dun seinen Säbel in die Höhe und parierte den Hieb, aber zwischen den Klingen sprühten Funken auf, und der riesige Nubier wankte unter der Wucht des Schlages.

Andrej ließ das Schwert sinken, erschrocken vom Ungestüm seines eigenen Angriffs. Er war zornig auf Abu Dun wie selten zuvor, aber er hatte nicht wirklich vorgehabt, ihn zu verletzen. Rasch tat er einen halben Schritt zurück und nahm sich vor, sich mehr zu beherrschen. Abu Dun hatte ihn aus der Reserve locken wollen und das war ihm gelungen, aber nun musste es gut sein.

Unglückseligerweise schien der Nubier das nicht so zu sehen. Er griff nun seinerseits an, und er legte kaum weniger Kraft in seine Hiebe als Andrej es gerade getan hatte.

Rings um sie herum wurde es mucksmäuschenstill, während ihre Schwerter immer schneller vor- und zurückzuckten, klirrend gegeneinander prallten oder nach einer Lücke in der Deckung des anderen suchten. Andrej wich weiter vor Abu Dun zurück. Obwohl er viel stärker als ein normaler Mann war, hatte er der schieren Masse des Nubiers nichts entgegenzusetzen und konnte nur mit Schnelligkeit und Geschick ausgleichen, was ihm Abu Dun an Kraft voraus hatte. Eine Zeit lang wogte der Kampf hin und her, ohne dass einer von ihnen wirklich einen Vorteil errang, doch Andrej spürte auch, wie seine Kräfte zu erlahmen begannen, während Abu Duns Angriffe immer aggressiver zu werden schienen.

»Verdammt, Abu Dun, was soll das?«, raunte er so leise, dass niemand der Umstehenden ihn verstehen konnte.

»Ich hab's dir doch gesagt – du lässt mir keine Wahl«, antwortete Abu Dun.

Andrej fand keine Gelegenheit, über diese Worte nachzudenken, denn er musste sich hastig ducken, um einem Schwerthieb zu entgehen, der ihm sonst den Kopf von den Schultern getrennt hätte.

»Bist du verrückt?«, zischte er. »Was sollte das denn werden?«

Und dann, ganz plötzlich, verstand er, dass aus dem Schaukampf Ernst geworden war. Abu Dun spielte nicht mehr mit ihm. Er wollte ihn verletzen. Töten?

Und er war nicht der einzige, der das begriff. Rings um sie

herum wurde es totenstill. Atemlos starrten die Menschen zu ihnen hinauf, während immer hellere Funken zwischen ihren Schwertern aufstoben und die beiden ungleichen Gegner immer blitzartiger zustießen, parierten, auswichen oder angriffen.

»Also gut«, keuchte Andrej. »Du hast es nicht anders gewollt.« Er täuschte einen Hieb gegen Abu Duns Schulter an, warf sich blitzschnell zur Seite und kam nach einer Rolle hinter dem Nubier wieder in die Höhe. Noch in der Bewegung stieß er zu. Tief bohrte sich die Klinge in Abu Duns Wade und fügte ihm eine heftig blutende Verletzung zu. Abu Dun schrie vor Schmerz und Wut, wirbelte herum, und Andrej versetzte ihm einen Fußtritt vor das verwundete Bein, der ihn vollends zu Boden schleuderte. Mit einer fließenden Bewegung war er über dem Nubier, ließ sich fallen und rammte ihm dabei beide Knie in den Leib. Dann setzte er ihm die Schwertspitze an die Kehle.

»Hast du jetzt genug?«, fragte er.

Abu Dun stöhnte. Der rasiermesserscharfe Stahl hatte seine Haut geritzt, und ein einzelner Blutstropfen quoll aus der Wunde und zeichnete eine glitzernde Spur auf seiner schwarzen Haut.

Andrej spürte, dass es schon wieder begann. Es war nur ein einzelner Blutstropfen, aber es fiel ihm unendlich schwer, seinen Blick davon loszureißen. Das Ungeheuer in ihm rührte sich, und Andrej stemmte sich mit aller Kraft gegen die düstere Gier, die schon wieder erwachen wollte. Für einen winzigen Moment war er abgelenkt, und dieser winzige Moment sollte alles entscheiden.

Vielleicht spürte Abu Dun, was geschah, und es war eine Verzweiflungstat, vielleicht hatte er aber auch nur Andrejs Unaufmerksamkeit gnadenlos ausgenutzt. Ohne Rücksicht darauf, dass er sich dabei noch mehr verletzte, warf der Nubier den Kopf zur Seite, sodass aus dem winzigen Schnitt an seinem Hals ein mehr als fingerlanger Spalt wurde, der heftig blutete, stieß Andrej mit der linken Hand von sich und rammte ihm mit der anderen den Krummsäbel bis ans Heft in den Oberkörper.

Im ersten Moment wusste Andrej nicht, was ihn mehr lähmte: Der grausame Schmerz, mit dem sich der Stahl durch seinen Brustkorb fraß, oder der Schock über das, was Abu Dun getan hatte.

Mit einem keuchenden, halb erstickten Schrei warf er sich mit solcher Wucht zurück, dass Abu Dun, der noch immer den Säbel umklammert hielt, erst losließ, als er mit in die Höhe gerissen wurde.

Rings um sie herum erscholl ein Chor entsetzter Schreie und Rufe, einige Frauen begannen zu kreischen, und Andrej sah wie durch einen von Blitzen durchzuckten, blutigen Nebelschleier, wie Elena entsetzt die Hände vor das Gesicht schlug. Er taumelte zurück, kämpfte vergeblich gegen das Gefühl zunehmender Schwäche an, und konzentrierte sich mit aller Macht darauf, nicht das Bewusstsein zu verlieren. Er durfte nicht ohnmächtig werden, nicht hier und jetzt. Die Klinge hatte sein Herz knapp verfehlt, und es würde nicht lange dauern, bis sich sein Körper von der Verwundung erholt hatte. Aber schwach, wie er war, konnten endlose Minuten vergehen, bis er das Bewusstsein wiedererlangte, Minuten, in denen er keine Kontrolle über das hatte, was rings um ihn und mit ihm geschah; und auch, und vielleicht vor allem, mit Abu Dun. Ein Teil von ihm weigerte sich noch immer, zu begreifen, was der Nubier getan hatte, aber auf einer dem bewussten Denken nicht ganz zugänglichen Ebene waren ihm seine Gründe vollkommen klar und auch, in welch entsetzliche Gefahr Abu Dun sich damit begeben hatte.

Würgend und Blut spuckend taumelte er rückwärts über die Bühne und hob in einer schwachen Bewegung die Hände vor das Gesicht, als er sah, wie Abu Dun aufsprang und auf ihn zukam.

Seine Kraft reichte nicht mehr, den Nubier zurückzustoßen. Abu Duns Hand umklammerte den Griff des Krummsäbels und riss ihn mit einem einzigen, grausamen Ruck wieder heraus. Der Schmerz war beinahe noch schlimmer als der erste. Andrej hatte keine Kraft mehr, zu schreien, und seine Lungen hatten sich mit Blut gefüllt, sodass er nur ein Würgen hervorbrachte. Die dunkelroten Schlieren vor seinem Gesicht wurden dichter, und schließlich wurde es schwarz um ihn.

Allerdings nur für wirklich wenige Augenblicke. Als er die Augen wieder aufschlug, lag er mit ausgebreiteten Armen auf dem Rücken. Sein Hemd war schwer und nass von seinem Blut, klebriger Kupfergeschmack füllte seinen Mund, und in seiner Brust pochte der Schmerz im rasenden Takt seines Herzens, der nicht verebbte, sondern mit jedem Schlag ein wenig schlimmer zu werden schien. Jemand beugte sich über ihn und rief ununterbrochen seinen Namen, aber er war nicht in der Lage, zu erkennen, wer, geschweige denn, ihm zu antworten. Die Welt schien nur noch aus Geschrei, stampfenden Schritten und Hast zu bestehen. Irgendwo am Rande seines Gesichtsfeldes flackerte ein finsterer, massiger Umriss, der irgendwie der Quell all dieser Aufregung zu sein schien, und jetzt glaubte er auch Schmerzensschreie zu hören.

Andrej schloss die Augen, versuchte die grausame Pein in seiner Brust zu ignorieren und konzentrierte sich mit aller Macht, seine außer Rand und Band geratenen Sinne zu beruhigen und sich wieder zu halbwegs klarem Denken zu zwingen. Es gelang ihm, wenngleich nicht annähernd so leicht, wie er es gewohnt war, und nicht annähernd so schnell.

Und dennoch: Als er die Augen wieder öffnete, da hatte sich sein Blick geklärt, und die Geräusche und Bewegungen, die er wahrnahm, ergaben wieder einen Sinn. Das Gesicht über ihm gehörte Elena, die neben ihm auf die Knie gesunken war und ihn in einer Mischung aus Unglauben und grenzenlosem Entsetzen anstarrte. Ihre Hände waren blutig – von seinem Blut – und ihre Lippen stammelten immer wieder seinen Namen. Der Schatten links von ihm war niemand anderer als Abu Dun, jedenfalls zum Teil, denn er hatte sich auf dem Bretterboden zusammengekrümmt und die Arme vor das Gesicht gerissen, um sich vor den Schlägen und Tritten eines guten halben Dutzends Männer zu schützen, die erbarmungslos auf ihn eindroschen. Laurus stand schreckensbleich im Hintergrund und blickte vom Lynchmob zu Andrej und wieder zurück.

Unsicher versuchte er, sich auf die Ellbogen zu stemmen. Elena keuchte, und das Entsetzen in ihren Augen flackerte zu neuer, noch höherer Glut auf. »Andrej!«, stieß sie hervor. »Um Himmels willen! Nicht bewegen!«

Sie versuchte, ihn mit sanfter Gewalt zurückzudrücken, aber Andrej schob sie ein Stück von sich fort und setzte sich auf. Seine Brust schmerzte noch immer, und die unvorsichtige Bewegung wurde sofort von einem leisen Schwindelanfall geahndet, aber seine Kräfte kehrten jetzt rasch zurück. »Es ist alles in Ordnung«, sagte er.

»Unsinn!« Elena schüttelte fast zornig den Kopf. »Du bist schwer ver-«

Sie stockte, und ihre Augen wurden groß. Aus dem Entsetzen in ihrem Blick wurde etwas anderes, als Andrej das durchlöcherte Hemd aus der Hose zog und mit einem Ruck vollends zerriss, so dass die Haut darunter zum Vorschein kam.

Seine Brust war unversehrt.

»Aber ... aber wie ... wie ist denn das ...?«, stammelte sie.

»Es ist alles in Ordnung«, sagte Andrej noch einmal. Er fügte noch ein beruhigendes Lächeln hinzu, dann stand er auf und drehte sich zu den Männern herum, die immer noch auf Abu Dun einprügelten und -traten. »Aufhören!«, rief er.

Zwei oder drei der Burschen ließen tatsächlich von ihrem wehrlosen Opfer ab, aber die anderen – allen voran der grobschlächtige Kerl, mit dem Abu Dun zuvor sein grausames Spiel getrieben hatte, droschen nur umso heftiger auf den Nubier ein. Erstaunlicherweise machte Abu Dun keinen Versuch, sich zu wehren. Er hatte sich zu einem Ball zusammengerollt und versuchte lediglich, sein Gesicht und die empfindlichsten Körperteile vor den schlimmsten Treffern zu schützen.

»Aufhören, habe ich gesagt!«, schrie Andrej noch einmal. Er wartete die Reaktion auf seine Worte gar nicht ab, sondern trat mit einem Schritt an Elena vorbei, packte zwei der jungen Männer gleichzeitig am Kragen und stieß sie grob davon. Ein dritter hielt in seinem Tun inne, wurde kreideweiß vor Schreck und taumelte wie unter einem Schlag zurück, obwohl Andrej ihn nicht einmal berührt hatte. Nur der große Bursche fuhr fort, mit beiden Fäusten auf Abu Dun einzudreschen. Andrej gestattete ihm noch einen letzten Schlag, dann packte er ihn im Nacken und riss ihn grob zurück.

»Bist du taub, Kerl? Ich hab gesagt, es ist genug!«

Er wirbelte den Burschen herum und ließ ihn los, darauf gefasst, sich selbst eines Angriffes erwehren zu müssen, aber der junge Mann starrte ihn nur aus hervorquellenden Augen an. Plötzlich schien alle Kraft aus ihm zu weichen, und anstelle des rasenden Jähzorns, der bisher in seinen Augen gelodert hatte, breitete sich fassungsloses Entsetzen darin aus.

»Beruhige dich«, sagte Andrej. »Es war nur ein Trick.«

Erst jetzt fiel ihm auf, dass es geradezu unheimlich still um sie herum geworden war. Die Schreie, das Kreischen und die wütenden Rufe waren verstummt, selbst das Kind hatte aufgehört zu weinen. Er musste sich nicht herumdrehen um zu wissen, dass sich alle Blicke auf ihn konzentrierten. Rasch kniete er neben Abu Dun nieder.

»Alles in Ordnung?«, fragte er.

Abu Dun nahm stöhnend den Arm herunter und drehte sich auf den Rücken. Sein Gesicht war blutüberströmt und begann bereits anzuschwellen. Die Nase schien gebrochen, und auch die Lippen waren aufgeplatzt und bluteten heftig. »Du hast ziemlich lange gebraucht«, knurrte er.

»Eigentlich hätte ich sie gewähren lassen sollen«, zischte Andrej. »Was sollte das, du Idiot? Nenn mir einen Grund, warum ich nicht zu Ende bringen soll, was die Menge begonnen hat.«

Langsam richtete er sich auf, drehte sich herum und ließ seinen Blick über die Gesichter der Menge unten vor der Bühne schweifen. Was er sah, gefiel ihm nicht. Ganz und gar nicht.

»Was ... hat das zu bedeuten?«, murmelte Laurus irgendwo hinter ihm.

Andrej ignorierte ihn, trat an den Rand der Bühne und zog das blutdurchtränkte und zerrissene Hemd aus. Mit bedächtigen Bewegungen knüllte er es zusammen und benutzte es dann, um sich das Blut vom Körper zu wischen. Er ging dabei viel bedächtiger zu Werke als nötig, und als er fertig war, breitete er die Arme aus und drehte sich langsam einmal um seine Achse. Auch, wenn er es bisher gar nicht für möglich gehalten hätte – es wurde noch stiller. Jeder dort unten schien buchstäblich das Atmen vergessen zu haben.

»Ihr braucht keine Angst zu haben«, sagte er mit ruhiger, weit schallender Stimme. »Ich bin nicht verletzt. Und was ihr gesehen habt, das war nur eine kleine Kostprobe der uralten Magie des Orients.« Einige Sekunden lang blieb er völlig reglos stehen, dann verbeugte er sich tief, machte einen Schritt rückwärts und deutete mit der linken Hand auf den Nubier, der sich unsicher neben ihm aufrichtete und deutlich weniger würdevoll als Andrej den Ärmel seines Mantels dazu benutzte, um das Blut abzuwischen, das noch immer aus seiner Nase strömte. »Abu Dun, der Vater des Todes!«

Für einen schier unendlich langen Moment hätte man eine Nadel fallen hören können. Dann aber begann irgendjemand zu applaudieren, ein zweiter tat es ihm gleich, und plötzlich schien das ganze Lager unter dem tosenden Applaus der Menge zu erbeben. Pfiffe und Hurra-Rufe wurden laut. Andrej atmete erleichtert auf. Der Moment der Gefahr schien gebannt, und anscheinend hatte er den Ton des prahlerischen Marktschreiers gut genug getroffen, um die Menge davon zu überzeugen, dass sie nur Zeuge eines besonders gelungenen Taschenspielertricks geworden war.

Und dennoch ließ sich Andrej von der allgemeinen Begeisterung nicht täuschen. Denn er sah, dass mitnichten alle Zuschauer applaudierten. Der eine oder andere stand immer noch wie gelähmt da und starrte ihn aus großen Augen an, und auf mehr als einem Gesicht entdeckte er Argwohn, ja, pure Angst.

So wartete er noch einige Momente, ehe er sich zu Abu Dun umwandte und ihm im Vorübergehen zuraunte: »Ich will dich sprechen. In meinem Wagen. Sofort.«

Abu Dun bleckte die blutverschmierten Zähne zu einem Grinsen, wofür Andrej sie ihm am liebsten auf der Stelle eingeschlagen hätte. Mit einem Ruck fuhr er herum, sprang von der Bühne und eilte zu seinem Wagen.

Er kam nicht dazu, mit Abu Dun zu reden; jedenfalls nicht so, wie er es vorgehabt hatte, und nicht an diesem Abend.

Sowohl die Zuschauer als auch die anwesenden Sinti hatten ihm teils respekt-, teils angstvoll Platz gemacht, als er auf seinen Wagen zuschritt, und tatsächlich war Abu Dun ihm schon nach wenigen Augenblicken gefolgt. Aber er war nicht allein gekommen, sondern in Begleitung von Laurus und Elena. Und Laurus hatte die folgenden Minuten damit zugebracht, so lautstark herumzutoben, dass man ihn zweifellos im ganzen Lager hören konnte, und Andrej und Abu Dun mit derart fantasievollen Schimpfworten zu belegen, dass selbst der Nubier ein paar Mal überrascht die Augenbraue gehoben hatte.

Und es wurde nicht besser. Laurus schien nicht die Absicht zu haben, sich irgendwann beruhigen zu wollen, sondern brüllte sich ganz im Gegenteil immer mehr in Rage, bis es schließlich selbst Elena zu viel wurde und sie ihm besänftigend eine Hand auf den Unterarm legte.

Laurus schüttelte sie unwirsch ab, aber er verstummte und presste für einen Moment die Kiefer so fest aufeinander, dass man seine Zähne knirschen hören konnte. Dabei sah er Abu Dun und Andrej wütend und herausfordernd zugleich an.

»Und jetzt will ich wissen, was das alles zu bedeuten hat«, sagte er schließlich. Er hatte diese Frage in den zurückliegenden Minuten mindestens zehn Mal gestellt, allerdings ohne ihnen die Gelegenheit zu einer Antwort zu geben. Jetzt aber wartete er sichtlich darauf, und auch wenn seine Stimme leiser geworden war, so hatte sich doch ein neuer Ton hineingeschlichen, der Andrej deutlich machte, dass es besser war, darauf einzugehen: Und zwar auf eine Art, die Laurus überzeugte.

»Das war nur ein Trick«, sagte er. »Euer Sohn hat es doch selbst gesagt, Laurus: Abu Dun ist ein großer Zauberer. Wir haben –«

»Humbug!«, zischte Laurus auf eine Art, die ihn trotzdem irgendwie schreien ließ. »Ich weiß, was ich gesehen habe. Ich habe –«

»– genau das gesehen, was Ihr sehen solltet«, unterbrach ihn Abu Dun. Er tauschte einen beredten Blick mit Andrej und fuhr dann mit einem Lächeln fort: »Es war nichts als ein Taschenspielertrick, Laurus. Genau wie Andreas sagt.«

»Taschenspielertrick?«, höhnte Laurus. »Ich bin weder

dumm noch blind, Muselmann. Ich habe schließlich *gesehen*, wie dein Schwert ihn aufgespießt hat.«

»Ihr habt gesehen, was Ihr zu sehen erwartet habt, Laurus«, sagte Andrej. »Glaubt uns – es war nichts als ein Trick. Wenngleich ein wirklich guter.«

»Eigentlich wollten wir ihn erst morgen Abend zum Besten geben«, fügte Abu Dun hinzu, »aber dann erschien mir der Moment günstig, ihn erst mal vor einem nicht ganz so großen Publikum zu probieren.«

»Ein Trick?«, fragte Laurus noch einmal. Er sah Elena an, erntete nur ein hilfloses Achselzucken, dann Abu Dun und schließlich Andrej. »Das ist nicht wahr.«

»Natürlich ist es wahr«, behauptete Andrej und ließ seine linke Hand auf die völlig unversehrte Haut seines nackten Oberkörpers klatschen. »Ich stehe ohne einen Kratzer vor Euch, oder? Schweineblut, ein präpariertes Schwert und eine flinke Hand sind alles, was nötig ist, um das Auge zu täuschen. Vor allem dann, wenn es getäuscht werden will.« Er lächelte flüchtig. »Ich dachte, dass Ihr das am besten wisst.«

»Humbug«, sagte Laurus wieder. »Ihr habt völlig Recht, Andreas. Ich weiß, wie leicht man getäuscht werden kann. Und eben darum ist es nicht leicht, mich zu täuschen. Jedenfalls nicht so. Also, verkauft mich nicht für dumm!«

»Also gut, ich gebe es zu«, sagte Andrej und wand sich vor gespielter Zerknirschung. »Ihr habt uns durchschaut, Laurus. Abu Dun und ich sind wirkliche Zauberer.« Er schmunzelte.

»Das ist nicht komisch«, sagte Elena.

Andrejs Lächeln erlosch. »Das soll es auch nicht sein«, sagte er. »Was wollt Ihr jetzt von mir hören, Laurus? Die Wahrheit, oder irgendeine Ausrede, die besser zu dem passt, was Ihr Euch selbst schon zurechtgelegt habt? Es *war* ein Trick.«

»Dann verratet mir, wie er funktioniert«, verlangte Laurus.

Bevor Andrej antworten konnte, stieß Abu Dun ein leises

Lachen aus. »Aber ich bitte Euch, Laurus«, sagte er, »welcher Magier hätte je seine Tricks verraten? Was ist ein Geheimnis wert, wenn man es jedem, der danach fragt, sogleich offenbart?«

Laurus schwieg eine geraume Weile. Sein Blick irrte unsicher zwischen Abu Dun und Andrej hin und her, aber schließlich wandte er sich dem Nubier zu. »Ihr beiden müsst völlig verrückt sein«, sagte er. »Wenn ihr lügt, dann, weil ihr euch wirklich einbildet, ich würde das glauben. Und wenn ihr die Wahrheit sagt, dann noch mehr.«

»Wieso?«, fragte Abu Dun. »Könnt Ihr Euch auch nur vorstellen, was alle, die uns gerade zugesehen haben, ihren Freunden, Verwandten und Nachbarn in der Stadt erzählen werden?«

»Ja, das kann ich nur zu gut«, sagte Laurus bitter.

»Spätestens morgen werden sie in Scharen hierher strömen«, fuhr Abu Dun fort. »Ihr könnt an Eintritt verlangen, so viel Ihr wollt. Jeder wird jeden Preis zahlen, um den Mann zu sehen, der den Tod besiegt.«

Laurus starrte ihn fassungslos an. »Großer Gott, ich befürchte, du meinst das ernst«, murmelte er. Als er sich zu Andrej umdrehte, wirkte er plötzlich unendlich müde. In fast flehendem Tonfall fuhr er fort: »Vielleicht sollte ich dem Muselmanen nicht böse sein, denn anscheinend weiß er es nicht besser. Aber von Euch, Andreas, hätte ich mehr Vernunft erwartet. Könnt Ihr auch nur erahnen, was geschieht, wenn Schulz und dieser Handmann von dem hören, was hier heute Abend passiert ist? Oder wenn sie es gar selbst sehen?«

Andrej schwieg und hielt Laurus' Blick gelassen Stand. Aus den Augenwinkeln sah er, wie Abu Dun gekonnt den Verdutzten spielte und mit einem Ausdruck der Überraschung die Augen aufriss. »Aber –«

»Aber«, sagte Laurus und nickte. »Gott im Himmel, wir können froh sein, wenn sie mit einer Hundertschaft Soldaten hierherkommen und uns nur peinlich verhören, statt gleich das Lager anzuzünden und zuzusehen, wie wir verbrennen. Ihr und Euer närrischer Freund, Andreas, Ihr habt uns ...« Er rang sichtlich um Worte, schien aber nicht imstande, seinem Entsetzen Ausdruck zu verleihen und wandte sich abrupt um. »Ich muss ... nachdenken«, sagte er. »Grundgütiger Gott, was habt ihr nur getan?« Mit diesen Worten stürmte er fast fluchtartig aus dem Wagen.

Elena sah ihm traurig nach, blickte dann zu Andrej und schien etwas sagen zu wollen. Doch dann beließ sie es bei einem Kopfschütteln und folgte ihrem Mann mit hängenden Schultern.

Andrej wartete einen Moment, dann ging er zur Tür, um sich davon zu überzeugen, dass niemand vor dem Wagen stand und sie belauschte. Schließlich drehte er sich zu Abu Dun herum und sah ihm fest ins Gesicht.

Der riesige Nubier lehnte lässig an der Wand, die Arme vor der Brust verschränkt, ein dünnes Lächeln umspielte seine Lippen.

»Ist dir eigentlich klar, was du getan hast?«, fragte Andrej. Er sprach sehr leise, flüsterte fast. Er wollte schreien, wollte wütend werden, ja, er wünschte sich fast, die Kraft zu haben, um sich auf Abu Dun zu stürzen und auf ihn einzuschlagen. Aber in ihm war nur kaltes Entsetzen, und ein Zorn von bisher nie da gewesener Qualität, der auch nicht weichen würde, wenn er seinen Gefühlen gewaltsam Ausdruck verlieh.

»Ich hab dich gewarnt«, sagte Abu Dun, ebenso leise und ebenso ernst. Er lächelte nicht mehr. »Aber du hast mir ja keine andere Wahl gelassen.«

»Keine andere Wahl als was?«, fragte Andrej. »Aller Welt mein Geheimnis zu offenbaren?«

Statt einer Antwort nahm Abu Dun die Arme herunter und begann, im Wagen auf und ab zu gehen. »Laurus hat Recht, weißt du?«, sagte er schließlich. »Spätestens morgen werden unsere Freunde aus der Stadt hier erscheinen, und sie werden wissen wollen, wie unser kleines Zauberkunststückchen funktioniert.« Er blieb stehen und lächelte Andrej zu. »Ich fürchte sogar, sie werden ziemlich nachdrücklich darauf bestehen, dass wir ihnen das Geheimnis verraten.«

»Du weißt genau, dass ich das nicht kann.«

Abu Dun hob die Schultern. »Dann bleibt uns nur noch ein einziger Ausweg.« Er machte eine Kopfbewegung zur Tür. »Brechen wir sofort auf, oder warten wir, bis alle Zuschauer nach Hause und deine Freunde schlafen gegangen sind?«

»Du bist wahnsinnig«, sagte Andrej. »Weißt du, was du getan hast?«

»Dafür gesorgt, dass wir von hier verschwinden«, sagte Abu Dun ruhig. »Es sei denn, du findest Gefallen an dem Gedanken, die Attraktion von heute Abend in den nächsten beiden Wochen Tag für Tag zu wiederholen. Wer weiß, vielleicht werden wir wirklich reich mit diesem Kunststück. Doch wenn du mich fragst, wird uns das eher auf den Scheiterhaufen bringen.«

»Du hast die ganze Sippe hier zum Tode verurteilt«, sagte Andrej leise. »Um Himmels willen, Abu Dun, ist dir das nicht klar? Weißt du nicht, was passiert, wenn sie morgen kommen und nach uns suchen, und wir sind nicht mehr hier? Sie werden Laurus, Elena und jeden einzelnen der Familie vor die Inquisition schleifen und auf den Scheiterhaufen werfen.«

»Ach was«, sagte Abu Dun leichthin. »Sie werden ein paar unangenehme Fragen beantworten müssen, werden die ganze Schuld auf uns schieben – vermutlich auch das, was diesem Simpel von Müller und deinem Freund, dem Pfaffen, zugestoßen ist – und dann wird man sie davonjagen. Niemand wird zu Schaden kommen.«

»Und wenn doch, was macht es schon? Wir werden ja ohnehin nichts davon erfahren, nicht wahr?«, rief Andrej aufgebracht. Er war fassungslos. Er hatte Abu Dun nie als sonderlich gefühlsbetonten Mann kennen gelernt und schon gar nicht als jemanden, der übermäßig viel Rücksicht auf das Schicksal anderer nahm. Immerhin hatte der Nubier in den ersten Jahrzehnten seines Lebens nicht schlecht davon gelebt, Menschen zu verkaufen. Und dennoch fiel es ihm schwer, zu glauben, dass Abu Dun das Leben Dutzender Unschuldiger aufs Spiel setzen wollte, nur um seinen *Willen* durchzusetzen.

»Ich gehe und sattle die Pferde«, sagte Abu Dun. »In einer Stunde bin ich fort. Und wenn du auch nur noch eine Spur von Verstand hast, dann begleitest du mich.«

Andrej trat widerspruchslos zur Seite, um ihn vorbeizulassen, und er sagte auch nichts, als Abu Dun den Wagen verließ und mit schnellen Schritten in der Dunkelheit verschwand. Irgendwie fiel es ihm immer noch schwer, zu glauben, was er gerade selbst erlebt hatte. Das war nicht der Abu Dun, den er kannte. Das war nicht einmal der Abu Dun, den er einmal gekannt *hatte.*

Und das Allerschlimmste war: Der Freund hatte Recht. Sie konnten nicht länger hier bleiben. Nicht nach dem, was Abu Dun getan hatte und dessen all diese Menschen Zeugen geworden waren.

Müde ließ er sich auf die Bettkante sinken, verbarg das Gesicht in den Händen, und versuchte, Klarheit in seine Gedanken und Gefühle zu bringen. Es gelang ihm nicht. Je angestrengter er es versuchte, desto verwirrter und hilfloser fühlte er sich. Es war, als hindere ihn etwas daran, geordnet zu denken und zu erkennen, was in dieser Situation zu tun war.

Ein Geräusch bei der Tür riss ihn in die Wirklichkeit zurück. Andrej ließ die Hände sinken, darauf gefasst, Laurus oder einen seiner Stiefsöhne zu erblicken, möglicherweise auch Abu Dun, der zurückgekommen war, um noch ein wenig Salz in seine Wunden zu reiben. Aber er konnte nur einen

Schatten erkennen, der auf unheimliche Weise fast keine Substanz zu haben schien, als ob selbst das Mondlicht, das durch die Fenster hereinströmte, seine Berührung fürchtete. Doch noch bevor sie den ersten Schritt auf ihn zu tat, erkannte er ihren Duft und den vertrauten Rhythmus ihres Atems.

»Elena«, murmelte er. »Warum bist du zurückgekommen? Du solltest nicht hier sein.«

»Hier ist der einzige Ort, an dem ich im Moment sein sollte«, erwiderte Elena und kam auf ihn zu. Er hörte das Rascheln von Stoff, und noch bevor sie ihn ganz erreicht hatte, ließ sie das Kleid von den Schultern gleiten und trat mit einem einzigen Schritt vor ihn.

»Nicht«, murmelte Andrej. Er schloss die Augen und ballte die Hände fest zu Fäusten, aber es nutzte nichts. Auch mit geschlossenen Augen sah er sie so vor sich stehen, wie sie war, nackt und verlockend und in ihrer ganzen, unbeschreiblichen Schönheit. Es war der unpassendste aller nur denkbaren Momente, aber Andrej war hilflos gegen das, was sie in ihm auslöste.

»Nein«, sagte er trotzdem. »Elena, nicht jetzt. Ich bitte dich.«

»Es gibt keinen Grund zur Furcht«, sagte Elena. Sie war jetzt ganz nahe, aber sie berührte ihn nicht, sondern schob sich anmutig an ihm vorbei, um sich auf der schäbigen Bettstatt hinter ihm auszustrecken, die allein dadurch plötzlich zum prunkvollen Lager einer Königin wurde. »Mach dir keine Sorgen, Liebster. Laurus wird nicht kommen.«

Er hatte nicht einmal an Laurus gedacht. Aber plötzlich spielte das keine Rolle mehr. Er konnte auch nicht mehr sagen, woran er gedacht hatte, und was auf der Welt überhaupt noch wichtig war. Lächelnd drehte er sich zu ihr herum und schloss sie in seine Arme.

Wieder war er eingeschlafen, doch als er diesmal erwachte, war es noch nicht Tag, und Elena lag noch immer in seinem Arm.

Ihr gleichmäßiger Atem verriet, dass sie schlief, aber ihr Körper schien wie im Fieber zu glühen, und – seltsam genug – Andrej fühlte sich zwar ebenso ausgelaugt und erschöpft wie beim letzten Mal, nachdem sie sich geliebt hatten, doch er konnte sich an keine Einzelheit mehr erinnern; weder daran was, noch wie oft sie es getan hatten. Er spürte nur, dass Zeit vergangen war, deutlich mehr als die Stunde, die Abu Dun ihm gegeben hatte, und eigentlich sollte er bei diesem Gedanken erschrecken oder zumindest ein schlechtes Gewissen haben. Doch weder bedauerte er, noch begrüßte er den Gedanken, dass er die Frist hatte verstreichen lassen und Abu Dun jetzt vermutlich schon nicht mehr hier war.

Behutsam versuchte er sich aufzusetzen und seinen Arm unter Elenas Schultern hervorzuziehen, doch so vorsichtig er dabei auch zu Werke ging, Elena schlug erschrocken die Augen auf und sah ihn einen Moment so verwirrt an, als müsse sie sich erst darauf besinnen, wo sie war. Dann aber erschien ein strahlendes Lächeln in ihren Augen. Sie setzte sich auf und griff nach seiner Hand. Einen Moment lang hielt er sie einfach nur fest, dann berührte sie flüchtig seine Fingerspitzen mit den Lippen und glitt mit einer fast schwerelos wirkenden Bewegung aus dem Bett, um sich nach ihrem Kleid zu bücken.

Andrej sah schweigend zu, wie sie sich anzog, und er war fast sicher, dass sie einfach gehen und ihn allein lassen würde wie gestern, aber stattdessen wandte sich Elena noch einmal um und nahm neben ihm auf der Bettkante Platz. Er wollte sich aufsetzen, doch sie legte die gespreizten Finger ihrer Linken auf seine Brust und drückte ihn mit sanfter Gewalt zurück. Ihr Blick glitt über seinen Körper und blieb auf der Brust in Höhe des Herzens hängen.

»Nicht der geringste Kratzer«, sagte sie kopfschüttelnd. »Wenn ich es nicht besser wüsste, dann könnte ich glauben, dass du wirklich ein Zauberer bist.«

»Weißt du es denn besser?«, fragte Andrej.

»Weiß ich es besser?«

Nicht zum ersten Mal war Andrej gefährlich nah daran, Elena einfach die Wahrheit zu sagen, ihr zu offenbaren, wer und was er war und warum sie wirklich hierher gekommen waren. Doch stattdessen sagte er: »Wenn es hier einen Zauberer gibt, dann bist du das.«

»Aber was habe ich denn getan?«, fragte Elena mit einem unschuldigen Augenaufschlag.

»Wenn ich das wüsste«, erwiderte Andrej. »Nie zuvor hat mich eine Frau so sehr in ihren Bann geschlagen wie du.«

»Vielleicht bist du noch nie einer richtigen Frau begegnet?« Sie lachte, und eigentlich sollte Andrej in dieses Lachen einstimmen, denn natürlich war es nichts anderes als eine scherzhafte Bemerkung, um ihn zu necken. Und doch war etwas daran, das ihn schaudern ließ.

»Vielleicht«, sagte er nur.

Wieder sah sie auf seine Brust. »Verrätst du mir, wie ihr das macht?«, fragte sie.

»Ich glaube nicht«, sagte Andrej. »Du hast doch gehört, was Abu Dun zu Laurus gesagt hat: Was ist ein Geheimnis wert, wenn man es jedem offenbart, der danach fragt?«

»Willst du damit sagen, ich wäre jeder?«, fragte Elena lachend.

»Nein«, versicherte Andrej. »Aber es ist kompliziert. Nicht so einfach zu erklären, und jetzt …« Er hob die Schultern. »Ist nicht der richtige Moment. Vielleicht später.«

»Wenn du es jemandem verrätst, dann mir«, beharrte Elena. Sie beugte sich noch einmal vor, berührte die Stelle, an der Abu Duns Schwert seinen Körper durchbohrt hatte mit den Lippen und stand dann mit einer fast hastigen Bewegung auf.

»Ich sollte jetzt wirklich gehen«, sagte sie. »Ich habe Laurus erzählt, ich wäre bei Anka. Manchmal bleibe ich lange bei ihr, aber heute ist kein normaler Tag, und er könnte am Ende doch misstrauisch werden, wenn ich zu lange fort bleibe.«

»Und wenn er zu Anka geht, um nach dir zu suchen?«, fragte Andrej.

Elena schüttelte energisch den Kopf. »Laurus geht niemals zu Anka.«

Andrej erhob sich, griff nach seinen Kleidern und begann, sich anzuziehen, auch wenn er selbst gar nicht genau wusste, warum. Er war, wenn auch auf eine sehr wohltuende Art, unendlich müde. Aber aus einem Grund, der ihm selbst nicht ganz klar war, *wollte* er nicht schlafen. »Warum hasst dein Mann Anka eigentlich so?«, fragte er.

Elena, die schon fast auf halbem Wege zur Tür gewesen war, blieb noch einmal stehen und wandte sich zu ihm um. Er konnte sehen, wie es hinter ihrer Stirn arbeitete, und er war sicher, auch diesmal nur eine ausweichende oder gar keine Antwort zu bekommen, doch er täuschte sich.

»Du weißt, wer Anka ist?«, fragte sie.

»Eure Puuri Dan«, sagte Andrej. »Auch wenn ich gestehe, dass ich nicht ganz genau weiß, was das ist.«

»Sie ist die Hüterin unseres Wissens«, sagte Elena. »Jede Sinti-Familie hat ihre Ehrwürdige Frau. Sie erzählt die Geschichten der Alten, die Legenden unserer Vorzeit, aber sie lehrt uns auch alles über die Kräfte der Natur und die geheime Magie unserer Vorfahren.«

»Was du mir über den Wald und seine Stimme erzählt hast – das weißt du von ihr?«, fragte Andrej.

Seltsamerweise huschte ein Schatten von Trauer über Elenas Gesicht. »Ja«, sagte sie. »Das und noch so vieles mehr. Und doch gibt es noch so viel mehr, was ich von ihr lernen muss.«

»Du?«

»Sie mag alt geworden sein, und sicher auch ein wenig wunderlich«, antwortete Elena. »Es ist nicht leicht, mit ihr auszukommen. Das war es nie. Anka war niemals ein wirklich guter Mensch, auch nicht, als sie noch jung war.«

»Und deshalb mag dein Mann sie nicht?«, fragte Andrej. »Hat er Angst, dass sie ihm den Rang streitig macht?«

Seine Frage schien Elena noch trauriger zu stimmen. Sie sah eine Weile an ihm vorbei ins Leere, und als sie fortfuhr, war ihre Stimme noch leiser geworden. »Es gibt immer eine Puuri Dan. Es liegt an dem, was sie sind und wissen, dass sie meistens sehr alt werden – wenn auch selten so alt wie Anka. Ihr Wissen darf nicht verloren gehen. Deshalb gibt es auch immer eine Nachfolgerin, die von der Puuri Dan ausgebildet und unterrichtet wird, wenn sie ihre Zeit nahen fühlt. Und diese Nachfolgerin ...«

»... bist du«, vermutete Andrej. Er war nicht überrascht. Nichts anderes hätte Sinn gemacht.

Elena nickte. »Noch nicht, aber ich werde es sein, wenn Anka stirbt. Und ich fürchte, es wird nicht mehr sehr lange dauern.«

»Und das ist der Grund, aus dem Laurus Anka so sehr hasst?«, wunderte sich Andrej.

»Die Puuri Dan ist unantastbar«, sagte Elena. »Laurus wird mich verlieren, wenn Anka stirbt und ich ihre Nachfolgerin werden. Kein Mann darf die Puuri Dan berühren, niemand der nicht unseres Blutes ist, mit ihr reden oder ihr auch nur nahe kommen. *Deshalb* hasst er sie.«

Andrej starrte sie ungläubig an. »Du meinst –?«

»Ich meine«, unterbrach ihn Elena mit trauriger aber auch sehr fester Stimme, »dass es eine große Ehre für mich ist, diese Aufgabe zu übernehmen, die vielleicht die wichtigste ist, die es bei uns gibt. Aber ich werde einen Preis dafür zahlen müssen.«

»Einen sehr hohen Preis«, sagte Andrej erschüttert.

»Ja«, antwortete Elena. »Aber ich werde mich nicht beklagen. Das Wohl unseres Volkes zählt mehr als das eines einzelnen Menschen, und auch Laurus weiß das. Er wird nicht versuchen, mich daran zu hindern, und ich glaube, er hasst sich selbst für die Gefühle, die er Anka entgegenbringt. Er ist kein schlechter Mensch, Andreas. Und auch wenn er es manchmal, wie ich zugeben muss, gut zu verbergen weiß – er ist ein sehr kluger Mann. Aber er ist auch ein Mann, und er kann nicht aus seiner Haut.«

»Er liebt dich«, sagte Andrej.

»Vielleicht mehr, als du ahnst«, antwortete Elena. »Vielleicht sogar mehr, als ich ahne. Aber er weiß, dass es eines Tages so weit kommen wird.«

Andrej schwieg. Elenas Worte hatten ihn zuerst überrascht, dann erschreckt und schließlich zornig gemacht, aber keines dieser Gefühle war wirklich berechtigt. Plötzlich schien alles, was er jemals über sie und Laurus gedacht hatte, keine Gültigkeit mehr zu besitzen. Wie konnte er für einen Mann, der eine Frau wie Elena besaß und wusste, dass sie ihm genommen werden würde, irgendetwas anderes empfinden als Mitleid?

Und Elena? Andrej spürte plötzlich einen bitteren, harten Kloß im Hals, der ihm den Atem abschnürte. Wie oft schon hatte er Geschichten wie diese gehört? Wie oft schon hatte er miterlebt, dass Menschen für ihren Glauben nicht nur ihr Leben, sondern unendlich viel mehr zu opfern bereit waren? Er hätte ihr sagen können, dass fast alle es bereut hatten, dass es die große Wichtigkeit, von der sie träumten, nicht gab.

Aber er schwieg. Auch das hatte er zu oft erlebt. Er hatte nicht die Macht, einen Menschen vor sich selbst zu retten, und er hatte nicht das Recht, Elena die einzige Lüge, die ihr half, das vor ihr liegende Schicksal zu akzeptieren, zu nehmen.

Als hätte sie seine Gedanken gelesen, lachte Elena plötzlich leise auf. »Jetzt schau nicht so traurig. Noch ist es nicht soweit. Anka ist zäh, und ganz nebenbei auch viel zu stur, um uns allen den Gefallen zu tun, jetzt schon zu sterben. Und dass ich bis dahin nicht unberührbar bin, solltest du mittlerweile wissen.« Andrej stimmte in ihr Lachen ein, aber es war nicht echt, und als sich Elena erneut zum Gehen wandte, versuchte er nicht, sie zurückzuhalten.

Kaum war er allein, da brach die Müdigkeit wieder mit aller Macht über ihn herein, als hätte sie wie eine lauernde Spinne in ihrem Netz gewartet, bis Elena gegangen war. Seine Lider wurden schwer. Sein Kopf sank nach vorne, und er spürte, dass er im Begriff war, im Sitzen einzuschlafen. Doch statt dem fast übermächtigen Bedürfnis nachzugeben, straffte er sich, stand auf und verließ den Wagen.

Es war spät in der Nacht. Irgendwo am anderen Ende des Lagers brannte noch ein Feuer, eine flackernde rote Insel aus zurückweichender Helligkeit in der Schwärze einer Neumondnacht, und er konnte sogar noch Elenas Schritte hören, die sich rasch entfernten, darüber hinaus aber hatte sich absolute Stille über dem Lager ausgebreitet. Andrej blieb eine Weile reglos stehen, atmete die kühle, sauerstoffreiche Nachtluft und kämpfte die Müdigkeit nieder. Dann wandte er sich nach links und ging zu Abu Duns Zelt.

Obwohl er längst wusste, was er vorfinden würde, war er enttäuscht, als er die Plane zurückschlug und das Lager verlassen fand.

Also war Abu Dun diesmal wirklich gegangen.

Er hatte damit gerechnet, und doch hatte er sich bis zum letzten Moment an die widersinnige Hoffnung geklammert, der Nubier hätte sich eines Besseren besonnen und auf ihn gewartet. Vielleicht wäre er tatsächlich mit Abu Dun aufgebrochen, nicht aus Überzeugung, sondern einfach, weil die Dinge so waren, wie sie nun einmal waren, und weil ihm dieses letzte Gespräch mit Elena klargemacht hatte, dass es auch für sie keine Zukunft gab, auch nicht, wenn Abu Duns Irrsinnstat von heute Abend nie stattgefunden hätte.

Ja, vielleicht wäre er mit ihm gegangen. Aber Abu Dun hatte ihm die Entscheidung abgenommen. Traurig und von einer Mutlosigkeit erfüllt, die sich wie ein schleichendes Gift in seinem Herzen auszubreiten begann, ging er zu seinem Wagen zurück.

Es war Bason, der ihn am nächsten Morgen weckte; ziemlich unsanft und alles andere als in guter Stimmung. Ohne zu dem von flirrendem Sonnenlicht erfüllten Fenster sehen zu müssen, wusste Andrej, dass mindestens zwei, wenn nicht mehr Stunden verstrichen waren, seit die Nacht sich zurückgezogen hatte. Er hatte entsetzliche Kopfschmerzen, schlimm genug, um ihm die Tränen in die Augen zu treiben und Basons Gesicht hinter einem grauen Schleier auseinander fließen zu lassen, und im ersten Moment versuchte er gar nicht erst, sich zu bewegen, denn er wusste, dass er es nicht gekonnt hätte. Er fühlte sich unendlich schwach.

»Andreas, ich bitte dich!«, rief Bason, heftig an seiner Schulter rüttelnd. »Wach auf!«

Bason schrie fast, und in seiner Stimme war ein Ton, der Andrej sagte, dass irgendetwas Schlimmes passiert sein müsse; und eigentlich hätte er wissen müssen, was. Aber es fiel ihm sonderbar schwer, sich an den vergangenen Abend zu erinnern, und noch schwerer, an die Nacht danach. Elena war zu ihm gekommen, das wusste er noch – aber mehr nicht.

»Andreas, es ist wirklich wichtig«, sagte Bason. »Was ist los mit dir? Bist du krank?«

Irgendwie raffte Andrej die letzte Energie zusammen, um den Kopf zu schütteln und sich halb aufzusetzen, aber danach musste er sekundenlang reglos sitzen bleiben, um neue Kraft zu sammeln. Er fühlte sich ausgelaugt, und obwohl er stundenlang geschlafen hatte, buchstäblich zum Umfallen müde.

»Was ist denn los?«, murmelte er. »Was willst du?«

»Laurus schickt mich«, antwortete Bason. »Dieser Schulz ist gekommen.«

Andrej hob langsam den Kopf und fuhr sich mit dem Handrücken über die tränenden Augen. »Schulz?«, fragte er verständnislos.

»Ich weiß nicht, was passiert ist«, antwortete Bason. Er wirkte verstört, beinahe ängstlich. »Aber irgendetwas muss passiert sein. Laurus ist sehr aufgeregt. Er sagt, du sollst sofort kommen.«

»Meinetwegen«, sagte Andrej. Er versuchte, aufzustehen, sank mit einem seufzenden Laut zurück und griff dankbar nach Basons Hand, die dieser ihm auch sogleich entgegenstreckte. Selbst mit Hilfe des jungen Sinti gelang es ihm kaum, auf die Füße zu kommen, und als er endlich stand, da wankte er vor Benommenheit und Schwäche. Seine Lippen waren aufgeplatzt und fühlten sich an, als hätte er seit einer Woche nichts mehr getrunken, und obwohl Basons Stimme keinerlei Zweifel daran aufkommen ließ, wie ernst seine Worte gemeint waren, war Andrej einen Moment lang versucht, sich einfach wieder auf das Bett sinken zu lassen und weiterzuschlafen.

»Bist du krank?«, fragte Bason noch einmal, und jetzt im Ton ehrlicher Besorgnis.

»Nein«, antwortete Andrej. »Ich fühle mich nicht gut, aber ich glaube, ich habe einfach zu wenig geschlafen. Und vielleicht zu viel getrunken.« Er machte einen Schritt. »Bring mich zu Laurus.«

»So?« Bason riss die Augen auf. Andrej sah ihn einen Moment lang verständnislos an, dann blickte er an sich herab und stellte erst jetzt fest, dass er nackt war.

»Nun denn«, sagte er. »Warte noch einen Augenblick.« Er

begann mit umständlichen, noch immer schlaftrunkenen Bewegungen, seine Kleider zusammenzusuchen, schlüpfte in Hose und Stiefel, und hob schließlich das zerfetzte und blutdurchtränkte Hemd auf. Einen Moment lang betrachtete er die zerrissenen Überreste des Kleidungsstückes stirnrunzelnd, dann ließ er es mit einem Seufzen zu Boden fallen und sagte: »Das war mein letztes Hemd.«

»Ich gebe dir eins von mir«, sagte Bason, »aber jetzt komm, bitte. Es ist wirklich wichtig.« Er ging zur Tür und trat unruhig auf der Stelle, bis Andrej sich endlich erhob und ihm folgte.

Er hob schützend die Hand vor die Augen, als er in das grelle Sonnenlicht hinaustrat. Ein vorsichtiger Blick gen Himmel sagte ihm, dass er seine erste Schätzung korrigieren musste – die Sonne war aufgegangen, aber es konnte kaum länger als eine Stunde her sein, und im Lager herrschte etwas, das Andrej nur als stille Aufregung bezeichnen konnte; er hörte weder ein lautes Wort, noch sah er eine hektische Bewegung, aber er konnte die Anspannung spüren, die von den Menschen Besitz ergriffen hatte.

»Was ist passiert?«, fragte er. Die Bewegung tat ihm gut. Sein Kreislauf kam allmählich in Schwung, und aus der lähmenden Müdigkeit wurde Benommenheit, immer noch unangenehm, aber beherrschbar.

Bason hob hilflos die Schultern. »Ich weiß es nicht genau«, sagte er. »Zuerst dachte ich, es hätte was mit gestern Abend zu tun. Mit dem, was dein Freund und du getan habt. Aber jetzt bin ich nicht mehr sicher.«

Sie durchquerten das Lager mit schnellen Schritten. Als sie näher kamen, sah Andrej einen der beiden Bewaffneten, in deren Begleitung Schulz schon einmal hergekommen war, in eindeutig drohender Haltung vor Laurus' Wagen stehen; der andere war vermutlich mit seinem Dienstherren drinnen. Andrej wollte den Wagen unverzüglich ansteuern, aber

Bason schüttelte den Kopf, deutete verstohlen auf eine Lücke zwischen zwei der großen Wohnwagen und sagte: »Warte hier. Ich bringe dir ein Hemd. Rühr dich nicht von der Stelle.«

Andrej tat, wie Bason ihn geheißen hatte, ohne den Sinn dieser Anweisung wirklich zu verstehen. Offensichtlich wollte Bason nicht, dass der fremde Krieger ihn ohne Hemd sah – als ob das irgendetwas ausmachte. Aber er wartete geduldig, bis Bason wiederkam. Er trug ein einfaches weißes Hemd und eine zusammengefaltete Weste über dem Arm. Fast unwirsch forderte er Andrej auf, beides anzuziehen und hob schließlich wenig begeistert die Schultern. »Nun ja, schließlich willst du nicht auf Brautschau gehen.«

Andrej sah an sich herab und musste gestehen, dass Bason durchaus Recht hatte. Das Hemd war ihm um etliches zu klein. Er sah einfach nur lächerlich darin aus. Und die Weste, in die er sich zusätzlich gezwängt hatte, machte es auch nicht besser. Bason gab ihm jedoch keine Gelegenheit, irgendetwas zu sagen, sondern steuerte nun mit schnellen Schritten den Wagen seines Stiefvaters an.

Der Wachtposten davor wollte ihm den Weg verwehren, aber Bason wedelte unwillig mit der linken Hand und deutete mit der anderen auf Andrej. »Das ist Andreas«, sagte er. »Dein Herr wollte ihn sprechen.«

Der Krieger trat nicht sofort zur Seite, sondern musterte Andrej mit versteinerter Miene. Schließlich deutete er ein Kopfnicken an und gab wortlos den Weg frei. Bason machte keine Anstalten, den Wagen zu betreten und sah Andrej nur auffordernd an. Nach kurzem Zögern betrat er den Wagen.

Und erlebte eine Überraschung. Er hatte gewusst, dass Laurus auf ihn wartete und ebenso Schulz, und er hatte auch geahnt, dass der zweite Krieger wieder mit verschränkten Armen vor der Tür Wache hielt. Womit er nicht gerechnet hatte, das war die vierte Person im Raum: Es war Pater Flock.

Sein Anblick erschreckte Andrej. Der junge Geistliche saß zusammengesunken und mit auf der Tischplatte aufgestützten Armen zwischen Schulz und Laurus. Sein Gesicht war grau, zumindest das, was man davon erkennen konnte, denn sein Kopf, aber auch die Wangen und das Kinn, verbargen sich unter einem fest angelegten Verband. Dennoch konnte man erkennen, dass sich die hässlichen Schnittwunden darunter offensichtlich entzündet hatten. In Flocks Augen lag ein fiebriger Glanz, und die Hände, die er fest auf die Tischplatte presste, zitterten leicht.

»Pater Flock!«, entfuhr es ihm. »Was tut Ihr hier? Seid Ihr wahnsinnig geworden?«

»Schweigt!«, sagte Schulz scharf. »Was fällt Euch ein, in diesem Ton mit einem Mann der Kirche zu reden?«

Andrej wollte antworten, aber Flock hob rasch die Hand. »Ist schon gut«, sagte er. »Ich bin sicher, Andreas war nur erschrocken, mich hier zu sehen.«

Schulz funkelte erst ihn, dann Andrej an, und Laurus deutete mit einer herrischen Geste auf den einzigen noch freien Stuhl am Tisch. Andrej nahm wortlos Platz. »Wie geht es Euch?«, fragte er, in jetzt wieder beherrschtem Ton und an Flock gewand.

»Ich würde lügen, wenn ich sagte, gut«, antwortete Flock. »Aber so schlecht, wie Ihr anzunehmen scheint, nun auch wieder nicht.«

»Aber es ist verrückt, den anstrengenden Ritt hierher zu wagen«, sagte Andrej. »Wollt Ihr Euch umbringen?«

Ein dünnes, nicht besonders überzeugendes Lächeln erschien auf Flocks rissigen Lippen. »Meine Zeit ist noch nicht gekommen, Andreas«, sagte er. »Und so, wie die Dinge liegen, musste ich hierher kommen. Auch in Eurem Interesse.«

»Das ist genug«, sagte Schulz. »Ihr werdet mir ein paar Fragen beantworten, Andreas, und Ihr werdet es sofort tun und ohne Ausflüchte.«

»Wenn ich es kann«, antwortete Andrej. Er versuchte, einen Blick mit Laurus zu tauschen, aber der Sinti wich ihm aus. Er wirkte niedergeschlagen.

»Das hoffe ich für Euch«, sagte Laurus. »Es könnte sein, dass Euer Leben von diesen Antworten abhängt, Andreas. Und möglicherweise nicht nur Eures.«

»Ich nehme an, es geht um gestern Abend«, sagte Andrej.

Schulz schwieg. Sein Blick wurde lauernd.

»Ich weiß nicht, was man Euch erzählt hat, Schulz«, sagte Andrej. »Aber wenn Ihr den armen Pater Flock mitgebracht habt, um Euch davon zu überzeugen, dass es nichts mit Hexerei oder schwarzer Magie zu tun hat, dann habt Ihr ihm den anstrengenden Weg umsonst zugemutet. Ich versichere Euch, es war nur ein Taschenspielertrick.«

»Den Ihr mir zweifellos verraten werdet«, vermutete Schulz.

»Das könnt ihr nicht im Ernst erwarten«, erwiderte Andrej lächelnd. »Ihr wisst doch, dass wir Gaukler unsere Tricks niemals verraten.«

»Das einzige, was ich wirklich weiß, Andreas«, sagte Schulz leise, »ist, dass Ihr bestimmt kein Gaukler seid. So wenig wie Euer schwarzer Freund.« Seine Stimme wurde eine Spur kälter. »Ich bin nicht hierher gekommen, um meine Zeit zu vergeuden, Andreas. Und auch nicht, um mich mit Euch über *Taschenspielertricks* zu unterhalten.«

»Weshalb dann?«, fragte Andrej.

»Es hat einen weiteren Toten gegeben«, sagte Laurus leise.

Andrej fuhr überrascht zu dem Sinti herum. »Wann? Wo?«

»Heute Nacht«, sagte Laurus. »Und nicht einmal weit von hier.«

»Und was ... haben wir damit zu schaffen?«, fragte Andrej zögernd.

»Das frage ich Euch«, antwortete Schulz. »Vielleicht nichts. Vielleicht aber auch alles ... Bedankt Euch bei Pater

Flock, dass ich Euch und Euren Freund nicht gleich in Ketten legen lasse. Er hat sich für Euch eingesetzt, auch wenn ich nicht verstehe, warum. Trotzdem muss ich darauf bestehen, dass Ihr uns in die Stadt begleitet. Und dieser Abu Dun ebenfalls.«

»Abu Dun ist –«

»– in diesem Punkt ein wenig vernünftiger als Ihr, Andreas«, fiel ihm Schulz ins Wort. »Ich habe bereits mit ihm gesprochen. Er hat nichts dagegen, uns zu begleiten und sich einer Befragung zu stellen. Solltet Ihr tatsächlich uneinsichtiger sein als ein Mann, der aus dem Land der Heiden und Wilden kommt?«

»Abu Dun?«, entfuhr es Andrej. »Er ist –?« Er brach ab und hätte sich am liebsten auf die Lippen gebissen. Abu Dun war zurückgekehrt?

»Ja?«, fragte Schulz.

»Nichts«, sagte Andrej hastig. »Ich war nur ... überrascht, weil –«

Er wurde unterbrochen, als jemand an die Tür klopfte und eintrat, ohne eine Antwort abzuwarten. Im ersten Moment erkannte er nur einen schwarzen Schatten gegen das gleißende Sonnenlicht, das hereinströmte, dann wäre er um ein Haar erneut erschrocken zusammengefahren, als er Elena identifizierte. Aus irgendeinem Grund versetzte ihn die Vorstellung, dass sie mit Schulz oder Flock reden könnte, beinahe in Panik.

Auch Laurus schien nicht besonders angetan davon zu sein, seine Frau zu erblicken. Er runzelte die Stirn und schien etwas sagen zu wollen, aber Schulz brachte ihn mit einer befehlenden Geste zum Schweigen. »Wer ist das?«, fragte er.

»Ich bin Elena«, antwortete Elena. »Laurus' Weib.«

»Was tust du hier?«, fragte Schulz kalt.

»Lasst sie«, sagte Schulz. »Ich hätte Euch ohnehin gebeten, sie zu rufen. Ich möchte mit Eurem Weib reden.«

»So wie ich mit Euch«, erwiderte Elena. Sie deutete herausfordernd auf Andrej. »Ich habe gehört, Ihr verdächtigt Andreas und seinen Freund der Hexerei? Das ist doch lächerlich.«

Zu Andrejs Überraschung schwieg Schulz sowohl zu diesen Worten, als auch zu dem herausfordernden Ton, in dem Elena sie vorgebracht hatte. Laurus schien ein bisschen blasser zu werden, als er ohnehin schon war, und den Ausdruck in Flocks Augen vermochte er gar nicht zu deuten.

»Du solltest jetzt –«, begann Laurus, wurde aber von Schulz mit einer energischen Geste unterbrochen.

»Es ist gut, Laurus. Ich wollte ohnehin mit Eurem Weib reden.«

Laurus' Gesicht verfinsterte sich ob dieser Demütigung, aber er sagte nichts mehr. Schulz fuhr fort: »Sobald wir fertig sind. Geh und warte draußen, Weib.«

Andrej war nicht überrascht über Elenas Reaktion; er wäre es eher gewesen, wäre sie anders ausgefallen. »Ich bin keine Dienstmagd«, sagte sie kühl. »Ich lasse mich nicht hinausschicken. Schon gar nicht aus meinem eigenen Heim.«

Diesmal fiel es Schulz sichtbar schwerer, die Fassung zu bewahren. Aber zu Andrejs Überraschung reagierte er nicht zornig, sondern starrte Elena nur eine Weile an, und am Ende war er es, der das Blickduell verlor und wegsah.

»Wenn es hier jemanden gibt, der den Wagen verlassen sollte«, fuhr Elena fort, »dann dieser *Kirchenmann.*« Die Art, in der sie das letzte Wort aussprach, ließ es zu nichts anderem als einer Obszönität werden, und Schulz sah mit einem Ruck hoch. Seine Augen wurden schmal.

»Übertreib es nicht, Weib«, sagte er.

Elena öffnete den Mund zu einer Antwort, doch in diesem Moment mischte sich Vater Flock ein. »Lasst sie, Schulz«, sagte er. »Sie hat ja Recht.«

Schulz blinzelte. »Wie?«

»Wir sind uneingeladen und gegen ihren Willen hier. Es ist ihr gutes Recht, uns die Tür zu weisen. Und ich wollte sowieso nach draußen. Ich fühle mich nicht gut. Vielleicht brauche ich ein wenig frische Luft.« Er wandte sich an Andrej. »Würde es Euch etwas ausmachen, mich nach draußen zu begleiten, Andreas?«

»Natürlich nicht«, sagte Andrej schnell. Er stand auf und ging dem Geistlichen entgegen. Pater Flock stützte sich schwer auf seinen dargebotenen Arm und brauchte sichtbar all seine Kraft, um sich in die Höhe zu stemmen. Seine Haut war heiß und fühlte sich trocken und rau an. Andrej begriff immer weniger, warum Flock die Mühe auf sich genommen hatte, in seinem Zustand den weiten Weg hier heraus zu machen.

Sie verließen den Wagen. Auf der Treppe nahm Andrej Flock kurzerhand auf die Arme, ohne auf seinen ohnehin nur symbolischen Protest zu achten, und er stellte ihn erst wieder ab, als sie den Platz vor dem Wagen überwunden und im Schatten eines der anderen Gefährte angekommen waren. Die Hitze war mörderisch, und schon bei der kleinsten Bewegung hatte Andrej das Gefühl, dass ihm am ganzen Leib der Schweiß ausbrechen musste. Wie Pater Flock auf die Idee kam, hier draußen *frische Luft* schnappen zu wollen, war ihm ein Rätsel. Aber er war auch ziemlich sicher, dass es ohnehin nur ein Vorwand gewesen war.

»Ich danke dir, Andreas«, sagte Flock. Er lehnte sich mit einem erschöpften Seufzer gegen das raue Holz des Wagens und schloss für einen Moment die Augen. Hier draußen im gnadenlosen Licht der Sonne, sah er noch schwächer und erbarmungswürdiger aus.

»Ihr müsst einen verdammt guten Grund haben, hierher zu kommen«, sagte Andrej ernst. »Ihr setzt Euer Leben aufs Spiel, das ist Euch doch klar, oder?«

»Es gibt Dinge, die sind wichtiger als das Leben eines unbedeutenden Mönchs«, antwortete Flock.

»Zum Beispiel?«

»Vielleicht das Seelenheil vieler«, antwortete Flock. »Ihr müsst fort, Andreas. Ihr müsst ... diese Leute verlassen. Schnell. Noch heute.«

»Und Ihr riskiert Euer Leben, oder zumindest Eure Gesundheit, um mir das zu sagen?«, fragte Andrej verwirrt.

»Etwa Schlimmes wird geschehen«, fuhr Flock unbeeindruckt fort. Offensichtlich wollte er nicht auf seine Frage antworten. »Irgendetwas geht hier vor, Andreas. Der Teufel hat seine Hand nach uns ausgestreckt. Ich habe seine Helfer gesehen.«

Gegen seinen Willen sah Andrej sich rasch nach allen Seiten um, wie, um sich davon zu überzeugen, dass ihnen auch niemand zuhörte. »Ihr meint diese Kinder.«

»Das waren keine Kinder«, protestierte Flock. »Das waren seelenlose Geschöpfe. Boten der Hölle.«

»Übertreibt Ihr da nicht ein wenig?«, sagte Andrej. Er zwang sich zu einem Lächeln. »Glaubt mir, es gibt eine Menge Eltern, die ihre Kinder für kleine Teufel halten. Und manche nicht einmal zu Unrecht.«

»Ihr wisst, dass es so ist«, sagte Flock ernst. »Sie sind hier. Sie haben irgendetwas mit diesen Menschen hier zu tun, und ich glaube, sich wollten Euch. Ich hatte nur das Pech, ihnen zufällig zu begegnen.«

Andrej wusste nicht, was er dazu sagen sollte. Er sah Flock nur an und versuchte, sich über seine eigenen Gefühle klar zu werden. Er war noch immer weit davon entfernt, einem Mann im verlogenen braunen Büßergewand so etwas wie Ehrlichkeit oder gar ein gutes Herz zuzubilligen, und dennoch war ihm klar, dass Flock die Wahrheit sagte. Vielleicht war er ja die berühmte Ausnahme von der Regel.

»Und was soll ich Eurer Meinung nach tun?«

»Flieht!«, sagte Flock. »Nehmt Euren Freund, den Heiden, und flieht. Diese Dämonen sind Euretwegen hier, das spüre ich. Wenn Ihr bleibt, dann beschwört Ihr ein großes Unglück herauf. Ein Unglück für uns alle!«

»Und wenn wir fliehen, dann wird Schulz das als Eingeständnis unserer Schuld werten«, antwortete Andrej ruhig. »Laurus und alle anderen hier müssten dafür bezahlen.«

Flock schüttelte schwach den Kopf. »Schulz ist ein vernünftiger Mann. Und er hört auf mich. Ich werde ihn davon überzeugen, dass diese Menschen hier unschuldig sind. Vielleicht wird er sie davonjagen, aber das ist auch alles.«

»Ich verstehe Euch nicht, Flock«, sagte Andrej, und das war ehrlich gemeint. »Wenn Ihr wirklich glaubt, was Ihr da sagt, wenn Ihr wirklich wisst, wer ich bin, dann müsstet Ihr mich doch hassen.«

»Aber es reicht doch, wenn Ihr Euch selbst hasst, Andreas«, antwortete Flock ruhig. Er versuchte zu lächeln, aber sein zerschnittenes Gesicht machte eine Grimasse daraus. »Ich bin nicht so uneigennützig, wie Ihr glaubt, Andreas. Vielleicht muss man eine verlorene Seele verschonen, um viele andere zu retten.«

»Ich kann das nicht«, sagte Andrej zu seiner eigenen Überraschung. Alles, was Flock gesagt hatte, klang nicht nur vernünftig, sondern deckte sich auch auf schon fast unheimliche Weise mit dem, was er selbst in den letzten Tagen gedacht hatte. Aber er begriff auch, warum es für ihn im Moment einfach nicht möglich war, von hier weg zu gehen, und sollte es tatsächlich sein Leben kosten.

Elena.

Von hier fort zu gehen, bedeutete, Elena zu verlieren, und das war etwas, was ihm im Moment schlimmer erschien als der Tod.

»Du wirst deine Freunde nicht schützen können«, sagte Flock. »Auch nicht, wenn du hier bleibst. Aber vielleicht gerade nicht, wenn du bleibst.«

»Was meint Ihr damit?«

Flock zögerte. Erst nach einer geraumen Weile sagte er leise: »Es sind Soldaten auf dem Weg hierher. Und ...«

»Und?«, fragte Andrej, als Flock nicht weiter sprach.

»Einige meiner Brüder.« Er klang gequält. Plötzlich hatte er nicht mehr die Kraft, Andrejs Blick Stand zu halten. »Aber sie sind nicht ... nicht wie ich.«

Andrejs Blick verdüsterte sich. »Die Inquisition.

Flock nickte stumm.

»Wer?«, wollte Andrej wissen – als ob diese Frage noch einer Antwort bedurft hätte!

»Schulz hat versucht, es zu verhindern«, sagte Flock. »Er ist ein harter Mann, aber kein Dummkopf. Er weiß, dass die Inquisition nur Leid bringt, auch und manchmal gerade denen, die sie zu beschützen vorgibt. Aber nachdem Handmanns Mühle niedergebrannt ist –«

»Wie bitte?«, unterbrach ihn Andrej. »Die Mühle ist niedergebrannt?«

»Gestern Abend«, bestätigte Flock. »Während Ihr alle hier gefeiert habt.«

»Dann kann es keiner von uns gewesen sein«, sagte Andrej. »Wir waren *alle* hier.«

Flock machte ein abfälliges Geräusch. »Es sollte mich nicht wundern, wenn Handmann sie selbst angezündet hat. Aber das spielt jetzt keine Rolle mehr. Einer seiner Söhne ist losgeritten, um den zuständigen Inquisitor zu benachrichtigen, und es kann nicht mehr lange dauern, bis sie hier sind. Vielleicht heute Abend schon, spätestens aber morgen früh.« Er schnaubte. »Wenn es darum geht, den Teufel mit Feuer und Schwert auszutreiben, sind meine Brüder meist sehr schnell.«

Schon die bloße Erwähnung des Wortes *Inquisition* reichte aus, um in Andrej auch noch den allerletzten Rest von Sympathie auszulöschen, die er für den jungen Geistlichen empfunden haben mochte. Flock mochte ja annehmen, dass er gar nicht wusste, mit welcher Mischung von Hass und Furcht ihn die Erwähnung von Dämonen und dem Teufel erfüllten, aber das stimmte nicht. Andrej wusste sehr wohl, was in diesem Moment in dem jungen Geistlichen vorging. Nur hatte er längst aufgehört, an den Teufel zu glauben. Für ihn hatte der Teufel ein Gesicht und trug ein Gewand, und seine Schergen nannten sich nicht Dämonen oder höllische Heerscharen, sondern Inquisition. »Ist Euch klar, dass es Euren Tod bedeuten kann, wenn irgendjemand erfährt, dass Ihr uns gewarnt habt?«

»Ich glaube fest daran, dass ich das Richtige tue«, antwortete Flock. »Und wenn es so ist, dann wird Gott mich beschützen.«

»Verzeiht, wenn ich in diesem Punkt skeptisch bin, Hochwürden«, sagte Andrej spöttisch. »Aber ich habe leider andere Erfahrungen gemacht.«

Flock sah ihn sehr ernst an. »Ich werde dich nicht fragen, was man dir angetan hat«, sagte er. »Aber mir ist klar, dass es etwas Schlimmes sein muss. Lass nicht zu, dass anderen noch schlimmeres Unheil geschieht, nur, weil man dir so großen Schmerz zugefügt hat.«

Das Geräusch schwerer Schritte, die rasch näher kamen, hielt Andrej davon ab, zu antworten. Er drehte sich herum und zog überrascht eine Augenbraue hoch, als er Abu Dun erkannte. Der Nubier hatte sich mittlerweile aller Verbände entledigt und trug wieder seinen gewaltigen schwarzen Turban, der ihn noch größer und beeindruckender erscheinen ließ, als er ohnehin schon war, und als ob sein ebenholzschwarzes Gesicht nicht schon finster genug wirkte, gab er sich alle Mühe, Andrej und Flock abwechselnd fast drohend anzustarren. »Löst ihr gerade alle Probleme dieser Welt, oder hat dein neuer Freund dich überredet, dich endlich taufen zu lassen und in Zukunft in einem Kloster zu leben?«, fragte er.

Andrej antwortete nicht gleich, obwohl ihm eine wütende Entgegnung auf der Zunge lag. Abu Dun wollte ihn reizen, aber diese Worte hatten eine andere Qualität, als die kleinen Sticheleien, die praktisch zu ihrem täglichen Umgangston gehörten. Das, was Abu Dun Flock gerade – und gewiss nicht unabsichtlich – verraten hatte, war *gefährlich*. Was versprach er sich davon, die Lage noch zu verschlimmern?

Aber auch Flock schwieg dazu und sah den Nubier mit einem schwer deutbaren Gesichtsausdruck an. Schließlich stieß er sich ächzend vom rauen Holz des Wagens ab und begann sich mit schleppenden Schritten zu entfernen. Andrejs erster Impuls war, ihm nachzueilen, um ihn zu stützen. Stattdessen aber blieb er stehen, bis Flock außer Hörweite war und drehte sich dann langsam zu Abu Dun herum. »Was sollte das?«, fragte er.

»Oh, entschuldige«, sagte Abu Dun hämisch. »Habe ich die beiden Turteltäubchen in einem entscheidenden Moment gestört?«

Andrej schluckte auch die Entgegnung auf diese Bemerkung herunter, obwohl es ihm immer schwerer fiel, nicht einfach zu explodieren. Es schien, Abu Dun wollte genau das erreichen, und Andrej hatte keine Ahnung, warum. »Wo warst du heute Nacht?«, fragte er.

»Heute Nacht?« Abu Dun hob die Schultern. »In meinem Zelt, wo sonst?«

»Nein, das warst du nicht«, sagte Andrej.

»Gewiss«, beharrte Abu Dun. »Im Gegensatz zu dir habe ich leider keine Zeugen, sodass du schon mit meinem Wort vorlieb nehmen musst, Hexenmeister. Nachdem du mich ja praktisch rausgeworfen hast, habe ich mich betrunken und schlafen gelegt.«

»Ich war in deinem Zelt«, sagte Andrej ernst. »Du warst nicht da.«

»Unsinn«, widersprach Abu Dun. »Vielleicht war ich kurz draußen, um die Blumen zu düngen. Aber ich habe das Lager nicht verlassen.«

»Obwohl du mir praktisch ein Ultimatum gestellt hast?«

Abu Dun verschränkte die Arme vor seiner Brust. »Manchmal ändert man eben seine Meinung«, sagte er. »Auch, wenn du es nicht verdienst, bin ich zu dem Schluss gekommen, dass ich bleiben muss, um dir wieder einmal den Hals zu retten. Jetzt frag mich nicht nach dem Grund. Anscheinend habe ich einen Narren an dir gefressen.«

Andrej wollte antworten, aber in diesem Moment fiel ihm etwas auf. Geschlagene fünf Sekunden lang starrte er Abu Dun nur wortlos und mit wachsender Verwirrung an, dann fragte er: »Was ist mit deinem Hals?«

»Mein Hals?« Der Nubier hob die linke Hand und tastete mit den Fingerspitzen über seine Kehle. »Was soll damit sein? Nichts.«

»Eben«, sagte Andrej. Plötzlich lief ihm ein kalter Schauer über den Rücken. »Du hast nicht die geringste Schramme. Dabei hab ich dir gestern einen tüchtigen Schnitt beigebracht.«

»Dann war er wohl doch nicht so tief, wie du vorgehabt hast«, erwiderte Abu Dun. »Es tut mir ja Leid, dass ich nicht wirklich schwer verletzt bin, aber ich –«

»Du weißt verdammt genau, was ich meine«, unterbrach ihn Andrej. »Die Wunde ist nicht etwa gut verheilt. Sie ist einfach nicht mehr da!«

»Du wirst dich getäuscht haben«, sagte Abu Dun. Irrte sich Andrej, oder klang seine Stimme ein bisschen unsicher? »Ich erinnere mich auch nicht, dass du mich geschnitten hast. Vermutlich war es dein eigenes Blut. Es ist ja weit genug herumgespritzt.«

Diese Ausrede war so dünn, dass sie schon fast lächerlich wirkte. Aber Andrej war nicht zum Lachen zumute. Erneut und noch heftiger rann ihm ein eisiger Schauer den Rücken hinab. Was ging hier vor?

»Ja, vielleicht hast du Recht«, sagte er leise. »Vielleicht hab ich mich getäuscht.« Aber er wusste, dass das nicht stimmte. Er *hatte* ihn verletzt – ziemlich übel sogar –, und der Nubier war in dieser Nacht nicht in seinem Zelt gewesen. Warum belog ihn Abu Dun?

Er spürte, was immer er jetzt sagte, er würde die Situation nur noch verschärfen. Abu Dun würde ihm nicht antworten, und Andrej wusste, dass er eine weitere Herausforderung nicht mehr wortlos hinnehmen würde. Und er spürte noch etwas: Wenn es diesmal zum Streit zwischen ihnen käme, würde es nicht bei einem harmlosen Geplänkel bleiben.

Und plötzlich wusste er, wer ihm seine Fragen beantworten konnte.

Er musste nicht lange suchen, um Rason und Bason zu finden. Die Zwillinge lungerten, wohl eher von Neugier als von Sorge getrieben, ganz in der Nähe herum und sahen immer wieder wie zufällig in Richtung des Wagens, in dem Laurus gerade mit Schulz verhandelte.

Schon, als Andrej sie nur von weitem sah, begann sein Zorn zu verrauchen, und da war wieder diese Stimme in seinem Kopf, die ihn fragte, warum er eigentlich so wütend auf diese beiden Jungen war, die es doch ganz gewiss nicht böse mit ihm meinten und ihn – wenn überhaupt – ganz bestimmt nicht mit heimtückischer Absicht in die Irre geführt hatten, sondern eher aus Ungeschick oder allenfalls falsch verstandenem, jugendlichem Abenteuersinn.

Andrej gestattete sich nicht, auf sie zu hören.

Er beschleunigte seine Schritte und rannte schon fast, als Bason seine Gegenwart zu spüren schien und sich zu ihm umdrehte. Auch sein Zwillingsbruder hob den Kopf und blickte in Andrejs Richtung, und es war seltsam – es sollte umgekehrt sein, aber mit jedem Tag, den er in Gegenwart der Zwillingsbrüder verbrachte, fiel es ihm schwerer, sie zu unterscheiden, selbst wenn sie direkt nebeneinander standen und noch dazu unterschiedliche Kleidung trugen wie jetzt. Wäre nicht der mittlerweile schmutzige Verband an Basons Hand gewesen, Andrej wäre nicht sicher gewesen, wen er vor sich hatte.

»Andreas!«, begrüßte ihn Bason. Ein strahlendes Lächeln erschien auf seinem Gesicht, und er machte Anstalten, Andrej entgegen zu gehen. »Ich hab mich schon gefragt –«

Andrej packte ihn mit der linken Hand am Kragen, umklammerte mit der anderen seine Hand und schleifte ihn einfach mit sich. Bason ächzte vor Überraschung, und auch sein Bruder riss ungläubig die Augen auf.

»Andreas! Was ... was soll das, um Himmels willen?«, stöhnte Bason. Er hatte Mühe, die Worte überhaupt herauszubringen, denn Andrejs Griff war so fest, dass ihm sein eigener Hemdkragen fast die Luft abschnürte.

Andrej selbst erging es kaum besser. Er hasste sich für das, was er tat, und es fiel ihm immer schwerer, Bason festzuhalten und sein ebenso verzweifeltes wie sinnloses Strampeln und Wimmern zu ignorieren. Aber er zwang sich sogar dazu, noch fester zuzupacken und Bason in eine Lücke zwischen zwei große Wagen zu zerren, wo er ihn schließlich mit solcher Wucht gegen die Wand rammte, dass dem jungen Sinti die Luft wegblieb.

»Andreas, um Himmels willen! Was tust du?«, keuchte Rason hinter ihm.

Andrej ignorierte ihn, ließ endlich Basons Kragen los und griff mit der frei gewordenen Rechten nach dem Verband an seiner Hand. Mit einem einzigen, kräftigen Ruck riss er ihn herunter.

Bason ächzte. Andrej konnte hören, wie sein Bruder hinter ihm scharf die Luft einsog und mitten in der Bewegung erstarrte, und auch er selbst wich fast entsetzt zurück – obwohl er geahnt hatte, was er sehen würde.

Nichts. Die Haut unter dem schmutzig gewordenen Verband war unversehrt. Basons Fleisch, das noch vor zwei Tagen von einem messerscharfen Stück Holz regelrecht zerfetzt worden war, wies nicht den mindesten Kratzer auf und war glatt und rosig wie die eines frisch gewaschenen Babys.

»Andreas, ich ... ich kann dir das erklären«, stammelte Bason. »Es ist nicht so, wie du denkst.«

»Was denke ich denn?«, fragte Andrej. Er erschrak fast selbst beim Klang seiner Worte. Er hatte leise gesprochen. Jeglicher Zorn und alle Wut waren aus seiner Stimme gewichen und hatten dafür einer umso größeren Bitterkeit Platz gemacht. Es fiel ihm schwer, seinen Blick von Basons Hand loszureißen und dem Sinti in die Augen zu sehen. Und es fiel ihm noch schwerer, zuzugeben, dass alles, was er darin sah, eine tiefe Bestürzung und der Ausdruck des puren schlechten Gewissens war. Keine Heimtücke. Kein Falsch und kein Hehl.

»Ich weiß, ich hätte es dir gleich sagen sollen«, sagte Bason. Er war nervös. »Ich wollte es, aber ... aber mir hat der Mut gefehlt.«

»Um mir was zu sagen?«, fragte Andrej.

»Dass du zu uns gehörst«, antwortete Rason anstelle seines Bruders. Andrej drehte sich nicht zu ihm herum.

»Du bist einer von uns«, sagte Bason. »Ich habe es sofort gespürt, gleich, als wir dich und deinen Freund draußen im Wald gefunden und hierher gebracht haben. Ich wollte es dir sagen, aber –« Er rang einen Moment um Worte. »Aber Elena war dagegen. Und Laurus auch.«

»Warum?«, fragte Andrej.

»Weil Laurus uns hasst«, sagte Rason hinter ihm. »Und zugleich fürchtet er uns. Du bist nicht der Erste unserer Art, der hierher kommt, Andreas. Mit den meisten haben wir schlechte Erfahrungen gemacht.«

»Wir waren nicht sicher, welche Absichten du verfolgst«, stimmte ihm Bason zu. »Es tut mir Leid, du musst glauben, dass wir dir nicht getraut haben, aber das stimmt nicht. Wir waren nur vorsichtig.«

»Einer von euch«, wiederholte Andrej leise. »Und was genau *seid* ihr?«

Bason wich seinem Blick aus. »Es wäre mir lieber, wenn du Elena diese Frage stellen würdest«, sagte er.

»Ich bin nicht sicher, dass sie noch Gelegenheit hat, überhaupt irgendeine Frage zu beantworten«, sagte Andrej hart. »Die Männer aus der Stadt sind gekommen. Sie wollen Abu Dun und mich mitnehmen. Wenn ich schon in Ketten von hier weggeführt werde, dann möchte ich wenigstens wissen, warum.«

»Niemand wird von hier weggebracht«, sagte Rason. »Schon gar nicht in Ketten. Mach dir keine Sorgen.«

Andrej drehte sich nun doch zu ihm herum, und maß ihn mit einem langen, nachdenklichen Blick. Er fragte nicht, was Rason mit diesen Worten gemeint hatte, sondern wandte sich wieder an seinen Bruder.

»Du hattest völlig Recht mit den Fragen, die du Anka gestellt hast, Andreas«, sagte Bason im Tonfall eines schlechten Gewissens plötzlich. »Dieses Mädchen, nach dem du gesucht hast ... Alessa?«

Andrej nickte.

»Alessa«, sagte Bason noch einmal. »Sie war hier, und Anka hat sofort erkannt, wer sie war. Sie und ihre Familie. Wir erkennen einander, wenn wir uns sehen, weißt du?«

Andrej hätte um ein Haar genickt, aber er unterdrückte den Impuls im letzten Moment. Seit er angefangen hatte, seine eigene Begabung – wenn es denn eine war und kein Fluch – zu erforschen, war auch er in der Lage, die Nähe eines anderen Unsterblichen zu spüren, und deutlicher, je mächtiger dieser war. Vielleicht war das auch der Grund, aus dem er Basons Behauptung, sie wären beide von der gleichen Art noch immer nicht traute. Selbst jetzt, da er den Beweis mit eigenen Augen gesehen hatte, fühlte er in Gegenwart der beiden jungen Sinti nichts dergleichen. Abgesehen vielleicht von dem immer noch präsenten Gefühl einer tiefen Verbundenheit, die weit über bloße Sympathie hinausging.

»Was ist mit ihr geschehen?«, fragte er.

»Das, was mit den meisten geschieht«, antwortete Bason traurig. »Sie sind gestorben, genau wie Anka gesagt hat. Wie fast alle, die wir im Laufe der Jahre getroffen haben.«

Andrej blickte verständnislos.

»Es gibt einige unter uns, die es als einen Segen betrachten«, fuhr Bason fort. »Aber für die meisten ist es ein Fluch, und für die allermeisten bedeutet es den Tod.« Er machte eine Kopfbewegung auf seinen Bruder, der hinter Andrej stand. »Wie alt würdest du uns schätzen, Andreas?«

Andrej hob die Schultern. Er hatte sich nie wirklich Gedanken darüber gemacht, wie alt die Zwillinge sein mochten, aber er glaubte nicht, dass es mehr als zwanzig Jahre waren, und nach kurzem Überlegen sagte er das auch.

Basons Lächeln wurde noch bitterer. »Wir sind einundfünfzig, Andreas«, sagte er. »Ich sogar eine Minute älter als mein Bruder.«

Andrej schwieg.

»Wir hatten elf Brüder und fünf Schwestern, Elena nicht mitgerechnet«, fuhr Bason fort. »Sie alle sind gestorben, als sie vom Kind zum Mann oder zur Frau wurden und ihre Zeit gekommen war. So geht es den meisten. Sie werden krank und sterben. Die, die Glück haben, schnell, aber bei manchen dauert es oft Jahre.«

»Ihr seht nicht aus, als hättet ihr gerade erst den Schritt vom Kind zum Mann vollzogen«, sagte Andrej.

Bason sah ihn leicht verwirrt an, antwortete aber trotzdem: »Es ist an die vierzig Jahre her. Wir sind nicht unsterblich,

Andreas, wie du. Man kann uns töten, und wir altern.« Er hob die Hand. »Aber unsere Wunden heilen schneller, und wir altern viel langsamer als die anderen.«

»Woher weißt du das?«, fragte Andrej. »Dass ich unsterblich bin?«

»Von Anka«, antwortete Bason. »Sie hat es uns gesagt. Hat sie Recht?«

Andrej überlegte einen Moment und hob dann die Schultern. Er hätte den beiden sagen können, dass er selbst nicht annähernd so viele Jahre zählte wie sie, ja, noch nicht einmal alt genug, um wirklich mit Sicherheit sagen zu können, ob er ebenfalls so langsam alterte wie die Zwillinge. Aber aus irgendeinem Grund schreckte er davor zurück.

»Und ... Elena?«, fragte er.

»Sie ist unsere Schwester«, sagte Rason. »Die Älteste aus der Familie. Und jetzt quäle mich bitte nicht weiter. Geh zu Elena und frage sie selbst.« Er versuchte zu grinsen, aber das Ganze geriet zu einer traurigen Grimasse. »Sie kratzt mir die Augen aus, wenn ich dir verrate, wie alt sie wirklich ist. Was das angeht, ist sie eine ganz normale Frau, musst du wissen. Bitte frage sie selbst.«

»Das werde ich tun«, versprach Andrej düster. »Verlass dich darauf.«

Ganz egal, was er noch vor Augenblicken gedacht hatte, und ganz egal, welche Folgen es haben mochte – für ihn, für Elena und Laurus und alle anderen hier – Andrej bewegte sich im Sturmschritt zurück zu Elenas und Laurus' Wagen, um sie auf der Stelle zur Rede zu stellen, ob Schulz und Flock nun dabei waren oder nicht.

Hinter seiner Stirn tobte ein Chaos aus unterschiedlichsten Gefühlen, und er war sich noch nicht einmal selbst darüber im Klaren, welcher Art sie waren. Da waren Zorn und

Enttäuschung, aber auch eine maßlose, an Raserei grenzende Hoffnung, und noch vieles andere, Gefühle, die ihm zum Teil bis zu diesem Moment fremd gewesen waren, und die ihm zum Teil Angst vor sich selbst machten. Vielleicht war er am Ziel seiner Suche angelangt, vielleicht aber auch an einer Weggabelung, deren Existenz er sich bisher nicht hatte eingestehen wollen.

Und er hätte etwas wirklich Dummes und Folgenschweres getan, wäre in diesem Moment nicht die Tür des Wagens aufgegangen und Schulz, dicht gefolgt von Laurus und seinem bewaffneten Begleiter, herausgetreten.

»Es ist alles in Ordnung, Andreas«, sagte Laurus; eine Spur zu laut und zu beiläufig, wie Andrej fand. Er war sich nicht sicher, ob der Ausdruck in Laurus' Augen warnend, beruhigend oder fast schon flehend zu nennen war, aber er wollte ihm irgendetwas damit mitteilen.

Vielleicht wäre er dennoch weitergegangen, doch als Letzte und in einem gehörigen Abstand zu den anderen trat Elena aus dem Wagen, und was er in ihren Augen las, das war ein so tiefes Erschrecken und ein so verzweifeltes Flehen, dass er schlagartig begriff, dass sie nicht nur seine Absichten und seine Gedanken so mühelos erriet, als läse sie in einem aufgeschlagenen Buch, sondern auch, dass er im Begriff stand, einen vielleicht nicht wieder gutzumachenden Fehler zu begehen. Er hielt mitten im Schritt inne, starrte Elena für die Dauer eines endlosen, schweren Herzschlages an und zwang sich dann, den Blick von ihr loszureißen und sich wieder zu Laurus umzudrehen.

Das Oberhaupt der Sinti-Familie bedeutete ihm ungeduldig mit der linken Hand, näher zu kommen, und sah sich gleichzeitig nervös um. Seine Erleichterung, Pater Flock in einiger Entfernung und offensichtlich unversehrt zu entdecken, war nicht zu übersehen.

»Wo ist Euer Freund, Andreas?«, fragte er.

Andrej sah sich überflüssigerweise nach Abu Dun um und hob die Schultern. »Vermutlich in seinem Zelt«, sagte er.

»Dann seid Ihr mir persönlich dafür verantwortlich, dass er auch dort bleibt«, sagte Schulz. »Oder zumindest hier im Lager.«

Andrej sah ihn verständnislos an, warf dann einen Hilfe suchenden Blick in Laurus' Gesicht und sah schließlich zu Elena hoch, die auf der mittleren Stufe der kurzen Holztreppe stehen geblieben war. Aber die Antwort, die er in ihren Augen zu lesen gehofft hatte, war nicht da.

»Aber ich dachte –«

»Bedankt Euch bei den guten Leuten hier«, sagte Schulz. »Sie haben mich davon überzeugt, dass Eure Schuld noch keineswegs erwiesen ist. Wenn Ihr mir Euer Ehrenwort gebt, dass Ihr und Euer heidnischer Freund nicht versuchen werdet, das Lager zu verlassen oder gar zu fliehen, so verzichte ich darauf, Euch mitzunehmen.« Er sprach langsam, fast schleppend, und auf seinen Zügen hatte sich ein Ausdruck leiser Verwunderung ausgebreitet, so, als wüsste er selbst nicht genau, was er da sagte, oder zumindest, warum. Dann fuhr er mit einer Kopfbewegung auf Laurus hin fort: »Sein Ehrenwort habe ich bereits. Wenn Ihr mir Eures gebt und es brecht, dann werde ich so reagieren, als hätte *er* es getan.«

»Selbstverständlich«, antwortete Andrej – obwohl ihn das, was Schulz sagte, vollkommen überraschte.

»Könnt Ihr auch für Euren Freund sprechen?«, fragte Schulz.

Noch vor wenigen Augenblicken hätte Andrej nicht nur mit einem überzeugten »Ja« geantwortet, sondern ohne zu zögern sein Leben darauf verwettet, dass Abu Dun dieses in seinem Namen gegebene Versprechen auch einhalten würde. Jetzt war er nicht mehr so sicher. Dennoch nickte er und sagte »Ja«. Aber sein Zögern schien gerade lange genug gewesen zu sein, um Schulz' Misstrauen zu wecken. Es dauerte lange, bis der grauhaarige Mann sich mit dieser Antwort zufrieden gab und seinerseits nickte. Er wirkte noch immer verwirrt, ja, fast verstört, und Andrej warf erneut einen fragenden Blick zu Elena hoch. Diesmal hielt sie ihm nicht Stand, sondern ging mit schnellen Schritten weiter, wandte sich nach links und entfernte sich so schnell, dass sie nahezu schon rannte.

»Pater Flock?«, rief Schulz laut.

Es verging nur ein Moment, bis der Geistliche zwischen den beiden Wagen auftauchte, in deren Schatten er Schutz vor der Sonnenglut gesucht hatte. Andrej erschrak, als er ihn sah. War Flock auch vorhin schon so bleich gewesen? Es war schwer, bei einem Mann in seinem Zustand zu beurteilen, ob sich sein Aussehen noch verschlimmert hatte oder nur gleich geblieben war, aber Andrej wäre nicht erstaunt gewesen, wäre Flock im nächsten Moment tot zusammengebrochen. Unendlich behutsam tastete er mit seinen Vampyrsinnen nach der Lebensflamme des jungen Predigers. Sie brannte noch, aber sie war schwach, und er wagte nicht, zu beurteilen, wie lange das noch so blieb.

»Ich bin hier«, sagte Flock. Er quälte sich ein Nicken in Schulz' Richtung ab und löste die Hand von der hölzernen Wand des Wagens, an der er sich bisher festgehalten hatte – mit dem Ergebnis, dass er wankte und zu stürzen drohte. Andrej wollte rasch hinzustürzen, aber Schulz' Begleiter war schneller, trat mit einem Schritt neben Flock und führte ihn rasch, aber sehr behutsam, zu einem der wartenden Pferde. Der schwer verletzte Mönch lehnte sich keuchend gegen den Sattel und rang einen Moment lang mit geschlossenen Augen nach Atem, bevor er die Schultern straffte und sich mit einer unendlich mühsam erscheinenden Bewegung noch einmal zu Schulz herum drehte.

»Ein weiser Entschluss«, sagte er. »Ich bin sicher, dass Ihr es nicht bereuen werdet, Schulz.«

Die Worte waren viel mehr an Andrej als an den grauhaarigen Mann aus der Stadt gerichtet, und sie waren auch viel mehr eine fast flehentliche Bitte als irgendetwas anderes. Andrej war fast sicher, dass Schulz das mindestens so deutlich verstehen musste wie er, aber der Grauhaarige enthielt sich auch diesmal jeden Kommentars. Nur der verstörte Ausdruck auf seinen Zügen schien noch an Intensität zuzunehmen.

»Verzeiht«, sagte Andrej rasch und an Schulz gewandt. »Aber Ihr solltet nicht zulassen, dass er den weiten Weg zurückreitet. Nicht in seinem Zustand, und nicht bei dieser Hitze.«

Schulz blickte ihn einen Moment lang an, als wäre Andrejs Sorge um Flocks Gesundheit das Allerletzte gewesen, womit er in diesem Moment rechnete. Dann aber nickte er.

»Habt Ihr einen Wagen?«

»Selbstverständlich«, sagte Laurus. »Ich lasse ihn sofort bereitstellen.«

Er eilte davon, um Schulz' Wunsch nachzukommen, und Andrej blieb allein und fast hilflos zurück. Alles in ihm schrie regelrecht danach, davonzustürmen und Elena zu suchen, aber zugleich war er auch noch immer so verwirrt und alarmiert wie selten zuvor in seinem Leben. Er wusste einfach nicht, was er tun sollte.

Schließlich spürte er Flocks Blick, drehte sich gezwungen ruhig herum und ging zu ihm hin. Der Krieger, der den Geistlichen zu seinem Pferd geführt hatte, folgte jeder seiner Bewegungen aus misstrauisch zusammengekniffenen Augen, und Andrej musste nicht auf seine übermenschlichen Sinne zurückgreifen, um seine Feindseligkeit zu spüren. Er ignorierte den Mann jedoch und blieb einen Schritt vor Flock stehen.

»Ihr solltet hier nicht so in der Sonne stehen«, sagte er. »Warum wartet Ihr nicht irgendwo im Schatten? Laurus wird sicher in ein paar Augenblicken zurück sein.«

Flock schüttelte den Kopf. Die Bewegung wirkte trotzig, wie die eines verstockten Kindes, das längst eingesehen hatte, dass es im Unrecht war und es nur nicht zugeben wollte. »Ihr müsst fort von hier, Andreas«, sagte er leise. »Irgendetwas Furchtbares wird geschehen. Ich spüre ein großes Unheil nahen. Fühlt Ihr es denn nicht auch?«

Andrej war im Moment selbst nicht sicher, was er überhaupt fühlte. Er reagierte nicht.

»Begleitet mich in die Stadt«, sagte Flock. »Ich weiß nicht, ob Ihr dort sicher seid, aber hier seid Ihr es nicht. Ihr müsst es nur sagen. Ein einziges Wort von mir genügt, und Schulz lässt Euch mitkommen. Und Euren Freund auch, wenn ihr seinetwegen nicht fort wollt.«

Andrej antwortete auch darauf nicht, aber er fragte sich, ob Flock nicht gehört hatte, was Schulz gerade zu ihm gesagt hatte. Schulz hatte weder leise gesprochen, noch war Flock besonders weit entfernt gewesen. Wenn er seine Worte gehört hatte, dann musste ihm klar sein, dass er mit seiner Bitte Andrej praktisch aufforderte, Laurus und die anderen Sinti dem fast sicheren Tod zu überlassen. Er weigerte sich, das zu glauben, und sah Flock nur schweigend und mit einem traurigen Kopfschütteln an.

Es vergingen nur wenige Augenblicke, bis Laurus mit dem versprochenen Wagen zurückkam – dem gleichen Wagen, mit dem Flock schon einmal verletzt in die Stadt gebracht worden war. Laurus hatte die Ladefläche bereits mit strohgefüllten Säcken und Decken ausgepolstert, und Andrej half ihm, aus einigen davon ein Sonnendach zu improvisieren, das Flock vor der schlimmsten Hitze schützen sollte.

»Das ist Wahnsinn«, sagte er, während Laurus und er dem Geistlichen dabei halfen, sich auf die Ladefläche hinaufzuquälen. »Ihr solltet hier bleiben und erst am Abend zurückfahren. Wenn die Sonne untergegangen ist, lässt die Hitze rasch nach.«

Flock hatte nicht die Kraft, sofort zu antworten. Erst, als er sich auf der Ladefläche des Wagens ausgestreckt und einige Augenblicke lang mit geschlossenen Augen und keuchend nach Luft gerungen hatte, schüttelte er den Kopf und sagte: »Allmählich überschreiten Eure Worte die Grenze zwischen Sorge und Beleidigung, Andreas. Der Weg ist nicht so weit. Und ich habe wichtige Aufgaben in der Stadt zu erledigen.«

»Zu sterben?«, fragte Andrej.

Flock zwang sich zu einem rauen Lachen. »Wer weiß?«

»Lass ihn«, murmelte Laurus. Die Sorge in seiner Stimme kam Andrej so echt vor wie der Ausdruck auf seinem Gesicht. »Ich glaube, er beginnt zu fantasieren.« Er dachte einen Moment lang nach und wandte sich dann mit lauterer Stimme an Schulz, der ihnen zwar nachgekommen war, jedoch in drei oder vier Schritten Entfernung dastand und misstrauisch zu ihnen hoch sah. »Warum überredet Ihr diesen jungen Narren nicht, unsere Hilfe anzunehmen und bis Sonnenuntergang hier zu bleiben? Wir können ihn ebenso gut pflegen wie Ihr.«

»Nein«, sagte Schulz hart. »Ich habe ihn gewarnt. Es war seine Entscheidung, uns zu begleiten. Und es ist auch seine Entscheidung, ob er hier bleibt oder sein Leben riskiert, indem er mit uns zurück in die Stadt kommt.«

Andrej resignierte. Das Gespräch begann sich im Kreis zu drehen, und er glaubte Flock mittlerweile auch gut genug zu kennen, um zu wissen, dass er nicht nachgeben würde. Das Unheimliche war, dass er das Gefühl hatte, dass Flock *Recht* hatte. Er konnte es nicht begründen. Es *gab* keinen Grund für diese Überzeugung, aber sie war da, und sie schien mit jedem Atemzug stärker zu werden.

Er überzeugte sich noch einmal sorgsam davon, dass Flock halbwegs bequem auf seinem Lager aus Kissen und Decken ruhte, dann sprang er vom Wagen und machte zwei Schritte zurück. Auf einen Wink von Schulz hin kletterte einer der beiden Bewaffneten auf den Kutschbock und griff nach den Zügeln, während der andere die Zügel der beiden jetzt überzähligen Reitpferde am hinteren Ende des Wagens befestigte. Schulz saß indessen auf, dirigierte sein Pferd so neben den Wagen, dass es zwischen ihm und Laurus und Andrej stand, und blickte sie beide abwechselnd von der Höhe des Pferderückens herab eindringlich an.

»Ihr habt gehört, was ich gesagt habe«, mahnte er. »Ihr könnt hier bleiben und Euch im Bereich Eures Lagers frei bewegen. Aber ich lasse jeden in Ketten legen, der versucht, es zu verlassen.«

»Ihr habt mein Ehrenwort«, sagte Laurus.

Was immer das wert sein mag, antwortete Schulz' Blick. Vielleicht lag es einfach daran, dass er jetzt wieder im Sattel saß und damit nicht nur größer, sondern auch auf schwer in Worte zu fassende Weise Ehrfurcht gebietender aussah, dass Andrej den Eindruck hatte, er hätte schon wieder eine Menge von seinem früheren Selbstbewusstsein und seiner Ruhe zurückgewonnen. Dennoch war in seinen Augen noch immer ein leises, unstetes Flackern, ein Ausdruck von Verwirrung, der vergeblich nach einem Grund suchte.

Ohne ein Wort des Abschieds ließ Schulz sein Pferd antraben, und der Wagen und der zweite Krieger schlossen sich ihm an. Andrej wartete, bis sie das Lager zur Gänze durchquert und auf die Straße eingebogen waren, dann wollte er sich herumdrehen und gehen, aber Laurus hielt ihn mit einer fast schon groben Bewegung am Arm zurück.

»Wo willst du hin?«

»Ich muss mit Eurem Weib sprechen«, antwortete Andrej. Er versuchte, sich loszureißen, aber Laurus hielt ihn mit erstaunlicher Kraft fest. Andrej konnte sich nicht erinnern, jemals einen Ausdruck von solcher Entschlossenheit, aber auch nur noch mühsam unterdrücktem Zorn auf dem Gesicht des Sinti gesehen zu haben.

»Reden?«, fragte Laurus.

»Was sonst?«, gab Andrej kühl zurück. Er setzte dazu an, sich nun wirklich loszureißen, führte die Bewegung aber nicht zu Ende. Laurus würde ihn nicht loslassen. Er würde ihn zwingen müssen, und das wollte er nicht. Noch nicht.

»Ich habe gewusst, dass mit dir das Unheil über uns kommt, Andreas«, sagte Laurus. »Schon im ersten Moment, als ich dich gesehen habe, habe ich es gespürt. Du bringst den Tod.«

»Ich fürchte, ich verstehe nicht ganz, wovon Ihr redet«, erwiderte Andrej. Ihm lagen schärfere, herausforderndere Worte auf der Zunge, aber er spürte den brodelnden Zorn des Sinti, eine Wut, die nur nach einem, und sei es noch so kleinem, Vorwand suchte, um auszubrechen. Er wollte keinen Kampf mit diesem Mann. Fast sanft griff er nach Laurus' Hand, löste seine Finger von seinem Arm und trat einen Schritt zurück. »Ich will wirklich nur mit Elena reden«, sagte er. »Nicht mehr.«

Laurus wich seinerseits einen Schritt vor ihm zurück, hob die Hand, die Andrej gerade von seinem Arm gelöst hatte und betrachtete endlose Augenblicke lang seine immer noch halb geöffneten Finger. Ein Ausdruck von Schmerz und Bitterkeit erschien in seinen Augen, den Andrej im ersten Moment nicht verstand. Dann aber begriff er, dass er mehr getan hatte, als sich aus Laurus' Griff zu befreien. Er hatte ihn erniedrigt. Vielleicht mehr, als ihm das jetzt schon klar war. Aber jedes Wort der Entschuldigung hätte die Situation nur noch schlimmer gemacht.

Ohne ein weiteres Wort drehte er sich herum und ging.

Elena wartete in seinem Wagen auf ihn. Sie hatte die Läden vorgelegt, das Bett gerichtet und die Decke zurückgeschlagen, aber sie stand vollkommen angekleidet und reglos wie eine Statue daneben, und sie war gewiss nicht gekommen, um dasselbe mit ihm zu tun wie in den vergangenen beiden Nächten. Andrej war nicht einmal sicher, ob er ihr hätte widerstehen können. Nicht einmal jetzt. Ihr bloßer Anblick, wie sie so in dem Schatten stand, selbst kaum mehr als ein Schemen mit glänzendem Haar und bleichem Gesicht, löste sie ein Verlangen in ihm aus, wie er es nie zuvor gespürt hatte. Nicht einmal damals, in jenem anderen, so unendlich weit zurückliegenden und doch unvergessenen Leben, in dem er seine erste und zugleich bisher wirklich einzige Liebe gefunden hatte.

»Schließ die Tür«, sagte sie.

Andrej gehorchte. Nach dem gleißenden Sonnenlicht draußen waren seine empfindlichen Augen fast blind, und doch war es ihm, als sehe er Elena in allen Einzelheiten noch immer vor sich. Das Bild ihres verlockenden, so unendlich weiblichen Körpers, hatte sich unauslöschlich in seine Gedanken eingegraben; wie mit Säure in seine Augen geätzt.

»Laurus wird das nicht gefallen«, sagte er. Seine eigenen Worte kamen ihm absurd vor. *Laurus* war im Moment gewiss ihr kleinstes Problem.

»Was? Dass ich hier bin?« Elena lachte leise, aber es klang eher bitter. »Er weiß es. Er wusste es auch gestern und am Tag davor.«

Andrej war nicht einmal wirklich überrascht. Er nickte nur.

»Wer hat es dir gesagt?«, fragte Elena.

»Was? Dass du eine Hexe bist?« Die Worte taten ihm sofort wieder Leid. Er hätte sich eher die Hand abgehackt, als das zu tun, was Elena verletzte, und eher die Zunge abgebissen, als ihr Schmerz zuzufügen. Und dennoch, so wie vorhin bei Bason, gelang es ihm diesmal, die fast übermächtigen Gefühle zurückzudrängen. Elena hatte ihn verzaubert, ob tatsächlich mit Hexenkraft oder mit dem Zauber, der jeder normalen Frau zu Eigen war, spielte keine Rolle. Er wusste überhaupt nicht mehr, was noch eine Rolle spielte und was nicht. Alles, was er wusste, war, dass Pater Flock Recht gehabt hatte. Irgendetwas Entsetzliches würde passieren. Er konnte das Unheil spüren, wie die knisternde Spannung in der Luft vor einem schweren Sommergewitter, bevor sich die erste Wolke am Himmel zeigt. Er schluckte die Worte der Entschuldigung, die ihm über die Lippen kommen wollten, herunter und sah Elena nur herausfordernd an.

»Und das glaubst du wirklich?« Elena klang traurig. »Dass ich eine Hexe bin?«

»Ich weiß es nicht«, antwortete Andrej in gequältem Tonfall. »Aber die Kaufleute in der Stadt ... all diese Menschen, denen du deinen Willen aufgezwungen hast ...« Er suchte einen Moment nach Worten und räusperte sich, ehe er mit etwas klarerer, aber noch lange nicht fester Stimme fortfuhr: »Noch vor einer halben Stunde hätte uns Schulz am liebsten an Händen und Füßen gefesselt und über einem Pferderücken liegend in die Stadt mitgenommen. Jemand hat ihn überzeugt, es nicht zu tun. Warst du es?«

Elena nickte. Lange Zeit – in Wahrheit nur Augenblicke, die sich aber für sie beide zu einer Ewigkeit dehnten – schwieg sie. Dann sagte sie leise: »Du hast Recht, Andreas. Ich vermag tatsächlich manchen Menschen meinen Willen aufzuzwingen. Nicht allen und längst nicht in dem Ausmaß, in dem du vielleicht annimmst, aber oft ist es leicht, andere dazu zu bringen, das zu tun, was ich möchte.«

»So wie mich?«, fragte Andrej bitter.

Er konnte Elenas Gesicht in den Schatten, in denen sie stand, nicht sehen, aber er spürte, wie hart sie seine Worte trafen, und der Schmerz, den allein dieses Begreifen in ihm auslöste, war entsetzlich.

»Dich?« Andrej war nicht sicher, ob das Geräusch, das Elenas Worte begleitete, ein leises Lachen oder ein unterdrücktes Schluchzen war. »Nein. Ich habe mir niemals einen Mann so gefügig gemacht.«

»Du hättest es mir sagen müssen«, sagte Andrej.

»Was?«

»Du wusstest, warum ich hierher gekommen bin«, antwortete er gequält. »Du wusstest, wonach ich mein Leben lang gesucht habe. Warum hast du mir nicht gesagt, dass ihr so seid wie ich?«

»Aber das sind wir nicht«, antwortete Elena. Plötzlich erwachte sie aus ihrer Starre, kam auf ihn zu und blieb auf Armeslänge vor ihm wieder stehen, wie von einer unsichtbaren Hand zurückgerissen. Ihre Augen waren groß und erfüllt von Furcht. »*Du* glaubst, du hättest nach uns gesucht?« Sie schüttelte heftig den Kopf. »Es ist genau umgekehrt, Andreas. So lange ich lebe, haben wir nach einem Mann wie dir gesucht.«

Andrej war nicht ganz sicher, ob er verstand, was Elena meinte. Ob er es überhaupt verstehen wollte.

»Du bist nicht wie wir«, wiederholte Elena. Ihre Stimme begann zu zittern. Sonderbarerweise konnte er ihr Gesicht immer noch nicht richtig erkennen, obwohl sie jetzt ganz dicht vor ihm stand, aber irgendwie spürte er dennoch die Tränen, die ihre Augen füllten. »Oh Andreas, was war ich für eine Närrin, es dir nicht sofort gesagt zu haben. Du hast Recht, wenn du mich dafür hasst. Ich hatte Angst davor.«

»Angst?«

»Es ist nicht das erste Mal, dass ich glaubte, jemanden wie dich gefunden zu haben«, antwortete Elena. »Aber er war es nie. Ich bin drei anderen begegnet, und ich habe mich dreimal der Hoffnung hingegeben und bin dreimal an der Enttäuschung fast zerbrochen. Ich war nicht sicher, ob ich es ein weiteres Mal ertragen würde.« Und endlich gab sie sich einen Ruck, machte einen letzten Schritt und warf sich ihm mit solcher Kraft an die Brust, dass er wankte. Andrej konnte ihre heißen Tränen spüren, als sie das Gesicht gegen seine Wange presste. Es vergingen noch einige endlos quälende Sekunden, aber dann schloss er sie in die Arme und strich ihr zärtlich mit der Hand über das Haar. Auch seine Augen wurde heiß und begannen zu brennen. Er verstand den Grund für Elenas Tränen nicht, aber er wusste, dass sie echt waren, denn er konnte den unendlichen, grausamen Schmerz spüren, der Elena schüttelte. Bei dem Gedanken, dass er der Grund für diesen Schmerz sein könnte, schien auch in ihm etwas zu zerbrechen.

Wieder verging – diesmal wirklich – lange Zeit, bis Elena aufhörte, zu schluchzen, ihre Tränen versiegten und sie sich schließlich aus seiner Umarmung löste und einen Schritt zurücktrat. Sie straffte sich, drehte sich halb zur Seite und fuhr sich mit der linken Hand durch das Gesicht, um die Tränen fortzuwischen. »Du bist nicht wie wir«, sagte sie, zum wiederholten Male, zwar mit festerer Stimme, aber immer noch sehr leise. »Du bist alles, was wir je werden können, Andreas.«

»Du weißt nicht, was ich bin«, sagte er bitter.

»Ein Vampir«, antwortete Elena.

Andrej starrte sie an. Er sagte nichts. Sein Herz begann zu klopfen.

»Ich habe dir doch von den anderen erzählt, auf die wir gestoßen sind«, sagte Elena bitter. »Auch sie waren Vampyre. Unsterbliche wie du, die die Macht haben, die Leben anderer zu nehmen, um sich davon zu ernähren.«

»Es gibt keine Vampire«, sagte Andrej, fast schon automatisch, ganz einfach, weil er das immer sagte, wenn das Gespräch auf dieses Thema kam – was in letzter Zeit öfter der Fall war, als er wahrhaben wollte. »Das ist ein Ammenmärchen. Geschichten, die man erzählt, um Kinder zu erschrecken.«

Elena drehte sich langsam wieder zu ihm herum und sah

ihm fest in die Augen. »Ich habe drei von ihnen getroffen«, sagte sie. »Es ist kein Ammenmärchen.«

»Die drei, von denen du berichtet hast. Was ist geschehen?«

»Ich habe sie getötet«, antwortete Elena. Ihre Stimme war ganz leise und scheinbar beherrscht; aber tief unter der Ebene des Hörbaren war noch etwas anderes darin, ein Schmerz, der zu groß war und zu tief ging, um ihn mit Worten zu beschreiben. »Deshalb habe ich mich dir nicht gleich offenbart, Andreas.«

»Weil du Angst vor mir hattest?«

»Weil ich nicht sicher war, ob ich dich nicht auch würde töten müssen«, antwortete Elena. »Weil ich verzweifelt gehofft habe, dass es diesmal anders sein könnte.«

»Und?«, fragte Andrej leise und bitter. »Ist es anders?«

»Du bist nicht wie sie«, antwortete Elena. Das war nicht wirklich eine Antwort auf seine Frage, und Andrej war sehr sicher, dass das auch kein Zufall war. Aber er schwieg, bis Elena von sich aus weiter sprach. »Es gibt nur sehr wenige von euch. Die meisten erliegen früher oder später der Verlockung der Macht über Leben und Tod, Andreas. Vielleicht alle.«

»Ich nicht«, widersprach er.

»Noch nicht«, sagte Elena. Sie schüttelte heftig den Kopf, als er widersprechen wollte. »Sag nicht, dass du es nicht auch schon gespürt hast. Du wärest kein Mensch, weil das Gift der Verlockung keine Wirkung auf dich hätte. Bisher hast du ihm vielleicht widerstanden, aber wirst du es immer können? In zehn Jahren? In hundert? Oder wortwörtlich auf ewig?«

Diesmal schien sie auf eine Antwort zu warten, und jetzt war es Andrej, der schwieg. Ein kalter Schauer rann ihm über den Rücken, denn ihre Worte waren fast gleich mit denen, die Anka ihm gesagt hatte, nur, dass sie aus Elenas Mund eine ungleich stärkere Wirkung auf ihn hatten. Vielleicht, weil er wusste, dass sie die Wahrheit sprach. Es war erst wenige

Stunden her, da hätte er um ein Haar den einzigen Menschen getötet, der ihm auf der Welt noch geblieben war.

Elena schien sein Schweigen richtig zu deuten. Sie nickte. »Siehst du? Vielleicht verlange ich zuviel vom Schicksal. Vielleicht ist es unmöglich, darauf zu hoffen, dass es auch nur einen Menschen auf der Welt gibt, der dieser Versuchung auf Dauer widerstehen könnte. Aber bisher hast du es getan. Vielleicht bist du ja tatsächlich der eine Auserwählte, auf den wir alle warten.«

»Und wenn ich es wäre?«

»Dann wären all die Jahre des Hoffens und Wartens vielleicht nicht umsonst gewesen.« Elena lachte leise und sehr bitter. »Glaubst du an Gott, Andreas?«

Sein erster Impuls war, heftig den Kopf zu schütteln, »Nein« zu sagen, aber er tat weder das eine noch das andere, sondern sah sie nur weiter fragend an. Und nach einer Weile fuhr sie fort: »Nun, was mich angeht, ich bin nicht sicher. Ich habe oft geglaubt, ich hätte schon so viel gesehen und zu viel erlebt, um noch an ein höheres Wesen glauben zu können, oder gar an den Sinn, der hinter all dem steckt. Aber vielleicht gibt es ihn doch, und wir können ihn nur nicht erkennen. Wenn, dann muss er einen Grund gehabt haben, etwas wie uns zu erschaffen. Manche von uns glauben, wir wären nur eine Laune der Natur. Eine ganz besondere Art von Missgeburt. Krüppel, die von einer Krankheit gezeichnet sind, die man nicht sieht. Aber vielleicht ist unsere Zeit einfach noch nicht gekommen. Vielleicht bedarf es nur dieses Einen, um unser Volk endlich zu dem zu machen, was es werden soll.«

»Du hast mich gerade gefragt, ob ich an die Existenz eines Gottes glaube«, sagte Andrej. »Ich weiß die Antwort darauf so wenig wie du, Elena, aber eins weiß ich gewiss: Dass ich kein Messias bin.«

»Woher willst du das wissen? Irgendeiner muss der Erste sein.«

»Der Erste was?«, fragte Andrej noch einmal, und jetzt hörbar lauter.

Es verging eine geraume Weile, bis Elena antwortete. »Ich trage dein Kind in mir, Andreas«, sagte sie ganz leise.

Ein Schlag ins Gesicht hätte ihn kaum härter treffen können. Ungläubig starrte er sie an und suchte nach Worten. Schließlich stammelte er: »Das ... das ist ... ich möglich.«

Elena lachte. Nur ganz kurz, aber dieses Lachen klang echt und ehrlich amüsiert. »Wahrscheinlich sind diese Worte schon öfter gesprochen worden, als es Blätter an den Bäumen gibt, Andreas.« Sie wurde schlagartig wieder Ernst. »Es ist so. Glaub mir.«

»Du musst dich täuschen«, sagte Andrej. Er rang sichtlich um Fassung. »Ich bin nicht ... ich meine ... ich kann keine Kinder zeugen.«

»Woher willst du das wissen?«

»Ich hab mich nie besonders vorgesehen«, erwiderte Andrej. »Ich meine ... ich hatte viele Frauen, und wir waren nie –«

»Warst du jemals mit einer Frau deiner Art zusammen?«

Andrej antwortete nicht. Wie auch?

»Ich trage dein Kind in mir, Andreas«, sagte Elena noch einmal. »Ich habe es an unserem ersten Abend empfangen. Als wir uns das erste Mal geliebt haben.«

Andrej starrte sie an, dann das aufgeschlagene Bett. Er konnte nicht mehr denken. Hinter seiner Stirn herrschte nur Chaos, die Gedanken bewegten sich wie durch einen zähen Sumpf, und er spürte, wie seine Hände zu zittern begannen. »Dann ... dann war ich für dich nur ...«

»Hast du mir nicht zugehört, Andreas?«, fiel ihm Elena ins Wort. »Oder ist dein Gedächtnis so schlecht? Du warst so ungestüm, dass ich nach wenigen Minuten wieder hätte gehen können, aber ich bin geblieben. Und ich bin am Tag darauf zurückgekommen.«

»Ich weiß«, murmelte Andrej. »Verzeih. Ich wollte dich nicht kränken. Aber es ist …« Wieder brach er ab. Wieder fehlten ihm die Worte. Elena kam wieder näher, ergriff seine Hand und legte sie auf ihren Bauch.

»Du kannst es noch nicht fühlen, aber ich weiß, dass es da ist, Andreas. Dein Kind. *Unser* Kind. Es wird ein Junge werden, und wenn es dort oben im Himmel wirklich einen Gott gibt, dann muss er mich einfach erhören, so oft, wie ich ihn angefleht habe, unserem Volk eine Zukunft zu geben. Vielleicht wird unser Sohn der erste einer neuen Art, und vielleicht wird er nicht sein ganzes Leben lang gegen die Dämonen aus seiner Seele kämpfen müssen, wie du.«

Andrej ließ die Hand einen Moment auf Elenas flachem Bauch liegen, dann zog er sie fast erschrocken fort und wäre um ein Haar auch vor ihr zurückgewichen. »Aber … aber das kannst du doch gar nicht wissen«, stammelte er. »Ich meine: Selbst, selbst wenn du weißt, dass du guter Hoffnung bist, woher willst du *das* wissen?«

»Ich weiß es«, antwortete Elena in einem Tonfall, der keinen Zweifel zuließ. »Bleib' bei uns, Andreas. Bei mir. Wenn nicht um meinetwillen, dann wegen deines Sohnes.«

»Das wird deinem Mann nicht gefallen«, sagte Andrej leise.

Elenas Blick verdüsterte sich. »Laurus hat mich seit fünf Jahren nicht mehr berührt«, sagte sie.

»Und warum?«

Die Dunkelheit in Elenas Blick schien zuzunehmen. Ein gequälter Ausdruck machte sich auf ihrem Gesicht breit. Lange Zeit schwieg sie, und Andrej konnte sehen, wie sie mit sich rang. Dann trat sie einen Schritt zurück, straffte die Schultern und machte eine Kopfbewegung zur Tür. »Komm mit!«

Der Wald war ebenso still und von der gleichen, stickigen Hitze erfüllt wie gestern, als sie nach Bason und seinem Bruder gesucht hatten. Und er war von der gleichen, bösen Präsenz erfüllt wie vor zwei Tagen, als sie Bruder Flock gefunden hatten. Und doch war etwas anders: Diesmal spürte Andrej nicht diesen kompromisslosen Drang, grundlos zu vernichten und zu zerstören, sondern etwas Lauerndes – aber die Dämonen waren da, auch wenn er sie nicht sehen konnte.

»Was wollen wir hier?«, fragte er. Der Klang seiner Stimme verriet mehr von seiner Nervosität als ihm lieb war, und er ertappte sich zum wiederholten Mal dabei, wie seine rechte Hand nach seinem Gürtel tastete. Er hatte sein Schwert nicht mitgenommen, als Elena ihn aufgefordert hatte, ihr zu folgen, und er bedauerte dieses Versäumnis. Auch, wenn er ziemlich sicher war, dass das, was sie hier antreffen mochten, mit herkömmlichen Waffen nicht zu besiegen war.

»Wir sind gleich da«, sagte Elena. Sie ging dicht vor ihm her, und auch, wenn er sie jetzt im hellen Tageslicht sah und nicht im farblosen Grau der Nacht, wie damals bei Handmanns Mühle, so schien sie dennoch mit jedem Schritt mehr mit den Schatten zu verschwimmen und eins mit den Formen der Natur zu werden, sodass es ihm immer schwerer fiel, sie im Auge zu behalten.

»Ich finde es nicht klug, das Lager zu verlassen«, sagte er, während er unablässig nach rechts und links blickte. Das Gefühl, beobachtet zu werden, ohne seinerseits irgendetwas Verdächtiges zu sehen, trieb ihn fast in den Wahnsinn. »Wir haben versprochen, im Lager zu bleiben. Wenn man uns hier sieht, ist das vielleicht genau der Vorwand, auf den Schulz und die anderen warten.«

»Es sind nur ein paar Schritte«, sagte Elena. »Außerdem hat uns niemand gesehen.«

»Und wenn doch, dann wirst du dafür sorgen, dass er es vergisst, nicht wahr?«, fragte er. Elena antwortete nicht darauf, aber sie warf ihm einen leicht verletzten Blick über die Schulter zu, und Andrej entschuldigte sich in Gedanken bei ihr. Natürlich hatte sie niemand gesehen. Das kleine Waldstück lag auf der Rückseite des Lagers, und selbst wenn, so konnten sie immer noch behaupten, Feuerholz oder ein paar Kräuter gesucht zu haben. Er war einfach übernervös, das war alles.

Plötzlich blieb Elena stehen, und Andrejs ungutes Gefühl erhielt neue Nahrung, als er erkannte, dass sie sich genau dort befanden, wo Flock von den vier Bestien überfallen worden war. Elena wandte sich zu ihm um und sah ihn auf seltsame Weise an, und gerade, als Andrej eine Frage stellen wollte, hörte er hinter sich das Knacken eines Astes und leichte Schritte.

Als er herumfuhr, waren sie schon da. Das Mädchen und ihr älterer Bruder standen kaum auf Armeslänge von ihm entfernt und starrten ihn aus ihren bösen, seelenlosen Augen an, während die beiden jüngeren Knaben nach rechts und links auseinander gestrebt waren. Alle vier hielten kleine, scharfe Messer in der Hand, kaum mehr als Spielzeuge, die in den Händen solcher Kreaturen aber zu tödlichen Waffen werden konnten.

»Hab keine Angst«, sagte Elena rasch. »Sie werden dir nichts tun.«

Dem Ausdruck in den Augen des älteren Jungen nach zu schließen, ist das keineswegs die Wahrheit, dachte Andrej. Und auch das Mädchen starrte ihn nur kalt an. Ihr Blick war undeutbar, aber alles andere als freundlich.

»Ihr habt mich gehört«, sagte Elena jetzt mit lauter Stimme, in der eine Spur von Autorität lag, vielleicht sogar etwas wie eine Drohung. »Andreas gehört jetzt zu uns. Ihr werdet ihm kein Leid zufügen.«

Die Kinder schwiegen noch immer. Der Hass in den Augen des Jungen war unverändert groß, wie auch die Kälte in denen seiner Schwester nicht abnahm. Andrej fröstelte. Er hatte keine Angst. Er wusste, dass ihm im Moment keine Gefahr drohte, aber noch nie hatte er eine solche Bosheit und eine so unkontrollierte Lust am Zerstören und Töten, am Zufügen von Leid gespürt wie in Gegenwart dieser vier Kinder. Plötzlich musste er wieder an Flock denken, und er wusste nun, dass der Pfarrer Recht gehabt hatte. Das hier waren keine Kinder. Es waren nicht einmal Menschen. Es waren Dämonen.

Zitternd drehte er sich zu Elena herum. »Was bedeutet das? Was hast du mit diesen ...« Er suchte nach Worten und fand keine, und Elena, die seine Qual zu spüren schien, unterbrach ihn mit einer raschen Geste.

»Später«, sagte sie. »Ich erkläre dir alles.« Sie trat mit zwei schnellen Schritten an seine Seite und machte eine Bewegung, mit der sie die Aufmerksamkeit der Kinder auf sich lenkte. Andrej hatte das Gefühl, wieder freier atmen zu können, als die Blicke der unheimlichen Kreaturen nicht mehr auf ihn gerichtet waren. »Ihr werdet weder ihm noch seinem Freund oder irgendjemandem hier etwas antun«, fuhr Elena fort. »Ihr habt schon viel zu viel Schaden angerichtet. Wir werden in wenigen Tagen weiter ziehen, und so lange werdet ihr euch verborgen halten. Habt ihr das verstanden?«

Sie schien nicht wirklich auf eine Antwort zu warten, denn schon nickte sie mit grimmigem Gesichtsausdruck und machte eine Geste tief in den Wald hinein. »Und nun geht. Ich komme vielleicht später noch einmal zu euch und erkläre euch alles.«

Es war fast unheimlich, wie lautlos die vier Gestalten ins Dickicht zurückwichen und mit seinen Schatten zu verschmelzen schienen. Doch wenige Augenblicke später war auch ihre unheimliche Präsenz nicht mehr zu spüren, und der Wald schien sich wieder zu verändern, von einem Ort des Bösen, der der Hölle näher war als der Welt der Menschen oder gar dem Himmel, wieder zu einem Stück der Realität.

»Was bedeutet das?«, fragte Andrej noch einmal.

Elena antwortete nicht gleich, sondern neigte den Kopf und schloss die Augen, als würde sie lauschen. Erst, als sie zu dem Ergebnis gekommen zu sein schien, dass sie tatsächlich allein waren, hob sie die Lider, antwortete aber auch jetzt nicht, sondern wies auf den Waldrand und ging los. Fast auf dem gleichen Weg, auf dem Flock und er vor zwei Tagen hier heraus getaumelt waren, verließen sie das kleine Waldstück und gingen wieder zum Lager zurück.

»Du hast mich gefragt, warum Laurus mich nicht mehr berührt hat«, sagte Elena. »Du hast den Grund gerade gesehen.«

Andrej blieb stehen und riss ungläubig die Augen auf. »Wie bitte?«

»Es sind seine Kinder«, sagte Elena leise. »Laurus ist ihr Vater. Und ich ihre Mutter.«

Andrej schnappte hörbar nach Luft. »Dann ist Laurus also auch –?«

»Nein«, fiel ihm Elena ins Wort. Fast erschrocken. »Laurus ist ein Sterblicher. Der einzige hier im Lager.«

»Wusste er, was du bist?«, fragte Andrej.

Elena nickte. »Ja. Er hat es immer gewusst.«

»Und es hat ihm nichts ausgemacht?«, fragte Andrej ungläubig.

Elena lachte ganz leise; jedenfalls glaubte Andrej im ersten Moment, dass es ein Lachen wäre, aber dann war er nicht mehr sicher. Vielleicht war es auch ein unterdrücktes Schluchzen oder ein leiser, verzweifelter Schrei. »Urteile nicht vorschnell, Andreas«, sagte sie. »Laurus war nicht immer so. Vor zwanzig Jahren war er dir ähnlicher, als du vielleicht glaubst. Er hat wohl geglaubt, dass die Liebe jedes noch so große Hindernis überwinden kann.«

»Kann sie es?«, fragte Andrej.

»Ich glaube, er ist daran zerbrochen«, sagte Elena. »Ich weiß, er ist ein bitterer, böser alter Mann geworden. Aber es ist nicht seine Schuld. Auch nicht meine. Vielleicht ist es einfach die Schuld des Lebens, das nicht gerecht ist.«

Eine Zeit lang gingen sie schweigend nebeneinander her, bis sie die Grenze des Lagers erreicht hatten. Andrej folgte Elena ganz instinktiv, doch plötzlich wurde ihm klar, dass sie wieder den Weg zu seinem Wagen eingeschlagen hatte, und er blieb stehen.

»Du solltest zu deinem Mann zurückgehen«, sagte er.

Elena sah ihn traurig an. »Warum?«

»Weil du zu ihm gehörst«, erwiderte Andrej. Wie gern hätte er etwas anderes gesagt. Es gab nichts, was er im Moment mehr wollte, als sie in die Arme zu schließen, die Wärme ihres Körpers auf seiner Haut zu spüren und die Süße ihrer Lippen, und doch – nach allem, was Elena ihm erzählt hatte, würde er das vielleicht nie wieder können. Noch einmal und viel intensiver, mit fast schmerzhaft körperlicher Wucht, begriff er, was der Ausdruck in Laurus' Augen vorhin bedeutet hatte. Er *hatte* ihn erniedrigt, aber gewiss nicht damit, dass er seine Hand gepackt und ohne Mühe von seinem Arm gelöst hatte.

»Warum musst du meinen Schmerz noch vergrößern, Andreas?«, fragte Elena. »Glaubst du denn, es macht mir nichts aus?«

»Was? Dass deine Kinder Ungeheuer sind? Dass es ihnen Freude bereitet, Menschen zu quälen und zu töten?«

»Es vergeht kein Augenblick an keinem Tag, an dem ich nicht daran denke«, antwortete Elena. Ihre Augen schimmerten feucht, und er sah, dass sie nur noch mit Mühe die Tränen zurückhielt. »Aber es sind meine Kinder, Andreas. Was soll ich tun?«

Andrej blieb ihr die Antwort auch auf diese Frage schuldig – und was hätte er sagen sollen? Schon bei der bloßen Erinnerung an die seelenlosen Kreaturen mit den toten Augen, lief ihm ein kalter Schauer über den Rücken, aber er konnte – zumindest intellektuell – auch Elena verstehen. Vielleicht besser, als er es wollte. Besser, als er es wahrhaben wollte.

»Beantworte meine Frage«, verlangte Elena. Sie sprach leise, und dennoch schrie sie fast. »Was soll ich tun? Soll ich sie töten? Soll ich meine eigenen Kinder umbringen?«

»Und was glaubst du, wird aus ihnen?«, gab Andrej zurück, wobei er ihre Frage ganz bewusst nicht beantwortete. Das konnte er nicht. »Was wird aus ihnen werden, wenn deine Tochter vom Mädchen zur Frau und deine Söhne von Kindern zu Männern werden? Sie töten jetzt schon grundlos. Nur, weil es ihnen Freude bereitet.«

»Ich weiß es nicht«, sagte Elena gequält. »Aber es kann nicht mehr lange dauern. Vielleicht schon dieses Jahr, vielleicht nächstes, aber dann wird sich erweisen, wozu sie werden. Vielleicht sterben sie. Vielleicht werden sie auch noch schlimmer, und dann werde ich sie töten müssen. Aber vielleicht werden sie auch so wie Bason und Rason.«

»Wie meinst du das?«

»Du magst die beiden, nicht wahr?«, fragte Elena. Sie lächelte flüchtig. »Jeder mag sie. Es gibt niemanden, der ihnen einen Wunsch abschlagen könnte, oder dem sie nicht auf Anhieb sympathisch wären. Das ist ihre Macht, Andreas. Das Geschenk, das sie vom Schicksal bekommen haben. So, wie ich in der Lage bin, anderen meinen Willen aufzuzwingen, so erwecken sie Gefühle von Freundschaft und Zuneigung, einfach, weil sie da sind. Ganz egal, bei wem. Vielleicht werden Laurus' Kinder ebenso – falls sie den Schritt vom Kind zum Erwachsenen überhaupt erleben.« Sie schüttelte den Kopf. »Mag das Schicksal über sie richten. Ich kann es nicht.«

Was sollte er darauf sagen? Konnte er von einer Mutter verlangen, über ihr eigenes Fleisch und Blut zu richten? Kaum.

»Und wie ... soll es weiter gehen?«, fragte er leise. »Wollt ihr weiter von Stadt zu Stadt ziehen, von Land zu Land, und immer hoffend, dass niemand euer Geheimnis entdeckt? Willst du weiter zusehen, wie sie unschuldige Menschen töten?«

»Natürlich nicht«, antwortete Elena, ohne ihn anzusehen und mit leiser, fast brechender Stimme. Er konnte ihr Gesicht nicht sehen, denn sie blickte zu Boden, aber er spürte, wie sich ihre Augen weiter mit Tränen füllten. »Es ist auch nicht so, wie du vielleicht glaubst. Sie sind keine ... Mörder. Es ist nicht so, dass sie überall Tod und Verwüstung hinterlassen, wo immer wir hinkommen.«

»Den Eindruck hatte ich nicht«, sagte Andrej. Er fühlte sich schäbig bei diesen Worten, denn er wusste, wie weh sie Elena tun mussten, aber er konnte sie auch nicht zurückhalten.

»Ich weiß«, sagte Elena. »Es ist schlimmer geworden. Es wird schlimmer, mit jedem Tag, der vergeht, mit jeder Stadt in die wir kommen. Wir werden eine Entscheidung fällen müssen. Vielleicht habe ich deshalb so verzweifelt gehofft, dass du der bist, auf den wir seit so langer Zeit warten.«

»Ich werde diese Entscheidung nicht für euch treffen können«, sagte Andrej. Gleichzeitig war ihm klar, wie lächerlich diese Behauptung war. Er würde sie fällen, ganz gleich, was er tat. Selbst, wenn er nichts tat. Indem sie ihn in ihr Geheimnis eingeweiht hatte, lag die Verantwortung, ob er schwieg oder diese Höllenbrut auslöschte, nun ebenso auf seinen Schultern wie auf ihren. Vielleicht noch viel mehr.

»Und was soll ich jetzt tun?«, fragte er.

Als Elena den Kopf hob und ihn ansah, liefen Tränen über ihr Gesicht. »Ich weiß es nicht«, sagte sie. »Ich weiß ja noch nicht einmal, was ich tun soll.«

Und damit drehte sie sich herum und ging, um ihn allein zurück zu lassen. Allein mit sich und einem Schmerz, der vielleicht schlimmer war als alles, was er je zuvor erlebt hatte, aber auch einer Hoffnung, die mindestens so mächtig war wie dieser Schmerz.

Er hätte nicht sagen können, wie lange er im Halbdunkel seines Wagens dagesessen und ins Leere gestarrt hatte. Was in dieser Zeit hinter seiner Stirn vorgegangen war, woran er gedacht, was er sich gewünscht und was er verflucht hatte. Irgendwann neigte sich der Tag seinem Ende entgegen, und im gleichen Maße, in dem die Hitze nachließ, die mit immer größerem Erfolg die dünnen hölzernen Wände seines Wagens überrannte und um Einlass kämpfte, und das Licht nicht mehr so gleißend war, dass es seine empfindlichen Augen fast blind machte, erwachte das Zigeunerlager ringsum mehr und mehr zum Leben. Die ersten Feuer wurden entzündet, die ersten, noch zaghaften Takte von Musik wurden laut, und schließlich hörte er das erste Lachen und Lamentieren, das von der Ankunft neuer Gäste kündete, die sich offensichtlich weder von den Gerüchten über Hexerei und Flüche, noch von den Geschichten über Tote abschrecken ließen, die man in den Wäldern ringsum gefunden hatte. Es war nach Sonnenuntergang, als Andrej das Gefühl hatte, aus einem tiefen, aber alles andere als traumlosen Schlaf zu erwachen, und tatsächlich eine oder zwei Atemzüge brauchte, um sich überhaupt darüber im Klaren zu werden, wo er war, und warum er dort war, wo er war. Er erinnerte sich nicht einmal wirklich, dass er in seinen Wagen zurückgegangen war und sich mit untergeschlagenen Beinen auf das Bett gesetzt hatte. Irgendwann zwischen dem Moment, in dem Elena sich herumgedreht und davongegangen war und jetzt, war ihm die Zeit abhanden gekommen. Er hatte das Gefühl, aus einem endlosen, von grässlichen Träumen geplagten Schlaf zu erwachen, und ganz wie in den Tagen zuvor, fühlte er sich auch jetzt körperlich müde und erschöpft, als hätte er eine Schlacht geschlagen. Fast ohne sein Zutun fuhr seine rechte Hand über die zurückgeschlagene Decke, auf der er saß. Sie war warm, aber es war nur die Sonnenwärme, die sie gespeichert hatte, nicht die von Elenas Körper. Selbst jetzt, nach allem, was er erfahren hatte, konnte er fast an nichts anderes denken.

Einen Moment lang fragte er sich ganz ruhig, ob er von dieser Frau besessen war. Er kam zu keiner Antwort, und selbst wenn – sie hätte ihm nichts genutzt. Er *war* Elena verfallen, und es spielte keine Rolle, warum und auf welche Art.

Andrej stand auf, ging zum Fenster, und sah hinaus. Er konnte nur einen kleinen Teil des Lagers überblicken, und es war im Grunde nicht mehr als flackernde rote Lichtsplitter und die Schatten von Menschen, vielleicht auch anderen, düstereren Dingen, die sich hektisch hin und her bewegten und dabei dem Rhythmus einer anderen, unhörbaren und atonalen Musik zu folgen schienen, und wie um sich selbst zu verhöhnen, ertappte er sich dabei, in diesen Schatten nach dem Elenas zu suchen, in dem Durcheinander von Stimmen auf ihr helles Lachen zu lauschen.

Etwas wie eine dumpfe Verzweiflung begann sich in ihm breit zu machen. Andrej hatte keine große Erfahrung darin, verliebt zu sein. Vielleicht gar keine. Aber wenn das, was er nun spürte, wirklich Liebe war, dann erlaubte sich das Schicksal, Gott, oder wie immer man es nennen mochte, einen wirklich bösen Scherz mit ihm. Er war hierher gekommen, um etwas zu suchen, von dem er gar nicht genau wusste, was es war, und er hatte etwas gefunden, von dem er noch viel weniger wusste, ob er es haben wollte. Und von dem er trotzdem nicht mehr loskam.

Lange Zeit stand er einfach da, starrte in die Nacht und auf den roten Widerschein der Feuer hinaus, dann ging er langsam zu seinem Bett zurück, nahm das Schwert, das er daneben an die Wand gelehnt hatte, und band sich den mit Silber beschlagenen Waffengurt mit bewusst langsamen, überpräzisen Bewegungen um, Bewegungen die keinen anderen Sinn hatten als den, Zeit zu gewinnen und den Moment, in dem er den Wagen verlassen musste, noch um eine kurze, aber unendlich wertvolle Zeitspanne hinauszuzögern.

Schließlich aber verließ er den Wagen, wandte sich nach links und erreichte nach wenigen Augenblicken das kleine Zelt am äußeren Rand des Lagers, zu dem er auch in der vergangenen Nacht schon einmal vergebens gegangen war.

Diesmal war sein Bewohner anwesend.

Abu Dun war nicht im Zelt, aber er stand reglos, hoch aufgerichtet und in abwartender Haltung daneben, so, als hätte er gewusst, dass Andrej kam, und geduldig auf sein Erscheinen gewartet. Sein Gesicht, schon bei Tage eine schwarze Maske, war in der Nacht fast nicht zu erkennen, aber Andrej spürte die Ruhe, die der Nubier ausstrahlte, gleichzeitig aber auch etwas anderes; eine Bitterkeit, die es ihm fast unmöglich machte, weiterzugehen.

»Du hast lange gebraucht, Hexenmeister«, sagte Abu Dun.

»Du hast gewusst, dass ich komme.«

»Ich hab's gehofft«, erwiderte Abu Dun. Er machte ein Geräusch, das Andrej nicht deuten konnte, das sich aber trotzdem wie ein dünner, glühender Pfeil in seine Brust grub. »Du hast dich also entschieden.«

»Ja«, antwortete Andrej, dann rasch, fast, als wäre er erschrocken vor seinem eigenen Wort: »Nein. Ich … ich weiß es nicht, Abu Dun. Ich weiß einfach nicht, was ich tun soll.«

»Und das aus deinem Mund!«, Abu Dun lachte rau. »Weißt du, wie lange ich mir gewünscht habe, das zu hören? Andrej, der Unfehlbare, der unsterbliche Hexenmeister, der zugibt, dass er nicht weiter weiß?«

»Mach es mir nicht schwerer, als es ohnehin schon ist«, bat Andrej. »Verdammt, Abu Dun, ich –«

»Dann mach ich's dir leichter«, unterbrach ihn Abu Dun.

»Du willst hier bleiben. Ich bin nicht überrascht, falls du das erwartet hast. Ich bin auch nicht enttäuscht. Ich wusste immer, dass es eines Tages so weit kommen würde. Ich wusste vom ersten Tag an, dass du auf der Suche bist. Und es gehört nun mal zu einer Suche, dass man eines Tages sein Ziel erreicht.«

Und eben das war es, was Andrej immer noch nicht wusste, weniger denn je zuvor. Hatte er sein Ziel wirklich erreicht? Nach allem, was er erlebt, und vor allem von Elena gehört hatte, sollte die Antwort eindeutig »Ja« lauten, aber war das die Wahrheit? Er hatte etwas gefunden, aber er konnte nicht sagen, ob es das war, was er hatte finden *wollen.*

»Ich hab rührselige Abschiedsszenen noch nie gemocht«, fuhr Abu Dun fort, als er keine Antwort bekam. »Wenn du gekommen bist, um Lebewohl zu sagen, dann tu es und dann geh deiner Wege.«

»Abu Dun –«, begann Andrej.

»Ich jedenfalls werde genau das tun«, fuhr der Nubier unbeeindruckt fort. »Ich wäre schon fort, aber ich habe auf dich gewartet. Nach so vielen Jahren wäre es undankbar, einfach so zu verschwinden.«

Andrej schwieg auch jetzt. Es war nicht das erste Mal in den vergangen Tagen, dass Abu Dun ihm drohte, allein fortzugehen, aber diesmal, so erkannte er, meinte der Nubier es ernst. Er wusste mit unerschütterlicher Sicherheit, dass er Abu Dun nie wieder sehen würde, wenn sich ihre Wege jetzt trennten.

»Ich hoffe, du wirst hier glücklich, Andrej«, sagte Abu Dun. Jede Spur von Häme oder Spott war aus seiner Stimme verschwunden. Er meinte, was er sagte, und genau deshalb taten seine Worte auch so weh.

»Ich nehme an, es macht dir nichts aus, wenn ich mir von unserem gemeinsamen Besitz nehme, was ich brauche«, sagte Abu Dun plötzlich lauter. Als ob Andrej das in diesem Moment interessierte, oder ob es irgendeine Bedeutung hätte. Doch er vermutete, dass Abu Dun womöglich einfach nur das Thema hatte wechseln wollen.

»Wo willst du hin?«, fragte Andrej.

Abu Dun hob die Schultern. »Die Welt ist groß. Irgendwo wird sich schon eine Beschäftigung für einen ehemaligen Sklavenhändler und Schmuggler finden. Die Zeiten sind zwar schlecht, aber man sagt auch, dass schlechte Zeiten gut für schlechte Menschen sind, hab ich Recht?«

Andrej lachte nicht. Man konnte viel über Abu Dun sagen, aber eines war er gewiss nicht: Ein schlechter Mensch. Er war ein Mörder, ein Sklavenhändler, Schmuggler, Dieb und Räuber, aber tief unter dem Gebirge von Untaten, das er im Laufe eines langen Lebens angehäuft hatte, schlug das Herz eines aufrechten Mannes – trotz allem.

»Du könntest noch eine Weile hier bleiben«, sagte er. »Ich bin sicher, dass Laurus nichts dagegen hätte.«

Abu Dun lachte. Es klang böse. »Und wenn, würde es ihm nichts nutzen, nehme ich an«, sagte er, schüttelte aber zugleich auch den Kopf. »Nein, nein, lass gut sein, Andrej. Vielleicht sehen wir uns einmal wieder, aber im Moment ziehe ich es vor, zu gehen. Selbst ich merke irgendwann, wenn ich nicht erwünscht bin. Ich denke, es ist besser zu gehen, bevor man es mir sagt.«

»Aber das ist doch nicht die Wahrheit«, wollte Andrej schreien, aber in Wahrheit flüsterte er nur, obwohl die Worte in seinem Kopf gellten.

»Was ist schon Wahrheit?«, sagte Abu Dun. Er löste sich endlich aus den Schatten, in denen er dagestanden und Andrej angestarrt hatte, und kam ihm ganz nahe. »Es war eine schöne Zeit mit dir, Andrej«, sagte er. »Du hast mir eine Menge genommen, aber du hast mehr dafür gegeben, als ich verloren habe. Dafür danke ich dir. Und ich wünsche dir von Herzen, dass du dein Glück findest. Oder wenigstens deinen

Seelenfrieden.« Er lachte leise. »Und solltest du noch einmal in meine Heimat kommen und ein paar Sarazenenschädel einschlagen, dann achte darauf, dass sie nicht schwarz sind, denn einer davon könnte der meine sein. Inschallah.«

Erst später, viel später, wie es Andrej erschien, wurde ihm klar, dass der Nubier sich einfach abgewandt hatte und in Richtung der Koppel davon gegangen war, ohne noch einmal in sein Zelt zurück zu kehren und sein Gepäck zu holen. Und erst da begriff er, dass Abu Dun schon lange zum Aufbruch bereit gewesen war und nur auf ihn gewartet hatte, um ihm diese wenigen, aber unendlich kostbaren Worte zu sagen.

Und dann, als es viel zu spät war, begriff er, dass es durchaus etwas auf der Welt gab, das ebenso schmerzte wie die Gewissheit, sein Ziel verloren zu haben. Abgesehen von dem Gefühl, von dem er noch immer nicht wusste, ob es nun Liebe war oder etwas, das er nur dafür hielt, vermochte es einem Menschen das Herz zu brechen, einen Freund zu verlieren.

Aber vielleicht war auch dies nur eine der vielen Lektionen, die man erst im Laufe eines Lebens lernte: dass man es immer erst dann wirklich begriff, wenn es längst zu spät war.

Von einer inneren Unruhe getrieben, deren Gründe er nicht zu erforschen wagte, ging Andrej nicht zurück zu seinem Wagen – obwohl da aller Logik und innerem Aufruhr zum Trotz noch eine dünne Stimme war, die ihm sagte, dass Elena möglicherweise gerade in diesem Moment dort auf ihn wartete –, sondern wandte sich in die entgegen gesetzte Richtung, dem hell erleuchteten Zentrum des Lagers zu.

Er wusste selbst nicht, warum. Die laute Musik, das Lachen, all die fröhlichen Menschen dort widerten ihn an, denn in diesem Moment erschien ihm die Atmosphäre, die über diesem Platz lag, nicht als Ausdruck von Lebenslust, sondern von purem Hohn. So bewegte er sich, fast gegen seinen Willen, genau dorthin, wo er im Moment eigentlich am wenigsten sein wollte, und schon bald fand er sich inmitten einer ausgelassenen, fröhlichen Menschenmenge wieder und vor der Bühne, auf der Bason oder sein Bruder – im Moment war es Andrej wirklich nicht mehr möglich, die beiden zu unterscheiden – gerade ein Kunststück mit wirbelnden Messern und brennenden Keulen aufführten. Eine Jonglierübung, die gefährlicher aussah, als sie war, die zum größten Teil bereits angetrunkene Zuschauermenge aber in ihren Bann schlug.

Während er so dastand und der Darbietung zusah, das falsche Lachen hörte und in tückische Augen blickte, die weniger die Fertigkeit des Künstlers würdigten als vielmehr darauf warteten, dass dieser daneben griff und einer der Dolche seine Hand durchbohrte oder eine brennende Fackel sein Gesicht versengte, fragte sich Andrej, ob das hier wirklich die Welt war, in der er leben konnte. Er war weitgehend frei von Vorurteilen und hatte weder etwas gegen Gaukler noch gegen das fahrende Volk, aber er war oft genug bei Menschen wie diesen gewesen, um längst begriffen zu haben, dass er ein solches Leben nicht führen wollte. Und obwohl auch er schon so lange unterwegs war, dass er gar nicht mehr wusste, was das Wort Heimat wirklich bedeutete, war er doch stets auf der Suche danach gewesen. Diese Menschen hier waren Reisende, die ihr Ziel längst gefunden hatten, denn ihr Ziel *war* die Reise. Ganz plötzlich und mit unerschütterlicher Sicherheit begriff er, dass er dieses Leben auf Dauer weder führen wollte noch konnte.

Aber was bedeutete schon *auf Dauer* für einen Unsterblichen?

»Du hast dich also entschieden«, sagte eine Stimme hinter ihm.

Andrej drehte sich herum und sah ohne Überraschung in Laurus' Gesicht. Erst im Nachhinein wurde ihm klar, dass der Grauhaarige schon eine ganze Weile hinter ihm gestanden und ihn angeblickt hatte. »Ja«, sagte er.

In Laurus' Augen erschien eine Bitterkeit, die Andrej die Kehle zuschnürte. »Und was willst du tun?«

»Nichts«, sagte Andrej. »Da ist nichts, worüber du dir Sorgen machen müsstest, Laurus. Ich erhebe weder Anspruch auf deine Position, noch auf dein Weib. Ich werde einfach warten.«

Die Brutalität dieser Aussage wurde ihm erst klar, als er die Reaktion darauf in Laurus' Blick las. Dann jedoch mit umso größerer Wucht. Für einen Moment konnte er kaum glauben, dass es seine eigene Stimme gewesen war, die diese Worte ausgesprochen hatte. Von allem, was er dem Sterblichen hätte sagen können, war dies vielleicht das Schlimmste und zugleich die größte Erniedrigung, die ein Mann einem anderen zufügen konnte. Er versuchte sich vorzustellen, wie Laurus sich in diesem Moment fühlen musste, aber seine Fantasie reichte dazu nicht aus. Laurus war ein Mann, für den jeder Tag, der verging, unwiederbringlich verloren war, und der mit jedem Atemzug, den er tat, dem Tod ein Stück näher kam. Ein Mensch, der *alterte.* Wie sehr musste es ihn schmerzen, neben einer Frau zu leben, für die die Zeit stehen geblieben war, die heute noch so schön und jugendlich aussah wie vor zwanzig Jahren? Und welch ungleich größere Schmach musste es bedeuten, den Nebenbuhler Tag für Tag vor Augen zu haben, einen Mann, dem die Zeit ebenso wenig anhaben konnte wie seinem Weib und der nichts weiter tun musste, als einfach nur zu warten.

Andrej schämte sich, und er verstand immer weniger, was ihn zu dieser Grausamkeit getrieben hatte. »Verzeih«, murmelte er.

Laurus zwang sich zu einem Lächeln. »Da gibt es nichts zu verzeihen, Andreas«, sagte er. »Willst du dich für das entschuldigen, was du bist? Es ist schließlich nicht deine

Schuld.« Er schloss für einen Moment die Augen und fuhr dann mit leiserer, aber gefasster Stimme fort: »Ich wusste immer, dass du eines Tages kommen würdest. Elena hat mir nie etwas vorgemacht. Mir war stets klar, dass ich diesen Kampf nicht gewinnen kann. Nun, es tut trotzdem weh, ihn zu verlieren, aber ich hasse dich nicht dafür. Ich werfe dir nicht einmal etwas vor. Du hast die Welt nicht gemacht, und dich selbst auch nicht.«

Seltsam – aber Andrej glaubte zu spüren, dass diese Worte ehrlich gemeint waren. Sie berichtigten eine Menge von dem, was er über Laurus gedacht hatte. Und wenn es bei diesem ganzen Dilemma je um Schuld gegangen war, dann schuldete er diesem Mann Hochachtung. Wortlos wandte er sich ab und ging zu seinem Wagen zurück.

Lange, *sehr* lange nach Mitternacht kam Elena zu ihm. Andrej war längst eingeschlafen. Er hatte nicht damit gerechnet, in dieser Nacht auch nur ein Auge zuzutun, aber die sonderbare Schwäche und Kraftlosigkeit, die schon seit Tagen an ihm nagte, hatte auch jetzt wieder ihr Recht gefordert, und er war trotz allem in einen unruhigen Schlummer gesunken. Ein Schlaf, aus dem er einige Male aufgeschreckt war, allein mit der Dunkelheit in seinem Wagen, und dem verwirrenden Gefühl, dass irgendetwas nicht so war, wie es den Anschein hatte; und schon ganz und gar nicht so, wie es sein sollte. Er war jedes Mal wieder eingeschlafen, bevor er diesen Gedanken ganz zu Ende verfolgen konnte, und als er das dritte oder vierte Mal erwachte, da war er nicht mehr allein. Eine vertraute Wärme presste sich an seinen Körper, und er spürte Elenas Gegenwart, noch bevor er ihren Geruch wahrnahm, das seidige Gefühl ihrer Haut auf seiner Brust fühlte und dann die süße Berührung ihrer Lippen. Fast instinktiv erwiderte er ihren Kuss und schloss sie in seine Arme, aber nur für einen Moment. Dann wurden seine Lippen spröde, und er ergriff sie bei den Schultern und schob sie, sanft aber nachdrücklich, ein Stück von sich fort.

Elena versteifte sich unter seiner Berührung, dann machte sie sich los, setzte sich auf und sah verwirrt auf ihn herab. In dem schwachen Mondlicht, das durch das offene Fenster herein strömte, konnte er erkennen, dass sie ihr Kleid bereits ausgezogen hatte und nackt war, und wieder erging es ihm so, wie schon ein paar Mal zuvor: Er betrachtete den Körper einer Göttin, aber es war ihm unmöglich zu sagen, wie alt sic war, nicht einmal, ob sie wirklich schön war. Es konnte an nichts anderem liegen als am schwachen Licht und dem verwirrenden Spiel der Schatten, aber für einen ganz, ganz kurzen Moment hatte ihr Gesicht etwas Katzenhaftes, etwas noch immer unwiderstehlich Verlockendes zwar, aber eine Schönheit, die plötzlich die eines tödlichen Räubers war. Doch wie so viele Gedanken in letzter Zeit, entglitt ihm auch dieser, und schon im nächsten Moment war selbst die Erinnerung daran war verschwunden.

»Was hast du?«, fragte Elena. Sie klang verwirrt.

Andrej setzte sich bewusst umständlich auf, um Zeit zu schinden, und rückte gerade so weit von ihr ab, dass es nicht unhöflich wirkte. »Nichts«, sagte er. »Entschuldige. Ich … ich war nur überrascht.«

»Hast du jemand anderen erwartet?«, fragte Elena lachend.

»Wenn ich ehrlich sein soll, habe ich niemanden erwartet«, antwortete Andrej. »Auch dich nicht.«

Elena runzelte die Stirn. »Wie soll ich das verstehen?«

»Ich habe mit Laurus gesprochen«, sagte Andrej. »Er weiß von uns.«

»Natürlich weiß er von uns.«

»Woher?«

»Er ist mein Mann«, sagte Elena. »Ich habe es ihm erzählt.«

»Du hast es –?« Andrej stockte buchstäblich der Atem. Ungläubig riss er die Augen auf.

»Jetzt sag nicht, dass du Angst vor ihm hast«, sagte Elena. »Das brauchst du nicht.«

»Aber … wieso hast du das getan?«, murmelte Andrej fassungslos. Wusste sie denn nicht, was sie Laurus damit antat? Und damit letzten Endes auch ihm? Wie sollte er eine Frau lieben, die den Mann, dem sie schließlich irgendwann einmal die Treue versprochen hatte, so erniedrigte?

»Wäre es dir lieber, ich hätte ihn belogen?«, fragte Elena und beantwortete ihre eigene Frage sogleich mit einem Kopfschütteln. »Laurus und ich haben uns niemals etwas vorgemacht, Andreas. Und das wird auch so bleiben.«

Als er nicht antwortete, lachte sie leise und versuchte, die Arme um seinen Hals zu schlingen und ihn erneut zu küssen, doch wieder schob Andrej sie von sich fort. »Nein«, sagte er. »Ich kann das nicht.«

»Gestern konntest du es aber noch ganz gut«, sagte Elena. »Und falls du das eine oder andere vergessen haben solltest, bin ich gerne bereit, deine Erinnerungen aufzufrischen.«

»Ich meine es ernst. Nicht, solange Laurus hier ist.«

Elena blinzelte. Sie wirkte verwirrt, als verstünde sie wirklich nicht, wovon er sprach. »Was soll das heißen? Willst du damit sagen, dass du kein Problem damit hattest, meinen Mann zu hintergehen, wohingegen du es nicht über dich bringst, etwas zu tun, wovon er weiß?«

»Ich hätte es anders formuliert, aber es läuft ungefähr darauf hinaus«, antwortete Andrej. Er bemühte sich um einen möglichst sachlichen Ton, aber natürlich gelang es ihm nicht. Ebenso wenig wie es ihm gelang, seinen Blick von Elenas Körper loszureißen, der von silbernem Mondlicht überschüttet unendlich verlockend direkt vor ihm saß. Dennoch fuhr er fort: »Wir können das nicht mehr tun, Elena.«

»Ich verstehe dich nicht«, sagte Elena. »Wo ist der Unterschied? Ich meine: Ich erwarte ein Kind von dir, Andreas. In wenigen Monaten wird es jeder sehen. Selbst, wenn ich Laurus belügen wollte, wüsste er spätestens dann Bescheid. Wäre dir das lieber?«

»Lieber wäre mir, wenn es gar nicht geschehen wäre«, murmelte Andrej.

»Oh«, sagte Elena, »das habe ich –«

»So war das nicht gemeint«, sagte Andrej hastig. »Ich bedaure keine Sekunde. Es ist nur ... Ich kenne Laurus nicht sehr gut. Aber ich glaube, dass er ein aufrechter Mann ist. Er hat es nicht verdient, so gedemütigt zu werden.« *So wenig wie ich.* Er konnte sich nicht vorstellen, dass Elena nicht begriff, was sie da von ihm verlangte, und was es sowohl für Laurus als auch ihn bedeuten musste. Wieso war sie so grausam?

»Und was willst du jetzt tun?«, fragte sie leise. Sie rutschte ein kleines Stück näher, versuchte aber nicht mehr, ihn zu berühren. »Du kannst nicht so tun, als wäre nichts geschehen, Andreas.«

»Ich weiß«, sagte Andrej. »Mach es mir nicht so schwer, Elena, ich flehe dich an. Ich weiß nicht, was ich tun werde oder sollte. Vielleicht sollten wir einfach eine Weile abwarten.«

Elena sah ihn sicher eine halbe Minute lang fast ausdruckslos an, und mit ebenso ausdrucksloser Stimme flüsterte sie schließlich: »Eine Weile. Und was genau verstehst du unter ›einer Weile‹, Unsterblicher?«

»Nicht viel weniger als du«, sagte Andrej. »Gib mir etwas Zeit, um nachzudenken, Elena.«

»Gefalle ich dir nicht mehr?«, fragte sie.

Täuschte er sich, oder war da ein ganz leiser, aber scharfer Unterton in ihrer Stimme, den er bisher noch nie bei ihr vernommen hatte?

Sie schnappte hörbar nach Luft. »Ich verstehe. Du hast deinen Spaß gehabt, und jetzt –«

»Aber das ist doch nicht wahr!«, sagte Andrej. Schon, um seine Worte zu bekräftigen, streckte er die Hand aus und wollte ihren Arm ergreifen, aber Elena machte sich unwirsch los und rutschte wieder ein Stück weit von ihm fort.

»Und ich dachte, du wärst anders als all die anderen.«

»Das bin ich«, sagte Andrej. Er fühlte sich in die Ecke gedrängt, hilflos. »Es hat nichts mit dir zu tun.«

»Sondern?«

»Ich ... brauche einfach ein wenig Zeit«, sagte er stockend.

»Tut es dir Leid, dass du dich entschieden hast, bei uns zu bleiben?«, fragte Elena. »Noch ist es nicht zu spät. Wenn du gleich losreitest, kannst du deinen Freund, den Heiden, sicher noch einholen. Vielleicht hätte ich dir nicht sagen sollen, dass ich dein Kind erwarte. Anka hat mich gewarnt, dass ihr Männer manchmal so reagiert.«

»Aber so ist es doch nicht«, widersprach Andrej. Er blickte Elena verständnislos an. »Begreifst du denn nicht, was ich meine?«

»Nein«, sagte Elena. »Und das ist vermutlich meine Schuld. Ich ...« Sie brach ab. Andrej sah ihr an, dass sie noch viel sagen wollte, und dass sie innerlich vor Zorn bebte. Dann aber zwang sie sich zu einem Lächeln und machte eine um Verzeihung heischende Geste. »Wir sollten uns nicht streiten, Andreas«, sagte sie. »Vielleicht hast du Recht. Das ist möglicherweise wirklich nicht der richtige Moment.« Sie stand auf und drehte sich halb herum, wie um sich vom Bett zu entfernen, und für einen winzigen Moment konnte er ihren ganze Körper in seiner unendlichen Schönheit im silbernen Licht des Mondes erkennen. Und vielleicht hätte er diesen Moment sogar noch ertragen, doch da drehte sie noch einmal den Kopf und sah ihn an, und als sich ihre Blicke begegneten, brach sein Widerstand wie ein Fenster aus filigranem Glas unter einem Hammerschlag.

Sein Verstand schrie ihm verzweifelt zu, dass es falsch war, dass er sie nicht berühren durfte, zumindest nicht in dieser Nacht, wenn er auch nur noch einen winzigen Rest von Achtung vor sich selbst behalten wollte. Aber die Stimme seiner Vernunft war bedeutungslos. Als Elena sich wieder zu ihm herum drehte, sich über ihn beugte und die Arme nach ihm ausstreckte, sah er noch einmal und jetzt viel deutlicher das Raubtier in ihren Augen, und irgendwo in ihm war eine Stimme, die endlich die Wahrheit begriffen hatte und verzweifelt versuchte, ihn zu warnen. Aber auch diese Stimme verhallte ungehört, und dann spürte er wieder ihren Körper an seinem, ihre Lippen auf seinem Mund, und plötzlich war nichts anderes auf der Welt noch irgendwie von Bedeutung.

Es war das Gefühl unendlicher Müdigkeit und Erschöpfung, das ihn weckte; eine Mattigkeit die so allumfassend war, dass selbst der Schlaf zu anstrengend schien, um nicht daraus zu erwachen. Er hatte wirre Erinnerungen an etwas, das zu furchtbar gewesen war, um ein bloßer Albtraum zu sein, und zu bizarr für die Wahrheit. Und die Erinnerung daran, die letzte Grenze, der er schon oft so nahe gekommen war, diesmal berührt zu haben. Nicht überschritten, denn selbst für ein Wesen wie ihn bedeutete diese Schwelle einen Weg ohne Wiederkehr, aber er hatte sie zum ersten Mal nicht nur gesehen und gefühlt, sondern *berührt*, und vielleicht war ein Teil von ihm hinübergeglitten, denn in ihm war eine so allumfassende Leere, dass er davor erschauerte.

Dennoch war sich Andrej vollkommen des Umstandes bewusst, noch am Leben zu sein. Am Leben, aber vielleicht nicht mehr Herr seines Körpers. Er spürte, dass er auf etwas Warmem lag, das zu weich für Stein und zu hart für sein Bett war, und das Hände etwas an ihm taten, das unangenehm war, ohne dass er es genau identifizieren konnte. Vielleicht fügten sie ihm Schmerz zu, aber wenn, dann schützte ihn diese grausame Müdigkeit, die ihn immer noch quälte, denn selbst Schmerz zu empfinden war eine Anstrengung, zu der er nicht mehr fähig war. Seine Gedanken waren schwer wie Eisen und bewegten sich ebenso träge. Fast verzweifelt begann er, in sich nach einem verborgenen Reservoir an Kraft zu suchen, ein winziges bisschen Energie, aus dem er schöpfen und wenigstens ganz wieder ins Bewusstsein hinüber gleiten konnte, aber da war nichts. Das gewaltige Reservoir an eigener und fremder, gestohlener Lebenskraft, aus dem er bisher geschöpft hatte, war leer, aus der tobenden Feuersbrunst ein heruntergebrannter Funke geworden, kaum noch ein Glimmen, als hätte ihn jemand nicht nur all seiner Kraft, sondern auch seiner Lebensenergie beraubt. Sein Körper war unversehrt, sein Herz schlug wie eine präzise und treu arbeitende Maschine, aber mehr war er auch kaum noch.

So also ist das, dachte er matt. Trotz allen Erschreckens und aller Müdigkeit war ihm klar, was geschehen war. Er spürte das, was andere gespürt hatten, wenn er ihre Lebenskraft nahm.

Wieder spürte er, wie sich Hände an ihm zu schaffen machten. Er wurde unsanft an den Armen gepackt und über den Boden geschleift, und jetzt hörte er auch Stimmen, Stimmen, die ihm vage bekannt vorkamen, ohne dass er sie zuordnen konnte, und Worte in einer Sprache, die er zwar verstand, die aber trotzdem im ersten Moment keinen Sinn zu ergeben schienen. Dann wurde er so grob fallen gelassen und prallte gegen etwas, dass der Schmerz wie eine kleine Explosion den erstickenden Mantel aus Mattigkeit durchbrach, der sich um seine Gedanken gelegt hatte. Er hatte nicht die Kraft, zu stöhnen, geschweige denn, die Augen zu öffnen, aber als die lodernde Qual allmählich verebbte, erkannte er zumindest eine der Stimmen wieder, und nur einen Moment später ergaben ihre Worte auch Sinn, wenn auch sonderbarer Weise nur die dieser einen Stimme, die Bason gehörte.

»Wieso lebt er noch? Sie hat gesagt, sie würde es zu Ende bringen.«

Eine andere Stimme antwortete, ihr Besitzer ebenso unbekannt wie die Worte unverständlich, dann wieder Bason: »Wozu?«

Jemand trat ihn in den Leib. Der Tritt war so wuchtig, dass zwei oder drei seiner Rippen brachen. Andrej registrierte den Schmerz, aber er war nebensächlich, denn er bemerkte etwas viel Alarmierenderes: Die zerbrochenen Knochen *blieben* zerbrochen. Sein Körper begann nicht damit, sich zu regenerieren, als wäre ihm auch diese Kraft genommen worden. Vielleicht war sie es.

Bason: »Das wird ihr nicht gefallen. Wir sollten ihm den Kopf abschlagen und ihn irgendwo vergraben.«

»Du hast gehört, was ich gesagt habe. Mir gefällt es ebenso wenig, aber es ist auch sehr erstaunlich. Wir bringen ihn zu Anka.« Andrej konnte die zweite Stimme immer noch nicht identifizieren, aber er vermutete, dass es die Rasons war. Verzweifelt versuchte er, die Lider zu heben, aber es ging nicht. Selbst diese kleine Anstrengung war hundertmal mehr, als er im Moment vollbringen konnte.

»Elena wird nicht erfreut sein, wenn sie das hört«, sagte Bason.

»Elena«, erwiderte die andere Stimme, die er für die Rasons hielt, »hat ihn schließlich am Leben gelassen. Vielleicht ist an ihm ja etwas Besonderes.«

»Ja. Er ist besonders gefährlich.« Andrej konnte hören, wie Bason heftig den Kopf schüttelte, und nur einen Moment später traf ihn ein zweiter, womöglich noch härterer Tritt in die Seite. Diesmal brach ihm die Stiefelspitze keinen weiteren Knochen, aber der Schmerz war schlimmer als das erste Mal. »Ich traue ihm nicht.«

Trotz dieser eindeutigen Worte wurde Andrej nur einen Moment später grob an den Armen gepackt und davongeschleift. Er konnte spüren, wie der raue Boden, über den er gezerrt wurde, seine Haut aufriss und Blut über seinen zerschundenen Rücken lief, aber er fürchtete den Schmerz jetzt nicht mehr, sondern war im Gegenteil dankbar dafür, und sei es nur, weil ihm diese Qual bewies, dass er noch am Leben war und dass es vielleicht doch noch ein Zurück gab. Immer verzweifelter versuchte er, sich zum Aufwachen zu zwingen, seinen Körper bewusst dazu zu bringen, was er bisher immer ganz von selbst getan hatte, nämlich seine Verletzungen zu heilen und die Schwelle des Todes mit der zum Leben zu tauschen, aber es ging nicht. Etwas in ihm war einfach nicht mehr da. Vielleicht war er sterblich geworden.

Wieder drohte er für einen kurzen Moment, endgültig ins Nichts hinüberzugleiten, spürte die Berührung jener unsichtbaren und auch für ihn endgültigen Grenze, und die Verlockung der ewigen Stille und des allumfassenden Vergessens und Friedens auf der anderen Seite. Aber da war noch irgendetwas, das ihn zurückhielt, ein winziger Funke, tief unter der fast erloschenen Glut seiner Lebensflamme, die sich einfach weigerte, auszugehen, vielleicht das Wissen, dass es da noch etwas gab, was erledigt werden musste, etwas, das wichtiger war als sein eigenes Leben.

Die Stimmen und Geräusche begannen erneut zu verschwimmen, und auch die Schmerzen, die ihm zugefügt wurden, verloren an Bedeutung. Sein geschundener Rücken blutete noch immer, und die gebrochenen Rippen bohrten sich wie kleine, spitze Messer tiefer in seine Brust. Aber Andrej war nur noch in der Lage, zu registrieren, nicht mehr, irgendetwas dagegen zu tun oder sich gar zu wehren.

Er spürte, wie er eine kurze Treppe hinaufgeschleift und dann grob auf einen Stuhl gestoßen wurde. Sein Kopf und sein Oberkörper sanken nach vorne und schlugen unsanft auf der harten Platte eines Tisches auf, er hörte Schritte, dann andere, scharrende Geräusche, ein Poltern, und schließlich eine dritte Stimme, die er zu seinem Erstaunen als die von Laurus identifizierte.

»Es ist genug. Ihr könnt gehen.«

»Aber –«, protestierte Bason.

»Wartet draußen!«, unterbrach ihn Laurus. »Habt ihr nicht verstanden?«

Wieder dieses Scharren, ein unmutiges Murren und dann das dumpfe Zuschlagen einer Tür. Für eine Weile geschah nichts, dann ergriff eine Hand brutal sein Haar und riss seinen Kopf nach oben und in den Nacken. »Sichst du, Unsterblicher«, sagte Laurus' Stimme, »so schnell können sich die Dinge ändern. Wo ist jetzt deine Überheblichkeit?«

Andrej hätte nicht einmal geantwortet, wenn er es gekonnt hätte. Er verstand nicht, was hier vorging. Er war selbst zu schwach, um wirklich zu erschrecken, allenfalls, dass er eine sachte Verwunderung verspürte.

Mit aller Kraft versuchte er, zumindest die Augen zu öffnen, doch nicht einmal das gelang ihm. Seine Lider schienen Zentner zu wiegen, und auch, wenn er spürte, dass der winzige Funke in ihm ein wenig heller zu glühen begann, so würde es doch noch lange dauern, vielleicht Stunden, bis er auch nur die Kraft aufgebracht hätte, den Kopf zu heben.

Sein Schweigen schien Laurus noch wütender zu machen, denn er schlug ihm zwei-, drei-, viermal hintereinander mit der flachen Hand und mit großer Kraft ins Gesicht, sodass Andrejs Kopf hin und her rollte und er vom Stuhl gefallen wäre, hätte Laurus ihn nicht zugleich auch festgehalten. »Ich könnte jetzt so großmütig sein wie du und sagen, dass ich nichts tun und einfach warten werde«, fuhr Laurus mit zitternder Stimme fort. »Aber ich bin ja nur ein sterblicher Mensch, dessen Tage begrenzt sind, weißt du? Ich kann mir so viel Geduld nicht leisten.«

Diesmal schlug er mit der Faust ins Gesicht. Andrej spürte, wie seine Lippen aufplatzten und salziges Blut über sein Kinn lief. Er war immer noch unfähig, darauf zu reagieren.

»Du spielt gern den harten Mann, wie?«, höhnte Laurus. »Nun, wollen wir sehen, wie hart du wirklich bist?« Er schlug ihn noch einmal, und noch sehr viel härter. Diesmal lief das Blut nicht nur an seinem Kinn herab, sondern füllte auch seinen Mund und rann salzig und warm in seine Kehle.

Und irgendetwas tief in ihm reagierte auf den bitteren Kupfergeschmack.

Was immer Elena ihm auch genommen hatte, sie war nicht bis auf den tiefsten Grund seiner Seele gekommen. Sein düsterstes Geheimnis, das Gefängnis, in dem die Bestie lauerte, war noch da, die Tür zu diesem sichersten aller Verliese unberührt, vielleicht unentdeckt.

»Ich hätte Lust, dich zu Tode zu prügeln«, sagte Laurus und schlug ein drittes Mal zu, um seine Worte unverzüglich zu beweisen. »Aber ich glaube, das würde Anka nicht gefallen.« Er lachte böse. »Vielleicht tue ich es ja doch gleich und fasse mich in Geduld. Ja, das werde ich tun. Ich werde einfach dastehen und zusehen, was Anka mit dir tut, und wer weiß, vielleicht ist es das erste Mal, dass ich den Anblick wirklich genieße.«

»Das reicht«, sagte eine scharfe Stimme. »Er kann dich nicht hören, du Narr. Und wenn er es könnte, dann könnte er nicht antworten.«

Laurus antwortete nicht darauf, aber Andrej konnte hören, wie er scharf die Luft einsog. Seine Hand ließ Andrejs Haar los, sodass er wieder nach vorne sank und sein Gesicht erneut und schmerzlich hart auf die Tischplatte prallte. Und das warme Blut lief weiter seine Kehle hinab. Er konnte jeden Fingerbreit des Weges spüren, den es nahm, wie eine brennende Spur, die es in sein Fleisch brannte.

»Lass das, du Dummkopf«, sagte Ankas Stimme. Sie war leise und zitterte, so wie immer, und doch war etwas darin, das Andrej erschauern ließ. »Richte ihn auf.«

Er wurde erneut grob in die Höhe gezerrt, dann trat Laurus hinter ihn und legte ihm beide Hände auf die Schultern, damit er nicht zur Seite kippte. Er konnte hören, wie Anka mit schlurfenden Schritten näher kam und sich einen Stuhl heranzog, um sich an der gegenüberliegenden Seite des Tisches niederzulassen. Aus der winzigen Glut in ihm war jetzt ein Flämmchen geworden. Er war noch weit davon entfernt, etwas zu spüren, das man als Kraft bezeichnen konnte, aber seine Sinne erwachten nach und nach. Er konnte Laurus' scharfen Schweiß hinter sich riechen, aber auch den säuerlichen Geruch der hundertzwanzigjährigen Frau auf der anderen Seite des Tisches. Und da war noch etwas. Das Blut rann weiter seine Kehle hinab. Die brennende Verlockung, die es transportierte, hatte die Tür des Gefängnisses erreicht und begann, sich hineinzufressen wie Säure in altes, längst morsch gewordenes Holz.

»Du bist also noch am Leben«, sagte Anka. Er konnte hören, wie sie den Kopf schüttelte. »Das ist erstaunlich. Ich habe noch keinen getroffen, der die dritte Nacht mit Elena überlebt hätte. Wer bist du Andrej Delany? Was hast du uns verschwiegen?«

Die Bestie auf der anderen Seite der Tür zerrte immer wilder an ihren Ketten.

Etwas raschelte. Ankas säuerlicher Greisinnen-Geruch wurde intensiver, dann berührte eine pergament-trockene Hand seine Wange. Dürre Spinnenfinger tasteten über sein Gesicht, berührten seine Augen, seine Stirn, und er spürte, wie etwas in ihn eindrang und mit brutaler Kraft nach dem flackernden Lebensfunken in ihm griff. Doch statt ihn endgültig zu löschen, fachte sie ihn zu höherer Glut an. Nicht viel. Nicht annähernd genug, dass er hätte auf den Gedanken kommen können, sich zur Wehr zu setzen, aber doch genug, ihm zumindest die Kontrolle über seinen Körper zurückzugeben. Mühsam öffnete er die Augen und blickte in Ankas Gesicht.

Obwohl sie blind war, musste sie es irgendwie registriert haben, denn ihr faltenzerfurchtes Antlitz verzog sich zur höhnischen Grimasse eines Lächelns. »Ja, wir können auch Kraft geben, Andrej«, sagte sie. »Das hast du nicht gewusst, nicht wahr? Woher auch? Nehmen ist ja so viel seliger denn Geben.«

Er versuchte, sich aufzurichten und ganz instinktiv Laurus' Hände abzuschütteln, die immer noch schwer auf seinen Schultern lagen, aber dazu reichte seine Kraft nicht aus. »Was willst du von mir?«, murmelte er.

»Dein Leben, was sonst?«, fragte Anka. Sie klang ehrlich verwundert. »Wenigstens das, was noch übrig ist. Aber du interessierst mich auch. Du bist ein erstaunlicher Mann, Andrej. Die Wenigsten überleben die erste Nacht mit meiner Tochter. Nur ganz wenige die zweite. Eine dritte hat noch keiner geschafft.« Sie schüttelte den Kopf. »Erstaunlich.«

»Deine Tochter?«

Anka lachte meckernd. »Oh, hat sie vergessen, dir das zu erzählen? Ja, ja, Elena ist mein Kind. Ich war nicht einmal sechzehn, als ich sie geboren habe.« Wieder lachte sie, und diesmal lag ein hämischer Ton darin, der Andrej einen kalten Schauer über den Rücken laufen ließ. »Ich hatte Zeit genug, mich daran zu gewöhnen, aber es gibt Momente, in denen ich wirklich bedaure, nichts sehen zu können. Jetzt zum Beispiel. Ich hätte zu gern dein Gesicht gesehen, als du dir gerade ausgerechnet hast, dass du mit einer Hundertjährigen im Bett warst.«

»Warum?«, murmelte Andrej.

Anka legte den Kopf schräg. »Warum was?«

»Warum habt ihr mich nicht einfach umgebracht?«, murmelte Andrej. »Warum habt ihr eure Brut nicht einfach gewähren lassen? Bereitet es euch solche Freude, Menschen zu quälen?«

»Auch das«, erwiderte Anka ungerührt. »Aber ich dachte,

Elena hätte es dir gesagt. Es gibt nur noch wenige wie dich, Andrej, und auch das Leben einer Unsterblichen endet irgendwann. Das Überleben des Volkes muss gesichert werden.« Sie deutete mit einer verächtlichen Geste auf Laurus, der hinter seinem Stuhl stand. »Du hast ja gesehen, was dabei herauskommt, wenn wir uns mit normalen Sterblichen paaren.«

Andrej blickte weiter starr in Ankas Gesicht, aber er konnte spüren, wie Laurus hinter ihm leicht zusammenfuhr. »Dann habt ihr ja jetzt, was ihr wolltet«, sagte er kalt. »Töte mich. Vielleicht tust du mir damit ja einen Gefallen.«

»Das wäre ja fast ein Grund für mich, es nicht zu tun«, sagte Anka, lachte aber gleich darauf meckernd, schüttelte den Kopf und hob beide Hände, die Finger wie dürre Raubvogelkrallen nach seinem Gesicht ausgestreckt. »Aber freu dich nicht zu früh.«

»Ihr glaubt doch nicht, dass ihr damit durchkommt?«, fragte Andrej.

Anka erstarrte mitten in der Bewegung. Ihre blinden Augen taxierten Andrejs Gesicht so aufmerksam, dass er sich für einen Moment fragte, ob sie nicht doch sehen konnte, wenn auch vielleicht auf eine völlig andere Art, als er sich auch nur vorzustellen vermochte. »Was meinst du damit?«

»Ihr habt vor, das, was mit Handmann passiert ist und die Morde auf mich abzuwälzen«, sagte er. »Aber ich glaube, ihr unterschätzt Pater Flock. Und ihr unterschätzt auch die Inquisition.«

»Inquisition?«

Andrej lachte leise. »Oh, hat Schulz euch nichts davon gesagt? Es ist ein Inquisitor auf dem Weg hierher. Ich glaube nicht, dass er sich mit ein paar Lügen abspeisen lässt. Nein, das stimmt nicht. Ich *weiß*, dass es nicht so ist. Ich hatte schon hinlänglich Gelegenheit, Erfahrungen mit ihnen zu sammeln.«

»Deine Sorge um uns rührt mich«, sagte Anka. »Aber ich kann dich beruhigen. Wir haben für alles vorgesorgt. Und gerade dein Freund Flock wird es sein, der unsere Unschuld beweist.«

»Hör auf damit, Anka«, sagte Laurus. »Merkst du denn nicht, dass er nur Zeit gewinnen will?«

»Vielleicht hast du Recht«, sagte Anka nachdenklich. Direkt an Andrej gewandt und in verändertem Ton fuhr sie fort: »Ja, ich weiß, was du vorhast, Andrej. Du willst Zeit gewinnen. Du willst Kraft sammeln, weil du glaubst, mir gewachsen zu sein. Ich glaube nicht, dass du es bist, aber Laurus hat Recht. Du bist gefährlich. Gefährlicher vielleicht, als ich selbst jetzt schon ahne. Es wäre töricht, dir eine Chance zu geben.«

Und damit führte sie die begonnene Bewegung zu Ende, und schlug ihre Krallenfinger in sein Gesicht, und gleichzeitig griff der Seelenfresser in ihr nach Andrejs verbliebener Lebenskraft, um sie mit einem einzigen Ruck aus ihm herauszureißen.

Und Andrej entfesselte den Vampyr in sich.

Ankas Augen wurden groß vor Entsetzen, als sie schlagartig begriff, wie grausam sie sich getäuscht hatte, dass sie es nicht mit einem wehrlosen und schon fast toten Opfer, sondern einem gleichwertigen Gegner zu tun hatte, einem Ding, das mindestens so böse und alt war wie das, das sie selbst beseelte, aber ungleich gieriger und wilder. Sie prallte keuchend zurück, und Andrej sprang mit einer einzigen Bewegung auf und versetzte dem Tisch einen Tritt, der ihn umfallen und Anka mitsamt ihres zusammenbrechenden Stuhles unter sich begraben ließ. Noch aus der gleichen Bewegung heraus und so schnell, dass Laurus nicht die Spur einer Chance hatte, auch nur zu begreifen, was hier geschah, geschweige denn, sich zu wehren, wirbelte er herum und brach ihm mit einer blitzschnellen Bewegung das Genick. Noch bevor Laurus zusammenbrach, langte er über den umgestürzten Tisch, schleuderte ihn zur Seite und riss Anka an den Haaren in die Höhe.

Die blinde Greisin wimmerte vor Schmerz und Angst. Ihre dürren, immer noch zu Krallen gekrümmten Hände fuhren ziellos durch die Luft und versuchten sein Gesicht zu zerkratzen, aber auch die andere, viel stärkere Bestie in ihr verschwendete ihre Kraft für einen Moment in sinnloser Raserei – vielleicht für den entscheidenden Moment, denn obwohl Andrej schon längst nicht mehr Herr seiner selbst war und eigentlich nur noch Zuschauer, der dem Toben des Vampyrs mit einer Mischung aus Entsetzen und grimmiger Befriedigung folgte, spürte er doch, dass diese vermeintlich uralte, zerbrechliche Greisin eine zumindest gleichwertige Gegnerin war, wenn nicht ihm überlegen. Hätten Überraschung und Wut sie nicht blind gemacht, so hätte sie ihn durchaus überwinden können. Aber der Moment war vorbei, und Andrej gedachte nicht, ihr eine zweite Chance zu geben.

So mühelos als wöge sie gar nichts, hob er Anka hoch und schleuderte sie quer durch den Raum auf das schäbige Bett, das vor der gegenüberliegenden Wand stand. Der Aufprall ließ Anka pfeifend die Luft ausstoßen und brach ihr vermutlich mehrere Knochen, und Andrej konnte spüren, wie aus ihrer Raserei Panik wurde. Blitzschnell war er über ihr, packte sie mit der linken Hand an der Kehle und ballte die andere zur Faust.

»Wage es nicht!«, sagte er. »Um dich selbst zu zitieren, alte Frau: Ich weiß, wie gefährlich du bist. Und auch ich habe nicht vor, dir eine Chance zu geben.«

Anka hustete. Er sah, dass sie zu antworten versuchte, aber seine Hand schnürte ihr die Luft ab. Andrej lockerte zwar den Griff ein wenig, blieb aber auf der Hut. Gleichzeitig lauschte er mit seinen nichtmenschlichen Sinnen in sie hinein, und erneut lief ihm ein eisiger Schauer über den Rücken, als er die unvorstellbare Macht der Vampyrin spürte, ein unendlich altes, unendlich *böses* Ding, das vielleicht schon seit Jahrtausenden Seelen fraß und das mit jedem Leben, das es genommen hatte, stärker, böser und niederträchtiger geworden war. »Was habt Ihr vor?«, fragte er.

»Was habt Ihr mit Abu Dun gemacht? Rede, du altes Weib, oder ich schwöre dir, ich schlage dir den Schädel ein!«

Anka gab einen Laut von sich, den er im ersten Moment für ein Stöhnen hielt, bis er begriff, dass es nichts anderes als ein Lachen war. »Tu es doch!«, sagte sie herausfordernd. »Töte mich.«

Alles in ihm schrie danach, es tatsächlich zu tun. Nie zuvor hatte er den Tod eines Menschen so sehr gewollt wie jetzt den dieser alten Frau, und niemals zuvor hatte so deutlich gewusst, dass er es nicht tun durfte. Ganz plötzlich begriff er, dass er diesen Kampf nicht gewinnen konnte, ganz egal, wie er ausging.

Anka lachte erneut, hustete plötzlich gequält und spuckte Blut, und Andrej begriff, dass er sie bereits tödlich verletzt hatte. Ganz gleich, wie mächtig das *Ding* in ihr auch sein mochte, ihr Körper war der einer über hundert Jahre alten Frau, für den schon eine flüchtige Bewegung eine tödliche Gefahr darstellen konnte. Er lockerte seinen Griff weiter, ließ die zur Faust geballte Rechte aber nicht sinken. Seine Gedanken rasten. Was sollte er tun? Auch der Vampyr in ihm schien zu zögern, als begriffe er ganz instinktiv, was geschehen würde, wenn er versuchte, dieses uralte, unvorstellbar mächtige Konglomerat aus Hunderten und Aberhunderten verdorbener Seelen zu verschlingen. Aber die Gier war trotzdem da, und sie wurde mit jedem Moment stärker. Das *Ding* in ihm war kein Intellekt. Nichts, was logisch dachte oder plante, sondern ein seelenloser Killer, der keinen anderen Daseinszweck kannte als zu töten.

»Aber ich will es dir trotzdem sagen, Unsterblicher«, sagte

Anka kichernd. »Ich habe deinem Freund einen Herzenswunsch erfüllt. Etwas, das er von dir nie bekommen hat.«

Andrej keuchte. »Du hast –«

»Hat man dir nie gesagt, dass wir das können?«, fragte Anka hämisch. »Es ist so leicht. Man muss nur seine Gier beherrschen, weißt du? Du darfst nicht alles von einer Seele nehmen, und du musst ihr etwas von dir geben. Die meisten sterben daran, aber einige schaffen es doch. Mach dir keine Sorgen um deinen großen Freund. Er ist stark. Er wird es überleben, und er wird ein würdiger Nachfolger für dich werden.« Sie kicherte. »Wenigstens so lange er noch lebt.«

»Hör auf«, sagte Andrej mit zitternder Stimme. »Hör auf!«

Anka kicherte erneut, leise und meckernd, und so böse, dass es Andrejs ganzer Willenskraft bedurfte, nicht die Hand um ihren dürren Hals zu schließen und ihn zu zerquetschen. »Und was willst du tun, wenn nicht?«, fragte sie. »Mich töten? Nur zu. Damit erweist du mir nur einen Gefallen. Dieser Körper hat längst ausgedient. Töte mich, und wir werden beide ewig leben.«

Andrej ließ ihre Kehle los, richtete sich halb auf, und schlug ihr dann die geballte Faust mit aller Gewalt gegen die Schläfe. Die alte Frau starb auf der Stelle.

Und dann explodierte der Raum unter einer Flut brodelnder, schwarzer Lebensenergie, die aus ihr hervorbrach wie eine Flutwelle aus einem zerbrochenen Damm; eine Woge von Kraft, wie Andrej sie noch nie gespürt hatte, und vielleicht nie wieder spüren sollte, und die danach schrie, von ihm verschlungen und seiner eigenen Lebenskraft hinzugefügt zu werden.

Aber er tat es nicht.

Der Vampyr in ihm schrie auf, wütend, in schierer Raserei vor Gier und Enttäuschung, diese unendlich verlockende Beute nicht schlagen zu können, aber irgendwie gelang es Andrej, ihn zurückzuhalten. Vielleicht war es nicht einmal seine eigene Kraft. Vielleicht war es etwas, das noch stärker war als seine dunkle Seite, das pure Wissen, dass es sein sicheres Ende bedeuten musste, wenn er versuchte, aus der Quelle des reinen Bösen zu trinken. Andrej krümmte sich, schlug die Fäuste vor das Gesicht und stürzte schließlich rücklings zu Boden. Er hörte nicht, dass er schrie, und er spürte nicht, dass er sich wie in Krämpfen auf dem Boden wand, während er verzweifelt versuchte, der immer stärker werdenden Gier zu widerstehen. Das Toben der Bestie wurde zur Agonie, hatte längst die Grenzen dessen, was vorstellbar war, überschritten, und drohte ihn nun seinerseits zu verzehren, und er spürte, dass er den Kampf verlieren würde …

Und dann war es vorbei.

Die Raserei hörte auf, und das Ungeheuer in ihm zog sich wieder in sein Versteck am Grunde seiner Seele zurück, nicht geschlagen, sondern zutiefst verstört und erschrocken. Andrej sank erschöpft zurück, schloss für einen Moment die Augen und wartete darauf, dass sich sein rasender Herzschlag beruhigte und sein Atem nicht mehr keuchend und unregelmäßig ging. Er war am ganzen Leib in Schweiß gebadet, und als er sich aufrichtete und sich zu Ankas Lager herumdrehte, zitterten seine Hände so stark, dass er sie gegen den Leib pressen musste.

Die alte Zigeunerin war tot. Aber nicht nur ihr Körper war gestorben. Da hing noch etwas wie ein leiser Hauch einer uralten, aber allmählich in Vergessenheit geratenen Macht in der Luft, und für einen ganz kurzen Moment glaubte Andrej einen unendlich leisen, aber auch unendlich gequälten, enttäuschten Aufschrei zu hören, der jedoch verklang, bevor er sicher sein konnte. Dann war es endgültig vorbei. Das *Ding*, das so viele Seelen verschlungen und zur puren Verhöhnung dessen gemacht hatte, wozu sie einst erschaffen worden waren, war fort. Vielleicht hinüber geglitten in eine andere Dimension des Seins, die Andrejs Verständnis ebenso verborgen blieb wie allen anderen Menschen, vielleicht aber auch endgültig erloschen und für alle Zeiten zerstört. Er hoffte es.

Andrej wartete, bis das Zittern seiner Hände ganz aufgehört hatte, dann drehte er sich herum und ging langsam zu Laurus' Leichnam hinüber. Erst jetzt spürte er, wie müde und ausgelaugt er immer noch war. Die Kraft, die ihn befähigt hatte, Laurus zu töten und Anka zu widerstehen, war nicht seine eigene gewesen, sondern nur geliehen, und ihr eigentlicher Besitzer hatte den allergrößten Teil davon wieder mit sich zurück in sein finsteres Verlies genommen. Obwohl er wusste, wie sinnlos es war, ließ er sich neben Laurus auf die Knie sinken und suchte in dem reglosen Körper nach einem Rest der Kraft, die ihn bisher von einem unbeseelten Stück Fleisch zu einem Menschen gemacht hatte. Aber da war nichts mehr. Wenn er eine Seele nahm, dann musste es im Augenblick des Todes geschehen, wortwörtlich der letzte Atemzug, mit dem der Lebensodem ausgehaucht wurde.

Immerhin hatte Laurus ihm ein letztes Geschenk dagelassen: Er trug Andrejs Schwertgurt mitsamt der Waffe an der Hüfte. Andrej nahm sein Eigentum wieder an sich, richtete sich auf und legte den silberbeschlagenen Gürtel an, während er nachdenklich auf den Leichnam des grauhaarigen Sinti vor sich hinabblickte. Er sollte Zorn empfinden oder zumindest eine grimmige Befriedigung, aber alles, was er spürte, war ein vages Gefühl von Mitleid mit diesem fehlgeleiteten Sterblichen, der vielleicht wirklich geglaubt hatte, er könne ein Stück der Ewigkeit erringen, wenn er sich mit dem Teufel einließe. Andrej konnte ihn nicht verurteilen. Nicht wirklich. Es stand ihm nicht zu – und wie auch? Selbst er war Elenas Zauber erlegen, und er wirkte jetzt noch auf ihn. So wie jetzt, als er wusste, dass sie von Anfang an nur mit ihm gespielt und seine Sinne verwirrt hatte, war es ihm unmöglich, sie zu hassen.

Andrej sah an sich herab, strich glättend über seine Kleider, und schleifte Laurus' Leiche dann ein Stück zur Seite, damit man sie nicht gleich sah, wenn er die Tür öffnete. Die Hand in einer nachlässigen Geste auf dem Schwertknauf liegend und mit festen Schritten (von denen er wenigstens hoffte, dass sie seine Schwäche verbargen) entriegelte er die Tür und trat in die Nacht hinaus.

Bason und sein Bruder warteten in wenigen Schritten Abstand. Beide fuhren überrascht zusammen, als sie ihn erblickten, und Basons Augen wurden groß vor Schrecken, während Rason eher verwirrt aussah und dann mit einem Ausdruck niedergeschlagenen Begreifens die Stirn runzelte. Ohne Hast und mit einem gezwungenen Lächeln auf den Zügen ging Andrej auf die beiden zu.

»Andreas?«, murmelte Bason verwirrt. »Oder …?«

»Nein, nein«, antwortete Andrej ruhig. »Andreas war schon richtig.«

Vielleicht begriff Bason noch, was diese Worte wirklich bedeuteten, aber weder er noch sein Bruder kamen auch nur dazu, nach ihren Waffen zu greifen.

Es war nicht besonders schwer gewesen, der Spur zu folgen, die Abu Dun hinterlassen hatte. Dennoch war Andrej nach einer Weile davon abgewichen und hatte einen großen Bogen in westlicher Richtung geschlagen, als ihm klar geworden war, wohin der Nubier ritt – an den einzigen Ort, der Sinn machte, wenn Elenas und Ankas Plan aufgehen sollte. Er verlor eine Menge Zeit dadurch, wertvolle, möglicherweise sogar unwiederbringliche Zeit, aber er wagte es trotzdem nicht, auf dem kürzesten Weg zu Handmanns Mühle zu reiten, denn er konnte es nicht riskieren, einfach darauf zu bauen, dass Ankas Tochter hundertprozentig davon überzeugt war, dass ihr Plan aufging, und nicht vielleicht doch jemanden zurückließ, der den Weg im Auge behielt. Nachdem er Bason und seinen Bruder getötet und ihre Lebenskraft in sich aufgenommen hatte, fühlte er sich wieder einigermaßen erfrischt und bei Kräften, aber er war noch weit davon entfernt, so stark wie früher zu sein. Elena hatte ihm fast seine ganze Kraft genommen, und er konnte es sich einfach nicht leisten, auch nur einen Atemzug damit zu verschwenden, sich unter Umständen aus einem Hinterhalt freizukämpfen. Dass er Anka besiegt hatte, hatte mehr mit Glück als mit irgendetwas anderem zu tun, und Andrej war nicht so vermessen, einfach darauf zu bauen, dass ihm sein Glück auch treu blieb.

Der Himmel im Osten begann sich rot zu färben, als er in den Wald eindrang und sich dem Dunkel mit der ausgebrannten Ruine der alten Mühle aus Richtung der Stadt näherte. Der Wald schien jetzt, bei Nacht, noch unheimlicher und lebensfeindlicher als das erste Mal, als er hier gewesen war, aber etwas hatte sich verändert. Nicht alles Leben war erloschen. Irgendwo vor ihm hallten die lautlosen Entsetzensschreie sterbender Seelen durch die Nacht, und er konnte das Blut riechen, noch bevor die Mühle in Sichtweite kam und er sein Pferd zügelte. Vielleicht kam er schon zu spät.

Dennoch ritt er nur noch ein kleines Stück weiter, bevor er ganz abstieg, das Tier wenige Schritte weit in den Wald hineinführte und seine Zügel an einem Ast festband. Er glaubte jetzt, Schreie zu hören, vielleicht auch Kampflärm, aber er war nicht ganz sicher. Für die Dauer einiger schwerer Herzschläge blieb er stehen, schloss die Augen und versuchte auch, die schrecklichen Geräusche zu ignorieren, um auf einer anderen, weiter reichenden Ebene in den Wald hineinzulauschen.

Sie waren da. Er konnte ihre finstere Präsenz spüren, wie einen Pesthauch, der die Nacht durchzog, und jetzt fühlte er auch noch etwas. Etwas, das die ganze Zeit über da gewesen war, vom ersten Tag an, als er das Lager der vermeintlichen

Sinti betreten hatte, nur, dass er es niemals bemerkt hatte – weil etwas ihn daran hinderte.

Andrej zog sein Schwert aus dem Gürtel und lief los. Trotz seiner scharfen Augen und des immer lauter werdenden Kampflärmes, der ihm den Weg wies, lief er ein gutes Stück weit in die falsche Richtung, ehe er seinen Irrtum erkannte und seinen Kurs korrigierte. Statt unmittelbar unter der Mühle aus dem Wald zu treten, ragte der mit Ruß und verbrannten Trümmern bedeckte Hügel vor ihm auf, sodass er sich mühsam seinen Weg durch die verkohlte Ruine bahnen musste, ehe er sah, was sich auf der anderen Seite abspielte.

Er hatte sich nicht getäuscht. Es *war* Kampflärm gewesen, den er gehört hatte, und er kam zu spät. Am Waldrand auf der anderen Seite des Weges, fast genau dort, wo Elenas Kinder gestanden hatten, als Abu Dun und er in der Mühle gewesen waren, war etwa ein Dutzend Pferde angebunden. Bei den meisten handelte es sich um derbe Tiere, die eher dazu geeignet schienen, einen Wagen zu ziehen als einen Reiter zu tragen, zumindest drei indes waren unverkennbar Schlachtrösser, und eines trug eine prachtvolle Schabracke, deren Gold- und Silberstickereien selbst in der Nacht noch glänzten.

Die Männer, die auf diesen Pferden geritten waren, lagen erschlagen auf dem Hügel.

Andrej schloss für einen Moment die Augen, konzentrierte sich und stellte fest, dass noch nicht aus allen Körpern das Leben gewichen war, und als er aus der Ruine hervor und ins helle Mondlicht trat, hörte er ein halblautes Wimmern.

Aber das würde nicht mehr lange so bleiben, denn der Mann, der dieses Gemetzel angerichtet hatte – ein ganz in Schwarz gekleideter Hüne – versetzte genau in diesem Moment einem der wenigen Überlebenden den Todesstoß. Dann drehte sich Abu Dun herum und ging langsam zum Weg zurück. Andrej verbarg sich im Schutz der Ruine, als er spürte, wie sich in den Schatten auf der anderen Seite des Weges etwas regte. Aufmerksam beobachtete er aus seinem Versteck heraus, was weiter geschah.

Die Gestalt, der sich Abu Dun nun mit seinem blutigen Säbel näherte, unterschied sich deutlich von den anderen. Es war kein Krieger, sondern ein hoch gewachsener, sehr schlanker Mann, der einen prachtvollen roten Mantel trug und neben dem eine spitze, ebenfalls mit Gold- und Silberstickereien verzierte Mütze im Schlamm lag. Er war verletzt. Sein Gesicht war blutüberströmt, und es hätte Andrejs übersinnlicher Kräfte nicht bedurft, um die blanke Todesangst zu erkennen, die in seinem Blick lag. Als Abu Dun vor ihm stehen blieb und den Säbel hob, riss der Mann entsetzt beide Hände vor das Gesicht und begann zu wimmern.

Doch Abu Dun schlug nicht zu. Er stand einfach reglos da und starrte auf das zitternde Häufchen Elend hinab, bei dem es sich um keinen Geringeren als den Inquisitor handeln musste, von dem Flock gesprochen hatte. Der Nubier schien auf etwas zu warten, und Andrej wusste, worauf.

Aufmerksam sah er sich um. Er konnte spüren, dass sich Elena und ihre Höllenbrut näherten, aber noch waren sie nicht zu sehen, und vermutlich blieben ihm noch einige Minuten.

Vorsichtig und jeden Schatten als Deckung ausnutzend, trat Andrej zum zweiten Mal aus der Ruine und huschte zu einem der Toten. Dem Mann war mit einem sauberen Schnitt die Kehle durchtrennt worden, und er schien nicht einmal die Zeit gefunden zu haben, seine Waffe zu ziehen. Auf seinem Gesicht lag kein Ausdruck von Erschrecken oder Schmerz, sondern nur der maßloser Überraschung. Andrej kannte ihn. Es war einer der beiden Soldaten, die Schulz begleitet hatten.

Sein Dienstherr lag nur ein Dutzend Schritte entfernt auf dem Hügel, und als Andrej neben ihm niederkniete, sah er, dass Schulz noch am Leben war. Er hatte eine üble Schnittwunde in der Schulter, die heftig blutete, aber er war bei Bewusstsein. Als er Andrej erblickte, verzerrte sich sein Gesicht vor Furcht, aber Andrej machte eine warnende Bewegung und sah wieder zu Abu Dun hin. Der Nubier schien noch nichts von seiner Anwesenheit bemerkt zu haben. Er hatte ihm den Rücken zugewandt und das Schwert sinken lassen, stand aber immer noch in eindeutig drohender Haltung über dem wimmernden Kirchenmann.

»Hab keine Angst«, flüsterte Andrej. »Ich bin hier, um Euch zu helfen.«

Schulz' Blick flackerte. Für einen Moment erschien eine wilde, verzweifelte Hoffnung darin, aber Andrej sah auch, dass er es nicht gestattete, an diese Hoffnung zu glauben. »Es ist nicht so, wie es aussieht, glaubt mir«, flüsterte er. »Abu Dun ist nicht er selbst. Er weiß nicht, was er tut.«

»Sie hatten Recht«, stöhnte Schulz. »Ihr seid vom Teufel besessen. Ihr seid Dämonen.«

»Glaubt doch, was Ihr wollt«, antwortete Andrej. »Aber jetzt haltet den Mund, sonst ist es um uns beide geschehen.« Er machte eine fahrige Handbewegung. »Ist sonst noch jemand am Leben?«

»Flock«, flüsterte Schulz. »Ich glaube, er ... er lebt noch.«

»Flock?«, keuchte Andrej. »Ihr Wahnsinniger habt ihn mit hierher gebracht?«

»Er hat darauf bestanden«, presste Schulz zwischen zusammen gebissenen Zähnen hervor. Er schien starke Schmerzen zu haben. Trotzdem hob er die Hand und deutete mit zitternden Fingern auf eine verkrümmte Gestalt, die nur wenige Schritte entfernt lag. Andrejs Herz machte einen schmerzhaften Sprung in seiner Brust, als er den jungen Geistlichen erkannte. Flock lag auf der Seite und hatte die Beine an den Leib gezogen. Er wies zumindest auf den ersten Blick keine sichtbaren Verletzungen auf, aber in dem erbarmungswürdigen Zustand, in dem er sich befand, reichte es vermutlich schon, ihn aus dem Sattel zu stoßen, um ihn damit umzubringen.

»Seid still!«, zischte Andrej. »Wenn Ihr die Kraft habt, dann kriecht in den Wald, aber macht es um Himmels Willen lautlos!«

Nach einem weiteren Blick in Abu Duns Richtung huschte er geduckt los. Andrej war sich durchaus darüber im Klaren, dass er völlig ohne Deckung war, und kaum mehr als ein Dutzend Schritten von Abu Dun entfernt. Der Nubier musste sich nur herum drehen, um ihn zu sehen, und in dem Blutrausch, in dem er sich ganz offensichtlich befand – und bei dem, wozu er geworden war – war Andrej ihm vermutlich nicht gewachsen, sollte dieser ihn angreifen. Trotzdem schlich er rasch neben Flock und hob den jungen Geistlichen behutsam auf die Arme. Flock stöhnte vor Schmerz. Abu Dun musste ihn gehört haben, aber er regte sich immer noch nicht. Er stand einfach da, starrte den Mann im roten Mantel der Inquisition zu seinen Füßen an, und schien auf irgendetwas zu warten. Vielleicht hatte er Andrej sogar bemerkt und es war ihm schlichtweg egal.

Andrej trug Flock zurück in die Ruine, legte ihn behutsam hinter die Reste einer niedergebrannten Mauer auf den Boden, und wollte gerade Schulz holen, als er eine Überraschung erlebte. Der grauhaarige Mann hatte sich aus eigener Kraft erhoben und taumelte, gebeugt und die rechte Hand auf die immer noch heftig blutende Schulter gepresst, auf ihn zu. Abu Dun, der wie ein schwarzer Dämon hinter ihm aufragte, regte sich noch immer nicht.

Mit Andrejs Hilfe gelang es Schulz, die letzten Schritte zurück zu legen und mit einem erschöpften Keuchen neben Flock auf die Knie zu sinken. »Was bedeutet das, Andreas?«, murmelte er. Sein Blick war noch immer voller Furcht und Misstrauen. Er war weiter denn je davon entfernt, Andrej zu glauben. Vielleicht hatte er einfach resigniert und eingesehen, dass ihm keine andere Wahl blieb.

»Das weiß ich nicht«, antwortete Andrej. »Noch nicht.

Bleibt hier! Kümmert Euch um Flock. Und wenn ich es nicht ... schaffen sollte, dann lauft weg. Versucht Euch irgendwo zu verstecken, bis alles vorbei ist.«

»Vorbei?«, murmelte Schulz. »Was?«

Statt zu antworten, richtete sich Andrej langsam hinter seiner Deckung auf und sah wieder zum Weg hinunter. Abu Dun stand immer noch wie angewurzelt da, aber das würde nicht mehr lange so bleiben. Sie waren ganz nahe, aber vielleicht reichte die Zeit ja noch ...

Sie reichte nicht. Aus dem Unterholz tauchten lautlos vier geisterhafte, schlanke Schemen auf, noch bevor Andrej die halbe Strecke zurückgelegt hatte, und begannen den Nubier und sein Opfer zu umzingeln. Sie mussten Andrej gesehen haben, denn er hatte die Sinnlosigkeit seines Versteckspieles eingesehen und bewegte sich nun ganz offen auf sie zu. Doch es schien sie nicht zu kümmern, denn ihre schmalen, im Mondlicht totenbleich schimmernden Gesichter waren starr auf Abu Dun gerichtet. Sie hatten nun keine Ähnlichkeit mehr mit Kindern, sondern sahen aus wie das, als das Flock sie vom ersten Moment an bezeichnet hatte: Dämonen.

»Tu es nicht, Abu Dun!«, rief Andrej.

Der Nubier reagierte nicht. Andrej war nicht sicher, ob er ihn überhaupt gehört hatte. Reglos stand er da, das Schwert gezogen und den Blick starr auf den verletzten Inquisitor gerichtet, der mittlerweile aufgehört hatte, zu wimmern und den schwarzgesichtigen Hünen aus weit aufgerissenen Augen anstarrte. Seine Hände hatten zu zittern begonnen.

Andrej ging langsamer weiter und blieb einen Schritt hinter Abu Dun stehen. Dann schob er sein Schwert zurück in den Gürtel. Dies war nicht länger der Moment für Waffen. Stahl vermochte den Nubier nicht aufzuhalten.

»Abu Dun«, sagte er eindringlich. »Tu es nicht! Du kannst ihnen widerstehen.«

Einer der beiden jüngeren Knaben löste seinen Blick von

Abu Dun und sah zu Andrej hoch. Er hatte erwartet, Hass in den Augen des Jungen zu erblicken oder Zorn, aber alles, was er darin las, war ein höhnischer Triumph.

Abu Dun zitterte immer stärker. Er hob das Schwert und ließ die Waffe dann wieder sinken, als wäre sie plötzlich zu schwer für ihn – und sank dann langsam neben dem verletzten Kirchenmann auf die Knie.

»Hilf mir, Andrej«, flüsterte er. »Ich weiß nicht, was mit mir geschieht. Hilf mir!«

»Das kann ich nicht«, sagte Andrej.

»Dann töte mich!« Plötzlich schrie Abu Dun auf, fuhr herum und starrte aus weit aufgerissenen Augen in die Runde. Blankes Entsetzen breitete sich auf seinem Gesicht aus, als er das knappe Dutzend toter Soldaten gewahr wurde, die auf dem Weg und den Pfad zum Hügel hinauf dalagen.

»Es ist noch nicht zu spät«, sagte Andrej eindringlich. »Du kannst es besiegen. Ich habe es geschafft, und du kannst es auch.«

»Hilf mir!«, wimmerte Abu Dun. Er zitterte am ganzen Leib. Seine Hand hatte nicht mehr die Kraft, das Schwert zu halten. Es fiel dicht neben dem Inquisitor zu Boden.

»Warum verschwindest du nicht, Missgeburt«, zischte Elenas Tochter. »Fühl dich bloß nicht zu sicher. Vielleicht dürfen wir dir nichts tun, aber wer weiß – möglicherweise sind wir ja unartige Kinder, die nicht auf das hören, was ihre Mutter ihnen sagt?«

Andrej ignorierte sie. Er empfand jetzt keine Furcht mehr vor diesen Geschöpfen. Nicht, nachdem er wusste, was sie wirklich waren. »Kämpf dagegen an, Abu Dun«, sagte er noch einmal. »Du kannst es.«

»Aber welchen Sinn hätte es, Andreas?«, fragte jemand hinter ihm.

Andrej schloss die Augen und versuchte vergeblich, ein leises Stöhnen zu unterdrücken, als er Elenas Stimme erkannte und ihre Nähe spürte. Irgendetwas in ihm begann zu zerbrechen.

»Du weißt, dass er diesen Kampf nicht gewinnen kann, Andreas«, fuhr Elena fort. Er konnte hören, wie sie naher kam und weniger als zwei Schritte hinter ihm stehen blieb. Selbst über die Entfernung spürte er ihren Duft und glaubte, hinter seinen geschlossenen Lidern ihren verlockenden Körper vor sich zu sehen, wie er einst nackt im Mondlicht geschimmert hatte. »So wenig wie du. Obwohl ich mir da nicht einmal mehr sicher bin. Du überraschst mich immer wieder.«

»Warum?«, fragte er. »Weil ich noch lebe? Es tut mir Leid, wenn ich dich enttäuschen muss.«

»Warum sagst du das?«, fragte Elena. Der Schmerz in ihrer Stimme klang echt. Beinahe hätte er ihn wirklich überzeugt. »Ich hatte nie vor, dir ein Leid anzutun.«

»Oh nein«, sagte Andrej. »Ich bin sicher, du wirst gleich morgen Abend wieder in mein Bett kriechen, um zu sehen, ob ich vielleicht noch eine vierte Nacht mit dir überlebe.«

»Ich bin nun einmal, was ich bin«, antwortete Elena. »Genau wie du. Willst du mir meine Natur zum Vorwurf machen?«

»So wie die deiner Mutter?«, fragte Andrej.

Elena schwieg eine Weile. »Du hast sie getötet«, sagte sie dann.

Andrej nickte.

»Dann ist ein Teil von ihr jetzt auch ein Teil von dir«, sagte Elena. »Vielleicht bist du tatsächlich der, auf den wir gewartet haben. Warum wehrst du dich, Andreas? Sieh endlich ein, dass du zu uns gehörst. Zu mir.«

Und vielleicht hatte sie ja Recht. Wieso entsetzte ihn das Gemetzel so sehr, das Abu Dun angerichtet hatte? Er selbst hatte ihm Laufe seines Lebens so viel mehr Männer getötet, und nur die wenigsten von ihnen hatten eine echte Chance gehabt. Und auch in ihm wohnte das gleiche Ungeheuer, das er in Ankas Seele gespürt hatte, dasselbe Raubtier, das in Gestalt einer wunderschönen, verlockenden Frau hinter ihm stand. Vielleicht hatte sie Recht. Es konnte kein Zufall sein, dass er so lange durch die Welt gezogen war, so viele seiner Art getroffen hatte, und dass er niemals auch nur einem einzigen begegnet war, der wie er der Verlockung des Blutes so lange widerstanden hatte. Ja. Er gehörte zu ihr. Er konnte diesen Kampf noch ein Menschenleben lang führen oder auch zwei oder hundert, aber am Ende würde er ihn verlieren. Warum ihn dann überhaupt kämpfen? Warum ein Dasein auf der Flucht und in ständiger Angst vor sich selbst einem Leben an Elenas Seite vorziehen? Sie konnte ihm gehören, sie *würde* ihm gehören, jetzt, wo es Anka nicht mehr gab und Laurus ... Er musste einfach nur stehen bleiben und nichts tun, und statt eines Millenniums auf der Flucht und einer Ewigkeit voller Angst und Selbstzweifeln wartete ein Leben im Schutze einer Familie auf ihn, und ungezählte Nächte, in denen er Elena in den Armen halten und die Wärme ihres Körpers spüren konnte.

»Du kannst ihn nicht mehr retten, Andreas«, sagte Elena noch einmal. »Er ist verloren, wie wir alle. Aber wenn du ihn opferst, gewinnst du mich.«

In diesem Moment schrie Andrej auf, als hätte man ihm einen glühenden Dolch in die Brust gestoßen, wirbelte herum und riss noch in der Bewegung das Schwert aus dem Gürtel. Vermutlich begriff Elena nicht, was geschah, keinesfalls jedoch spürte sie den scharf geschliffenen Stahl des Damaszenerschwertes, das sie enthauptete. Etwas in Andrej starb mit ihr in diesem Moment, schnell und lautlos und unwiderruflich und noch bevor er den Schlag ganz ausgeführt und aus der selben Drehung heraus auch Elenas Tochter niedergestreckt hatte. Das Mädchen sank lautlos neben seiner Mutter zu Boden, und wieder war es Andrej, als erhebe sich ein unsichtbarer dunkler Vogel auf rauchigen Schwingen in die Nacht, um mit einem klagenden Schrei zu vergehen.

Doch Andrej schritt gnadenlos voran, tötete zuerst den älteren Knaben und dann seine beiden jüngeren Brüder, und auch das, was er im letzten Moment in ihren Augen las, würde er nie mehr vergessen, denn in der Sekunde, da sie der tödliche Stahl traf, schien alles Dämonische und Böse von ihnen abzufallen. Und vielleicht *waren* es nun tatsächlich Kinder, die er erschlug, und keine Höllenbrut, jetzt, wo das Ungeheuer, das sie erschaffen hatte, nicht mehr lebte. Dennoch brachte er es zu Ende. Er konnte nicht anders. Und vielleicht war der Tod, den er ihnen brachte, die einzige Gnade, die es für diese missbrauchten Kreaturen noch gab.

Als es vorbei war, ließ er erschöpft sein Schwert sinken und drehte sich zu Abu Dun und dem Inquisitor herum. Der Nubier zitterte am ganzen Leib. Sein Blick irrte unstet über den Hügel und den Weg, über die reglosen Körper Elenas und ihrer Kinder, und verlor sich dann in einer Unendlichkeit, die von grenzenlosem Entsetzen erfüllt zu sein schien. Andrej war nicht sicher, ob er überhaupt begriffen hatte, was vorging.

Das blutige Schwert noch immer in der Hand, trat er neben den Inquisitor und ließ sich auf ein Knie herabsinken. Der Kirchenmann erschrak und versuchte ein Stück vor ihm zurückzukriechen, erstarrte aber dann mitten in der Bewegung, als Andrej eine Hand nach ihm ausstreckte.

»Nein!«, keuchte er.

»Habt keine Angst«, sagte Andrej rasch. »Ich werde Euch nichts tun.«

»Aber … aber wer … was …« Der Inquisitor zitterte nun ebenso heftig wie Abu Dun und bekreuzigte sich mehrmals hintereinander, ohne dass er daraus wirklich Trost zu ziehen schien. »Was bedeutet das?«, murmelte er immer wieder.

Andrej wandte sich wieder Abu Dun zu. Der Nubier starrte jetzt ihn an, aber auch wenn sein Blick aus jener entsetzlichen Leere zurückgekehrt war, hatte er den Schrecken, der sie erfüllte, doch mitgebracht. »Hilf mir, Andrej«, wimmerte er. »Habe ... habe ich das getan?«

Andrej nickte nur stumm. *Und du wirst noch viel mehr tun, mein Freund*, dachte er. *Wenn dich niemand daran hindert.* Bitterkeit machte sich in ihm breit. Nun *wusste* Abu Dun, warum Andrej ihm das Geschenk der Unsterblichkeit, um das er ihn so oft gebeten hatte, immer verweigert hatte. Doch nun war es zu spät.

»Das kann ich nicht«, sagte er leise.

»Dann töte mich«, zischte Abu Dun. »So will ich nicht leben.«

Andrej schwieg. Er stand auf. Seine Hand schloss sich fester um den Schwertgriff, und auch sein Herz schien zu einem kalten Klumpen Eis zu erstarren. Plötzlich war in ihm nichts mehr als Leere. Er hatte nicht einmal mehr die Kraft, Schmerz zu empfinden. Sein Blick streifte Abu Duns Gesicht, wanderte dann zum Inquisitor, und kehrte schließlich zu dem Nubier zurück. »Es tut mir Leid, Freund«, flüsterte er und stieß Abu Dun das Schwert bis zum Heft zwischen die Rippen.

Der Nubier keuchte, starrte eine endlose Sekunde lang fassungslos auf seine Brust herab und kippte dann wie ein gefällter Baum nach hinten, als Andrej die Waffe mit einem Ruck wieder herauszog. Sein Gesicht war dem Inquisitor zugewandt, als er zu Boden stürzte, aber in seinen Augen war schon kein Leben mehr, als er aufschlug.

»Großer Gott!«, keuchte der Inquisitor. Er starrte aus hervor quellenden Augen auf das blutige Schwert in Andrejs Hand, dann wieder auf den Leichnam des Nubiers. »Warum habt Ihr das getan?«

Andrej antwortete nicht, sondern ging zum Waldrand und band Abu Duns Hengst los. Das Tier folgte ihm gehorsam, und es blieb auch reglos stehen, als er sich zu Abu Dun niederbeugte und dessen schweren Körper hochhob und über den Sattel legte. Der Inquisitor sah ihm schweigend dabei zu, hörte aber nicht auf, sich zu bekreuzigen.

»Gebt Acht, dass Ihr Euch nicht den Arm ausrenkt«, sagte Andrej. »Und hebt auch ein kleines Gebet für den Schmied auf, der mein Schwert gemacht hat. Ohne seine Kunstfertigkeit wärt Ihr jetzt vielleicht tot.« Er bückte sich nach dem Krummsäbel, hob die Waffe auf und wischte sie sorgsam an dem roten Mantel des Inquisitors ab, ehe er sie zurück in Abu Duns Gürtel schob.

»Wer ... wer seid Ihr?«, flüsterte der Inquisitor. »Wer in Gottes Namen seid Ihr?«

Andrej musterte ihn kalt. Hätte der Mann im hellen Licht des Tages vor ihm gestanden und hätte man nicht gerochen, dass er sich vor Angst selbst beschmutzt hatte, dann hätte er vielleicht sogar eine beeindruckende Gestalt abgegeben in seinem prachtvollen roten Mantel und mit dem schweren goldenen Kirchenorden auf der Brust. So empfand Andrej nichts als Verachtung für ihn. Fast bedauerte er es, dass Abu Dun ihn verschont hatte. »Das tut nichts zur Sache«, sagte er. »Nehmt einfach an, dass Eure Feinde auch meine Feinde sind. Aber das bedeutet nicht, dass wir Freunde sind, oder gar auf derselben Seite stehen.«

»Dann werdet Ihr mich auch töten?«

Andrej lachte leise. Seine Stimme klang wie zerbrochenes Glas, als er antwortete. »Ich wüsste nicht viel, was dagegen spricht. Aber ich weiß im Moment auch keinen Grund, aus dem ich es tun sollte. Seid Ihr verletzt?«

Der Inquisitor schien einen Moment zu brauchen, um auf diese Frage zu antworten, aber dann schüttelte er den Kopf. Andrej streckte die Hand aus, und der Kirchenmann griff danach – allerdings erst, nachdem er sie einige Augenblicke lang angstvoll angestarrt hatte. Andrej zerrte ihn mit einem unsanften Ruck auf die Füße, und er ließ ihn auch sofort wieder los, ohne sich davon zu überzeugen, dass der Mann aus eigener Kraft stehen konnte. »Dann muss ich mich wohl jetzt bei Euch bedanken«, sagte der Inquisitor. »So wie es aussieht, habt Ihr mir das Leben gerettet.«

»Und das eines Freundes dafür geopfert«, antwortete Andrej. »Aber das ist ja wohl ein geringer Preis für eine so bedeutende Persönlichkeit wie Ihr es seid, nicht wahr?«

»Bestimmt habt Ihr einen Grund, so mit mir zu reden«, antwortete der Geistliche. »Wenn das der Fall ist, dann sagt ihn mir.«

Andrej starrte ihn nur an. Er wollte es nicht, aber er sah an der Reaktion auf dem Gesicht des Inquisitors, dass sein Blick hasserfüllt sein musste. Schließlich nickte der Kirchenmann und deutete dann auf Elena. »Dann erklärt mir wenigstens, was das zu bedeuten hat. Wer in Gottes Namen waren diese Leute, und warum wollten sie meinen Tod?«

Andrej ergriff die Zügel des Hengstes und deutete zur Ruine der Mühle hinauf. »Dort oben sind zwei, die Euch alles erklären werden«, sagte er. »Außerdem benötigen sie Eure Hilfe. Und nun lasst mich ziehen, Pfaffe. Ich muss einen Freund beerdigen.«

Mit dem neuen Tag waren Regenwolken von Westen her aufgezogen, und zum ersten Mal seit Wochen linderte ein kühler Wind die grausame Hitze, mit der der Sommer das Land bisher bestraft hatte.

Trotzdem war es hier, im Schutze des kleinen Waldstreifens, der das Zigeunerlager nach Norden hin begrenzte, so warm und stickig wie die Male zuvor, als sie hier gewesen waren. Die Schatten waren so düster wie eh und je, und obwohl der Fluch gebrochen und zumindest dieser Teil der Welt die unheimliche Präsenz des Bösen vielleicht nie wieder spüren sollte, war das Leben noch nicht wirklich zurückgekehrt. Vielleicht würde es lange dauern, bevor irgendetwas Atmendes wieder wagte, seinen Fuß auf diesen Boden zu setzen, der von etwas berührt worden war, das nicht in diese Welt gehörte.

Andrej hatte sein eigenes und Abu Duns Pferd weit genug ins Unterholz hinein geführt, dass sie von außen nicht mehr zu sehen waren. Er hatte sich nicht die Mühe gemacht, die Tiere anzubinden, aber das war auch nicht nötig. Die beiden Hengste warteten treu genau dort, wo er sie zurückgelassen hatte, als er nach fast einer Stunde aus dem Lager zurückkam. Er fühlte sich noch immer leer und erschöpft, aber die Müdigkeit, die ihn nun plagte, war von einer völlig anderen, natürlichen Art, die verschwinden würde, wenn nur genügend Zeit verstrichen war und er wieder neue Kräfte gesammelt hatte. Die Leere, die nun ein Teil von ihm war, war es nicht. Als er Elena getötet hatte, da war auch ein Teil von ihm gestorben, und es spielte keine Rolle, wie oft und intensiv er auch versuchte, sich selbst klarzumachen, dass das, was er für Liebe gehalten hatte, nur böser Zauber gewesen war, und dass Elena und ihre Familie vielleicht nicht einmal Menschen gewesen waren, sondern *Kreaturen*, die böser und fremdartiger waren als alles, wozu er jemals würde werden können. Es war egal, ob das Messer in gesundes Fleisch schnitt, oder einen Krankheitsherd entfernte, der den ganzen Körper zu vergiften drohte. Der Schmerz blieb derselbe.

Abu Dun hockte auf einem Felsen und hatte das Gesicht in den Händen vergraben, als Andrej zurückkehrte. Er war ein wenig überrascht, den Nubier bereits wieder wach vorzufinden. Er hatte ihm eine tödliche Verwundung beigebracht, und er hatte fest damit gerechnet, dass er viel länger brauchen würde, um sich davon zu erholen. Als er das erste Mal *getötet* worden war, hatte es Tage gedauert, bis er wieder zu sich gekommen war.

Abu Dun nahm die Hände herunter, als er die Schritte hörte. Seine Rechte senkte sich automatisch auf den Griff des Krummsäbels, den er wieder im Gürtel trug, und hielt inne, als er Andrej erkannte.

»Du bist schon wach«, stellte Andrej überrascht fest. »Du erstaunst mich immer wieder, Sklavenhändler.«

Abu Dun zog eine Grimasse und begann mit der linken Hand die Stelle zu massieren, an der Andrejs Schwert seine Brust durchbohrt hatte. »Du hast mir nie gesagt, dass es so weh tut.«

»Es wird von Mal zu Mal besser«, antwortete Andrej. »Du wirst dich daran gewöhnen.«

»Werde ich das?«, fragte Abu Dun. Sein Blick verdüsterte sich, und Andrej begriff, dass er nicht den körperlichen Schmerz gemeint hatte.

»Das wirst du wohl müssen«, sagte er kühl. »Man bekommt im Leben nichts geschenkt, weißt du? Nicht einmal die Unsterblichkeit.«

»Aber vielleicht ist der Preis zu hoch«, murmelte Abu Dun. »Bei Allah, was habe ich nur getan?«

»Es war nicht deine Schuld«, sagte Andrej. »Du hättest dich nicht wehren können. Nicht einmal ich konnte es.«

Er hatte geglaubt, mit teilnahmsloser Stimme zu sprechen, aber das konnte nicht stimmen, denn Abu Dun musterte ihn nun mit alarmiertem Blick. »Aber du hast doch –« Er sog scharf die Luft ein. Seine Augen weiteten sich, als er die blutige Schwertklinge in Andrejs Hand sah. »Was –?«

Er sprang auf, rannte ein paar Schritte in die Richtung zurück, aus der Andrej gekommen war, und blieb mit einem unterdrückten Keuchen stehen, als er den Waldrand erreichte und das Lager sehen konnte. Selbst aus dieser geringen Entfernung betrachtet, wirkte es friedlich und ruhig. Nirgends regte sich ein Zeichen von Leben. Irgendwo jaulte ein Hund, und zwei oder drei der Pferde schnaubten unruhig, aber das war alles.

»Was hast du getan?«, fragte Abu Dun erschüttert.

»Was ich tun musste«, antwortete Andrej. Er ging in die Hocke, raffte eine Handvoll Moos zusammen und begann, die Schwertklinge damit zu saubern. Seine Bewegungen waren gleichmäßig und ruhig, mehr Ritual als lästige Pflicht. Andrej hatte es tausendmal getan in den vergangenen Jahren, und dennoch war er heute so wenig bei der Sache, dass er sich zweimal an dem Rasiermesser scharfen Stahl schnitt. Er merkte es nicht einmal.

Irgendwann trat Abu Dun hinter ihn, aber Andrej fuhr fort, das Damaszenerschwert zu polieren, obwohl die Klinge längst wie Silber schimmerte.

»Aber warum?«, murmelte Abu Dun. »Seit wir zusammen sind, warst du auf der Suche nach ihnen.«

»Vielleicht hab ich mich geirrt«, sagte Andrej.

»Aber sie hätten dir alles sagen können. Die Antworten auf alle Fragen, die du dir je gestellt hast.«

»Vielleicht bin ich ja zu dem Schluss gekommen, dass ich sie gar nicht hören will.«

»Du weißt, dass du ab jetzt ein Ausgestoßener bist?«, fragte Abu Dun. »Was du getan hast, wird sich herumsprechen. Auch unter deinesgleichen.«

»Du irrst dich schon wieder, Sklavenhändler«, sagte Andrej. »Es muss heißen: Unter *unseresgleichen*.« Er stand auf, schob das Schwert in die Scheide zurück und drehte sich mit einem Ruck zu Abu Dun herum. »Vielleicht hätte ich dir die Zunge abschneiden sollen, statt nur deine Brust zu durchbohren«, sagte er. »Manchmal dauert es lange, bis abgetrennte Körperteile nachwachsen. Und manchmal tun sie es gar nicht.«

Der Nubier setzte zu einer Antwort an, doch in diesem Moment raschelte es hinter ihnen im Unterholz, und Andrej hörte Schritte. Mit einer Schnelligkeit, die nicht einmal er Abu Dun zugetraut hätte, wirbelte der schwarzgesichtige

Riese herum und war einen Atemzug später im Gebüsch verschwunden.

Und wie es aussah, keinen Augenblick zu früh, denn die Schritte kamen näher, und noch bevor die Äste des Busches, durch den Abu Dun außer Sicht gekrochen war, zu zittern aufgehört hatten, erschien ein grauhaariger Mann mit schmutziger Kleidung und einem hastig angelegten, blutigen Verband über der linken Schulter vor Andrej.

»Schulz«, murmelte Andrej überrascht. »Was tut Ihr denn hier?« Ohne eine Antwort abzuwarten, lief er an dem Mann vorbei und starrte argwöhnisch in die Richtung, aus der der Grauhaarige gekommen war.

»Keine Sorge«, sagte Schulz. »Ich bin allein.«

»Was tut Ihr hier?«, fragte Andrej noch einmal.

»Vielleicht sollte ich mich bei Euch bedanken, Andreas«, sagte Schulz. »Immerhin habt Ihr mir das Leben gerettet.«

»Bildet Euch nichts darauf ein«, antwortete Andrej. »Das war mehr ein Zufall.«

»Das mag sein«, sagte Schulz. Er sah sich aufmerksam um. Sein Blick blieb einen Moment lang auf Abu Duns schwarzem Hengst haften, ehe er sich wieder an Andrej wandte. »Ihr habt Euren Freund beerdigt, Andreas?«

»Draußen im Wald, ja«, antwortete Andrej. »Das wäre sein Wunsch gewesen. Er hat den Gedanken immer gehasst, auf einem Friedhof zu liegen, inmitten so vieler Toter. Und wenn Ihr glaubt, Ihr wäret mir etwas schuldig, so könnt Ihr Eure Schuld auch gleich zurückzahlen: Versucht nicht, seine letzte Ruhestätte zu finden oder ihn gar auszugraben.«

»Natürlich nicht«, sagte Schulz. »Das ist das Mindeste, was ich für Euch tun kann.« Er schwieg einen Moment. Dann trat er wieder an Andrejs Seite und blickte in die gleiche Richtung wie er zuvor; aber nur für einen Moment, bevor er sich herumdrehte und das Lager aus Zelten und Wohnwagen betrachtete.

»Ich war gerade dort«, sagte er. »Ich habe Euch gesehen.«

»So?«, fragte Andrej. »Und was werdet Ihr jetzt tun?«

»Das hängt vielleicht ganz von Euren Antworten ab«, erwiderte Schulz. »Warum habt Ihr es getan?«

Andrej hob die Schultern. »Jemand musste es tun.«

Schulz nickte, als wären das genau die Worte, die er erwartet hatte. »Dann werdet Ihr gehen müssen«, sagte er. »Flock und ich haben dem Inquisitor alles erklärt. Ich meine: Wir haben ihm alles erzählt, was er hören wollte.«

»Wie geht es Flock?«

»Er wird wieder gesund, glaube ich«, antwortete Schulz. »Und was diesen eingebildeten Popanz von Inquisitor angeht, so hat er genug gesehen und gehört, um guten Gewissens in sein Kloster zurückkehren und sich noch ein paar Verdienste für seinen Ablass gutschreiben zu lassen. Macht Euch keine Sorgen um ihn. Aber dort drüben liegen eindeutig zu viel Tote, als dass niemand Fragen stellen würde. Besser, Ihr verlasst diese Gegend, Andreas. Schnell.«

Andrej schwieg eine kleine Ewigkeit. Dann trat er einen Schritt zurück, drehte sich ganz zu Schulz herum und sagte: »Danke.«

»Wahrscheinlich werde ich nie ermessen können, was Ihr wirklich für uns getan habt, Andreas«, sagte Schulz ernst. »Und ich glaube, ich bin es, der sich zu bedanken hat. Auch im Namen all der braven Leute hier, die gar nicht wissen, in welcher Gefahr sie geschwebt haben. Aber nun solltet Ihr gehen.« Kaum hatte er die Worte ausgesprochen, da hob er plötzlich die Hand, als wäre ihm noch etwas eingefallen. »Beantwortet mir noch eine Frage, Andreas.«

»Nur zu«, sagte Andrej. »Wenn es nicht zu lange dauert.«

Schulz maß Abu Duns Pferd noch einmal mit einem nachdenklichen Blick. »Dieser Zaubertrick, von dem man mir erzählt hat«, sagte er. »Als es so aussah, als hätte Euer heidnischer Freund Euch mit dem Schwert durchbohrt und so vom

Leben zum Tode befördert. Ich habe gehört, Ihr wäret sehr überzeugend gewesen. Überzeugend genug, dass alle, die dabei waren, Stein und Bein geschworen haben, es wäre *kein* Trick gewesen.«

»Es war ein Trick«, antwortete Andrej. »Wenn auch ein sehr guter. Was ist damit?«

»Nun, ich frage mich nur, ob das Ganze auch in umgekehrter Richtung funktioniert«, sagte Schulz.

»Ich fürchte, nein«, antwortete Andrej. »Ich werde mich wohl nach einem anderen Beruf umsehen müssen.«

Schulz lachte leise, drehte sich herum und ging. Und als er in sicherer Entfernung war, tauchte auch Abu Dun wieder aus seinem Versteck auf, trat neben Andrej und blickte dem grauhaarigen hinkenden Mann schweigend nach.

Als sie eine halbe Stunde später den Wald verließen und sich nach Süden wandten, begann es zu regnen.

Wolfgang Hohlbein

Das Blut der Templer

Roman

ISBN 978-3-548-26474-5
www.ullstein-buchverlage.de

Der 19-jährige David, aufgewachsen in einer Klosterschule, verbringt die meiste Zeit inmitten staubiger alter Bücher in der Bibliothek. Das einzig Ungewöhnliche in seinem Leben sind seine immer wiederkehrenden Alpträume. Und diese scheinen plötzlich wahr zu werden: David wird entführt, geliebte Menschen werden verletzt oder getötet und der geheimnisvolle Tempelritterorden trachtet ihm nach dem Leben. Denn angeblich fließt in seinen Adern Sangreal – heiliges Blut …

»Was Hohlbein aufschreibt, wird zum Bestseller.«
Bild am Sonntag

UB378

ullstein

Die Saga geht weiter ...
vgs
DIE CHRONIK DER UNSTERBLICHEN
DIE WIEDERKEHR
WOLFGANG HOHLBEIN
Wolfgang Hohlbein
Die Chronik der Unsterblichen
Die Wiederkehr
€ 22,50 (D)
ISBN 3-8025-2934-0
Überall im Buchhandel oder unter www.vgs.de
vgs